D0900636

ET NIETZSCHE A PLEURÉ

Professeur émérite de psychiatrie à Stanford, Irvin Yalom est l'auteur, entre fiction, philosophie et psychothérapie, de nombreux essais, romans ou récits, best-sellers dans le monde entier, dont *La Méthode Schopenhauer, Le Bourreau de l'amour, Le Jardin d'Épicure, En plein cœur de la nuit, Le Problème Spinoza* (lauréat du Prix des lecteurs du Livre de Poche en 2014), ou encore *Créatures d'un jour*.

Paru au Livre de Poche :

Créatures d'un jour

Le Jardin d'Épicure

La Malédiction du chat hongrois

Mensonges sur le divan

La Méthode Schopenhauer

Le Problème Spinoza

Thérapie existentielle

IRVIN D. YALOM

Et Nietzsche a pleuré

ROMAN TRADUIT DE L'ANGLAIS (ÉTATS-UNIS) PAR CLÉMENT BAUDE

Ouvrage traduit avec le concours du Centre national du livre

LE LIVRE DE POCHE

Titre original :

WHEN NIETZSCHE WEPT
Publié par Basic Books

ISBN : 978-2-253-12945-5 – 1re publication LGF

À mon cercle d'amis, qui m'a soutenu pendant
toutes ces années :

Mort, Jay, Herb, David, Helen, John, Mary,
Saul, Cathy, Larry, Carol, Rollo, Harvey, Ruthellen,
Stina, Herant, Bea, Marianne, Bob, Pat.

À ma sœur, Jean,
Et à ma meilleure amie, Marilyn.

« Plus d'un qui ne peut briser ses propres chaînes a su pourtant en libérer son ami. »

« Il te faudra te consumer à ta propre flamme ; comment naîtras-tu de nouveau, si tu ne t'étais d'abord consumé ? »

Ainsi parlait Zarathoustra.

1

Les cloches de San Salvatore arrachèrent Josef Breuer à sa rêverie. Il sortit sa grosse montre en or de la poche de son gilet. Neuf heures. Une fois encore, il lut la petite carte lisérée d'argent qu'il avait reçue la veille.

21 octobre 1882

Docteur Breuer,

Je dois absolument vous voir pour une affaire urgente. L'avenir de la philosophie allemande est en jeu. Voyons-nous demain matin, à neuf heures, au Café Sorrento.

Lou Salomé

Quel toupet ! Cela faisait longtemps que personne ne s'était adressé à lui avec un tel aplomb. Il ne connaissait pas cette Lou Salomé. Pas d'adresse sur l'enveloppe. Il n'avait eu aucun moyen de lui répondre que ce rendez-vous de neuf heures ne lui convenait pas, que Mme Breuer serait furieuse de prendre son petit déjeuner seule, que le Dr Breuer était en vacances, et que les « affaires urgentes » ne l'intéressaient pas, que le Dr Breuer était même venu à Venise pour *fuir* les affaires urgentes, justement.

Et pourtant il était bel et bien là, à neuf heures du matin, au Café Sorrento, scrutant les visages autour de lui et se demandant lequel d'entre eux pourrait bien être celui de l'insolente Lou Salomé.

« Encore un peu de café, monsieur ? »

Breuer fit oui de la tête au serveur, un gamin de treize ou quatorze ans aux cheveux très noirs lissés et peignés en arrière. Combien de temps avait-il rêvassé ? Il consulta une fois de plus sa montre. Encore dix minutes de perdues. Et perdues à quoi ? Comme d'habitude il avait repensé à Bertha, la magnifique Bertha, sa patiente depuis maintenant deux ans, à sa voix cajoleuse : « Docteur Breuer, pourquoi avez-vous si peur de moi ? » Il se rappelait sa réponse lorsqu'il lui avait dit qu'il ne serait plus son médecin : « J'attendrai. Vous serez pour toujours le seul homme de ma vie. »

Il se gourmanda : « Pour l'amour du ciel, arrête ! Arrête de réfléchir ! Ouvre les yeux ! Regarde autour de toi ! »

Breuer leva sa tasse pour humer l'arôme du café fort, tout en prenant de belles bouffées de l'air vénitien, si doux en ce mois d'octobre. Il tourna la tête et inspecta les alentours. Les autres tables étaient occupées par des hommes et des femmes qui prenaient leur petit déjeuner, principalement des touristes âgés. Plusieurs tenaient d'une main un journal et de l'autre une tasse de café. Derrière les tables, des nuées de pigeons bleu acier voletaient et descendaient en piqué. L'eau calme du Grand Canal, dans laquelle se reflétaient les somptueux palais qui peuplaient ses rives, n'était agitée que par le sillage ondulant d'une gondole qui glissait. D'autres gondoles dormaient encore, amarrées à des pieux tordus qui se tenaient penchés dans le canal, telles des lances plantées au hasard par quelque géant.

« Oui, c'est vrai… Regarde-toi, espèce d'imbécile ! se dit Breuer. Des gens viennent du monde entier pour voir Venise, des gens qui ne veulent pas mourir avant d'avoir contemplé une telle beauté. Qu'ai-je perdu de la vie, faute, simplement, d'avoir su regarder ? Ou d'avoir regardé mais sans rien voir ? » La veille il avait fait, seul, le tour de l'île de Murano mais au bout du compte n'avait rien vu, rien enregistré. Aucune image n'était passée de sa rétine à son cortex. Toute son attention avait été occupée par des images de Bertha : son sourire aguicheur, son regard amoureux, son corps chaud, accueillant, et sa respiration qui s'accélérait quand il l'auscultait ou la massait. Ces images-là avaient une puissance, une vie bien à elles ; dès qu'il n'y prenait pas garde, elles submergeaient son esprit, s'emparaient de son imagination. « Devrai-je subir cela toute ma vie ? se demanda-t-il. Suis-je voué à n'être qu'une simple scène sur laquelle les souvenirs de Bertha rejoueront éternellement leur pièce ? »

Le crissement aigu d'une chaise contre le sol carrelé secoua sa torpeur. Quelqu'un se levait à la table voisine. De nouveau, il chercha du regard Lou Salomé.

Arrivant par la Riva del Carbon, elle entrait maintenant dans le café. Elle seule avait pu rédiger cette carte, cette belle femme, grande et mince, emmitouflée dans une fourrure, qui se dirigeait maintenant vers lui d'un pas majestueux au milieu des tables remplies de monde. Breuer vit qu'elle était jeune, peut-être même plus jeune que Bertha, presque une écolière. Mais cette présence imposante ! Extraordinaire. Elle irait loin.

Lou Salomé continua d'avancer vers lui sans la moindre hésitation. Comment pouvait-elle savoir que c'était lui ? De sa main gauche il frotta rapidement les poils roux de sa barbe de peur que des miettes de gâteau s'y trouvent encore, et de la droite tira sur un côté de sa veste noire pour que l'encolure ne bâille pas. À quelques mètres de lui, la jeune femme s'arrêta un instant et le regarda droit dans les yeux.

Soudain l'esprit de Breuer cessa de ratiociner. Désormais, nul besoin de se concentrer pour regarder. Désormais, rétine et cortex coopéraient parfaitement, laissant l'image de Lou Salomé pénétrer sans peine dans son cerveau. Cette femme était d'une beauté hors du commun : un front puissant, un menton fort et sculpté, des yeux d'un bleu lumineux, des lèvres pleines et sensuelles, et des cheveux blond cendré coiffés sans apprêt et rassemblés lâchement en un haut chignon, laissant voir ses oreilles et son long cou gracieux. Il remarqua avec un plaisir non dissimulé les quelques cheveux qui avaient échappé au chignon et partaient dans tous les sens.

Encore trois pas, et elle se retrouva à sa table. « Docteur Breuer, je suis Lou Salomé. Puis-je ? » dit-elle en montrant la chaise. Elle s'assit aussitôt, ne laissant pas même à Breuer la possibilité de lui répondre en bonne et due forme, de se lever, de faire une courbette, de lui baiser la main ou de tirer la chaise pour elle.

« Garçon ! Garçon ! fit Breuer en claquant des doigts. Un café pour madame. *Caffè latte* ? » Il jeta un coup d'œil vers Mlle Salomé. Elle hocha la tête et, malgré la fraîcheur du matin, ôta son manteau de fourrure.

« Oui, un *caffè latte*. »

Ils gardèrent tous deux le silence pendant quelques instants, jusqu'à ce que Lou Salomé le fixe du regard et lui dise : « Un de mes amis est en train de sombrer dans le désespoir. J'ai peur qu'il ne veuille se tuer. Ce serait une immense perte pour moi, et une tragédie personnelle non moins immense, car je serais en partie responsable de sa mort. Mais je me sais capable de surmonter cela et de survivre. Cependant… » Elle se pencha vers lui et sa voix se fit plus douce. « … Je ne serais pas la seule concernée : la mort de cet homme aurait de grandes conséquences, pour vous, pour la culture européenne, pour nous tous. Croyez-moi. »

Breuer voulut répondre : « Vous devez sans doute exagérer, mademoiselle », mais il fut incapable de prononcer le moindre mot. Ce qui, chez n'importe quelle autre jeune femme, aurait ressemblé à une hyperbole d'adolescente, semblait différent dans sa bouche, comme quelque chose qu'il fallait prendre au sérieux. Sa sincérité, sa conviction étaient irrésistibles.

« Qui est cet homme ? Se pourrait-il que je le connaisse ?

– Pas encore ! Mais bientôt nous le connaîtrons tous. Il s'appelle Friedrich Nietzsche. Peut-être cette lettre de Richard Wagner au professeur Nietzsche vous permettra-t-elle de mieux le connaître. » Elle sortit de son sac une feuille de papier, la déplia et la tendit à Breuer. « Je dois d'abord vous préciser que Nietzsche ne sait pas que je suis ici, ni que je possède cette lettre. »

Cette phrase fit hésiter Breuer. Devait-il lire la lettre ? « Ce professeur Nietzsche ne sait même pas qu'elle me la fait lire, ni même qu'elle la détient ! Comment l'a-t-elle obtenue ? L'a-t-elle empruntée ? Volée ? »

Breuer avait de nombreux motifs de fierté. Il était loyal et généreux. La qualité de son diagnostic était devenue légendaire : à Vienne, il était le médecin personnel de grands savants, d'artistes et de philosophes comme Brahms, Brücke et Brentano. À quarante ans, il était connu dans toute l'Europe, et des personnalités éminentes parcouraient de longues distances pour le consulter. Mais plus que tout, il était fier de son intégrité ; pas une seule fois dans sa vie il ne s'était livré à un acte déshonorant. À moins, peut-être, qu'on ne lui tienne rigueur de ses pensées concupiscentes pour Bertha, pensées qu'il aurait dû normalement avoir pour son épouse Mathilde.

Aussi hésita-t-il à accepter la lettre que la main de Lou Salomé lui tendait. Mais cela ne dura qu'un instant. Un simple coup d'œil vers le regard bleu et cristallin de la jeune femme et il déplia la lettre. Datée du 10 janvier 1882, elle commençait ainsi : « Mon cher ami, Friedrich ». Plusieurs paragraphes avaient été entourés.

Vous avez offert au monde une œuvre inégalée. Votre livre est empreint d'une assurance si complète qu'elle dénote une profonde originalité. Comment mon épouse et moi-même aurions-nous pu exaucer autrement notre vœu le plus cher, qui était de recevoir un jour quelque chose qui pût s'emparer de nos cœurs et de nos âmes ! Elle comme moi avons lu votre ouvrage deux fois, d'abord seul dans la journée, puis à voix haute le soir. Nous nous battons littéralement pour le seul exemplaire que nous ayons, et regrettons de ne pas avoir encore reçu le second, comme promis.

Mais vous êtes souffrant ! Êtes-vous aussi découragé ? Si tel est le cas, combien j'aimerais faire quelque chose pour dissiper votre accablement ! Par où devrais-je commencer ? Je ne peux que vous couvrir de mes louanges sans réserve.

Acceptez-les, au moins, dans un esprit d'amitié, quand bien même elles vous paraîtraient insuffisantes.

Salutations sincères de votre

Richard Wagner

Richard Wagner ! Malgré tout son raffinement viennois, malgré son intimité et son aisance avec les grands hommes de son temps, Breuer en fut pantois. Une lettre, et quelle lettre, écrite de la main du maître ! Mais il retrouva vite son sang-froid.

« Très intéressant, chère mademoiselle, mais dites-moi s'il vous plaît ce que je peux faire pour vous. »

Se penchant de nouveau vers lui, Lou Salomé posa une de ses mains gantées sur la main de Breuer. « Nietzsche est malade, très malade. Il a besoin de votre aide.

– Mais de quel mal souffre-t-il au juste ? Quels en sont les symptômes ? »

Breuer, troublé par cette main posée sur la sienne, était maintenant tout heureux d'avancer en terrain connu.

« Des maux de tête. Oui, d'abord des maux de tête terribles. Et des nausées permanentes. Et une cécité qui menace – sa vue ne cesse de se détériorer. Et des maux d'estomac – parfois il ne peut pas manger pendant des jours entiers. Et des insomnies – aucun médicament ne peut le faire dormir, aussi absorbe-t-il des quantités inquiétantes de morphine. Et des vertiges – il lui arrive d'avoir le mal de mer sur la terre ferme, et ce plusieurs jours de suite. »

Pour Breuer, les longues listes de symptômes n'avaient rien de nouveau ni d'amusant, lui qui voyait généralement entre vingt-cinq et trente patients par jour et qui était venu à Venise précisément pour échapper à cela. Mais la ferveur de Lou Salomé était telle qu'il se sentit obligé de rester.

« La réponse à votre question, chère mademoiselle, est oui, naturellement, je verrai votre ami. Cela va sans dire. Après tout, je suis médecin. Mais permettez-moi néanmoins de vous poser une question à mon tour. Pourquoi votre ami ne s'adresse-t-il pas directement à moi, en écrivant simplement à mon cabinet viennois pour prendre rendez-vous ? »

Breuer en profita pour chercher le serveur des yeux, afin qu'il lui apporte l'addition. Il se dit que Mathilde serait contente de le voir revenir à l'hôtel aussi rapidement.

Mais cette femme culottée qu'il avait en face de lui ne s'en laissait pas conter.

« Docteur Breuer, je vous en prie, encore quelques minutes. Je ne saurais vous dire à quel point Nietzsche est en mauvais état et son désespoir profond.

– Je n'en doute pas un seul instant, mais je vous repose ma question, mademoiselle Salomé : Pourquoi ce monsieur Nietzsche ne vient-il pas me voir à mon cabinet, à Vienne ? Ou un médecin en Italie ? Où habite-t-il ? Voulez-vous que je lui recommande un médecin dans sa ville ? Et pourquoi *moi* ? D'ailleurs, comment saviez-vous que j'étais à Venise ? Que j'aimais l'opéra et admirais Wagner ? »

Impassible, Lou Salomé se contenta de sourire, d'un sourire d'autant plus espiègle que les questions de Breuer prenaient l'allure d'une rafale.

« Mademoiselle, vous souriez comme si vous cachiez un secret. Je vois que vous aimez les mystères !

– Vous me posez tant de questions, docteur Breuer. C'est extraordinaire : nous avons discuté pendant quelques minutes à peine, et déjà tant de questions complexes. Cela augure bien de nos futures conversations. Laissez-moi vous en dire un peu plus sur notre patient. »

Notre patient ! Tandis que Breuer s'étonnait encore une fois de l'audace de Lou Salomé, celle-ci continua sur sa lancée. « Nietzsche a épuisé toutes les possibilités médicales de l'Allemagne, de la Suisse et de l'Italie. Aucun médecin n'a été en mesure de comprendre sa maladie ou d'apaiser ses souffrances. Au cours des soixante-douze derniers mois, me dit-il, il a consulté vingt-quatre des plus grands médecins d'Europe. Il a tout perdu, sa maison, ses amis et son poste d'enseignant à l'université. Il est devenu une sorte de vagabond, en quête d'un climat plus favorable, d'un ou deux jours de répit. »

La jeune femme fit une pause. Elle leva sa tasse et avala une gorgée en gardant les yeux rivés sur Breuer.

« Mademoiselle, lui dit-il, dans mon cabinet je suis amené, bien souvent, à voir des patients atteints de maux étranges ou peu banals. Mais je vais vous parler en toute honnêteté : je ne sais pas faire de miracles. Dans un état comme celui de votre ami – cécité, maux de tête, vertiges, gastrites, anémie et insomnie –, pour lequel nombre d'excellents médecins ont été consultés mais sans trouver de remède, il est peu probable que je puisse faire autre chose que de devenir le vingt-cinquième bon médecin sur sa liste. »

Breuer se cala au fond de son fauteuil, sortit un cigare et l'alluma. Il expulsa une fine fumée bleue, attendit qu'elle se dissipe et reprit. « Je vous le répète, néanmoins : je suis prêt à recevoir le professeur Nietzsche dans mon cabinet. Mais il se pourrait fort bien que la cause et le remède d'un mal aussi tenace que semble l'être le sien soient hors de portée d'un médecin de 1882. Peut-être votre ami est-il né une génération trop tôt.

– Né trop tôt ! » Elle éclata de rire. « Remarque prémonitoire, docteur Breuer. Combien de fois ai-je entendu Nietzsche prononcer cette phrase ! Il n'en fallait pas plus pour que je sois maintenant convaincue que vous êtes le médecin qu'il lui faut. »

Malgré sa volonté de partir et malgré Mathilde, qu'il voyait déjà habillée de pied en cap et faisant les cent pas dans leur chambre d'hôtel, Breuer se montra intéressé. « Comment cela ?

– Il se définit souvent comme un "philosophe posthume", un philosophe que le monde n'est pas encore prêt à entendre. En fait, le livre qu'il est en train d'écrire s'ouvre sur cette idée : un prophète, Zarathoustra, plein d'une immense sagesse, décide d'éclairer l'humanité. Mais personne n'entend sa voix. Les gens ne sont pas prêts, et le prophète, se rendant compte qu'il est arrivé trop tôt, s'en retourne à sa solitude.

– Étant féru de philosophie, mademoiselle, ce que vous me dites m'intéresse au plus haut point. Malheureusement, aujourd'hui le temps m'est compté, et j'aimerais que vous me disiez clairement pourquoi votre ami ne vient pas me consulter à Vienne.

– Docteur Breuer, dit-elle en le regardant droit dans les yeux, pardonnez mon manque de clarté. Peut-être suis-je inutilement précautionneuse. J'ai toujours aimé m'entourer de grands esprits, peut-être pour m'en inspirer comme de modèles, peut-être par simple plaisir de les collectionner. Mais je sais quel privilège c'est pour moi de m'entretenir avec un homme de votre intelligence et de votre stature. »

Breuer se sentit rougir. Ne pouvant plus soutenir le regard de la jeune femme, il détourna les yeux avant qu'elle poursuive.

« Ce que je veux vous dire, c'est que je me montre peut-être trop précautionneuse pour la simple raison que je voudrais voir notre entretien se prolonger.

– Un peu plus de café, mademoiselle ? » Breuer fit

signe au garçon. « Et encore quelques-unes de ces amusantes pâtisseries ? Avez-vous jamais réfléchi à la différence entre la cuisson italienne et la cuisson allemande ? Permettez-moi de vous exposer ma théorie sur les liens entre le pain et le caractère national. »

Aussi Breuer ne fut-il pas pressé de revoir Mathilde. Tout en partageant cet agréable petit déjeuner avec Lou Salomé, il médita sur l'ironie de la situation. Lui qui était venu à Venise pour guérir d'une femme superbe, voilà qu'il se retrouvait assis en face d'une femme encore plus belle ! Pour la première fois depuis des mois, observa-t-il, son esprit était délivré de Bertha.

« Peut-être qu'après tout il n'y a plus d'espoir pour moi, se dit-il. Peut-être que je peux utiliser cette femme pour chasser Bertha de mon esprit. Aurais-je découvert un équivalent psychologique de la thérapie par substitution pharmacologique ? De la même manière qu'un médicament bénin comme la valériane peut remplacer un médicament plus dangereux comme la morphine, peut-être en ira-t-il de même pour Lou Salomé et Bertha. Belle avancée ! Après tout, j'ai en face de moi une femme bien plus sophistiquée et plus accomplie. Bertha, comment dire… Bertha est présexuelle, une éternelle petite fille, une gamine qui s'agite maladroitement dans un corps de femme. »

Pourtant il savait que c'était précisément l'innocence présexuelle de Bertha qui l'attirait. Les deux femmes l'excitaient, et le simple fait de penser à elles lui échauffait les reins. Et elles l'effrayaient tout autant, chacune dangereuse, mais dans un style différent. Ce qui l'inquiétait chez cette Lou Salomé, c'était son pouvoir, donc ce qu'elle risquait de lui infliger. Bertha lui faisait peur à cause de sa soumission totale, de ce qu'il risquait de lui infliger *à elle.* Il tremblait chaque fois qu'il pensait aux risques qu'il avait pris avec elle et à la façon dont il avait joué avec le feu, en l'occurrence avec la règle fondamentale de la déontologie médicale, et failli provoquer la ruine de sa famille, de sa vie et de lui-même.

Malgré tout il était tellement pris par cette conversation, tellement séduit par la jeune femme qu'au bout du compte ce fut elle, et non lui, qui revint sur la maladie de son ami, et plus particulièrement sur les propos de Breuer sur les miracles de la médecine.

« J'ai aujourd'hui vingt et un ans, docteur Breuer, et je ne crois plus du tout aux miracles. Je me rends compte que si vingt-quatre médecins parmi les plus illustres ont échoué, cela signifie simplement que nous avons atteint les limites de la science médicale. Mais ne vous méprenez pas ! Je ne m'attends aucunement à ce que vous soigniez Nietzsche. Ce n'est pas pour cette raison que je suis venue vers vous. »

Breuer reposa sa tasse de café et essuya moustache et barbe avec sa serviette. « Pardonnez-moi, mademoiselle, mais vous me voyez extrêmement troublé. Vous avez commencé par me dire que vous souhaitiez me voir aider votre ami malade, n'est-ce pas ?

– Non, docteur Breuer, je vous ai parlé d'un ami qui sombrait dans le désespoir et risquait de se donner la mort. C'est le *désespoir* du professeur Nietzsche, et non pas son corps, que je vous demande de soigner.

– Mais, chère mademoiselle, si le désespoir de votre ami est lié à son état de santé, et si je ne peux pas le soigner avec des médicaments, que puis-je faire ? Je ne peux pas secourir un esprit malade. »

Breuer prit le hochement de tête de Lou Salomé

comme un signe qu'elle avait reconnu la référence au médecin de Macbeth. Il poursuivit : « Mademoiselle Salomé, il n'existe pas de médicament contre le désespoir, pas plus que de médecin de l'âme. Je ne peux pas faire grand-chose sinon vous conseiller quelques excellentes stations thermales en Autriche et en Italie. Ou bien une discussion avec un prêtre ou quelque autre religieux, un parent, que sais-je, peut-être un ami proche.

– Docteur Breuer, je sais que vous pouvez faire plus. J'ai un espion à mon service. Mon frère Jénia, qui étudie la médecine, a travaillé dans votre clinique viennoise au début de cette année. »

Jénia Salomé ! Breuer chercha dans ses souvenirs. Il avait tellement d'étudiants.

« Par lui, j'ai eu vent de votre passion pour Wagner et j'ai su que vous alliez passer une semaine à l'hôtel Amalfi de Venise. Il m'a également fait une description de vous, afin que je puisse vous reconnaître. Mais plus important encore, c'est grâce à lui que j'ai appris que vous étiez bel et bien un médecin du désespoir. L'été dernier, il a assisté à une réunion où vous exposiez la manière dont vous avez soigné une femme nommée Anna O., une femme qui était au comble du désespoir et que vous avez guérie grâce à une technique nouvelle, dite "cure par la parole", fondée sur la raison et le dénouement d'associations mentales emmêlées les unes aux autres. Jénia affirme que vous êtes le seul médecin en Europe qui puisse proposer un véritable traitement psychologique. »

Anna O. ! En entendant ce nom alors qu'il portait la tasse à ses lèvres, Breuer sursauta et renversa un peu de café. Il s'essuya les mains avec sa serviette en espérant que Mlle Salomé n'avait rien vu. Anna O. ! Anna O. !

Incroyable ! Où qu'il se tournât, il rencontrait Anna O., le nom de code qu'il avait attribué à Bertha Pappenheim. Discret jusqu'à l'excès, Breuer ne citait jamais le véritable nom de ses patients quand il parlait d'eux à ses étudiants, et il leur attribuait un pseudonyme en décalant d'une lettre leurs initiales : ainsi Bertha Pappenheim, B. P., devenait-elle A. O., ou Anna O.

« Jénia a été très impressionné, docteur Breuer. Quand il m'a décrit votre conférence et votre traitement d'Anna O., il s'est dit béni des dieux de pouvoir être éclairé par la lumière d'un tel génie. Et je puis vous dire que Jénia n'est pas né de la dernière pluie. Je ne l'ai jamais entendu parler en ces termes. J'ai donc décidé de vous rencontrer un jour, de vous connaître, voire d'étudier auprès de vous. Mais ce jour est arrivé plus vite que je ne le pensais, quand l'état de Nietzsche s'est aggravé il y a maintenant deux mois de cela. »

Breuer regarda autour de lui. La plupart des clients avaient quitté les lieux, mais lui était là, loin de Bertha, en train de discuter avec une femme étonnante qu'elle avait introduite dans sa vie à lui. Il fut parcouru d'un frisson glacé. Ne pourrait-il donc jamais échapper à Bertha ?

« Mademoiselle… » Il s'éclaircit la voix et se força à poursuivre. « Le cas que vous a décrit votre frère n'était qu'un cas isolé, pour lequel j'ai employé une technique totalement expérimentale. Et rien ne dit que cette technique puisse s'avérer d'un quelconque secours pour votre ami ; j'aurais même tendance à penser le contraire.

– Pourquoi donc, docteur Breuer ?

– Je crains de ne pas disposer d'assez de temps pour vous répondre en détail. Pour l'instant, je vous dirai simplement qu'Anna O. et votre ami sont affligés de maladies fort différentes. Comme votre frère vous l'a peut-être expliqué, Anna souffrait d'hystérie et de certains symptômes handicapants. Mon approche a consisté à éliminer chacun de ces symptômes en aidant ma patiente à se rappeler, grâce au mesmérisme, le traumatisme psychique occulté qui en avait été la cause. Une fois cette cause première dévoilée, le symptôme disparaissait.

– Imaginons, docteur Breuer, que le désespoir soit justement considéré comme un symptôme. Ne pourriez-vous pas l'aborder de la même manière ?

– Le désespoir n'est pas un symptôme médical, mademoiselle. C'est une chose vague, imprécise. Chacun des symptômes d'Anna O. concernait une partie bien distincte de son corps et était dû à une décharge d'excitation intracérébrale à travers un canal nerveux. Tel que vous me l'avez décrit, le désespoir de votre ami est totalement conceptuel. Or il n'existe aucune approche thérapeutique pour ce genre de choses. »

Pour la première fois, Lou Salomé hésita. « Mais, docteur Breuer, dit-elle en posant de nouveau sa main sur celle du médecin, avant que vous n'abordiez le cas d'Anna O., il n'existait aucun traitement psychologique de l'hystérie. Si j'ai bien compris, les médecins avaient recours uniquement aux bains ou à cet épouvantable traitement électrique. Je reste persuadée que vous, et peut-être vous seul, êtes en mesure d'inventer un nouveau traitement pour Nietzsche. »

Soudain, Breuer se rendit compte de l'heure qu'il était. Il devait absolument retrouver Mathilde. « Mademoiselle, je ferai tout ce qui est en mon pouvoir pour aider votre ami. Permettez-moi de vous donner ma carte. Je verrai votre ami à Vienne. »

Elle jeta un bref coup d'œil à la carte avant de la ranger dans son sac à main.

« Docteur Breuer, je crains que les choses ne puissent être aussi simples. Nietzsche n'est pas, comment dire… un patient coopératif. Pour tout vous dire, il ne sait pas que je me suis adressée à vous. C'est un homme profondément solitaire et orgueilleux. Il n'admettra jamais qu'il a besoin d'aide.

– Mais vous venez de me dire qu'il évoque ouvertement le suicide.

– Oui, dans chaque conversation, dans chaque lettre. Mais il ne demande l'aide de personne. Dût-il apprendre l'existence de notre conversation, il ne me le pardonnerait jamais, et, j'en suis sûre, il refuserait de vous voir. Même si, par je ne sais quel miracle, je parvenais à le convaincre de vous rencontrer, il limiterait la consultation à ses seules souffrances physiques. Jamais, au grand jamais, il ne s'abaisserait à vous demander de soulager son désespoir. Il a des idées très arrêtées sur la faiblesse et la puissance. »

Breuer commençait à éprouver frustration et impatience. « Ainsi, mademoiselle, la situation se complique encore un peu plus. Vous souhaitez que je rencontre un certain professeur Nietzsche, que vous considérez comme l'un des plus grands philosophes de notre époque, afin que je le persuade que la vie, ou du moins *sa* vie, vaut la peine d'être vécue. Qui plus est, je devrais faire tout cela à son insu. »

Lou Salomé acquiesça, soupira longuement et s'enfonça dans son fauteuil.

« Mais comment diable est-ce possible ? reprit Breuer. Atteindre ne fût-ce que le premier objectif, à savoir guérir son désespoir, est en soi hors de portée de la science médicale. Mais la seconde condition, c'est-à-dire guérir le patient à son insu, place d'emblée notre entreprise dans la sphère de l'irréel. Y aurait-il encore d'autres obstacles dont vous voudriez me faire part ? Peut-être le professeur Nietzsche ne parle-t-il que le sanskrit ? Ou bien refuse-t-il de quitter sa retraite tibétaine ? »

Breuer trouvait cela drôle mais, en voyant le visage décontenancé de Lou Salomé, il reprit vite son sérieux. « Sérieusement, mademoiselle Salomé, comment pourrais-je y arriver ?

– Vous comprenez maintenant, docteur Breuer ! Vous comprenez maintenant pourquoi je me suis adressée à *vous*, et pas à n'importe quel praticien ! »

Les cloches de San Salvatore sonnèrent dix heures. Mathilde allait commencer à s'inquiéter. Ah, si ce n'était pas pour elle... Breuer héla de nouveau le serveur. En attendant la note, Lou Salomé lança une invitation originale.

« Docteur Breuer, accepterez-vous de partager le petit déjeuner avec moi demain matin ? Comme je vous l'ai déjà dit, j'ai ma part de responsabilité dans le désespoir qui terrasse le professeur Nietzsche. C'est une longue histoire...

– Je regrette mais demain je ne pourrai pas. Ce n'est pas tous les jours qu'une charmante jeune femme m'invite à partager un petit déjeuner, mais je ne puis accepter. La nature de mon séjour ici, en compagnie de mon épouse, m'interdit de m'absenter une fois de plus.

– Dans ce cas, je vous propose autre chose. J'ai promis à mon frère de lui rendre visite ce mois-ci. Pour tout dire, j'avais prévu, jusque très récemment, d'aller à Vienne avec le professeur Nietzsche. Permettez-moi donc, une fois que je serai à Vienne, de vous fournir de plus amples explications. En attendant, j'essaierai de convaincre le professeur Nietzsche de vous consulter au sujet de sa santé vacillante. »

Ils sortirent du café. Il ne restait plus que quelques clients, les serveurs débarrassaient les tables. Au moment où Breuer s'apprêtait à prendre congé, Lou Salomé prit son bras et commença à marcher à ses côtés.

« Docteur Breuer, l'heure a passé trop vite, et j'aimerais vous prendre un peu plus de votre temps. Puis-je vous raccompagner à votre hôtel ? »

Breuer fut surpris par le caractère hardi, masculin, de l'invite. Pourtant, dans la bouche de cette femme, la phrase sonnait juste, naturelle, conforme à l'idée qu'il se faisait d'une conversation normale entre gens normaux. Quand une femme prend plaisir à la compagnie d'un homme, pourquoi ne devrait-elle pas le prendre par le bras et lui demander de marcher à ses côtés ? Mais quelle autre femme aurait osé prononcer ces paroles ? Celle-là appartenait à une autre catégorie de femmes : c'était une femme libre !

« Jamais je n'aurai autant regretté de décliner une invitation », répondit-il, pressant le bras de la jeune femme contre le sien. « Mais il est temps pour moi de repartir, et de repartir seul. Mon épouse, charmante mais anxieuse, m'attendra à la fenêtre, et je me dois d'être à l'écoute de ses sentiments.

– Naturellement, mais… » Elle retira son bras pour se placer devant lui, refermée sur elle-même et vigoureuse comme un homme. « Pour moi, le mot “devoir” est un fardeau oppressant. Je ne me dois qu'à une seule chose : l'accomplissement de ma liberté. Le mariage et la possession et la jalousie qui l'accompagnent ne font qu'emprisonner l'esprit. Jamais je ne me laisserai dominer par eux. J'espère, docteur Breuer, qu'un jour viendra où ni les hommes ni les femmes ne seront plus tyrannisés par les faiblesses des uns et des autres. » Elle se retourna avec la même assurance dont elle avait fait preuve en arrivant. « *Auf Wiedersehen.* À très bientôt, à Vienne. »

2

Quatre semaines plus tard, Breuer était assis à son bureau du 7, Bäcker Strasse. Il était quatre heures de l'après-midi ; il attendait avec impatience l'arrivée de Mlle Lou Salomé.

Il n'avait pas pour habitude de laisser des cases vides dans son emploi du temps mais, dans sa hâte de voir la jeune femme, il avait congédié ses trois patients précédents, tous atteints de maux relativement simples qui n'exigeaient pas de lui un immense effort de réflexion.

Les deux premiers, deux hommes d'une soixantaine d'années, souffraient pratiquement des mêmes maux : de sérieuses difficultés à respirer, en plus d'une toux bronchitique, sèche et rauque. Cela faisait des années que Breuer traitait leur emphysème chronique, qui, se compliquant de bronchites aiguës par temps froid et humide, engendrait de graves difficultés pulmonaires. À ces deux hommes, il prescrivait de la morphine pour la toux (de la poudre de Douvres, cinq granules trois fois par jour), de petites doses d'expectorant (de l'ipéca), des inhalations et des cataplasmes à la moutarde sur le thorax. Même si certains médecins ricanaient des cataplasmes, Breuer croyait en leurs vertus et les prescrivait régulièrement – surtout en cette période où la moitié des Viennois semblaient atteints de problèmes respiratoires.

La ville n'avait pas vu un rayon de soleil depuis trois semaines et n'avait connu qu'une bruine aussi glaciale qu'ininterrompue.

Le troisième patient, domestique chez le prince héritier Rodolphe, était un jeune homme fébrile, à la peau tavelée et à la gorge en feu, tellement timide que Breuer devait hausser le ton pour qu'il daigne se déshabiller devant lui. Le diagnostic avait été clair : amygdalite folliculaire. Bien que partisan de l'ablation immédiate des amygdales au ciseau et au forceps, Breuer décida néanmoins que celles-ci n'étaient pas encore mûres pour une telle opération. Il prescrivit donc au jeune homme des compresses froides sur la gorge, des bains de bouche au chlorure de potassium et des inhalations d'eau carbonisée. Comme il s'agissait de sa troisième inflammation de la gorge en un seul hiver, Breuer lui conseilla également de renforcer sa peau et sa résistance par des bains froids quotidiens.

En attendant Mlle Salomé, il ressortit la lettre qu'il avait reçue d'elle trois jours plus tôt. Avec le même toupet qui avait caractérisé son premier billet, elle annonçait qu'elle viendrait aujourd'hui à son cabinet, pour une consultation à quatre heures. Les narines de Breuer s'ouvrirent grand : « C'est *elle* qui me dit, à *moi*, à quelle heure elle va venir. Elle fixe les règles du jeu. Elle me confère l'honneur de… »

Mais il se reprit immédiatement : « Ne te prends pas trop au sérieux, Josef. Quelle importance après tout ? Même si Mlle Salomé ne pouvait pas le savoir, il se trouve que le mercredi après-midi est un très bon jour pour la voir. Quelle différence cela peut-il bien faire ?

« C'est *elle* qui me dit, à *moi*… » Breuer songea au ton de sa voix : c'était précisément cette suffisance prétentieuse qu'il détestait chez ses confrères, comme Billroth ou le vieux Schnitzler, et chez nombre de ses prestigieux patients, comme Brahms et Wittgenstein. La vertu qu'il chérissait le plus chez ses proches, dont nombreux figuraient parmi ses patients, c'était la modestie. Il en était ainsi d'Anton Bruckner : peut-être ne serait-il jamais le grand compositeur qu'était Brahms, mais au moins il ne se prenait pas pour un génie.

Plus que tout, Breuer appréciait les jeunes et impertinents rejetons de certains de ses amis : Hugo Wolf fils, Gustav Mahler, Theodor Herzl, enfin cet improbable étudiant en médecine qu'était Arthur Schnitzler. Il s'identifiait à eux et, quand les autres vieillards n'étaient pas dans les parages, les distrayait avec des attaques caustiques contre la classe dominante. Par exemple, une semaine auparavant, lors du bal annuel de la Polyclinique, il avait amusé le groupe de jeunes hommes qui l'entourait en disant : « Oui, oui, il est vrai que les Viennois sont des gens très croyants ; et leur dieu a pour nom "Convention". »

Breuer, scientifique jusqu'au bout des ongles, se rappela la facilité avec laquelle, ce jour-là, il était passé en quelques minutes seulement d'une humeur à une autre, de l'arrogance à la modestie. Phénomène ô combien intéressant ! Pourrait-il rééditer l'exploit ?

Il se livra sur-le-champ à une expérience mentale. Il tenta tout d'abord de se glisser dans le personnage viennois, imbu de toute cette pompe qu'il avait appris à détester. Il bomba le torse et marmonna dans sa barbe : « Comment ose-t-elle ! », plissa les yeux et resserra ses lobes cérébraux frontaux ; il ressentit alors cette irritation et cette indignation qui caractérisent ceux qui se prennent trop au sérieux. Puis, soupirant et se détendant, il évacua tout cela et retrouva sa véritable nature, son état d'esprit à lui, qui lui permettait de rire de lui-même et de ses poses ridicules.

Il remarqua que chacune de ces deux humeurs possédait sa propre couleur émotionnelle : l'arrogante était tout en angles droits, en méchanceté et en susceptibilité, en morgue et en solitude. L'autre, au contraire, avait quelque chose de rond, de doux et d'ouvert.

Ces sentiments, pensa Breuer, étaient clairement définis, identifiables ; mais modestes, aussi. *Quid* des sentiments plus puissants et des dispositions d'esprit qui leur donnent naissance ? Existerait-il un moyen de contrôler ces sentiments plus forts ? Est-ce que cela ne conduirait pas à une thérapie psychologique plus efficace ?

Il médita sur son propre cas. Ses états d'esprit les plus fluctuants, il les avait connus avec des femmes. Certains jours il se sentait fort et protégé : ce jour précis, à l'abri de la forteresse qu'était son cabinet de consultation, en faisait partie. Dans ces moments-là, il voyait les femmes telles qu'elles étaient : des créatures en quête de reconnaissance qui luttaient face aux difficultés sans fin de la vie quotidienne ; il voyait également la nature profonde de leurs seins : des amas de cellules mammaires flottant dans des lacs de lipides. Il connaissait leurs écoulements, leurs problèmes dysménorrhéiques, leurs sciatiques, leurs diverses excroissances anormales – matrices et vessies effondrées, hémorroïdes bleuâtres et varices.

Mais, à d'autres moments, il était enchanté, captivé par des femmes hors du commun, dont les seins gonflaient pour former des globes à la fois puissants et magiques, submergé par un formidable désir de se mêler à leur corps, de lécher leurs tétons, de se glisser dans leur chaleur et leur moiteur. Cet état d'esprit pouvait se révéler absolument implacable et bouleverser toute une vie. Dans son travail avec Bertha, cela avait même failli lui faire perdre tout ce à quoi il tenait.

Tout était question de perspective, de passage d'un état mental à l'autre. S'il pouvait apprendre aux patients la manière de faire cela sur commande, par la seule volonté, alors il pourrait, en effet, devenir ce que Mlle Salomé cherchait : un médecin du désespoir.

Sa méditation fut interrompue par un bruit de porte ; quelqu'un venait d'entrer dans la salle d'attente. Il patienta un instant, afin de ne pas paraître trop anxieux, puis sortit dans la salle d'attente pour accueillir Lou Salomé. Elle était trempée – la bruine viennoise s'était muée en véritable déluge. Mais, avant même de pouvoir la débarrasser de son manteau, elle l'ôta d'elle-même en tortillant ses épaules et le tendit à Mme Becker, son infirmière et réceptionniste.

Après avoir guidé Mlle Salomé dans son cabinet et lui avoir indiqué un gros fauteuil en cuir noir, Breuer prit place dans le siège qui se trouvait à côté d'elle. Il ne put s'empêcher de faire la réflexion : « Je vois que vous préférez faire les choses par vous-même. Est-ce que cela n'ôte pas aux hommes le plaisir de vous servir ?

– Vous savez comme moi que certains des services que rendent les hommes ne sont pas nécessairement bons pour la santé des femmes !

– Votre futur époux aura besoin d'un sérieux entraînement. On ne se défait pas facilement d'habitudes ancestrales.

– Le couple ? Non merci, pas pour moi ! Je vous ai déjà expliqué... Ou bien, à la rigueur, un couple à mi-temps. Cela pourrait me convenir ; mais jamais rien de plus contraignant. »

En voyant sa belle et déterminée visiteuse, Breuer comprit sans difficulté le grand intérêt d'un couple à mi-temps. Il avait du mal à se dire qu'elle était deux fois plus jeune que lui. Elle portait une longue robe noire, simple, boutonnée jusqu'au cou, et autour de ses épaules était enroulée une fourrure avec une petite tête et des pattes de renard. « Bizarre, pensa Breuer. En plein hiver à Venise, elle ne met pas sa fourrure, mais elle la garde sur le dos dans mon cabinet surchauffé. » Peu importe. Il était temps de passer aux choses sérieuses.

« Bien, mademoiselle, dit-il, venons-en maintenant à la maladie de votre ami.

– Son *désespoir*, pas sa maladie. J'ai plusieurs conseils à vous donner. Puis-je vous en faire part ? »

« N'y a-t-il donc aucune limite à sa prétention ? se demanda-t-il, indigné. Elle s'adresse à moi comme le ferait l'un de mes *confrères* – un directeur de clinique ou un médecin avec trente ans de métier derrière lui – et pas comme une écolière ingénue… Calme-toi, Josef ! se reprit-il. Elle est encore toute jeune, elle ne vénère pas le dieu viennois Convention. Par ailleurs, elle connaît ce professeur Nietzsche mieux que moi. Elle est remarquablement intelligente et a peut-être des choses importantes à dire. Dieu sait si je n'ai pas la moindre idée de la manière de guérir le désespoir. Déjà que je suis incapable de guérir le mien… »

Calmement, il répondit : « Bien sûr, mademoiselle. Je vous en prie.

– Mon frère Jénia, que j'ai vu ce matin même, m'a expliqué que vous aviez eu recours au mesmérisme pour aider Anna O. à retrouver la source psychologique première de chacun de ses symptômes. Je me rappelle que vous m'avez dit, à Venise, que ce dévoilement de l'origine de chaque symptôme contribuait, d'une certaine façon, à sa disparition. C'est justement cette "certaine façon" qui m'intéresse. Un jour où nous aurons un peu plus de temps, j'espère que vous m'éclairerez sur le mécanisme précis grâce auquel l'identification de la source permet d'éliminer le symptôme. »

Breuer secoua la tête et agita ses mains, les paumes ouvertes vers Lou Salomé.

« C'est une observation empirique. Même si nous avions tout le temps du monde devant nous, je crains de ne jamais pouvoir satisfaire votre curiosité. Mais vos conseils, mademoiselle ?

– Mon premier conseil est le suivant : n'ayez pas recours au mesmérisme avec Nietzsche. Cela ne fonctionnerait pas ! Son esprit, son intellect sont proprement miraculeux, une des merveilles du monde, comme vous le constaterez par vous-même. Mais, pour reprendre une de ses expressions favorites, il n'est qu'humain, trop humain, et il a ses faiblesses. »

Elle ôta sa fourrure, se leva lentement et traversa le cabinet pour la poser sur le divan de Breuer. Elle observa quelques instants les diplômes encadrés au mur, ajusta l'un d'eux qui penchait légèrement, puis se rassit et croisa les jambes, avant de reprendre :

« Nietzsche est extrêmement sensible aux questions de pouvoir. Il refuserait de s'engager dans la moindre expérience qu'il percevrait comme une reddition de son pouvoir à autrui. Il est attiré par les présocratiques, notamment par leur concept d'*agôn*, l'idée qu'on ne développe ses dons naturels que dans la compétition, et il se méfie énormément de tous ceux qui renoncent à la compétition pour se prétendre altruistes. Dans ce domaine, son mentor reste Schopenhauer. Nul ne souhaite, pense-t-il, aider autrui : au contraire, les gens ne désirent qu'accroître leur pouvoir et dominer. Les rares fois où il a cédé le sien à quelqu'un d'autre, il en a conçu une profonde rancune et un profond désespoir. Il s'agissait de Richard Wagner. Je crois que cela se reproduit avec moi aujourd'hui.

– Comment cela, avec vous ? Est-il vrai que vous êtes en partie responsable du désespoir qui frappe le professeur Nietzsche ?

– Lui m'en tient responsable, oui. J'en viens donc à mon deuxième conseil : ne faites pas alliance avec moi. Vous semblez perplexe... Afin que vous compreniez mieux la situation, je dois tout vous dire de mes rapports avec Nietzsche. Je n'omettrai aucun détail et répondrai à toutes vos questions avec franchise, ce qui ne sera pas chose aisée. Je me remets entre vos mains, mais ce que je vais vous dire doit rester notre secret.

– Naturellement vous pouvez compter sur moi, mademoiselle », répondit-il, charmé par la franchise de Lou Salomé, par le plaisir revigorant qu'il y avait à converser avec un être aussi ouvert d'esprit.

« Bien, commençons... J'ai rencontré Nietzsche pour la première fois il y a environ huit mois, en avril dernier. »

Mme Becker toqua à la porte et apporta du café. Si elle fut surprise de voir Breuer assis près de Lou Salomé plutôt qu'à sa place habituelle derrière le bureau, en tout cas elle n'en montra rien. Sans un mot, elle déposa un plateau portant un service en porcelaine, des cuillers et une cafetière en argent brillant. Elle s'en alla rapidement. Breuer versa le café. Lou Salomé poursuivit :

« J'ai quitté la Russie l'année dernière, pour des raisons de santé : une mauvaise respiration qui s'est aujourd'hui nettement améliorée. Je me suis d'abord installée à Zurich, où j'ai étudié la théologie avec Biederman et travaillé avec le poète Gottfried Kinkel – je ne crois pas vous avoir précisé que je suis une poétesse en herbe. Lorsque ma mère et moi nous sommes installées à Rome, au début de cette année, Kinkel m'a donné une lettre de recommandation pour Malvida von Meysenburg. Vous la connaissez, c'est elle qui a écrit les *Mémoires d'une idéaliste* ? »

Breuer acquiesça. Il connaissait bien l'œuvre de Malvida von Meysenburg, en particulier ses croisades en faveur des droits des femmes, des réformes politiques radicales et des changements dans les méthodes éducatives. En revanche, il goûtait nettement moins ses tout derniers pamphlets antisémites, qu'il estimait fondés sur des hypothèses pseudo-scientifiques.

Lou Salomé continua : « Aussi me suis-je rendue au salon littéraire de Malvida, où j'ai rencontré un charmant et brillant philosophe, Paul Rée, avec lequel je me suis liée d'amitié. M. Rée avait assisté, bien des années plus tôt, aux cours que Nietzsche donnait à Bâle, et les deux hommes étaient devenus très amis. Je voyais bien que Rée admirait Nietzsche plus que tout. Très vite il affirma que, si lui et moi étions amis, alors Nietzsche et moi devions l'être tout autant. Paul, enfin… M. Rée… Docteur… » Elle rougit un bref instant, mais suffisamment pour que Breuer s'en aperçoive, et qu'elle remarque qu'il avait remarqué. « Permettez-moi de l'appeler Paul. C'est ainsi que je m'adresse à lui… Qui plus est, nous n'avons pas de temps à perdre avec les urbanités. Je suis très proche de Paul, même si jamais je ne m'immolerai sur l'autel du couple, ni avec lui ni avec quiconque ! Mais, poursuivit-elle d'un ton impatient, j'ai déjà consacré trop de temps à expliquer un petit fard involontaire sur mon visage. Ne sommes-nous pas les seuls animaux à rougir ? »

Décontenancé, Breuer ne put que hocher la tête. Pendant quelques instants, entouré par son attirail médical, il s'était senti plus fort que lors de leur dernière conversation. Mais voilà que, tombé sous le charme de la jeune femme, il sentait ses forces le lâcher. Les propos qu'elle venait de tenir sur son léger rougissement étaient remarquables : jamais dans sa vie il n'avait entendu une femme, ni personne d'ailleurs, parler du rapport aux autres avec une telle franchise. Et elle n'avait que vingt et un ans !

« Paul était convaincu que Nietzsche et moi deviendrions vite amis, que nous étions faits l'un pour l'autre. Il voulait que je devienne l'élève de Nietzsche, sa protégée, et sa comparse ; et que Nietzsche soit mon professeur, mon prêtre laïc. »

Ils furent interrompus par quelques coups feutrés à la porte. Breuer se leva pour ouvrir. Mme Becker chuchota sans discrétion qu'un patient venait d'arriver. Breuer se rassit et rassura Lou Salomé : ils avaient encore du temps devant eux, puisque les patients sans rendez-vous s'attendaient toujours à des délais très longs. Il l'invita donc à poursuivre son récit.

« Paul a donc arrangé un rendez-vous à la basilique Saint-Pierre, soit l'endroit le plus improbable pour la première rencontre de notre "trinité infernale", le nom que nous nous sommes donné plus tard, bien que Nietzsche parlât souvent d'une "relation pythagoricienne". »

Breuer se surprit à observer non pas le visage de la jeune femme, mais sa poitrine. « Depuis combien de temps est-ce que je la regarde ? se demanda-t-il. L'a-t-elle remarqué ? Est-ce que les autres femmes, aussi, remarquent quand je les scrute ainsi ? » Il s'empara d'un balai imaginaire et chassa toutes ses pensées sexuelles pour se concentrer uniquement sur les yeux et les paroles de Lou Salomé.

« J'ai été immédiatement attirée par Nietzsche. Physiquement, ce n'est pas un homme imposant. Taille moyenne, une voix douce et des yeux fixes tournés vers lui-même plutôt que vers l'extérieur, comme s'il protégeait quelque trésor intérieur. Je ne savais pas qu'il était pratiquement aveugle. Et pourtant, il y avait quelque chose de profondément captivant chez lui. Ses premiers mots pour moi furent : "De quelles étoiles sommes-nous tombés pour nous rencontrer ici ?"

« Puis nous avons tous les trois discuté. Et quelle discussion ! Au départ, il semblait que les espoirs de Paul quant à une relation amicale ou professorale entre Nietzsche et moi se réaliseraient. Intellectuellement, nous étions parfaitement en accord. Nos esprits s'emboîtaient, au point qu'il disait que nos cerveaux étaient jumeaux. Oui, Nietzsche a lu à voix haute les plus beaux passages de son dernier texte, a mis mes poèmes en musique, m'a dit ce qu'il comptait offrir au monde au cours des dix prochaines années – il pensait que sa santé ne lui accorderait pas plus d'une décennie à vivre.

« Assez vite, Paul, Nietzsche et moi avons décidé de vivre ensemble. Un *ménage à trois*[1]. Nous avons commencé à envisager de passer l'hiver à Vienne, voire à Paris. »

Un *ménage à trois* ! Breuer se racla la gorge et s'agita dans son fauteuil, soudain gêné. Il vit la jeune femme sourire face à son malaise. « Elle voit *tout*. Quelle diagnos-

1. En français dans le texte.

ticienne cette femme ferait ! A-t-elle jamais songé à une carrière dans la médecine ? Pourrait-elle être mon étudiante ? *Ma* protégée ? Ma consœur, travaillant à mes côtés dans le cabinet ou le laboratoire ? » Ce fantasme--là, Breuer le caressait intensément. Mais les mots de Lou Salomé l'en tirèrent aussitôt.

« Oui, je sais que le monde voit d'un mauvais œil deux hommes et une femme qui vivent chastement ensemble. » Elle insista magnifiquement sur le mot « chastement », assez fortement pour mettre les choses au clair, mais avec assez de douceur pour éviter le moindre reproche. « Nous sommes des libres penseurs idéalistes qui rejetons les contraintes sociales. Nous croyons en notre capacité à créer notre propre système moral. »

Breuer ne répondant pas, la jeune femme parut pour la première fois incertaine de la marche à suivre.

« Dois-je continuer ? Avons-nous le temps ? Vous ai-je heurté ?

– Poursuivez, je vous en prie, chère mademoiselle. *Primo*, j'ai pris le soin de vous consacrer du temps. » Il s'empara d'un calendrier à l'autre bout de son bureau et montra les deux grandes lettres « L. S. » griffonnées à la date du mercredi 22 novembre 1882. « Vous voyez, je n'ai aucun rendez-vous prévu cet après-midi. *Secundo*, vous ne me heurtez pas le moins du monde. Au contraire, j'admire votre honnêteté, votre sincérité. Si tous les amis pouvaient parler aussi franchement ! La vie n'en serait que plus riche et plus authentique. »

Acceptant le compliment sans sourciller, Lou Salomé se versa un peu plus de café et reprit le fil de son histoire. « J'aimerais au préalable vous préciser que ma relation avec Nietzsche, aussi intense fût-elle, aura été très brève. Nous ne nous sommes vus qu'à quatre reprises, et nous étions presque toujours sous l'œil vigilant de ma mère, de la mère de Paul, ou de la sœur de Nietzsche. En fait, Nietzsche et moi n'avons été que très rarement seuls.

« La lune de miel intellectuelle de notre trinité infernale n'a pas duré longtemps non plus. Des fissures sont apparues. Puis des sentiments amoureux, des désirs. Peut-être étaient-ils présents dès le début ; peut-être suis-je coupable de ne pas les avoir vus à temps. » Elle tressaillit, comme pour se débarrasser de cette responsabilité pesante, avant d'aborder une série d'événements cruciaux.

« Vers la fin de notre premier rendez-vous, Nietzsche commença à s'inquiéter de mon projet de *ménage à trois* chaste. Estimant que le monde n'était pas prêt à accepter une telle chose, il m'a demandé de garder le projet secret. Sa famille, notamment, le préoccupait : en aucune circonstance ni sa sœur ni sa mère ne devaient être au courant. Quel conformisme ! À la fois étonnée et déçue, je me suis demandé si je n'avais pas été trompée par ses discours courageux et ses proclamations de libre penseur.

« Quelque temps après, Nietzsche en arriva à une position encore plus affirmée, assurant qu'un tel agencement me porterait préjudice, socialement, voire causerait ma ruine. Afin de me protéger, il avait décidé de me demander en mariage par l'intermédiaire de Paul. Imaginez-vous un instant la position de Paul ! Or celui--ci, par loyauté à l'égard de son ami, me transmit, fidèlement bien qu'avec une certaine froideur, la proposition de Nietzsche.

– Avez-vous été surprise ? demanda Breuer.

– Parfaitement, d'autant plus que cela survenait juste après notre première rencontre. J'en fus également troublée. Nietzsche est un homme extraordinaire, qui a une douceur, un pouvoir, une présence formidables. Je ne nie pas, docteur Breuer, avoir été fortement attirée par lui – mais sans qu'il y entre de l'amour. Peut-être a-t-il perçu mon attirance pour lui et n'a-t-il pas cru mes propos selon lesquels le mariage m'était aussi incongru que les histoires d'amour. »

Une soudaine rafale de vent fouetta les fenêtres, distrayant un instant l'attention du Dr Breuer. Il eut l'impression que ses épaules, sa nuque étaient complètement raides. Pendant de longues minutes, il avait écouté avec une telle concentration que ses muscles n'avaient pas bougé. Certes, il était arrivé que des patients lui parlent de questions intimes, mais jamais en ces termes, jamais en tête à tête, jamais avec une telle fixité dans le regard. Bertha lui avait révélé beaucoup de choses, mais toujours d'une manière « absente ». Lou Salomé, elle, était bien « présente » et, même quand elle décrivait de menus événements, elle instaurait une telle intimité entre eux deux que Breuer avait le sentiment de converser avec une maîtresse. Il n'avait pas de mal à comprendre pourquoi Nietzsche l'avait demandée en mariage dès leur première rencontre.

« Et ensuite, mademoiselle ?

– Ensuite j'ai décidé d'être plus directe lors de notre prochaine rencontre. Mais la chose s'avéra inutile. Nietzsche se rendit compte bien assez tôt que la perspective de se marier l'effrayait autant qu'elle me dégoûtait. Lorsque je le revis, deux semaines plus tard à Orta, la première chose qu'il me demanda fut d'oublier sa proposition. Il me pria instamment de le suivre au contraire dans sa poursuite d'une relation idéale, passionnée, chaste, intellectuelle et détachée du couple.

« Tous trois, nous nous sommes réconciliés. Nietzsche était tellement ravi à l'idée de notre *ménage à trois* qu'il insista, un après-midi à Lucerne, pour que nous posions devant l'objectif… pour cette photographie, la seule qui existe de notre trinité diabolique. »

Sur la photographie qu'elle tendit à Breuer, deux hommes se tenaient debout devant une charrette dans laquelle elle était assise, brandissant un petit fouet. « Devant, l'homme moustachu qui regarde en l'air, c'est Nietzsche, dit-elle avec chaleur. L'autre, c'est Paul. »

Breuer examina soigneusement l'image. Il fut troublé de voir ces deux hommes – tels deux géants pathétiques et enchaînés – tenus en bride par cette jeune femme splendide et son petit fouet.

« Que dites-vous de ma petite écurie, docteur Breuer ? »

Pour la première fois, une de ses plaisanteries tomba à l'eau, et Breuer se rappela que ce n'était qu'une jeune fille de vingt et un ans. Il fut gêné. Il n'aimait pas voir des défauts sur cette créature parfaite. Son cœur le porta vers ces deux hommes enchaînés – ses frères. Il aurait très bien pu être à leur place.

La jeune femme dut sentir qu'elle avait fait un faux pas. Cela, Breuer le vit à la manière dont elle reprit immédiatement le fil de son récit.

« Nous nous sommes vus à deux autres reprises, à Tautenberg, il y a environ trois mois de cela, en compagnie de la sœur de Nietzsche, d'abord, puis à Leipzig, cette fois avec la mère de Paul. Mais Nietzsche n'a pas cessé de m'écrire. Voici une de ses lettres. Je lui avais dit à quel point son livre, *Aurore*, m'avait émue. C'est sa réponse. »

Breuer lut rapidement la lettre qu'elle lui tendit.

Ma chère amie,

En ce moment je suis entouré d'aurores moi aussi, d'aurores qui ne sont pas imprimées ! L'espoir que j'avais perdu, celui de trouver un ami pour mes dernières joies et mes dernières peines, ne me paraît plus impossible – possibilité dorée à l'horizon de toute ma vie à venir. Je suis toujours ému rien que de penser à l'âme courageuse et intuitive de ma chère Lou.

F. N.[1]

Breuer ne dit rien. Il se sentait encore plus en empathie avec Nietzsche. « Trouver des aurores et des possibilités dorées, se dit-il, aimer une âme courageuse et intuitive : tout le monde éprouve ce besoin, au moins une fois dans sa vie. »

« À la même époque, reprit Lou, Paul a commencé à m'écrire des lettres tout aussi enflammées. Malgré tous mes efforts, la tension ne cessait de croître au sein de notre trinité, jusqu'à un point inquiétant. L'amitié entre Paul et Nietzsche s'étiolait rapidement. Ils finirent par médire l'un de l'autre dans les lettres que chacun m'écrivait.

– Mais enfin, intervint Breuer, cela n'a rien de surprenant, n'est-ce pas ? Deux hommes passionnés qui entretiennent une relation intime avec la même femme ?

– J'ai peut-être fait preuve de naïveté. Je croyais que nous pouvions tous les trois partager une vie spirituelle et mener un travail philosophique sérieux. »

Sans être le moins du monde troublée par la question de Breuer, elle se leva, s'étira légèrement et avança d'un pas tranquille vers la fenêtre, non sans s'être arrêtée pour

1. F. Nietzsche, P. Rée, L. Salomé, *Correspondance*, PUF, « Quadrige », trad. Ole Hansen-Løve et Jean Lacoste, Paris, 1979.

étudier certains des objets qui trônaient sur le bureau du médecin – un mortier et son pilon en bronze datant de la Renaissance, une petite figurine funéraire égyptienne, une maquette en bois des canaux semi-circulaires de l'oreille interne.

« Au risque de vous paraître obstinée, dit-elle en regardant par la fenêtre, je ne suis toujours pas persuadée que notre *ménage à trois* fût voué à l'échec ! Il aurait pu fonctionner, n'eût été l'interférence de l'épouvantable sœur de Nietzsche. Il m'a invitée à passer l'été avec lui et Elisabeth à Tautenberg, un petit village de Thuringe. Je l'ai rencontrée à Bayreuth, où nous avons retrouvé Wagner et assisté à une représentation de *Parsifal.* Puis nous sommes partis ensemble pour Tautenberg.

– Pourquoi la qualifiez-vous d'épouvantable, mademoiselle ?

– Elisabeth est une idiote qui aime semer la discorde. Méchante, malhonnête et antisémite. Lorsque j'ai commis l'erreur de lui dire que Paul était juif, elle s'est démenée pour le faire savoir à tout l'entourage de Wagner, histoire que Paul ne puisse plus jamais réintégrer le cercle de Bayreuth. »

Breuer reposa sa tasse de café. Alors que Lou Salomé l'avait d'abord entraîné vers les terres rassurantes et douces de l'amour, de l'art et de la philosophie, ses paroles le ramenaient maintenant violemment à la réalité, aux fanges nauséabondes de l'antisémitisme. Le matin même, il avait lu dans le *Neue Freie Presse* un article sur les associations de jeunesse qui écumaient les universités, entraient dans les salles de cours et hurlaient « Les juifs dehors ! » en expulsant ceux-ci des amphithéâtres *manu militari.*

« Mademoiselle, étant juif moi-même, je dois vous

demander si le professeur Nietzsche partage les opinions antisémites de sa sœur.

– Je sais que vous êtes juif. Jénia me l'a dit. J'aimerais que vous sachiez bien que Nietzsche ne se soucie que de la vérité. Il hait le mensonge des préjugés, de tous les préjugés. Il hait l'antisémitisme de sa sœur. Il est à la fois affligé et dégoûté par le fait qu'elle reçoive souvent la visite de Bernard Förster, l'un des antisémites les plus virulents et déclarés d'Allemagne. Elisabeth… »

Dans la bouche de Lou Salomé, les mots sortaient plus vite maintenant, et sa voix avait monté d'une octave. Breuer comprit qu'elle s'écartait du discours qu'elle avait préparé, et que, partie sur sa lancée, elle ne pouvait plus s'arrêter.

« Elisabeth, docteur Breuer, est une horreur. Elle m'a traitée de prostituée. Elle a menti à son frère et lui a dit que je montrais cette fameuse photographie à tout le monde en criant sur tous les toits qu'il adorait tâter de mon fouet. Elle ne fait que mentir ! C'est une vipère. Un jour, vous m'entendez, un jour elle fera beaucoup de mal à Nietzsche ! »

Elle s'était agrippée fermement au dossier d'un fauteuil. Puis elle s'était rassise et avait repris son récit d'une voix plus calme. « Comme vous pouvez l'imaginer, les trois semaines que j'ai passées à Tautenberg avec Nietzsche et Elisabeth ont été compliquées. Les moments où je me retrouvais seule avec lui étaient sublimes. Des discussions prodigieuses, des conversations de haute volée sur tous les sujets… Parfois sa santé lui permettait de parler dix heures par jour ! Je me demande si on a déjà vu dans l'Histoire une telle ouverture d'esprit philosophique entre deux êtres. Nous abordions la relativité du bien et du mal, la nécessité de se libérer de la morale publique pour vivre moralement, le besoin de fonder une religion du libre penseur. Les mots de Nietzsche sonnaient juste : nous avions en effet des cerveaux jumeaux, nous pouvions nous dire tant de choses avec peu de mots, sans grandes phrases, par de simples gestes. Et pourtant… Ce paradis fut gâché par la surveillance constante qu'exerçait sur nous sa vipère de sœur ; je la voyais qui toujours nous écoutait, interprétait à tort et à travers, complotait.

– Dites-moi… Pourquoi Elisabeth vous calomniait-elle ainsi ?

– Mais parce que cette femme lutte pour sa survie. Elle est étriquée, intellectuellement limitée, et ne peut se permettre d'abandonner son frère à une autre femme. Elle se rend compte que Nietzsche est et sera toujours son unique raison d'être. »

Lou Salomé regarda sa montre, puis la porte fermée.

« Je ne veux pas abuser de votre temps ; aussi vais-je vous raconter la suite en quelques mots. Le mois dernier, malgré les objections d'Elisabeth, Paul, Nietzsche et moi-même avons passé trois semaines chez la mère de Paul, où nous avons, une fois de plus, discuté philosophie, notamment le développement des croyances religieuses. Nous nous sommes quittés il y a seulement deux semaines, et Nietzsche était encore convaincu que nous passerions le printemps à Paris, ensemble, tous les trois. Or ce ne sera jamais le cas : aujourd'hui je le sais. Sa sœur a réussi à le monter contre moi et, récemment, il a commencé à nous écrire, à Paul et à moi, des lettres pleines de désespoir et de fiel.

– Et aujourd'hui, mademoiselle Salomé, où en sommes-nous ?

– Tout s'est détérioré. Paul et Nietzsche sont devenus

ennemis, et Paul devient fou de rage chaque fois qu'il lit les lettres que Nietzsche m'envoie, chaque fois qu'il entend parler du moindre sentiment généreux que je nourris pour lui.

– Paul lit vos lettres ?

– Oui. Pourquoi pas ? Notre amitié est de plus en plus profonde. Je pense que je serai toute ma vie proche de lui, nous n'avons aucun secret l'un pour l'autre, au point de lire nos journaux intimes respectifs. Il n'a pas cessé de me demander solennellement de rompre avec Nietzsche. Finalement, j'ai cédé et écrit à Nietzsche que, tout en chérissant notre amitié, j'estimais notre *ménage à trois* impossible. Je lui ai dit qu'il y avait trop de souffrances, trop d'influences destructrices, venant de sa sœur, de sa mère, des querelles incessantes entre Paul et lui.

– Et comment a-t-il réagi ?

– Très mal ! Effrayant ! Il m'écrit des lettres délirantes, parfois insultantes ou menaçantes, ou encore profondément désespérantes. Tenez… Lisez donc ces lignes que j'ai reçues la semaine dernière ! »

Elle tendit deux lettres dont la simple apparence dénotait une grande agitation : une écriture irrégulière, de nombreux mots abrégés ou soulignés plusieurs fois. Breuer se concentra sur les paragraphes que Lou avait entourés puis, incapable de déchiffrer plus de quelques mots, lui rendit les deux lettres.

« J'avais oublié, répondit-elle, à quel point son écriture était difficile à lire. Laissez-moi simplement vous lire cette lettre, adressée à Paul et à moi : "Ne vous inquiétez pas trop de ma 'mégalomanie' ou de ma 'vanité blessée' – et même si par hasard je devais m'ôter la vie dans un état de ce genre, il n'y aurait pas grand-chose à regretter. Que vous importent mes chimères ! […] J'en viens à cet avis sur la situation, un avis *raisonnable* à mon sens, après avoir adopté – par désespoir – une incroyable dose d'opium[1]." »

Elle interrompit sa lecture. « Ces quelques lignes suffisent pour vous donner une idée de sa détresse. Comme cela fait maintenant plusieurs semaines que j'habite dans la propriété familiale de Paul, en Bavière, tout mon courrier arrive là-bas. Paul détruit les lettres les plus violentes, pour m'épargner des souffrances, mais celle-ci, qui n'est adressée qu'à moi, a échappé à sa vigilance : "Si je vous écarte de moi maintenant, ce sera une terrible censure de tout votre être ! [...] Vous avez causé du tort, vous avez fait du *mal* – non seulement à moi mais à tous ceux qui m'aimaient – cette épée est suspendue au-dessus de vous[2]." »

Elle leva les yeux vers Breuer. « Comprenez-vous, docteur, pourquoi je vous demande instamment de ne pas faire alliance avec moi, en aucune façon ? »

Breuer tira une grosse bouffée de son cigare. Bien que captivé par Lou Salomé et absorbé tout entier par le mélodrame qu'elle lui racontait, il n'en éprouvait pas moins une certaine gêne. Avait-il eu raison de se laisser entraîner dans cette histoire ? Quelle jungle ! Que de relations humaines primitives et fortes : la trinité diabolique, l'amitié brisée de Nietzsche et de Paul, le lien puissant entre Nietzsche et sa sœur... Et la perversité qui reliait cette dernière et Lou Salomé. « Je dois faire attention, pensa-t-il, de me tenir à l'écart de ces foudres-là. Plus explosif que tout, évidemment, l'amour désespéré de Nietzsche pour Lou Salomé, qui s'est mué en haine. »

1. *Ibid.*
2. *Ibid.*

Mais il était trop tard pour reculer. Il s'était engagé et, insouciant, lui avait dit à Venise : « Je n'ai jamais refusé de traiter un malade. »

Il s'adressa de nouveau à Lou Salomé : « Ces lettres me permettent de mieux comprendre votre inquiétude, mademoiselle, et je la partage avec vous : votre ami n'a pas l'air très stable, et le suicide demeure une éventualité à ne pas exclure. Mais puisque vous n'avez plus grande influence sur le professeur Nietzsche, comment pourrez-vous le convaincre de venir me consulter ?

– C'est en effet un problème que j'ai longuement considéré. Même mon nom est devenu une insulte pour lui, et désormais il va me falloir agir indirectement. Ce qui signifie, bien entendu, qu'il ne doit jamais, au grand jamais, apprendre que c'est moi qui ai arrangé ce rendez-vous avec vous. Vous ne devrez jamais le lui dire ! Mais maintenant que je sais que vous souhaitez le voir… »

Elle posa sa tasse et regarda Breuer avec une telle intensité que celui-ci dut répondre sur-le-champ : « Naturellement, mademoiselle. Comme je vous l'avais dit à Venise, je n'ai jamais refusé de traiter un malade. »

En entendant ces paroles, Lou Salomé se fendit d'un grand sourire. Elle était donc plus tendue qu'il ne l'avait cru.

« Forte de cette certitude, docteur Breuer, je vais donc commencer la manœuvre pour faire venir Nietzsche chez vous sans qu'il sache quel aura été mon rôle. Son comportement est devenu tellement erratique que ses amis, j'en suis sûre, sont inquiets et verront d'un œil favorable toute tentative sérieuse pour lui venir en aide. Demain, sur la route de Berlin, je m'arrêterai à Bâle pour soumettre notre plan à Franz Overbeck, le plus vieil ami de Nietzsche. Votre réputation de diagnosticien nous facilitera la tâche. Et je pense Franz Overbeck capable de convaincre Nietzsche qu'il devrait vous consulter au sujet de son état de santé. Si ma manœuvre réussit, je vous en informerai par courrier. »

Sans perdre une seconde, elle rangea les lettres de Nietzsche dans son sac à main, se leva, déplaça avec grandiloquence sa longue jupe à volants, ramassa son étole de renard sur le divan et tendit sa main vers celle de Breuer. « Et maintenant, cher docteur Breuer… »

Au moment où elle posa son autre main sur la sienne, Breuer sentit son cœur battre plus vite. Il eut beau se dire de ne pas jouer les barbons, il se laissa gagner par la chaleur de cette main de femme. Il voulut lui dire comme il aimait son contact. Peut-être s'en rendait-elle compte, d'ailleurs, car tout en parlant elle ne lâcha pas prise.

« J'espère que nous discuterons de toutes ces questions régulièrement. Pas seulement en raison de mes sentiments forts à l'égard de Nietzsche et de ma crainte d'être, sans le savoir, responsable de son malheur. Car il y a encore autre chose. J'espère que nous deviendrons, vous et moi, amis. Comme vous avez pu le constater, j'ai de nombreux défauts : je suis impulsive, je vous choque, je suis excentrique. Mais j'ai aussi des qualités. Je sais très bien reconnaître la noblesse chez un homme ; et quand il m'arrive de rencontrer un tel homme, je préfère ne pas le perdre. Écrivons-nous donc. »

Elle lâcha sa main, marcha jusqu'à la porte, s'arrêta soudain. Elle fouilla dans son sac dont elle sortit deux petits volumes.

« Oh, docteur Breuer, j'allais oublier… Je crois bon que vous possédiez les deux derniers ouvrages de Nietzsche. Ils vous donneront un aperçu de sa pensée. Mais en aucun cas il ne doit savoir que vous les avez lus.

Cela ne ferait qu'éveiller ses soupçons, puisqu'il n'a pratiquement jamais vendu ses livres. »

Elle toucha, une fois de plus, le bras de Breuer. « Une toute dernière chose, pour terminer. Bien que très peu lu, Nietzsche est persuadé que son heure viendra. Un jour, il m'a dit que le surlendemain lui appartenait. Aussi ne dites à personne que vous l'aidez. Ne citez jamais son nom. S'il devait découvrir cela, il y verrait une immense trahison. Votre patiente, Anna O... Ce n'est pas son vrai nom, n'est-ce pas ? C'est un pseudonyme ? »

Breuer fit oui de la tête.

« Alors je vous conseille d'en faire autant avec Nietzsche. Au revoir, docteur Breuer. » Et elle lui tendit la main.

« Au revoir, mademoiselle », répondit Breuer en s'inclinant et en baisant sa main.

Après avoir refermé la porte derrière elle, il jeta un coup d'œil aux deux minces volumes recouverts de papier et nota qu'ils portaient de curieux titres : *Le Gai Savoir* et *Humain, trop humain.* Il les reposa sur son bureau, puis se rendit à la fenêtre pour voir une dernière fois Lou Salomé. Celle-ci brandit son parapluie, descendit rapidement les marches du perron et, sans un regard derrière elle, monta dans un fiacre qui attendait là.

3

Se détournant de la fenêtre, Breuer secoua la tête pour en chasser l'image de Lou Salomé. Puis il tira sur la corde au-dessus de son bureau pour signifier à Mme Becker qu'elle pouvait lui envoyer le prochain patient. M. Perlroth, un juif orthodoxe à la longue barbe et au dos voûté, franchit timidement le seuil du cabinet.

Cinquante ans plus tôt, M. Perlroth avait subi une amygdalectomie traumatisante, dont le souvenir chez lui était tellement cuisant que, jusqu'à ce jour, il avait toujours refusé de consulter un médecin. Même cette fois-ci, il avait sans cesse repoussé sa visite jusqu'à ce qu'une « situation médicale désespérée », pour reprendre ses propres termes, ne lui laisse plus le choix. Breuer se départit immédiatement de son attitude de médecin, se leva de derrière son bureau et vint s'asseoir à côté de son patient, comme il l'avait fait pour Lou Salomé, pour bavarder avec lui de manière moins solennelle. Ils discutèrent de la pluie et du beau temps, de la nouvelle vague d'immigrants juifs venus de Galicie, de l'antisémitisme virulent de l'Association autrichienne pour la réforme, enfin de leurs origines communes. Comme presque tous les membres de la communauté juive, M. Perlroth avait connu et adulé Leopold, le père de Breuer, et, au bout de quelques minutes, reporta tout son respect pour le père sur le fils.

« Donc, monsieur Perlroth, dit Breuer, que puis-je faire pour vous ?

– Je n'arrive pas à uriner, docteur. Toute la journée, toute la nuit, j'ai envie, je vais aux toilettes, mais rien ne vient. Je reste debout longtemps, jusqu'à ce que de petites gouttes surviennent. Vingt minutes plus tard, même chose. J'y retourne, mais… »

Après avoir posé quelques questions supplémentaires, Breuer était sûr d'avoir identifié l'origine des problèmes de M. Perlroth : sa prostate devait obstruer l'urètre. Il ne restait plus qu'une seule chose à déterminer : son patient souffrait-il simplement d'une excroissance bénigne de la prostate ou bien d'un cancer ? Lors de l'examen rectal, Breuer ne décela aucun de ces nodules cancéreux qui sont durs comme de la pierre, mais au contraire une excroissance bénigne et spongieuse.

En apprenant qu'il n'avait aucun symptôme cancéreux, M. Perlroth se fendit d'un immense sourire et saisit la main du médecin pour l'embrasser. Mais son humeur s'assombrit de nouveau lorsque Breuer lui expliqua, aussi calmement que possible, la nature quelque peu pénible du traitement qui s'imposait : le canal urinaire devait être dilaté par l'insertion dans le pénis d'une série graduée de longues tiges métalliques, ou « sondes ». Breuer ne pratiquant pas lui-même ce genre d'opération, il renvoya M. Perlroth vers son beau-frère Max, urologue de son état.

M. Perlroth parti – il était six heures passées –, les visites à domicile débutèrent. Breuer remplit sa grande trousse en cuir noir, enfila son pardessus bordé de fourrure et son haut-de-forme, et sortit de chez lui. Son chauffeur Fischmann et son fiacre à deux chevaux l'attendaient. Pendant que Breuer examinait M. Perlroth, Mme Becker avait hélé un *Dienstmann*, un homme de service, posté au carrefour tout proche – un jeune coursier aux yeux et au nez rouges qui portait un grand insigne officiel, un chapeau pointu et une immense capote militaire kaki ornée d'épaulettes – et lui avait donné dix kreuzers pour qu'il aille chercher Fischmann. Plus riche que la plupart des médecins viennois, Breuer préférait louer un fiacre à l'année plutôt que d'en appeler un chaque fois qu'il en avait besoin.

Comme d'habitude, il transmit à Fischmann la liste des patients à visiter. Breuer consultait à domicile deux fois par jour : le matin, après son petit déjeuner composé de café et de *Kaisersemmel* à trois pointes ; et en fin de journée, après ses consultations de l'après-midi, comme c'était le cas présentement. Suivant en cela la grande majorité des médecins viennois, Breuer n'envoyait un patient à l'hôpital qu'en dernier recours. Non seulement les gens étaient plus choyés chez eux, mais ils échappaient aussi aux maladies contagieuses qui sévissaient souvent dans les hôpitaux publics.

Par conséquent, le fiacre à deux chevaux de Breuer était fréquemment sollicité, au point de devenir une sorte de cabinet itinérant, rempli des tout derniers ouvrages de référence et autres revues médicales. Quelques semaines auparavant, il avait invité un jeune ami médecin, Sigmund Freud, à l'accompagner toute une journée. Grossière erreur peut-être ! Car le jeune homme hésitait sur sa future spécialisation médicale, et cette journée l'avait peut-être définitivement dégoûté de la médecine interne générale. Selon les calculs de Freud, Breuer avait passé pas moins de six heures dans son fiacre !

Après avoir visité sept patients, dont trois étaient dans un état critique, Breuer avait enfin terminé sa journée de travail. Fischmann se dirigea vers le Café Griensteidl, où Breuer aimait boire une tasse de café en compagnie d'un groupe de médecins et de scientifiques qui, depuis quinze ans, se réunissait autour de la même *Stammtisch*, une grande table réservée pour eux dans le meilleur recoin de l'établissement.

Puis il changea d'avis. « À la maison, Fischmann. Je suis trop mouillé et trop fatigué pour aller au café. »

Reposant sa tête contre le siège en cuir noir, il ferma les yeux. Cette journée éreintante avait fort mal commencé : réveillé par un cauchemar sur les coups de quatre heures du matin, il n'avait pas pu se rendormir. Le programme matinal avait été chargé : dix visites à domicile et neuf consultations au cabinet. L'après-midi, encore plus de patients au cabinet, puis l'entretien, stimulant mais épuisant, avec Lou Salomé.

Il avait encore la tête ailleurs. Bertha s'immisça dans ses pensées : il lui tenait le bras, marchait avec elle sous le soleil chaud, loin de la neige grise et fondue de Vienne. Très vite, cependant, des images discordantes surgirent : son couple brisé, ses enfants abandonnés, tandis qu'il partait pour toujours, pour une nouvelle vie en Amérique aux côtés de Bertha. Ces pensées vinrent le hanter ; il les détestait, car elles l'empêchaient de trouver le repos, elles lui étaient étrangères, ni sérieuses ni souhaitables. Et pourtant il leur ouvrait la porte : la seule échappatoire, c'est-à-dire bannir Bertha de sa vie et de son esprit, lui paraissait proprement inconcevable.

Le fiacre emprunta en cahotant un pont de bois sur la Vienne. Breuer regarda au-dehors les piétons qui rentraient vite du travail, des hommes surtout, portant chacun un parapluie noir, tous habillés comme lui – un pardessus sombre bordé de fourrure, des gants blancs et un haut-de-forme noir. Une silhouette familière attira son regard, celle d'un petit homme sans chapeau, à la barbe taillée, qui dépassait tous les piétons, qui gagnait la course ! Cette démarche rapide, il l'avait déjà vue quelque part ! Plusieurs fois, dans les bois de Vienne, il avait tenté de rattraper ces jambes énergiques qui ne ralentissaient jamais le pas, sauf lorsqu'il s'agissait de ramasser les *Herrenpilze*, ces gros champignons odoriférants qui poussaient parmi les racines des pins noirs.

Après avoir demandé à Fischmann de s'arrêter, Breuer ouvrit la fenêtre et cria : « Sigmund, où allez-vous comme ça ? »

Son jeune ami, vêtu d'un manteau bleu un peu grossier mais sans prétention, referma son parapluie et se tourna vers le fiacre. Ayant reconnu Breuer, il sourit et répondit : « Je me rends au 7, Bäcker Strasse. J'ai été invité à dîner ce soir par une charmante femme.

– Ah ! J'ai une mauvaise nouvelle pour vous ! répondit-il en éclatant de rire. Son charmant mari est sur le chemin de la maison au moment même où je vous parle ! Venez, Sigmund, montez avec moi, j'ai terminé ma journée et je suis trop fatigué pour aller au Café Griensteidl. Nous aurons un peu de temps pour bavarder avant le dîner. »

Freud secoua son parapluie pour le sécher, enjamba le caniveau et grimpa dans le fiacre. Il faisait sombre. La bougie qui se consumait jetait plus d'ombre que de lumière. Après un silence, Freud tourna la tête pour scruter le visage de son ami. « Vous avez l'air fatigué, Josef ? La journée a été longue ?

– Difficile. Elle a commencé et s'est terminée par une visite chez Adolf Fiefer. Vous le connaissez ?

– Non, mais j'ai lu certains de ses textes dans la *Neue Freie Presse.* Un bon auteur.

– Nous sommes amis d'enfance. Nous allions ensemble à l'école. Il est mon patient depuis que j'exerce. Eh bien… il y a environ trois mois j'ai diagnostiqué chez lui un cancer du foie, qui s'est ensuite répandu comme un feu de paille. Aujourd'hui il a une jaunisse obstructive bien avancée. Vous connaissez la suite, n'est-ce pas ?

– Si la voie principale est bouchée, alors la bile continuera de se répandre dans son sang, jusqu'à ce qu'il meure d'une nécrose du foie. Mais avant cela, il tombera dans un coma hépatique, si je ne m'abuse ?

– Exactement. De façon imminente. Pourtant, je suis incapable de lui annoncer cela. Même si j'ai envie de lui faire des adieux honnêtes, je ne peux m'empêcher d'afficher mon sourire plein d'espoir et parfaitement hypocrite. Je ne me ferai jamais à l'idée de voir mes patients mourir.

– Espérons que ni vous ni moi ne nous y fassions. » Freud poussa un soupir. « L'espoir fait vivre, or qui d'autre que nous est en mesure de l'entretenir ? À mon avis c'est l'aspect le plus difficile du travail du médecin. Il m'arrive de douter profondément de ma capacité à assumer cette tâche, tant la mort est puissante, et nos traitements dérisoires, notamment en ce qui concerne la neurologie. Dieu merci, j'en ai presque fini de ma formation auprès de ces gens-là. Leur obsession de la localisation est obscène. Vous auriez dû entendre Westphal et Meyer se chiffonner aujourd'hui au sujet de la localisation précise d'un cancer du cerveau, et tout cela *devant le patient* !

« Mais… Qui suis-je pour dire cela ? Il y a seulement six mois, alors que je travaillais au laboratoire de neuropathologie, j'étais fou de joie parce que je venais de recevoir le cerveau d'un nourrisson : j'allais enfin pouvoir identifier précisément la région de la pathologie ! Peut-être suis-je trop cynique, mais je suis de plus en plus convaincu que nos controverses autour de la localisation de cette lésion ne font que masquer la vérité vraie : nos patients meurent, et nous autres médecins sommes impuissants.

– Et le drame, Sigmund, c'est que les étudiants de gens comme Westphal n'apprendront jamais à soulager les mourants. »

Alors que le fiacre était battu par les vents, les deux hommes demeuraient silencieux. La pluie avait repris de plus belle et cinglait violemment sur le toit. Breuer voulut donner à son jeune ami quelques conseils mais il hésita, choisissant ses mots, connaissant la sensibilité de Freud.

« Laissez-moi vous dire une chose, Sigmund. Je sais combien l'exercice de la médecine vous déçoit. Vous devez y voir comme une défaite, une résignation à un destin beaucoup moins glorieux. Hier, au café, je n'ai pas pu m'empêcher de vous écouter lorsque vous critiquiez Brücke pour vous avoir à la fois refusé son soutien et conseillé d'abandonner vos ambitions universitaires. Mais ne lui en voulez pas ! Je sais qu'il vous tient en haute estime. Je l'ai entendu dire que vous étiez le meilleur étudiant qu'il ait jamais eu.

– Alors pourquoi ne me soutient-il pas ?

– Pour aller où ? Pour remplacer Exner ou Fleischl, s'ils quittent un jour leur poste à cent guldens l'année ? Brücke a raison sur la question de l'argent… La recherche est faite pour les riches. Vous ne pourrez pas en vivre. Et entretenir vos parents ? Vous ne pourriez pas vous marier avant dix ans. Certes, Brücke a manqué de tact, mais il a eu raison de dire que votre seul espoir de continuer la recherche passait par un mariage bien doté. Lorsque vous avez demandé Martha en mariage il y a six mois, en sachant qu'elle ne vous apporterait aucune dot, c'est *vous*, et non Brücke, qui avez décidé de votre avenir. »

Freud ferma les yeux quelques instants.

« Vos paroles me blessent, Josef. J'ai toujours su que vous n'aimiez pas Martha. »

Breuer savait à quel point il était difficile pour Freud de lui parler ouvertement, lui qui avait seize ans de plus et qui n'était pas seulement son ami, mais aussi son professeur, son père, son grand frère. Il tendit la main vers la sienne.

« Faux, Sigmund ! Archifaux ! Notre seul point de désaccord concerne le moment. J'estimais que vous aviez trop de difficiles années de formation devant vous pour vous encombrer d'une fiancée. Mais au sujet de Martha, nous avons le même avis ; je ne l'ai vue qu'une seule fois, lors de la soirée organisée pour le départ de sa famille à Hambourg, et je l'ai tout de suite appréciée. Elle me rappelait Mathilde au même âge.

– Cela n'a rien de surprenant, répondit Freud d'une voix plus douce. Votre femme était mon modèle. Depuis que je la connais, j'ai toujours cherché une femme qui lui ressemblât. Mais dites-moi la vérité, Josef : si Mathilde avait été pauvre, ne l'auriez-vous pas tout de même épousée ?

– Ne m'en voulez pas, Sigmund... Mais pour dire la vérité, c'était il y a quatorze ans, et le temps a passé. À vrai dire, j'aurais fait tout ce que mon père m'aurait demandé de faire. »

Freud ne dit rien. Il sortit un de ses mauvais cigares, le proposa à Breuer, qui, comme toujours, déclina.

Une fois que Freud l'eut allumé, Breuer reprit : « Je comprends très bien ce que vous ressentez, Sigmund. Vous et moi, nous ne faisons qu'un, et j'étais comme vous il y a dix ou onze ans. Le jour où Oppolzer, mon professeur, est mort du typhus, ma carrière universitaire s'est arrêtée aussi net, aussi cruellement que la vôtre aujourd'hui. Moi aussi je m'étais vu comme un garçon plein d'avenir, et je comptais bien lui succéder. J'aurais dû lui succéder. Tout le monde le savait. Mais à la place, on a choisi un goy. Et comme vous, j'ai dû me contenter de moins.

– Vous comprenez donc mon désarroi. C'est injuste ! Regardez la chaire de médecine : Northnagel, cette brute ! La chaire de psychiatrie : Meynert ! Suis-je moins capable qu'eux ? Je pourrais faire de grandes découvertes !

– Mais vous en ferez, Sigmund. Il y a onze ans, j'ai déplacé mon laboratoire et mes pigeons chez moi pour y poursuivre mes recherches. C'est parfaitement faisable. Vous saurez trouver votre voie, mais ce ne sera jamais celle de l'université. Et nous savons tous les deux qu'il ne s'agit pas que d'une question d'argent. Chaque jour qui passe voit les antisémites devenir plus forts. Avez--vous lu, ce matin, l'article dans le *Neue Freie Presse* sur les organisations chrétiennes qui interrompent les cours pour en expulser les Juifs ? Elles menacent maintenant de semer la pagaille dans tous les cours dispensés par des professeurs juifs. Et dans le journal d'hier ? L'article sur le procès d'un Juif, en Galicie, accusé d'avoir commis un meurtre rituel sur un enfant chrétien ? Ils racontent qu'il avait besoin de sang chrétien pour faire son pain azyme !

Pouvez-vous croire cela ? Nous sommes en 1882 et rien n'a changé ! Ces gens sont des hommes des cavernes, des barbares qui n'ont de chrétien qu'un mince vernis. Voilà pourquoi vous n'avez aucun avenir académique ! Brücke, lui, ne s'associe pas à ce genre de préjugés, bien entendu, mais qui connaît vraiment le fond de sa pensée ? Ce que je sais, en revanche, c'est qu'il m'a dit, en privé, que l'antisémitisme finirait par détruire votre carrière universitaire.

– Mais je suis fait pour la recherche, Josef. Je ne suis pas aussi doué que vous pour la pratique médicale. Tout le monde à Vienne connaît votre intuition diagnostique. Or je n'ai pas votre talent. Pour le restant de mes jours, je suis condamné à n'être qu'un petit médecin… Pégase attaché au joug de la charrue !

– Sigmund, il n'est rien que je ne puisse vous enseigner. »

Freud se renfonça dans son siège, hors de portée de la bougie, heureux d'être dans l'obscurité. Jamais il ne s'était dévoilé autant à Josef, ni à quiconque d'ailleurs, hormis Martha, à qui il écrivait chaque jour une lettre, pour lui livrer ses sentiments, ses pensées les plus intimes.

« Mais ne rejetez pas la faute sur la médecine, Sigmund. Vous faites preuve de cynisme. Regardez les progrès qui ont été faits, ne serait-ce qu'au cours des vingt dernières années, y compris en neurologie. Pensez à la paralysie liée à l'empoisonnement par le plomb, aux psychoses liées au bromure, à la trichinose. Toutes ces maladies étaient des énigmes il y a encore vingt ans ! La science avance lentement, mais chaque décennie qui passe nous permet de vaincre un nouveau mal. »

Il s'écoula un long silence avant que Breuer reprenne son propos.

« Mais changeons de sujet. J'aimerais vous demander

quelque chose. Aujourd'hui vous enseignez à de nombreux étudiants en médecine. Connaissez-vous, par hasard, un étudiant russe répondant au nom de Salomé ? Jénia Salomé, pour être exact.

– Jénia Salomé ? Je ne crois pas, non. Pourquoi ?

– Sa sœur est venue à mon cabinet, aujourd'hui. Une curieuse rencontre. » Le fiacre passa devant la petite entrée du 7, Bäcker Strasse, puis s'arrêta soudainement en basculant sur ses grosses suspensions. « Nous y sommes. Je vous en dirai plus à l'intérieur. »

Ils se retrouvèrent dans l'imposante cour dallée du XVIe siècle, qu'entouraient de hauts murs couverts de lierre. De chaque côté, au-dessus des arches du rez-de-chaussée soutenues par d'imposants piliers, s'élevaient cinq rangées de grandes fenêtres voûtées, chacune contenant une douzaine de carreaux encadrés de bois. Tandis que les deux hommes s'approchaient de la porte du vestibule, le portier, toujours là, jeta un coup d'œil par sa vitre puis se précipita pour leur ouvrir ; il s'inclina pour les saluer.

Ils montèrent les marches, passèrent devant le cabinet de Breuer au premier étage et continuèrent jusqu'au grand appartement du second, où les attendait Mathilde. Âgée de trente-six ans, c'était une femme resplendissante. Son teint satiné et frais mettait en valeur son nez finement ciselé, ses yeux bleu-gris et ses épais cheveux châtains, qu'elle avait enroulés en une tresse au-dessus du crâne. Vêtue d'un corsage blanc et d'une longue jupe grise bien serrée autour de la taille, elle avait une silhouette gracieuse, bien qu'elle eût donné naissance à son cinquième enfant à peine quelques mois plus tôt.

Elle prit le chapeau de Josef, lui recoiffa les cheveux

en arrière et l'aida à ôter son manteau, qu'elle donna à la bonne, Aloisia, surnommée « Louis » depuis le jour où elle était entrée à leur service quatorze ans auparavant. Puis elle se tourna vers Freud.

« Sigmund, vous êtes absolument congelé et trempé. Prenez donc un bain ! Nous avons déjà fait chauffer l'eau et je vous ai posé des vêtements frais de Josef sur l'étagère. Heureusement que vous faites tous deux la même taille ! Je ne peux jamais me montrer aussi généreuse avec Max. » Max, le mari de sa sœur Rachel, était tout simplement énorme, puisqu'il pesait plus de cent quinze kilos.

« Ne t'inquiète pas pour Max, va, répondit Breuer. Je rattrape le coup en lui envoyant des patients. » S'adressant à Freud, il ajouta : « Je lui ai encore envoyé une prostate hypertrophiée aujourd'hui. C'est la quatrième en une semaine. Voilà ce que vous devriez faire !

– Non, intervint Mathilde en prenant Freud par le bras pour le guider jusqu'à la salle de bains. L'urologie, ce n'est pas pour Sigi. Récurer des vessies et des tuyaux toute la journée… Il deviendrait fou au bout d'une semaine ! »

Elle s'arrêta devant la porte. « Josef, les enfants sont en train de manger. Surveille-les deux minutes, veux-tu ? J'aimerais aussi que tu fasses un petit somme avant le dîner. Je t'ai entendu remuer toute la nuit. Tu as à peine dormi. »

Sans un mot, Breuer se dirigea vers sa chambre, puis se ravisa et choisit plutôt d'aider Freud à remplir la baignoire. Se retournant, il aperçut Mathilde penchée vers Freud et l'entendit chuchoter : « Tu vois, Sigi, il ne me parle presque plus ! »

Dans la salle de bains, Breuer attacha les becs de la

rampe de gaz aux tubs remplis d'eau chaude que Louis et Freud apportaient de la cuisine. Le gros tub blanc, miraculeusement soutenu par de délicates griffes de chat en cuivre, se remplit rapidement. Lorsqu'il quitta la pièce et descendit dans le hall, Breuer entendit le ronronnement de plaisir de Freud qui venait de se glisser dans l'eau chaude.

Couché sur son lit, Breuer fut incapable de s'endormir tant l'obsédait la manière dont Mathilde s'était confiée si intimement à Freud. De plus en plus, ce dernier semblait faire partie de la famille, dînant chez eux plusieurs fois par semaine. Au départ, le lien s'était noué entre Freud et lui ; peut-être que Sigmund remplaçait Adolf, son jeune frère, mort quelques années plus tôt. Mais depuis environ un an, Mathilde et Freud étaient devenus de plus en plus proches. Les dix années qui les séparaient autorisaient Mathilde à faire montre d'une affection toute maternelle ; elle disait souvent, d'ailleurs, que Freud lui rappelait Josef à l'âge où ils s'étaient rencontrés.

« Et puis ? pensa Breuer. Qu'est-ce que ça peut bien faire si Mathilde lui parle de mon éloignement ? Il doit déjà être au courant : il remarque tout ce qui se passe ici. Ce n'est pas un grand diagnosticien, mais rien qui a trait aux rapports humains ne lui échappe. Et il a dû voir, également, à quel point les enfants sont en manque d'affection paternelle... Robert, Bertha, Margarethe et Johannes qui accourent toujours vers lui en l'appelant "Oncle Sigi", jusqu'à la petite dernière, Dora, qui sourit de toutes ses dents dès qu'il apparaît. » Il ne faisait aucun doute que la présence de Freud dans ce foyer était une bonne chose. Breuer savait pertinemment qu'il était lui-même trop occupé pour accorder à sa famille l'attention qu'elle exigeait de lui. Oui, Freud le remplaçait, ce dont, dans l'ensemble, il lui savait gré plutôt que de lui en vouloir.

Et Breuer savait aussi ne pas pouvoir reprocher à Mathilde de se plaindre de leur couple. Elle avait de bonnes raisons. Presque tous les soirs, il travaillait dans son laboratoire jusqu'à minuit ; il passait ses dimanches matin dans son cabinet, à préparer ses conférences de l'après-midi devant les étudiants en médecine. Plusieurs fois, il restait au café jusqu'à huit ou neuf heures du soir, sans compter qu'il jouait maintenant au tarot tous les trois jours, et non plus une seule fois par semaine. Même le déjeuner, jusqu'ici propriété inviolable de la famille, commençait à céder du terrain. Au moins une fois la semaine, Josef se concoctait une journée surchargée et travaillait pendant sa pause du déjeuner. Bien entendu, chaque fois que Max venait, les deux hommes s'enfermaient dans son bureau et jouaient aux échecs des heures durant.

Renonçant à son petit somme, Breuer s'enquit du dîner en cuisine. Il savait Freud friand de bains interminables mais avait hâte de manger pour avoir un peu de temps à consacrer à son laboratoire. Il toqua à la porte de la salle de bains. « Sigmund, quand vous aurez terminé, passez à mon bureau. Mathilde est d'accord pour nous apporter le dîner là-bas. »

Freud se sécha rapidement, enfila les sous-vêtements de Josef, déposa son linge sale dans le panier et s'empressa d'aider Breuer et Mathilde à préparer les plateaux du dîner. Comme la plupart des Viennois, le couple déjeunait copieusement et se contentait d'un léger souper le soir, composé principalement de restes froids. La porte vitrée de la cuisine dégoulinait de buée.

Lorsqu'il l'ouvrit, Freud fut immédiatement enveloppé par l'odeur merveilleusement douce de la soupe d'orge aux carottes et au céleri.

Une louche à la main, Mathilde le salua. « Sigi, il fait tellement froid que j'ai préparé de la soupe. Ça vous fera le plus grand bien. »

Freud lui prit le plateau des mains. « Deux bols seulement ? Vous ne mangez pas avec nous ?

– Quand Josef dit qu'il veut manger dans son bureau, ça veut généralement dire qu'il souhaite vous voir seul à seul.

– Mathilde, objecta Breuer, je n'ai jamais dit ça. Tu sais bien que Sigmund ne va plus venir si tu ne le gratifies pas de ta compagnie au dîner.

– Non, je suis fatiguée. Et vous n'avez pas eu l'occasion de vous voir cette semaine. »

Dans le long couloir, Freud en profita pour souhaiter bonne nuit aux enfants dans leur chambre ; il esquiva leurs demandes pressantes d'histoires en promettant de leur en raconter deux la prochaine fois. Il retrouva ensuite Breuer dans son bureau, une pièce aux murs sombres que trouait, au milieu, une grande fenêtre tendue de rideaux en velours d'un marron vif. Calés dans la partie basse de la fenêtre, entre les deux vitres, plusieurs oreillers faisaient office d'isolants. Devant la fenêtre trônait un solide bureau en noyer sur lequel étaient entassés des livres ouverts. Par terre, un tapis persan orné de motifs floraux bleus et ivoire ; et trois des murs étaient couverts, du sol jusqu'au plafond, de bibliothèques remplies de livres aux reliures de cuir sombre. Dans un recoin, sur une table de jeu style Biedermeier dont les pieds fins, pointus et torsadés étaient noir et or, Louis avait déjà disposé du poulet rôti froid, une salade de chou, des graines de carvi, de la crème fraîche, des *Seltstangerl* (de petits bâtonnets de pain au sel et aux graines de carvi) et de l'eau minérale. Mathilde retira les bols de soupe du plateau apporté par Freud, les déposa sur la table et s'apprêta à quitter la pièce.

Breuer, conscient de la présence de Freud, s'avança pour prendre le bras de Mathilde. « Reste un peu… Sigmund et moi n'avons rien à te cacher.

– J'ai déjà mangé un morceau avec les enfants. Vous pouvez très bien vous débrouiller sans moi.

– Mathilde… » Breuer joua la carte de la légèreté. « Tu prétends que nous ne nous voyons pas assez mais quand je suis là tu t'en vas. »

Elle secoua la tête. « Je reviens dans une minute avec un peu de strudel. » Breuer jeta un regard dépité vers Freud, l'air de dire : « Qu'est-ce que je peux bien faire ? » Quelques instants plus tard, alors que Mathilde refermait la porte derrière elle, il remarqua le regard qu'elle lança à Freud, un regard qui semblait dire, lui : « Vous avez vu où en est notre couple ? » Pour la première fois, il se rendit compte du rôle malaisé et délicat qu'on faisait jouer à son jeune ami, celui d'être le confident des deux parties d'un couple qui se délite !

Ils mangèrent en silence. Breuer s'aperçut que Freud promenait son regard sur la bibliothèque.

« Aurai-je un jour l'honneur de ranger vos livres dans cette bibliothèque, Sigmund ?

– Si seulement ! Mais pas avant dix ans, Josef. Je n'ai même pas le temps de réfléchir, et la seule chose qu'un aspirant médecin de l'hôpital général de Vienne puisse écrire, c'est une carte postale ! Non, pour tout vous dire, je songeais moins à écrire qu'à *lire* ces livres. Ah, le labeur sans fin de l'intellectuel… Faire entrer toutes ces connaissances dans le cerveau à travers une ouverture de l'iris qui mesure trois millimètres... »

Cela fit sourire Breuer. « Quelle merveilleuse image ! Schopenhauer et Spinoza distillés, condensés, instillés dans la pupille, puis le long du nerf optique, et acheminés directement jusqu'à nos lobes occipitaux. J'adorerais pouvoir manger avec mes yeux, mais je suis trop fatigué pour entreprendre des lectures sérieuses.

– Et votre petit somme ? demanda Freud. Je croyais que vous vouliez vous allonger avant de dîner ?

– Je n'y arrive plus. Je crois que je suis trop fatigué pour dormir. J'ai encore été réveillé en pleine nuit par le même cauchemar – celui où je m'enfonce.

– Rappelez-moi de quoi il s'agit, Josef, exactement.

– C'est toujours la même chose. » Breuer avala d'une traite un verre d'eau de Seltz, posa sa fourchette et s'enfonça dans son fauteuil pour digérer. « C'est un cauchemar très parlant... J'ai dû le faire dix fois l'année dernière. D'abord je sens la terre trembler. J'ai peur et je vais dehors pour chercher... »

Il réfléchit quelques secondes et essaya de se rappeler la description qu'il avait déjà donnée de son cauchemar, au cours duquel il était systématiquement à la recherche de Bertha ; mais il ne voulait pas tout confier à Freud, non seulement gêné qu'il était par son propre amour pour Bertha, mais aussi parce qu'il ne voulait pas compliquer la relation entre Freud et Mathilde en lui révélant des secrets.

« ... Oui, pour chercher quelqu'un. Sous mes pieds, le sol commence à se dérober, comme des sables mouvants. Je m'enfonce lentement dans la terre, à quarante centimètres, précisément. Puis je me retrouve allongé sur une grande dalle qui porte une inscription ; j'essaie de la déchiffrer mais n'y arrive pas.

– Fascinant, Josef. Une chose est sûre : la clé se trouve dans cette inscription illisible sur la dalle.

– Si du moins ce rêve a le moindre sens.

– Forcément, Josef. Le même rêve, dix fois ? Je pense que vous ne laisseriez pas votre sommeil se faire déranger ainsi par quelque chose d'anodin ! L'autre aspect qui m'intéresse, c'est cette distance de quarante centimètres. Comment savez-vous qu'il s'agit bien de cette distance ?

– Je le sais, c'est tout. Je ne sais pas comment, mais je le sais. »

Freud, qui, comme toujours, avait déjà fini son assiette, avala rapidement sa dernière bouchée. « Je suis persuadé que le chiffre est exact. Après tout, c'est *vous* qui avez conçu ce rêve ! Vous savez, Josef, je continue de noter les rêves des gens et je crois de plus en plus que les chiffres précis y ont toujours une signification profonde. J'ai en tête un exemple récent, dont je ne pense pas vous avoir parlé. La semaine passée, nous avons reçu à dîner Isaac Schönberg, un ami de mon père.

– Oui, je le connais. C'est bien son fils, Ignaz, n'est-ce pas, qui s'intéresse à la sœur de votre fiancée ?

– Oui, lui-même. Et il est plus qu'intéressé par Minna. Enfin toujours est-il que nous fêtions le soixantième anniversaire d'Isaac, et qu'il nous a raconté un rêve qu'il avait fait la veille. Il marchait sur une route longue et obscure, et avait soixante pièces d'or dans sa poche. Comme vous, il était absolument formel sur ce chiffre. Il essayait de garder ses pièces mais elles ne cessaient de tomber de sa poche trouée ; enfin, il faisait trop sombre pour les retrouver. Eh bien je ne crois pas anodin qu'il ait rêvé de soixante pièces le jour de ses soixante ans. Je suis persuadé – comment pourrait-il en être autrement ?

– que ces pièces représentent les années de sa vie.

– Et le trou dans la poche ? demanda Breuer en attrapant un second morceau de poulet.

– Ce rêve exprime sans doute chez lui une envie de remonter le temps et de retrouver sa jeunesse, répondit Freud en reprenant lui aussi du poulet.

– Ou bien une angoisse, celle de voir les années passer et partir en fumée, bientôt définitivement ! Je vous rappelle qu'il se trouvait sur une route sombre et longue, et qu'il essayait de retrouver quelque chose qu'il avait perdu.

– J'imagine, oui. Peut-être les rêves expriment-ils des désirs ou des angoisses. Ou bien les deux. Mais dites-moi, Josef, quand avez-vous fait ce rêve pour la première fois ?

– Laissez-moi réfléchir… » Breuer se souvenait que la première fois avait eu lieu peu de temps après ses premiers doutes quant à l'efficacité de son traitement sur Bertha, lorsque, au cours d'une discussion avec Mme Pappenheim, l'éventualité d'un transfert de Bertha au sanatorium de Bellevue, en Suisse, avait été envisagée. Ce devait être au début de 1882, soit près d'un an auparavant.

« Et n'est-ce pas en janvier dernier, répliqua Freud, que je suis venu dîner ici pour vos quarante ans avec toute la famille Altmann ? Par conséquent, si le rêve vous est apparu depuis lors, ne peut-on pas en déduire que les quarante centimètres représentent quarante années ?

– Dans deux mois je fêterai mes quarante et un ans. Donc si vous dites juste, dans mon rêve je devrais m'enfoncer de *quarante et un* centimètres à partir de janvier prochain, non ? »

Freud leva soudain les bras. « Nous aurions besoin

d'un spécialiste. J'atteins les limites de ma théorie sur les rêves. Est-ce qu'un rêve, une fois qu'il apparaît, évolue pour s'adapter aux changements dans la vie du rêveur ? Question fascinante ! N'importe comment, pourquoi les années, en l'occurrence, prendraient-elles la forme de centimètres ? Pour quelle raison la petite machine à rêves qui se loge dans notre esprit fait-elle autant d'efforts pour déguiser la vérité ? J'ai l'intuition que le rêve ne passera pas à quarante et un centimètres et que la machine à rêves craint que, en changeant d'un centimètre par an, la ruse ne soit éventée et le sens profond rendu manifeste.

– Sigmund, s'esclaffa Breuer en s'essuyant la bouche et la moustache avec sa serviette, c'est toujours à ce moment-là que je ne vous suis plus ! Dès que vous évoquez l'existence d'un autre esprit, distinct, une sorte de lutin éveillé en chacun de nous, qui passerait son temps à concocter des rêves sophistiqués et à les cacher à notre esprit conscient. Tout ça me paraît ridicule.

– Je suis d'accord : cela paraît ridicule. Cependant admettez-en l'évidence et regardez tous les savants et mathématiciens qui disent avoir résolu des problèmes majeurs dans leurs rêves ! Qui plus est, Josef, il n'y a pas d'autre explication valable. Aussi ridicule que ça puisse paraître, il *doit* exister une intelligence séparée, inconsciente. J'en suis sûr… »

À ce moment-là, Mathilde entra avec une cruche remplie de café et deux tranches de son strudel aux pommes et aux raisins secs, recouvertes d'une montagne de crème fouettée. « De quoi êtes-vous sûr, Sigmund ?

– La seule chose dont je sois sûr, c'est que vous devez vous asseoir avec nous et rester quelques instants. Josef était sur le point de nous parler d'une patiente qu'il a vue aujourd'hui.

– Je ne peux pas, répondit-elle. Johannes est en larmes et si je ne vais pas le voir tout de suite il va réveiller les autres. »

Une fois qu'elle fut partie, Freud se tourna vers Breuer. « Bien, Josef, maintenant dites-moi tout sur votre étrange rendez-vous avec la sœur de cet étudiant. »

Breuer attendit un peu pour rassembler ses esprits. Il voulait aborder avec Freud la proposition de Lou Salomé mais craignait, en même temps, que cela l'oblige à s'étendre trop longuement sur le traitement de Bertha.

« Eh bien, son frère lui a parlé de la façon dont j'avais soigné Bertha Pappenheim. Elle souhaite maintenant que j'applique le même traitement sur une de ses connaissances qui connaît des troubles émotifs.

– Comment cet étudiant, ce Jénia Salomé, peut-il seulement connaître l'existence de Bertha Pappenheim ? Vous avez toujours rechigné à m'en parler à moi, Josef... D'ailleurs je ne sais pratiquement rien de ce cas, sinon que vous avez eu recours au mesmérisme. »

Breuer se demanda s'il fallait deviner dans ces propos de Freud comme un soupçon de jalousie. « Oui, je n'ai pas beaucoup parlé de Bertha, c'est vrai. Sa famille est trop connue ici, et j'ai pris soin de ne pas vous en dire trop depuis le jour où j'ai appris que Bertha était une des meilleures amies de votre fiancée. Mais il y a quelques mois de cela, en l'appelant Anna O., j'ai rapidement parlé d'elle lors d'une étude de cas avec mes étudiants en médecine. »

Freud se pencha vers lui ; il avait hâte d'en savoir plus. « Vous ne pouvez pas imaginer comme je suis curieux de connaître les détails de votre nouveau traitement, Josef. Pouvez-vous au moins me dire ce que vous avez dit à ces étudiants ? Vous savez bien que je sais tenir ma langue, même devant Martha. »

Breuer hésita. Que lui dire ? Bien sûr, Freud en savait déjà long sur cette histoire. Pendant des mois, Mathilde ne lui avait sans doute pas caché son agacement face au temps que son mari passait avec Bertha. Et Freud était présent le jour où elle avait fait éclater sa colère et interdit à Josef de prononcer une seule fois encore le nom de sa jeune patiente devant elle.

Heureusement que Freud n'avait pas assisté à la toute dernière scène, catastrophique, de la thérapie de Bertha ! Breuer ne l'oublierait jamais : ce jour-là, il était arrivé chez elle et l'avait vue se tordre dans les contractions d'une grossesse fictive, et crier à qui voulait l'entendre : « C'est l'enfant du Dr Breuer qui arrive ! » Quand Mathilde avait appris cela – car ce genre de nouvelles faisait très vite le tour de la communauté des dames juives –, elle avait exigé que son mari confie sur-le-champ Bertha à un autre médecin.

Mathilde avait-elle raconté cette histoire à Freud ? Breuer ne voulait pas lui poser la question. Pas maintenant, en tout cas. Plus tard, peut-être, quand la situation s'apaiserait. Aussi choisit-il ses mots avec soin : « Bien. Vous n'êtes pas sans savoir, Sigmund, que Bertha montrait tous les symptômes de l'hystérie : troubles moteurs et sensoriels, contractions musculaires, surdité, hallucinations, amnésie, aphonie, phobies, ainsi que des comportements étranges. Par exemple, elle avait de curieux troubles du langage, puisque, parfois des semaines durant, elle n'arrivait plus à parler l'allemand, notamment le matin. Nous discutions donc en anglais. Plus étrange encore, la dualité de sa vie mentale : une part d'elle-même vivait dans le présent, mais l'autre part réagissait émotionnellement à des événements qui s'étaient déroulés exactement un an auparavant, comme nous avons pu le découvrir en lisant le journal de sa mère. Elle avait également une névralgie faciale sévère, que seule la morphine parvenait à juguler ; bien sûr, elle en est vite devenue dépendante.

– Et vous avez eu recours au mesmérisme ?

– C'était mon intention première. J'ai décidé d'adopter la méthode de Liebault, qui consiste à éliminer les symptômes par l'hypnose. Mais grâce à Bertha, qui est une femme extraordinairement créative, j'ai découvert un principe de guérison entièrement nouveau. Au cours des premières semaines je lui rendais visite tous les jours, pour la trouver, invariablement, dans un état d'agitation tel que rien, ou presque, ne pouvait agir sur elle. Mais nous nous sommes rendu compte qu'elle parvenait à calmer son délire en me décrivant par le menu tous les événements contrariants de sa journée. »

Il s'arrêta et ferma les yeux pour rassembler ses esprits. Le moment était important ; il ne voulait oublier aucun détail.

« Ça a pris du temps. Tous les matins, Bertha consacrait une heure à ce qu'elle appelait le "ramonage de la cheminée", c'est-à-dire à évacuer de son esprit ses rêves ou ses fantasmes les plus désagréables. Lorsque je revenais dans l'après-midi, de nouveaux problèmes étaient apparus entre-temps qui exigeaient un "ramonage" supplémentaire. Et ce n'est qu'une fois débarrassés de ces désagréments quotidiens que nous pouvions commencer à soulager ses symptômes les plus tenaces. Et là, Sigmund… nous avons fait une découverte extraordinaire ! »

En entendant la voix enflammée de Breuer, Freud,

qui était en train d'allumer un cigare, s'arrêta net et laissa l'allumette lui brûler le doigt. « Aïe, mon Dieu ! » cria-t-il en secouant l'allumette et en se léchant le doigt. « Poursuivez, Josef... Cette fameuse découverte extraordinaire ?

– Figurez-vous que lorsqu'elle revenait sur la cause d'un symptôme et me le décrivait sous toutes ses coutures, alors le symptôme disparaissait comme par magie, *sans même passer par l'hypnose.*

– La cause ? » s'enquit Freud, tellement captivé qu'il posa son cigare dans le cendrier et le laissa s'y consumer tristement jusqu'à l'extinction. « Qu'entendez-vous par "la cause" du symptôme ?

– L'agression initiale, l'expérience qui produit le symptôme.

– Un exemple ! exigea Freud.

– Prenons l'hydrophobie. Pendant plusieurs semaines, Bertha ne voulait ou ne pouvait pas boire de l'eau. Elle avait beau avoir très soif, dès qu'elle se versait un verre d'eau elle était absolument incapable de le boire et était obligée d'étancher sa soif en mangeant des melons ou d'autres fruits. Puis, un jour de transe – elle savait s'automesmériser et entrait systématiquement en transe à chaque séance –, elle se rappela être entrée, quelques semaines auparavant, dans la chambre de son infirmière et avoir vu son chien laper dans un verre d'eau. A peine m'avait-elle décrit ce souvenir et avait-elle épanché sa colère et son dégoût qu'elle me demanda un verre d'eau et le but sans aucune difficulté. Le symptôme ne s'est plus jamais manifesté.

– Remarquable, absolument remarquable ! s'exclama Freud. Et ensuite ?

– Ensuite nous avons abordé tous les autres symptômes selon la même méthode systématique. Plusieurs d'entre eux – je pense notamment à sa paralysie du bras et à ses hallucinations portant sur des crânes humains et des serpents – trouvaient leur origine dans le choc engendré par la mort de son père. Le jour où elle m'a décrit tous les détails et les sentiments qu'elle avait éprouvés ce jour-là, eh bien, tous les symptômes se sont volatilisés. Pour aiguillonner sa mémoire, je lui avais même demandé de disposer les meubles tels qu'ils étaient placés au moment de la mort de son père.

– C'est magnifique ! s'écria Freud, qui s'était levé de son siège et arpentait la pièce en tous sens. Les implications théoriques sont colossales. Et parfaitement compatibles avec la théorie de Helmholtz ! Une fois que la charge électrique cérébrale responsable du symptôme est délestée grâce à la catharsis émotionnelle, alors le symptôme se montre conciliant et disparaît aussitôt ! Et vous avez l'air tellement calme, Josef. Il s'agit pourtant là d'une découverte essentielle. Vous *devez* absolument publier un article sur le sujet. »

Breuer soupira. « Un jour, peut-être. Mais ce n'est pas le moment. Trop de complications personnelles. Il faut que je prenne en compte les sentiments de Mathilde. Maintenant que je vous ai décrit le traitement, vous voyez peut-être mieux combien de temps j'ai consacré à la guérison de Bertha. Dans ces conditions, Mathilde ne pouvait pas, ou ne voulait pas, apprécier à sa juste mesure la portée scientifique de ce cas. Comme vous le savez, elle voyait d'un œil de plus en plus mauvais mes séances avec Bertha ; pour tout dire, elle est encore tellement énervée qu'elle refuse d'aborder le sujet avec moi.

« Qui plus est, je ne peux pas publier un texte sur un cas qui s'est aussi mal terminé. Sur l'insistance de Mathilde, je me suis retiré et j'ai envoyé Bertha au sanatorium de Binswanger, à Kreuzlingen, en juillet dernier. Elle y est encore soignée à l'heure où je vous parle. Il a été très difficile de la désaccoutumer de la morphine et visiblement certains de ses symptômes, comme son incapacité à parler l'allemand, sont revenus.

– Malgré tout, répondit Freud en évitant soigneusement d'insister sur la colère de Mathilde, ce cas ouvre de nouvelles perspectives, Josef, et pourrait permettre une approche du traitement complètement inédite. Seriez-vous d'accord pour en reparler avec moi un jour où nous aurons plus de temps ? J'aimerais connaître tous les détails.

– Avec plaisir, Sigmund. J'ai à mon cabinet une copie du résumé que j'avais envoyé à Binswanger – une trentaine de pages. Vous pourriez commencer par là. »

Mais Freud sortit sa montre. « Ah, il se fait tard, et je n'ai toujours pas entendu l'histoire de la sœur de cet étudiant en médecine. Son amie, celle dont elle veut que vous la soigniez grâce à votre nouvelle méthode, est-elle hystérique ? Avec les mêmes symptômes que ceux de Bertha ?

– Non, Sigmund, et c'est justement là que l'histoire devient intéressante. Aucune hystérie, et il s'agit d'un patient, pas d'une patiente. C'est un ami qui est, ou était, amoureux de cette femme. Il est tombé dans une sorte d'amour maladif et suicidaire quand elle lui a préféré un autre homme, qui plus est un de ses meilleurs amis ! Visiblement, elle se sent coupable et ne souhaite pas avoir la mort de cet ami sur la conscience.

– Mais Josef... » Freud semblait choqué. « *Amour maladif*... Ce n'est pas un cas médical auquel vous avez affaire !

– Oui, en effet, ç'a été ma première réaction, et

c'est exactement ce que j'ai répondu à cette femme. Mais attendez que je vous raconte la suite. Les choses se corsent. Car cet ami, au demeurant philosophe reconnu et ami personnel de Richard Wagner, ne veut pas qu'on l'aide, ou du moins est trop fier pour appeler au secours. Elle me demande donc d'être un magicien et souhaite que, sous prétexte de le recevoir pour des questions de santé exclusivement, je m'arrange pour entamer avec lui, en douce, un traitement de son désarroi psychologique.

– C'est impossible ! Rassurez-moi, Josef, vous n'allez pas tenter l'aventure ?

– Je crains d'avoir déjà dit oui.

– Mais pourquoi ? » Freud reprit son cigare et s'inclina. Il faisait la grimace, inquiet pour son ami.

« Moi-même je ne le sais pas vraiment, Sigmund. Depuis que j'ai cessé de m'occuper du cas Pappenheim, je me sens tout à la fois agité et abattu. J'ai peut-être besoin d'une distraction, d'un défi nouveau. Mais il y a une autre raison ! La vraie raison ! Il se trouve que cette jeune femme, la sœur de l'étudiant, possède une force de persuasion hors du commun. On ne peut rien lui refuser. Quelle missionnaire elle ferait ! Elle pourrait convertir un cheval. Elle est extraordinaire… Je ne saurais pas vous dire comment. Peut-être la rencontrerez-vous un jour et vous rendrez-vous compte. »

Freud se leva, s'étira, marcha jusqu'à la fenêtre et écarta les rideaux en velours. Ne distinguant rien à travers la buée, il prit son mouchoir et le frotta contre un petit pan de la vitre.

« Il pleut toujours, Sigmund ? demanda Breuer. Dois-je faire appeler Fischmann ?

– Non, la pluie s'est presque arrêtée. Je vais rentrer à

pied. En attendant, j'ai encore quelques questions à vous poser sur ce patient. Quand devez-vous le voir ?

– Je n'ai pas encore eu de ses nouvelles. C'est d'ailleurs un problème. Mlle Salomé et lui sont en mauvais termes ; elle m'a montré certaines des lettres furibondes qu'il lui a envoyées, et en effet... Néanmoins, elle m'assure pouvoir "se débrouiller" pour qu'il me consulte au sujet de ses problèmes médicaux. Or je ne doute pas un seul instant qu'elle fera, comme toujours, exactement ce qu'elle s'est mis en tête de faire.

– Et la nature des problèmes médicaux de cet homme justifie-t-elle une consultation ?

– Certainement. Il est très malade et a déjà découragé une bonne vingtaine de médecins, dont la plupart d'excellente réputation. Mlle Salomé m'a dressé la longue liste de ses symptômes – migraines lourdes, cécité partielle, nausées, insomnies, vomissements, indigestions, vertiges, faiblesse chronique. »

Freud secoua la tête d'un air perplexe. Breuer ajouta : « Si vous voulez être un jour spécialiste, vous devrez vous habituer à ce genre de tableaux cliniques déroutants. Des patients à symptômes multiples et qui passent d'un médecin à l'autre en permanence, j'en vois tous les jours. Vous savez, Sigmund, ce peut être un bon cas d'école pour vous. Je vous tiendrai au courant. » Il réfléchit quelques secondes. « Tout compte fait, essayons tout de suite. Pour l'instant, sur la base de ces symptômes, quel serait votre diagnostic différentiel ?

– Je ne sais pas, Josef. Ils sont totalement contradictoires.

– Allons, ne faites pas le prudent. Dites-moi ce qui vous vient à l'esprit. »

Freud rougit. Si assoiffé de connaissances qu'il fût, il

détestait être pris en flagrant délit d'ignorance. « Peut--être une sclérose multiple ou une tumeur du lobe occipital. Un empoisonnement au plomb ? Je n'en sais vraiment rien.

– N'oubliez pas la migraine. Et l'hypocondrie ?

– Le problème, répliqua Freud, c'est qu'aucun de ces diagnostics n'explique l'ensemble des symptômes.

– Sigmund, dit Breuer en se levant, et d'un ton plus intime, je vais vous confier un secret professionnel qui deviendra un jour votre credo quotidien. C'est Oppolzer qui me l'a appris. Il m'a dit un jour : “Les chiens peuvent avoir des puces, mais aussi des poux.”

– Ce qui signifie que le patient peut avoir…

– Oui ! » coupa Breuer en posant son bras sur les épaules de Freud. Les deux hommes s'engagèrent dans le long couloir. « Le patient peut avoir *deux* maladies. D'ailleurs, les patients qui s'adressent à un spécialiste sont généralement dans cette situation.

– Mais revenons-en au problème psychologique, Josef. Votre jeune demoiselle affirme que cet homme n'avouera jamais sa détresse psychologique. S'il nie être suicidaire, comment vous y prendrez-vous ?

– Cela ne devrait pas poser de problème, répondit un Breuer sûr de lui. Lorsque j'aborde un cas médical, je trouve toujours des moyens pour entrer dans la sphère psychologique. Prenez l'insomnie, par exemple : j'interroge souvent les patients sur la nature des pensées qui les maintiennent éveillés. Ou, une fois que le patient m'a récité toute la litanie de ses symptômes, je compatis avec lui et lui demande, l'air de rien, s'il se sent abattu par sa maladie, s'il a envie d'abandonner le combat, de mourir. Et cela convainc presque toujours le patient de me dire tout ce qu'il a sur le cœur. »

Devant la porte d'entrée, Breuer aida Freud à enfiler son manteau. « Non, vraiment, Sigmund, ce n'est pas un problème. Je vous assure que je n'aurai aucun mal à gagner la confiance de notre philosophe et à le faire parler. Le problème sera plutôt de savoir que faire de tout ça.

– En effet, que ferez-vous s'il s'avère suicidaire ?

– Si j'ai la conviction qu'il a l'intention de se suicider, je le fais enfermer sur-le-champ, soit à l'asile de Brünnfeld, soit dans un sanatorium privé, comme celui de Breslauer à Inzerdorf. Mais là encore, ce ne sera pas un problème. Voyez-vous, s'il était vraiment suicidaire, prendrait-il la peine de venir me consulter ?

– Mais oui, suis-je bête ! » Manifestement décontenancé, Freud se frappa gentiment la tête pour s'être montré aussi peu perspicace.

Breuer poursuivit. « Non, la question est : que faire s'il n'est pas suicidaire, si, tout simplement, il s'agit d'un homme qui souffre terriblement ?

– Oui, que faire dans ce cas ?

– Je devrai le persuader d'aller voir un prêtre. Ou d'aller faire une longue cure à Marienbad. Ou alors il faudra que j'invente une méthode pour le soigner moi-même !

– Inventer une méthode pour le soigner ? Que voulez-vous dire, Josef ? Quel genre de méthode ?

– Plus tard, Sigmund, nous en reparlerons plus tard. Débarrassez-moi le plancher et ne restez pas une minute de plus avec votre manteau dans cette pièce surchauffée ! »

En franchissant le seuil de la porte, Freud se retourna. « Quel est le nom de ce philosophe, redites-moi ? Se pourrait-il que je le connaisse ? »

Breuer hésita. Se rappelant le secret qu'avait exigé Lou Salomé autour de cette affaire, il dut précipitamment inventer un nom de code pour Friedrich Nietzsche, selon la méthode qu'il avait déjà employée avec Bertha Pappenheim, plus connue sous le nom d'Anna O. « Non, Sigmund, c'est un illustre inconnu. Müller. C'est son nom : Eckart Müller. »

4

Deux semaines plus tard, Breuer, vêtu de sa blouse blanche de médecin, était assis dans son cabinet. Il lisait une lettre de Lou Salomé :

23 novembre 1882

Cher docteur Breuer,

Le plan que nous avons conçu fonctionne. Le professeur Overbeck est parfaitement d'accord pour convenir avec nous que la situation est bel et bien grave. Il n'a jamais vu Nietzsche dans un tel état. Il usera donc de toute son influence pour le persuader de vous consulter. Nous n'oublierons jamais, ni Nietzsche ni moi-même, votre bonté pendant cette pénible épreuve.

Lou Salomé

Nous avons, avec *nous*, pour *nous*. Nous, nous, nous… Breuer reposa la lettre – il avait dû la relire une bonne dizaine de fois depuis qu'elle lui était parvenue, une semaine plus tôt – et s'empara du petit miroir sur son bureau pour se regarder en train de dire « nous ». Il vit une petite cavité noire entourée d'une mince bande de lèvre rose, elle-même au milieu de poils bruns. Il ouvrit plus grand la cavité et observa ses lèvres élastiques s'éloigner des dents jaunies, plantées dans ses gencives comme autant de pierres tombales à moitié déterrées. Des poils, une cavité, de la corne et des dents : hérisson, morse, chimpanzé, Josef Breuer.

La seule vue de sa barbe le faisait frémir. De plus en plus, on voyait dans les rues des hommes rasés de frais ; quand trouverait-il le courage de raser une bonne fois pour toutes cet amas hirsute qui couvrait son visage ? Il détestait aussi les poils gris qui s'étaient sournoisement glissés dans sa moustache, sur la partie gauche de son menton, dans ses favoris. C'étaient, il le savait bien, les signes avant-coureurs d'un hiver rigoureux qui s'installerait définitivement. Les heures, les jours, les années défileraient sans que rien ne puisse arrêter leur marche.

Breuer haïssait l'image que ce miroir lui renvoyait. Non seulement la vague grise ou les poils et les dents d'animal, mais aussi le nez crochu qui retombait vers son menton, les oreilles anormalement grandes, et l'immense front dégarni – c'était là que la calvitie avait frappé en premier, avant de progresser sans relâche vers le haut, dévoilant la honte de son crâne dénudé.

Et ces yeux ! Breuer les observa : en eux il pouvait toujours retrouver une certaine jeunesse. Il les plissa, comme il le faisait souvent, pour s'adresser à sa vraie personnalité, au Josef Breuer de seize ans qui habitait encore en eux. Mais aujourd'hui le jeune Breuer n'avait pas envie de dire bonjour ! Au contraire, c'étaient les yeux de son propre père qui le fixaient, des yeux fatigués, usés, que recouvraient des paupières rougies et fripées. Breuer regarda, non sans fascination, la bouche de son père s'arrondir et prononcer : « Nous, nous, nous. » Son père Leopold, Breuer y pensait de plus en plus souvent. Il était mort dix ans plus tôt, à l'âge de quatre-vingt-deux ans, soit quarante-deux de plus que Breuer ce jour-là.

Il reposa le miroir. Encore quarante-deux ans ! Comment ferait-il pour tenir le coup ? Quarante-deux ans à attendre que le temps passe, à voir ses yeux vieillir… N'y avait-il aucune échappatoire à la prison du temps ? Ah, pouvoir tout recommencer… Mais comment ? Où ? Avec qui ? Pas avec Lou Salomé, en tout cas. Elle était libre, elle pourrait entrer et sortir de sa prison comme bon lui semblerait. Mais avec elle il n'y aurait jamais de « nous » : pas de vie à *nous*, pas de nouvelle vie pour *nous*.

Avec Bertha, il en allait de même. Dès qu'il parvenait à échapper à ses vieux souvenirs récurrents de Bertha – sa peau qui sentait l'amande, ses beaux seins qui gonflaient sa robe, la chaleur de son corps quand, au cours de ses transes, elle se lovait contre lui –, à prendre un peu de recul et de distance, il se rendait compte que Bertha, depuis le début, n'avait été qu'un fantasme.

« Pauvre, informe et folle Bertha ! Comment ai-je pu être assez bête pour croire que je pourrais lui apporter un équilibre et la modeler afin qu'en retour elle me donne… Mais quoi, justement ? Telle est la question ! Qu'est-ce que je cherchais en elle ? Quel manque voulais-je satisfaire ? Est-ce que ma vie n'était pas belle ? À qui puis-je me plaindre de ce que ma vie ne mène qu'à un gouffre sans fond ? Qui peut comprendre mon tourment, mes nuits sans sommeil, ma tentation du suicide ? Car après tout, est-ce que je ne possède pas ce dont tout le monde rêve : de l'argent, des amis, une famille, une femme aussi belle qu'exquise, une réputation, une respectabilité ? Qui saura me consoler ? Ne pas me poser l'éternelle question : "Que veux-tu de plus ?" »

Même s'il s'y attendait, la voix de Mme Becker lui annonçant l'arrivée de Friedrich Nietzsche secoua le Dr Breuer de sa torpeur.

Forte, petite, vigoureuse, grisonnante et lunettée, Mme Becker menait le cabinet du Dr Breuer de main de maître. Elle accomplissait sa mission avec une telle rigueur que sa vie privée s'en trouvait totalement occultée. Depuis six mois qu'il l'avait embauchée, Breuer n'avait pas eu la moindre conversation privée avec elle ; malgré tous ses efforts, il ne se rappelait jamais son prénom et n'arrivait pas à imaginer cette femme se livrer à autre chose qu'à des occupations professionnelles. Mme Becker en train de faire un pique-nique ? De lire le *Neue Freie Presse* chaque matin ? De prendre un bain ? De dévoiler son corps trapu ? De se faire chevaucher ? De pousser des gémissements éperdus ? Inconcevable !

Malgré l'incapacité du Dr Breuer à voir en elle une simple femme, il savait que Mme Becker était une fine observatrice, et considérait toujours avec intérêt ses intuitions premières.

« Quel est votre premier avis sur le professeur Nietzsche ?

– Il a des gestes d'homme respectable, mais il n'en a pas la mise. Il a l'air timide. Presque humble. Et des manières douces, tellement éloignées de celles des personnes qui viennent ici... Par exemple cette grande dame russe qui est passée vous voir il y a deux semaines. »

Breuer avait lui-même noté une certaine douceur dans la lettre que Nietzsche lui avait envoyée pour demander un rendez-vous : au jour qui lui conviendrait, si possible d'ici deux semaines. Il se rendrait à Vienne, avait-il expliqué, dans le seul but de faire cette consultation. En attendant la réponse, il demeurerait à Bâle, chez son ami le professeur Overbeck. Breuer ne put s'empêcher de sourire en comparant la lettre de Nietzsche avec les formules expéditives et péremptoires de Lou Salomé lui demandant de se plier à son emploi du temps.

En attendant que Mme Becker fasse entrer Nietzsche, Breuer jeta un dernier coup d'œil à son bureau. Il remarqua soudain, non sans une certaine angoisse, les deux livres que Lou Salomé lui avait donnés. La veille, il les avait feuilletés quelques instants et les avait laissés là, bien en évidence. Il réalisa que, si Nietzsche les voyait, le traitement cesserait avant même que d'avoir commencé, puisqu'il lui serait pratiquement impossible d'expliquer leur présence en ce lieu sans mentionner Lou Salomé. « Grossière erreur ! se dit-il. Serais-je en train de saboter cette expérience ? »

Après avoir prestement rangé les deux volumes dans le tiroir de son bureau, il se leva pour saluer Nietzsche. Le philosophe ne ressemblait en rien à l'homme qu'il s'était imaginé après la description de Lou. Il avait belle allure et, bien que doté d'une solide charpente – environ un mètre soixante-quinze et près de soixante-dix kilos –, son corps dégageait un je-ne-sais-quoi de désincarné, comme si on pouvait passer sa main au travers. Il portait un costume noir, épais, quasiment militaire, avec sous sa veste un gros chandail de paysan qui recouvrait presque en entier sa chemise et sa cravate mauve.

En serrant sa main, Breuer sentit une poigne molle et une main froide.

« Belle journée, professeur, mais peut-être moins agréable pour les voyageurs, je suppose.

– En effet, docteur, peu recommandée pour les voyages, et peu conseillée pour la raison qui m'amène chez vous. J'ai appris à éviter ce genre de temps. C'est uniquement votre bonne réputation qui m'a poussé à m'aventurer jusqu'ici, dans le Grand Nord, en plein hiver. »

Avant de s'asseoir dans le fauteuil que lui indiqua Breuer, Nietzsche posa en hâte une mallette pleine à craquer et tout éraflée, dans un premier temps sur un bras du fauteuil, puis sur l'autre, à la recherche, apparemment, du meilleur emplacement.

Breuer s'assit doucement et continua d'inspecter son patient pendant que celui-ci se mettait à son aise. Sous ses airs simples, Nietzsche dégageait une vraie présence. C'était son visage qui attirait l'attention, notamment ses yeux, marron clair, mais extraordinairement intenses et profondément enfoncés sous des arcades sourcilières proéminentes. Qu'avait dit Lou Salomé de ces yeux ? Qu'ils semblaient regarder vers l'intérieur, comme vers un trésor caché ? Oui, cela, Breuer s'en rendit bien compte. Les cheveux bruns et soyeux de son patient étaient soigneusement peignés. Mis à part une grande moustache qui retombait comme une avalanche sur ses lèvres et de chaque côté de sa bouche, jusqu'au menton, il était rasé. La vue de cette moustache éveilla chez Breuer une sorte de solidarité pileuse : une envie soudaine, donquichottesque, de conseiller à cet homme de ne jamais manger une pâtisserie en public, surtout avec de la crème fouettée, sans quoi il devrait peigner sa moustache encore longtemps après.

La voix douce de Nietzsche avait de quoi surprendre quand on connaissait le ton de ses deux livres, puissant, vitupérant et autoritaire, presque strident. Cet abîme entre le Nietzsche en chair et en os et le Nietzsche de la plume et du papier, Breuer y serait confronté tout au long de leur route ensemble.

Hormis sa petite conversation avec Freud, Breuer n'avait pas vraiment repensé à cette consultation inhabituelle. C'était la première fois qu'il doutait sérieusement du bien-fondé de toute cette entreprise et du rôle qu'il avait accepté d'y jouer. Lou Salomé, l'ensorceleuse, celle qui tirait toutes les ficelles, était partie depuis longtemps ; à sa place était maintenant assise la dupe, ce professeur Nietzsche qui ne se doutait de rien. Deux hommes poussés à se rencontrer sous de faux motifs par une femme à présent, cela ne faisait pas l'ombre d'un doute, embarquée pour de nouvelles intrigues : non, cette aventure ne lui disait rien qui vaille.

« Il est un peu trop tard, se dit-il. J'ai en face de moi un homme qui menace de se donner la mort, et je me dois de lui porter toute mon attention. »

« Comment s'est passé votre voyage, professeur Nietzsche ? J'ai cru comprendre que vous arriviez de Bâle ?

– Ce n'était que ma dernière halte, répondit Nietzsche, raide sur son fauteuil. Toute ma vie est devenue un voyage, et je commence à croire que ma seule maison, le seul lieu vers lequel je reviens toujours, c'est ma maladie. »

Breuer pensa : « Voilà quelqu'un qui ne s'embarrasse pas de conversations légères. » Mais il dit : « Eh bien, professeur, passons immédiatement à l'étude de votre maladie.

– Vous serait-il plus utile de jeter d'abord un coup d'œil sur ces documents ? » Nietzsche sortit de sa mallette un gros dossier rempli de feuilles de papier. « J'ai été malade peut-être toute ma vie, mais ces dix dernières années auront été les plus pénibles. Voici les rapports complets concernant mes consultations antérieures. Puis-je ? »

Breuer acquiesça. Nietzsche ouvrit le dossier et déposa tous les documents qu'il contenait – lettres, diagrammes et rapports médicaux – sous les yeux du médecin.

Ce dernier promena son regard sur la première page, une liste de vingt-quatre médecins avec les dates de chaque consultation. Il identifia plusieurs grands pontes de la médecine, suisses, allemands et italiens.

« Certains de ces noms me sont familiers. Tous d'excellents praticiens ! Il y en a même trois, Kessler, Turin et Kœnig, que je connais très bien. Ils ont étudié à Vienne. Professeur Nietzsche, il serait idiot d'ignorer les conclusions et les recommandations de ces éminents spécialistes mais, à mon avis, commencer par eux présente un grand inconvénient. Car tant d'opinions et de conclusions prestigieuses prononcées par des sommités entravent la capacité de synthèse et d'imagination. De la même manière, je préfère lire une pièce de théâtre avant de la voir jouer, et certainement avant de lire les critiques. N'avez-vous pas été confronté au même problème dans votre propre travail ? »

Nietzsche parut décontenancé. « Très bien, se dit Breuer. Il doit comprendre que je suis un médecin peu banal. Il n'a pas l'habitude de voir des médecins qui discutent avec lui de constructions psychologiques ou de ses propres travaux. »

« Oui, répondit Nietzsche, c'est un élément important dans mon travail. Mon premier champ d'exploration reste la philologie. Mon premier et *seul* emploi fut un poste de professeur de philologie à l'université de Bâle. Je me suis particulièrement intéressé aux philosophes présocratiques, et j'ai toujours jugé crucial de revenir aux textes originaux. Les interprètes des textes sont *toujours* malhonnêtes – involontairement, bien entendu – parce que incapables de sortir de leur propre cadre historique. Ni, en l'occurrence, de leur cadre autobiographique.

– Mais ne pas vouloir en passer par les interprètes des textes, cela ne signifie-t-il pas se rendre fortement impopulaire auprès de la communauté philosophique académique ? » Breuer se sentait confiant. La consultation partait sur de bons rails, et il était bien lancé pour convaincre Nietzsche que lui, son nouveau médecin, était proche de lui, animé par de louables intentions. Il ne lui serait pas bien difficile de séduire son patient – car il s'agissait bien de séduire, en effet, que d'attirer cet homme dans une relation qu'il n'avait pas souhaitée, et de lui fournir une aide qu'il n'avait pas demandée.

« Impopulaire ? Sans l'ombre d'un doute ! J'ai dû démissionner il y a trois ans à cause de cette même maladie, toujours pas identifiée, qui m'amène chez vous aujourd'hui. Mais serais-je en parfaite santé que ma méfiance à l'encontre des interprètes ferait toujours de moi un indésirable à la table de l'université.

– Mais si tous les interprètes sont limités par leur cadre autobiographique, comment échappez-vous à ce même cadre dans votre propre travail ?

– Tout d'abord, répondit Nietzsche, il faut identifier cette limite. Ensuite, il faut apprendre à s'observer de loin – bien que parfois, hélas, la violence de ma maladie altère ma vision. »

Il n'échappa pas à Breuer que c'était Nietzsche, et non lui, qui maintenait la discussion autour de sa maladie, laquelle était, après tout, la *raison d'être*[1] de leur rencontre. Fallait-il voir dans les paroles de Nietzsche un léger reproche ? « Doucement, Josef, se dit-il. La confiance d'un patient en son médecin ne doit pas être explicitement recherchée ; elle accompagnera naturel-

1. En français dans le texte.

lement une consultation de qualité. » Quoique souvent sévère avec lui-même dans bien des aspects de sa vie, Breuer éprouvait, en ce qui concernait ses compétences médicales, une suprême confiance en lui. « Cesse de vouloir flatter, contrôler, manigancer ou comploter, lui dicta son instinct. Fais simplement ton devoir comme tu l'as toujours fait. »

« Professeur Nietzsche, revenons à notre discussion, voulez-vous ? J'entendais par là que je préférerais connaître vos antécédents médicaux et vous examiner *avant* d'étudier votre dossier. Lors de notre prochain rendez-vous, j'essaierai de vous livrer une synthèse aussi complète que possible. »

Breuer plaça un bloc-notes vierge sur le bureau, devant lui. « Dans votre lettre, vous m'avez donné quelques éléments concernant votre santé : vous souffrez de maux de tête et de troubles visuels depuis dix ans, la maladie ne vous épargne que rarement – pour vous citer, votre maladie vous attend. Et vous m'annoncez aujourd'hui que vingt-quatre médecins ont échoué devant votre cas. Voilà tout ce que je sais de vous. Commençons, si vous le voulez bien ? D'abord, dites-moi tout de votre maladie. »

5

Les deux hommes discutèrent pendant quatre-vingt-dix minutes. Calé dans son fauteuil en cuir à haut dossier, Breuer prenait des notes rapides. Nietzsche, qui s'arrêtait de temps en temps de parler pour permettre à la plume de Breuer de respirer, était assis dans un fauteuil fait du même cuir, tout aussi confortable mais plus bas que celui de Breuer. Comme la plupart des médecins de son temps, Breuer préférait que ses patients lèvent les yeux vers lui.

Son examen clinique était toujours complet, méthodique. Après avoir attentivement écouté la description libre que le patient faisait de sa maladie, il analysait systématiquement chaque symptôme – première apparition, évolution, réaction aux thérapies. La troisième étape consistait à ausculter tous les systèmes organiques du corps ; partant du sommet du crâne, Breuer descendait ainsi jusqu'aux pieds. D'abord, le cerveau et le système nerveux. Il commençait par vérifier le fonctionnement des douze nerfs crâniens – odorat, vue, mouvements oculaires, ouïe, sensations et mouvements de la face et de la langue, déglutition, équilibre, parole.

Puis il se penchait sur tous les autres systèmes fonctionnels, l'un après l'autre : respiratoire, cardio-vasculaire, gastro-intestinal et urogénital. Ce passage en revue un peu fastidieux des organes secouait la mémoire du patient et permettait de s'assurer que rien n'était négligé : Breuer n'omettait jamais aucune partie du corps, quand bien même il connaissait d'avance le diagnostic.

Il passait ensuite aux antécédents médicaux : la santé du patient quand il était enfant, celle des membres de sa famille, et des questions portant sur tous les autres aspects de sa vie – choix professionnels, vie sociale, service militaire, déplacements géographiques, préférences alimentaires et loisirs. Pour terminer, Breuer laissait libre cours à son intuition et posait toutes les questions que soulevaient les renseignements qu'il venait de collecter. C'est ainsi que, quelques jours plus tôt, face à un intrigant cas de troubles respiratoires, il avait pu déceler une trichinose diaphragmatique en interrogeant la patiente sur la manière dont elle faisait cuire son porc salé et fumé.

Tout au long de ce processus, Nietzsche se montra extrêmement attentif, hochant la tête d'un air approbateur dès que Breuer lui posait une question. Pour ce dernier, cela n'avait rien de surprenant. Il n'avait jamais rencontré de patient qui n'aimât pas subir un examen de sa vie au microscope. Le bonheur d'être scruté de très près était tellement puissant que Breuer en avait déduit que le drame de la vieillesse, du deuil et de la perte des êtres chers était précisément la disparition de ce regard – de vivre sans être observé.

En revanche, Breuer fut surpris par la complexité des maux qui affligeaient Nietzsche et par la qualité des observations que celui-ci faisait. Les notes de Breuer noircissaient page après page. Sa main commença à fatiguer lorsque Nietzsche lui décrivit l'enchevêtrement douloureux de ses symptômes : des migraines terribles, handicapantes ; le mal de mer sur la terre ferme – vertiges, perte d'équilibre, nausées, vomissements, anorexie, dégoût de la nourriture ; des fièvres et de grosses sudations nocturnes qui nécessitaient au moins deux ou trois changements d'habits et de draps par nuit ; des accès de fatigue frôlant parfois la paralysie musculaire complète ; des douleurs d'estomac ; des vomissements de sang ; des crampes intestinales ; une constipation sévère ; des hémorroïdes ; et de sérieux troubles de la vue – fatigue oculaire, perte inexorable de la vision, humidification et douleurs récurrentes dans les yeux, brouillards, et grande sensibilité à la lumière, notamment le matin.

Les questions de Breuer mirent en évidence certains symptômes supplémentaires que Nietzsche avait soit négligés, soit refusé de mentionner : des scintillements et des scotomes qui précédaient souvent les migraines, des insomnies insurmontables, de sévères crampes nocturnes, une tension généralisée, enfin des sautes d'humeur aussi soudaines qu'inexplicables.

Des sautes d'humeur ! Le terme que Breuer attendait tant ! Comme il s'en était expliqué auprès de Freud, il cherchait toujours un point d'entrée dans l'état psychologique du patient, et ces « sautes d'humeur » constituaient peut-être la clé qui mènerait directement au désespoir et aux envies suicidaires de Nietzsche !

Breuer procéda avec une grande prudence ; il lui demanda de fournir de nouveaux détails sur ses sautes d'humeur. « Avez-vous remarqué des changements émotifs qui pourraient sembler liés à votre maladie ? »

Nietzsche ne cilla pas. Il ne semblait pas inquiet à l'idée que cette question puisse mener sur un terrain plus intime. « Il est arrivé que, à la veille d'une de mes crises, je me sente particulièrement heureux, une sensation que je qualifie de *dangereusement agréable*.

– Et après la crise ?

– Une crise typique dure entre douze heures et deux jours. Après cela, je me sens généralement épuisé et abattu. Même mon activité cérébrale est ralentie pendant un ou deux jours. Mais d'autres fois, en particulier après une crise plus longue, de quelques jours, la situation se présente différemment. Je me sens purifié, requinqué. Je déborde d'énergie. Et ces instants-là, je les chéris, puisque mon esprit déborde d'idées nouvelles. »

Breuer insista. Une fois qu'il avait débusqué une trace, il n'abandonnait pas facilement sa traque. « Cet épuisement et cette sensation d'abattement, combien de temps durent-ils ?

– Peu de temps. Dès que la crise s'atténue et que mon corps retrouve son assiette, je reprends le contrôle. Puis je m'oblige à surmonter cette pesanteur. »

Breuer se dit alors que la tâche s'avérerait peut-être plus ardue qu'il ne l'avait cru. Il lui faudrait se montrer plus direct. Il était évident que Nietzsche ne livrerait aucun renseignement sur son désespoir.

« Et la mélancolie ? Dans quelle mesure accompagne-t-elle ou suit-elle vos crises ?

– Je traverse parfois des périodes sombres. Mais qui ne connaît pas cela ? Néanmoins elles ne m'atteignent pas… Elles ne participent pas de ma maladie, mais de ma nature profonde. On pourrait dire que j'ai le courage de les traverser. »

Breuer remarqua le petit sourire et le ton décidé de Nietzsche. Pour la première fois, il reconnaissait la voix de celui qui avait écrit les deux ouvrages audacieux et énigmatiques qu'il cachait dans son tiroir. Il songea, un bref instant, à attaquer de front la distinction *ex cathedra* qu'opérait Nietzsche entre les sphères de la maladie et celles de la nature profonde. Et puis cette phrase sur le courage qu'il y a à traverser des périodes sombres... Qu'entendait-il par là ? Mais patience ! Mieux valait garder le contrôle de la consultation ; d'autres brèches s'ouvriraient.

Il poursuivit avec prudence. « Avez-vous jamais tenu une chronique détaillée de vos crises ? Leur intensité, leur fréquence, leur durée ?

– Pas cette année, non, trop préoccupé que j'étais par les événements et les changements importants dans ma vie. Mais l'an passé, j'ai connu cent dix-sept jours d'invalidité totale, et presque deux cents jours d'infirmité partielle, avec des migraines, des douleurs oculaires ou gastriques et des nausées moins pénibles. »

Deux brèches intéressantes s'offraient à Breuer. Mais dans laquelle s'engouffrer ? Devait-il enquêter sur la nature exacte de ces « événements et changements importants », c'est-à-dire sans doute la présence de Lou Salomé, ou bien consolider le lien entre médecin et patient en jouant la carte de la compassion ? Partant du principe qu'il était impossible d'établir un lien *trop* fort, Breuer opta pour la seconde solution.

« Voyons... Cela nous fait quarante-huit jours sans maladie. Ce n'est pas considérable.

– Cela fait belle lurette que je n'ai pas connu des périodes de bien-être supérieures à une ou deux semaines. Je crois pouvoir toutes me les rappeler ! »

La mélancolie qui pointait dans la voix de Nietzsche incita Breuer à tenter un coup. Il avait devant lui une brèche qui pouvait directement mener au désespoir de son patient. Il reposa sa plume et, de son ton le plus docte et le plus professionnel, fit la remarque suivante : « Une telle situation – une souffrance quasi constante, avec seulement quelques embellies chaque année, et une vie de douleur –, tout cela me paraît être un terrain propice au désespoir et au pessimisme métaphysiques. »

Nietzsche fut pris de court. Pour la première fois, il n'avait pas de réponse toute faite à proposer. Sa tête se balança de droite à gauche, comme s'il s'interrogeait sur l'opportunité de se faire consoler. Pourtant ses mots dirent autre chose.

« Ce que vous dites là, docteur Breuer, est indéniablement vrai pour certaines personnes, voire pour la plupart d'entre elles, et je dois m'en remettre à votre expérience. Mais dans *mon* cas, ce n'est pas vrai. Désespoir ? Non. Peut-être jadis, mais plus maintenant. La maladie frappe mon corps, mais ce n'est pas *moi*. Je suis ma maladie et mon corps, mais eux ne sont pas moi. L'un comme l'autre doivent être surmontés, sinon physiquement, du moins métaphysiquement.

« Quant à votre deuxième remarque, "l'intérêt de vivre" que je peux éprouver n'a rien à voir avec ça. » Il tapota son ventre. « Excusez-moi, le protoplasme. J'ai une *raison* de vivre qui peut s'accorder avec n'importe quelle *manière* de vivre. Je suis guidé par une mission longue de dix ans. Je vais accoucher, dit-il en montrant sa tempe, de livres, de livres presque achevés, de livres auxquels seul moi-même peux donner naissance. Il m'arrive de considérer mes migraines comme des accidents de travail intellectuel. »

Manifestement, Nietzsche n'avait donc aucune envie d'aborder, ni même d'admettre, son désespoir. Breuer se rendit compte qu'il serait vain de vouloir le ruser. Il se rappela soudain que, chaque fois qu'il jouait jadis aux échecs avec son père, en son temps le meilleur joueur de toute la communauté juive de Vienne, il avait l'impression de se faire manipuler.

Mais peut-être n'y avait-il rien à admettre ! Peut-être cette chère Lou Salomé s'était-elle trompée sur toute la ligne. Car à l'entendre, Nietzsche semblait avoir surmonté son épouvantable maladie par la seule force de son esprit. Quant au risque de suicide, Breuer connaissait un test infaillible. Le patient se projette-t-il dans l'avenir ? Nietzsche avait passé l'épreuve ! Il n'était donc *pas* suicidaire : il parlait d'une mission longue de dix ans et de livres auxquels il devait encore donner forme dans son esprit.

Pourtant Breuer avait vu, de ses yeux vu, les lettres suicidaires de son patient. Cachait-il son jeu ? Ou bien ne connaissait-il plus le désespoir parce qu'il avait *déjà décidé de se suicider* ? Des cas similaires, Breuer en avait connu plusieurs. Ces patients étaient dangereux : ils semblaient dans un meilleur état – en un sens, ils l'étaient bel et bien –, leur mélancolie s'émoussait, ils mangeaient, dormaient, souriaient de nouveau. Mais cette amélioration signifiait qu'ils avaient trouvé une échappatoire à leur désespoir – celle de la mort. Nietzsche était-il dans cette disposition d'esprit ? Avait-il décidé de se supprimer ? Non, Breuer se rappelait ce qu'il avait dit à Freud : si Nietzsche songeait au suicide, pourquoi diable viendrait-il le consulter ? Pourquoi s'embêter à voir un énième médecin, à faire le voyage de Rapallo jusqu'à Bâle, puis à Vienne ?

Malgré sa frustration de n'avoir pas obtenu les renseignements qu'il attendait, Breuer ne pouvait pas reprocher à son patient de ne pas coopérer. Car Nietzsche répondait longuement, trop longuement presque, à chacune des questions. Les personnes victimes de migraines témoignant souvent d'une certaine hypersensibilité aux aliments et au climat, Breuer ne fut pas surpris d'apprendre qu'il en allait de même pour Nietzsche. Mais le luxe de détails donné par son patient – cela l'étonna. Sans s'arrêter, Nietzsche parla pendant vingt minutes de ses réactions aux conditions atmosphériques. Son corps, expliqua-t-il, était comme un baromètre anéroïde qui réagissait violemment à la moindre variation de la pression atmosphérique, de la température, de l'altitude. Le ciel gris le plongeait dans l'abattement, les nuages noirs et la pluie l'accablaient, la sécheresse le revigorait, l'hiver était synonyme pour lui de tétanie mentale, enfin le soleil le ramenait à la vie. Pendant des années, son existence avait consisté à rechercher le climat idéal. Les étés étaient supportables. Le plateau ensoleillé de l'Engadine, sans vent ni nuages, lui convenait bien ; et quatre mois par an, il habitait une petite pension dans le village suisse de Sils Maria. En revanche, les hivers étaient un calvaire pour lui, il n'avait jamais trouvé un endroit convenable pendant la saison froide, ce qui le poussait à descendre dans le sud de l'Italie et à écumer de nouvelles villes en quête de cieux plus cléments. Le ciel et l'humidité grisâtre de Vienne, dit-il, l'empoisonnaient. Son système nerveux avait soif de soleil, d'air sec et immobile.

Lorsque Breuer l'interrogea sur la nourriture, Nietzsche lui déroula un autre long discours sur le lien entre alimentation, troubles gastriques et crises de migraine. Quelle précision ! C'était la première fois que Breuer entendait un patient répondre à chacune de ses questions avec un tel soin du détail. Que signifiait cela ?

Nietzsche était-il un hypocondriaque obsessionnel ? Breuer avait vu de nombreux hypocondriaques ennuyeux et complaisants qui adoraient décrire leurs viscères. Mais ces patients-là étaient atteints d'une « sténose de la *Weltanschauung* », d'un rétrécissement de leur conception du monde. Et Dieu que leur compagnie était pénible ! Ils ne pensaient qu'à leur corps, et la vie tournait exclusivement autour de leur santé.

Non, Nietzsche n'appartenait pas à cette catégorie de gens. La palette de ses intérêts était immense, et sa personnalité, stimulante. Mlle Salomé était aussi de cet avis, était *encore* de cet avis, même si elle trouvait Paul Rée plus romantique. Qui plus est, Nietzsche ne décrivait pas ses symptômes pour susciter la compassion, ni même obtenir un soutien – cela, Breuer s'en était rendu compte dès le début de leur entretien.

Pourquoi donc cette abondance de détails dans ses descriptions ? Peut-être que Nietzsche, tout simplement, avait un esprit sain et une excellente mémoire, et qu'il abordait l'examen médical d'une façon parfaitement rationnelle, en fournissant des données complètes au spécialiste qui se penchait sur son cas. Ou alors il était particulièrement peu versé dans l'introspection. Avant la fin de son examen, Breuer obtint encore une nouvelle réponse : Nietzsche avait si peu de contacts avec les autres humains qu'il passait un temps fou à converser avec son propre système nerveux.

Une fois rappelés les antécédents médicaux de son patient, Breuer procéda à l'examen physique. Il accompagna Nietzsche jusqu'à son cabinet d'examen, une minuscule pièce stérile qui ne comportait qu'un paravent, une chaise, une table recouverte d'un linge blanc amidonné, un évier, un escabeau et une armoire métallique contenant ses instruments. Quelques minutes après avoir laissé Nietzsche se déshabiller et se changer, Breuer revint pour le trouver, malgré le peignoir ouvert dans le dos qu'il avait déjà enfilé, toujours vêtu de ses hautes chaussettes noires et de ses fixe-chaussettes, en train de plier soigneusement ses vêtements. Il s'excusa pour son retard : « Ma vie de nomade m'oblige à n'avoir qu'un seul costume. Par conséquent, je fais toujours en sorte de le ménager. »

L'examen physique pratiqué par Breuer fut aussi méthodique que son analyse des antécédents médicaux de Nietzsche. Commençant par la tête, il ausculta l'ensemble du corps, lentement, de haut en bas, il écouta, tapota, toucha, sentit, regarda. Malgré le grand nombre de symptômes du patient, il ne décela aucune anomalie physique, hormis une grande cicatrice sur le sternum – séquelle d'un accident de cheval pendant son service militaire –, une minuscule double cicatrice oblique sur l'aile du nez, et quelques signes d'anémie : lèvres pâles, conjonctivite et paumes crevassées.

Les causes d'une telle anémie ? Probablement alimentaires. Nietzsche avait affirmé n'avoir, souvent, pas mangé de viande pendant des semaines entières. Mais Breuer se souvint un peu plus tard que Nietzsche crachait parfois du sang, signe d'une éventuelle perte de sang gastrique. Il ponctionna donc quelques gouttes de sang d'un prélèvement de globules rouges et, après un examen rectal, recueillit un fragment de selle sur son gant, dans lequel il chercherait plus tard d'infimes traces de sang.

Et les troubles de la vue dont se plaignait Nietzsche ? Tout d'abord Breuer décela une conjonctivite unilatérale que l'on pouvait aisément soigner avec de l'onguent pour les yeux. Mais malgré tous ses efforts, il ne parvint pas à régler son ophtalmoscope sur la rétine de Nietzsche : quelque chose obstruait le champ visuel, sans doute une opacité cornéenne, voire un œdème de la cornée.

Breuer s'attarda longuement sur le système nerveux de Nietzsche, non seulement à cause de la nature de ses migraines, mais aussi parce que, lorsqu'il avait quatre ans, son père était mort d'un « ramollissement du cerveau », terme générique qui pouvait désigner une multitude d'anomalies – attaque, tumeur, ou quelque dégénérescence cérébrale congénitale. Mais après avoir vérifié le fonctionnement du cerveau et du système nerveux – équilibre, coordination, sensation, force, proprioception, ouïe, odorat, déglutition –, Breuer ne trouva aucun signe de détérioration nerveuse.

Comme Nietzsche se rhabillait, Breuer en profita pour retourner dans son cabinet et réunir les conclusions de son examen. Lorsque Mme Becker raccompagna Nietzsche, quelques minutes après, Breuer réalisa que, malgré la fin de leur séance qui approchait, il avait été totalement incapable de mentionner la mélancolie ou le suicide. Il tenta donc une nouvelle approche, en l'occurrence une technique d'entretien qui manquait rarement de donner des résultats.

« Professeur Nietzsche, j'aimerais que vous me décriviez en détail une journée ordinaire de votre existence.

– Bien vu, docteur Breuer ! C'est la question la plus difficile que vous m'ayez posée jusqu'à présent. Je m'agite tellement que mon cadre de vie évolue sans cesse. Ce sont mes crises qui règlent ma vie…

– Prenez n'importe quelle journée… Disons, une journée au cours des dernières semaines, entre deux crises.

– Eh bien, je me réveille tôt... Si tant est, naturellement, que j'aie pu dormir... »

Breuer eut le sentiment d'être sur la bonne voie. Une brèche venait de s'ouvrir. « Permettez-moi de vous interrompre, professeur Nietzsche. Vous avez bien dit : "Si tant est, naturellement, que j'aie pu dormir" ?

– Mon sommeil est catastrophique. Ce sont tantôt des crampes musculaires, tantôt des douleurs d'estomac, parfois une tension qui envahit mon corps tout entier, parfois mes pensées, généralement sombres, ou bien alors je reste éveillé toute la nuit, ou mes médicaments m'accordent deux ou trois heures de sommeil.

– Quels médicaments ? Et en quelle quantité ? » demanda Breuer sans attendre. Bien qu'il fût impératif pour lui d'en savoir davantage sur l'automédication de Nietzsche, il se rendit compte qu'il n'avait pas fait le meilleur choix. Il aurait mieux, bien mieux valu l'interroger sur ces fameuses pensées nocturnes et sombres !

« De l'hydrate de chloral presque tous les soirs. Au moins un gramme. Quelquefois, si mon corps crie sommeil, j'ajoute de la morphine ou du véronal, mais je me retrouve totalement hagard le lendemain. De temps en temps du hachisch, mais il trouble aussi mes idées. Je préfère le chloral. Dois-je poursuivre ma description de cette journée qui commence déjà fort mal ?

– Je vous en prie.

– Je prends un petit déjeuner dans ma chambre... Vous souhaitez connaître ce genre de détails ?

– Absolument. Dites-moi tout.

– Soit. Mon petit déjeuner est simple. Le propriétaire de la pension m'apporte de l'eau bouillante. Rien de plus. À l'occasion, si je me sens particulièrement bien, je demande un thé léger et du pain sec. Puis je prends un bain froid, absolument nécessaire si je souhaite travailler sérieusement, et consacre le reste de la journée au travail : écriture, réflexion et, quand mes yeux me le permettent, un peu de lecture. Quand mon état me l'autorise, je marche, parfois pendant de longues heures. Pendant ces promenades, je griffonne toujours, et c'est souvent dans ces moments-là que me viennent mes meilleures idées, que je travaille le mieux…

– Moi aussi, s'empressa de répondre Breuer. Au bout de sept ou huit kilomètres, les problèmes les plus complexes se trouvent toujours résolus. »

Nietzsche, apparemment désarçonné par la remarque personnelle de Breuer, resta silencieux quelques instants. Il acquiesça timidement, bredouilla quelques syllabes, puis finit par oublier et reprit son compte rendu. « À l'hôtel je déjeune toujours à la même table. Je vous ai déjà décrit mon régime alimentaire : toujours de la nourriture sans épices, de préférence bouillie, pas d'alcool, pas de café. Il peut m'arriver de ne supporter, des semaines durant, que des légumes bouillis sans sel. Pas de tabac, non plus. J'échange quelques mots avec les clients qui partagent mon couvert, mais m'engage rarement dans de longues conversations. Pour peu que la chance me sourie, je rencontre un convive attentionné qui aura la gentillesse de me faire la lecture ou de rédiger ce que je lui dicte. Mes ressources étant limitées, je ne peux rémunérer ces services. L'après-midi ressemble à la matinée – je marche, je réfléchis, je griffonne. Le soir je dîne dans ma chambre ; encore une fois, de l'eau bouillante ou un thé léger avec des biscuits. Puis je travaille jusqu'à ce que le chloral me donne l'autorisation de me coucher. Voilà. Telle est la vie de mon corps.

– Vous parlez d'hôtel. Mais chez vous ?

– Ma maison tient dans ma malle. Comme les tortues, je la transporte sur mon dos. Je place ma malle dans un coin de la chambre d'hôtel et, dès que le temps devient oppressant, je l'emporte avec moi vers des cieux plus cléments. »

Breuer avait prévu de revenir sur les « pensées nocturnes et sombres » de Nietzsche. Mais voilà que s'ouvrait devant lui une piste encore plus intéressante, une piste qui ne pouvait pas manquer de le mener jusqu'à Mlle Salomé.

« Je constate, professeur Nietzsche, que votre description de cette journée ordinaire mentionne fort peu le reste du monde ! Pardonnez mon indiscrétion… Je sais que ces questions-là s'éloignent quelque peu du champ médical, mais je crois en une certaine complétude de l'organisme, et j'estime le bien-être physique indissociable du bien-être social ou psychologique. »

Nietzsche s'empourpra. Il sortit de sa poche un petit peigne à moustache en écaille et, pendant un bref instant, sans rien dire, peigna nerveusement son épaisse moustache. Puis, ayant visiblement pris une décision, il se redressa sur son siège, s'éclaircit la gorge et répondit d'une voix ferme : « Vous n'êtes pas le premier médecin à me faire cette remarque. J'imagine que vous faites référence à la sexualité. Le Dr Lanzoni, un spécialiste italien que je voyais il y a quelques années, pensant que mon état de santé était aggravé par mon isolement et mon abstinence, m'avait conseillé de me livrer à une pratique sexuelle régulière. J'ai suivi son conseil et organisé une rencontre avec une jeune paysanne dans un village proche de Rapallo. Mais au bout de trois semaines, j'ai été pris de maux de tête proprement épouvantables : encore un peu de ce traitement à l'italienne et votre patient rendait l'âme !

– Pourquoi ce conseil était-il si mauvais ?

– Un éclair de plaisir bestial suivi par des heures entières passées à se détester, à se débarrasser de l'odeur nauséabonde et protoplasmique du rut ne me paraît pas être le meilleur chemin vers… comment dites-vous, la "complétude de l'organisme".

– Je suis d'accord avec vous, convint Breuer. Pourtant, pouvez-vous nier que nous appartenions tous à un environnement social qui, tout au long de l'Histoire, a facilité notre survie et fourni les plaisirs inhérents aux rapports humains ?

– Peut-être ces plaisirs grégaires ne sont-ils pas faits pour tout le monde, répliqua Nietzsche en secouant la tête. Par trois fois j'ai voulu faire l'effort et établir un lien avec les autres. Et par trois fois j'ai été trahi. »

Enfin ! Breuer eut du mal à cacher sa joie. L'une de ces trois trahisons, à l'évidence, avait pour nom Lou Salomé. Peut-être que Paul Rée constituait la seconde. Mais la troisième ? Qui était-ce ? Enfin, enfin, Nietzsche avait entrouvert la porte ; la voie était maintenant dégagée pour laisser place à une discussion sur ces trahisons, donc sur le désespoir engendré par elles.

Breuer prit son ton le plus onctueux. « Trois tentatives, soldées par trois trahisons terribles… Et depuis, le repli vers une solitude douloureuse. Vous avez souffert. Peut-être que cette souffrance a influé également, d'une manière ou d'une autre, sur votre maladie. Auriez-vous la gentillesse de me décrire précisément en quoi ont consisté ces trahisons ? »

Nietzsche secoua encore la tête. Il sembla se replier sur lui-même. « Docteur Breuer, je m'en suis déjà grandement remis à vous. J'ai partagé aujourd'hui plus de détails intimes avec vous qu'avec quiconque depuis longtemps. Mais je vous demande de me croire lorsque je vous dis que ma maladie était bien antérieure à mes déboires personnels. Rappelez-vous mes antécédents familiaux : mon père est mort d'une maladie cérébrale peut-être héréditaire. Rappelez-vous aussi que mes migraines m'empoisonnent depuis l'enfance, donc bien avant ces trahisons dont je vous ai parlé. Il est aussi certain que ma santé ne s'est jamais améliorée pendant les rares amitiés que j'ai pu nouer. Non, ce n'est pas que j'aie fait trop peu confiance : mon erreur aura été d'avoir *trop* fait confiance. Je ne suis pas prêt, je ne peux pas me permettre de faire de nouveau confiance. »

Breuer n'en revint pas. Comment avait-il pu faire un si mauvais calcul ? Quelques minutes plus tôt, Nietzsche semblait presque désireux de se confier à lui. Et voilà qu'il se rétractait complètement ! Que s'était-il donc passé ? Nietzsche lui avait parlé de ses tentatives pour jeter des ponts vers les autres, et des trahisons qu'il avait essuyées. Breuer l'avait écouté avec empathie et là, le terme de « pont » avait touché une corde sensible. Les livres de Nietzsche ! Oui, il devait y avoir, à l'évidence, un passage sur la question, où figurerait cette idée de « pont ». Ainsi la clé qui permettait d'accéder à la confiance de cet homme se trouvait-elle certainement dans un de ses ouvrages. Breuer se rappelait vaguement un autre passage, cette fois sur l'importance de l'introspection psychologique. Il se résolut donc à lire les deux livres plus attentivement en attendant leur prochain rendez-vous ; peut-être pourrait-il influencer son patient à l'aide de ses propres arguments.

Malgré tout, que pourrait-il bien faire d'un argument trouvé dans un des livres de Nietzsche ? Comment lui expliquerait-il le fait qu'il en possédât deux exemplaires ? Aucune des librairies viennoises auxquelles il s'était adressé n'avait même entendu parler de cet auteur. Breuer, qui détestait la duplicité, songea un instant à tout lui avouer : la visite de Lou Salomé, son désespoir, dont il était au courant, la promesse qu'il avait faite à la jeune femme, les deux livres qu'elle lui avait offerts.

Mais cela ne pouvait mener qu'à l'échec. Nietzsche se sentirait indéniablement manipulé et trahi. Breuer était convaincu que son patient était désespéré parce que empêtré dans une relation *pythagoricienne*, pour reprendre sa belle expression, avec Lou et Paul Rée. Or si Nietzsche apprenait que Lou Salomé avait vu le Dr Breuer, il verrait certainement en eux les deux côtés d'un autre triangle. Non… Breuer estima que l'honnêteté, avec laquelle il avait pour habitude de trancher les grands dilemmes de la vie, ne ferait qu'empirer les choses ; il devait donc trouver un moyen d'obtenir ces deux livres *officiellement*.

Il se faisait tard. La lumière grise et pluvieuse laissait peu à peu place à l'obscurité. Dans ce silence, Nietzsche était agité, mal à l'aise. Breuer, lui, était fatigué. Sa proie lui avait échappé, et il n'avait plus d'idées. Il décida de temporiser.

« Je crois, professeur Nietzsche, que nous en avons fini pour aujourd'hui. J'ai besoin de temps pour étudier votre dossier médical et pour effectuer les travaux de laboratoire qui s'imposent. »

Nietzsche poussa un léger soupir. Était-il déçu ? Souhaitait-il prolonger l'entretien ? Breuer le crut mais, ne sachant plus à quel saint se vouer, proposa à son patient un nouvel entretien, plus tard dans la semaine. « Vendredi après-midi ? Même heure ?

– Oui, bien sûr. Je suis à votre entière disposition, docteur Breuer. Je n'ai aucune autre raison de demeurer à Vienne. »

La consultation était terminée. Breuer se leva. Nietzsche, lui, hésita avant de se rasseoir brutalement sur son fauteuil.

« Docteur Breuer, je vous ai pris beaucoup de votre temps. Je vous en supplie, ne commettez pas l'erreur de sous-estimer la reconnaissance que j'éprouve pour vos efforts ; mais accordez-moi encore quelques instants, et permettez-moi de vous poser à mon tour trois questions. »

6

« Posez vos questions, professeur, je vous en prie, dit Breuer en se calant au fond de son fauteuil. Étant donné le feu nourri auquel je vous ai soumis, trois questions ne me paraissent pas excessives. Pour peu qu'elles portent sur des domaines de ma compétence, je me ferai un plaisir de vous répondre. »

Il était fatigué. La journée avait été longue; il devait encore donner une conférence à six heures, puis effectuer ses visites à domicile du soir. Pourtant la requête de Nietzsche ne le dérangeait pas. Au contraire, il était extrêmement enthousiaste; peut-être l'ouverture qu'il avait tant attendue se trouvait-elle à portée de main.

« Quand vous aurez entendu mes questions, il se peut que, comme nombre de vos confrères, vous regrettiez vos propos. J'ai trois questions, mais qui se ramènent toutes peut-être à une seule. Et cette question unique, qui est aussi une supplique, est la suivante : me direz-vous la vérité ?

– Et vos trois questions ?

– La première est celle-ci : vais-je devenir aveugle ? La seconde : mes crises vont-elles durer éternellement ?

Enfin, la troisième et la plus difficile : suis-je atteint d'une maladie cérébrale qui finira par me tuer jeune, comme mon père, me paralyser ou, pire encore, me plonger dans la folie ou la démence ? »

Breuer demeura sans voix. Il feuilleta sans vraiment les regarder les pages du dossier médical de Nietzsche. En quinze ans d'activité médicale, jamais aucun patient n'avait osé lui poser des questions aussi directes.

Remarquant son désarroi, Nietzsche poursuivit : « Excusez ma franchise, mais j'ai passé tant d'années à entretenir un dialogue de sourds avec les médecins, notamment les Allemands, qui s'érigent en maîtres de vérité sans jamais partager leur science. Nul médecin n'a le droit de cacher à son patient ce qui lui revient de droit. »

Breuer ne put s'empêcher de sourire après l'attaque de Nietzsche contre les médecins allemands, et de se hérisser à l'énoncé des droits du patient. Décidément, ce petit philosophe à grosse moustache lui plaisait.

« Je suis parfaitement disposé à parler médecine avec vous, professeur Nietzsche. Vous m'interrogez sans détour ; je tenterai de vous répondre avec la même franchise. Je partage votre avis sur la question des droits des patients. Cependant, vous omettez un point crucial : les *devoirs* du patient. Je préfère établir une relation parfaitement honnête avec mes patients, mais cette honnêteté doit être réciproque : eux aussi doivent s'y engager auprès de moi. L'honnêteté des questions et des réponses est la garantie d'une bonne médecine. À cette condition-là, vous avez ma parole : je partagerai avec vous tout ce que je sais, toutes mes conclusions. Néanmoins, poursuivit-il, *je ne crois pas* qu'il devrait toujours en être ainsi. Dans certains cas le médecin doit, pour le salut même du patient, cacher la vérité.

– Oui, docteur Breuer, j'ai souvent entendu cela dans la bouche des médecins. Mais qui peut s'arroger le droit de prendre cette décision à la place de quelqu'un d'autre ? Cette posture ne peut que bafouer l'autonomie du patient.

– Il est de mon devoir, répondit Breuer, d'apporter du réconfort à mes patients. Et cela ne doit pas être pris à la légère. Parfois la tâche est ingrate, et il est des mauvaises nouvelles que je ne peux pas annoncer à un patient ; parfois je me dois de garder le silence et de supporter la douleur pour lui et sa famille.

– Mais ce genre d'obligation va à l'encontre d'un devoir plus fondamental encore : celui, pour chaque être humain, de découvrir la vérité. »

Dans le feu de la conversation, Breuer avait oublié pendant quelques instants que Nietzsche était son patient. Ces questions étaient passionnantes ; il était totalement absorbé. Sans s'arrêter de parler, il se leva et commença à aller et venir derrière son fauteuil.

« Est-il de mon devoir d'imposer aux autres une vérité qu'ils ne veulent pas entendre ?

– Qui peut déterminer ce que quelqu'un ne *veut* pas savoir ?

– C'est ce que l'on pourrait appeler l'art de la médecine, dit Breuer avec fermeté. Et cela, on ne l'apprend pas dans les textes, mais au chevet des mourants. Permettez-moi de vous citer, en guise d'exemple, le cas d'un patient que je vais visiter ce soir à l'hôpital. Naturellement, cela reste entre nous ; aussi ne vous donnerai-je pas son nom. Voilà, cet homme est atteint d'une maladie mortelle, en l'occurrence un cancer du foie. Parce que son foie ne fonctionne plus, il a la jaunisse. Sa bile envahit son sang. Le pronostic est sans espoir. Je doute qu'il puisse encore tenir plus de deux ou trois semaines. Lorsque je l'ai vu ce matin, il m'a patiemment écouté pendant que je lui expliquais pourquoi sa peau devenait jaune, puis il a posé sa main sur la mienne, comme pour me soulager d'un fardeau, de *mon* fardeau, comme pour me dire de me taire. Il m'a demandé des nouvelles de ma famille – nous nous connaissons depuis plus de trente ans – et m'a parlé des affaires qui l'attendaient à son retour chez lui. Mais… » Breuer inspira lourdement. « Mais je sais pertinemment qu'il ne rentrera jamais chez lui. Dois-je le lui annoncer ? Voyez-vous, professeur Nietzsche, ce n'est pas une chose facile. C'est généralement ce qu'on ne demande pas qui est important ! S'il avait voulu savoir, il m'aurait interrogé sur les causes du dysfonctionnement de son foie ou m'aurait demandé à quel moment je comptais le renvoyer chez lui. Mais sur ces questions il garde le silence. Dois-je me montrer dur au point de lui dire ce qu'il ne veut pas savoir ?

– Parfois, répliqua Nietzsche, les professeurs doivent se montrer intraitables. Les gens doivent entendre cela, parce que la vie est intraitable, parce que la mort est intraitable.

– Devrais-je empêcher les gens de décider comment affronter leur propre mort ? De quel droit puis-je endosser ce rôle ? Vous dites que les professeurs doivent savoir être durs. Peut-être. Mais la mission du médecin consiste à apaiser l'angoisse et à favoriser la capacité du corps à guérir. »

La pluie se mit à fouetter la fenêtre. La vitre trembla. Breuer marcha jusqu'à elle et regarda au-dehors. Puis il se retourna d'un coup. « En fait, à bien y repenser, je ne suis même pas vraiment convaincu de cette intransigeance du *professeur* que vous prônez. Peut-être seule une race spéciale de professeurs est-elle concernée – celle des prophètes.

– Oui, oui, dit Nietzsche d'une voix rendue aiguë par l'enthousiasme. Un professeur des vérités amères, un prophète impopulaire... Voilà ce que je suis. » Il ponctuait chacun de ses mots par un doigt pointé sur la poitrine de son interlocuteur. « Vous, docteur Breuer, vous vous échinez à faciliter la vie de vos patients. Quant à moi, je me charge de compliquer les choses pour mon public invisible d'étudiants.

– Mais quel mérite y a-t-il à énoncer des vérités impopulaires et à rendre la vie plus compliquée ? Quand j'ai quitté mon patient ce matin, il m'a dit : "Je m'en remets à la main de Dieu." Qui oserait dire que cela n'est pas, aussi, une forme de vérité ?

– Qui ? » Nietzsche s'était lui aussi levé et déambulait d'un côté du bureau, dont l'autre côté était occupé par Breuer. « Qui oserait dire cela ? » Il s'arrêta, posa les mains sur le dossier de son fauteuil et pointa le doigt vers lui-même. « *Moi* j'ose le dire ! »

Breuer se dit que Nietzsche aurait pu tenir ce langage du haut d'une chaire, en exhortant une assemblée religieuse – son père, évidemment, avait été pasteur.

« On accède à la vérité, poursuivit Nietzsche, par l'incrédulité et le scepticisme, non par un désir puéril que les choses soient comme on veut qu'elles soient ! La volonté de votre patient de s'en remettre à la main de Dieu n'a rien à voir avec la vérité. C'est simplement un désir puéril, rien de plus ! Un désir de ne pas mourir et de retrouver ce sein éternellement gonflé que nous appelons "Dieu" ! La théorie de l'évolution prouve scientifiquement l'inutilité de Dieu – bien que Darwin lui-même n'ait pas eu le courage de mener son raisonnement jusqu'à sa véritable conclusion. Vous devez bien comprendre que nous avons créé Dieu, et que nous l'avons maintenant tous tué. »

Breuer lâcha cet argument comme un lingot incandescent. Il ne pouvait défendre le déisme. Athée depuis l'adolescence, il avait souvent, lors de discussions avec son père et d'autres professeurs de religion, suivi la ligne de Nietzsche. Il se rassit et parla d'une voix plus douce, plus conciliante, tandis que Nietzsche regagnait à son tour son fauteuil.

« Quelle ardeur à trouver la vérité ! Pardonnez-moi, professeur Nietzsche, si mes propos vous paraissent offensants, mais nous sommes convenus de converser en toute honnêteté. Vous parlez de la vérité avec feu, comme s'il s'agissait de substituer une religion à une autre religion. Permettez-moi de me faire l'avocat du diable et de vous demander : pourquoi une telle *passion*, une telle *vénération* pour la vérité ? En quoi cela pourrait-il être utile à ce patient que j'ai vu ce matin ?

– Ce n'est pas la vérité qui est sacrée, mais la quête de sa propre vérité ! Existe-t-il acte plus sacré que la recherche de soi ? Mon œuvre philosophique, disent certains, est bâtie sur du sable : mes opinions évoluent en permanence. Mais l'un de mes principes gravés dans le marbre est le suivant : "Deviens qui tu es." Comment peut-on découvrir qui l'on est, et ce que l'on est, sans la vérité ?

– Mais la vérité, c'est que mon patient n'a plus que quelque temps à vivre. Dois-je donc lui offrir cette connaissance de soi ?

– Le vrai choix, le seul choix, ne peut s'opérer qu'à la lumière de la vérité. Comment pourrait-il en être autrement ? »

Comprenant que Nietzsche disposait de réels pouvoirs de persuasion dès qu'il pénétrait sur ce terrain abstrait de la vérité et du choix, Breuer décida de le contraindre à parler de choses plus concrètes. « Et le patient que j'ai vu ce matin ? Quelle est l'étendue de *ses* choix ? Peut-être que la foi en Dieu *est* son choix !

– Mais ce n'est pas un choix pour l'homme. Ce n'est pas un choix humain, simplement une tentative de saisir une illusion à l'extérieur de lui. Ce choix-là, un choix de l'autre, du surnaturel, est toujours débilitant, qui fait de l'homme moins qu'un homme. J'aime au contraire ce qui fait de nous plus que ce que nous sommes !

– Ne parlons pas de l'homme comme d'une chose abstraite, insista Breuer, mais comme d'un être en chair et en os… mon patient, par exemple. Songez à sa situation : il n'a plus que quelques jours, quelques semaines à vivre ! Quel intérêt y a-t-il à lui parler de choix ? »

Impassible, Nietzsche répliqua immédiatement : « S'il ne sait pas qu'il est sur le point de mourir, comment votre patient peut-il choisir sa manière de mourir ?

– Sa manière de mourir, professeur Nietzsche ?

– Oui, il doit savoir comment affronter la mort : parler aux gens, donner des conseils, dire des choses qu'il n'avait jamais dites, prendre congé des autres, ou bien rester seul, pleurer, défier la mort, la maudire, la remercier.

– Vous évoquez là un idéal, une abstraction ; or je dois m'occuper d'un homme unique, de cet homme en chair et en os. Je sais qu'il va mourir bientôt, et dans d'atroces souffrances. Pourquoi lui ? Avant toute chose, l'espérance doit être entretenue. Et qui d'autre, sinon le médecin, est en mesure de faire cela ?

– L'espérance ? *Mais l'espérance est le pire des maux !* » Nietzsche hurlait presque. « Dans mon livre

Humain, trop humain, j'affirmais que, lorsque la boîte de Pandore fut ouverte et que les maux que Zeus y avait placés tombèrent dans le monde des hommes, il restait malgré tout un dernier mal, inconnu de tous : l'espérance. Depuis lors, l'homme a toujours, et à tort, considéré cette boîte et les espoirs qu'elle contenait comme un trésor. Mais c'était oublier la volonté de Zeus : que l'homme ne cesse jamais d'être tourmenté. L'espérance est le pire des maux parce qu'il prolonge le tourment.

– Vous pensez donc que l'on devrait écourter la vie d'un homme s'il le désire.

– C'est en effet une possibilité, mais uniquement à la lumière d'une connaissance pleine et entière. »

Breuer savourait sa victoire. Il avait su faire preuve de patience. Il avait laissé les choses suivre leur cours. Voilà que ses efforts étaient sur le point d'être récompensés ! La discussion avançait exactement dans la direction qu'il avait souhaitée.

« Vous avez évoqué le suicide, professeur Nietzsche. Devrait-il, à votre avis, être une possibilité ? »

Une fois de plus, Nietzsche se montra ferme et clair. « Chacun a le droit de disposer de sa mort. Et chacun devrait la vivre comme il l'entend. Il existe peut-être, je dis bien peut-être, le droit pour des hommes d'ôter la vie à un autre homme. Mais en aucune manière nous n'avons le droit de le priver de sa mort. Ce ne serait pas du réconfort. Ce serait de la cruauté ! »

Breuer insista. « Est-ce que vous pourriez envisager le suicide ?

– Mourir est une chose difficile. J'ai toujours considéré que le privilège des morts est de ne plus mourir !

– Le privilège des morts... ne plus mourir ! » répéta Breuer avec un mouvement de tête approbateur. Il marcha vers son bureau, s'assit et se saisit de sa plume. « Puis-je noter cette phrase ?

– Naturellement. Mais je ne voudrais pas me plagier moi-même… Je ne viens pas d'inventer cette phrase, je l'ai écrite dans un autre de mes textes, *Le Gai Savoir*. »

Breuer n'en croyait pas ses oreilles. En l'espace de quelques minutes, Nietzsche venait de mentionner les deux livres que Lou Salomé lui avait donnés. Bien que stimulé par cette conversation et ne voulant pas en briser l'élan, Breuer ne pouvait pas laisser passer l'occasion de trancher le dilemme que lui posaient ces deux livres.

« Professeur Nietzsche, ce que vous dites au sujet de ces deux textes m'intéresse au plus haut point. Comment puis-je me les procurer ? Une librairie de Vienne, peut-être ? »

Nietzsche eut du mal à cacher sa joie. « Mon éditeur, Schmeitzner, sis à Chemnitz, s'est trompé de métier. Il aurait dû être diplomate, ou espion. C'est un génie de l'intrigue, et mes livres constituent son plus grand secret. En huit ans, il n'a pas dépensé un seul pfennig en publicité… Il n'a pas non plus envoyé le moindre exemplaire à la presse, ni disposé un seul livre sur les rayonnages d'une librairie.

« Aussi ne trouverez-vous mes livres dans aucune librairie viennoise. Ni dans aucune maison viennoise, d'ailleurs. J'ai vendu si peu d'exemplaires que je puis vous donner le nom de la plupart des acheteurs, et je ne sache pas qu'un Viennois figure parmi eux. Vous devrez donc entrer directement en relation avec mon éditeur. Voici son adresse. » Nietzsche ouvrit sa mallette et jeta quelques lignes sur un bout de papier qu'il remit ensuite à Breuer. « Je pourrais bien sûr lui écrire de votre part mais je préférerais, si vous en êtes d'accord, que vous lui écriviez directement. Peut-être une commande émanant d'un illustre savant et médecin l'incitera-t-elle à révéler l'existence de mes livres à d'autres personnes. »

Breuer glissa le bout de papier dans la poche de son gilet. « Dès ce soir je lui commanderai vos deux livres. Quel dommage que je ne puisse pas en acheter, ou en emprunter, deux exemplaires dans des délais plus brefs… Comme je m'intéresse à tout ce qui fait la vie de mes patients – à leur travail, à leurs convictions – vos ouvrages pourraient en effet m'aider dans mes recherches sur votre état actuel – sans parler du plaisir que j'aurais à les lire et à en discuter avec vous !

– Ah… concéda Nietzsche, mais je peux vous aider ! J'ai dans mes bagages mes exemplaires personnels. Laissez-moi vous les prêter. Je les porterai à votre cabinet tout à l'heure. »

Ravi d'avoir vu son stratagème couronné de succès, Breuer voulut néanmoins donner quelque chose en échange à son patient. « Consacrer sa vie entière à l'écriture, mettre sa vie dans ses livres et n'avoir que de rares lecteurs… quel terrible destin ! Pour de nombreux auteurs que je connais ici à Vienne, ce serait pire encore que la mort. Comment supportez-vous cela ? »

Nietzsche ne réagit pas à l'ouverture de Breuer, ni par un sourire, ni par un ton particulier. Regardant droit devant lui, il dit : « Connaissez-vous un seul Viennois qui n'ait pas oublié qu'il existait une vie au-delà du Ring ? Je suis un homme patient. Peut-être que d'ici à l'an 2000, les gens oseront lire mes livres. » Il se leva subitement. « Vendredi, donc ? »

Breuer se sentit contrarié et pris de haut. Pourquoi une telle froideur soudaine chez Nietzsche ? C'était la deuxième fois que cela se produisait dans la même journée, la première étant l'incident du « pont »; dans les deux cas, comprit Breuer, la réaction de Nietzsche s'était produite après qu'il eut tendu une main généreuse. Ce cher professeur Nietzsche ne supportait-il donc pas qu'on approchât de lui, ou qu'on lui vînt en aide ? Puis il se rappela l'avertissement que lui avait lancé Lou Salomé : ne jamais tenter d'hypnotiser Nietzsche – à cause de sa relation très forte au pouvoir.

Il se laissa aller à imaginer, un instant, la réaction qu'aurait eue Lou Salomé face au comportement de Nietzsche. Elle n'aurait pas hésité une seule seconde à prendre la question à bras-le-corps. Elle aurait dit quelque chose comme : « Comment se fait-il, Friedrich, que chaque fois que quelqu'un vous adresse un mot gentil, vous le mordiez sur-le-champ ? »

Breuer mesura aussi toute l'ironie de la situation : bien qu'ayant peu goûté l'impertinence de Lou Salomé, voilà qu'il l'invoquait afin qu'elle éclairât sa lanterne ! Mais il chassa rapidement ces pensées. Peut-être qu'elle pouvait dire ce genre de choses; en tout cas, lui ne le pouvait pas. D'autant moins que le glacial professeur Nietzsche se dirigeait maintenant vers la porte.

« Oui, vendredi à deux heures, professeur Nietzsche. »

Ce dernier inclina légèrement la tête et quitta le bureau d'un pas vif. Par la fenêtre, Breuer le regarda descendre les marches, refuser un fiacre avec un air agacé, jeter un coup d'œil sur le ciel sombre, enrouler son écharpe autour de ses oreilles et s'engager péniblement dans la rue.

7

À trois heures du matin, Breuer sentit de nouveau le sol se liquéfier sous ses pieds. Et de nouveau, en cherchant Bertha, il s'enfonça de quarante centimètres jusqu'à la dalle en marbre couverte de symboles mystérieux. Il se réveilla dans un véritable état de panique : son cœur battait la chamade, sa chemise de nuit et son oreiller étaient trempés. En prenant bien soin de ne pas réveiller Mathilde, il s'extirpa du lit, se rendit aux toilettes sur la pointe des pieds, urina, enfila une nouvelle chemise de nuit, retourna son oreiller du côté resté sec et tenta de se laisser gagner par le sommeil.

Mais il était écrit que, cette nuit-là, le sommeil lui échapperait. Il se contenta de rester allongé, à écouter le souffle lourd de Mathilde. Tout le monde dormait : les cinq enfants, la servante Louis, la cuisinière Marta, et Gretchen, la nourrice des enfants. Tout le monde, sauf lui. Il surveillait la maison pour tous les autres. Il lui revenait de rester éveillé et de s'inquiéter pour tout le monde, lui, celui qui travaillait le plus dur, celui qui avait le plus besoin de repos.

Un tombereau d'angoisses s'abattait sur lui. Il parvenait à en repousser certaines, mais d'autres ne cessaient de revenir à la charge. Du sanatorium de Bellevue, le Dr Binswanger lui avait écrit pour lui annoncer que

Bertha était au plus mal. Encore plus troublant, il avait appris que le Dr Exner, un jeune psychiatre de l'institution, était tombé amoureux d'elle et l'avait envoyée vers un autre médecin après l'avoir demandée en mariage ! S'agissait-il d'un amour réciproque ? Elle avait dû lui donner quelques signes ! Au moins le Dr Exner avait eu le bon goût de ne pas être marié et de se délester du cas Bertha sans attendre. La simple idée de voir Bertha offrir au jeune Exner le même sourire que celui qu'elle lui avait jadis offert l'exaspéra.

Bertha au plus mal ! Quel imbécile il avait été de vanter auprès de la mère de la jeune femme son tout nouveau traitement par l'hypnose ! Qu'allait-elle penser de lui désormais ? Que dirait dans son dos l'ensemble de la communauté médicale ? Si seulement il n'avait pas vanté sa découverte au cours de cette fameuse étude de cas, celle-là même à laquelle avait assisté le frère de Lou Salomé ! Pourquoi n'arrivait-il jamais à tenir sa langue ? Il frémit, taraudé à la fois par l'humiliation et par le remords.

Quelqu'un avait-il deviné qu'il aimait Bertha ? Sans doute tout le monde s'était-il demandé pour quelle bonne raison un médecin passait une ou deux heures par jour avec une de ses patientes, et ce depuis des mois… Il savait que Bertha était anormalement proche de son père ; mais lui, son médecin, n'avait-il pas exploité cette relation à son profit ? Sinon pourquoi se serait-elle entichée d'un homme âgé et disgracieux comme lui ?

Breuer grimaça à la pensée de l'érection qui se déclenchait chez lui chaque fois que Bertha entrait en transe. Dieu merci, il n'avait jamais cédé face à ses propres sentiments, jamais déclaré sa flamme, jamais caressé les seins de la jeune femme. Puis il s'imagina lui faire un massage médical. Voilà qu'il lui tenait fermement les poignets, qu'il tendait les bras au-dessus de sa tête, qu'il relevait sa chemise de nuit, lui écartait les jambes à l'aide de ses genoux, plaquait ses mains sur ses fesses et la hissait vers lui. Il avait détaché sa ceinture et venait d'ouvrir son pantalon lorsqu'une horde de gens – infirmières, confrères, Mme Pappenheim – faisait irruption dans sa chambre !

Ravagé, défait, il s'enfonça dans son lit. Pourquoi diable s'infligeait-il tous ces tourments ? Il laissa ses angoisses prendre le dessus et l'assaillir sans répit. Il y entrait une bonne part d'angoisse juive : l'antisémitisme grandissant qui avait mis un frein à sa carrière universitaire ; l'émergence du nouveau parti de Schönerer, l'Association nationale allemande ; les discours antisémites tenus lors du congrès de l'Association pour la réforme autrichienne, incitant les guildes d'artisans à s'en prendre aux Juifs : la finance juive, la presse juive, les trains juifs, les théâtres juifs... Quelques jours plus tôt, Schönerer avait exigé le rétablissement des anciennes restrictions légales imposées à la communauté juive et appelé à des émeutes dans toute la ville. Pour Breuer, la situation ne pouvait qu'empirer. Déjà l'université était contaminée. Les associations étudiantes avaient récemment décrété que, les Juifs étant nés « sans honneur », ils ne pouvaient plus demander réparation pour les insultes proférées contre eux par le moyen du duel. On n'avait pas encore entendu brocarder les médecins juifs, mais ce n'était qu'une question de temps.

Il écouta Mathilde ronfler légèrement. Elle était là, sa véritable angoisse ! Cette femme avait soumis sa vie entière à la sienne. Elle était aimante, elle maternait leurs enfants. La dot de la famille Altmann qu'elle avait apportée avec elle avait fait de lui un homme riche. Elle lui tenait rancune au sujet de Bertha. Mais qui pouvait décemment lui en vouloir ? Son amertume était fondée.

Il la regarda de nouveau. Quand il l'avait épousée, elle était la plus belle qu'il eût jamais vue – c'était toujours le cas –, plus belle que l'impératrice, que Bertha, que Lou Salomé, même... Quel Viennois ne l'enviait pas ? Alors pourquoi était-il incapable de la toucher, de l'embrasser ? Pourquoi la bouche ouverte de cette femme l'effrayait-elle à ce point ? Pourquoi éprouvait-il toujours le besoin terrible d'échapper à son contact ? Et de se dire qu'elle était la source même de son angoisse ?

Il l'observa dans la pénombre. Ses lèvres douces, le joli relief de ses pommettes, sa peau satinée. Il l'imagina plus âgée, le visage ridé, la peau du crâne durcie au point de former des plaques rugueuses, décrépite, laissant affleurer l'ivoire de l'os. Il s'attarda sur ses seins gonflés, accrochés aux côtes de sa cage thoracique. Et il se rappela avoir rencontré, un jour qu'il marchait sur une plage battue par les vents, la carcasse d'un poisson géant, dont le flanc était en partie décomposé et dont les arêtes blanches et nues ricanaient sous ses yeux.

Il voulut chasser la mort de sa tête en fredonnant son incantation favorite, tirée de Lucrèce : « Là où est la mort, je ne suis pas. Là où je suis, la mort n'est pas. Pourquoi avoir peur ? » Mais cela n'y changea rien.

Il secoua la tête, en une vaine tentative pour balayer ces pensées morbides. D'où venaient-elles ? D'avoir discuté de la mort avec Nietzsche ? Non, plutôt que d'avoir instillé ces idées dans son esprit, Nietzsche n'avait fait que les *réveiller*. Elles avaient toujours été là, il les avait déjà maintes fois rencontrées. Néanmoins, quand il n'y pensait pas, dans quelle région de son cerveau allaient-elles se loger ? Freud avait raison : il devait nécessairement exister un réservoir de pensées complexes dans le cerveau, certes situées au-delà de la conscience, mais tout de même aux aguets, en ordre de marche et prêtes à investir la scène consciente.

Non seulement les pensées, mais les sentiments ! Quelques jours auparavant, alors qu'il se trouvait dans un fiacre, Breuer avait jeté un coup d'œil sur le fiacre voisin. Les deux chevaux trottaient et tiraient une voiture où siégeaient deux passagers, un couple âgé, aux visages sévères. *Mais il n'y avait pas de cocher*. Un fiacre fantôme ! Saisi d'effroi, il avait connu une diaphorèse instantanée : ses vêtements furent trempés en quelques secondes. Puis le cocher apparut soudain ; il s'était tout simplement penché pour ajuster sa botte.

Dans un premier temps, il avait ri de sa réaction idiote. Mais plus il y pensait, plus il se rendait compte que, si rationaliste et athée qu'il fût, son esprit n'en abritait pas moins des vestiges de terreur surnaturelle, qui plus est peu profondément enfouis : ils étaient « en éveil », à quelques secondes seulement de la surface. Ah, comme il aurait aimé avoir une paire de ciseaux à gencives pour pouvoir éradiquer ces vestiges !

Toujours pas de sommeil à l'horizon. Breuer se redressa pour ajuster sa chemise de nuit et arranger les oreillers. Il repensa à Nietzsche. Quel homme étrange ! Quelles belles conversations ils avaient eues ! Breuer aimait ce genre de bavardages, ils le mettaient en confiance, il s'y sentait dans son élément. Quelle était, déjà, la « formule d'airain » de Nietzsche ? « Deviens qui tu es ! » « Mais qui suis-je ? se demanda-t-il. Qu'étais-je censé devenir ? » Son père ayant été un spécialiste du

Talmud, peut-être avait-il dans le sang le goût du débat philosophique. Il avait aimé les quelques cours de philosophie qu'il avait suivis à l'université – plus que la majorité de ses confrères car il avait, à la demande de son père, passé sa première année à la faculté de philosophie avant d'entamer ses études de médecine. Il était content, aussi, d'avoir entretenu son amitié pour Brentano et Jodl, ses anciens professeurs de philosophie. « Je devrais vraiment les voir plus souvent, se dit-il. Dans le monde des purs concepts, il y a quelque chose de sain. C'est là, et peut-être uniquement là, que je ne me sens souillé ni par Bertha ni par l'appel de la chair. À quoi ressemblerait une vie en permanence dans ce monde-là, comme Nietzsche ? »

Et son audace ! Proclamer que l'espérance est le pire des maux ! Que Dieu est mort ! Que la vérité est une erreur sans laquelle nous ne pouvons pas vivre ! Que l'ennemi de la vérité n'est pas le mensonge, mais la crédulité ! Que l'ultime privilège des morts est de ne pas mourir ! Que les médecins n'ont pas le droit de priver un homme de sa propre mort ! Mauvais esprit ! Breuer avait contredit Nietzsche sur chacun de ces points, et pourtant leur débat n'avait été qu'une mascarade : dans son for intérieur, au plus profond de son cœur, il savait que Nietzsche avait raison.

Et sa liberté ! Quelle vie ! Pas de maison, pas d'obligations, pas de salaire à verser, pas d'enfants à élever, pas d'emploi du temps, pas de rôle à jouer, pas de statut dans la société. Il y avait quelque chose de séduisant dans cette liberté. Pourquoi Friedrich Nietzsche y avait-il droit et pas Josef Breuer ? Nietzsche n'avait fait que prendre la sienne. « Et pourquoi pas moi ? » pesta

Breuer. Il resta allongé dans son lit à ruminer ces pensées jusqu'au vertige, jusqu'à ce que son réveil sonne, à six heures.

Lorsqu'il arriva à son cabinet à dix heures et demie, après sa tournée de visites à domicile, Mme Becker lui ouvrit la porte. « Bonjour, docteur Breuer. Quand je suis arrivée pour ouvrir le cabinet, le professeur Nietzsche attendait dans le vestibule. Il a apporté ces livres pour vous, et m'a chargée de vous dire que ce sont ses exemplaires personnels, avec ses propres notes en marge, qui contiennent des idées en vue de travaux futurs. Ces notes sont confidentielles, a-t-il ajouté, et vous ne devez les montrer à personne. Il avait l'air en piteux état et se comportait curieusement.

– Comment cela, madame Becker ?

– Il n'arrêtait pas de cligner des yeux, comme s'il ne pouvait pas, ou ne voulait pas voir ce qu'il voyait. Son visage était blafard, comme s'il allait s'évanouir. Je lui ai demandé si je pouvais l'aider, s'il voulait du thé ou bien s'allonger dans votre cabinet. Je pensais être gentille, mais lui a paru mécontent, voire en colère. Puis il s'est retourné sans un mot et est parti en courant dans les escaliers. »

Breuer s'empara du paquet que lui tendait Mme Becker – deux livres soigneusement emballés dans une page du *Neue Freie Presse* de la veille, et attachés par une petite corde. Il les déballa et les posa sur son bureau, à côté des exemplaires que lui avait donnés Lou Salomé. Si Nietzsche avait sans doute exagéré en prétendant qu'il aurait entre les mains les seuls exemplaires de ses livres disponibles à Vienne, en revanche il était certain qu'il était le seul homme dans tout Vienne qui possédât deux exemplaires de chaque.

« Oh, docteur Breuer, ce ne seraient pas là les mêmes livres que ceux que vous a laissés la grande dame russe ? » Mme Becker venait juste d'apporter le courrier et, en enlevant du bureau le papier journal et la corde, elle avait vu les titres.

« Le mensonge amène le mensonge, pensa Breuer, et le menteur doit savoir mener une vie prudente. » Pour efficace et sérieuse qu'elle fût, Mme Becker n'en aimait pas moins discuter avec les patients. Serait-elle capable de mentionner devant Nietzsche l'existence de « la grande dame russe » et les livres qu'elle avait donnés ? Breuer devait absolument la mettre au parfum.

« Madame Becker, il faut que je vous dise quelque chose. Cette dame russe, cette Mlle Salomé que vous semblez tant affectionner, est, ou *était*, une amie très proche du professeur Nietzsche. Inquiète pour lui, c'est elle qui l'a envoyé me voir par le truchement d'amis communs. Mais tout cela, il ne le sait pas, étant donné que Mlle Salomé et lui sont aujourd'hui en très mauvais termes. Si je veux pouvoir l'aider, il ne doit jamais, au grand jamais, apprendre que je l'ai rencontrée. »

Mme Becker acquiesça avec sa discrétion habituelle, puis elle regarda par la fenêtre : deux patients arrivaient. « M. Hauptmann et Mme Klein. Qui souhaitez-vous voir en premier ? »

D'ordinaire, Breuer, comme tant d'autres médecins viennois, n'indiquait à ses patients que le jour de leur rendez-vous, et les prenait dans son cabinet selon leur ordre d'arrivée. Aussi celui qu'il avait fixé à Nietzsche dérogeait-il à la tradition.

« Envoyez-moi M. Hauptmann. Il a besoin de repartir à son travail. »

Une fois terminé son dernier rendez-vous de la matinée, Breuer décida de se pencher plus avant sur les ouvrages de Nietzsche, avant leur prochaine rencontre prévue pour le lendemain. Il chargea Mme Becker de dire à Mathilde de ne pas monter à l'étage avant que le déjeuner fût prêt, et prit les deux volumes pauvrement reliés qui faisaient chacun moins de trois cents pages. Il eût préféré lire les exemplaires remis par Lou Salomé, pour pouvoir souligner des passages ou noter quelques observations en marge, mais il se sentit obligé de lire les propres exemplaires de Nietzsche, comme pour racheter son mensonge. Les remarques personnelles du philosophe étaient amusantes : beaucoup de phrases soulignées et, dans la marge, quantité de points d'exclamation et de : « OUI ! OUI ! », ponctués parfois de : « NON ! », ou de : « IDIOT ! » Beaucoup de notes griffonnées, aussi, que Breuer ne put déchiffrer.

Ces livres étaient étranges, très différents de tout ce qu'il avait pu lire jusqu'à présent. Chacun contenait des centaines de sections numérotées, dont beaucoup n'avaient pas grand-chose à voir les unes avec les autres. Elles étaient courtes, au mieux deux ou trois paragraphes, souvent quelques phrases seulement, parfois un simple aphorisme : « Les pensées sont les ombres de nos sentiments – toujours obscures, plus vides, plus simples que ceux-ci » ; « Plus personne ne meurt aujourd'hui des vérités mortelles : il y a trop de contrepoisons » ; « Que nous vaut un livre qui n'a même pas la vertu de nous emporter par-delà tous les livres ? »

Manifestement, le professeur Nietzsche s'estimait assez qualifié pour aborder tous les sujets – la musique, l'art, la nature, la politique, l'herméneutique, l'histoire, la psychologie. Lou Salomé avait dit de lui qu'il était un grand philosophe. Soit. Breuer n'était pas en mesure, encore, d'émettre un jugement sur ses ouvrages ; mais il était clair que Nietzsche était un auteur, un vrai *poète*.

Certaines de ses assertions paraissaient ridicules – comme cette idée, par exemple, que les pères et les fils ont toujours plus en commun que les mères et les filles. Mais nombre de ses aphorismes poussèrent Breuer à la réflexion : « Quel est le sceau de la liberté acquise ? – Ne plus avoir honte de soi-même. » Un passage le frappa particulièrement :

> De même que les os, les muscles et les viscères et les vaisseaux sanguins sont entourés d'une peau qui rend la vue de l'homme supportable, les émotions et les passions de l'âme sont de même enrobées dans la vanité : c'est la peau de l'âme.

Que dire de ces écrits ? – ils échappaient à toute catégorie existante – sinon que, pris dans leur ensemble, ils semblaient délibérément provocateurs. Ils défiaient les conventions, remettaient en question, voire dénigraient les vertus établies, et faisaient l'éloge de l'anarchie.

Breuer consulta sa montre. Une heure et quart. Il n'avait plus le temps de parcourir les textes de-ci, de-là. Sachant que l'heure du déjeuner allait sonner d'une minute à l'autre, il se mit en quête de passages qui pourraient l'aider, concrètement, à préparer son rendez-vous du lendemain avec Nietzsche.

Les horaires de Freud à l'hôpital ne lui permettaient généralement pas de dîner chez Breuer le jeudi. Mais cette fois, ce dernier l'avait invité expressément pour lui parler de sa séance avec Nietzsche. Après s'être restaurés d'un déjeuner viennois complet (savoureuse soupe au chou et aux raisins secs, *wiener Schnitzel*, *Spätzle*, choux de Bruxelles, tomates panées, pain de seigle maison, pommes cuites à la cannelle et à la crème fouettée, et de l'eau de Seltz), les deux hommes se retirèrent dans le cabinet.

Alors qu'il décrivait le passé médical et les symptômes du patient qu'il nommait Eckart Müller, Breuer s'aperçut que les paupières de Freud se refermaient doucement. Ayant déjà eu affaire à cette léthargie postprandiale qui frappait Freud régulièrement, il savait comment s'y prendre.

« Bien, Sigmund, dit-il d'une voix tranchante, passons maintenant à vos examens pour la licence médicale. Mettons que je sois le professeur Northnagel. Comme je n'ai pas pu dormir cette nuit, que j'ai un peu de dyspepsie et que Mathilde me reproche une fois de plus d'être en retard pour le déjeuner, je suis parfaitement en mesure de jouer le rôle de ce salaud. »

Il imita alors l'épais accent de l'Allemagne du Nord et la posture raide, autoritaire, du Prussien typique : « Ainsi, docteur Freud, je viens de vous présenter les antécédents médicaux de M. Eckart Müller. Vous êtes maintenant prêt pour l'examen médical. Dites-moi : qu'allez-vous rechercher chez notre patient ? »

Les yeux de Freud s'écarquillèrent ; il passa sa main sous son col pour le détendre un peu. Contrairement à Breuer, il ne raffolait pas du tout de ces simulations d'examen. Bien qu'il en admît les vertus pédagogiques, il en concevait toujours une certaine irritation.

« À l'évidence, commença-t-il, le patient est affecté d'une lésion de son système nerveux central. Sa céphalgie, sa vue qui se détériore, les antécédents neurologiques de son père, sa perte d'équilibre... Tout semble aller dans ce sens. Je soupçonne une tumeur du cerveau. Peut-être une sclérose disséminée. Je pratiquerais donc un examen neurologique complet, en vérifiant très méticuleusement l'état des nerfs crâniens, notamment le premier, le second, le cinquième et le onzième. Je me pencherais de près, également, sur le champ de vision – il se peut que la tumeur ait endommagé le nerf optique.

– Et les autres phénomènes visuels, docteur Freud ? Les scintillations, la vue brouillée le matin et qui s'améliore dans la journée ? Connaissez-vous un cancer susceptible de provoquer ce genre de choses ?

– Je m'intéresserais à la rétine. Il est peut-être victime d'une dégénérescence maculaire.

– Une dégénérescence maculaire qui disparaît dans l'après-midi ? Merveilleux ! Voilà un cas qui mériterait d'être publié ! Et sa fatigue récurrente, ses symptômes rhumatoïdes, le sang qu'il vomit ? C'est le cancer, aussi ?

– Professeur Northnagel, le patient peut très bien souffrir de deux maladies. "Les puces et les poux", comme disait Oppolzer. Il fait peut-être de l'anémie.

– Et comment vous y prendriez-vous pour examiner l'anémie ?

– Je ferais un test des selles et de l'hémoglobine au gaïac.

– Non ! Non ! Mon Dieu ! Mais qu'est-ce qu'on vous apprend dans les facultés de médecine viennoises ? À faire des examens avec vos cinq sens ? Oubliez les tests en laboratoire et votre médecine juive ! Le laboratoire ne fait que confirmer ce que vous révèle votre examen physique. Imaginez-vous sur un champ de bataille, docteur : vous demandez un examen des selles ?

– Je vérifierais le teint de mon patient, les lignes de ses paumes et ses muqueuses, gencives, langue et conjonctive.

– Bien. Mais vous oubliez le plus important : les ongles de la main. »

Tout à son imitation de Northnagel, Breuer se racla la gorge. « Bien, mon jeune et futur médecin, je vais maintenant vous donner les résultats de l'examen physique. Tout d'abord, l'examen neurologique est totalement, absolument normal : *pas le moindre* point négatif. Voilà pour la tumeur au cerveau et la sclérose disséminée, qui n'importe comment, docteur Freud, étaient impossibles, à moins que vous connaissiez des cas qui persistent pendant des années et se réveillent de temps en temps, avec des symptômes qui se manifestent entre vingt-quatre et quarante-huit heures, avant de disparaître du jour au lendemain sans séquelle neurologique. Non, non, non ! Nous n'avons pas affaire à une maladie structurelle, mais bien à un trouble physiologique épisodique. » Breuer se releva et, forçant sur son accent prussien, déclara : « Il n'y a qu'un seul diagnostic possible, docteur Freud. »

Ce dernier devint tout rouge. « Je ne vois pas. » Il avait l'air tellement affligé que Breuer arrêta son petit manège, congédia Northnagel et prit une voix plus douce.

« Mais si, vous voyez, Sigmund. Nous en avons parlé la dernière fois. Hémicrânie, plus connue sous le nom de migraine. Et n'ayez pas honte de ne pas y avoir pensé : la migraine est un mal que les apprentis médecins voient très rarement puisque les victimes ne sont presque jamais hospitalisées. Sans l'ombre d'un doute, M. Müller souffre d'une migraine sévère. Tous les symptômes sont présents : maux de tête unilatéraux par intermittence – souvent héréditaires, au passage –, accompagnés d'anorexie, de nausées et de vomissements, ainsi que de troubles visuels – éclairs de lumière prodromiques, voire hémianopsie. »

Freud avait sorti de la poche intérieure de son manteau un petit carnet et prenait des notes. « Je commence à me souvenir de choses que j'ai lues sur l'hémicrânie, notamment la théorie de Du Bois-Reymond selon laquelle il s'agit d'une maladie vasculaire, dont la douleur est causée par un spasme des artérioles du cerveau.

– Du Bois-Reymond a raison quant à l'origine vasculaire, mais tous les patients ne connaissent pas ce spasme des artérioles. Pour beaucoup, c'est même le contraire, puisque leurs vaisseaux se dilatent. Mollendorf pense que la douleur est due non pas à un spasme, mais à une extension des vaisseaux sanguins dilatés.

– Et la détérioration de la vue ?

– *Les voilà*, vos poux et vos puces ! C'est dû à autre chose, et pas à la migraine. Je n'ai pas pu faire le point sur sa rétine, car quelque chose obstruait le champ de vision de l'ophtalmoscope. Ce n'est pas dans le cristallin – il ne s'agit donc pas d'une cataracte – mais dans la cornée. Je ne connais pas l'origine de cette opacité cornéenne, mais je l'ai déjà rencontrée auparavant. Peut-être est-ce un œdème de la cornée, ce qui expliquerait que sa vue soit si mauvaise le matin. En effet, l'œdème de la cornée est plus aigu quand on a fermé les yeux toute la nuit, puis il s'atténue une fois que le fluide s'évapore des yeux pendant la journée.

– Et son anémie ?

– M. Müller est légèrement anémique. Éventuellement des saignements gastriques, mais plus vraisemblablement une anémie alimentaire. Sa dyspepsie est telle qu'il ne peut supporter la viande pendant plusieurs semaines d'affilée. »

Freud continuait de prendre des notes. « Et le pronostic ? Est-ce le même mal qui a tué son père ?

– Figurez-vous qu'il m'a posé la même question, Sigmund. Pour tout vous dire, je n'ai jamais connu un patient qui insiste autant pour connaître les faits bruts. Il m'a fait jurer de lui dire toute la vérité, puis m'a posé trois questions : sa maladie serait-elle évolutive, deviendrait-il aveugle, et en mourrait-il ? Avez-vous jamais entendu un patient parler ainsi ? Je lui ai donc promis de lui répondre lors de notre séance, demain.

– Qu'allez-vous lui dire ?

– Je peux le rassurer en me fondant sur une excellente étude publiée par Liveling, un médecin anglais, qui constitue à mes yeux la meilleure recherche médicale parue en Angleterre. Vous devriez lire ce rapport. » Breuer sortit alors un gros volume et le tendit à Freud, qui le feuilleta avec soin.

« Le texte n'a pas encore été traduit, reprit Breuer, mais vous savez assez d'anglais pour le comprendre. Liveling étudie un vaste échantillon de migraineux et conclut, d'une part, que la migraine devient moins forte à mesure que le patient vieillit, et d'autre part qu'elle n'est liée à aucune autre maladie cérébrale. Par conséquent, bien que la maladie soit héréditaire, il est fortement improbable que son père en soit mort. Certes, la méthode scientifique de Liveling est brouillonne. Son étude ne dit pas clairement s'il a obtenu ses résultats à partir de données longitudinales ou transversales. Vous comprenez ce que j'entends par là, Sigmund ? »

Freud répliqua sur-le-champ, visiblement plus à son aise sur le terrain de la méthode que sur celui de la médecine clinique. « La méthode longitudinale signifie suivre les patients pendant des années et découvrir que leurs crises s'atténuent avec le temps, n'est-ce pas ?

– Exactement, dit Breuer. Et la méthode transversale… »

Freud l'interrompit comme un enfant impatient au premier rang de la classe : « La méthode transversale est une observation unique, à un moment donné. Dans ce cas précis, c'est constater que les patients plus âgés ont moins de migraines que les plus jeunes. »

Ravi de l'enthousiasme de Freud, Breuer lui donna une nouvelle occasion de briller. « Pouvez-vous deviner laquelle de ces deux méthodes est la plus fiable ?

– La transversale ne peut pas être très précise : l'échantillon peut en effet comprendre très peu de patients âgés atteints de migraines lourdes, non pas parce que la migraine s'atténue, mais parce que de tels patients sont trop malades ou trop découragés par les médecins pour accepter d'être des objets d'étude.

– Oui, et c'est un problème que Liveling, me semble-t-il, n'a pas discerné. Excellente réponse, Sigmund. Un cigare pour fêter cela ? » Freud accepta avec un plaisir non dissimulé l'un des délicieux cigares turcs de Breuer. Ils les allumèrent et en savourèrent l'arôme.

« Pouvons-nous maintenant aborder le reste ? » demanda Freud avant d'ajouter : « La partie *intéressante*. »

Cela fit sourire Breuer.

« Je ne devrais peut-être pas vous le dire, reprit Freud, mais puisque Northnagel a quitté cette pièce, je vous avoue que les aspects psychologiques de ce cas m'intéressent beaucoup plus que son versant médical. »

Breuer avait remarqué qu'en effet son jeune ami semblait soudain ranimé. Ses yeux pétillaient de curiosité lorsqu'il demanda : « Dans quelle mesure votre patient est-il suicidaire ? Avez-vous pu le persuader de demander conseil ? »

C'était maintenant au tour de Breuer de se sentir penaud. Il rougit en repensant à la manière dont, lors de leur dernière conversation, il avait fait montre d'une confiance sans bornes en ses talents de maïeuticien. « C'est un homme étrange, Sigmund. Je n'ai jamais rencontré une telle résistance… comme un mur de brique. Mais un mur de brique *intelligent*. Il m'a laissé entrevoir une multitude de brèches, m'a expliqué ne s'être senti apaisé que cinquante jours l'année dernière, m'a parlé de ses idées noires, de son sentiment d'être trahi, de sa vie coupée du monde, de ce qu'il en coûte d'être un écrivain sans lecteurs, de ses insomnies terribles et de ses mauvaises pensées nocturnes.

– Mais, Josef, voilà précisément le genre de brèches que vous me disiez rechercher !

– Exactement. Mais dès que je m'engouffrais dans l'une d'elles, je revenais bredouille. Certes, il reconnaît être souvent malade, mais en précisant bien que c'est son corps qui est malade, et non pas *lui*, ni son essence. Quant aux humeurs sombres, il se dit fier d'avoir le courage de les traverser ! “Fier d'avoir le courage de traverser des humeurs sombres”, vous vous rendez compte ? Pure folie ! Les trahisons ? Oui, je pense qu'il fait référence à ce qui s'est passé avec Mlle Salomé, mais il affirme avoir surmonté sa douleur et ne veut plus en parler. En ce qui concerne le suicide, il nie vouloir se supprimer, mais défend le droit pour le patient de choisir d'en finir avec la vie. Bien qu'il soit prêt à accueillir la mort – il dit que l'ultime privilège des morts est de ne plus mourir –, il lui reste encore trop de choses à accomplir, trop de livres à écrire. Il va, dit-il, accoucher de livres, et sa céphalgie n'est à ses yeux qu'un accident de travail intellectuel. »

Freud secoua la tête. Il comprenait parfaitement la consternation de Breuer. « Un accident de travail cérébral... Vous parlez d'une métaphore ! Telle Minerve sortie de la tête de Jupiter ! Drôles d'idées, tout de même. Néanmoins, l'homme ne manque pas d'esprit. Doit-on parler d'intelligence folle ou de folie intelligente ? »

Breuer se contenta de grimacer. Freud se cala au fond de son fauteuil, recracha un long nuage de fumée bleue qu'il regarda se dissoudre dans l'air avant de reprendre la parole. « Ce cas devient de plus en plus fascinant chaque jour. Mais qu'en est-il de ce désespoir suicidaire dont parlait la jeune femme ? Lui mentait-il ? Ou bien à vous ? Ou à lui-même ?

– À lui-même, Sigmund ? Comment fait-on pour se mentir à soi-même ? Qui est le menteur ? Qui est la personne dupée ?

– Peut-être une part de lui-même est-elle suicidaire, mais sans que l'autre part, la part consciente, le sache. »

Breuer se retourna pour scruter un peu mieux son jeune ami. Il s'attendait à voir un sourire matois. Or Freud était on ne peut plus sérieux.

« Sigmund... Vous parlez de plus en plus de ce petit personnage inconscient qui vivrait une vie distincte de celle de son propriétaire. Je vous en supplie, suivez mon conseil : n'exposez cette théorie qu'à moi, et à moi seul. Non, d'ailleurs... je ne parlerai même pas de théorie, puisqu'elle n'est étayée par aucune preuve... disons votre lubie. N'exposez jamais votre lubie devant Brücke : il serait soulagé du poids qu'il a sur ses épaules de n'avoir pas osé donner du galon à un Juif. »

Freud répliqua avec une détermination inhabituelle.

« Cela restera entre nous jusqu'au jour où les preuves tomberont. Après quoi, je ne me priverai pas de publier mes recherches. »

Pour la première fois, Breuer se rendit compte que son jeune ami n'était plus un perdreau de l'année. Au contraire, en lui germaient une vraie audace, une envie de se battre pour ses idées, autant de qualités dont il aurait voulu disposer lui-même.

« Sigmund, vous me parlez de *preuves*, comme si ce pouvait être un objet de recherche scientifique. Mais ce petit personnage n'a aucune réalité matérielle, il n'est qu'une abstraction, comme une idée platonicienne. Comment trouver des preuves ? Pouvez-vous me donner ne serait-ce qu'un seul exemple ? Et ne me parlez pas de rêves : ils ne peuvent pas constituer des preuves, puisqu'ils sont également des constructions immatérielles.

– Vous en avez vous-même fourni, Josef. Vous me dites que la vie affective de Bertha Pappenheim est dictée par des événements qui se sont produits il y a douze mois, événements dont elle n'a pas une connaissance consciente. Et pourtant ils ont été décrits avec précision par le journal de sa mère à l'époque. Pour moi, cela équivaut à une preuve scientifiquement établie en laboratoire.

– Soit, mais c'est faire l'hypothèse que Bertha est un témoin fiable et qu'elle ne se rappelle vraiment pas ces événements passés. »

Mais, mais, mais… « Le revoilà, pensa Breuer, le démon du "mais"… » Il voulut se donner des coups. Toute sa vie n'avait consisté qu'en une série de fragiles « mais », et voilà qu'il recommençait avec Freud, comme il l'avait fait avec Nietzsche, alors qu'en son for intérieur il estimait que les deux hommes avaient raison.

Freud consigna encore quelques lignes sur son carnet. « Josef, pensez-vous que je pourrai consulter un jour le journal de Mme Pappenheim ?

– Je le lui ai rendu, mais je pense pouvoir le récupérer sans difficulté. »

Freud sortit sa montre. « Je dois bientôt retourner à l'hôpital pour la conférence de Northnagel. Mais avant cela, dites-moi ce que vous comptez faire avec votre patient difficile.

– Ce que *j'aimerais* faire, voulez-vous dire ? Trois étapes. D'abord instaurer de bons rapports avec lui. Puis le faire hospitaliser dans une clinique pendant quelques semaines, le temps d'observer ses migraines et de réguler sa médication. Enfin, pendant cette période, je souhaiterais le rencontrer régulièrement pour que nous discutions de son désespoir en long et en large. Toutefois, dit-il après un long soupir, connaissant l'animal, il y a peu de chances pour qu'il se montre coopératif. Des suggestions, Sigmund ? »

Freud, qui feuilletait encore l'étude de Liveling, tendit à Breuer une page afin qu'il y jette un coup d'œil. « Tenez, écoutez cela. Au chapitre "Étiologie", Liveling explique : "Certaines crises de migraine ont été déclenchées par une dyspepsie, par de la fatigue oculaire, ou par une certaine angoisse. Un repos forcé peut être recommandé. Les jeunes personnes souffrant de migraine pourront se voir éloignées de l'agitation de l'école et confiées à la tranquillité du foyer. Certains médecins conseillent de se livrer à des activités moins fatigantes." »

Breuer eut l'air surpris. « Et ?

– Je crois que nous avons la réponse ! L'angoisse ! Pourquoi ne pas en faire la clé de votre traitement ? Partez du principe que, pour venir à bout de ses migraines, M. Müller doit dompter son angoisse, y compris intellectuelle. Suggérez-lui que cette angoisse est une émotion réprimée et que, comme pour le traitement de Bertha, on peut la réduire en l'épanchant. Utilisez la méthode du ramonage. Vous pouvez même lui montrer le texte de Liveling et invoquer l'autorité médicale. »

Freud, s'étant aperçu que Breuer souriait, lui demanda : « Vous trouvez cela idiot ?

– Pas du tout, Sigmund. Je pense même qu'il s'agit d'une excellente idée, et je suivrai votre plan à la lettre. J'ai souri en entendant votre dernière phrase : "Invoquer l'autorité médicale." Vous ne connaissez pas mon patient, mais la simple idée de le voir s'incliner devant l'autorité médicale, ou devant l'autorité tout court, me fait doucement rire. »

Puis, ouvrant son exemplaire du *Gai Savoir*, Breuer lut à voix haute quelques passages qu'il avait soulignés. « M. Müller, prévint-il, refuse toute autorité, toute convention. Ainsi renverse-t-il les vertus pour leur donner le nom de vices, comme la fidélité par exemple : "C'est par pur défi qu'il s'en tient à une cause qui lui est devenue transparente – mais il nomme cela de la 'fidélité'."

« Et la politesse : "'Il est si poli !' En effet, il a toujours soin d'avoir un morceau de sucre à donner au cerbère, et il est si craintif qu'il tient chacun pour le cerbère, et toi, et moi-même – c'est là sa 'politesse'."

« Et tenez… Cette fascinante métaphore sur la vue et le désespoir : "Juger profonde toute chose – c'est là une qualité incommode : elle veut que l'on force constamment sa vue, et que l'on finisse par trouver plus que l'on ne désirait." »

Freud écoutait avec intérêt. « Voir plus que l'on ne désirait, marmonna-t-il. Je me demande bien ce qu'il a pu voir. Puis-je jeter un coup d'œil sur le livre ? »

Mais Breuer avait déjà préparé sa réponse : « Sigmund, il m'a fait jurer de ne jamais montrer ce livre à qui que ce soit, puisqu'il contient ses notes personnelles. Mes relations avec lui sont tellement fragiles que je préfère pour l'instant honorer ma promesse. Plus tard, peut-être.

« Un aspect curieux de mon entretien avec M. Müller, poursuivit-il en s'arrêtant sur son dernier marque-pages, c'est que chaque fois que j'ai essayé de montrer une certaine empathie à son égard, il s'est braqué et a rompu immédiatement le fil qui nous reliait l'un l'autre. Ah ! la passerelle ! Oui, voilà ce que je cherchais. »

Lorsque Breuer se mit à lire, Freud ferma les yeux pour mieux se concentrer.

« Nous avons été un jour si proches l'un de l'autre dans la vie que rien ne semblait plus entraver notre amitié et notre fraternité, seul l'intervalle d'une passerelle nous séparait encore. Et voici que tu étais sur le point de la franchir, quand je t'ai demandé : "Veux-tu me rejoindre par cette passerelle ?" – mais déjà tu ne voulais plus ; et à ma prière réitérée tu ne répondis rien. Et depuis lors, des montagnes et des torrents impétueux, et tout ce qui sépare et rend étranger l'un à l'autre, se sont mis en travers, et quand même nous voudrions nous rejoindre, nous ne le pourrions plus ! Mais lorsque tu songes maintenant à cette petite passerelle, la parole te manque – et tu n'es plus qu'étonnement et sanglots. »

Sur ce, Breuer reposa le livre. « Qu'en pensez-vous, Sigmund ?

– Je ne sais pas très bien », répondit Freud après s'être levé, faisant maintenant les cent pas devant la bibliothèque. « C'est une bien curieuse histoire. Essayons de voir… Une personne est sur le point d'emprunter la passerelle, donc de se rapprocher de l'autre, quand cet autre l'invite à faire exactement ce qu'elle avait l'intention de faire. Puis la première personne n'arrive pas à faire le premier pas parce qu'elle aurait l'impression de se soumettre à la volonté de l'autre – le pouvoir s'apparentant manifestement à la proximité.

– Oui, oui, vous avez raison, Sigmund. Excellent raisonnement ! J'y vois plus clair à présent. Cela signifie que M. Müller interprétera toute expression d'un sentiment positif comme une volonté de le dominer. Étrange conception, tout de même, puisqu'elle empêche toute possibilité de s'approcher de lui. Dans un autre passage de son livre, il affirme que nous détestons ceux qui lisent dans nos secrets et nous surprennent en flagrant délit de tendresse. Ce dont nous avons besoin dans ce cas-là, ce n'est pas de la compassion, mais de reprendre le dessus sur nos propres émotions.

– La semaine dernière, dit Freud en se rasseyant et en faisant tomber la cendre de son cigare dans le cendrier, j'ai observé Bilroth pendant qu'il appliquait sa nouvelle technique chirurgicale à l'ablation d'un estomac cancéreux. À vous écouter aujourd'hui, j'ai le sentiment que vous allez devoir pratiquer une opération de chirurgie psychologique tout aussi complexe et délicate. Vous savez par la jeune demoiselle que notre homme est suicidaire, et pourtant vous ne pouvez pas lui dire que vous savez. Vous devez le convaincre de vous confier son désespoir ; mais si vous y parvenez, il vous haïra parce que vous l'aurez humilié. Vous devez gagner sa confiance, mais si vous vous montrez compatissant, il vous accusera d'avoir voulu prendre le dessus sur lui.

– De la chirurgie psychologique... Tiens tiens.... Peut-être sommes-nous en train de fonder une nouvelle spécialité médicale... Mais attendez, j'aimerais vous lire un dernier passage qui me paraît intéressant. »

Il chercha cette fois-ci quelques minutes parmi les pages d'*Humain, trop humain*. « Je ne le retrouve pas... Mais, en substance, il explique que celui qui cherche la vérité doit se soumettre à une analyse psychologique personnelle, qu'il appelle "dissection morale". Il va jusqu'à dire que les erreurs des philosophes, y compris des plus grands, sont dues au fait qu'ils ignorent leurs propres ressorts. Puis il déclare que celui qui veut découvrir la vérité doit d'abord se connaître soi-même. Et pour y parvenir, il faut se départir de son point de vue habituel, voire de son siècle, de son pays, et, après cela, s'observer soi-même à distance !

– Analyser sa propre psyché ! Tâche difficile, remarqua Freud qui s'était levé pour partir, mais qui serait assurément facilitée par la présence d'un guide à la fois objectif et informé.

– Je suis exactement de votre avis ! » répondit Breuer en raccompagnant Freud dans le couloir. « Maintenant je vais devoir m'atteler à la partie la plus difficile : le convaincre !

– Je crois la chose faisable. Vous avez dans votre besace ses propres théories sur l'analyse psychologique et la théorie scientifique sur l'angoisse et les migraines – à condition, bien sûr, d'aborder le tout avec tact. Je ne vois pas pour quelle raison vous ne parviendriez pas à convaincre votre réticent philosophe de l'intérêt d'un examen sous votre houlette. Bonne nuit, Josef.

– Merci, Sigmund. » Breuer lui prit l'épaule. « Nous avons bien discuté. L'élève a donné une leçon à son maître. »

LETTRE D'ELISABETH NIETZSCHE À FRIEDRICH NIETZSCHE

26 novembre 1882

Mon cher Fritz,

Cela fait des semaines que ni Mère ni moi-même n'avons de nouvelles de toi. Ce n'est pas le moment de te volatiliser ! Ta guenon russe continue de se répandre en mensonges sur ton compte. Elle montre partout cette photographie qui la montre vous harnachant, toi et ce Juif, Rée, et raconte à qui veut l'entendre que tu aimes tâter de son fouet. Je t'ai demandé de retrouver cette image, car cette femme exercera son chantage jusqu'à la fin de nos jours ! Partout, elle se rit de toi, et son amant, Rée, mêle sa voix à ses railleries. Elle raconte que Nietzsche, le philosophe bizarre, n'est intéressé que par une seule chose : sa… – une partie de son anatomie – je ne peux me résoudre à rapporter ses mots – sa souillure. Je te laisse le soin d'imaginer. Elle vit à présent avec ton ami Rée, dans la débauche la plus noire, sous les yeux de Mme Rée mère – une bien belle équipe. Rien de tout cela n'est surprenant, en tout cas pour moi *(je souffre encore de la manière dont tu as balayé mes avertissements à Tautenberg), mais cela commence à devenir très dangereux – elle répand ses mensonges dans tout Bâle. J'ai appris qu'elle a écrit des lettres à Kemp et à Wilhelm ! Écoute-moi, Fritz :* elle ne cessera pas tant qu'elle ne t'aura pas fait perdre ta retraite. *Tu peux préférer le silence. Moi non : je vais demander une enquête de police sur son comportement avec Rée ! Si je réussis, et* je dois pour cela obtenir ton soutien, *elle sera expulsée pour conduite immorale dans le mois qui suit !*

Fritz, envoie-moi ton adresse.

Ta seule sœur,

Elisabeth

8

Chez les Breuer, les matinées commençaient toujours selon le même rituel. À six heures, le boulanger du coin, qui était également un patient de Josef, livrait ses *Kaisersemmel* à peine sortis du four. Pendant que son époux s'habillait, Mathilde dressait la table, lui préparait son café à la cannelle et disposait les croustillantes viennoiseries « aux trois chapeaux » avec du beurre doux et de la confiture de cerises. Malgré la tension qui régnait dans leur couple, Mathilde lui préparait toujours son petit déjeuner, pendant que Louis et Gretchen s'occupaient des enfants.

Ce matin-là, tout à son rendez-vous imminent avec Nietzsche, Breuer était tellement absorbé par la lecture d'*Humain, trop humain* qu'il leva à peine les yeux lorsque Mathilde lui versa son café. Il termina son petit déjeuner sans prononcer un mot, puis annonça en marmonnant dans sa barbe que son rendez-vous de midi pourrait bien durer jusqu'à l'heure du dîner. Mathilde trouva l'idée déplaisante.

« J'entends tellement parler de ce philosophe que je commence à m'inquiéter. Sigi et toi, vous passez des heures à discuter à son sujet ! Mercredi tu as manqué le dîner, hier tu es resté au cabinet pour lire son livre jusqu'à ce que les plats arrivent, aujourd'hui tu lis encore au petit déjeuner. Et tu parles maintenant de ne pas dîner ce soir ! Tu sais, les enfants ont peut-être besoin de connaître le visage de leur père. Je t'en supplie, Josef, ne pense pas trop à lui. Comme tu l'as fait avec d'autres. »

Breuer comprit qu'elle faisait référence à Bertha, mais pas uniquement à Bertha : elle lui avait souvent reproché, en effet, son incapacité à limiter le temps qu'il passait avec ses malades. Or pour lui, l'engagement auprès d'un patient était une chose sacrée. Une fois qu'il le suivait, il ne se faisait jamais faute de lui consacrer tout le temps et l'énergie qu'il jugeait nécessaires. Ses honoraires étaient modiques ; aux patients qui se trouvaient dans la gêne, il ne réclamait rien. Parfois, Mathilde se disait qu'elle devait protéger Josef de lui-même – mais pour cela, il eût fallu qu'il lui consacrât un peu de son temps et de son attention.

« Quels autres, Mathilde ?

– Tu sais très bien de quoi je veux parler, Josef. » Elle n'avait toujours pas prononcé le nom de Bertha. « Il est des choses, naturellement, qu'une épouse peut comprendre. Ta *Stammtisch* au café – je sais que tu as besoin d'un lieu où voir tes amis –, le tarot, les pigeons de laboratoire, les parties d'échecs. Mais le reste... Pourquoi donner autant de toi-même sans raison ?

– Quand ça ? De quoi parles-tu ? » Breuer savait très bien qu'il jouait un jeu pervers, qu'il les amenait tous deux vers une confrontation aussi imminente que désagréable.

« Par exemple le temps que tu consacrais à Mlle Berger. »

Parmi tous les exemples dont disposait Mathilde, aucun, plus que celui-ci, et à l'exception de Bertha, n'aurait pu exaspérer autant Breuer. Eva Berger, son ancienne infirmière, avait travaillé pour lui une dizaine d'années durant, depuis qu'il avait commencé sa carrière de médecin. Mathilde avait aussi mal réagi face à sa relation privilégiée et insolite avec Mlle Berger que devant ses rapports particuliers avec Bertha. Au fil de leur collaboration, Breuer et son infirmière avaient ainsi développé une amitié qui transcendait leurs fonctions respectives : ils se confiaient souvent l'un à l'autre et, quand ils étaient seuls, s'appelaient par leur prénom. Ils étaient sans doute le seul médecin et la seule infirmière de Vienne à agir de la sorte – mais enfin, Breuer était ainsi.

« Tu as toujours mal interprété ma relation avec Mlle Berger, répliqua-t-il d'un ton glacial. Aujourd'hui encore, je regrette de t'avoir écoutée, et son renvoi demeure une des grandes hontes de ma vie. »

Six mois auparavant, le jour funeste où la menteuse Bertha avait annoncé qu'elle attendait un enfant de Breuer, Mathilde avait exigé non seulement qu'il se déchargeât du cas Bertha, mais encore qu'il renvoyât Eva Berger. Folle de rage, mortifiée, Mathilde avait voulu effacer toute trace de Bertha de sa propre vie. Et toute trace d'Eva, aussi, qu'elle considérait, sachant que son mari lui disait tout, comme une complice dans cette épouvantable affaire.

Ce jour-là, Breuer fut tellement bourrelé de remords, à la fois humilié et honteux, qu'il accéda à toutes les exigences de Mathilde. Tout en sachant qu'Eva n'était qu'une victime expiatoire, il ne trouva pas le courage de la défendre. Dès le lendemain, non content de confier Bertha aux bons soins d'un confrère, il congédia l'innocente Eva Berger.

« Pardon d'avoir ramené le sujet sur le tapis, Josef. Mais dois-je me taire quand je te vois t'éloigner de plus en plus des enfants et de moi ? Si je te demande quelque chose, ce n'est pas pour t'empoisonner, mais parce que je... Parce que nous voulons t'avoir à nos côtés. Prends ça comme un compliment, une invitation. » Elle lui décocha un sourire.

« J'aime beaucoup les invitations, mais je déteste les ordres ! » Si Breuer regretta immédiatement ses propos, il ne sut pas comment se rétracter. Il termina donc son petit déjeuner sans un mot.

Nietzsche était arrivé à son rendez-vous de midi avec un quart d'heure d'avance. Breuer le trouva donc tranquillement assis dans un coin de la salle d'attente, son feutre vert à larges bords vissé sur la tête, son manteau boutonné jusqu'au col, les yeux fermés. Après l'avoir accompagné jusqu'à son cabinet et l'avoir prié de s'asseoir, Breuer voulut le mettre à l'aise.

« Merci de m'avoir prêté vos exemplaires personnels. Si l'une de vos annotations en marge contenait des choses personnelles, n'ayez crainte : je suis parfaitement incapable de déchiffrer votre écriture, qui me rappelle celle des médecins... Aussi illisible que la mienne ! Avez--vous jamais songé à exercer dans la médecine ? »

Nietzsche releva à peine la tête, ce qui n'empêcha pas Breuer de poursuivre sur sa lancée humoristique. « Permettez-moi de faire quelques remarques sur vos excellents ouvrages. Je n'ai pas eu le temps d'en terminer la lecture hier, mais j'ai été fasciné et touché par nombre de passages. Vous avez une plume extraordinaire. Votre éditeur est non seulement paresseux, il est également idiot : voilà des livres que n'importe quel éditeur devrait défendre avec ses tripes. »

Une fois de plus, Nietzsche ne dit rien. Il se contenta, cette fois, d'incliner légèrement la tête pour accueillir le compliment. Breuer se dit que les compliments, aussi, lui faisaient peut-être offense.

« Enfin… Passons aux affaires qui nous occupent, professeur Nietzsche. Excusez mon bavardage. Je commencerai par votre état de santé. Sur la foi de mes recherches, en laboratoire comme en cabinet, et des rapports établis par vos précédents médecins, je suis convaincu que vous souffrez principalement d'hémicrânie, également dite migraine. J'imagine que je ne suis pas le premier à vous le dire – deux de vos anciens médecins le mentionnaient dans leurs notes.

– En effet, d'autres médecins m'ont dit que mes maux de tête avaient toutes les caractéristiques de la migraine : une douleur forte, souvent d'un seul côté de la tête, précédée d'une série de violents éclairs lumineux et accompagnée de vomissements. Cela, je le connais bien. Mais l'emploi que vous faites de ce terme va-t-il plus loin, docteur ?

– C'est fort possible. Notre connaissance de la migraine a connu un certain nombre de développements récents ; et je gage que dans une vingtaine d'années nous maîtriserons parfaitement la question. Une partie des toutes dernières recherches porte justement sur les trois questions que vous m'avez posées. Tout d'abord, les données dont nous disposons indiquent clairement que la migraine perd de sa violence à mesure que le patient vieillit. Mais dites-vous bien qu'il ne s'agit là que de données statistiques qui n'indiquent que des probabilités ; on ne peut donc en tirer aucune conclusion définitive sur les cas individuels.

« Passons maintenant à la “plus difficile” de vos questions, comme vous l'avez dit vous-même : avez-vous hérité de la constitution médicale de votre père, qui vous condamne à la mort, à la folie ou à la démence ? Je crois que c'est dans cet ordre que vous les aviez placées, n'est-ce pas ? »

Nietzsche ouvrit grand les yeux, manifestement ébahi d'entendre ses propres questions trouver une réponse aussi franche. « Bien, très bien, se dit Breuer, continue de le prendre au dépourvu. Il n'a sans doute jamais rencontré un médecin aussi audacieux que lui. »

Il reprit : « Il n'existe *pas la moindre preuve*, insista-t-il lourdement, ni dans les études publiées, ni d'après ma longue expérience clinique, que la migraine soit progressive ou associée à une maladie cérébrale. J'ignore de quoi votre père est mort… Je pencherais pour un cancer, voire une hémorragie cérébrale. Mais rien ne montre que la migraine évolue vers ce genre d'affections, ni vers aucune autre affection, d'ailleurs. » Il s'arrêta un instant. « Bien, avant d'aller plus avant, ai-je répondu honnêtement à vos questions ?

– Deux sur trois, docteur. Car il y en avait une autre : vais-je devenir aveugle ?

– Je crains de ne pouvoir répondre à cette question. En revanche, voici ce que je puis vous dire. En premier lieu, je n'ai rien trouvé qui prouve que votre vue déclinante ait un quelconque lien avec vos migraines. Je sais qu'il est tentant de considérer tous les symptômes existants comme des manifestations d'un mal unique, mais ce n'est pas le cas ici. Il n'empêche : les difficultés visuelles peuvent aggraver, voire accélérer les crises de migraine – c'est là une autre question, sur laquelle je reviendrai plus tard. Mais en tout état de cause, vos troubles visuels relèvent d'autre chose. Je sais aussi que votre cornée, cette fine membrane qui recouvre l'iris… Attendez, je vais vous faire un dessin… »

Sur son carnet d'ordonnances, Breuer esquissa une anatomie de l'œil en coupe pour montrer à Nietzsche que sa cornée était plus opaque que la normale, très vraisemblablement à cause d'un œdème.

« Nous ne connaissons pas la cause de cet amas liquide, mais nous savons en revanche que la progression en est très lente et que, bien que votre vision puisse se brouiller, il est fort peu probable que vous deveniez aveugle. Je ne puis en être absolument certain car l'aspect opaque de votre cornée m'empêche de voir et d'étudier votre rétine à l'aide de mon ophtalmoscope. Vous comprenez maintenant pourquoi je ne peux pas répondre à votre question de façon plus précise. »

Nietzsche, qui avait ôté son manteau quelques minutes plus tôt et l'avait posé sur ses genoux, avec son chapeau, se leva pour les suspendre tous deux à la patère située non loin de la porte. Lorsqu'il se rassit enfin, il poussa un long soupir et sembla plus détendu.

« Merci, docteur Breuer. Vous êtes un homme de parole. Vous ne m'avez rien caché, n'est-ce pas ? »

« Bonne occasion, pensa Breuer, pour pousser Nietzsche à se dévoiler un peu plus. Mais avec doigté. »

« Caché ? Mais énormément de choses ! La plupart de mes pensées, de mes sentiments, de mes réactions à votre égard ! Parfois, je me demande à quoi ressemblerait une conversation, dans un contexte social, dont la règle première serait de ne rien cacher. Mais je vous donne ma parole que je ne vous ai rien dissimulé de votre état de santé. Et vous ? Je vous rappelle que nous avons scellé un pacte d'honnêteté mutuelle. Dites-moi : que me cachez-vous ?

– Certainement rien de mon état de santé, répondit

Nietzsche. Mais je cache le plus grand nombre possible de mes pensées que je ne veux pas voir partagées ! Vous parliez d'une conversation où rien ne serait caché : cela s'appelle l'enfer, si je ne m'abuse. Se dévoiler devant quelqu'un est le prélude à la trahison, et la trahison engendre la maladie, n'est-ce pas ?

– Pure provocation, professeur Nietzsche. Mais puisque nous parlons de dévoilement, laissez-moi vous faire part d'une de mes réflexions. Notre discussion de mercredi dernier m'ayant beaucoup plu, je serai très heureux de pouvoir bavarder de nouveau avec vous à l'avenir. J'ai toujours nourri une passion pour la philosophie, mais n'en ai étudié que des fragments à l'université, et ma pratique quotidienne de médecin ne m'offre que peu d'occasions d'assouvir cette passion qui ne demande qu'à être ravivée. »

Nietzsche sourit mais ne fit aucun commentaire. Breuer se sentait confiant, il s'était bien préparé. Le contact s'établissait, et l'entretien avançait sur ses rails. Il allait maintenant évoquer le traitement proprement dit : d'abord les médicaments, ensuite une forme ou une autre de « cure par la parole ».

« Passons maintenant, si vous le voulez bien, au traitement de ces migraines. De nombreuses médications récentes se sont avérées efficaces pour certains patients. Je veux parler de substances telles que le bromure, la caféine, la valériane, la belladone, le nitrate d'amyle, la nitroglycérine, la colchicine, et l'ergot de seigle, pour n'en citer que quelques-unes. Je vois, d'après votre dossier, que vous avez essayé certains de ces produits, qui peuvent être efficaces dans certains cas sans que l'on sache vraiment pourquoi, dans d'autres parce qu'ils possèdent des propriétés analgésiques ou sédatives, ou enfin parce qu'ils s'attaquent au mécanisme fondamental de la migraine.

– C'est-à-dire ? demanda Nietzsche.

– Le mécanisme vasculaire. Tous les savants vous diront que les vaisseaux sanguins, notamment les artères temporales, ont un lien avec les migraines. Ils se contractent fortement et semblent s'engorger. La douleur peut donc provenir des parois des vaisseaux comprimés ou distendus, ou bien des organes qui réclament leur afflux sanguin normal, en particulier les membranes qui recouvrent le cerveau – la dure-mère et la pie-mère.

– Et pourquoi une telle anarchie des vaisseaux sanguins ?

– Mystère... J'ai l'intuition que nous le saurons bientôt. En attendant, on ne peut que spéculer. Nombre de médecins, parmi lesquels je figure, sont intéressés par la pathologie qui expliquerait la fréquence des migraines. Il en est même qui affirment que les ruptures de fréquence sont plus importantes que le mal de tête lui-même.

– Je ne comprends pas, docteur Breuer.

– J'entends par là que la rupture du rythme peut se manifester dans des organes différents. Aussi le mal de tête n'a-t-il pas besoin d'être présent au cours d'une crise de migraine. Vous pouvez fort bien avoir une migraine abdominale, par exemple, caractérisée par de violents accès de douleur abdominale, mais sans ressentir aucun mal de tête. Certains patients parlent de crises soudaines au cours desquelles ils se sentent tout à coup abattus, ou euphoriques. D'autres, régulièrement, ont le sentiment d'avoir déjà vécu telle ou telle expérience. Les Français appellent cela *déjà vu*[1]. Et il s'agit peut-être, aussi, d'une variante de la migraine.

– Et derrière les ruptures de fréquence ? La cause de toutes les causes ? En arriverons-nous à Dieu, cette erreur ultime dans la recherche erronée de la vérité ultime ?

– Non, nous en arriverons peut-être au mysticisme médical, mais certainement pas à Dieu ! Pas dans ce cabinet, en tout cas.

– Tant mieux, dit Nietzsche, soulagé. Je viens de me dire qu'en parlant aussi librement je faisais peut-être montre d'irrespect à l'égard de vos sentiments religieux.

– N'ayez crainte, professeur. Je pense être un athée aussi convaincu dans mon judaïsme que vous l'êtes dans votre luthéranisme. »

Nietzsche sourit, cette fois plus généreusement qu'auparavant, et s'installa encore plus confortablement dans son fauteuil. « Si je n'avais pas arrêté de fumer, docteur Breuer, alors je vous aurais offert un cigare sur-le-champ. »

Breuer se sentit encore plus encouragé. « L'idée de Freud, pensa-t-il, selon laquelle l'angoisse est un facteur explicatif de la migraine, est tout simplement brillante. Le décor est maintenant planté. Il est grand temps d'agir ! »

Il se pencha en avant et parla d'une voix confiante, posée. « La question que vous venez de me poser m'intéresse au plus haut point. Comme la plupart des spécialistes, je crois qu'une des causes fondamentales de la migraine se trouve dans l'angoisse éprouvée par le patient, laquelle angoisse peut être due à un certain

1. En français dans le texte.

nombre de facteurs psychologiques, par exemple des événements marquants touchant le travail, la famille, les relations personnelles ou la vie sexuelle. Bien que quelques-uns considèrent ce point de vue comme hérétique, je pense que l'avenir de la médecine se joue précisément là. »

Silence. Breuer ne savait pas bien comment Nietzsche allait réagir. D'un côté, il hochait la tête comme pour acquiescer ; de l'autre, il contractait la jambe, ce qui est toujours un signe de tension.

« Qu'en pensez-vous, professeur Nietzsche ?

– Votre point de vue signifie-t-il implicitement que le patient choisit sa maladie ? »

Breuer se rappela qu'il lui fallait se montrer très prudent.

« Non, pas le moins du monde, même s'il m'est arrivé d'avoir des patients qui, étrangement, profitaient de leur maladie.

– Vous pensez, par exemple, aux jeunes hommes qui se blessent volontairement pour échapper au service militaire ? »

Un piège. Breuer fit encore plus attention. Nietzsche lui avait raconté qu'il avait servi dans l'artillerie prussienne pendant quelque temps avant d'être réformé à cause d'une blessure bénigne en temps de paix.

« Non, quelque chose de plus subtil... » À cet instant, Breuer comprit qu'il avait commis une erreur grossière : Nietzsche, à coup sûr, prendrait mal cette dernière phrase. Mais, ne voyant aucun moyen de rectifier le tir, il poursuivit. « Je songe plutôt à un jeune homme en âge de porter les armes qui échapperait au service militaire suite à l'apparition d'une vraie maladie. Ainsi... » Breuer voulut trouver un exemple qui fût à des milliers de lieues de Nietzsche. « Une tuberculose, ou une infection cutanée grave.

– Avez-vous déjà vu cela ?

– Tous les médecins ont déjà eu affaire à ce genre de "coïncidences" étranges. Mais pour en revenir à votre question, je ne sous-entends pas du tout que vous ayez choisi votre maladie, à moins, bien sûr, que vous tiriez un quelconque profit de vos migraines. Est-ce le cas ? »

Nietzsche ne dit rien, apparemment plongé dans une intense réflexion. Breuer, lui, se détendit et se félicita : « Bonne réaction ! Voilà comment tu dois le manier. Sois franc et audacieux : il aime ça. Et formule tes questions de telle sorte que son intelligence soit mise à l'épreuve ! »

Nietzsche finit par lui répondre : « Est-ce que je tire profit, d'une manière ou d'une autre, de ce supplice ? Cela fait longtemps que je me pose cette question. Peut--être, oui, que j'en tire un profit. Et de deux manières. Vous laissez entendre que les crises sont liées à l'angoisse ; mais parfois c'est le contraire : les crises *atténuent* mon angoisse. Mon travail, qui m'oblige à affronter la face obscure de l'existence, est harassant, et les migraines, si atroces soient-elles, constituent une sorte de secousse salutaire qui me permet de tenir bon. »

Quelle réponse ! Breuer ne l'avait absolument pas prévue, et il s'efforça de retrouver son sang-froid.

« Vous disiez tirer profit de la maladie de deux manières. Quelle est la seconde ?

– En effet, ma mauvaise vue me rend service. Depuis des années, je ne peux plus lire les textes des autres penseurs. Ainsi, isolé des autres, je réfléchis de manière autonome et façonne ma propre pensée. Disons que j'ai dû apprendre à survivre grâce à ma propre graisse intellectuelle ! C'est peut-être une bonne chose, et ce qui explique que je sois devenu un philosophe honnête. Je n'écris que d'après ma propre expérience, avec mon sang, et la seule vérité qui vaille est celle du sang !

– Vous avez donc été coupé de tous vos confrères ? »

Nouvelle erreur ! Une fois encore, Breuer s'en rendit compte immédiatement. Sa question était hors sujet et ne faisait que refléter ses propres angoisses quant à la reconnaissance de ses pairs.

« Je m'en moque comme d'une guigne, docteur Breuer, surtout lorsque je vois l'état pathétique de la philosophie allemande aujourd'hui. Cela fait belle lurette que j'ai quitté les couloirs de l'Académie en prenant bien soin de claquer la porte derrière moi. D'ailleurs, à bien y repenser, c'est là, peut-être, un autre avantage de mes migraines.

– Comment cela ?

– Ma maladie m'a émancipé. C'est à cause d'elle que j'ai dû démissionner de mon poste à Bâle. Si j'étais encore là-bas, je passerais mon temps à essayer de me défendre contre mes confrères. Même mon premier livre, *La Naissance de la tragédie*, ouvrage pourtant relativement classique, a suscité une telle censure et soulevé une telle polémique que la faculté de Bâle déconseillait même aux étudiants de s'inscrire à mes cours. Les deux dernières années, je m'adressais à deux ou trois étudiants seulement, moi qui aurai sans doute été le meilleur professeur qu'ait jamais connu l'université de Bâle. Il paraît que sur son lit de mort, Hegel se plaignait de n'avoir eu qu'un seul étudiant qui l'ait compris – et même ce pauvre étudiant l'avait mal compris ! Au moins je puis affirmer sans crainte qu'aucun étudiant ne m'a jamais *mal* compris. »

Spontanément, Breuer aurait exprimé son soutien.

Mais, craignant de froisser Nietzsche une fois de plus, il se contenta d'un simple hochement de tête approbateur, en prenant bien soin de ne pas afficher sa compassion.

« Un autre avantage de ma maladie, docteur Breuer : mon état de santé m'a jeté hors de l'armée. Il fut un temps où j'étais assez bête pour vouloir me couvrir de balafres au cours d'un duel... » Ce disant, Nietzsche montra du doigt une petite cicatrice sur son nez. « ... Ou montrer jusqu'à quel point je pouvais me remplir de bière. J'ai même été assez fou pour envisager un moment la carrière militaire. Rappelez-vous qu'à l'époque il me manquait la houlette d'un père. Fort heureusement, ma maladie m'a épargné tout cela. Encore à l'heure où je vous parle, je commence à entrevoir comment elle m'aura aidé par des chemins encore plus essentiels... »

Malgré l'intérêt qu'il portait aux propos de Nietzsche, Breuer était de plus en plus impatient. Il avait pour objectif de convaincre son patient d'accepter un traitement par la parole, et sa remarque sur les vertus de la maladie, il ne l'avait faite qu'en prélude à sa véritable proposition. Il n'avait pas envisagé la fertilité intellectuelle de Nietzsche. La moindre question, le moindre début de commencement de question éveillait en lui une armée de réponses. À présent, Nietzsche ne s'arrêtait plus, comme s'il était capable de pérorer pendant des heures sur le sujet. « Ma maladie m'a également obligé à affronter la réalité de la mort. Pendant quelque temps, j'ai cru être frappé d'un mal incurable qui m'emporterait dans la fleur de l'âge. Aussi le spectre d'une mort imminente aura-t-il été une bénédiction : j'ai travaillé sans relâche, craignant de mourir avant d'avoir terminé ce que je devais écrire. L'œuvre d'art n'est-elle pas d'autant plus grande que la fin est désastreuse ? Le fait de sentir la mort rôder autour de moi m'a donné une vision et un nouveau courage. Car seul compte le courage d'être soi. Que suis-je ? Un professeur ? Un philologue ? Un philosophe ? Qu'importe ? »

La cadence de sa phrase augmenta. Il avait l'air satisfait de voir ses pensées couler avec autant de fluidité. « Merci, docteur Breuer. Parler avec vous m'a aidé à consolider ces idées. Oui, je devrais bénir ma maladie, la bénir ! Pour un psychologue, la souffrance personnelle est une chance, le terrain d'entraînement pour affronter le malheur de l'existence. »

Il semblait obnubilé par une vision intérieure, et Breuer eut l'impression qu'ils n'étaient plus engagés dans une conversation. Il s'attendait à tout instant à voir son patient sortir une plume, une feuille de papier, et écrire.

Mais soudain Nietzsche leva les yeux et s'adressa à lui directement : « Vous souvenez-vous de ma première phrase gravée dans le marbre : "Deviens qui tu es" ? Eh bien je vous livre maintenant la deuxième : "Ce qui ne me tue pas me rend plus fort." C'est pourquoi je vous répète que ma maladie est une bénédiction… »

Breuer avait perdu toute son autorité, toute son assurance, emporté qu'il était dans un vertige de l'esprit que Nietzsche avait déclenché en chamboulant, une fois de plus, tout sur son passage. Le blanc devenait noir, le bien se transformait en mal. Et ses terribles migraines, en une bénédiction. Breuer sentit la consultation lui glisser entre les doigts. Il voulut reprendre le dessus.

« Perspective fascinante, professeur Nietzsche, que je n'avais encore jamais entendu exprimer. Mais nous sommes bien d'accord pour dire que vous avez déjà recueilli le plus grand bénéfice de votre maladie ?

Aujourd'hui, au mitan de votre vie, fort de cette sagesse et de cette vision que vos migraines vous ont accordées, je suis sûr que vous pouvez travailler plus efficacement sans être gêné par elles. Elles ont rempli leur mission, n'est-ce pas ? »

Pendant qu'il parlait et rassemblait ses idées, Breuer en profita pour redisposer les objets sur son bureau : la maquette en bois de l'oreille interne, le presse-papier en verre vénitien torsadé bleu et or, le mortier et son pilon en bronze, le carnet d'ordonnances, l'épais dictionnaire médical.

« Par ailleurs, si je vous comprends bien, professeur, vous parlez moins de choisir la maladie que de la dominer et d'en tirer bénéfice. C'est bien cela ?

– Je parle en effet de *dominer*, de *dompter* la maladie. Mais la *choisir*... Je ne sais pas, peut-être choisit-on sa maladie, oui... Tout dépend de ce "on". La psyché ne fonctionne pas comme une entité unique, des parties de notre esprit peuvent parfaitement opérer indépendamment les unes des autres. Peut-être que mon corps et ce "moi" ont ourdi un complot dans le dos de mon propre esprit, qui affectionne particulièrement, vous le savez bien, les ruelles sombres et les trappes secrètes. »

Breuer fut frappé par la similitude entre les propos de Nietzsche et le point de vue qu'avait exprimé Freud la veille. « Vous pensez donc qu'il existe des sphères indépendantes et cloisonnées au sein même de notre esprit ? demanda-t-il.

– On ne peut pas ne pas arriver à cette conclusion. En réalité, la plus grande partie de notre vie, nous la vivons sans doute grâce à nos instincts. Peut-être les représentations mentales conscientes surviennent-elles après coup, comme autant d'idées formulées *après* les événements, pour nous donner l'illusion du pouvoir et du contrôle. Une fois de plus, docteur Breuer, je tiens à vous remercier : notre conversation m'a donné à voir une question importante sur laquelle j'aurai loisir de méditer tout l'hiver. Veuillez m'excuser un instant. »

Il ouvrit sa mallette, en sortit un petit crayon à papier, un carnet, et jeta quelques lignes sur le papier. Breuer tendit le cou pour essayer, en vain, de lire à l'envers.

Le cheminement complexe des pensées de Nietzsche avait mené Breuer bien plus loin qu'il ne l'avait souhaité. Pour autant, et malgré le sentiment qu'il avait d'être un pauvre niais, il n'avait d'autre solution que d'insister. « En tant que médecin je dois vous dire que, aussi bénéfique que puisse être votre maladie, comme vous me l'avez expliqué si lucidement, le temps est venu pour nous de lui déclarer la guerre, d'en connaître les secrets, d'en découvrir les faiblesses et de l'éradiquer. Êtes-vous d'accord ? »

Nietzsche leva les yeux de son carnet et acquiesça d'un signe de tête.

« Je crois qu'il est possible, reprit Breuer, de choisir sa maladie par inadvertance, en optant pour un mode de vie qui engendre une angoisse. Lorsque celle-ci devient écrasante ou chronique, elle agit à son tour sur un système organique fragile – dans le cas de la migraine, le système vasculaire. Je parlerais donc d'un choix indirect. On ne choisit pas, à proprement parler, une maladie ; en revanche on choisit bel et bien l'angoisse, *et c'est l'angoisse qui se charge de choisir la maladie !*

Le hochement de tête approbateur de Nietzsche encouragea Breuer à poursuivre. « Par conséquent, *l'angoisse*, voilà l'ennemie ! Et ma tâche, en tant que médecin, est de vous aider à la combattre. »

Soulagé d'avoir retrouvé son chemin, Breuer se dit qu'il avait bien préparé le terrain pour la prochaine, dernière et néanmoins brève étape : proposer à Nietzsche de l'aider à alléger le poids des causes psychologiques de son angoisse.

Nietzsche rangea crayon et carnet dans sa mallette. « Docteur Breuer, cela fait maintenant plusieurs années que je m'occupe de cette question. Combattre l'angoisse, dites-vous ! Mais c'est justement pour cette raison que j'ai quitté l'université de Bâle en 1879. Désormais je mène une vie paisible. J'ai abandonné l'enseignement. Je n'ai aucun bien, pas de maison à entretenir, pas de domestiques à surveiller, pas de femme avec qui me chamailler, pas d'enfants à punir. Je vis, frugalement, d'une maigre retraite. Je n'ai d'obligation envers personne. J'ai réduit mon angoisse à la portion la plus congrue, à un niveau incompressible. Comment pourrais-je la diminuer encore ?

– Je ne pense pas qu'elle soit incompressible, professeur Nietzsche. Et c'est précisément cette question que j'aimerais étudier avec vous. Voyez-vous…

– N'oubliez pas, interrompit Nietzsche, que j'ai hérité d'un système nerveux délicieusement sensible. Cela, je le sais d'après ma grande passion pour la musique et pour l'art. Lorsque j'ai entendu *Carmen* pour la première fois, toutes les cellules nerveuses de mon cerveau se sont embrasées au même moment : l'ensemble de mon système nerveux était en flammes. Pour la même raison, je réagis violemment à la moindre variation climatique.

– Mais, rétorqua Breuer, une telle hypersensibilité neuronale n'est pas nécessairement congénitale. Elle est peut-être fonction d'une angoisse liée à d'autres causes.

– Non, non ! » protesta Nietzsche en agitant la tête avec agacement, comme si Breuer était hors sujet. « J'entends par là que cette hypersensibilité, comme vous dites, n'est pas *indésirable* : elle est au contraire *nécessaire* à mon travail. Je veux être aux aguets, et je ne veux être exclu d'aucune partie de mon expérience intérieure ! Et si la tension doit être la rançon de la perspicacité, eh bien soit ! Je suis assez riche pour en payer le prix. »

Breuer ne répondit pas. Il ne s'était pas attendu à une résistance aussi compacte, immédiate. Il n'avait même pas encore évoqué sa proposition de traitement. Pourtant, les arguments qu'il avait fourbis venaient d'être battus en brèche. En silence, il chercha un moyen de rassembler ses troupes.

Nietzsche reprit la parole : « Vous avez feuilleté mes livres. Vous aurez compris que si mon style fonctionne aussi bien, ce n'est pas parce que je suis intelligent ou érudit, mais parce que j'ai l'audace et la volonté de refuser le confort de la masse et d'affronter à bras-le-corps des penchants aussi puissants qu'ils sont diaboliques. Le questionnement et le savoir commencent par l'incrédulité. Or l'incrédulité est intrinsèquement angoissante ! Seuls les plus forts d'entre nous sont capables de la tolérer. Savez-vous quelle est, pour le penseur, la véritable question ? » Il n'attendit même pas la réponse de Breuer. « La vraie question est la suivante : quelle dose de vérité puis-je supporter ? Vous voyez donc que ce n'est pas là une affaire pour les patients désireux d'éliminer leurs angoisses et de mener une vie bien paisible. »

Breuer n'avait pas de réponse sous la main. La stratégie conçue par Freud était en lambeaux. « Faites reposer toute votre action sur l'élimination de l'angoisse », lui avait-il dit. Or voilà un patient qui répétait sans cesse que son œuvre, la seule chose qui le maintînt en vie, *exigeait* l'angoisse.

Se redressant sur son fauteuil, Breuer joua la carte de l'autorité médicale. « Je comprends très bien la nature de votre dilemme, mais je vous demande de m'écouter jusqu'au bout. Vous devez comprendre qu'il existe plusieurs manières de concilier une activité philosophique soutenue et un soulagement de la douleur. J'ai longuement médité sur votre cas. Au cours de ma longue expérience de clinicien, j'ai aidé de nombreux patients migraineux. Je pense pouvoir vous aider. Permettez-moi de vous présenter mon plan. »

Nietzsche hocha la tête et se rencogna dans son fauteuil – à l'abri, pensa Breuer, derrière la barricade qu'il avait lui-même dressée.

« Je propose que vous soyez admis à la clinique Lauzon, à Vienne, pour un mois d'observation et de traitement. Cette solution présente un certain nombre d'avantages. Nous pourrons mener des essais systématiques, avec plusieurs des nouvelles médications pour la migraine. Je vois que vous n'avez jamais subi de traitement à l'ergotamine. C'est un traitement prometteur mais qui n'en exige pas moins certaines précautions. En effet, cette substance doit être prise dès l'apparition d'une crise ; qui plus est, en cas de mauvaise utilisation, elle peut produire un certain nombre d'effets secondaires. Je préfère nettement effectuer le bon dosage pendant que le patient se trouve à l'hôpital, sous étroite surveillance. Un tel séjour d'observation peut également nous fournir des renseignements précieux quant à l'élément déclencheur de vos migraines. Je constate que vous êtes un observateur attentif de votre propre condition physique ; néanmoins le regard des spécialistes peut également avoir ses vertus.

« J'ai souvent envoyé mes patients dans cette clinique Lauzon, embraya Breuer pour ne pas être interrompu. C'est un endroit agréable et dirigé par des personnes compétentes. Le nouveau directeur y a introduit de nombreuses nouveautés, notamment l'utilisation des eaux thermales de Baden-Baden. En outre, puisque la clinique n'est pas très éloignée de mon cabinet, je pourrai vous rendre visite tous les jours, excepté le dimanche, afin d'explorer avec vous les causes de votre angoisse. »

Nietzsche secouait la tête, légèrement mais fermement.

« Permettez-moi, reprit Breuer, d'aller au-devant de votre objection, celle que vous venez de me faire, selon laquelle l'angoisse est tellement inhérente à votre travail et à votre mission que vous refuseriez de vous en débarrasser quand bien même vous en auriez la possibilité. S'agit-il bien de cela ? »

Nietzsche fit oui de la tête. Breuer fut agréablement surpris de déceler une lueur de curiosité dans ses yeux. « Bien, bien ! se dit-il. Notre professeur pensait avoir eu le dernier mot sur l'angoisse. Il est tout étonné de me voir creuser un peu plus que lui. »

« Mais mon expérience de clinicien m'a enseigné qu'il existait de nombreuses sources de tension, des sources qui peuvent être hors de portée de l'individu angoissé et qui exigent l'intervention d'un guide objectif pour être appréhendées.

– Et ces sources de tension, docteur Breuer, quelles sont-elles ?

– Lorsque je vous ai demandé, tout à l'heure, si vous teniez une chronique des événements qui précédaient vos crises de migraine, vous m'avez parlé d'épisodes dérangeants et marquants de votre vie qui vous auraient éloigné de votre journal intime. Je gage que ces épisodes – j'attends encore de vous quelques explications, naturellement – constituent des motifs d'angoisse qui pourraient être soulagés par la simple discussion.

– J'ai déjà réglé ces problèmes, docteur Breuer, répondit Nietzsche d'un ton péremptoire.

– Certes, insista Breuer, mais il doit bien exister d'autres sources. Par exemple, vous m'avez parlé, mercredi, d'une récente trahison : voilà sans doute une de ces sources d'angoisse dont je vous parle. Comme aucun être humain n'est épargné par l'angoisse, nul n'échappe à la douleur de voir une amitié tourner vinaigre. Ou encore à la douleur de la solitude. Pour être très franc, professeur Nietzsche, le médecin que je suis s'inquiète quelque peu de l'emploi du temps quotidien que vous lui avez présenté. Qui peut supporter une telle solitude ? Vous m'avez donné tout à l'heure l'absence de femme, d'enfants et de confrères dans votre vie pour preuve que vous en aviez éliminé toute source d'angoisse. Or je vois les choses différemment : la solitude totale n'élimine pas l'angoisse puisqu'elle est, *en elle-même*, une angoisse, un terrain particulièrement propice à la maladie. »

Nietzsche secoua vigoureusement la tête. « Permettez-moi de ne pas être d'accord avec vous, docteur Breuer. Les grands penseurs préfèrent toujours leur propre compagnie à celle des autres et aiment à penser seuls, loin du troupeau. Songez à Thoreau, Spinoza ! Ou les ascètes comme saint Jérôme, saint François, le Bouddha...

– Je ne connais pas Thoreau, mais les autres... sont-ils des modèles de santé mentale ? Par ailleurs... » Breuer lâcha alors un grand sourire, espérant ainsi détendre l'atmosphère. « Votre argumentation doit être bien menacée pour que vous en veniez à invoquer les grandes figures de la pensée religieuse. »

Nietzsche ne trouva pas cela drôle. « Docteur Breuer, je vous remercie de tous vos efforts, et j'ai déjà tiré grand profit de cette consultation : vos explications sur la migraine me sont très précieuses. Mais je n'estime pas bon pour moi de passer quelque temps dans une clinique. Mes séjours prolongés aux bains – des semaines entières à Saint-Moritz, à Aix, à Steinabad – n'ont jamais mené à rien. »

Mais Breuer se montra tenace. « Vous devez comprendre, professeur Nietzsche, que notre traitement à la clinique Lauzon n'aurait rien à voir avec un quelconque séjour dans n'importe quelle station thermale d'Europe. Je regrette même d'avoir mentionné les eaux de Baden-Baden... qui ne représentent qu'une infime partie de ce que cette clinique peut, sous mon contrôle, vous offrir.

– Docteur Breuer, si vous-même et votre clinique étiez situés ailleurs, j'envisagerais sérieusement votre proposition. La Tunisie peut-être, la Sicile, voire Rapallo... Mais un simple hiver viennois serait une catastrophe absolue pour mon système nerveux. Je ne pense pas pouvoir m'en remettre. »

Bien que Breuer sût, par Lou Salomé, que Nietzsche n'avait pas émis de telles objections lorsqu'elle lui avait proposé de passer l'hiver à Vienne avec Paul Rée et elle-même, il ne pouvait naturellement pas utiliser ces informations à bon escient. Néanmoins, il trouva une réponse encore meilleure.

« Mais vous ne faites que conforter mon point de vue, professeur Nietzsche ! Si vous étiez hospitalisé en

Sardaigne ou en Tunisie sans subir la moindre migraine pendant un mois, alors cela n'aurait aucun sens. Il en va de la recherche médicale comme de la recherche philosophique : *il faut savoir prendre des risques* ! Sous ma supervision à la clinique Lauzon, un début de migraine ne serait pas perçu comme une source d'inquiétude, mais au contraire comme une bénédiction, un véritable trésor qui nous renseignerait sur les causes et le traitement du mal. Laissez-moi vous dire que je serai à vos côtés dans la minute qui suit pour stopper la migraine avec de l'ergotamine ou de la nitroglycérine. »

Breuer s'arrêta un instant. Il savait que sa réaction avait été forte. Il ne voulut pas donner une impression de triomphe.

Nietzsche déglutit lourdement avant de répondre : « Vous vous défendez bien, docteur Breuer. Toutefois, il m'est impossible d'accepter votre recommandation. Les objections que je formule à votre plan et à votre traitement ont des raisons profondes, fondamentales. Mais tout cela n'est rien comparé à un obstacle parfaitement terre à terre mais hautement important : l'argent ! Même dans les meilleures circonstances, un mois de soins médicaux intensifs me ruinerait du jour au lendemain. La chose est donc impossible à l'heure où nous parlons.

– Ah, professeur Nietzsche, ne trouvez-vous pas étrange que je vous pose autant de questions intimes tout en évitant soigneusement, comme la plupart de mes confrères médecins, de vous interroger sur votre situation pécuniaire ?

– Discrétion superflue. Je n'ai aucune gêne à parler finances. L'argent m'importe peu, aussi longtemps que j'en ai assez pour mener à bien mon travail. Je vis chichement et, hormis quelques livres et les produits de base pour subvenir à mon existence, je n'achète rien. Lorsque j'ai quitté l'université de Bâle il y a trois ans, je suis parti avec une petite retraite. Voilà ma fortune ! Je ne dispose d'aucun autre revenu – ni héritage paternel, ni soutien d'un mécène – et, comme je vous l'ai dit, mes œuvres ne m'ont jamais fait gagner le moindre sou. Il y a deux ans, l'université de Bâle, encore elle, a décidé d'augmenter légèrement ma retraite. Je crois que la première fois, c'était pour m'écarter, et la seconde pour que je ne revienne plus jamais les voir. »

Nietzsche chercha quelque chose dans sa veste et sortit une lettre. « J'ai toujours cru que cette retraite, je la toucherais jusqu'à la fin de mes jours. Or ce matin même, Overbeck m'a transmis une lettre de ma sœur dans laquelle elle affirme que ma retraite est menacée.

– Pourquoi donc ?

– Une personne, que ma sœur déteste, ne cesse, selon elle, de me calomnier. Pour l'instant j'ignore si ces accusations sont fondées ou si ma sœur exagère, comme à son habitude. Quoi qu'il en soit, il reste que je ne peux certainement pas suivre un traitement médical aussi lourd que celui que vous me proposez. »

Breuer fut à la fois enchanté et soulagé par l'objection de Nietzsche. « Professeur Nietzsche, je crois que nous avons la même conception de l'argent. Comme vous, je n'y ai jamais accordé la moindre importance sentimentale. Néanmoins il se trouve, par le plus grand des hasards, que ma situation n'est pas la même que la vôtre. Si votre père avait vécu assez longtemps pour vous laisser un héritage, vous seriez aujourd'hui un homme riche. Bien que mon père, un grand professeur d'hébreu, ne m'ait légué qu'un modeste pécule, il m'a marié à l'héritière d'une des familles juives les plus riches de Vienne.

Tout le monde y trouvait son compte : une belle dot contre un médecin à la carrière prometteuse.

« Tout cela pour dire, professeur Nietzsche, que votre problème pécuniaire n'en est pas un. La famille de mon épouse, la famille Altmann, dispose à la clinique Lauzon de deux lits que je peux utiliser comme bon me semble. Aussi ne devrez-vous payer ni honoraires ni frais d'hospitalisation. Tenez-vous-le pour dit : de chacune de nos conversations je sors plus riche qu'avant ! Voilà, tout est donc réglé ! Je préviens la clinique. Êtes-vous d'accord pour vous y rendre dès aujourd'hui ? »

9

Or tout n'était pas réglé. Nietzsche demeura assis un long moment, les yeux fermés. Puis, les rouvrant soudain, il déclara avec fermeté : « Docteur Breuer, je vous ai déjà pris assez de votre temps. Votre offre est généreuse. Je saurai m'en souvenir, mais je ne peux pas… Je ne peux pas accepter. J'ai des raisons encore plus profondes… » Autant de paroles qui furent prononcées sur un ton péremptoire, comme si elles n'appelaient aucune explication ultérieure. Prêt à partir, Nietzsche referma les poignées de sa mallette.

Breuer n'en revenait pas. L'entretien tenait plus de la partie d'échecs que de la consultation professionnelle. Il avait joué un coup, proposé un plan, et Nietzsche avait contre-attaqué sans attendre. Il avait répondu à toutes ses objections, uniquement pour en entendre de nouvelles à chaque fois. Allaient-elles jamais cesser ? Mais comme il était tout de même une fine lame et qu'il connaissait bien les impasses médicales, Breuer opta pour un stratagème qui fonctionnait presque à tous les coups.

« Soyez mon guide pendant quelque temps, professeur ! Pensez à la situation intéressante qui est la mienne ; peut-être pourrez-vous m'aider à la comprendre. Je suis amené à rencontrer un patient très malade depuis plusieurs semaines, qui jouit d'une santé à peine convenable un jour sur trois. Ce patient entreprend ensuite un long et pénible voyage à seule fin de consulter un médecin spécialiste. Ce dernier accomplit sa tâche avec sérieux. Il examine le patient et dresse un diagnostic précis. Patient et spécialiste semblent nouer une relation fondée sur le respect mutuel. Le spécialiste suggère alors un traitement complet, en lequel il a entière confiance. Malgré tout, le patient n'y prête rigoureusement aucun intérêt, pas même un semblant de curiosité. Au contraire, il rejette le plan sur-le-champ et dresse une série d'obstacles. Pouvez-vous m'aider à élucider ce mystère ? »

Nietzsche ouvrit grand les yeux. Même s'il avait l'air intrigué par l'amusant discours de Breuer, il ne répondit pas.

Ce dernier insista. « Peut-être que nous devrions reprendre au début de cette énigme. Pourquoi ce patient si méfiant est-il venu me consulter ?

– Je suis venu parce que mes amis m'y ont fortement poussé. »

Breuer fut déçu ; son patient ne voulait pas entrer dans son petit jeu. Nietzsche avait beau écrire avec un immense talent et chanter les louanges de l'humour, il n'en demeurait pas moins qu'il n'aimait pas jouer.

« Vos amis de Bâle ?

– Oui, le professeur Overbeck et son épouse sont des amis proches. Un bon ami de Gênes, aussi. Comme je n'ai pas beaucoup d'amis – conséquence de ma vie nomade –, le fait que tous m'aient incité à vous consulter m'a profondément frappé. Tout comme le fait qu'ils eussent tous à la bouche le nom du Dr Breuer ! »

Breuer reconnut là la main habile de Lou Salomé. « Leur inquiétude a certainement été éveillée par la gravité de votre état de santé.

– Ou peut-être parce que j'en ai trop parlé dans mes lettres.

– Mais le fait même d'en parler reflète votre propre inquiétude. Pourquoi leur écrire de telles lettres si ce n'est pour leur faire partager cette inquiétude ? Ou susciter leur compassion ? »

Bien joué. Échec. Breuer était content de lui, et Nietzsche contraint de reculer.

« Mes amis sont trop rares pour que je prenne le risque de les perdre. Je me suis dit que, en signe d'amitié pour eux, je devais tout faire pour dissiper leurs craintes. D'où ma présence ici. »

Breuer décida d'enfoncer le clou. Il tenta un mouvement plus audacieux.

« Vous n'êtes pas inquiet pour vous-même ? Impossible ! Plus de deux cents jours par an passés dans l'immobilité et la souffrance ! J'ai accompagné de trop nombreux patients pris dans les affres de la migraine pour vous laisser sous-estimer votre douleur. »

Excellent ! Une nouvelle série de cases bloquées sur l'échiquier. Où son patient allait-il se déplacer maintenant ?

Ayant visiblement compris qu'il devait jouer d'autres pions, Nietzsche porta son attention sur le centre de l'échiquier. « On m'a donné tous les noms : philosophe, psychologue, païen, agitateur, antéchrist… On m'a même affublé de termes moins flatteurs. Mais je préfère me considérer comme un savant, car le socle de ma méthode philosophique est le même qui soutient la méthode scientifique : l'incrédulité. Je m'en tiens toujours à un scepticisme rigoureux ; et sceptique, je le suis actuellement. Je ne peux accepter votre conseil d'une exploration psychique fondée sur l'autorité médicale.

– Mais nous sommes parfaitement d'accord, professeur. La seule autorité qui vaille d'être suivie est celle de la raison, et c'est bien sur elle que je fonde mon conseil. Je ne dis que deux choses. Tout d'abord, l'angoisse peut rendre un homme malade, chose que de nombreuses observations scientifiques confirment. Ensuite, votre vie est marquée par une angoisse considérable – et je vous parle ici d'une angoisse *différente* de celle inhérente à votre quête philosophique.

« Étudions les faits ensemble, voulez-vous ? Songez par exemple à la lettre que votre sœur vous a envoyée. Naturellement, le fait d'être calomnié est source d'angoisse. Soit dit en passant, vous avez fait une entorse à notre pacte d'honnêteté réciproque en omettant de me parler de cet élément auparavant. » Breuer poursuivit sur sa lancée. Il n'y avait pas d'autre choix ; il n'avait rien à perdre. « Et il va de soi aussi que l'idée de perdre votre retraite, qui constitue votre seul revenu, est une autre source d'angoisse. Même si tout cela s'avère n'être qu'une exagération alarmiste de votre sœur, vous connaissez alors l'angoisse d'avoir une sœur alarmiste ! »

Était-il allé trop loin ? Breuer remarqua que la main de Nietzsche avait glissé le long de son fauteuil pour se diriger lentement vers la poignée de sa mallette. Mais il était trop tard pour rebrousser chemin. Breuer opta pour l'échec et mat.

« Mais je dispose d'un argument encore plus fort… Il s'agit d'un ouvrage récent, un ouvrage brillant… » Il tendit le bras pour attraper son exemplaire d'*Humain, trop humain*. « … Écrit par un futur éminent philosophe, du moins s'il y a une justice en ce bas monde. Écoutez plutôt ! »

Après avoir ouvert le livre à la page qu'il avait décrite à Freud, il lut : « "L'observation psychologique est un des moyens qui permettent d'alléger le fardeau de la vie." Une ou deux pages plus loin, l'auteur affirme que l'observation psychologique est essentielle et que, je le cite, "l'on ne peut plus épargner à l'humanité la vue cruelle de la table de dissection". Encore quelques pages plus loin, il rappelle que les erreurs des plus grands philosophes sont généralement dues à une mauvaise explication des actions et des sentiments humains, ce qui entraîne "l'édification d'une éthique fausse, pour l'amour de laquelle on recourt alors à l'aide de la religion et des chimères mythologiques".

« Je pourrais continuer longtemps, dit Breuer en feuilletant le livre, mais l'idée maîtresse de cet ouvrage est que, pour comprendre les comportements et les croyances de l'homme, il faut préalablement se débarrasser de toute convention, de toute mythologie et de toute religion. Ce n'est qu'une fois ce travail accompli, et sans aucun préjugé d'aucune sorte, que l'on pourra prétendre étudier l'Homme.

– Je connais un peu ce livre, dit Nietzsche d'un air très sérieux.

– Mais ne suivez-vous pas ses recommandations ?

– J'y consacre toute ma vie. Toutefois, vous ne l'avez pas lu jusqu'au bout. Cela fait maintenant des années que je me livre à cette dissection psychologique, en me prenant moi-même comme objet d'étude. Mais je n'ai aucune envie d'être *votre* objet d'étude ! Accepteriez--vous d'être observé sous toutes les coutures par quelqu'un d'autre ? Permettez-moi de vous poser une question très franche, docteur Breuer : quel est *votre* intérêt dans ce traitement que vous me proposez ?

– Vous venez me voir pour trouver de l'aide. Je vous tends la main. Je suis médecin. C'est mon métier.

– Beaucoup trop simple ! Vous savez comme moi que les ressorts de l'âme humaine sont bien plus complexes et plus primaires à la fois. Je vous repose ma question : quel est votre intérêt ?

– C'est simple, professeur Nietzsche. Chacun exerce son métier : le boulanger fait du pain, le tailleur fait des habits, le médecin fait du bien. Chacun gagne sa vie et répond à une vocation. La mienne consiste à rendre service et à soulager les souffrances. »

Breuer voulait faire bonne figure mais commençait à se sentir mal. Il n'avait pas apprécié l'ultime manœuvre de Nietzsche.

« Je trouve vos réponses peu satisfaisantes, docteur Breuer. Lorsque vous dites qu'un médecin fait du bien, qu'un boulanger fait du pain et le tailleur des habits, je n'appelle pas cela un intérêt, mais une habitude. Vous avez oublié de parler de conscience, de choix, d'intérêt propre. J'aime mieux vous entendre dire que chacun doit gagner sa vie – cela, au moins, je puis le comprendre. Il faut bien manger tous les jours. Pourtant vous n'exigez aucun argent de moi.

– Je pourrais vous retourner la question, professeur Nietzsche. Vous affirmez ne pas gagner d'argent avec votre travail : pourquoi, dans ces conditions, faire de la philosophie ? » Breuer cherchait à garder la main, mais il sentait bien que le vent tournait.

« Ah, mais il y a une grande différence entre vous et moi. Je ne prétends pas faire de la philosophie pour vous ! Tandis que vous, cher docteur, continuez de prétendre vouloir me rendre service, et soulager ma souffrance ; ce qui n'a rien à voir avec les motivations profondes de l'être humain. Cela participe tout bonnement d'une mentalité d'esclave soigneusement entretenue par la propagande des prêtres. Allons, disséquez encore un peu plus vos raisons profondes ! Vous découvrirez que personne n'a jamais, *jamais*, agi entièrement pour les autres. Tout acte est dirigé vers soi, tout service ne sert que soi, tout amour n'aime que soi. »

Les paroles de Nietzsche se bousculaient dans sa bouche.

« Vous paraissez surpris par mes propos ? Peut-être songez-vous aux êtres que vous aimez. Creusez plus profondément, et vous verrez que vous ne les aimez pas. Ce que vous aimez, ce sont les petites sensations agréables qu'un tel amour suscite en vous ! Vous aimez le désir, et non l'être désiré. Aussi puis-je vous redemander pourquoi vous souhaitez me rendre service ? Encore une fois, dit-il d'un ton sévère, quels sont *vos* intérêts ? »

Breuer était proche de l'étourdissement. Il ravala sa première impulsion, à savoir souligner la bassesse et la mesquinerie des propos de Nietzsche, ce qui eût inévitablement mis un terme à leurs entretiens. Il imagina un instant Nietzsche lui tourner le dos et quitter son cabinet comme une furie. Dieu, quel soulagement ! Enfin délivré de cette affaire aussi lamentable que frustrante ! Pourtant l'idée de ne plus jamais revoir Nietzsche le peinait. Quelque chose, chez cet homme, l'attirait. Mais quoi ? Oui, quelles étaient en effet *ses* raisons ?

Breuer repensa alors aux parties d'échecs avec son père. Il avait toujours commis la même erreur, celle de trop penser à l'attaque aux dépens des ravitaillements et de sa défense, jusqu'à ce que la reine de son père s'abatte, telle la foudre, derrière ses lignes et menace de le faire échec et mat. Il chassa cette pensée de sa tête, non sans en avoir retenu la leçon : ne jamais, jamais, sous-estimer ce professeur Nietzsche.

« Je vous repose ma question, docteur Breuer : quel est votre intérêt dans toute cette affaire ? »

Breuer eut du mal à répondre, étonné lui-même de la manière dont son esprit faisait de la résistance. Il dut se concentrer. Cette envie d'aider Nietzsche… quand lui était-elle venue ? À Venise, bien entendu, quand la beauté de Lou Salomé l'avait envoûté au point qu'il avait accepté sur-le-champ d'aider son ami. La perspective de soigner Nietzsche lui avait permis non seulement de maintenir un lien avec la jeune femme, mais encore de se grandir auprès d'elle. Et puis il y avait le lien avec Wagner, un lien contradictoire certes : Breuer vénérait la musique de Wagner, mais il haïssait son antisémitisme.

Quoi d'autre ? Avec le temps, le souvenir de Lou Salomé s'était estompé. Elle n'était plus la raison principale de son engagement auprès de Nietzsche. Non, il se savait fasciné par le défi intellectuel qui se présentait devant lui. Même Mme Becker lui avait dit, quelques jours auparavant, qu'aucun médecin viennois n'aurait voulu s'occuper d'un tel patient.

Ensuite, Freud. Lui ayant présenté Nietzsche comme un cas d'école, il se retrouverait bête si celui-ci déclinait son aide. Ou bien voulait-il tout simplement toucher les hautes sphères de l'esprit ? Peut-être Lou Salomé avait--elle eu raison en présentant Nietzsche comme l'avenir de la philosophie allemande : ses livres sentaient le génie à plein nez.

Rien de tout cela, Breuer le savait, ne comptait aux yeux de l'homme Nietzsche, de cet être en chair et en os qui se tenait devant lui. Il devait donc ne rien révéler de ses liens avec Lou Salomé, de son enthousiasme à marcher là où les autres médecins craignaient de frayer, de son désir d'approcher la grandeur. Il reconnut à contrecœur que les horribles conceptions de Nietzsche sur les motivations des hommes avaient, peut-être, du bon… Quoi qu'il en fût, il n'avait aucunement l'intention de relever le scandaleux défi que lui jetait son patient. Dans ces conditions, comment répondre à la question, aussi pénible que désobligeante, qu'il ne cessait de lui poser ?

« Mes raisons ? Qui peut répondre à une telle question ? Il en existe plusieurs couches. Qui décrète que seule compte la première, celle des instincts animaux ? Non, non… Je vois que vous vous apprêtez à me reposer cette question ; laissez-moi tenter de répondre à l'esprit qui l'anime. J'ai passé dix années de ma vie à apprendre la médecine. Devrais-je jeter ces années par-dessus bord au motif que je n'ai plus besoin d'argent ? Soigner les gens me permet de justifier tous ces efforts, de donner une logique, une valeur à ma vie. Et un sens ! Devrais-je m'asseoir à mon bureau et passer mes journées à compter mon argent ? Feriez-*vous* cela ? Je ne le crois pas. Et puis je vois une autre explication : la stimulation intellectuelle que je tire de mes conversations avec vous.

– Au moins ces explications fleurent bon l'honnêteté, concéda Nietzsche.

– J'en vois également une autre. J'aime beaucoup votre phrase : "Deviens qui tu es". Or que dire si ce que je suis, ou ce pour quoi j'étais destiné, consiste justement à servir les autres, à les aider, à contribuer au savoir médical et au soulagement de la souffrance ? »

Breuer avait repris du poil de la bête et retrouvé son sang-froid. « J'ai peut-être été trop démonstratif », se dit-il en envisageant une méthode plus conciliante. « Voilà une autre explication. Partons du principe – et je crois que c'est le cas – que votre destin est d'être un grand philosophe. Mon traitement peut donc, d'une part, vous permettre d'améliorer votre état de santé, et d'autre part vous aider à devenir ce que vous êtes.

– Et si je suis voué, comme vous le dites, à devenir un grand philosophe, vous n'en devenez donc que plus grand – mon sauveur, mon guide ! s'exclama Nietzsche, comme conscient d'avoir porté le coup fatal.

– Non, je n'ai pas dit cela ! » La patience de Breuer, d'habitude angélique, commençait à s'effriter. « J'ai pour patients de nombreux individus éminents dans leur domaine, qui figurent parmi les plus grands savants, artistes et musiciens de Vienne. Cela me rend-il plus génial qu'eux ? Personne ne sait que je les soigne.

– Pourtant vous me l'avez dit, et vous vous servez de leur prestige pour affirmer votre autorité sur moi !

– Je n'en crois pas mes oreilles, professeur. Pensez-vous vraiment que, votre renommée de grand philosophe une fois acquise, j'irai clamer sur tous les toits que c'est moi, Josef Breuer, qui vous ai créé de toutes pièces ?

– Croyez-vous vraiment que ce genre de choses n'arrive jamais ? »

Breuer voulut se calmer. « Attention, Josef, pensa-t-il, garde ton calme. Vois les choses de *son* point de vue, essaie de comprendre les raisons de sa méfiance. »

Il dit d'un ton calme : « Professeur Nietzsche, je sais que vous avez été trahi et que vous craignez d'être une nouvelle fois victime d'une trahison. Mais je vous donne ma parole que cela n'arrivera pas avec moi. Je vous promets de ne jamais mentionner votre nom, ni même de le citer dans un quelconque dossier médical. Je propose même que nous vous trouvions un pseudonyme.

– Le problème n'est pas de savoir ce que vous pourriez dire aux autres – je crois en votre parole. Ce qui m'importe, c'est ce que vous *vous* direz, et ce que je *me* dirai. Parmi toutes les explications que vous venez de me fournir, et malgré votre volonté affichée de servir les autres en soulageant la souffrance, je n'y retrouve rien de *moi*. Or ce devrait être le cas. Vous vous servirez de moi pour votre ambition personnelle, c'est couru d'avance... La vie est ainsi faite. Mais ne voyez-vous donc pas que je m'affaiblirai à votre contact ? Votre pitié, votre charité, votre compassion, vos méthodes pour m'aider, pour me diriger, auront pour effet de vous renforcer à mes dépens. Or je ne suis pas assez riche pour me permettre un tel secours ! »

Breuer se dit que, décidément, l'homme qu'il avait en face de lui, qui voyait partout à l'œuvre les instincts les plus vils, les plus laids, était impossible. Les quelques reliquats d'objectivité clinique dont Breuer disposait encore s'envolèrent. Il ne pouvait plus se contenir.

« Professeur Nietzsche, permettez-moi de vous parler très franchement. J'ai considéré avec un grand respect la plupart des arguments que vous avez déployés aujourd'hui. Mais ce que vous venez de me dire, cette hantise de voir ma force se repaître de la vôtre, tout ça n'a aucun sens ! »

Il vit la main de Nietzsche glisser un peu plus encore vers la poignée de sa mallette. Mais il ne pouvait plus s'arrêter ! « Vous ne voyez donc pas ? Vous venez d'illustrer à merveille la raison pour laquelle vous êtes *incapable* de disséquer votre propre psyché. Vous avez la vue brouillée ! »

Il vit Nietzsche s'emparer de sa mallette et se lever. Ce qui ne l'empêcha de poursuivre : « À cause des malheureuses déconvenues que vous avez pu subir, vous commettez d'étranges erreurs ! »

Nietzsche avait beau boutonner son manteau, maintenant rien ne pouvait plus arrêter Breuer : « Vous partez du principe que votre comportement est universel et vous essayez de comprendre chez les autres ce que vous ne parvenez pas à comprendre chez vous. »

La main de Nietzsche actionnait la poignée de la porte.

« Pardonnez-moi de vous interrompre, docteur Breuer, mais je dois acheter mon billet pour Bâle. Le train part cet après-midi. Puis-je repasser ici dans deux heures pour vous régler et récupérer mes deux livres ? Je vous laisserai une adresse à laquelle envoyer votre rapport médical. » Il s'inclina, raide, et tourna les talons. En le voyant quitter son cabinet, Breuer grimaça.

10

Lorsque la porte se referma, Breuer demeura immobile. Il était là, pétrifié, assis derrière son bureau, lorsque Mme Becker entra en trombe.

« Que s'est-il passé, docteur Breuer ? J'ai vu le professeur Nietzsche sortir précipitamment de votre cabinet en marmonnant qu'il repasserait pour régler et reprendre ses livres.

– J'ai tout gâché », répondit Breuer avant de lui relater la dernière heure qu'il avait passée avec Nietzsche. « Quand, à la fin, il a rassemblé ses affaires et s'en est allé, j'étais presque en train de lui crier dessus.

– Il a dû vous pousser à bout. Un malade vient vous consulter pour un traitement, vous faites de votre mieux, et voilà qu'il conteste tout ce que vous lui dites. Je vous assure que mon ancien employeur, le Dr Ulrich, l'aurait jeté dehors depuis longtemps !

– Cet homme a terriblement besoin qu'on l'aide. » Breuer se leva et, se dirigeant vers la fenêtre, médita, presque *in petto* : « Mais il est trop fier pour le reconnaître. Or cette fierté fait partie de sa maladie, comme un organe mort. Mon Dieu que j'ai été bête de hausser le ton devant lui ! J'aurais dû trouver un autre moyen de l'aborder, de les convaincre, lui et sa fierté, de suivre un traitement.

– S'il est trop fier pour accepter qu'on l'aide, comment pouvez-vous le soigner ? La nuit, pendant son sommeil ? »

Aucune réponse de Breuer, qui regardait par la fenêtre, se balançant légèrement d'avant en arrière, plein d'amertume.

Mme Becker insista. « Vous rappelez-vous lorsque, il y a environ deux mois de cela, vous avez voulu aider cette vieille dame, Mme Kohl, qui avait peur de quitter sa chambre ? »

Breuer, le dos toujours tourné, hocha la tête. « Oui, je m'en souviens bien.

– Elle avait interrompu son traitement du jour au lendemain, alors que vous étiez parvenu à lui faire quitter sa chambre en lui tenant la main. Lorsque vous m'en aviez parlé, j'avais remarqué à quel point vous vous sentiez frustré de l'avoir menée si près de la guérison, avant que tout s'écroule. »

Breuer eut un geste d'impatience ; il ne voyait pas vraiment où Mme Becker voulait en venir. « Et donc ?

– Vous aviez fait une remarque très juste. Vous m'aviez dit que la vie était longue, et que les patients faisaient souvent de longues carrières dans la guérison. Qu'ils pouvaient fort bien apprendre une chose d'un médecin, la ranger dans un coin de leur tête et, parfois des années plus tard, redevenir disponibles. Enfin que vous aviez joué auprès d'elle le rôle pour lequel elle était prête.

– Et ? redemanda Breuer.

– Et… peut-être cela vaut-il aussi pour le professeur Nietzsche, qui pourrait revenir vers vous quand il sera prêt, un beau jour… »

Breuer se retourna pour regarder Mme Becker. Elle

l'avait ému, non pas tant par le fond de ses propos, car pas un instant il n'imaginait que Nietzsche pût tirer profit de ce qu'il avait entendu, mais par ce qu'elle avait voulu faire, l'intention qui l'avait animée. Quand il souffrait, Breuer aimait qu'on lui tende la main – contrairement à Nietzsche.

« J'espère que vous avez raison, madame Becker. Merci de me remonter le moral – c'est un nouveau rôle pour vous. Encore quelques patients du même acabit que Nietzsche et vous serez imbattable. Qui voyons-nous cet après-midi ? Je me contenterais bien d'un cas tout simple… Par exemple, une tuberculose. Ou une congestion. »

Plusieurs heures après, nous retrouvions le Dr Breuer en train de présider au dîner familial du vendredi soir. En plus de ses trois grands enfants, Robert, Bertha et Margarethe (Louis avait déjà nourri Johannes et Dora), la tablée de quinze convives comprenait trois des sœurs de Mathilde, Hanna, Minna – toujours célibataire – et Rachel, son mari Max et leurs trois enfants, les parents de Mathilde, enfin une tante âgée et veuve. Freud, pourtant invité, n'était pas là : il avait envoyé un billet pour dire qu'il se contenterait de pain et d'eau, obligé qu'il était de préparer six nouvelles admissions à l'hôpital. Breuer était déçu. Encore tourneboulé par le départ subit de Nietzsche, il aurait beaucoup aimé en parler avec son jeune ami.

Même si Breuer, Mathilde et les sœurs de celle-ci étaient des « juifs à temps partiel » en partie assimilés, qui ne respectaient plus que les trois fêtes les plus importantes du judaïsme, ils observèrent un silence religieux lorsque Aaron, le père de Mathilde, et Max – les deux seuls juifs pratiquants de la famille – récitèrent les prières pour le pain et le vin. La famille Breuer ne suivait aucune restriction alimentaire ; mais pour faire plaisir à Aaron, Mathilde ne servit pas de porc ce soir-là. D'ordinaire, Breuer raffolait de cette viande, et son plat favori, le rôti de porc aux pruneaux, était souvent servi à sa table. En outre, Breuer comme Freud étaient friands des saucisses de porc, juteuses et croquantes à la fois, qu'on vendait sur le Prater. Dès qu'ils s'y promenaient, ils ne manquaient jamais de faire une halte pour en déguster quelques-unes.

Comme tous les repas de Mathilde, celui-ci commença par une soupe brûlante, en l'occurrence d'orge et de flageolets, suivie d'une grosse carpe accompagnée de carottes et d'oignons, et d'une délicieuse oie farcie aux choux de Bruxelles.

Quand le strudel à la cannelle et à la cerise fut servi, sorti tout chaud et fondant du four, Breuer et Max prirent leurs assiettes et se dirigèrent vers le cabinet du premier. Cela faisait maintenant quinze ans que, après chaque dîner du vendredi soir, ils y emmenaient leur dessert et jouaient aux échecs.

Josef avait rencontré Max bien avant leurs mariages respectifs avec les sœurs Altmann. Mais ils n'auraient pas été beaux-frères qu'ils ne seraient sans doute jamais restés amis. Malgré toute l'admiration que Breuer vouait à l'intelligence de Max, à ses dons de chirurgien et au joueur d'échecs hors pair qu'il était, il n'aimait pas sa mentalité bornée de fils du ghetto ni son matérialisme vulgaire. Il lui arrivait même, parfois, de ne pas supporter de le voir : non seulement Max était laid – chauve, la peau couperosée, et obèse jusqu'à la pathologie –, mais il paraissait plus vieux que son âge. Breuer essayait d'oublier qu'ils étaient nés la même année.

Pas d'échecs ce soir… Breuer expliqua à Max que,

trop nerveux pour jouer, il préférait discuter avec lui. Ils parlaient rarement de choses intimes ; mais hormis Freud, Breuer n'avait aucun confident, ni homme ni femme, depuis le départ d'Eva Berger, sa dernière infirmière. Bien qu'il eût des doutes quant à la sensibilité de Max, il se jeta à l'eau et, pendant vingt bonnes minutes, lui parla de Nietzsche en l'appelant, naturellement, M. Müller, et lui raconta tout, y compris sa rencontre avec Lou Salomé à Venise.

« Mais Josef, répondit Max sur un ton agressif et méprisant, pourquoi te flageller ? Qui pourrait guérir un tel personnage ? Il est fou, voilà tout ! Dès qu'il aura mal à la tête, il viendra te voir en te suppliant à genoux !

– Tu ne comprends pas, Max. Un aspect de sa maladie consiste justement à ne *pas* vouloir être aidé. Il est quasiment paranoïaque, il voit le mal partout.

– Josef, Vienne est remplie à craquer de patients. Toi et moi, nous pourrions travailler cent cinquante heures par semaine et quand même refuser des patients tous les jours. Pas vrai ? »

Breuer ne releva pas.

« Pas vrai ? redemanda Max.

– Là n'est pas le problème, Max.

– Si, c'est précisément là le problème ! Les patients se bousculent pour te voir, et toi tu supplies un bonhomme de te laisser l'aider. C'est absurde ! Pourquoi le supplier ? » Max s'empara à cet instant d'une bouteille et de deux verres. « Un peu de slivovitz ? »

Breuer acquiesça. Max versa. Bien que la fortune de la famille Altmann fût liée au commerce des vins, ce petit verre de slivovitz était le seul alcool que se permettaient les deux hommes.

« Écoute-moi bien, Max. Imagine que tu aies en face de toi un patient… Max, tu n'écoutes pas ! Tu tournes la tête.

– Je t'écoute, je t'écoute…

– Imagine que tu aies devant toi un patient victime d'une prostate gonflée et d'une obstruction de l'urètre. Il fait de la rétention urinaire, sa pression rétrograde augmente, il court vers un empoisonnement urémique, et pourtant il refuse d'être aidé. Pourquoi ? Peut-être par démence sénile, peut-être parce qu'il a moins peur de son urémie que de tes instruments, de tes cathéters et du bruit que fait tout ton attirail. Peut-être qu'il est psychotique et qu'il croit que tu vas le castrer. Et alors ? Que fais-tu ?

– Vingt ans de métier, répondit Max, et ça ne m'est jamais arrivé.

– Mais ça pourrait très bien se produire un jour. Simple hypothèse d'école : que ferais-tu dans ce cas ?

– C'est à sa famille de décider. Pas à moi.

– Allons, Max, tu biaises ! Disons qu'il n'a pas de famille.

– Comment veux-tu que je sache ? On n'a qu'à l'envoyer à l'asile, lui mettre une camisole, des cathéters, l'anesthésier, essayer de lui dilater l'urètre avec des sondes…

– Tous les jours ? Lui mettre des cathéters et une camisole ? Voyons, Max, tu le tuerais en moins d'une semaine ! Non, tu pourrais par exemple modifier son comportement vis-à-vis de toi et du traitement. Comme on le fait avec les enfants. As-tu déjà rencontré un seul enfant qui ait *envie* d'être soigné ? »

Max préféra ignorer l'argument de Breuer. « Et tu dis vouloir l'hospitaliser et lui parler tous les jours ! Josef… Imagine un instant le temps perdu ! Est-ce qu'il peut se permettre de te faire perdre autant de temps ? »

Lorsque Breuer évoqua l'indigence dans laquelle vivait

son patient, puis son projet d'utiliser les lits réservés à sa famille et de le soigner gratuitement, Max s'inquiéta encore plus.

« Tu me fais peur, Josef. Pour être très honnête, je me fais du souci. Il suffit qu'une belle inconnue russe vienne te voir pour que tu acceptes de soigner un fou qui refuse de soigner une maladie dont il nie l'existence. Et maintenant, tu me dis que tu veux faire ça gratuitement. Dis-moi, dit-il en agitant son doigt dans la direction de Breuer, qui de vous deux est le plus fou ? Toi ou lui ?

– Je vais te dire, moi, ce qui est vraiment fou ! C'est que tu ramènes tout à l'argent. Les intérêts sur la dot de Mathilde s'accumulent sagement à la banque et plus tard, quand nous recevrons chacun notre part de l'héritage Altmann, nous nagerons toi et moi dans le luxe. Je n'ai pas l'intention de dilapider tout ce que je gagne, et je sais que tu en as bien plus que moi. Alors pourquoi en parler ? Quel intérêt y a-t-il à se demander lequel de mes patients est en mesure ou non de me payer ? Parfois Max, tu es incapable de voir plus loin que l'argent.

– Très bien, oublions. Après tout, tu as peut-être raison. Parfois je me demande *pourquoi* je travaille, ou même quel intérêt il y a à faire payer les gens. Mais Dieu merci, personne ne nous entend : on se dirait que nous sommes tous les deux complètement déments ! Tu ne finis pas ton strudel ? »

Breuer fit non de la tête. Max fit glisser la pâtisserie de Breuer sur sa propre assiette.

« Mais enfin, Josef, ce n'est pas de la médecine ! Ce professeur... de quoi souffre-t-il au juste ? Quel est le diagnostic ? Un cancer de l'orgueil ? Cette Mlle Pappenheim, qui avait peur de boire de l'eau, ce n'est pas elle qui ne pouvait plus parler en allemand mais uniquement en anglais ? Et qui développait une nouvelle paralysie tous les jours ? Et ce petit garçon qui se prenait pour le fils de l'empereur, et cette dame qui avait peur de quitter sa chambre… Des fous, oui ! Tu n'as pas reçu le meilleur apprentissage de tout Vienne pour travailler avec des fous, tout de même ! »

Après avoir englouti d'une seule traite le strudel de Breuer et s'être rincé la bouche avec un deuxième verre de slivovitz, Max poursuivit sur sa lancée : « Tu es le meilleur diagnosticien de cette ville. Personne ne connaît mieux que toi les affections respiratoires ou les maladies de l'équilibre. Tout le monde connaît tes recherches ! Écoute-moi, Josef : un jour ils seront bien obligés de te nommer à l'Académie nationale. Si tu n'étais pas juif, tu serais déjà professeur, cela tout le monde le sait. Mais si tu persistes à soigner ce genre de malades mentaux, que vas-tu devenir ? Ta réputation ? Les antisémites diront : "Vous voyez, vous voyez ! *Voilà* pourquoi ! *Voilà* pourquoi il n'est pas professeur de médecine. Il n'est pas compétent, il n'est pas sain d'esprit !"

– Faisons une partie d'échecs, veux-tu ? » Breuer ouvrit d'un coup sec la boîte où étaient rangées les pièces et, d'un geste plein de colère, les répandit toutes sur l'échiquier. « Je te dis que j'ai envie de te parler parce que je suis troublé, et voilà comment tu m'aides ! Je suis fou, mes patients sont fous, et je devrais tous les mettre à la porte. Je ruine ma réputation, je devrais gagner des florins dont je n'ai pas besoin…

– Non, non ! interrompit Max. J'ai retiré le couplet sur l'argent !

– Est-ce une façon de m'aider ? Tu n'écoutes même pas ce que je dis.

– Pardon ? Redis-moi : je t'écouterai avec une attention redoublée. » Le grand visage agité de Max devint soudain grave.

« Aujourd'hui, j'ai reçu dans mon cabinet un homme qui a besoin d'aide, un homme qui souffre, et je me suis mal occupé de lui. Il est trop tard pour recoller les morceaux, Max, c'est fini… Mais je vois de plus en plus de patients névrosés, il faut donc que je comprenne comment travailler avec eux. C'est un domaine entièrement nouveau. Aucun manuel sur la question, aucun traité. Voilà des milliers de patients qui attendent d'être aidés, et personne ne sait comment faire !

– Je suis totalement ignare en la matière, Josef. Tu travailles de plus en plus sur le cerveau et sur la pensée. Moi c'est le contraire, je… » Max gloussa. Breuer tint bon. « Les orifices auxquels je parle sont muets. Mais je peux te dire une chose : j'ai le sentiment qu'il y avait une compétition entre toi et ce professeur, exactement comme dans le cours de philosophie de Brentano. Tu te rappelles le jour où il t'avait mouché ? Vingt ans ont passé, mais je m'en souviens comme si c'était hier. Il t'avait dit : “Monsieur Breuer, pourquoi n'essayez-vous pas d'apprendre ce que je vous enseigne plutôt que de vouloir prouver l'étendue de mon ignorance ?” »

Breuer hocha la tête. Max poursuivit : « Eh bien, voilà à quoi tes consultations me font penser. Même ta ruse pour essayer de piéger ce pauvre Müller en citant son propre livre ! Ce n'était pas très malin… Comment pouvais-tu l'emporter ? En cas d'échec, c'est *lui* qui gagne. En cas de succès, il se met tellement en colère qu'il ne veut plus coopérer, quoi qu'il arrive. »

Breuer ne répondit pas tout de suite. Tout en touchant du doigt les pièces d'échecs, il méditait les paroles de Max. « Tu as peut-être raison. Tu sais, même à ce moment-là je me rendais compte que je n'aurais sans doute jamais dû citer son livre. Je n'aurais pas dû écouter Sigmund. J'avais comme le pressentiment que citer ses propres phrases était une erreur, mais il n'arrêtait pas de fuir mes questions et de me contraindre à un rapport de force. C'est drôle, tu sais… Pendant toute la consultation, je pensais tout le temps aux échecs : je lui tends tel piège, il s'en sort et m'en tend un autre en retour… C'est peut-être de ma faute, puisque tu dis que j'étais déjà comme ça à l'université. Mais ça fait des années, Max, que je n'ai pas agi ainsi avec un patient. Je crois que c'est lié à sa personne – il me pousse dans mes retranchements, comme il le fait sans doute avec tout le monde, et puis il appelle ça la nature humaine. Et il le croit vraiment ! C'est là que sa philosophie se fourvoie.

– Tu vois, Josef, tu recommences : tu essaies de battre sa philosophie en brèche. Tu prétends que c'est un génie. Si c'est vraiment le cas, tu devrais peut-être apprendre de lui plutôt que t'échiner à vouloir le dominer !

– Bien, Max, très bien ! Je n'aime pas l'idée, mais elle me paraît intelligente. Merci. » Breuer inspira profondément et lâcha un soupir bruyant. « Passons maintenant aux choses sérieuses. J'ai réfléchi à une nouvelle réponse au gambit de la dame. »

Max proposa donc un gambit de la dame, auquel Breuer répliqua par une audacieuse défense scandinave qui n'eut pour résultat que de le mettre dans une situation critique huit coups plus tard. Max fourcha, cruel, le fou et le cavalier de Breuer avec un pion puis, sans détacher les yeux de l'échiquier, dit : « Josef, pendant que nous y sommes, j'aimerais te parler, aussi. Je me mêle peut-être de ce qui ne me regarde pas, mais je ne peux pas me boucher les oreilles. Mathilde a expliqué à Rachel que tu ne l'as pas touchée depuis des mois. »

Breuer scruta l'échiquier pendant quelques minutes et, après avoir compris qu'il ne pouvait pas échapper à la manœuvre de Max, il lui prit son pion avant de lui répondre. « Oui, je sais, ce n'est pas bien. C'est même très mauvais. Mais comment puis-je t'en parler, Max ? Autant que j'en parle directement à Mathilde, car je sais que tu dis tout à ta femme, qui dit tout à sa sœur.

– Fais-moi confiance, je sais garder un secret devant Rachel. Et je vais t'en confier un à mon tour : si elle apprenait ce qui se passe entre moi et ma nouvelle infirmière, Mlle Wittner, je me retrouverais à la rue. Comme toi et Eva Berger… Il faut croire que c'est dans les gènes de la famille de batifoler avec les infirmières. »

Breuer étudia une fois de plus l'échiquier. Il était troublé par la phrase de Max. C'était donc ainsi que la communauté avait perçu sa relation avec Eva… Bien que l'accusation fût fausse, il se sentait néanmoins coupable d'avoir éprouvé, une fois, une forte attirance sexuelle pour elle. Plusieurs mois auparavant, au cours d'une discussion animée, Eva lui avait dit craindre qu'il ne se lançât dans une liaison ruineuse avec Bertha, puis elle avait proposé de « faire n'importe quoi » pour l'aider à se débarrasser de son obsession. Avait-elle entendu par là une offrande sexuelle ? Breuer en était certain. Mais le démon du « mais » avait fait des siennes ; cette fois-ci, comme tant d'autres, il n'était pas passé à l'acte. Ce qui ne l'empêchait pas de songer souvent à la proposition d'Eva et de regretter amèrement de ne pas l'avoir acceptée !

Mais Eva n'était plus là. Et Breuer n'avait jamais pu réparer les choses avec elle. Après qu'il l'eut renvoyée, elle ne lui avait plus jamais adressé la parole, faisant la sourde oreille à ses offres d'argent et à sa volonté de l'aider à trouver un nouvel emploi. Il ne pourrait jamais oublier à quel point il n'avait pas su protéger Eva des foudres de Mathilde ; mais il était bien décidé à la défendre, au moins, contre les accusations de Max.

« Non, Max, tu te trompes. Je ne suis pas un ange, mais je te promets que je n'ai jamais posé la main sur Eva. C'était une amie, une bonne amie.

– Pardon, Josef, j'ai dû tout simplement me mettre à ta place et imaginer qu'Eva et toi…

– Je peux comprendre. Notre amitié était singulière. Elle était ma confidente, et nous parlions de tout. Après toutes ces années qu'elle a passées à travailler pour moi, je l'ai remerciée de la pire des manières. Je n'aurais jamais dû céder à la colère de Mathilde. J'aurais dû lui tenir tête.

« – Mathilde et toi, vous en êtes donc là aujourd'hui ? Des étrangers ?

– Il est possible que j'en veuille à Mathilde pour cette histoire, mais ce n'est pas le fond du problème. Tout ça est beaucoup plus complexe, mais je ne sais pas exactement de quoi il s'agit, Max. Mathilde est une bonne épouse. Certes, j'ai détesté son attitude à l'égard de Bertha et d'Eva. Mais d'une certaine façon elle avait raison, puisque je m'intéressais plus à ces deux femmes qu'à elle. Ce qui se passe aujourd'hui est curieux. Chaque fois que je la regarde, je la trouve toujours magnifique.

– Et ?

– Et je suis incapable de la toucher. Je m'éloigne. Je refuse qu'elle s'approche de moi.

– Tu sais, ça n'a rien d'original. Rachel n'est pas Mathilde, mais c'est une belle femme ; malgré tout, je m'intéresse plus à Mlle Wittner, qui, je le reconnais, ressemble à une petite grenouille. Certains jours, quand je me promène dans Kirsten Strasse et que je vois vingt ou trente putains en rang d'oignons, je t'avoue que la tentation est très forte. Aucune n'est plus jolie que Rachel, la plupart ont la syphilis ou la blennorragie, mais rien à faire, je suis tenté. Si j'étais parfaitement sûr que personne ne me reconnaîtrait, qui sait ? je pourrais franchir le pas ! On se lasse toujours du même plat... Tu sais, Josef, pour chaque belle femme sur cette terre, il y a aussi un pauvre type qui en a marre de se la farcir ! »

Breuer détestait pousser Max sur la pente de la vulgarité, mais il ne put s'empêcher de sourire en entendant son aphorisme, qui demeurait vrai malgré sa grossièreté. « Non, Max, il ne s'agit pas de lassitude. En ce qui me concerne, ce n'est pas le problème.

– Peut-être devrais-tu passer des examens. Plusieurs urologues se sont penchés, récemment, sur la fonction sexuelle. As-tu lu l'article de Kirsch sur le diabète comme cause de l'impuissance ? Maintenant que le tabou sur la question est levé, il apparaît que l'impuissance est un phénomène beaucoup plus répandu qu'on ne le croyait.

– Je ne suis pas impuissant, rétorqua Breuer. Même si je ne fais plus l'amour, la machine fonctionne très bien. Avec la jeune Russe, par exemple. Et j'ai eu le même genre de pensées que toi avec les prostituées de Kirsten Strasse. En réalité, je suis tellement attiré par une autre femme que je me sens coupable de toucher Mathilde. » Breuer se fit alors la remarque que les confessions de Max lui facilitaient grandement la tâche et l'encourageaient à parler. Peut-être Max, à sa manière un peu plus rude, aurait-il pu s'occuper de Nietzsche mieux que lui.

« Mais même cela n'est pas le plus important, poursuivit Breuer. Il y a autre chose ! Quelque chose de plus diabolique en moi. Tu sais, je songe à partir. Je ne le ferai jamais, mais je m'imagine très souvent prendre mes affaires et tout quitter – Mathilde, les enfants, Vienne. Je sais que c'est une folie, Max… Pas besoin de me le rappeler… Mais j'ai toujours l'impression que mes problèmes se régleraient si je trouvais le moyen de m'éloigner de Mathilde. »

Max secoua la tête, poussa un soupir et prit le fou de Breuer avant de lancer une attaque latérale foudroyante de sa reine. Breuer s'enfonça lourdement dans son fauteuil. Comment supporterait-il pendant dix, vingt, trente ans, de perdre face à la défense française de Max et à son infernal gambit de la dame ?

11

Cette nuit-là, Breuer resta couché dans son lit, à méditer sur le gambit de la dame et sur les remarques de Max à propos des belles femmes et des hommes fatigués. Ses sentiments équivoques à l'égard de Nietzsche avaient perdu de leur intensité. D'une certaine manière, sa discussion avec Max lui avait fait du bien. Finalement, il l'avait peut-être sous-estimé pendant toutes ces années. À cet instant, Mathilde, qui venait de coucher les enfants, se mit au lit, s'approcha de lui et lui susurra : « Bonne nuit, Josef. » Il fit semblant de dormir.

Boum ! Boum ! Boum ! On frappa à la porte d'entrée. Breuer regarda l'horloge : cinq heures moins le quart. Il se réveilla rapidement – il avait toujours eu le sommeil léger –, attrapa sa robe de chambre et emprunta le couloir. Louis sortit de sa chambre mais, d'un simple geste de la main, il lui signifia de ne pas l'accompagner. Puisqu'il était debout, il pouvait y aller lui-même.

Le portier, après s'être excusé de l'avoir tiré de son sommeil, lui dit qu'un homme souhaitait le voir pour une urgence ; il attendait dehors. En effet, dans le vestibule du rez-de-chaussée, Breuer tomba sur un vieil homme, tête nue, qui avait manifestement longuement marché – il haletait encore, ses cheveux étaient saupoudrés de neige et la goutte qui lui coulait du nez avait gelé, transformant sa moustache fournie en une grosse brosse congelée.

« Docteur Breuer ? » demanda-t-il d'une voix tremblante.

Breuer fit oui de la tête, et l'homme se présenta comme étant M. Schlegel, en inclinant sa tête et en posant les doigts de sa main droite sur son front, vestige d'un geste qui, en d'autres temps, avait sans doute été un salut élégant. « Ma pension héberge l'un de vos patients, qui est souffrant, très souffrant. Il ne peut pas parler, mais j'ai trouvé cette carte dans sa poche. »

En examinant la carte de visite que M. Schlegel lui tendait, Breuer découvrit son propre nom et son adresse écrits sur un côté, et, de l'autre :

PROFESSEUR FRIEDRICH NIETZSCHE
Professeur de philologie
Université de Bâle

Il n'hésita pas une seule seconde. Il ordonna à M. Schlegel d'aller chercher Fischmann et son fiacre. « Quand vous reviendrez ici, je serai habillé. Vous m'expliquerez ce qui s'est passé pendant le trajet. »

Vingt minutes plus tard, les deux hommes, emmitouflés de couvertures, étaient conduits à travers les rues froides et enneigées. Le propriétaire de la pension expliqua à Breuer que le professeur Nietzsche logeait chez lui depuis le début de la semaine. « Un excellent client. Jamais le moindre problème.

– Parlez-moi de sa maladie.

– Il est resté presque toute la semaine dans sa chambre. Je ne sais pas ce qu'il y fabrique ; chaque fois que je lui apporte le thé le matin, il est assis à sa table, occupé à noircir du papier. Ce qui m'a étonné puisque, vous savez, je me suis rendu compte qu'il ne voit pas assez bien pour lire. Il y a deux ou trois jours de cela, il a reçu une lettre de Bâle. Je la lui ai apportée et, quelques minutes après, il est descendu. Il n'arrêtait pas de cligner des yeux. Il m'a dit avoir un problème oculaire et m'a demandé de lui lire la lettre. De sa sœur, disait-il. J'ai commencé la lecture mais, au bout de deux lignes – où il était question d'un scandale russe – il a eu l'air bouleversé et m'a repris la lettre des mains. J'ai tenté d'y jeter un dernier coup d'œil avant de la lui redonner, et je n'ai eu le temps de voir que les mots "expulsion" et "police".

« Il mange toujours dehors, alors que ma femme lui a proposé de lui faire la cuisine. Je ne sais pas où il va – il ne m'a demandé aucun conseil. Il parle très peu même si, un soir, il m'a dit qu'il se rendait à un concert gratuit. Mais il n'est pas timide pour autant, ce n'est pas cela qui expliquait son calme. J'ai observé plusieurs choses à propos de son calme… »

M. Schlegel, qui avait servi dix ans dans les services secrets militaires, s'amusait à observer ses pensionnaires pour essayer de déduire, d'après les détails de leurs habitudes domestiques, leur personnalité. Sur le long chemin qui l'avait mené au domicile de Breuer, il en avait profité pour rassembler tous les indices qu'il avait recueillis sur le professeur Nietzsche et répéter une dernière fois son exposé. L'occasion était pour lui unique : généralement personne ne l'écoutait, sa femme et les autres propriétaires de la pension étant trop frustes pour apprécier la vraie intelligence déductive.

Mais le médecin l'interrompit : « Sa maladie, monsieur Schlegel ?

– Oui, oui, docteur. » Ravalant sa déception, M. Schlegel relata comment, vendredi vers neuf heures du matin, Nietzsche avait payé sa note et était sorti en précisant qu'il quitterait les lieux dans l'après-midi et reviendrait donc avant midi pour prendre ses bagages. « J'ai dû quitter la réception quelques instants parce que je ne l'ai pas vu revenir. Il marche à pas de loup, vous savez, comme s'il ne voulait pas être suivi. Et comme il n'a pas de parapluie, je n'ai pas pu déterminer s'il était là ou non d'après le porte-parapluies. Je crois qu'il souhaite que personne ne sache où il se trouve, ni à quel moment il est ici ou dehors. Il est doué – tellement doué que c'en est presque louche – pour aller et venir sans se faire remarquer.

– Et sa maladie ?

– Oui, docteur... Je pensais simplement que certains de ces éléments pouvaient être utiles au diagnostic. En tout cas, plus tard dans l'après-midi, vers trois heures, mon épouse est montée, comme d'habitude, faire le ménage dans sa chambre : il était là ! Il n'avait pas du tout pris le train ! Il était étendu sur son lit, il gémissait, sa main sur sa tête. Ma femme m'a appelé et je lui ai dit de me remplacer à la réception, que je ne laisse jamais sans surveillance. C'est pourquoi, comprenez-vous, j'ai été surpris qu'il soit monté dans sa chambre sans que je le voie.

– Et ensuite ? » Breuer commençait à s'impatienter, persuadé que ce M. Schlegel avait décidément lu beaucoup trop de romans de gare. Néanmoins ils avaient encore le temps de discuter : la pension, située dans le troisième arrondissement, dit de Land Strasse, était à plus d'un kilomètre de là, et la visibilité était tellement mauvaise à cause de la neige que Fischmann était descendu à terre pour guider à pied son cheval dans les rues gelées.

« Je suis monté dans sa chambre et lui ai demandé s'il était malade. Il m'a répondu qu'il ne se sentait pas bien, un petit mal de tête, qu'il paierait encore une nuit et s'en irait le lendemain. Il m'a expliqué qu'il avait souvent ce genre de maux de tête et qu'il valait mieux qu'il ne parle pas, qu'il ne bouge pas. Il n'y avait rien à faire, selon lui, sinon attendre que ça passe. Il était très distant... Comme toujours, me direz-vous, mais aujourd'hui encore plus. Il n'y avait aucun doute : il voulait qu'on le laisse tout seul.

– Et puis ? » Breuer frissonna. Il était de plus en plus transi par le froid. Pour agaçant que fût M. Schlegel, Breuer était tout de même heureux d'entendre quelqu'un d'autre décrire Nietzsche comme un individu difficile.

« Je lui ai proposé d'aller chercher un médecin, mais cette perspective l'a mis dans tous ses états. Il fallait le voir ! "Non ! Non ! Pas de médecins ! Ils ne font qu'aggraver les choses ! Pas de médecins !" Il n'était pas à proprement parler grossier – il ne l'est jamais, vous savez – mais simplement glacial... Toujours bien élevé. On voit qu'il est bien né. Un bon lycée, je parie... Il évolue dans les hautes sphères. Au début, je ne comprenais pas pourquoi il ne séjournait pas dans un hôtel plus coûteux. Mais j'ai regardé ses vêtements – vous savez, les vêtements révèlent beaucoup de choses. Bonne facture, belles étoffes, bien coupés, et de jolies chaussures en cuir italiennes. Mais tout, jusqu'aux sous-vêtements, est usé, très usé, souvent rapiécé, et on ne fait plus de vestes comme les siennes depuis plus de dix ans. Hier j'ai dit à ma femme que c'était un aristocrate désargenté qui ne savait pas comment vivre avec son temps. Au début de la semaine j'ai pris la liberté de l'interroger sur l'origine du nom Nietzsche, et il a marmonné quelque chose sur une vieille noblesse polonaise.

– Que s'est-il passé ensuite, une fois qu'il a refusé de voir un médecin ?

– Il a insisté pour dire qu'il irait mieux si on le laissait seul, manière polie de me dire de me mêler de ce qui me regarde. Il est du genre à souffrir en silence, ou alors il a quelque chose à cacher. Et têtu avec ça ! S'il n'avait pas été aussi borné, j'aurais pu vous appeler dès hier, avant qu'il neige, et éviter de vous réveiller à cette heure.

– Qu'avez-vous remarqué d'autre ? »

Le visage de M. Schlegel s'illumina. « Eh bien, d'abord il avait refusé de laisser une adresse. Et l'adresse précédente était douteuse : "Poste restante, Rapallo, Italie". Je n'avais jamais entendu parler de cette ville, et quand je lui ai demandé où ça se trouvait, il m'a juste répondu : "Sur la côte." Naturellement, la police doit être prévenue : sa discrétion, ses errances sans parapluie, pas d'adresse, et cette lettre – la Russe, l'expulsion, la police… J'ai évidemment cherché la lettre quand nous avons fait le ménage dans sa chambre, mais je ne l'ai pas trouvée. Il a dû la brûler, ou la cacher.

– Vous n'avez pas appelé la police ? demanda Breuer avec angoisse.

– Pas encore. Mauvais pour les affaires. Mieux vaut attendre le petit matin. Je n'ai pas envie de voir la police déranger les autres clients en pleine nuit. Et pour couronner le tout, il tombe subitement malade ! Vous savez ce que je pense ? Le poison !

– Mon Dieu, non ! hurla presque Breuer. Non, je suis convaincu que non. Je vous en prie, monsieur Schlegel, oubliez la police ! Je vous assure, vous n'avez pas de quoi vous inquiéter. Je connais bien cet homme. Je réponds de lui. Ce n'est pas un espion ; il est exactement ce qu'on lit sur sa carte, un professeur d'université. Et il a bel et bien des maux de tête réguliers, c'est même pour cela qu'il est venu me consulter. Je vous en supplie, n'ayez pas peur. »

Dans la lueur vacillante de la bougie du fiacre, Breuer put voir que les craintes de M. Schlegel ne se dissipaient pas. Il ajouta : « Toutefois, je peux comprendre comment un observateur aussi fin que vous peut en arriver à cette conclusion. Mais faites-moi confiance : j'assume toutes les responsabilités. » Il chercha à ramener la conversation sur le terrain de la maladie de Nietzsche. « Dites-moi… Après l'avoir vu dans l'après-midi, que s'est-il passé ?

– Je suis allé le voir deux autres fois pour m'assurer qu'il n'avait besoin de rien… Du thé, quelque chose à manger, que sais-je ? Chaque fois, il m'a remercié et a refusé, sans même tourner la tête. Il avait l'air faible, et son visage était pâle. »

M. Schlegel se tut pendant une minute, puis, incapable de tenir sa langue, précisa : « Aucune gratitude pour l'attention que nous lui avons portée, mon épouse et moi-même… Rien ! Ce n'est pas quelqu'un de chaleureux, vous savez. Il avait l'air même agacé par notre gentillesse : nous l'aidons, et ça l'embête ! D'ailleurs ma femme n'a pas apprécié. Elle ne veut plus entendre parler de lui et souhaite qu'il s'en aille dès demain. »

Ignorant ses récriminations, Breuer lui demanda : « Que s'est-il passé ensuite ?

– Je l'ai revu vers trois heures du matin. M. Spitz, qui occupe la chambre d'à côté, a été réveillé par, dit-il, un bruit de meubles qu'on renverse, puis des cris, et même des hurlements. N'ayant reçu aucune réponse à ses coups contre la porte et trouvant celle-ci fermée à clé, M. Spitz m'a réveillé. C'est une personne timide, il n'arrêtait pas de s'excuser auprès de moi pour le dérangement. Mais il a bien fait. Je le lui ai d'ailleurs dit.

« Le professeur avait fermé la porte de l'intérieur. J'ai dû briser le verrou – et il va devoir me rembourser. Quand je suis entré, je l'ai trouvé couché sur le matelas sans drap, inconscient, en sous-vêtements. Il geignait. Tous ses vêtements, la literie, étaient jetés çà et là. Je pense qu'il n'avait pas quitté son lit mais s'était déshabillé en jetant ses habits par terre – tout était dans un rayon de cinquante centimètres autour du lit. Ça ne lui ressemblait pas, docteur, pas du tout. D'habitude il est très ordonné. Ma femme a été choquée par tant de désordre – des vomissures partout, il va falloir attendre une semaine avant que la chambre soit de nouveau présentable et que l'odeur s'en aille. La règle voudrait qu'il me paye pour ce délai. Et puis des taches de sang sur le drap… Je l'ai retourné : aucune blessure. Le sang devait être dans les vomissures. »

M. Schlegel secoua la tête. « C'est alors que j'ai fouillé ses poches. J'ai trouvé votre adresse et je suis venu vous voir. Ma femme m'a dit d'attendre jusqu'au matin, mais je me suis dit qu'il aurait pu être mort d'ici là. Je n'ai pas besoin de vous expliquer ce que cela signifierait : les pompes funèbres, le rapport sur les circonstances du décès, la police… J'ai déjà connu ça – les clients s'enfuiraient dans la journée. Dans la pension que tient mon beau-frère, en Forêt-Noire, deux clients sont morts en moins d'une semaine : vous savez que, dix ans après, les gens refusent toujours d'occuper leurs chambres ? Pourtant il les a complètement réaménagées – rideaux, peinture, papier peint. Rien à faire, les gens n'en veulent pas. Les rumeurs circulent, les villageois bavardent, personne n'oublie. »

M. Schlegel passa la tête par la fenêtre, inspecta les environs et cria à l'intention de Fischmann : « À droite au prochain carrefour ! » Puis, s'adressant de nouveau à Breuer : « Nous y sommes ! C'est le prochain immeuble, docteur ! »

Après avoir demandé au cocher de l'attendre, Breuer suivit M. Schlegel dans sa pension, puis emprunta avec lui l'escalier étroit, dont l'aspect sinistre confirmait les dires de Nietzsche sur son mode de vie parfaitement indifférent au confort : une propreté minimale, un tapis usé jusqu'à la corde et couvert de motifs différents à chaque étage, mais tous dégradés; pas de rambarde; aucun meuble sur les paliers. Et des murs récemment chaulés qu'aucun tableau ni ornement ne venait égayer – pas même un certificat officiel d'inspection.

Le souffle rendu court par l'ascension, Breuer suivit M. Schlegel dans la chambre de Nietzsche. Il mit un peu de temps à s'habituer à l'odeur de vomi, douce-amère et épaisse, puis il évalua la situation. La description faite par M. Schlegel était juste, minutieuse même, tant l'homme, non content d'être un fin observateur, n'avait touché à rien pour ne pas perdre quelque précieux indice.

Dans un coin de la pièce, Nietzsche était allongé sur un petit lit. Vêtu de ses seuls sous-vêtements, il était profondément endormi, peut-être dans le coma. Le bruit ne provoqua, en tout cas, aucune réaction chez lui. Breuer autorisa M. Schlegel à ramasser les vêtements éparpillés, ainsi que les draps couverts de vomi et tachés de sang.

Une fois ces objets retirés, l'austérité de la chambre se révéla dans toute sa brutalité. On n'était pas très loin d'un décor de cellule, pensa Breuer. Contre un des murs il y avait une table minuscule, sur laquelle n'étaient posés qu'une lanterne et un broc d'eau à moitié rempli. Devant la table, une chaise en bois, au-dessous de laquelle reposaient la valise et la mallette de Nietzsche, toutes deux enserrées d'une mince chaîne fermée par un cadenas. Au-dessus du lit était une petite fenêtre sombre, avec des rideaux jaunes à rayures, minables, déteints, qui constituaient la seule concession de cette chambre à la décoration.

Breuer demanda à être seul avec son patient. Sa curiosité l'emportant sur sa fatigue, M. Schlegel protesta dans un premier temps, mais dut céder lorsque Breuer lui rappela ses obligations vis-à-vis des autres clients : pour assurer au mieux sa tâche, il devait absolument dormir un peu.

Une fois seul, Breuer alluma la lampe à gaz et observa la scène avec plus d'attention. La bassine en émail qui se trouvait par terre, à côté du lit, était remplie à moitié d'un vomi vert clair et teinté de sang. Le matelas, comme le visage et le torse de Nietzsche, luisait de vomi séché – à l'évidence il était devenu trop malade, ou trop inconscient, pour pouvoir atteindre la bassine. Près de cette dernière, un verre à moitié rempli d'eau et un petit flacon contenant, aux trois quarts, de grandes pastilles ovales. Breuer s'attarda sur ces pastilles et en goûta une. Probablement du chloral – ce qui expliquait l'état inconscient de Nietzsche –, mais il ne pouvait en être certain puisqu'il ne savait pas à quelle heure les pastilles avaient été avalées. Le sang avait-il eu le temps d'absorber la substance avant qu'il ait tout vomi ? Vu le nombre de pastilles qui manquaient, Breuer conclut que même s'il les avait toutes avalées le même soir, et même si son estomac avait digéré le chloral, Nietzsche avait néanmoins ingurgité une dose certes dangereuse, mais pas mortelle. Si la dose avait été supérieure, Breuer n'aurait pas pu faire grand-chose : un lavement eût été inutile, étant donné que l'estomac était désormais vide, sans compter que Nietzsche était trop inconscient – et sans doute trop nauséeux – pour ingérer le moindre stimulant.

Il avait l'air moribond : son visage était grisâtre, ses yeux inexpressifs, son corps glacé, livide et hérissé de chair de poule. Il respirait péniblement, son cœur battait faiblement à cent cinquante-six pulsations par minute. Il frissonnait, mais lorsque Breuer voulut poser sur lui une des couvertures laissées par M. Schlegel, Nietzsche gémit et la repoussa. « Sans doute une hyperesthésie sévère, pensa Breuer : tout lui est pénible, y compris le simple contact d'une couverture. »

Il tenta de lui parler : « Professeur Nietzsche, professeur Nietzsche ! » Pas de réaction. Puis, haussant encore la voix : « Friedrich ! Friedrich ! » Toujours rien. Lorsque Breuer lui dit : « Fritz ! Fritz ! », Nietzsche fit une grimace, suivie d'une autre quand le médecin tenta de soulever ses paupières. « Hyperesthésie au son et à la lumière », remarqua Breuer avant de se lever pour éteindre la lampe et augmenter le chauffage de la chaudière à gaz.

Une inspection plus poussée confirma le diagnostic qu'il avait dressé, à savoir une migraine spasmodique : le visage, notamment le front et les oreilles, était froid et pâle, ses pupilles dilatées, et ses deux artères temporales tellement comprimées qu'on aurait dit deux cordes minces et dures comme de l'acier.

Mais ce qui inquiétait Breuer n'était pas tant la migraine que la tachycardie de Nietzsche, qui pouvait fort bien lui être fatale. Malgré la résistance de son patient, il s'appliqua à presser fortement son pouce contre l'artère carotide gauche. En moins d'une minute, le pouls descendit à quatre-vingts. Après avoir observé de près l'évolution du cœur pendant une quinzaine de minutes, Breuer fut satisfait et décida de s'attaquer à la migraine.

Cherchant dans sa trousse des pastilles de nitroglycérine, il demanda à Nietzsche d'ouvrir la bouche. En vain. Lorsqu'il voulut forcer l'ouverture, Nietzsche serra les dents si fort qu'il dut abandonner. « Peut-être que le nitrate d'amyle fera l'affaire », se dit-il alors. Il en versa quatre gouttes sur un tissu qu'il plaqua sous le nez de Nietzsche. Ce dernier inspira, fit une grimace de dégoût et détourna la tête. « Il résiste jusqu'au bout, même inconscient », pensa Breuer.

Il plaça alors ses deux mains sur les tempes de Nietzsche et commença, d'abord légèrement puis de plus en plus fort, à lui masser la tête et la nuque, en se concentrant plus particulièrement sur les zones qui lui semblaient, vu la réaction de son patient, les plus douloureuses. Nietzsche avait beau hurler et agiter la tête comme un forcené, Breuer insista calmement, en lui susurrant à l'oreille : « Enlevez la douleur, Fritz, enlevez la douleur, ça vous fera du bien. » Nietzsche se débattait moins, mais il continuait de gémir et de pousser des sons gutturaux, lugubres.

Dix, quinze minutes passèrent. Breuer continuait de le masser. Au bout de vingt minutes, les gémissements faiblirent jusqu'à devenir inaudibles. Nietzsche bougeait toujours les lèvres, en émettant des sons inintelligibles. Breuer tendait l'oreille mais ne comprenait rien. S'agissait-il de : « Laissez-moi, laissez-moi, laissez-moi » ou bien de : « C'est moi, c'est moi... » ? Il n'en savait rien.

Trente, trente-cinq minutes passèrent. Breuer continuait de masser. Le visage de Nietzsche se réchauffait un peu, et retrouvait des couleurs. Peut-être les spasmes étaient-ils en train de s'arrêter. Bien que toujours inconscient, il semblait se calmer. Ses marmonnements continuaient, mais un peu plus audibles, un peu plus intelligibles. Breuer approcha de nouveau son oreille. Cette fois-ci il put distinguer les mots. Il n'en crut pas ses oreilles. Nietzsche disait : « Aidez-moi, aidez-moi, aidez-moi ! »

Breuer fut pris d'une immense compassion. « Aidez--moi ! » Ainsi c'était cela que n'avait cessé de lui demander Nietzsche. Lou Salomé s'était trompée : son ami était capable de réclamer de l'aide, mais il s'agissait d'un autre Nietzsche, d'un Nietzsche qu'il rencontrait pour la première fois.

Il abandonna son massage et arpenta pendant quelques minutes la petite cellule du malade. Puis il trempa une serviette dans l'eau froide du broc, la posa sur le front de son patient endormi et murmura : « Oui, je vais vous aider, Friedrich. Comptez sur moi. »

Nietzsche fronça les sourcils. Même si le simple fait d'être touché lui était encore douloureux, Breuer décida de maintenir fermement la compresse. Nietzsche entrouvrit ses yeux, regarda Breuer et posa une main à son propre front. Peut-être voulait-il simplement enlever la compresse ; en tout cas sa main croisa celle de Breuer et, l'espace d'un instant, d'un court instant, leurs deux mains se touchèrent.

Une heure passa encore. Le jour se levait. Il était presque sept heures et demie. L'état de Nietzsche semblait stationnaire. Breuer, estimant qu'il ne pouvait pas faire grand-chose de plus pour le moment, jugea plus raisonnable de rendre visite à ses autres patients et de revenir plus tard, une fois que le corps aurait évacué les effets du chloral. Après l'avoir enveloppé d'une couverture légère, Breuer écrivit sur un petit billet qu'il repasserait avant midi, déplaça une chaise près du lit et y laissa le billet bien en évidence. Dans l'escalier, il demanda à M. Schlegel, qui se trouvait à son poste derrière la réception, d'aller vérifier l'état de Nietzsche toutes les demi-heures. Il réveilla Fischmann, qui roupillait sur un tabouret dans le vestibule, et les deux hommes sortirent sous la neige matinale pour commencer leur tournée.

De retour, quatre heures plus tard, Breuer fut accueilli par M. Schlegel, toujours juché derrière la réception. Non, il n'y avait pas eu de nouveaux développements : Nietzsche ne s'était pas réveillé une seule fois. Oui, il avait l'air en meilleur état et il s'était comporté un peu mieux – un gémissement de temps en temps, mais ni cris, ni coups, ni vomissements.

Même si ses paupières tremblèrent lorsque Breuer entra dans sa chambre, Nietzsche dormait du sommeil du juste et ne fut pas dérangé par la voix du médecin. « Professeur Nietzsche, est-ce que vous m'entendez ? » Aucune réponse. « Fritz », dit Breuer. Même s'il avait une bonne raison de l'interpeller d'une façon aussi cavalière – car il arrive souvent que les patients inconscients réagissent à des surnoms remontant à l'enfance ou à l'adolescence –, il se sentait néanmoins gêné, voire coupable, tant il savait qu'il prenait un certain plaisir à l'appeler par ce familier diminutif de « Fritz ». Aussi il n'hésita pas : « Fritz ! C'est Breuer. Vous m'entendez ? Pouvez-vous ouvrir les yeux ? »

Nietzsche les ouvrit tout de suite. Étaient-ils chargés de reproche ? Breuer opta immédiatement pour un retour au formalisme.

« Professeur Nietzsche… De retour parmi les vivants. Heureux de vous voir. Comment vous sentez-vous ?

– Pas heureux », répondit Nietzsche d'une voix douce, mais en parlant vite. « Pas heureux d'être toujours en vie. Pas heureux. Pas peur des ténèbres. Mal… Je me sens très mal. »

Breuer posa sa main sur son front, d'abord pour prendre sa température, mais aussi pour l'apaiser. Nietzsche recula soudain sa tête de plusieurs centimètres. Breuer en conclut que l'hyperesthésie n'avait peut-être pas encore disparu. Toutefois, quelques instants plus tard, lorsqu'il prépara une compresse froide et la posa sur le front de son patient, celui-ci dit, d'une voix faiblarde et épuisée : « Je peux le faire. » Et, prenant la compresse des mains de Breuer, il s'exécuta.

Le reste était encourageant : son pouls était passé à soixante-seize, il avait repris des couleurs, et ses artères temporales n'étaient plus secouées de spasmes.

« J'ai l'impression d'avoir le crâne fracassé, dit Nietzsche. La douleur a évolué, elle a perdu de son acuité… Plutôt comme un grand coup sur le cerveau, maintenant. »

Bien que sa nausée fût encore beaucoup trop forte pour qu'il puisse avaler des médicaments, il put accepter la pastille de nitroglycérine que Breuer lui plaça sous la langue.

Pendant une heure, les deux hommes discutèrent ; le philosophe se montrait de plus en plus alerte.

« Vous m'avez fait peur. Vous auriez pu mourir. Une telle quantité de chloral relève plus du poison que du remède. Vous avez besoin d'un médicament qui attaque le mal de tête à la racine, ou bien atténue la douleur. Or le chloral ne fait ni l'un ni l'autre ! C'est un sédatif. Et pour vous endormir malgré une telle douleur, cela exige une dose qui peut s'avérer fatale. Savez-vous que vous avez frôlé la mort ? Et votre pouls était très inquiétant. »

Nietzsche secoua la tête. « Je ne partage pas votre inquiétude.

– C'est-à-dire... ?

– Sur les conséquences, murmura Nietzsche.

– Le fait que vous auriez pu mourir, c'est ça ?

– Non, de tout, je veux dire de tout... »

La voix de Nietzsche était presque plaintive. Breuer se montra plus compréhensif.

« Vous espériez mourir ?

– Est-ce que je suis vivant ? Mort ? Qu'importe ? Pas de place. Pas de place.

– Que voulez-vous dire ? demanda Breuer. Qu'il n'y a pas de place pour vous ? Que personne ne vous regrettera ? Que personne ne s'en souciera ? »

Long silence. Les deux hommes restèrent là, tranquillement, jusqu'à ce que Nietzsche respire profondément et s'endorme de nouveau. Breuer le regarda pendant quelques minutes encore, puis il laissa sur la chaise un nouveau billet indiquant qu'il reviendrait en fin d'après-midi ou en début de soirée. Une fois de plus, il ordonna à M. Schlegel d'aller voir fréquemment son patient, mais de ne pas lui proposer de nourriture – éventuellement de l'eau chaude, mais le professeur ne serait pas capable d'ingérer le moindre aliment solide avant deux jours.

Lorsqu'il revint à sept heures du soir, Breuer eut un frisson en entrant dans la chambre de Nietzsche. La lueur vacillante d'une bougie projetait aux murs des ombres mouvantes et laissait voir le philosophe allongé dans l'obscurité, les yeux clos, les mains croisées sur le torse, habillé d'un costume noir et de chaussures tout aussi noires. Breuer se demanda si cette vision ne donnait pas à voir Nietzsche tel qu'il finirait sa vie, gisant sur un lit, dans la solitude et l'indifférence les plus complètes.

Or il n'était ni mort ni endormi. Il s'agita en entendant la voix de Breuer et, avec un effort et une douleur manifestes, se redressa pour s'asseoir sur le lit, la tête dans les mains et les jambes pendant sur le côté. Il indiqua un siège à Breuer.

« Comment vous sentez-vous ?

– J'ai toujours la tête prise dans un étau. Mon estomac prie pour ne plus jamais rencontrer de nourriture. Mon cou et mon dos… Là… » Il montra du doigt sa nuque et la partie supérieure de ses omoplates. « Ces endroits sont extrêmement douloureux. Mis à part ces petits détails, je me sens très mal. »

Breuer mit du temps à desserrer les dents. Il ne comprit l'ironie subite dont faisait montre Nietzsche qu'une minute plus tard, lorsqu'il remarqua le sourire de son patient.

« Mais au moins je suis en terrain connu. Cette douleur, je la connais depuis longtemps maintenant.

– Vous venez de subir une de vos crises typiques, n'est-ce pas ?

– Typiques ? Typiques ? Laissez-moi réfléchir. Par son intensité, je dirai que la crise a été plutôt forte. Sur mes cent dernières crises, seules une quinzaine, ou une vingtaine, ont été plus pénibles. Mais j'en ai connu d'autres qui étaient encore pires que celle-ci.

– Comment ça ?

– Qui duraient plus longtemps, avec une douleur

ininterrompue pendant deux jours. C'est rare, je vous le concède... D'autres médecins me l'ont confirmé.

– Et comment expliquez-vous la brièveté de cette dernière crise ? » Breuer essayait par ces questions d'évaluer au mieux ce dont Nietzsche se souvenait des seize dernières heures.

« Nous connaissons, vous et moi, la réponse à votre question. Je vous suis reconnaissant car je sais que je serais encore en train de me tordre de douleur si vous n'aviez pas été là. J'aimerais pouvoir vous remercier de belle manière. Mais cela n'étant pas possible, je dois me rabattre sur la monnaie impériale. Je n'ai pas changé d'avis sur la question de la dette et du remboursement, et j'attends que vous m'adressiez une note proportionnelle au temps que vous me consacrez. Au dire de M. Schlegel, qui ne souffre pas la moindre approximation, cela devrait représenter une somme considérable. »

Bien qu'affligé d'entendre Nietzsche reprendre son ton solennel et distant, Breuer lui promit de demander à Mme Becker, dès lundi, de préparer cette note.

Mais Nietzsche secoua la tête. « Ah, mais j'oubliais que votre cabinet était fermé le dimanche... Or je prends un train pour Bâle demain ! N'y a-t-il pas un moyen pour que je vous règle dès aujourd'hui ?

– Pour Bâle ? Demain ? Certainement pas, professeur ! Pas avant que cette crise soit terminée. Malgré nos désaccords de la semaine dernière, permettez-moi de vous parler en médecin. Il y a quelques heures, vous étiez encore dans le coma, victime d'une dangereuse arythmie cardiaque. Aussi voyager demain serait-il plus que déraisonnable : ce serait périlleux. Qui plus est, de nombreuses migraines reviennent aussitôt, pour peu qu'on ne se soit pas suffisamment reposé. Vous avez dû vous en rendre compte... »

Nietzsche demeura silencieux pendant quelques instants, visiblement titillé par les propos de Breuer. Puis il capitula : « Très bien. J'accepte de rester ici un jour de plus et de partir lundi. Pourrais-je vous voir lundi matin ?

– Pour le règlement, vous voulez dire ?

– Oui, et je vous serais reconnaissant de me préparer la note de consultation, ainsi qu'une description des méthodes cliniques que vous avez employées pour enrayer ma migraine. Cela devrait servir à vos successeurs, en particulier aux médecins italiens, puisque je vais passer les prochains mois dans le Sud. La violence de cette crise m'interdit à l'évidence de passer un autre hiver en Europe centrale.

– Vous devez vous reposer, professeur Nietzsche, et ce n'est vraiment pas le moment de nous engager dans une nouvelle discussion. Mais j'aimerais tout de même vous livrer deux ou trois observations que vous aurez tout loisir de méditer d'ici à lundi.

– Après ce que vous avez fait pour moi hier, je ne peux que vous écouter avec attention. »

Breuer prit des gants. Il savait qu'il jouait là sa dernière carte. S'il échouait, Nietzsche serait dans le train pour Bâle lundi après-midi. Il prit garde de ne pas commettre les mêmes erreurs. « Reste calme, se dit-il. N'essaie pas d'être plus malin que lui ; il est trop intelligent. Ne le cherche pas : tu perdras – et même si tu gagnes, tu es perdant. Et cet autre Nietzsche, celui que tu t'es promis d'aider, eh bien, pour l'instant il n'est plus là. N'essaie pas de t'adresser à lui. »

« Professeur, dit-il, permettez-moi d'insister en premier lieu sur la gravité de votre état de santé la nuit dernière. Votre cœur battait irrégulièrement, il aurait pu lâcher à tout moment. Je ne connais pas la cause de cette anomalie, et j'aurai besoin de temps pour la découvrir. Mais elle n'était pas due à la migraine, ni, je crois, à l'ingurgitation de chloral. Je n'ai encore jamais vu cette substance produire cet effet-là.

« Le chloral, justement : j'aimerais y revenir un instant. La quantité que vous avez absorbée aurait pu vous être fatale. Il se peut que vos vomissements vous aient sauvé la vie. En tant que médecin, *votre* médecin, je dois m'inquiéter de vos penchants autodestructeurs.

– Pardonnez-moi, docteur Breuer, coupa Nietzsche, le menton calé dans ses mains et les yeux fermés. J'avais décidé de vous écouter de bout en bout sans vous interrompre, mais je crains que mon esprit soit trop embrumé pour pouvoir retenir quoi que ce soit. Je préférerais vous parler quand j'aurai les idées plus claires. J'ai été imprudent avec le chloral, et j'aurais dû le savoir à cause d'expériences antérieures similaires. J'avais l'intention de prendre une pastille seulement, pour atténuer la douleur, puis de remettre le flacon dans ma mallette. La nuit dernière, j'en suis persuadé, j'ai dû prendre une pastille en oubliant de ranger le flacon. Une fois que le chloral a commencé à agir, j'ai perdu mes esprits, oublié que j'avais déjà pris une pastille et en ai repris une autre. J'ai dû renouveler ce geste plusieurs fois. Comportement idiot, j'en conviens, docteur, mais pas suicidaire, si c'est cela que vous sous-entendiez. »

Breuer jugea l'hypothèse plausible. Il avait constaté la même chose chez nombre de ses patients plus âgés et grabataires ; c'est pourquoi il demandait toujours aux enfants de ceux-ci d'administrer les médicaments. Néanmoins, il estimait que cette version des faits n'expliquait pas entièrement le comportement de Nietzsche. Ainsi, même au plus fort de sa douleur, *pourquoi* avait-il oublié de ranger le chloral dans sa mallette ? N'est-on pas responsable aussi de ses oublis ? « Non, pensa Breuer, le comportement de cet homme est plus autodestructeur qu'il ne veut bien le dire. » Il y avait même une preuve, en l'occurrence la petite voix qui avait marmonné : « Vivre ou mourir, qu'importe ? » Malgré tout, cette preuve-là, il ne pouvait rien en faire ; il devait donc laisser les propos de Nietzsche tels quels, sans chercher à le contredire.

« Malgré tout, professeur Nietzsche, même si cette explication était la bonne, elle n'en diminuerait pas pour autant les risques que vous avez pris. Vous devez vous soumettre à un examen complet de vos médications. Permettez-moi une dernière remarque, cette fois sur le déclenchement de votre crise. Vous l'attribuez au climat. Je veux bien croire que celui-ci joue un rôle important, et vous avez vous-même constaté l'influence des conditions atmosphériques sur vos migraines. Mais plusieurs facteurs se combinent pour déclencher une migraine, et, en ce qui concerne la dernière, je pense avoir une responsabilité : votre mal de tête a débuté peu de temps après que je vous ai parlé sur un ton à la fois agressif et grossier.

– Encore une fois, docteur Breuer, je me dois de vous interrompre. Vous n'avez rien dit qu'un bon médecin ne doive dire, et que d'autres médecins ne m'aient déjà dit, pourtant avec moins de tact que vous. Vous ne méritez pas d'endosser la responsabilité de ma crise. Je l'ai sentie venir bien avant notre dernière conversation. Pour tout vous dire, j'en ai eu la prémonition lors de mon voyage jusqu'à Vienne. »

Breuer eut beaucoup de mal à céder sur ce point. Mais enfin le moment n'était pas à la discussion.

« Je ne voudrais pas vous ennuyer plus longtemps, professeur. Je me contenterai donc de dire que, sur la foi de votre état de santé général, je suis persuadé, encore plus aujourd'hui, qu'une période d'observation et de traitement prolongée s'impose. Même si je n'ai été appelé que plusieurs heures après le début de votre crise, j'ai réussi à y mettre fin. Si vous aviez été sous observation dans une clinique, je suis sûr que j'aurais pu développer un régime permettant de stopper votre crise de manière encore plus efficace. J'insiste auprès de vous pour que vous acceptiez d'être hospitalisé à la clinique Lauzon. »

Breuer s'arrêta de parler. Il avait tout dit. Il avait été modéré dans son propos, lucide, clinique. Il ne pouvait rien faire de plus. Un long silence s'installa. Il attendit patiemment et écouta les petits bruits de la pièce : la respiration de Nietzsche, la sienne, les gémissements du vent, des pas et un plancher qui craquait dans la chambre au-dessus.

Puis Nietzsche répondit d'une voix douce, presque onctueuse : « Jamais je n'ai connu un médecin comme vous, aussi compétent, aussi attentionné. Aussi personnel. Vous pourriez m'apprendre beaucoup de choses. Quand il s'agit de vivre avec les autres, je crois que j'ai encore tout à apprendre. Je vous suis redevable et, croyez-moi, je sais *à quel point*… Mais je suis fatigué, je dois m'allonger », dit-il après une courte pause. Il se coucha sur le dos, replia ses mains sur sa poitrine et regarda fixement le plafond. « Vous étant tellement redevable, j'ai du mal à aller à l'encontre de votre recommandation. Mais les raisons que je vous ai données hier... Hier, était-ce bien hier ? J'ai l'impression que c'était il y a des mois... Ces raisons, disais-je, n'avaient rien de trivial, je ne les ai pas sorties de mon chapeau à seule fin de vous contrarier. Si d'aventure vous poursuiviez la lecture de mes livres, vous verriez qu'elles plongent leurs racines dans le terreau de ma pensée, donc de mon existence même.

« Or ces raisons, je les sens plus fortes encore aujourd'hui qu'hier. Je ne comprends pas pourquoi il devrait en être ainsi, et je ne me comprends pas bien moi-même aujourd'hui. Vous avez évidemment raison : le chloral n'est pas une bonne chose pour moi, et certainement pas un stimulant pour ma pensée... Je n'ai toujours pas les idées très claires. Mais encore une fois, ces raisons que j'ai avancées hier me paraissent dix fois plus pertinentes aujourd'hui. Dix fois, cent fois plus. »

Il tourna la tête pour regarder Breuer en face. « Je vous en supplie, docteur : cessez d'agir pour mon bien ! Devoir décliner votre conseil et votre proposition, aujourd'hui, demain ou après-demain, ne fait qu'attiser mon humiliation d'avoir contracté une dette envers vous.

« S'il vous plaît, poursuivit-il en détournant de nouveau la tête, j'aimerais me reposer un peu ; il serait bon que vous rentriez chez vous. Vous m'aviez dit une fois avoir une famille, et je crains que vos proches ne m'en veuillent, ce en quoi ils auraient raison. Je sais que vous avez passé plus de temps aujourd'hui avec moi qu'avec eux. À lundi, docteur Breuer. » Sur ce, il ferma les yeux.

Avant de partir, Breuer lui dit qu'en cas de besoin, un messager envoyé par M. Schlegel pourrait le faire venir en moins d'une heure, y compris le dimanche. Nietzsche le remercia, mais sans rouvrir les yeux.

En descendant les marches de la pension, Breuer songea, admiratif, à la maîtrise et à l'endurance de Nietzsche. Même du fond de son lit, dans cette pièce minable encore tout imprégnée des relents de vomi, alors que la plupart des migraineux auraient bien voulu ne fût-ce que pouvoir s'asseoir dans un coin et respirer, Nietzsche, lui, réfléchissait et fonctionnait à plein régime : dissimulant son désespoir, envisageant son départ, défendant ses principes, pressant son médecin de retourner auprès des siens, exigeant un rapport médical et une note d'honoraires qui fût proportionnelle au travail accompli.

Lorsqu'il vit son fiacre qui l'attendait, Breuer se dit qu'une promenade au grand air lui rafraîchirait les idées. Il congédia Fischmann non sans lui tendre un florin d'or pour un plat chaud – attendre des heures dans le froid était chose éprouvante – et s'enfonça dans les rues enneigées.

Il savait que Nietzsche partirait pour Bâle lundi. Pourquoi y accordait-il une telle importance ? Il avait beau tourner la question dans tous les sens, il ne comprenait pas. Il savait simplement que Nietzsche comptait à ses yeux, que quelque chose, dans sa personnalité, l'attirait selon quelque alchimie surnaturelle. « Peut-être, se dit-il, que je retrouve un peu de moi-même en lui. Et puis quoi ? Nous n'avons rien en commun, tout nous sépare – famille, culture, ambitions. Est-ce que je l'envie ? Mais qu'y a-t-il à envier dans cette existence congelée et coupée du monde ? »

En tout cas, il était convaincu qu'il n'entrait dans cette fascination pour Nietzsche aucune culpabilité. En tant que médecin, il avait fait son devoir et n'avait rien à se reprocher. Mme Becker et Max avaient raison : quel autre médecin aurait consacré autant de son temps à un patient aussi arrogant, agressif et exaspérant ?

Et vaniteux, avec ça ! Avec quel aplomb il avait dit, *en passant*[1] – non par fanfaronnade, mais bien par conviction profonde –, qu'il était le meilleur professeur dans toute l'histoire de l'université de Bâle, ou bien que les gens auraient peut-être le courage, l'audace, de lire ses œuvres d'ici l'an 2000 ! Malgré tout, Breuer ne prenait pas ombrage de ce genre de propos. Car enfin, Nietzsche avait peut-être raison, lui dont le discours et la prose étaient si puissants, les idées si lumineuses – même les plus mauvaises.

Quoi qu'il en soit, Breuer ne cherchait pas à lutter contre cette obsession. Comparé aux fantasmes envahissants et ravageurs qu'il nourrissait pour Bertha, son intérêt pour Nietzsche lui semblait bénin, voire bénéfique. En réalité, il avait le pressentiment que sa rencontre avec cet homme étrange pouvait s'avérer également salutaire pour lui.

Mais où était passé l'autre homme, celui qui logeait et se cachait dans le corps de Nietzsche, cet homme qui appelait au secours ? « Cet homme qui a touché ma main, ne cessait de se répéter Breuer, comment puis-je l'atteindre ? Il doit bien y avoir un moyen ! Mais il est décidé à quitter Vienne dès lundi. Je dois pouvoir l'en empêcher ! »

Il abandonna l'idée. Il cessa de réfléchir. Ses jambes eurent le dessus ; il continua de marcher vers sa maison bien chauffée, bien éclairée, vers ses enfants et sa chère Mathilde, aimante et mal-aimée. Il se concentra uni-

---

1. En français dans le texte.

quement sur sa respiration, sur cet air glacé qui chauffait dans le brasier de ses poumons avant de ressortir de sa bouche en nuages de vapeur. Il écouta le vent, ses propres pas, le crissement de la fine neige sous ses pieds. Et soudain, il eut une idée… La *seule* idée !

Il se dépêcha de rentrer chez lui. Sur tout le trajet, il broya la neige en fredonnant à chaque pas : « J'ai trouvé ! J'ai trouvé ! »

12

Le lundi matin, Nietzsche se présenta au cabinet de Breuer pour régler leurs dernières affaires. Après avoir attentivement étudié la note détaillée du médecin et vérifié que rien n'avait été oublié, Nietzsche signa une traite qu'il remit ensuite au médecin. Celui-ci lui donna en échange son rapport médical, qu'il lui conseilla de lire tout de suite au cas où des questions lui viendraient à l'esprit. Nietzsche l'éplucha, ouvrit sa mallette et rangea le document dans son dossier consacré aux rapports médicaux.

« Excellent rapport, docteur Breuer… Complet. Lisible. Contrairement à tant d'autres rapports que j'ai vus, il ne contient aucun jargon médical, qui est en réalité, malgré l'illusion de science qu'il donne, le langage de l'ignorance. Voilà… En route pour Bâle, maintenant ! J'ai déjà abusé de votre temps. »

Il referma à clé sa mallette. « Je vous quitte, docteur, redevable à vous comme jamais je ne me le suis senti à aucun autre homme. D'habitude, les adieux s'accompagnent de promesses, de refus de croire que ce sera la dernière fois ; les gens se disent "au revoir", pensent tout de suite à une nouvelle rencontre, et puis ils oublient tout aussi rapidement leurs bonnes résolutions. Moi, je ne fais pas partie de ces gens-là. Je préfère la vérité, à savoir le fait que nous ne nous verrons sans doute plus jamais. Je ne reviendrai probablement pas à Vienne, et je doute que vous éprouviez le besoin de revoir un patient de mon espèce au point d'aller me chercher en Italie. »

Sur ces entrefaites, Nietzsche serra la poignée de sa mallette et commença à se lever.

Ce moment-là, Breuer s'y était préparé on ne peut plus méticuleusement. « Je vous en prie, professeur Nietzsche, un instant ! J'aimerais m'entretenir avec vous d'un autre point. »

Nietzsche se raidit. Pour Breuer, il était évident que son patient s'attendait à entendre, et appréhendait, une énième supplique à propos de la clinique Lauzon.

« Non, professeur Nietzsche, ne croyez pas cela. Loin de là. Détendez-vous... Je veux vous parler de tout autre chose. J'ai repoussé jusqu'au bout le moment de vous en parler, mais pour des raisons qui vous paraîtront très vite compréhensibles. »

Il s'arrêta un instant et respira profondément.

« J'ai une proposition à vous faire, une proposition exceptionnelle, peut-être encore jamais faite par un médecin à l'un de ses patients. Je tourne autour du pot... Mais ce n'est pas facile à dire, même si je suis rarement à court de mots. Enfin... allons-y !

« Voilà : je vous propose un échange professionnel. Pendant un mois, je serai le médecin de votre corps et me concentrerai uniquement sur les symptômes physiques et les médications. En contrepartie, vous serez le médecin de mon âme, de mon esprit. »

Nietzsche, dont la main enserrait toujours la poignée de sa mallette, parut d'abord surpris, puis méfiant. « Qu'entendez-vous par là ? Votre âme, votre esprit ? Comment pourrais-je me faire médecin ? N'est-ce pas une autre version de ce que nous évoquions la semaine dernière, votre traitement médical en échange de ma philosophie ?

– Non, c'est tout à fait autre chose. Je ne vous demande pas de m'enseigner quoi que ce soit ; je vous demande de me *guérir*.

– Mais vous guérir de quoi, au juste ?

– Question difficile… Et pourtant je la pose toujours à mes patients. Je vous l'ai aussi posée, et maintenant c'est à mon tour d'y répondre… Je vous demande de me guérir du désespoir.

– Du désespoir ? » Nietzsche desserra son étreinte et se pencha en avant. « Quel genre de désespoir ? Je n'en vois aucun chez vous.

– Pas en apparence, puisque je donne l'impression de mener une vie parfaitement heureuse. Mais derrière cette façade, c'est le désespoir. Quel genre de désespoir, dites-vous ? Disons que mon esprit ne m'appartient pas, et que je me sens submergé de pensées sordides autant qu'étranges, des pensées qui me font douter de mon intégrité et me font honte. Bien que je tienne à ma femme et à mes enfants, je ne peux pas dire que je les *aime* ! J'ai même le sentiment d'être étouffé par eux. Je n'ai le courage ni de changer ma vie ni de la poursuivre. Je ne vois plus vraiment l'intérêt de l'existence, le but de toute cette affaire. J'ai peur de vieillir et, bien que chaque jour m'en rapproche un peu plus, la mort me terrifie. Ce qui ne m'empêche pas de songer au suicide, de temps à autre. »

La veille, Breuer avait répété son texte à l'envi. Mais cette fois, chose étrange étant donné la duperie implicite du stratagème, son discours était sincère. Breuer savait, d'ailleurs, qu'il était piètre menteur. Même s'il avait accepté de cacher la vérité – à savoir que sa proposition n'était qu'une ruse pour pousser Nietzsche à suivre un traitement –, il avait décidé de ne rien taire du reste. C'est pour cette raison qu'il avait brossé un portrait fidèle, quoique légèrement appuyé, de lui-même et de son état d'esprit, en veillant également à aborder des problèmes susceptibles de correspondre à ceux, non formulés, de Nietzsche.

Pour une fois, ce dernier parut estomaqué. Il secoua légèrement la tête, pour signifier, visiblement, son refus absolu. Pourtant, il eut toutes les peines du monde à énoncer une objection claire.

« Non, non, docteur Breuer, c'est parfaitement impossible. Je ne peux pas faire ça, je n'ai aucune compétence dans ce domaine. Pensez aux risques encourus : tout pourrait s'aggraver.

– Mais la compétence, professeur, cela ne veut rien dire. Qui est compétent ? Vers qui dois-je me tourner ? Un médecin ? Une telle guérison ne fait pas partie de la discipline médicale. Un homme de religion ? Faudra-t-il donc que je plonge tête baissée dans les fables de la religion ? Comme vous, j'ai perdu le goût pour ce genre de choses. Vous qui êtes un philosophe de la vie, vous passez la vôtre à méditer les questions qui empoisonnent la mienne. Vers qui me tourner, sinon vers vous ?

– Des doutes sur vous, sur votre femme, sur vos enfants ? Mais que sais-je, moi, de ces choses ?

– Et sur la vieillesse, répliqua Breuer sur-le-champ, sur la mort, la liberté, le suicide, la quête de sens... Vous connaissez cela mieux que personne ! Ne s'agit-il pas précisément de l'objet de votre philosophie ? Vos livres ne sont-ils pas des traités du désespoir ?

– Je ne peux pas guérir le désespoir, docteur Breuer. Je me contente simplement de l'étudier. Le désespoir est, à mes yeux, la rançon de la lucidité. Regardez la vie droit dans les yeux : vous n'y verrez que du désespoir.

– J'en suis bien conscient, professeur, mais je n'attends pas d'être guéri – seulement d'être réconforté. Je veux que vous me guidiez, que vous me montriez comment supporter une vie désespérée.

– Mais je ne sais pas comment faire ! Et je n'ai aucun conseil à donner à tel ou tel. J'écris pour la race humaine, pour l'humanité.

– Malgré tout vous avez foi en la méthode scientifique. Quand un peuple, ou un village, ou un troupeau, est malade, le savant isole et observe un spécimen unique, un prototype, avant de généraliser ses conclusions au groupe entier. J'ai dû passer dix ans à disséquer la structure de l'oreille interne d'un pigeon pour découvrir comment ces bestioles gardaient l'équilibre ! Ne pouvant pas travailler sur l'ensemble des pigeons, j'ai dû me pencher sur des cas isolés. Ce n'est que plus tard que j'ai pu étendre mes découvertes à tous les pigeons, puis aux oiseaux, aux mammifères et aux êtres humains. C'est ainsi qu'il faut procéder. Vous ne pouvez pas conduire une expérience sur l'humanité tout entière. »

Breuer s'attendit à ce que Nietzsche réfute en bloc ses théories. Mais rien ne vint. L'homme était perdu dans ses pensées.

Breuer poursuivit : « L'autre jour, vous m'avez fait part de votre conviction que le spectre du nihilisme ravageait l'Europe. Vous me disiez que Darwin avait rendu Dieu obsolète et que, de la même manière que nous avions créé Dieu, nous l'avions tous tué. Et que nous ne savions plus vivre sans mythes religieux. Je sais que vous ne me l'avez pas énoncé directement – et corrigez-moi si je me trompe – mais je vous crois investi d'une mission, celle de démontrer que notre incrédulité peut engendrer un code de conduite pour l'Homme, une nouvelle morale, de nouvelles Lumières, qui remplaceraient les superstitions et le désir de surnaturel. »

Nietzsche hocha la tête, comme pour lui dire de continuer.

« Même si vous n'êtes pas d'accord avec les termes que j'emploie, je crois que votre mission consiste à sauver l'humanité et du nihilisme et de l'illusion, n'est-ce pas ? »

Nouveau hochement de tête de Nietzsche.

« Eh bien, sauvez-moi ! Conduisez cette expérience avec *moi* ! Je suis le cobaye idéal. J'ai tué Dieu. Je ne crois en rien de surnaturel, et je sombre dans le nihilisme. Je ne vois pas à quoi peut servir de vivre ! Ni comment vivre ! »

Toujours aucune réaction de Nietzsche.

« Si vous souhaitez établir un projet pour l'humanité, ou même pour quelques privilégiés, commencez donc par moi. Voyez ce qui fonctionne et ce qui ne fonctionne pas, cela devrait affûter votre réflexion.

– Vous vous proposez comme sujet d'expérimentation ? répondit Nietzsche, enfin. Est-ce *ainsi* que je paierai ma dette envers vous ?

– Le danger m'importe peu. Je crois aux vertus curatives du dialogue. Passer ma vie en revue aux côtés d'un esprit éveillé comme le vôtre : voilà ce que je souhaite faire. Cela ne pourra pas manquer de m'aider. »

Nietzsche n'en revenait pas ; il secoua la tête. « Avez-vous en tête une méthode particulière ?

– Une chose, seulement, comme je vous l'ai déjà dit. Vous irez à la clinique sous un faux nom, je vous observerai et je soignerai vos migraines. Quand je ferai ma tournée quotidienne, vous serez mon premier patient sur la liste. Je suivrai votre condition physique et vous prescrirai tous les remèdes qui s'imposent. Le reste de la visite, vous deviendrez mon médecin et m'aiderez à régler mes problèmes. Je ne vous demande qu'une seule chose : que vous m'écoutiez et m'interrompiez chaque fois que vous le jugerez nécessaire. C'est tout. Pour le reste, je ne sais pas. Nous devrons inventer notre propre méthode en chemin.

– Non, rétorqua Nietzsche en agitant vigoureusement la tête. C'est impossible, docteur Breuer. Je reconnais volontiers que votre idée est séduisante, mais elle est vouée à l'échec. Voyez-vous, j'écris. Je ne parle pas. Et j'écris pour quelques personnes, pas pour la multitude.

– Mais vos œuvres ne s'adressent pas à une élite. Vous méprisez même les philosophes qui n'écrivent que pour leurs confrères, ceux dont le travail est détaché du réel, ceux qui, en somme, ne *vivent* pas leur philosophie.

– Je n'écris pas pour les autres philosophes, mais pour les rares personnes qui incarnent l'avenir. Je n'ai pas vocation à me mêler aux autres, à vivre parmi eux. Cela fait longtemps que ma confiance, mon intérêt pour les autres et mes rapports sociaux avec eux sont atrophiés – si tant est qu'ils aient jamais existé chez moi. Seul j'ai toujours été, seul je serai toujours. J'accepte mon destin.

– Mais vous désirez plus que cela. J'ai vu dans vos yeux une vraie tristesse quand vous m'avez dit que le monde ne lirait pas vos livres avant l'an 2000. Vous voulez être lu, et je crois qu'une part de vous-même aimerait encore être avec le reste de l'humanité. »

Nietzsche resta parfaitement immobile, calé dans son fauteuil.

« Vous rappelez-vous, reprit Breuer, cette histoire

que vous m'avez racontée au sujet de Hegel sur son lit de mort ? Et de cet unique étudiant qui, en réalité, l'avait mal compris ? Vous aviez fini par me dire que, sur votre lit de mort, il n'y aurait même pas un seul étudiant pour se réclamer de votre pensée. Eh bien, pourquoi attendre l'an 2000 ? Je suis là ! Vous l'avez, votre étudiant, devant vous, qui saura vous écouter, parce que sa vie en dépend ! »

Breuer reprit son souffle. Il était ravi. En préparant son discours, la veille, il avait bien anticipé toutes les objections de Nietzsche et préparé sa défense. Son piège avait de l'allure. Il avait hâte d'en parler à Sigmund.

Il savait aussi qu'il devait s'arrêter là, le premier objectif étant, après tout, que Nietzsche ne prenne pas son train pour Bâle. Il ne put s'empêcher d'ajouter quelque chose. « Je me souviens aussi, professeur Nietzsche, que vous m'avez dit ne rien détester plus qu'avoir contracté une dette envers quelqu'un et ne pas pouvoir la payer à proportion. »

La réponse de Nietzsche fusa, tranchante comme une lame : « Vous voulez dire que vous faites tout cela pour moi ?

– Non, justement. Même si mon idée peut vous être utile, ce n'est absolument pas mon intention. Je pense uniquement à moi. J'ai besoin d'aide ! Aurez-vous la force de me donner cette aide ? »

Nietzsche se leva de son fauteuil.

Breuer retint son souffle.

Nietzsche avança vers Breuer et lui tendit la main. « J'accepte votre marché », lui dit-il.

Friedrich Nietzsche et Josef Breuer venaient de sceller un pacte.

LETTRE DE FRIEDRICH NIETZSCHE À PETER GAST

4 décembre 1882

Mon cher Peter,

Changement de programme. Une fois de plus. Je reste en effet encore un mois à Vienne et dois donc, à regret, remettre à un autre jour notre petite excursion à Rapallo. Je vous écrirai lorsque j'aurai quelques précisions supplémentaires. Beaucoup de choses se sont passées ici, pour la plupart intéressantes. Je me rétablis d'une petite crise de migraine (qui aurait duré deux monstrueuses semaines sans l'intervention de ton Dr Breuer) et suis donc trop faible pour vous donner autre chose qu'un bref résumé de la situation. Le reste suivra.

Merci de m'avoir soufflé le nom de ce Dr Breuer ; c'est un personnage très intéressant – un médecin qui pense, un médecin scientifique *! N'est-ce pas là une chose remarquable ? Il accepte de me dire ce qu'il sait de ma maladie et, plus remarquable encore, ce qu'il ne sait pas !*

Voilà un homme qui voudrait oser et qui, je le crois, est fasciné par le fait que j'ose oser. Il a donc osé me soumettre une proposition inédite, que j'ai acceptée : m'hospitaliser pendant un mois à la clinique Lauzon, où il étudiera et soignera ma maladie. (Et tout cela à ses propres frais ! C'est dire, mon cher ami, que vous n'avez aucun souci à vous faire quant à mon existence cet hiver.)

Et moi ? Que dois-je lui donner en retour ? Oui, moi, que nul n'aurait jamais cru susceptible d'un emploi profitable, on me demande d'être le philosophe personnel du

Dr Breuer pendant un mois et de lui prodiguer des conseils philosophiques. Il est tourmenté, il envisage le suicide, il me demande de le guider sur le chemin du rétablissement.

Quelle ironie, vous dites-vous certainement, que votre ami soit appelé à étouffer les sirènes de la mort, ce même ami aux oreilles duquel leur mélodie est si douce, ce même ami qui vous écrivait encore la semaine dernière que le canon d'un revolver ne lui était pas un spectacle désagréable !

Cher ami, je vous parle de mon arrangement avec le Dr Breuer en toute *confiance. N'en parlez à personne, pas même à Overbeck. Vous êtes* le seul *à qui je confie cela. Je dois à ce bon docteur le secret absolu.*

Le chemin qui nous a menés à un arrangement aussi singulier aura été plein de détours. Le Dr Breuer a tout d'abord proposé de me conseiller dans le cadre de mon traitement médical ! Quel subterfuge grossier ! Il prétendait ne se soucier que de mon bien-être, n'avoir pour seul souhait, pour seule récompense, que de me redonner la santé ! *Mais vous connaissez comme moi ces guérisseurs bigots qui projettent leur propre faiblesse sur les autres et ne s'intéressent à eux que pour accroître leur propre force. Vous connaissez comme moi la « charité chrétienne » !*

Naturellement, j'ai vu clair dans son jeu et j'ai fait tomber le masque. Il s'est gendarmé un instant – en me traitant d'aveugle et de misérable. Il ne jurait que par des principes élevés, montrait une compassion feinte et un altruisme comique ; mais, à son crédit, il a su enfin trouver la force de puiser, honnêtement et franchement, dans ma propre force.

Votre ami Nietzsche sur la place publique ! L'idée ne vous consterne-t-elle pas ? Imaginez Humain, trop humain *ou* Le Gai Savoir *encagés, domptés, apprivoisés ! Imaginez mes aphorismes transformés en un vulgaire vade-mecum pour la vie quotidienne ! Moi aussi j'en ai été affligé ! Mais plus maintenant. Ce projet me séduit, j'y vois comme une agora, un récipient à remplir chaque fois que je serai mûr et débordant d'idées, une occasion en or, bref un laboratoire où appliquer mes idées sur un individu avant de les proposer à l'humanité (cela, c'est le Dr Breuer qui me l'a suggéré).*

Votre Dr Breuer, soit dit en passant, me semble un individu supérieur, doué de sensibilité et d'un vrai désir d'élévation. Oui, il a cette volonté-là. Et il en a les moyens intellectuels ; mais en aura-t-il le cœur – et les yeux pour voir ? Nous verrons !

Aussi aujourd'hui est-ce un homme convalescent qui vous écrit. Je médite calmement sur la mise en pratique – *chose nouvelle pour moi. Peut-être avais-je tort de penser que ma seule mission consistait à découvrir la vérité. Pendant un mois, je verrai si ma sagesse est en mesure d'aider un autre être humain à sortir de l'ornière. Pourquoi vient-il vers* moi *? Il vous expliquerait qu'après avoir goûté ma conversation et des pages d'*Humain, trop humain, *il a développé une appétence à l'égard de ma philosophie. Il a dû croire, voyant le fardeau que constitue ma maladie, que je devais être un spécialiste de la survie.*

Bien entendu il ne connaît pas la moitié de mon fardeau. Mon amie la sorcière russe, cette guenon aux faux seins, continue de me trahir. Elisabeth me dit que Lou vit avec Rée ; elle cherche à la faire extrader du pays pour outrage aux bonnes mœurs.

Elisabeth m'écrit également que l'amie Lou a installé sa campagne de calomnie et de haine à Bâle, où elle a l'intention de mettre en péril ma maigre retraite. Maudit soit le jour où je l'ai rencontrée à Rome ! Je vous ai souvent répété que tous mes combats – y compris contre le Mal absolu – me rendent plus fort. Mais si je peux transformer cette *fange en or, alors… alors… Nous verrons bien.*

Je n'ai pas la force de faire copie de cette lettre, cher ami. Pourrez-vous me la renvoyer ?

F. N.

13

Dans le fiacre qui les amenait à la clinique un peu plus tard dans la journée, Breuer souleva la question de la confidentialité et avança l'hypothèse que Nietzsche se sentirait sans doute plus à l'aise s'il était hospitalisé sous un pseudonyme, en l'occurrence celui d'Eckart Müller, le nom qu'il avait employé quand il avait discuté avec Freud.

« Eckart Müller… Eckkkkkart Müller… Eckart Müüüüller… » Nietzsche, visiblement de bonne humeur, répéta le nom plusieurs fois comme pour en comprendre la mélodie intérieure. « Pas plus mauvais qu'un autre… Signifie-t-il quelque chose en particulier ? Peut-être, spécula-t-il l'œil malicieux, est-ce le nom d'un autre patient notoirement difficile ?

– Non, c'est un simple procédé, répondit Breuer. Pour tous mes patients, je forme un pseudonyme en remplaçant chaque initiale de leur nom par la lettre qui la précède dans l'alphabet. D'où E. M. dans votre cas ; et Eckart Müller est tout bonnement le premier nom qui m'est venu à l'esprit. »

Nietzsche se fendit d'un grand sourire. « Un jour, peut-être, un historien se penchera sur les grands médecins viennois et se demandera pourquoi l'éminent docteur Josef Breuer rendait si souvent visite à un certain

Eckart Müller, mystérieux personnage sans passé ni avenir. »

C'était la première fois que Breuer voyait Nietzsche d'humeur badine, ce qui augurait bien de l'avenir. Il voulut lui rendre la pareille. « Et les pauvres biographes qui tenteront de suivre la trace du professeur Friedrich Nietzsche au cours du mois de décembre 1882 ! »

Quelques minutes plus tard, Breuer commença à regretter, tout bien réfléchi, d'avoir trouvé un pseudonyme. Devoir s'adresser à Nietzsche sous un faux nom en présence du personnel de la clinique ne faisait qu'ajouter, en effet, un procédé parfaitement superflu à une situation déjà biaisée. Pourquoi diable s'était-il imposé ce fardeau supplémentaire ? Car après tout, Nietzsche n'avait nul besoin de la protection d'un pseudonyme pour guérir de ses migraines. Le pacte qu'ils avaient scellé exigeait, plus que toute autre chose, que lui, Breuer, prît des risques. C'était donc lui, plus que Nietzsche, qui avait besoin d'une protection supplémentaire, d'un sanctuaire de confidentialité.

Le fiacre arriva dans le huitième arrondissement, dit de Josefstadt, puis s'arrêta aux portes de la clinique Lauzon. Le garde, reconnaissant Fischmann, évita soigneusement de jeter un coup d'œil à l'intérieur du véhicule et se dépêcha d'ouvrir le grand portail métallique. Le fiacre s'ébranla et cahota sur les cent mètres que mesurait l'allée pavée, avant d'atteindre le portique du bâtiment central et ses colonnes blanches. La clinique Lauzon, un bel édifice de trois étages en pierre blanche, abritait quarante patients, tous atteints de troubles neurologiques ou psychiatriques. Lors de sa construction trois siècles plus tôt, pour servir de résidence viennoise au baron Friedrich Lauzon, le palais se dressait hors les murs, entouré de ses propres remparts, avec des écuries, une remise, des pavillons pour les domestiques et huit hectares de vergers et de jardins. Là, des générations successives de Lauzon avaient vu le jour, grandi et chassé le sanglier. À la mort du dernier baron Lauzon et de sa famille lors de l'épidémie de typhus en 1858, la propriété était passée aux mains du baron Wertheim, un cousin négligent et absent qui ne quittait pas souvent son domaine de Bavière.

Averti par les exécuteurs testamentaires qu'il ne pouvait se décharger du fardeau que représentait cette propriété qu'en la transformant en institution publique, le baron Wertheim décida d'en faire un hôpital de convalescence, non sans exiger que sa famille y bénéficie de soins médicaux gratuits *ad vitam aeternam*. On créa donc une institution à but non lucratif et un conseil d'administration, peu banal dans la mesure où il comprenait non seulement plusieurs grandes familles catholiques de Vienne, mais aussi deux familles juives et philanthropes, les Gomperz et les Altmann. Bien que l'établissement, fondé en 1860, s'occupât principalement de patients fortunés, six de ses quarante lits étaient tout de même réservés aux indigents, à condition qu'ils fussent propres.

C'est donc un de ces six lits que Breuer, qui représentait la famille Altmann au conseil d'administration, réquisitionna pour Nietzsche. L'influence de Breuer ne se limitait pas à ses fonctions administratives, puisqu'il était également le médecin personnel du directeur de l'hôpital et d'autres membres du conseil.

Lorsque son nouveau patient et lui-même arrivèrent à la clinique, ils furent reçus avec déférence. On leur épargna toutes les formalités de réception et d'enregistrement. Le directeur et l'infirmière en chef se chargèrent en personne d'accompagner Breuer et Nietzsche pour une visite des chambres disponibles.

« Trop sombre, dit Breuer de la première chambre. M. Müller a besoin de lumière pour lire et pour écrire. Montrez-nous une chambre exposée plein sud. »

La deuxième chambre était petite, mais bien éclairée. Nietzsche dit : « Celle-là fera l'affaire. On y voit beaucoup plus clair. »

Mais c'était sans compter sur Breuer. « Trop petite. Pas d'air. Qu'avez-vous d'autre de disponible ? »

Nietzsche apprécia également la troisième chambre. « Oui, celle-là me convient parfaitement. »

Mais Breuer, une fois de plus, désapprouva : « Trop de passage. Trop de bruit. Vous n'auriez pas quelque chose qui soit plus éloigné du bureau des infirmières ? »

Une fois qu'ils furent entrés dans la chambre suivante, Nietzsche n'attendit même pas le premier commentaire de Breuer et posa immédiatement sa mallette dans l'armoire. Il ôta ses chaussures et s'allongea sur le lit. Il n'y avait rien à redire : Breuer appréciait, lui aussi, cette chambre lumineuse et spacieuse, située au deuxième étage, avec une grande cheminée et une vue imprenable sur les jardins. Les deux hommes purent admirer l'immense tapis persan rose saumon et bleu, un peu fatigué mais n'ayant rien perdu de son éclat, ultime vestige, à l'évidence, des plus belles heures du domaine Lauzon. Nietzsche acquiesça lorsque Breuer demanda qu'un petit bureau, une lampe à gaz et un fauteuil confortable fussent installés dans la chambre.

Dès qu'il se retrouva seul avec Breuer, Nietzsche reconnut qu'il s'était remis trop vite de sa dernière crise : il se sentait fatigué, et son mal de tête refaisait surface. Il accepta sans sourciller de passer les prochaines vingt-quatre heures au lit. Breuer longea tout le couloir jusqu'au bureau des infirmières pour y demander des médicaments : de la colchicine pour la douleur, du chloral pour le sommeil. Nietzsche était tellement habitué au chloral qu'il lui faudrait des semaines entières pour s'en désaccoutumer.

Au moment où Breuer passa la tête dans sa chambre pour prendre congé, Nietzsche leva la sienne et, brandissant le petit verre d'eau posé près de son lit, proposa un toast : « En attendant demain et le lancement officiel de notre projet ! Après un peu de repos, je compte consacrer le reste de la journée à élaborer une stratégie pour notre échange philosophique. Au revoir, docteur Breuer. »

Une stratégie ! « Il serait grand temps, songea Breuer dans le fiacre qui le ramenait chez lui, que je pense *moi aussi* à une stratégie… » Il s'était tellement épuisé à mettre la main sur Nietzsche qu'il n'avait pas réfléchi une seule seconde à la manière dont il dompterait sa proie, désormais couchée dans la chambre numéro 13 de la clinique Lauzon. Au milieu des cahots et des soubresauts du fiacre, il tenta de se concentrer ; tout semblait confus, il n'avait pas de véritables repères, ni de modèles à suivre. Il devait donc inventer un traitement entièrement nouveau. Mieux valait en discuter avec Sigmund, qui raffolait de ce genre de défis. Breuer indiqua à Fischmann de s'arrêter à l'hôpital et de retrouver le Dr Freud.

L'hôpital général de Vienne, l'*Allgemeine Krankenhaus*, où Freud, aspirant clinicien, se préparait à une carrière de praticien, était à lui tout seul une ville dans la ville, qui hébergeait deux mille patients dans une douzaine de bâtiments carrés, représentant chacun un département différent, avec sa cour et ses enceintes, reliés les uns aux autres par un dédale de passages souterrains. Un mur de pierre épais de quatre mètres séparait cette communauté du reste du monde.

Fischmann, depuis longtemps familier des secrets de ce labyrinthe, courut chercher Freud dans son bureau. Au bout de quelques minutes, il revint seul : « Le Dr Freud n'est pas là. Le Dr Hauser m'a dit qu'il était parti au café il y a une heure. »

Freud avait pour repaire le Café Landtmann, sur le Franzens-Ring, à quelques dizaines de mètres de l'hôpital. C'est là que Breuer le retrouva, seul, buvant son café et lisant une revue littéraire française. L'endroit était fréquenté par des médecins, de futurs cliniciens et des étudiants en médecine. Bien que nettement moins chic que le Café Griensteidl si cher à Breuer, l'établissement était abonné à plus de quatre-vingts revues, soit plus que dans n'importe quel autre café viennois.

« Sigmund, je vous emmène manger une pâtisserie chez Demel. J'ai des choses intéressantes à vous dire au sujet de notre professeur migraineux. »

Freud enfila son manteau en un rien de temps. Bien que raffolant de la meilleure pâtisserie de Vienne, il ne pouvait absolument pas se la permettre à moins d'être invité par quelqu'un. Dix minutes plus tard, nos deux hommes étaient assis à une table tranquille dans un coin de l'établissement. Breuer commanda deux cafés, une tarte au chocolat pour lui-même, une autre au citron et à la crème fouettée pour Freud, que ce dernier engloutit à une telle vitesse qu'il accepta de reprendre autre chose parmi les trois étages du chariot à pâtisseries en argent. Une fois que Breuer eut terminé son mille-feuille à la crème au chocolat et son deuxième café, Freud et lui allumèrent chacun un cigare. Puis Breuer entreprit de décrire dans les moindres détails tout ce qui s'était passé depuis sa dernière discussion avec M. Müller : le refus du professeur de recevoir des soins psychologiques, son départ furieux, la migraine en pleine nuit, la curieuse visite à domicile, sa surdose, son état semi-conscient, la petite voix plaintive appelant au secours, enfin le marché qu'ils avaient conclu dans le cabinet de Breuer.

Freud l'écoutait en le fixant avec une intensité que Breuer connaissait bien ; c'était son regard photographique : il ne se contentait pas de tout observer et de tout noter, il enregistrait comme une machine, si bien que six mois plus tard il serait capable de réciter cette conversation mot pour mot. Néanmoins, l'attitude de Freud changea brusquement lorsqu'il entendit l'ultime proposition qu'avait faite Breuer.

« Vous lui avez proposé *quoi*, Josef ? Que vous soigniez sa migraine et qu'il soigne votre désespoir ? Enfin, vous n'êtes pas sérieux ! À quoi cela rime-t-il ?

– Croyez-moi, Sigmund, c'était la seule possibilité. Si j'avais tenté quoi que ce soit d'autre, envolé ! Il serait actuellement dans le train pour Bâle. Vous vous rappelez l'excellente stratégie que nous avions conçue ? Le convaincre d'explorer ses angoisses et de les combattre ? En deux temps trois mouvements il a démoli mon argumentation en me faisant un éloge de l'angoisse. Tout ce qui ne le tue pas, m'a-t-il dit, le rend plus fort. Mais plus je l'écoutais et repensais à ses écrits, plus j'étais persuadé qu'il se prenait pour un médecin – non pas médecin privé, mais médecin de notre civilisation tout entière.

– Donc vous l'avez piégé… vous lui avez suggéré de

guérir la civilisation occidentale en commençant par un spécimen individuel, en l'occurrence vous ?

– Exactement. Mais c'est d'abord lui qui m'a piégé ! Ou alors, disons que ce petit personnage que vous dites actif en chacun de nous m'a piégé avec son pathétique appel au secours. Je n'étais pas loin de me rallier à vos idées sur l'existence d'une part inconsciente dans notre esprit. »

Freud sourit et tira une grande bouffée sur son cigare. « Bien. Maintenant que vous l'avez piégé, que va-t-il se passer ?

– La première chose à faire, Sigmund, c'est ne plus employer le terme "piéger". La simple idée de piéger Eckart Müller ne fait aucun sens... Cela revient à attraper un gorille de cinq cents kilos avec un filet à papillons. »

Freud sourit de plus belle. « Oui, abandonnons ce terme et disons simplement que vous avez pu le faire hospitaliser et que vous le verrez tous les jours. Quel est votre plan d'attaque ? J'imagine aisément que lui aussi doit imaginer une stratégie pour *vous* tirer du désespoir, et ce dès demain.

– Oui, c'est exactement ce qu'il m'a dit. À l'heure où nous parlons il doit être en train de plancher là-dessus. Aussi est-il grand temps que je m'y mette aussi, et j'espère que vous m'aiderez. L'idée est simple : *je dois le persuader qu'il m'aide puis, lentement, imperceptiblement, nous devons échanger les rôles jusqu'à ce qu'il devienne mon patient et moi, de nouveau, son médecin.*

– Exactement, remarqua Freud. C'est la seule chose qu'il vous reste à faire. »

Breuer s'émerveilla de la capacité qu'avait Freud à toujours paraître sûr de lui, même dans les situations où les certitudes étaient rares.

« Il s'attend, poursuivit Freud, à être le médecin de votre désespoir. Or cette attente-là doit être satisfaite. Procédons étape par étape. Dans un premier temps, vous devrez évidemment le persuader de la réalité de votre désespoir. Voyons, de quoi allez-vous lui parler ?

– Je ne me fais pas trop de souci, Sigmund. Je peux trouver beaucoup de sujets de conversation.

– Certes, Josef, mais comment faire pour qu'il y croie ? »

Breuer hésita. Il ne savait pas jusqu'à quel point il pouvait se dévoiler. Il répondit quand même : « Facile, Sigmund. Je n'ai qu'à lui dire la vérité ! »

Freud le regarda d'un air éberlué. « La vérité ? Comment ça, Josef ? Vous n'êtes pas désespéré, vous avez tout ce qu'il vous faut, tous les médecins de Vienne vous envient, l'Europe entière réclame vos lumières. Nombre d'étudiants extrêmement brillants, comme ce jeune Freud si prometteur, vous adulent. Vos travaux de recherche sont remarquables, vous avez pour épouse la plus belle et la plus sensible de toutes les femmes de l'empire… Désespéré ? Mais Josef, vous êtes au faîte de votre vie ! »

Breuer lui prit la main. « Le faîte de ma vie ! C'est le terme qui s'impose, Sigmund. Le faîte, le sommet de la montagne ! Mais le problème des sommets, c'est qu'une fois que vous les avez atteints, il vous faut redescendre. Depuis les hauteurs je vois tout mon avenir qui s'étale devant moi. Et le spectacle ne me plaît pas. Je n'y vois que vieillesse, décadence, enfants, petits-enfants.

– Enfin, Josef, dit Freud, dont l'inquiétude était presque palpable, comment pouvez-vous dire cela ? Vous voyez du déclin, je vois la gloire ! Je vois le confort, la renommée, je vois votre nom à jamais attaché à deux immenses découvertes physiologiques ! »

Breuer grimaça. Comment pouvait-il avouer avoir joué sa vie pour découvrir que la récompense finale n'était pas de son goût ? Non, mieux valait garder ce genre de choses pour soi – il y a des choses qu'on ne dit pas aux jeunes gens.

« Disons simplement, Sigmund, qu'on ressent à quarante ans des choses qu'on ne peut pas comprendre à vingt-cinq.

– Vingt-six. Presque vingt-sept. »

Breuer éclata de rire. « Pardon, Sigmund. Je ne voulais pas jouer les donneurs de leçons, mais croyez-moi sur parole : je peux m'ouvrir d'un grand nombre de sujets avec Müller. Par exemple, mon couple connaît des difficultés que je préfère ne pas vous exposer afin que vous ne soyez pas obligé de mentir devant Mathilde, et donc de mettre en péril votre amitié. Croyez-moi : j'aurai beaucoup de choses à dire à M. Müller et je saurai me montrer convaincant en m'en tenant simplement à la vérité. L'étape suivante m'inquiète beaucoup plus, figurez-vous...

– Vous voulez dire : une fois qu'il se tournera vers vous pour sortir de *son* désespoir ? Ce que vous pourrez faire pour alléger son fardeau ? »

Breuer fit oui de la tête.

« Dites-moi, Josef, imaginez un instant que vous puissiez envisager cette seconde étape comme bon vous semble. Que souhaiteriez-vous ? Qu'est-ce qu'une personne peut offrir à une autre ?

– Bien ! Bien ! Vous stimulez ma réflexion. Vous êtes merveilleux pour cela, Sigmund ! » Il réfléchit quelques instants. « Bien que mon patient soit un homme, et évidemment pas hystérique, j'aimerais tout de même qu'il fasse ce qu'a fait Bertha.

– Le ramonage ?

– Oui, qu'il me dise tout. Je reste convaincu que la confession a des vertus curatives. Prenez les catholiques : cela fait des siècles que les prêtres soulagent les cœurs dans le confessionnal.

– Je me demande malgré tout si ce soulagement provient de la confession elle-même ou de la croyance en l'absolution divine.

– J'ai connu des patients catholiques agnostiques qui continuaient d'aller à confesse. Et il m'est arrivé, il y a des années, de ressentir un profond soulagement en me confiant à un ami. Et vous, Sigmund ? Vous n'avez jamais éprouvé ce sentiment ? Vous ne vous êtes jamais confié entièrement à quelqu'un ?

– À ma fiancée, bien entendu. J'écris à Martha tous les jours.

– Allons, Sigmund... » Breuer sourit et posa une main sur l'épaule de son ami. « Vous savez bien qu'il y a des choses que vous ne pourrez jamais dire à Martha... surtout à Martha.

– Non, Josef, détrompez-vous : je lui dis tout. D'ailleurs que devrais-je lui cacher ?

– Quand on aime une femme, on veut lui plaire par tous les aspects. Naturellement on va lui cacher certaines choses, des choses qui risquent d'écorner notre image auprès d'elle. Nos désirs sexuels, par exemple. »

Freud rougit comme une pivoine ; Breuer le remarqua. Jamais ils n'avaient eu une telle conversation auparavant. Et Freud n'avait sans doute jamais parlé de ça à quiconque.

« Mais mes désirs me portent uniquement vers Martha. Je ne suis attiré par aucune autre femme.

– Alors disons *avant* Martha.

– Il n'y a pas d'avant-Martha. C'est la seule femme

que j'aie jamais désirée.

– Enfin, Sigmund, il y en a bien eu d'autres ! Tous les étudiants en médecine de Vienne ont des fiancées… Le fils Schnitzler semble en avoir une nouvelle toutes les semaines.

– C'est précisément ce dont je veux protéger Martha. Tout le monde sait que Schnitzler est un débauché. Je n'ai aucun goût pour ce genre de badinage. Ni le temps. Ni l'argent… Je garde chaque florin pour mes livres. »

Breuer comprit qu'il valait mieux changer de sujet. Mais il avait appris une chose importante, à savoir qu'il ne pourrait jamais partager tout, absolument tout, avec Freud.

« Bien, revenons à nos moutons. Vous m'avez demandé ce que j'aimerais qu'il se passe. J'espère simplement que M. Müller me parlera de son désespoir, et qu'il fera de moi son confesseur. Peut-être cela suffira-t-il à le guérir, à le ramener dans le troupeau des hommes. C'est une des créatures les plus solitaires qu'il m'ait été donné de connaître. Je ne pense pas qu'il se soit jamais confié à personne.

– Vous m'aviez pourtant dit qu'il avait été trahi par les autres. Il a dû certainement leur faire confiance et se confier à eux. Sans quoi il n'y aurait pas eu trahison.

– Vous avez raison. La trahison occupe une place fondamentale chez lui. Pour tout vous dire, je crois que le principe fondamental de mon action doit être le suivant : *primum non nocere*, ne faire aucun mal, ne rien faire qu'il puisse interpréter comme une trahison. »

Breuer médita ses propres paroles, puis ajouta : « Vous savez, Sigmund, je traite tous mes patients de la sorte, aussi cela ne devrait-il pas poser de difficulté dans mes rapports futurs avec M. Müller. En revanche, ce qu'il pourrait considérer comme une trahison, c'est plutôt la duplicité dont j'ai fait montre jusqu'ici. Pourtant je ne peux pas revenir en arrière. J'aurais souhaité m'en laver et tout lui dire – ma rencontre avec Mlle Salomé, les manœuvres de ses amis pour le faire venir à Vienne, et surtout mon manège consistant à faire croire que le patient c'est moi, et pas lui. »

Freud secoua vigoureusement la tête. « Mais pas du tout ! Tout lui avouer et vous débarrasser ainsi de ce poids, cela *vous* ferait du bien, mais pas à lui ! Non, je crois que si vous voulez vraiment l'aider, vous devrez vivre avec votre mensonge. »

Breuer acquiesça. Il savait que Freud avait raison. « Très bien, évaluons la situation. Pour l'instant qu'avons-nous ? »

Freud s'empressa de répondre, lui qui adorait ce genre d'exercices intellectuels. « Nous avons plusieurs étapes. En premier lieu, le rassurer en vous dévoilant. Ensuite, inverser les rôles. Troisièmement, l'aider à se dévoiler complètement. Et puis nous avons un principe fondamental : ménager sa confiance et éviter tout ce qui pourrait s'apparenter à une trahison. Maintenant quelle est la prochaine étape ? Imaginons qu'il vous parle de son désespoir : que faites-vous ?

– Et s'il n'y avait pas de prochaine étape ? Si le simple fait de se confesser constituait un tel progrès, un tel changement pour lui, qu'il se suffirait à lui-même ?

– La confession seule ne suffit pas, Josef. Sinon il n'y aurait pas de catholiques névrosés !

– Oui, vous avez certainement raison. Mais peut--être... » Breuer sortit sa montre. « ... Que nous ne pourrons pas aller plus loin aujourd'hui. » Il fit signe au serveur, pour avoir l'addition.

« Josef, j'ai apprécié cette séance de consultation… J'aime la manière dont nous discutons, et c'est un honneur pour moi de voir que vous prenez mes conseils au sérieux.

– Je dois reconnaître que vous êtes très doué dans ce domaine, Sigmund. Ensemble nous formons une belle équipe. Malgré tout, je n'arrive pas à imaginer que nos nouvelles méthodes puissent recevoir un accueil favorable. Connaissez-vous beaucoup de patients qui viendraient nous voir pour demander un traitement aussi tortueux ? J'ai moins le sentiment d'avoir conçu un traitement médical que d'avoir ourdi un complot. Vous savez qui je préférerais avoir pour patient ? Cet autre Nietzsche qui m'appelait à l'aide !

– Vous voulez dire la conscience inconsciente qui se trouvait piégée dans son cerveau ?

– Oui », répondit Breuer en tendant un billet d'un florin sans même regarder la note – il ne le faisait jamais. « Oui, il eût été beaucoup plus simple de travailler avec lui. Ce devrait même être le but de tout traitement : libérer cette conscience cachée, lui permettre de crier à l'aide en pleine lumière.

– Oui, Josef, ce serait une bonne chose. Mais “libération”, est-ce le terme qui convient ? Après tout, cet élément n'a pas d'existence propre, distincte, il n'est qu'une part inconsciente de Müller. Ne vaudrait-il pas mieux parler d'*intégration* ? » Comme impressionné par sa propre idée, Freud tapa doucement du poing sur la table en marbre et répéta : « Oui, l'intégration de l'inconscient.

– Mais oui, Sigmund, c'est ça ! » Breuer était enchanté. « C'est une immense trouvaille ! » Après avoir laissé au serveur quelques kreuzers, il accompagna

Freud jusqu'à Michaeler Platz. « Oui, si mon patient pouvait intégrer cette autre part de lui-même, ce serait un vrai progrès. S'il pouvait comprendre comme il est naturel de rechercher le soutien d'autrui, ce serait déjà une belle réussite ! »

Après avoir emprunté Kohlmarkt Strasse, ils arrivèrent au carrefour animé de Graben et se séparèrent. Freud s'engouffra dans Nagler Strasse, vers l'hôpital, et Breuer traversa Stephan Platz jusqu'au 7, Bäcker Strasse, situé juste derrière les immenses tours romanes de la cathédrale Saint-Étienne. La discussion avec Freud l'avait rassuré sur sa rencontre avec Nietzsche, prévue pour le lendemain matin. Il eut néanmoins un mauvais pressentiment, comme si tous ses plans n'allaient servir à rien. Comme si ceux élaborés par Nietzsche, et non les siens, allaient orienter le cours de leur entretien.

14

Il s'était en effet préparé. Le lendemain matin, à peine Breuer eut-il terminé son examen médical que Nietzsche prit les choses en main.

« Voyez, dit-il en lui montrant un grand carnet neuf, comme je suis organisé ! M. Kaufmann, un de vos employés, a été assez gentil pour me l'acheter hier. »

Il se leva de son lit. « J'ai aussi demandé un fauteuil supplémentaire. Seriez-vous d'accord pour que nous nous asseyions et nous mettions au travail ? »

Breuer, légèrement décontenancé par ce sérieux regain d'autorité chez son patient, suivit son invite et s'assit à côté de lui. Les deux fauteuils faisaient face à la cheminée, où crépitait une flamme orange. Après s'être réchauffé quelques instants, Breuer fit pivoter son siège afin de mieux voir Nietzsche, qu'il convainquit de l'imiter.

« Commençons par établir les catégories principales de l'analyse. J'ai dressé la liste des problèmes dont vous m'avez fait part hier, lorsque vous m'avez demandé mon aide. »

Ouvrant son carnet, Nietzsche montra en effet comment il avait consigné, sur des pages séparées, chacun des problèmes de Breuer. Il lut à voix haute : « Un : désespoir généralisé. Deux : pensées désagréables. Trois :

haine de soi. Quatre : peur de vieillir. Cinq : peur de la mort. Six : envies suicidaires. Autre chose ? »

Désarçonné par le ton solennel de Nietzsche, Breuer ne prit aucun plaisir à entendre ses problèmes les plus intimes réduits à l'état de simple liste et décrits d'une manière aussi clinique. Il se résigna malgré tout à être coopératif : « Oui. J'ai beaucoup de mal à parler avec ma femme. Je me sens mystérieusement éloigné d'elle, comme si j'étais empêtré dans un couple et dans une vie que je n'aurais pas choisis.

– Considérez-vous cela comme un problème supplémentaire ? Ou comme deux problèmes ?

– Tout dépend de votre définition de l'unité.

– En effet c'est un problème, comme le fait que tous ces éléments ne se situent pas sur le même plan logique. Certains sont des conséquences, ou des causes, des autres. » Nietzsche feuilleta parmi ses notes. « Par exemple : le désespoir peut être une conséquence des pensées étranges. Et les envies suicidaires, soit le résultat, soit la cause de la peur de mourir. »

Le malaise de Breuer ne fit que s'amplifier. Il n'aimait pas du tout la tournure que prenait cette conversation.

« Pourquoi procéder de la sorte ? Je dois vous dire que la simple idée d'une liste me dérange. »

Nietzsche parut troublé. Sa confiance manifeste était, à l'évidence, fragile. Une simple objection soulevée par Breuer et son attitude changeait du tout au tout. Il opta pour une réponse accommodante.

« J'ai pensé que nous pourrions avancer plus efficacement en établissant des priorités. Toutefois, pour être très franc, je ne sais pas s'il vaut mieux commencer par le problème le plus fondamental – disons la peur de mourir – ou, au contraire, par le problème le plus secondaire –

au hasard : les pensées désagréables qui vous assaillent. Ou par le problème le plus urgent d'un point de vue clinique, le plus dangereux, je veux parler des envies suicidaires ? Ou encore par celui qui vous dérange le plus dans votre vie de tous les jours, disons la haine de soi ? »

Breuer se sentait de plus en plus gêné. « Je ne crois pas que cette approche soit la bonne.

– Mais je ne fais que m'inspirer de votre méthode médicale, rétorqua Nietzsche. Si ma mémoire est bonne, vous m'avez demandé de vous décrire ma situation médicale, puis vous avez dressé une liste de mes problèmes, avant de les explorer l'un après l'autre de manière systématique – très systématique, si je me souviens bien. N'est-ce pas ?

– Oui, c'est ainsi que je procède.

– Dans ce cas, docteur Breuer, pourquoi refuser aujourd'hui cette approche ? Avez-vous une alternative à me proposer ? »

Breuer secoua la tête. « Formulé ainsi, j'aurais tendance à partager votre point de vue. Simplement il me paraît artificiel de classer mes problèmes les plus intimes dans des catégories bien distinctes. Dans mon esprit, tous ces problèmes sont inextricablement liés. Et puis votre liste est tellement *glaciale*… Nous évoquons là des choses délicates, douloureuses, dont je ne peux pas parler comme d'une simple démangeaison ou d'une douleur dans le dos.

– Ne confondez pas maladresse et insensibilité, docteur Breuer. Je vous ai déjà dit que j'étais un être solitaire. Je ne suis pas habitué aux échanges sociaux chaleureux et simples. »

Après avoir refermé son carnet, Nietzsche regarda quelques instants par la fenêtre. « Passons à une autre approche, dans ce cas. Hier vous m'avez dit que nous devions l'inventer *ensemble*. Avez-vous déjà connu une expérience similaire, une expérience dont nous pourrions nous inspirer ?

– Une expérience similaire... Non, il n'y a pas de véritable précédent médical pour ce que nous sommes en train de faire. D'ailleurs je ne sais même pas quel nom donner à cette expérience... Thérapie du désespoir, peut-être ? Ou thérapie philosophique ? Le nom reste à inventer. Il est vrai qu'on demande aux médecins de guérir certaines formes de troubles psychologiques, ceux, par exemple, qui ont une cause physiologique, comme le délire entraîné par une méningite, la paranoïa liée à la syphilis du cerveau, ou encore les psychoses du saturnisme. Nous prenons également en charge des patients dont la santé ou la vie sont menacées par leur état psychologique – je pense notamment aux mélancolies et aux manies involutives sévères.

– En quoi menacent-elles la vie du patient ?

– Les mélancoliques se laissent mourir de faim ou veulent se suicider ; les maniaques s'épuisent souvent jusqu'à la mort. »

Nietzsche ne répondit pas. Il demeura assis, à contempler le feu.

« Mais naturellement, reprit Breuer, ces cas-là sont très éloignés du mien, et leur traitement ne passe ni par la philosophie ni par la psychologie, mais au contraire par une approche médicale, à savoir la stimulation électrique, les bains, les médicaments, le repos forcé, et ainsi de suite. Parfois, pour apaiser les patients atteints de phobies irrationnelles, nous devons inventer une méthode psychologique. Récemment, je me suis occupé d'une vieille dame qui était terrifiée à l'idée de sortir de chez elle – elle n'avait pas quitté sa chambre depuis des mois. Je lui ai donc parlé gentiment jusqu'à ce qu'elle me fasse confiance. Puis, chaque fois que je la voyais, je lui tenais la main pour la rassurer et l'accompagnais toujours un peu plus loin hors de sa chambre. Mais il s'agit là d'improvisations frappées au coin du bon sens… Un peu comme lorsqu'on élève un enfant. Pas besoin d'un médecin, en réalité.

– Tout ceci me paraît fort éloigné de nos préoccupations. N'y a-t-il pas d'autres approches ?

– Naturellement, vous avez tous ces patients qui, depuis quelque temps, consultent un médecin à propos de symptômes physiques – paralysie, problèmes d'élocution, ou des formes de cécité et de surdité – dont les causes sont à chercher dans un conflit psychologique. Nous appelons cela "hystérie", du grec *hysterus*, qui veut dire "utérus". »

Nietzsche hocha la tête rapidement, comme pour faire comprendre qu'il n'avait pas besoin qu'on lui traduise le terme. Se rappelant alors qu'il avait enseigné la philologie, Breuer embraya vite. « On pensait que ces symptômes étaient dus au fait que l'utérus se baladait dans le corps, ce qui, bien entendu, n'a aucun sens d'un point de vue anatomique.

– Mais comment expliquait-on cette maladie chez les hommes ?

– Pour des raisons qui restent encore à comprendre, c'est une maladie féminine ; on n'a encore jamais vu de cas d'hystérie masculine. En ce qui me concerne, j'ai toujours pensé que l'hystérie devait intéresser en particulier les philosophes car ce sont peut-être eux, et non les médecins, qui expliqueront un jour pourquoi les symptômes de cette maladie ne trouvent pas d'explications anatomiques.

– Est-ce à dire ? »

Breuer se sentait plus détendu, déjà. Expliquer des problèmes médicaux à un étudiant attentif : il appréciait et connaissait bien ce rôle.

« Eh bien, pour prendre un exemple, il m'arrive de voir des patients dont les mains sont anesthésiées de telle manière qu'il ne peut pas s'agir d'un dysfonctionnement nerveux. Ils souffrent d'une "anesthésie du gant" : ils ne sentent rien au-delà du poignet.

– Et cela n'a rien à voir avec le système nerveux ? demanda Nietzsche.

– Non. La main est innervée par trois nerfs, le radial, le cubital et le médian, qui possèdent chacun une origine différente dans le cerveau. La moitié de certains doigts est innervée par l'un, le reste par un autre. Mais cela, le patient ne le sait pas, il s'imagine que sa main ne possède qu'un seul nerf, le "nerf de la main", et développe donc un dysfonctionnement qui correspond à cette fausse idée.

– Fascinant ! » Nietzsche ouvrit son carnet et y jeta quelques lignes. « Imaginons maintenant le cas d'une femme experte en anatomie et qui souffrirait d'hystérie. La maladie prendrait-elle alors une forme correcte d'un point de vue anatomique ?

– J'en suis persuadé. L'hystérie est un dysfonctionnement intellectuel, pas anatomique. On sait qu'elle ne provoque aucun dégât sérieux sur le système nerveux. Chez certains patients, le mesmérisme permet de faire disparaître les symptômes en quelques minutes.

– Le mesmérisme est donc le traitement en vigueur aujourd'hui ?

– Non ! Malheureusement, il n'est pas très bien vu, surtout à Vienne. Il a mauvaise réputation, d'abord parce que nombreux parmi les premiers adeptes du mesmérisme étaient des charlatans dépourvus de la moindre formation médicale, ensuite parce que c'est un traitement provisoire. Mais le fait qu'il puisse fonctionner, ne serait-ce que quelque temps, montre la nature psychique de cette maladie.

– Avez-vous guéri des patients en suivant cette méthode ?

– Quelques-uns. Notamment une dame avec laquelle j'ai longuement travaillé, et dont je dois vous exposer le cas. Non pas que je vous conseille d'en faire de même avec moi, mais cela nous donnera un point de départ – le numéro deux sur votre liste, me semble-t-il. »

Nietzsche rouvrit son carnet et lut à voix haute : « "Assailli de pensées désagréables" ? Je ne comprends pas ? Pourquoi "désagréables" ? Et quel rapport avec l'hystérie ?

– Laissez-moi vous expliquer. Tout d'abord, je qualifie ces pensées de désagréables parce qu'elles me viennent de l'extérieur. Je ne veux pas d'elles mais, dès que j'essaie de les chasser, elles s'en vont quelque temps et reviennent aussitôt pour s'immiscer dans mon esprit. Quel genre de pensées ? Eh bien des pensées qui portent sur une très belle femme… cette patiente hystérique dont je viens de vous parler. Voulez-vous que je reprenne dès le début et que je vous raconte toute l'histoire ? »

Loin d'être intéressé, Nietzsche parut plutôt gêné par la question de Breuer. « De manière générale, je préfère que vous vous borniez uniquement à me dire ce qui peut m'être utile à la compréhension du problème. Je vous en supplie : ne dites rien qui puisse vous mettre dans l'embarras ou vous couvrir de honte. Il n'en sortirait rien de bon. »

Nietzsche était un homme secret. Breuer le savait ; pourtant, il n'avait pas prévu que son patient exigerait de lui la même discrétion. Il comprit qu'il lui fallait adopter une attitude claire sur cette question, en l'occurrence se livrer autant que possible. Il y voyait la condition *sine qua non* pour que Nietzsche comprenne que la candeur et l'honnêteté n'avaient rien de tragique.

« Vous avez peut-être raison, mais il me semble que plus je serai en mesure d'exprimer mes sentiments profonds, plus je serai soulagé. »

Nietzsche se raidit, mais hocha la tête pour inciter Breuer à poursuivre.

« L'histoire a commencé il y a deux ans de cela, lorsqu'une de mes patientes m'a demandé de m'occuper de sa fille, que j'appellerai Anna O. afin de ne pas dévoiler sa véritable identité.

– Vous m'avez expliqué votre méthode alphabétique… J'en déduis que ses initiales sont B. P. »

Breuer pensa en souriant : « Comme Sigmund…. cet homme n'oublie rien. » Puis il décrivit par le menu la maladie dont Anna O. était atteinte. « Vous devez également savoir qu'Anna O. était âgée de vingt et un ans, qu'elle était extraordinairement intelligente, cultivée, et merveilleusement belle. Un courant… Non, une *tornade* d'air frais pour un vieillard de quarante ans comme moi ! Vous voyez de quel genre de femme je veux parler ? »

Nietzsche ignora la dernière question : « Et vous êtes devenu son médecin, n'est-ce pas ?

– Oui, j'ai accepté de le devenir. Et je n'ai jamais trahi sa confiance. Toutes les transgressions que je m'apprête à vous décrire ont pris la forme de pensées, de fantasmes, plutôt que d'actes. Permettez-moi d'abord de vous raconter comment s'est déroulé le traitement psychologique.

« Lors de nos entrevues quotidiennes, Anna O. entrait systématiquement dans un léger état de transe, au cours duquel elle évoquait, ou, pour reprendre ses termes, “déchargeait” tous les épisodes et toutes les pensées désagréables qu'elle avait connus au cours des dernières vingt-quatre heures. Ce processus, que nous avions baptisé “ramonage”, lui permettait de se sentir mieux pendant quelque temps, mais il n'avait aucun effet durable sur son hystérie. Puis, un beau jour, j'ai enfin trouvé un traitement *efficace*. »

Breuer décrivit alors comment il avait effacé non seulement tous les symptômes de Bertha en en débusquant la cause première, mais, au bout du compte, toute trace de la maladie le jour où il l'avait aidée à identifier et à revivre cette expérience originelle, fondamentale : la mort de son père.

Nietzsche, qui n'avait pas cessé de prendre des notes, s'exclama : « Votre traitement m'a l'air extraordinaire ! Vous avez peut-être fait une découverte essentielle dans le domaine des thérapies psychologiques. Et cela pourrait même s'avérer utile pour vos propres problèmes. J'aime cette idée que vous puissiez être aidé par votre propre découverte… Car on n'est jamais vraiment aidé par les autres ; il faut trouver la force de s'aider soi--même. Peut-être devrez-vous, comme Anna O., traquer la cause première de chacun de vos problèmes psychologiques. Pourtant vous dites ne pas recommander cette approche dans votre cas. Pourquoi donc ?

– Pour plusieurs raisons, répliqua Breuer avec toute l'assurance de son autorité médicale. Mon état n'a rien de commun avec celui d'Anna. En premier lieu, je ne suis pas sujet à l'hypnose : je n'ai jamais connu le moindre état de conscience inhabituel. Or c'est un élément important, puisque je crois que l'hystérie est due à une expérience traumatique qui se déroule pendant que l'individu est plongé dans un état de conscience anormal. Étant donné que la mémoire traumatique et que l'excitation corticale accrue existent dans un état de conscience modifiée, elles ne peuvent donc pas être appréhendées, ou intégrées, pendant l'expérience quotidienne. »

Sans s'arrêter de parler, Breuer se leva, tisonna le feu et posa une autre bûche. « Encore plus important peut-être, mes symptômes ne relèvent absolument pas de l'hystérie : ils n'affectent ni le système nerveux, ni aucune partie de mon corps. Rappelez-vous aussi que l'hystérie est un mal féminin. Je crois que mon état est *qualitativement* plus proche de la classique angoisse ou du désespoir. Quantitativement, je vous le concède, les choses sont très amplifiées !

« Par ailleurs, mes symptômes ne sont pas aigus. Ils se sont développés lentement, au fil des années. Regardez votre liste : je serais bien incapable de vous indiquer le point de départ exact de chacun de ces problèmes. Mais il est encore une autre raison qui rendrait sans doute inutile l'application du traitement d'Anna à mon cas… Une raison quelque peu troublante. Quand les symptômes de Bertha…

– Bertha ? Je ne me trompais donc pas quand je disais que son nom commençait par la lettre *b.* »

Breuer ferma les yeux, tout penaud. « Je crains d'avoir commis une bourde. Il est absolument crucial pour moi de ne pas violer le secret médical de mes patients. Surtout celle-là. Sa famille est bien connue au sein de la communauté, et tout le monde sait que j'ai été son médecin. C'est pourquoi j'ai fait attention de ne pas trop parler d'elle à mes confrères. Mais il m'est délicat d'utiliser un faux nom ici, avec vous.

– Vous voulez dire qu'il vous est difficile de parler librement et de vous livrer tout en devant faire attention à chaque mot que vous employez ?

– Exactement, dit Breuer en soupirant. Maintenant je n'ai d'autre choix que de la mentionner sous son vrai nom, Bertha. Mais jurez-moi de ne jamais le révéler à personne. »

Lorsque Nietzsche le lui jura, Breuer sortit de sa veste un étui à cigares en cuir, prit un cigare et, devant le refus de son patient, l'alluma lui-même. « Où en étais-je ? demanda-t-il.

– Vous étiez en train de m'expliquer pourquoi votre nouvelle méthode ne pouvait pas régler vos propres problèmes... Vous me parliez d'une raison "troublante".

– Ah oui... » Breuer recracha un gros nuage de fumée bleue avant de reprendre. « J'ai été assez bête pour me vanter d'avoir fait une découverte importante le jour où j'ai présenté son cas à certains de mes confrères et de mes étudiants en médecine. Car quelques semaines plus tard, après l'avoir renvoyée vers un autre médecin, j'ai appris que la plupart de ses symptômes avaient malheureusement réapparu. Vous comprendrez donc dans quelle situation délicate je me trouve.

– Délicate, répondit Nietzsche, parce que vous auriez annoncé un traitement qui n'en est pas un ?

– Je rêve souvent que je recroise ces gens qui assistaient à ma conférence et qu'ils me disent, l'un après l'autre, que mes conclusions étaient fausses. Cette angoisse, me direz-vous, n'a rien de bien nouveau chez moi... Je suis très soucieux du regard que la profession porte sur moi. J'ai beau disposer de toutes les preuves de leur respect, il n'empêche : je continue de me voir comme un imposteur. Voilà d'ailleurs un autre problème qui me ronge. Vous pouvez l'ajouter à la liste. »

Nietzsche ouvrit consciencieusement son carnet et y consigna quelques lignes.

« Mais pour en revenir à Bertha, je ne connais pas exactement les causes de sa rechute. Il se pourrait que mon traitement, à l'instar du mesmérisme, ne puisse fonctionner que pour une durée limitée. Mais il se pourrait tout aussi bien que le traitement ait bien fonctionné jusqu'à ce que survienne cette conclusion calamiteuse. »

Nietzsche reprit son crayon. « Qu'entendez-vous au juste par "conclusion calamiteuse" ?

– Pour que vous compreniez bien, je dois d'abord vous dire ce qui s'est passé entre Bertha et moi. Je n'ai aucune raison de vous faire des cachotteries. Voilà : le barbon que je suis est tout simplement tombé amoureux d'elle ! Jusqu'à l'obsession. Elle n'est jamais sortie de ma tête. » Breuer fut surpris de la facilité, du plaisir même, qu'il y avait à se dévoiler autant.

« Ma journée se divisait en deux parties : voir Bertha et attendre de la revoir ! Je la voyais pendant une heure chaque jour, et même deux fois par jour vers la fin. Chaque fois, je me sentais pris d'une immense passion pour elle. Dès qu'elle me touchait, j'étais pris d'une véritable ardeur sexuelle.

– Peut-être, proposa Nietzsche, que ce n'est qu'en étant un homme qu'un homme libère la femme chez la femme. »

Breuer secoua violemment la tête : « Peut-être que je vous comprends mal ! Vous savez, bien entendu, que toute activité sexuelle avec une patiente est une faute, une violation complète du serment d'Hippocrate.

– Et la femme ? Quelle est sa part de responsabilité ?

– Il ne s'agit pas d'une femme, mais d'une patiente ! Je crains de ne pas comprendre ce que vous voulez me dire.

– Nous y reviendrons plus tard, répondit Nietzsche calmement. Je ne sais toujours pas quelle a été cette conclusion calamiteuse.

– L'état de Bertha semblait s'améliorer, et ses symptômes disparaissaient l'un après l'autre. Mais son médecin, lui, n'était pas au mieux. Mon épouse Mathilde, pourtant d'un naturel compréhensif et calme, a commencé à considérer d'un mauvais œil non seulement le temps que je consacrais à Bertha, mais aussi le simple fait que je lui parle. Heureusement je n'ai pas été assez bête pour expliquer à Mathilde la nature de mes sentiments, mais je crois qu'elle avait déjà quelques soupçons. Un beau jour, elle s'est mise en colère et m'a demandé de ne plus jamais prononcer le nom de Bertha devant elle. Aussi en ai-je voulu à ma femme et me suis-je mis en tête qu'elle me brimait, en somme que sans elle j'aurais pu refaire ma vie avec Bertha. »

Il remarqua que Nietzsche avait les yeux fermés. « Tout va bien ? Voulez-vous que nous nous arrêtions là pour aujourd'hui ?

– Je suis tout ouïe… Parfois je vois mieux les yeux fermés.

– Eh bien, un autre facteur est venu compliquer les choses. J'avais une infirmière, Eva Berger, à laquelle a succédé Mme Becker, qui, au cours des dix années qu'aura duré notre collaboration, était devenue pour moi une amie, une confidente. Or Eva a commencé à s'inquiéter sérieusement pour moi ; elle craignait que ma folle passion pour Bertha ne me conduise au désastre, que je sois incapable de dompter mes pulsions et que je commette une énorme erreur. En fait, par amitié pour moi, elle s'est offerte en sacrifice. »

Nietzsche ouvrit soudain les yeux, dont le blanc immense frappa Breuer.

« Qu'entendez-vous au juste par "sacrifice" ?

– Elle était prête à faire *n'importe quoi*, m'a-t-elle dit, pour m'empêcher de courir à la catastrophe. Eva savait que Mathilde et moi n'avions pratiquement plus aucune relation sexuelle, et elle pensait que c'était pour cette raison que je m'intéressais à Bertha. Je crois qu'elle se dévouait pour me libérer de cette tension sexuelle.

– Et vous pensez qu'elle faisait tout cela pour *vous* ?

– J'en suis convaincu. Eva est une très belle femme, une femme courtisée par de nombreux hommes. Je puis vous assurer qu'elle ne m'a pas fait cette proposition pour mes innombrables atouts physiques : ce crâne de plus en plus chauve, cette barbe hirsute, et ces belles *poignées*, comme on disait quand j'étais petit, dit-il en touchant ses grandes oreilles en chou-fleur. Elle m'avait également confié avoir entretenu, des années auparavant, une liaison aussi intime que désastreuse avec un de ses patrons, ce qui lui avait coûté sa place. Elle avait alors juré qu'on ne l'y reprendrait jamais.

– Et le *sacrifice* d'Eva vous a-t-il été utile ? »

Faisant fi du scepticisme, voire du mépris, avec lequel Nietzsche prononça le mot « sacrifice », Breuer se contenta d'une réponse terre à terre : « Je n'ai jamais accepté sa proposition. J'ai été assez naïf pour croire que coucher avec Eva eût été trahir Mathilde. Oui, il m'arrive parfois de le regretter.

– Je ne comprends pas. » Les yeux de Nietzsche, bien que toujours grands ouverts, montraient des signes d'agacement, comme s'il en avait trop vu, trop entendu. « Que regrettez-vous ?

– Eh bien d'avoir décliné l'offre d'Eva, naturellement. Je repense souvent à cette occasion perdue… une autre de ces pensées désagréables qui me poursuivent. »

Breuer montra du doigt le carnet de Nietzsche et dit : « Ajoutez-la à votre liste. »

Nietzsche se saisit de son crayon et, tout en ajoutant un nouvel élément à la liste des problèmes de Breuer, demanda : « Ce regret… Je ne comprends toujours pas. Si vous aviez accepté la proposition d'Eva, en quoi cela aurait-il changé quelque chose aujourd'hui ?

– Mais quel rapport ? C'était simplement une occasion unique, une occasion qui ne se représentera plus jamais.

– Refuser, ce fut aussi une occasion unique ! Opposer un "non" miraculeux à la face d'un prédateur ! C'est cette occasion-là que vous n'avez pas manquée. »

Breuer n'en revenait pas. Visiblement, Nietzsche ne comprenait rien à l'intensité du désir sexuel. Mais débattre sur cette question ne présentait aucun intérêt. Ou alors il ne lui avait peut-être pas bien fait comprendre qu'Eva aurait pu être à lui par un simple claquement de doigts. Nietzsche ne pouvait-il donc pas comprendre qu'il fallait profiter des occasions lorsqu'elles se présentaient ? Pourtant sa remarque sur le « non miraculeux » avait quelque chose de séduisant. « Cet homme est un curieux mélange, pensa Breuer, d'angles morts et d'originalités fulgurantes. » Une fois de plus, il eut le sentiment que Nietzsche pouvait lui être précieux.

« Où en étions-nous ? Ah oui, la catastrophe finale ! Pendant tout ce temps, j'avais cru mon désir pour Bertha parfaitement autarcique, n'existant que dans mon esprit ; je pensais le lui avoir bien caché. Imaginez donc ma stupeur lorsque, un beau jour, j'ai appris par sa mère que Bertha criait sur tous les toits qu'elle était enceinte du Dr Breuer ! »

Il décrivit alors la rage folle de Mathilde quand elle avait appris la nouvelle de cette fausse grossesse, puis sa demande que le cas de Bertha fût immédiatement confié à un autre médecin et qu'Eva fût renvoyée par la même occasion.

« Qu'avez-vous fait ?

– Que pouvais-je faire ? Ma carrière, ma famille, ma vie entière étaient menacées. Ce fut le pire jour de ma vie. J'ai dû renvoyer Eva. Bien entendu, je lui ai proposé de rester auprès de moi tant qu'elle n'aurait pas trouvé de nouvel emploi. Bien qu'elle m'ait dit comprendre, elle ne s'est pas présentée au cabinet le lendemain, et je ne l'ai plus jamais revue depuis. Je lui ai écrit quelques lettres. Elle ne m'a jamais répondu.

« Quant à mes rapports avec Bertha, ce fut pire encore. Lorsque je lui ai rendu visite le lendemain, son délire avait disparu, et avec lui son illusion que je l'avais engrossée. En réalité, elle était amnésique, elle avait tout oublié de cet épisode. Elle a très mal réagi lorsque je lui ai annoncé que je ne pourrais plus être son médecin. Elle pleurait, me suppliait de changer d'avis, de lui dire ce qu'elle avait fait de mal. Or, naturellement, *elle n'avait rien fait de mal.* Son délire sur l'enfant du Dr Breuer faisait partie intégrante de son hystérie. Ce n'était pas elle qui tenait ces propos : c'était le délire.

– Mais ce délire, c'était le sien ? demanda Nietzsche.

– Bien sûr, c'était son délire, mais pas *sa* responsabilité, de même que l'on n'est pas responsable des choses curieuses et aléatoires qui se manifestent dans nos rêves. Quand nous rêvons, nous tenons des propos incohérents, décousus, étranges…

– Mais les propos de Bertha n'avaient rien d'incohérent ou d'aléatoire, me semble-t-il. Vous m'avez invité, docteur Breuer, à intervenir comme bon me semble. Je vous fais donc cette observation : je trouve étonnant que vous vous considériez responsable de toutes vos pensées et de tous vos actes, tandis qu'elle... » Nietzsche parla soudain d'une voix sévère et il agita un doigt en direction de Breuer. « ... Tandis qu'elle, par le simple fait de sa maladie, se voit exonérée de tout.

– Mais vous dites vous-même que le pouvoir est au centre de tout. Par ma position, ce pouvoir, c'était moi qui le détenais. Bertha était venue chercher une aide auprès de moi. Je connaissais sa vulnérabilité, je savais qu'elle aimait beaucoup son père, peut-être trop, et que sa maladie avait été précipitée par la mort de cet homme. Je savais également qu'elle me gratifiait de l'amour qu'elle lui avait jadis porté, et j'en ai profité. Je voulais qu'elle m'aime. Savez-vous quels ont été ses derniers mots pour moi ? Après lui avoir annoncé que je confiais son cas aux soins d'un autre médecin, je suis parti et je l'ai entendue crier dans mon dos : "Vous serez toujours le seul homme de ma vie ! Il n'y en aura jamais d'autre !" Terribles paroles ! Et la preuve flagrante du mal que je lui avais fait. Mais, plus terrible encore, ces mots m'ont fait plaisir ! J'ai éprouvé de la satisfaction à l'entendre reconnaître ainsi le pouvoir que j'avais sur elle ! Vous voyez, je l'ai donc laissée affaiblie, meurtrie. J'aurais tout aussi bien pu la ligoter et lui amputer un pied.

– Et depuis ce fameux jour, demanda Nietzsche, comment se porte l'infirme ?

– Elle a été admise dans un autre sanatorium, à Kreuzlingen. Nombre de ses symptômes ont réapparu : les sautes d'humeur, l'oubli de la langue maternelle tous les matins, et les douleurs qui ne peuvent être soulagées que par la morphine, dont elle ne peut plus se passer. Fait intéressant : son médecin là-bas étant également tombé amoureux d'elle, il s'est déchargé de son cas et lui a demandé sa main !

– Ah, vous aurez remarqué que le même schéma se reproduit avec le nouveau médecin…

– Je remarque seulement que je suis désespéré à l'idée de savoir Bertha avec un autre homme. Soyez gentil de bien vouloir ajouter la "jalousie" à votre liste : c'est un immense problème pour moi. Je ne peux pas m'empêcher de les imaginer tous deux en train de parler, de se toucher, de faire l'amour. Même si c'est une immense souffrance, je continue de me l'infliger. Pouvez-vous comprendre cela ? Avez-vous jamais éprouvé une telle jalousie ? »

Ce fut le tournant de leur entretien. Breuer s'était tout d'abord délibérément livré pour proposer une sorte de modèle à Nietzsche et l'encourager à faire de même. Mais il s'était vite retrouvé entièrement immergé dans ce processus de confession. Après tout, il ne prenait aucun risque : Nietzsche, qui pensait être *le* conseiller dans cette affaire, avait juré de garder le secret.

L'expérience était nouvelle. Jamais Breuer ne s'était autant dévoilé. Certes, il y avait eu cette discussion récente avec Max, mais il avait tenu à préserver son image et choisi ses mots avec soin. Même avec Eva Berger, il s'était toujours retenu, en dissimulant ses rides, ses faiblesses et ses doutes, toutes ces choses qui risquaient de faire passer un vieil homme pour affaibli ou rasant aux yeux d'une jolie jeune femme.

Mais lorsqu'il commença à décrire sa jalousie au sujet de Bertha et de son nouveau médecin, Breuer était redevenu le médecin, justement, de Nietzsche. Sans pour autant mentir – des rumeurs circulaient bel et bien sur Bertha et son médecin, et il en avait réellement souffert –, il exagéra les choses afin d'inciter Nietzsche à se livrer à son tour, Nietzsche qui avait dû éprouver de la jalousie dans cette relation « pythagoricienne » qu'il avait nouée avec Lou Salomé et Paul Rée.

Mais ce fut en vain. Tout du moins Nietzsche ne montra aucun signe d'un intérêt particulier pour cette question ; il se contenta de hocher la tête mollement, de tourner les pages de son carnet et de relire ses notes. Un long silence s'installa. Les deux hommes observaient le feu qui se consumait. Soudain, Breuer mit la main à sa poche et en sortit sa grosse montre en or – cadeau de son père. Au dos, il était inscrit : « À mon fils Josef. Transmets l'esprit de mon esprit. » Il regarda Nietzsche : ses yeux las disaient-ils l'espoir que cet entretien toucherait bientôt à sa fin ? Il était temps de partir.

« Professeur Nietzsche, parler avec vous me fait du bien. Mais j'ai une responsabilité envers vous, et je me rends compte que je vous ai prescrit un repos forcé, pour ne pas réveiller vos migraines, mais en vous obligeant aussitôt à m'écouter pendant de longues minutes. Autre chose : je me rappelle la description que vous m'aviez faite d'une de vos journées ordinaires, où les contacts avec le reste du monde étaient réduits à la portion congrue. Aussi, je vous pose la question : la dose est-elle trop forte pour vous ? Trop de temps passé à entendre les secrets de mon intimité ?

– Notre pacte étant fondé sur l'honnêteté, docteur Breuer, je serais malhonnête de vous dire le contraire. La journée a été chargée, oui, et il est vrai que je suis épuisé. » Il s'enfonça dans son fauteuil. « Mais non, je ne me lasse pas de vous entendre parler de votre vie intime. Grâce à vous aussi, j'apprends… Je disais vrai quand je vous expliquais que, dès qu'il s'agit d'échanger avec les autres, j'ai encore tout à apprendre ! »

Au moment où Breuer se leva pour prendre son manteau, Nietzsche ajouta : « Une dernière chose... Vous vous êtes longuement étendu sur le deuxième point de notre liste, ce que vous appelez vos pensées désagréables. Nous avons peut-être épuisé le sujet aujourd'hui, car je vois mieux comment ces pensées viennent contaminer votre esprit. Il n'empêche : ce sont *vos* pensées, et c'est de *votre* esprit qu'il s'agit. Je me demande bien quel avantage vous avez à laisser ces pensées se manifester, ou, plus exactement, à faire en sorte qu'elles se manifestent. »

Breuer, qui avait déjà enfilé un bras dans une des manches de son manteau, en resta bouche bée. « Faire en sorte qu'elles se manifestent, dites-vous ? Je ne sais pas. Tout ce que je puis dire, c'est que, de l'intérieur, je ne vois pas les choses ainsi. J'ai plutôt le sentiment que tout cela se fait malgré moi. Affirmer que je fais en sorte qu'elles se manifestent... comment dirais-je ? cela n'a aucun sens *émotionnel* pour moi.

– Nous devrons précisément arriver à donner un sens à cela. » Sur ce, Nietzsche se leva à son tour et accompagna Breuer jusqu'à la porte. « Tentons une autre expérience, voulez-vous ? En attendant notre rendez-vous de demain, méditez cette question : si vous ne pensiez pas à ces choses désagréables, à quoi penseriez-vous ? »

EXTRAIT DES NOTES DU DR BREUER SUR ECKART MÜLLER

5 décembre 1882

Excellent début ! Une vraie réussite. Il a dressé la liste de mes problèmes, avec pour intention de les abor-

der l'un après l'autre. Parfait. Laissons-le croire que c'est ainsi que nous procédons. Pour le pousser à se livrer, j'ai dû me découvrir. Lui ne l'a pas fait, mais cela viendra à son heure. Ma franchise l'a assurément étonné, et impressionné.

Il m'est venu une belle idée tactique ! Je vais décrire sa situation en prétendant qu'il s'agit de la mienne. Je vais le laisser me prodiguer ses conseils, qui seront par conséquent valables pour lui-même. Ainsi pourrai-je, par exemple, l'aider à travailler sur son triangle amoureux – avec Lou Salomé et Paul Rée – en lui demandant des conseils sur le mien – avec Bertha et son nouveau médecin. L'homme est tellement secret que c'est sans doute la seule manière pour moi de l'aider. Il ne sera peut-être jamais assez honnête pour demander directement de l'aide.

Il est doué d'un esprit original. Impossible d'anticiper ses réponses. Lou Salomé a sans doute raison : il pourrait bien devenir un grand philosophe. Du moins tant qu'il n'abordera pas la question de l'être humain ! Pour ce qui touche aux rapports humains, ses lacunes sont proprement invraisemblables. Mais dès qu'il s'agit des femmes, c'est un barbare, à peine humain. Quelle que soit la femme, quelle que soit la situation, sa réponse est toujours la même : la femme est un être prédateur et sournois. Et le conseil qu'il me donne sur les femmes est tout aussi prévisible : tout est de leur faute, punissez-les ! Ah, j'oubliais : évitez-les !

Quant à la sexualité… En a-t-il une ? Perçoit-il les femmes comme trop dangereuses ? Il éprouve nécessairement du désir sexuel. Mais où passe-t-il ? Le contient-il jusqu'à ce que la pression devienne insoutenable ? Se pourrait-il qu'il faille chercher là l'origine de ses migraines ?

EXTRAIT DES NOTES DE FRIEDRICH NIETZSCHE SUR LE DR BREUER

5 décembre 1882

La liste s'allonge. J'avais six éléments. Le Dr Breuer en a rajouté cinq autres.

7. Impression d'être piégé – par le couple, par la vie.
8. Sentiment d'être éloigné de sa femme.
9. Regret d'avoir décliné le « sacrifice » sexuel d'Eva.
10. Obsession du regard que les autres médecins portent sur lui.
11. Jalousie – Bertha et un autre homme.

La liste finira-t-elle un jour de s'allonger ? Chaque jour devra-t-il apporter son lot de nouveaux problèmes ? Comment lui faire comprendre que les siens ne demandent de l'attention que pour mieux cacher ce qu'il ne veut pas voir ? Les pensées insignifiantes envahissent son esprit comme un champignon, elles finiront par le tuer. Quand il est parti aujourd'hui, je lui ai demandé ce qu'il verrait s'il cessait d'être ébloui par des broutilles. C'était une façon de lui montrer le chemin : saura-t-il le suivre ?

C'est un curieux mélange d'intelligence et d'aveuglement, de sincérité et de sinuosité. Mais voit-il sa propre insincérité ? Il affirme que je lui suis d'un grand secours. Il me remercie. Sait-il à quel point je hais les cadeaux ? Qu'ils me brûlent la peau et m'empêchent de dormir ? Fait-il partie de ces gens qui donnent uniquement pour recevoir ? Ce cadeau, je ne le lui ferai pas. Est-il de ceux qui vénèrent la vénération ? Cherche-t-il à me trouver, moi, plutôt que lui-même ? Je ne dois rien lui donner ! Quand un ami a besoin d'un lit où dormir, mieux vaut lui donner une couche bien dure !

Il est agréable, sympathique. Mais prudence ! S'il a décidé d'élever son esprit à la hauteur de certaines choses, en revanche ses tripes l'en empêchent. Au sujet des femmes, il est à peine humain. Une véritable tragédie – se vautrer dans une telle fange ! Je la connais bien, cette fange : qu'il m'est doux de la regarder de haut et de voir ce que j'ai surmonté.

Les plus beaux arbres montent vers les plus grandes hauteurs et plongent leurs racines les plus profondes dans les ténèbres, dans le mal ; mais lui ne s'élève ni ne s'enfonce. Son désir animal draine toutes ses forces – et sa raison. Trois femmes lui déchirent-elles l'âme, il les en remercie, il lèche leurs griffes couvertes de sang.

La première des trois l'asperge-t-elle de musc, il préfère croire au sacrifice. Elle lui offre en « cadeau » la servitude – sa servitude.

La seconde le tourmente. Elle feint la faiblesse pour se blottir contre lui quand elle marche. Elle fait semblant de dormir pour placer sa tête contre ses parties viriles et, dès qu'elle est lassée de ce petit manège, elle l'humilie en public. Une fois le filon épuisé, elle reprend la route et rejoue la même comédie devant une nouvelle victime. Mais lui ne voit rien. Il l'aimera toujours. Quoi qu'elle fasse, il a pitié d'elle et de son état de santé ; et il l'aime.

La troisième femme le maintient dans un état de captivité permanent. Mais c'est encore elle que je préfère. Au moins elle ne cache pas ses griffes !

LETTRE DE FRIEDRICH NIETZSCHE À LOU SALOMÉ

Décembre 1882

Vous avez en moi le meilleur des avocats, mais aussi le plus impitoyable des juges ! Je veux *que vous vous jugiez vous-même et que vous fixiez vous-même votre peine. [...] Autrefois à Orta j'ai décidé au fond de moi de vous faire connaître la première toute ma philosophie. Hélas, vous n'avez pas idée de la décision que c'était : je croyais qu'on ne pouvait pas faire de plus grand cadeau à quelqu'un. [...]*

Jadis j'étais enclin à vous tenir pour une vision et une apparition de l'idéal sur terre. Notez : j'ai une très mauvaise vue. *[...]*

Je crois que personne ne saurait penser plus de bien de vous, mais aussi plus de mal. [...]

Si je vous avais créée, je vous aurais certainement donné une meilleure santé, mais surtout quelques autres qualités plus importantes – *et peut-être aussi un peu plus d'amour pour moi (bien que ce soit au contraire la chose la moins importante) et il en va de même qu'avec l'ami Rée – ni avec vous, ni avec lui, je ne puis dire un simple mot de ce qui me tient le plus à cœur. Je m'imagine que vous ne savez absolument pas* ce que *je veux ? – Mais ce silence contraint est presque étouffant parfois, surtout lorsque l'on aime bien les êtres.*

F. N.

15

Une fois terminée sa première séance avec Nietzsche, Breuer lui consacra encore quelques minutes : il ajouta quelques lignes au dossier médical d'Eckart Müller, présenta rapidement aux infirmières l'état migraineux de son patient et, dès qu'il fut retourné à son cabinet, rédigea un rapport plus personnel dans un carnet similaire à celui qu'utilisait Nietzsche.

Mais en réalité ce dernier occupa l'esprit de Breuer de façon quasi ininterrompue au cours des vingt-quatre heures qui suivirent, autant de minutes volées à ses autres patients, à Mathilde, à ses enfants et, surtout, à son sommeil. Lui qui dormait très légèrement aux premières heures de la nuit, il fit ce soir-là des rêves agités et dérangeants.

Il rêva tout d'abord qu'il bavardait avec Nietzsche dans une pièce sans murs – comme un décor de théâtre. Les ouvriers qui passaient par là en transportant des meubles écoutaient leur conversation. La pièce avait quelque chose de provisoire, comme si, d'un moment à l'autre, elle pouvait être repliée, emballée et transportée au loin.

Dans son second rêve, il était assis dans un tub et ouvrait le robinet d'eau. Mais il n'en sortait que des insectes, de petites pièces de machinerie et de grosses galettes de mucus qui se déversaient sous la forme de longs filets hideux. Les pièces de machinerie l'intriguèrent ; le mucus et les insectes lui soulevèrent le cœur.

À trois heures du matin, il fut réveillé par son cauchemar récurrent : la terre qui tremblait, sa recherche de Bertha, le sol qui se liquéfiait sous ses pieds. Il s'enfonçait dans la terre, jusqu'à soixante centimètres, avant de tomber sur une dalle blanche où était gravé un message indéchiffrable.

Encore allongé, il écouta battre son cœur, puis voulut trouver un apaisement dans des exercices intellectuels. Il se demanda tout d'abord pourquoi des choses qui à midi paraissent radieuses, ou légères, deviennent terrifiantes à trois heures du matin. Ne trouvant dans cette question aucun secours, il tenta une autre diversion et chercha à se rappeler tout ce qu'il avait révélé à Nietzsche la veille. Or cela ne fit qu'augmenter son trouble. En avait-il trop dit ? Ses épanchements avaient-ils effrayé Nietzsche ? Par quel mystère avait-il ainsi craché ses sentiments, à la fois secrets et honteux, à l'égard de Bertha et d'Eva ? Sur le moment, il lui avait paru bon, salutaire même, de tout partager ; à présent il redoutait l'opinion que Nietzsche se faisait de lui. Tout en sachant pertinemment que ce dernier avait une vision puritaine de la sexualité, il lui avait tout de même infligé ses confessions sexuelles. Peut-être intentionnellement. Peut-être, s'abritant derrière le fait qu'il était son patient, avait-il voulu le choquer et l'ulcérer. Pour quelle raison ?

Très vite Bertha, l'ensorceleuse de son esprit, apparut à l'horizon de son cerveau, réclamant toute son attention, dissipant ses autres pensées, les écrasant de toute sa masse. Ce soir-là, elle fut particulièrement désirable : elle déboutonna lentement, timidement, sa robe de malade ; entra en transe, toute nue ; soupesa un de ses seins et fit un signe à Breuer, qui s'exécuta et lécha le téton doux et dressé ; écarta ses jambes en susurrant : « Prends-moi », puis le plaqua contre elle. Breuer n'en pouvait plus de désir. Il songea un instant à se soulager auprès de Mathilde mais se ravisa soudain, ne supportant pas cette duplicité et se sentant coupable, une fois de plus, de vouloir la toucher en pensant au corps de Bertha sous le sien. Il se leva aux aurores pour se soulager.

« J'ai l'impression, dit-il à Nietzsche un peu plus tard dans la matinée, tandis qu'il feuilletait son dossier, que monsieur Müller a passé une meilleure nuit que le docteur Breuer. » Il lui raconta son sommeil agité, son angoisse, ses rêves, ses obsessions, sa crainte d'en avoir trop dit.

Pendant ce temps, Nietzsche acquiesçait et consignait les rêves de Breuer dans son carnet. « Comme vous le savez, je connais, moi aussi, ce genre de mauvaises nuits. Avec un seul gramme de chloral, j'ai pu dormir cinq heures d'affilée, ce qui m'arrive très rarement. Comme vous, je rêve, je suis pris d'angoisses étouffantes. Comme vous, je me suis souvent demandé pourquoi la peur se réveille la nuit. Après vingt ans de réflexion sur cette question, je crois pouvoir affirmer que la peur ne naît pas de l'obscurité ; au contraire, elle est comme les étoiles – toujours là, mais éclipsée par la lumière du jour.

« Et les rêves, poursuivit Nietzsche tout en se levant de son lit et en accompagnant Breuer à l'autre bout de la chambre, vers leurs fauteuils installés devant la cheminée, les rêves sont de merveilleux mystères qui ne demandent qu'à être éclaircis. J'envie les vôtres. Les miens, je ne m'en souviens que rarement. Je ne partage pas l'avis de ce médecin suisse qui m'avait un jour conseillé de ne pas perdre mon temps avec mes rêves, puisque, disait-il, ils n'étaient que le fruit du hasard, comme des excréments nocturnes de notre esprit. Il affirmait que le cerveau se nettoie lui-même toutes les vingt-quatre heures en rejetant dans les rêves les pensées superflues de la journée ! »

Il s'arrêta un instant pour consulter ses notes sur les rêves de Breuer. « Le cauchemar que vous avez fait cette nuit est proprement confondant. Je crois en revanche que vos deux autres rêves sont liés à notre discussion d'hier. Vous me dites craindre d'en avoir trop dit – et vous rêvez d'une pièce ouverte aux quatre vents, sans murs. Et l'autre rêve… le robinet, le mucus et les insectes… Tout cela ne corrobore-t-il pas votre crainte d'avoir trop abordé les aspects les plus sombres, les plus désagréables de votre personnalité ?

– Oui, c'est étrange de voir comme cette idée n'a pas cessé de m'envahir au fil de la nuit. J'avais peur de vous avoir offusqué, choqué, ou dégoûté. Je m'inquiétais du regard que vous porteriez sur moi.

– Mais n'est-ce pas ce que je vous avais dit ? » Nietzsche, assis les jambes croisées en face de Breuer, tapota de son crayon son carnet, pour marquer le coup. « Cette inquiétude quant à *mes* sentiments, voilà précisément ce que je craignais. C'est pour cette raison que je vous ai instamment demandé de ne pas m'en dire plus que nécessaire. Ce que je veux, c'est vous aider à grandir, à vous épanouir, pas à vous affaiblir à coups de confessions et d'échecs repentis.

– C'est là, professeur Nietzsche, une pomme de discorde entre nous. Nous nous étions déjà expliqués, la semaine passée, sur la même question. Vous dites, et vous écrivez dans vos livres, que tous les rapports humains doivent être compris à la lumière du pouvoir. Mais dans mon cas c'est tout simplement faux. Je ne joue pas ce jeu : je n'ai aucun intérêt à vous vaincre. Je veux seulement que vous m'aidiez à reprendre le contrôle de ma vie. L'équilibre du pouvoir entre vous et moi, savoir qui sortira vainqueur de la lutte... Tout cela me paraît trivial et hors de propos.

– Dans ce cas, docteur Breuer, pourquoi vous en voulez-vous de m'avoir exposé vos faiblesses ?

– Certainement pas parce que j'aurais perdu une partie contre vous ! Je m'en moque comme d'une guigne. Non, ma honte ne tient qu'à une chose : l'opinion que vous vous faites de moi m'importe, et je crains, après mes sordides confessions d'hier, d'avoir baissé dans votre estime ! Consultez votre liste, dit-il en indiquant le carnet de Nietzsche. Rappelez-vous le troisième problème : la haine de soi. Si je dissimule ma véritable personnalité, c'est bien parce qu'elle comporte des aspects profondément méprisables. Du coup je me déteste d'autant plus que je me coupe des autres. Pour briser un jour ce cercle vicieux, je dois apprendre à me livrer aux autres !

– C'est possible, mais regardez... » Nietzsche lui montra le point numéro 10 de son carnet. « Vous dites accorder une importance démesurée au regard de vos confrères. Or je connais beaucoup de gens qui se détestent mais tentent d'y remédier en persuadant d'abord les autres de se faire une haute idée d'eux ; une fois cela fait, ils commencent à mieux se considérer *eux--mêmes*. Vous devez vous accepter, et non pas essayer de gagner mon estime. »

Breuer eut le vertige. Lui qui avait un esprit tranchant et vif, il n'était pas habitué à ce qu'on le contredise systématiquement. À l'évidence, pourtant, entamer un débat rationnel avec Nietzsche était la pire des choses à faire, car jamais il ne pourrait le surclasser ou infléchir ses positions. Il en conclut qu'il valait peut-être mieux se laisser aller à une approche plus impulsive, plus irrationnelle.

« Non, non, non ! Croyez-moi, professeur, même si vos propos sont pertinents, je ne peux pas m'y résoudre… Je sais seulement que j'ai besoin de votre aval. Et vous avez raison, oui : le but *suprême* est bien d'être indépendant du regard d'autrui, mais ce chemin passe – je parle pour moi, pas pour vous – par la conscience claire que je ne franchis pas le seuil de la décence. Je dois pouvoir *tout* dire de moi à un tiers, et apprendre que je suis, moi aussi… humain, simplement humain. »

Il ajouta, après quelques secondes de réflexion : « Humain, trop humain ! »

Le visage de Nietzsche s'éclaira d'un sourire. « Dans le mille, docteur Breuer ! Qui peut vous reprendre sur cette belle phrase ? Je comprends mieux ce que vous ressentez mais je n'en vois pas encore toutes les conséquences sur notre méthode. »

Le terrain étant glissant, Breuer choisit ses mots avec le plus grand soin.

« Moi non plus, figurez-vous. En revanche je sais que je dois me montrer moins méfiant. Il ne me servira à rien de faire attention à tout ce que je peux vous révéler. Je vais vous raconter un incident récent qui sans doute vous intéressera. Je discutais l'autre jour avec Max, le frère de Mathilde. Il se trouve justement que je n'ai jamais été intime avec lui parce que je le considère comme un être insensible. Mais enfin, mon couple était dans un tel état que j'avais besoin d'en faire part à quelqu'un. Avec lui, j'ai bien cherché à entamer une discussion, mais me sentais tellement honteux que ça m'a été très difficile. Et puis, d'une manière inattendue, Max m'a pris au mot et m'a expliqué qu'il éprouvait des difficultés du même ordre dans *sa* propre vie. Cet aveu de sa part m'a libéré : pour la première fois, lui et moi, nous avons eu une conversation *personnelle*. Cela m'a été d'un grand secours.

– Entendez-vous par là, répliqua Nietzsche du tac au tac, que votre désespoir s'en est trouvé diminué ? Vos rapports avec votre femme améliorés ? Ou bien cette discussion n'a-t-elle été que momentanément salutaire ? »

Breuer comprit qu'il était piégé : s'il admettait que cette discussion avec Max l'avait véritablement aidé, Nietzsche lui demanderait inévitablement pourquoi il avait donc besoin de lui, Nietzsche, et de ses conseils. La prudence était donc de mise.

« Je ne sais pas ce que j'entends par là, sinon que je me suis senti mieux. Ce soir-là j'ai pu dormir sans me sentir honteux. Et depuis, je me sens plus ouvert, plus disposé à mener une introspection. »

Ce disant, Breuer sentit que la situation se gâtait. Mieux valait, se dit-il, lancer un appel direct.

« Je suis convaincu, professeur Nietzsche, que je m'exprimerais plus franchement si j'étais *assuré* de votre bon accueil. Quand je parle de mes amours obsessionnelles ou de ma jalousie, je serais heureux de savoir si vous avez, oui ou non, connu ces choses. Je vous soupçonne, par exemple, de regarder la sexualité d'un mauvais œil et de désapprouver entièrement mes préoccupations de cette nature. Naturellement, cela ne m'incite pas à me livrer. »

Long silence. Nietzsche, pris dans une intense réflexion, contemplait le plafond. Breuer attendait quelque chose, car il avait fait monter la pression de manière habile. Il espérait que Nietzsche était enfin prêt à donner une part de lui-même.

« Peut-être, répondit celui-ci, ne me suis-je pas bien fait comprendre. Dites-moi… Avez-vous reçu les livres que vous avez commandés à mon éditeur ?

– Pas encore. Pourquoi ? Est-ce qu'ils contiennent des passages en rapport avec notre discussion actuelle ?

– Oui, notamment dans *Le Gai Savoir*. J'y affirme que les relations sexuelles ne diffèrent en rien des autres relations puisqu'elles aussi participent d'une lutte pour le pouvoir. Le désir sexuel est, dans le fond, le désir d'une domination complète sur le corps et sur l'esprit de l'autre.

– Je ne suis pas d'accord ! Pas en ce qui concerne *mon* désir, en tout cas !

– Mais si, mais si ! insista Nietzsche. Creusez un peu plus, et vous verrez que le désir est une volonté de dominer *tous les autres*. L'amant n'est pas un être qui aime ; il n'a pour seul objectif que la possession de l'être aimé. Son vœu le plus cher est d'exclure le monde entier de ce bien précieux. Il est aussi méchant que le dragon qui garde son trésor ! Il n'aime pas le monde ; au contraire, il est parfaitement indifférent aux autres créatures vivantes. N'est-ce pas ce que vous m'avez dit vous-même ? Voilà qui explique pourquoi vous étiez content lorsque… J'ai oublié son nom… L'infirme ?

– Bertha. Mais ce n'est pas une inf…

– Oui, oui ! Vous étiez content lorsque Bertha vous a juré que vous seriez toujours le seul homme de sa vie !

– Mais ce n'est pas de la sexualité ! Ce désir sexuel, je le ressens dans mes organes génitaux, pas dans quelque abstraite arène du pouvoir !

– Non, je ne fais que l'appeler par son nom… Je n'ai rien à redire à un homme qui assouvit son désir quand il en ressent le besoin. Mais celui qui le réclame à cor et à cri, qui cède son pouvoir à la femme qui le lui donnera, à l'habile personnage qui se nourrira de ses faiblesses et de ses forces, celui-là je le déteste !

– Comment pouvez-vous nier l'existence du véritable érotisme ? Vous ignorez la pulsion, cet appétit biologique qui est inscrit en nous et qui nous permet de nous reproduire ! La sensualité fait partie de la vie, de la nature.

– Elle en fait partie, oui, mais elle n'en constitue pas la partie *noble* ! Elle en est même l'ennemie mortelle… Tenez, laissez-moi vous lire une phrase que j'ai écrite ce matin même. »

Nietzsche chaussa ses épaisses lunettes, se pencha au-dessus du bureau et s'empara d'un carnet élimé, dont il tourna les pages noircies de griffonnages illisibles. Il s'arrêta à la dernière page et, le nez presque collé dessus, lut : « Avec quelle gentillesse elle sait mendier un morceau d'esprit, cette chienne Sensualité, quand on lui refuse un morceau de chair. »

Puis il referma son carnet. « Par conséquent, le problème n'est pas que la sexualité existe, mais qu'elle occulte quelque chose d'autre, de plus précieux, d'infiniment plus précieux ! Désir, excitation des sens, volupté… Ce sont eux, les esclavagistes ! Et la populace passe sa vie, comme des pourceaux, à se nourrir dans l'auge du désir.

– L'auge du désir ! répéta Breuer, désarçonné par

l'ardeur soudaine de Nietzsche. Vous avez sur cette question des positions bien arrêtées. Jamais je ne vous avais encore entendu cette passion dans la voix.

– Mais il en faut, de la passion, pour détruire la passion ! Trop nombreux sont les hommes qui ont été écartelés sur la roue des passions faibles.

– Et votre propre expérience dans ce domaine ? » Breuer tentait une ruse. « Avez-vous subi des revers qui vous ont amené à ces conclusions ?

– Je reviens sur votre point précédent, le but premier de la reproduction, et je vous pose la question : ne devrions-nous pas créer et devenir avant de nous reproduire ? Aux yeux de la vie, notre responsabilité est de créer le meilleur, et non de reproduire le moins bon. Rien ne doit entraver le développement du héros qui est en vous. Et si le désir vous en empêche, alors lui aussi doit être dépassé. »

« Regardons la vérité en face ! pensa Breuer. Tu n'as pratiquement aucun moyen de maîtriser ce genre de discussion, Josef. Nietzsche ignore superbement les questions qui le dérangent. »

Il lui répondit tout de même : « Voyez-vous, professeur Nietzsche, d'un strict point de vue intellectuel, je partage la plupart de vos idées. Mais nous nous en tenons à une échelle de discours bien trop abstraite, et pas assez personnelle, pour m'être d'un quelconque secours. Peut-être suis-je trop attaché à l'aspect pratique… Après tout, ma vie professionnelle aura consisté à entendre des plaintes, à établir des diagnostics et à trouver des remèdes précis. »

Breuer se pencha en avant pour fixer Nietzsche droit dans les yeux. « Je n'ignore pas que ma maladie ne peut être soignée de manière aussi pragmatique. Mais notre discussion nous poussait trop loin dans la direction opposée. Je ne peux *rien* tirer de vos paroles. Vous me demandez de surmonter mon désir et mes basses passions, de me pencher sur les aspects les plus élevés de ma personnalité. Soit. Mais vous ne me dites pas comment procéder. De bien belles envolées poétiques, je vous le concède, mais qui pour l'instant ne sont pour moi que des mots. »

Visiblement nullement affecté par les propos de Breuer, Nietzsche lui répondit comme un professeur face à un élève impatient : « Je vous enseignerai, en temps et en heure, comment surmonter vos désirs. Vous voulez voler de vos propres ailes, mais vous ne pouvez pas commencer à voler en volant. Je dois d'abord vous apprendre à marcher, et la première étape est de comprendre que celui qui ne s'obéit pas à lui-même tombe sous la coupe des autres. Il est plus facile, beaucoup plus facile, d'obéir à autrui que de se commander soi-même. » Nietzsche sortit à ce moment-là un petit peigne et lissa sa moustache.

« Plus facile d'obéir à autrui que de se commander soi-même ? Encore une fois, professeur Nietzsche, pourquoi ne pas me parler de façon plus personnelle ? J'entends ce que vous dites, mais me parlez-vous seulement ? En quoi cela peut-il m'être utile ? Pardonnez-moi si je vous semble vulgairement prosaïque, mais aujourd'hui mes désirs sont de ce monde. J'aspire à des choses simples : dormir du sommeil du juste après trois heures du matin, soulager un peu ma tension précordiale. C'est là que se loge mon angoisse, exactement ici… » Il pointa un doigt vers le centre de son sternum.

« Ce dont j'ai besoin, pour l'heure, poursuivit-il, ce n'est pas d'une construction abstraite et poétique, mais de quelque chose d'humain et de franc, d'un engagement personnel. Pouvez-vous me dire ce qu'il en a été dans votre cas ? Avez-vous jamais connu un amour ou une obsession comme ceux que je vous ai décrits ? Si oui, comment y avez-vous remédié ? Combien de temps vous aura-t-il fallu ?

– J'avais l'intention d'aborder autre chose avec vous, aujourd'hui », répondit Nietzsche tout en rangeant son peigne et en ignorant superbement, une fois encore, la question de Breuer. « Avons-nous le temps ? »

Breuer se laissa aller au fond de son fauteuil, profondément dépité. Nietzsche, c'était évident, continuerait de n'accorder à ses questions aucune espèce d'attention. Il se força à être patient. Il regarda sa montre et annonça qu'il ne leur restait qu'un quart d'heure. « Je viendrai ici tous les jours à dix heures, entre trente et quarante minutes, même si certains jours, naturellement, il se peut que je vous quitte plus tôt – en cas d'urgence.

– Bien. J'aimerais vous dire une chose importante. Je vous ai fréquemment entendu vous plaindre d'être malheureux. Voyez, dit-il en ouvrant son fameux carnet : "désespoir généralisé" figure même en premier sur la liste. Vous avez aussi évoqué votre angoisse, votre tension cordiale…

– *Pré*cordiale… La zone située au-dessus du cœur.

– Oui, merci, nous nous instruisons mutuellement. Votre tension précordiale donc, votre insomnie, votre désespoir : vous parlez beaucoup de ces choses, et de votre désir "prosaïque", comme vous dites, de trouver un soulagement immédiat. Vous vous plaignez que notre discussion ne vous apporte justement pas ce soulagement, comme a pu le faire celle avec Max.

– Oui. Et…

– Et vous voulez que j'aborde directement votre tension, que je vous apporte un réconfort.

– Exactement. » Breuer se pencha en avant. Il hocha la tête pour inciter Nietzsche à poursuivre.

« Il y a deux jours, j'ai refusé de devenir, comme vous me le proposiez, votre… comment dire ? votre conseiller. Et de vous aider à sortir du désespoir. Je ne partageais pas votre idée selon laquelle je serais un grand spécialiste de la question pour l'avoir étudiée des années durant.

« Mais tout bien réfléchi, je me dis que vous aviez raison : je suis bel et bien un spécialiste. Je peux beaucoup vous apprendre, car j'ai consacré la plus grande partie de ma vie, en effet, à l'étude du désespoir. Il y a quelques mois de cela, ma sœur Elisabeth m'a montré une lettre que je lui avais écrite en 1865, alors que j'avais vingt et un ans. Elisabeth ne me renvoie jamais mes lettres ; elle garde tout, expliquant qu'un jour elle construira un musée pour y exposer tous mes effets personnels et faire payer l'entrée. La connaissant, elle finira par me faire empailler, m'exposer et faire de moi la grande attraction de l'endroit. Dans cette lettre, je lui expliquais que les êtres humains se divisaient en deux catégories : ceux qui recherchent la paix de l'âme et le bonheur qui doivent croire et embrasser la foi ; ceux qui recherchent la vérité qui doivent renoncer à la tranquillité et consacrer leur vie à cette quête.

« Vingt et un ans… C'était il y a bien longtemps, mais déjà je savais cela. Il est maintenant grand temps pour vous de le comprendre : ce doit être votre point de départ. Vous devez choisir entre le confort et la vérité ! Si vous choisissez la science, si vous voulez être délivré des chaînes rassurantes du surnaturel, si, comme vous l'affirmez, vous refusez la crédulité pour embrasser l'athéisme, dans ce cas vous ne pouvez pas convoiter les petits bonheurs du croyant ! Si vous tuez Dieu, vous devez par la même occasion quitter son temple. »

Breuer était calme ; il regardait par la fenêtre de la chambre qui donnait sur le parc du sanatorium. Un vieillard était assis dans son fauteuil roulant, les yeux fermés, pendant qu'une jeune infirmière le poussait le long d'une allée circulaire. Les propos de Nietzsche forçaient le respect. Difficile pour Breuer de les balayer d'un revers de main comme de simples et creuses élucubrations philosophiques. Pourtant, il s'y essaya encore une fois.

« À vous entendre, le choix était aisé. Or celui que j'ai fait n'était ni aussi assumé, ni aussi mûrement réfléchi. J'ai choisi l'athéisme moins par conviction profonde que par incapacité à croire aux fables de la religion. La science, je l'ai choisie pour la simple et bonne raison qu'elle était la seule manière pour moi de connaître les secrets du corps.

– Par conséquent vous vous dissimulez votre propre volonté. Vous devrez apprendre, désormais, à assumer votre vie et à avoir le courage de dire : “C'est ainsi que je le veux ! L'esprit d'un homme repose sur ses choix !” »

Breuer se tortilla sur son fauteuil. Il était gêné par les accents de prédicateur que prenait Nietzsche. D'où lui venaient-ils donc ? Certainement pas de son père pasteur, qui était mort quand Nietzsche avait cinq ans. Se pouvait-il que la bosse de la prédication se transmît de père en fils ?

Nietzsche, justement, poursuivit sur sa lancée : « Si vous choisissez de faire partie des rares êtres qui partagent les plaisirs de la puissance et les joies de la liberté sans Dieu, alors préparez-vous à souffrir. Les deux choses sont liées, elles ne peuvent être vécues séparément ! Si, au contraire, vous aspirez à moins de souffrance, alors rentrez en vous-même, comme le faisaient les stoïciens, et renoncez au plaisir suprême.

– Professeur Nietzsche, je ne suis pas certain que l'on doive accepter cette vision noire du monde. J'y vois l'empreinte de Schopenhauer, mais il existe d'autres points de vue moins sombres.

– Sombres, dites-vous ? Mais posez-vous la question, docteur : pourquoi tous les grands philosophes sont-ils sombres ? Demandez-vous qui sont les gens satisfaits, rassurés et éternellement joyeux ! Laissez-moi vous donner la réponse : *ce sont ceux qui ont une mauvaise vue* – la populace et les enfants !

– Vous me dites que l'accomplissement est la récompense de la douleur…

– Non, coupa Nietzsche, pas seulement l'accomplissement. La force, aussi. Comme un arbre a besoin de la pluie s'il veut atteindre une belle hauteur, le génie créatif et la révélation fleurissent dans la souffrance. Tenez, permettez-moi de me citer une fois de plus… Parmi les notes que j'ai prises il y a quelques jours. »

Nietzsche parcourut de nouveau ses notes et lut à voix haute : « Il faut porter du chaos en soi pour accoucher d'une étoile qui danse. »

Breuer était de plus en plus agacé. La langue poétique de Nietzsche lui faisait l'effet d'une barrière infranchissable entre eux. Tout bien considéré, il était persuadé que les choses s'amélioreraient s'il parvenait à faire redescendre Nietzsche de ses étoiles.

« Une fois de plus, vous êtes trop abstrait. Comprenez--moi bien, professeur, vos paroles sont belles et puissantes, mais quand vous me les lisez, je n'ai plus le sentiment que nous entretenons une relation personnelle. J'entends votre propos : oui, la souffrance a bel et bien ses récompenses – l'accomplissement, la force, la création. Cela, je le comprends *ici*, dit-il en pointant le doigt sur sa tête. Mais *là*, poursuivit-il en montrant son estomac, je ne sens rien. J'ai besoin que l'on s'adresse à mon expérience. Dans mes tripes, je ne ressens aucun accomplissement, je n'accouche d'aucune étoile qui danse ! Je ne ressens qu'agitation et chaos ! »

Nietzsche se fendit d'un grand sourire et brandit son doigt. « Exactement ! Vous l'avez enfin dit ! C'est justement tout le problème ! *Pourquoi* cette absence d'accomplissement ? *Pourquoi* n'avez-vous plus de pensées élevées ? C'était l'objet de ma dernière question hier, quand je vous ai demandé ce à quoi vous penseriez si vous n'étiez pas assailli par ces pensées désagréables ? Je vous en prie, installez-vous au fond de votre fauteuil, fermez les yeux et tentez cette expérience avec moi.

« Prenons de la hauteur, peut-être au sommet d'une montagne, et observons ensemble. Au loin, à l'horizon, nous voyons un homme, un homme à la fois intelligent et sensible. Attardons-nous quelques instants sur lui. Peut-être a-t-il jadis ausculté l'horreur de sa propre existence. Peut-être en a-t-il trop vu ! Peut-être a-t-il rencontré sur son chemin les mâchoires carnassières du temps, ou sa propre insignifiance, ectoplasme qu'il est, ou l'éphémère, la contingence de la vie. Sa peur était brute, terrible, jusqu'au jour où il découvrit que le désir soulageait la peur et décida de l'accueillir dans son esprit ; et le désir, ce redoutable guerrier, eut tôt fait d'évacuer toutes les autres pensées. Mais le désir ne pense pas, il est assoiffé, il se souvient. Ainsi cet homme, empli de désir, repensa à Bertha, l'infirme. Il ne regardait plus au loin, préférant passer son temps à se souvenir de miracles et de la manière dont Bertha agitait les doigts, se déshabillait, parlait et bégayait, marchait et boitait.

« Bien vite son être entier fut consumé par tant de médiocrité. Les grands boulevards qui s'étaient construits dans son esprit, afin qu'y circulent les idées nobles, se virent encombrés de bêtise. Son souvenir d'avoir eu, naguère, de grandes pensées se fit de plus en plus ténu, pour finir par disparaître tout à fait. Et ses peurs, aussi, disparurent. Il ne lui restait plus qu'un sentiment d'angoisse, qui le rongeait, le sentiment que quelque chose n'allait pas. Inquiet, il rechercha la source de cette angoisse parmi les déchets de son esprit. Le voilà donc aujourd'hui, fouillant dans les détritus, comme si la réponse se trouvait *là*. Il me demande même de fouiller avec lui ! »

Nietzsche s'interrompit pour voir la réaction de Breuer. Silence.

« Dites-moi, reprit-il, ce que vous pensez de cet homme que nous observons. »

Toujours le silence.

« Docteur Breuer, qu'en pensez-vous ? »

Breuer était muet, et ses yeux fermés comme si les mots de Nietzsche l'avaient hypnotisé.

« Josef ! Josef ! Qu'en pensez-vous ? »

Breuer, s'éveillant soudain, ouvrit lentement les yeux et se retourna pour regarder Nietzsche. Il ne disait rien.

« Ne voyez-vous pas, Josef, que le problème *n'est pas* le fait que vous soyez gêné ? Qu'importe si le poids de l'angoisse vous écrase ? Qui vous a jamais promis le confort ? Vous dormez mal ? Et alors ? Qui vous a promis un sommeil profond ? Non, le problème n'est pas votre embarras. Le problème est que *vous êtes embarrassé pour de mauvaises raisons !* »

Nietzsche consulta sa montre. « Je ne veux pas abuser de votre temps. Aussi terminerai-je par le même conseil que celui que je vous ai donné hier. Réfléchissez un instant aux choses auxquelles vous penseriez si Bertha ne vous occupait pas l'esprit. Entendu ? »

Breuer hocha la tête et s'en alla.

EXTRAIT DES NOTES DU DR BREUER SUR ECKART MÜLLER

6 décembre 1882

Aujourd'hui se sont produites des choses étranges; et rien ne s'est déroulé comme je l'avais prévu. Il n'a répondu à aucune de mes questions, ne s'est absolument pas dévoilé. Il prend son rôle de guide avec un tel sérieux qu'il en devient parfois comique. Pourtant, si je l'analyse de son point de vue, son comportement est parfaitement juste : il honore son contrat et essaie de m'aider du mieux qu'il peut. Pour cela, je l'admire.

Il est fascinant de voir son intelligence se débattre avec la question de l'individu – comment l'aider, comment s'adresser à un être en chair et en os, comment s'adresser à moi. Mais je constate qu'il reste jusqu'à présent, curieusement, fort peu imaginatif, et qu'il se fie uniquement à la rhétorique. Peut-il vraiment croire que les explications rationnelles, ou les simples exhortations, pourront régler le problème ?

Dans un de ses ouvrages, il avance que la structure morale d'un philosophe dicte la philosophie qu'il produit.

Je pense à présent qu'il en va de même pour l'activité du guide : sa personnalité dicte son approche. À cause de ses phobies et de sa misanthropie, Nietzsche opte pour un style impersonnel et froid. Cela, il ne le voit pas, naturellement, puisqu'il cherche à développer une théorie qui rationalise et légitime sa méthode. Par conséquent il ne m'apporte aucun soutien personnel, ne me tend pas la moindre main secourable, me sermonne du haut de sa chaire, refuse de reconnaître ses propres problèmes et ne souhaite pas entretenir avec moi une relation humaine. À une exception près ! Vers la fin de notre discussion aujourd'hui – je ne me rappelle plus ce dont nous parlions –, il m'a soudain appelé « Josef » ! Peut-être suis-je meilleur que je ne le pensais pour ce qui est d'instaurer un lien.

Nous nous livrons un étrange combat, un combat où chacun veut voir qui peut davantage aider l'autre. Cette compétition permanente me dérange ; je crains qu'elle ne le conforte dans sa vision inepte des rapports sociaux comme fondés sur le « pouvoir ». Peut-être devrais-je faire comme Max me le conseille : abandonner le combat et apprendre de lui. Il est vital pour lui de maîtriser la situation, et il montre tous les signes de la victoire : il me dit combien il peut m'apprendre, il me lit ses notes, il regarde l'heure et me donne congé avec hauteur, en me donnant des devoirs pour le lendemain. Que tout cela est agaçant ! Mais enfin je suis médecin : je ne le vois pas pour mon bon plaisir. Après tout, quel plaisir y a-t-il à enlever les gencives d'un patient, ou à déloger une impaction fécale ?

J'ai également connu aujourd'hui un curieux moment d'absence. Je me sentais presque en transe. J'en déduis que, peut-être, le mesmérisme agit sur moi.

EXTRAIT DES NOTES DE FRIEDRICH NIETZSCHE SUR LE DR BREUER

6 décembre 1882

Il est parfois pire, pour un philosophe, d'être compris que d'être incompris. Breuer essaie de me comprendre parfaitement, il cherche à obtenir de moi des pistes. Il veut connaître ma méthode pour la faire sienne. Il n'a pas encore compris qu'il n'existe pas de méthode unique, mais simplement des méthodes. Et plutôt que de me demander franchement des pistes, il préfère me cajoler tout en faisant passer cela pour autre chose : il veut me persuader que mes confessions sont essentielles à la bonne marche de notre travail, qu'elles l'aideront à parler, nous rendront plus « humains » l'un à l'autre, comme si être humain voulait dire se vautrer dans la fange ! J'essaie quant à moi de lui montrer que celui qui aime la vérité ne craint pas la tempête ni la boue ; c'est l'eau peu profonde que nous craignons !

Si la pratique médicale doit servir de guide dans cette entreprise, ne dois-je pas en arriver à un « diagnostic » ? Une nouvelle science est née : le diagnostic du désespoir. Je vois en lui un être qui aimerait être un esprit libre mais s'avère incapable de briser les chaînes de la croyance. Il ne veut que le oui, l'acceptation, le choix ; il refuse le non, l'abandon. Il se trompe lui-même : il fait des choix mais refuse d'être celui qui choisit. Il se sait malheureux, mais il ignore qu'il est malheureux pour de mauvaises raisons ! Il attend de moi réconfort, soutien et bonheur. Or je dois lui donner plus de malheur encore, redonner à son malheur trivial sa noblesse de jadis.

Comment faire tomber ce malheur trivial de son piédestal ? Redonner à la souffrance sa valeur ? J'ai employé sa propre technique, cette technique à la troisième personne dont il a fait usage avec moi, la semaine dernière, dans sa tentative maladroite pour me convaincre de me placer sous son aile. Je lui ai demandé de se regarder d'au-dessus. Mais il n'a pas résisté ; il a manqué s'évanouir. J'ai dû lui parler comme à un enfant, l'appeler « Josef » pour le ranimer.

Lourd est mon fardeau. J'œuvre à sa délivrance ; à la mienne, aussi. Mais je ne suis pas Breuer : je comprends mon malheur et je l'accepte. Lou Salomé n'est pas une infirme. Mais je sais bien ce qu'il en coûte d'être obsédé par un être qu'on aime et qu'on hait tout autant !

16

Grand adepte de *l'art* de la médecine, Breuer avait pour habitude d'entamer ses visites hospitalières par une petite discussion au bord du lit qu'il transformait subtilement en investigation médicale. Mais lorsque, le lendemain, il franchit le seuil de la chambre numéro 13 de la clinique Lauzon, il ne s'agissait plus d'avoir une petite discussion. Nietzsche annonça d'entrée de jeu qu'il se sentait particulièrement vaillant et qu'il ne voulait pas perdre une minute de leur précieux temps en de vains bavardages à propos de symptômes inexistants. Il suggéra d'aller droit au but.

« Mon heure viendra de nouveau, docteur Breuer, car ma maladie ne s'éloigne jamais longtemps. Mais profitons de cette liberté provisoire pour poursuivre notre travail sur *vos* problèmes. Où en êtes-vous de cette petite expérience intellectuelle dont je vous ai parlé hier ?

– Professeur Nietzsche, j'aimerais au préalable vous parler d'autre chose. Hier, vous avez oublié mon titre professionnel pour m'appeler par mon prénom. Je me suis senti plus proche de vous et cela m'a fait plaisir. Même si nos rapports sont d'ordre professionnel, la nature de nos conversations exige que nous parlions en toute intimité. Par conséquent, seriez-vous prêt à ce que nous nous appelions désormais par nos prénoms ? »

Nietzsche, qui avait toujours fait en sorte de ne pas se frotter aux rapports personnels, fut médusé. Il se tortilla, il bégaya, mais, manifestement incapable de trouver une manière polie de décliner, finit par acquiescer à contrecœur. Quand Breuer lui demanda s'il devait l'appeler Friedrich ou Fritz, Nietzsche aboya presque : « Friedrich, s'il vous plaît ! Et maintenant, au travail !

– Oui, au travail. Je reviens à votre question d'hier. Qu'y a-t-il derrière Bertha ? Un flot d'angoisses encore plus profondes, plus sombres, dont je suis persuadé qu'elles se sont accrues il y a quelques mois, le jour de mes quarante ans. Vous savez, Friedrich, traverser une crise à cet âge-là n'a rien d'anormal. Faites bien attention, vous n'avez plus que deux ans pour vous y préparer… »

Breuer savait que Nietzsche n'aimait pas cette familiarité, mais aussi qu'une part de lui recherchait un plus grand contact avec les autres êtres humains.

« Je ne suis pas très inquiet, répondit Nietzsche d'une voix mal assurée. Je crois que j'ai quarante ans depuis mes vingt ans ! »

De quoi s'agissait-il ? D'une approche ! Oui, indiscutablement d'une approche ! Breuer repensa alors à un chaton que son fils Robert avait récemment trouvé dans la rue. « Verse-lui un peu de lait, lui avait-il dit, et éloigne--toi. Laisse-le boire tranquillement, laisse-le s'habituer à ta présence. Plus tard, quand il se sentira chez lui, tu pourras le caresser. » Breuer fit machine arrière.

« Comment vous décrire au mieux mes pensées ? Elles sont morbides, sombres. J'ai souvent le sentiment d'avoir atteint le sommet de ma vie. » Il s'arrêta un instant, pour se rappeler la formule qu'il avait employée avec Freud. « J'ai grimpé jusqu'au sommet et lorsque je contemple le paysage qui s'étend devant moi, tout n'est que détérioration, vieillissement, cheveux blancs, voire, précisa-t-il en tapotant sur le sommet de son crâne dégarni, plus de cheveux du tout. Mais non, ce n'est pas exactement ça non plus… Ce n'est pas la pente descendante qui m'inquiète ; c'est le fait de ne plus remonter.

– Ne plus remonter ? Pourquoi pas, docteur Breuer ?

– Je sais que les habitudes ont la vie dure, Friedrich, mais je vous en prie : appelez-moi Josef.

– Très bien, Josef. Dites-moi donc, Josef, pourquoi vous ne remonteriez plus la pente.

– Je me dis parfois que chacun de nous a une expression secrète, comme un motif récurrent qui serait le mythe central de notre vie. Quand j'étais enfant, un jour quelqu'un m'a qualifié de "gamin infiniment prometteur". Cette expression me plaisait beaucoup, au point que je me la suis répétée des milliers de fois. Souvent, je m'imaginais être un ténor, chantant d'une voix aiguë : "Gaaaaaa-min in-fi-ni-ment pro-metteeeeuuuur !" J'aimais prononcer cette phrase lentement et d'un air grave, en appuyant sur chaque syllabe. Aujourd'hui encore, ces mots me bouleversent !

– Et qu'est-il devenu, ce gamin infiniment prometteur ?

– Ah, *voilà* la question ! Figurez-vous que je me la pose fréquemment. Qu'est-il advenu de lui ? Je sais que ses promesses se sont envolées.

– Qu'entendez-vous par "promesses", au juste ?

– Je ne le sais pas exactement moi-même. Je croyais le savoir. Pour moi cela signifiait une capacité d'élévation, d'ascension permanente ; cela signifiait la gloire, la reconnaissance, les découvertes scientifiques. Et ces promesses, je les ai goûtées. Je suis un médecin respecté, un citoyen respectable. J'ai fait quelques découvertes scientifiques importantes et, tant que l'Histoire aura de la mémoire, mon nom restera toujours associé à la découverte du rôle de l'oreille interne dans la régulation de l'équilibre. J'ai également participé à la découverte d'un important processus de régulation respiratoire connu sous le nom de réflexe de Herring-Breuer.

– Alors n'êtes-vous pas un homme comblé ? N'avez-vous pas été à la hauteur de vos promesses ? »

Le ton de Nietzsche était surprenant. Demandait-il sincèrement un supplément d'information ? Ou bien jouait-il son Socrate devant un nouvel Alcibiade ? Breuer décida de le prendre au mot.

« À la hauteur de mes promesses… Oui. Mais sans bonheur, Friedrich. L'excitation des premiers succès n'a duré que quelques mois. Peu à peu elle s'est diluée – des semaines, puis des jours, voire quelques heures – jusqu'à aujourd'hui, où ce sentiment s'évapore si vite qu'il m'effleure à peine. Je crois à présent m'être fourvoyé – le gamin infiniment prometteur avait un autre destin à accomplir. Je me retrouve bien souvent perdu : mes anciennes raisons d'être n'opèrent plus, et je ne sais plus comment en inventer de nouvelles. Lorsque je songe au cours de ma vie, je me sens trahi, ou blousé, comme si j'avais été la victime d'une vaste blague cosmique, comme si j'avais passé mon temps à danser sur la mauvaise ritournelle.

– La mauvaise ritournelle ?

– Oui, la ritournelle que chantait le gamin infiniment prometteur, celle que j'ai fredonnée toute ma vie durant !

– La mélodie était juste, Josef, mais la danse n'était pas la bonne !

– Comment cela ? »

Nietzsche ne dit rien.

« Vous voulez dire, reprit Breuer, que j'aurais mal interprété le mot "prometteur" ?

– Et le mot "infiniment" aussi, Josef.

– Je ne comprends pas. Pouvez-vous m'expliquer en des termes plus clairs ?

– Peut-être devriez-vous apprendre à *vous* parler en une langue plus claire. Au cours des derniers jours, j'ai compris que le traitement philosophique consiste à apprendre, apprendre à écouter sa propre voix intérieure. N'est-ce pas vous qui me racontiez que votre patiente, Bertha, avait guéri en abordant tous les aspects de ses pensées ? Quelle était votre expression pour cela… ?

– Le ramonage. C'est elle qui l'a inventé, pour dire la vérité… Ramoner la cheminée, cela voulait dire pour elle s'isoler pour s'aérer l'esprit et débarrasser son cerveau de toutes les pensées désagréables.

– C'est une bonne métaphore. Nous pourrions essayer d'employer cette méthode. Tout de suite, même. Par exemple, pouvez-vous appliquer ce ramonage au gamin infiniment prometteur ? »

Breuer s'enfonça dans son fauteuil. « Je crois vous avoir tout dit. Le vieux gamin en est à un point de sa vie où il n'en voit plus l'intérêt. Tout ce qui me faisait vivre, c'est-à-dire mes ambitions, mes intérêts, les récompenses que j'envisageais, tout cela me semble désormais absurde. Et quand je pense à la manière dont j'ai caressé sans relâche de vains espoirs et poursuivi des rêves de papier, comment j'ai gâché ma seule et unique vie, je suis pris d'un désespoir terrible.

– Qu'auriez-vous dû poursuivre, alors ? »

Breuer fut encouragé par le ton de Nietzsche, plus amène, plus assuré, comme s'il avançait en terrain familier.

« Mais tout le drame est là ! La vie est un examen sans bonnes réponses. Si je devais le refaire, je referais exactement la même chose, je commettrais les mêmes erreurs. M'est venue, il y a quelques jours, une bonne idée de récit. Si seulement j'avais le don de l'écriture... Imaginez donc. Un homme d'âge mûr, qui a toujours mené une vie insatisfaisante, est un jour abordé par un génie qui lui donne la possibilité de revivre sa vie, mais en gardant intacts les souvenirs de sa vie antérieure. Bien sûr, il bondit sur l'occasion. Or, à son grand étonnement, il se retrouve exactement dans la même vie qu'avant, avec les mêmes choix, les mêmes erreurs, les mêmes fausses idoles, les mêmes fausses ambitions.

– Et ces ambitions qui étaient les vôtres, d'où venaient-elles ? Comment les avez-vous choisies ?

– Comment je les ai choisies ? Choisir, toujours choisir... votre mot préféré ! Mais enfin, un garçon de cinq, de dix ou de vingt ans ne *choisit* pas sa vie. Je ne sais que penser de votre question.

– Ne pensez pas, le pressa Nietzsche. Contentez-vous de ramoner !

– Bien... Les ambitions ? Elles se trouvent dans l'air que nous respirons, à chaque instant. Tous les gamins avec lesquels j'ai grandi étaient nourris par la même ambition. Nous voulions tous sortir du ghetto, nous élever dans le monde, connaître le succès, l'argent, la respectabilité. Tout le monde voulait cela ! Aucun d'entre nous ne songeait à se trouver des ambitions : elles étaient là, tout simplement, naturellement liées à mon époque, à ma communauté, à ma famille.

– Mais elles n'ont pas tenu, Josef. Elles n'étaient pas assez solides pour supporter une vie entière. Ou plutôt : elles auraient pu être assez solides pour quelques-uns, ceux qui ont une courte vue, ou ceux qui courent toute leur pénible vie après des honneurs matériels, voire ceux qui connaissent la gloire tout en se fixant sans cesse de nouveaux objectifs qu'ils n'atteindront jamais. Mais vous et moi, nous avons de bons yeux. Vous avez vu trop loin dans la vie; vous avez compris qu'il était vain d'atteindre les mauvais objectifs, et vain de s'en fixer de nouveaux tout aussi mauvais. Multipliez zéro autant de fois que vous le voudrez, vous obtiendrez toujours zéro ! »

Breuer fut enthousiasmé par ces paroles. Tout le reste disparut : les murs, les fenêtres, la cheminée, et même le corps de Nietzsche. Il avait attendu cette conversation toute sa vie.

« Oui, tout ce que vous dites est vrai, Friedrich… À une exception près : cette idée que l'on décide du cours de sa vie comme bon nous semble. Non, l'individu ne choisit pas sciemment ses buts suprêmes : ce sont les accidents de l'histoire. Vous n'êtes pas d'accord ?

– Ne pas s'emparer du cours de sa vie, c'est réduire l'existence à un simple accident.

– Mais personne ne jouit d'une telle liberté. Vous ne pouvez pas faire abstraction de votre époque, de votre culture, de votre famille, de…

– Un jour, interrompit Nietzsche, un grand sage juif conseilla à ses disciples de rompre avec père et mère et de se mettre en quête de la perfection. Voilà un geste digne d'un gamin infiniment prometteur ! C'était peut-être la bonne danse sur la bonne mélodie ! »

La bonne danse sur la bonne mélodie ! Breuer voulut percer le sens de cette phrase. Il se découragea aussitôt.

« Friedrich, cette discussion me passionne mais une petite voix intérieure me demande sans cesse : "Où allons-nous ?" Nous sommes dans les nuages, loin de ma poitrine meurtrie et de ma tête lourde...

– Patience, Josef. Rappelez-moi combien de temps avait duré le ramonage d'Anna O. ?

– Oui, cela a pris beaucoup de temps. Des mois ! Mais vous et moi, nous sommes des hommes pressés. Qui plus est, tout, chez elle, était centré sur la douleur ; or notre discussion abstraite sur les ambitions et les buts suprêmes de la vie ne change rien à ma douleur ! »

Impassible, Nietzsche poursuivit comme si Breuer n'avait rien dit. « Vous me disiez que ces angoisses profondes se sont accrues lorsque vous avez eu quarante ans ?

– Quelle opiniâtreté, Friedrich ! Vous m'incitez à faire preuve d'une plus grande patience à mon propre égard. Si vous vous intéressez suffisamment à moi pour m'interroger sur mes quarante ans, alors je me dois de vous répondre. Quarante ans... Oui, ce fut une année de crise. Ma seconde crise. Car j'en avais connu une autre à l'âge de vingt-neuf ans, le jour où Oppolzer, le président de la faculté de médecine, fut emporté par une épidémie de typhus. Le 16 avril 1871, je me rappelle encore la date... Il était mon professeur, mon protecteur, mon deuxième père !

– Les deuxièmes pères m'ont toujours intéressé, dit Nietzsche. Racontez-moi.

– Il a été le grand professeur de ma vie. Tout le monde savait qu'il me destinait à être son successeur. J'étais, en effet, le meilleur candidat à ce poste et j'aurais dû être désigné pour le remplacer. Et pourtant ce n'est jamais arrivé. Je n'ai peut-être rien fait pour – c'est possible. Toujours est-il qu'on a nommé à ma place quelqu'un d'autre, pour des raisons politiques, voire religieuses. Il n'y avait plus de place pour moi. J'ai donc installé mon laboratoire et mes pigeons chez moi et je me suis mis à mon compte, à plein temps. C'en était fini, dit-il avec tristesse, de ma carrière académique infiniment prometteuse…

– Vous dites n'avoir rien fait pour. C'est-à-dire ? »

Breuer jeta sur Nietzsche un regard surpris. « Quel clinicien vous faites ! Des oreilles de médecin vous sont poussées… rien ne vous échappe. Cette remarque, je l'ai faite par souci d'honnêteté, mais c'est un point encore douloureux pour moi. Je ne voulais pas vous en parler, et c'est précisément cela que vous avez relevé.

– Voyez-vous, Josef, chaque fois que je vous demande d'aborder un sujet contre votre gré, vous choisissez toujours ce moment-là pour reprendre la main en vous fendant d'un très joli compliment. Sachant cela, pouvez-vous encore prétendre que la conquête du pouvoir n'est pas un élément essentiel de nos rapports ? »

Breuer s'enfonça dans son fauteuil. « Ah, nous y revoilà… Je vous en prie, dit-il en agitant la main, ne rouvrons pas le débat. » Et d'ajouter : « Attendez ! Une ultime remarque : en proscrivant la moindre expression de tout sentiment positif, vous instaurez justement la relation que vous pensiez découvrir *in vivo*. C'est une mauvaise méthode ; vous escamotez les données scientifiques.

– Une mauvaise méthode ? répliqua Nietzsche, qui réfléchit un instant avant d'acquiescer. Vous avez raison ! Affaire classée ! Revenons-en à votre remarque : en quoi avez-vous contribué à votre propre échec ?

– Eh bien, les preuves sont accablantes. Je rechignais à écrire et à publier des articles scientifiques. Je refusais de suivre les étapes préliminaires nécessaires à l'obtention de ce poste. Je n'ai pas adhéré aux bonnes associations médicales, je n'ai pas participé aux commissions universitaires, ni tissé les liens politiques qui s'imposaient. Aujourd'hui encore, j'ignore pourquoi. Peut-être une question de pouvoir, pour le coup… comme un refus de jouer le jeu de la compétition. Il m'est plus facile de m'attaquer au mystère de l'équilibre chez le pigeon que de lutter contre un autre homme. Et je crois que la douleur que je ressens quand je sais Bertha dans les bras d'un autre participe de ce problème-là.

– Peut-être vous dites-vous qu'un gamin infiniment prometteur n'a pas à se frayer son chemin bec et ongles.

– Oui, cela aussi je l'ai ressenti. Mais quelle que fût la raison, ma carrière académique était terminée. C'était le premier coup porté à mon invulnérabilité, à ce mythe de la promesse infinie.

– Et quand vous avez eu quarante ans, cette deuxième crise ?

– Une blessure encore plus profonde. Franchir le cap des quarante ans ébranlait, soudain, l'idée que tout était possible pour moi. Du jour au lendemain j'ai compris la chose la plus simple du monde : que le temps était irréversible, que ma vie était en train de m'échapper. J'en étais conscient depuis longtemps, certes, mais à quarante ans la chose prenait une tout autre tournure. Je sais désormais que le gamin infiniment prometteur n'était qu'une vitrine, que la promesse est une illusion, que l'infini ne rime à rien, et que je marche main dans la main avec tous ceux qui s'avancent vers la mort. »

Nietzsche secoua la tête d'un air compatissant. « Vous appelez une vision lucide une *blessure* ? Mais voyez plutôt ce que vous avez appris, Josef : que le cours du temps ne peut être brisé, que nous ne pourrons jamais revenir en arrière. Seuls les bienheureux peuvent entrevoir ces vérités !

– Les bienheureux ? Quel drôle de mot... Je découvre que la mort n'est pas loin, que je suis aussi impuissant qu'insignifiant face à elle, que la vie n'a ni valeur ni raison profondes, et vous faites de moi un bienheureux !

– Le fait de ne pas pouvoir renverser le cours du temps ne signifie pas l'abolition de la volonté ! Que, Dieu merci, Dieu soit mort ne veut pas dire que l'existence ne rime à rien ! L'approche de la mort ne signifie pas, non plus, que la vie ne vaut pas la peine d'être vécue. Je saurai, en temps et en heure, vous enseigner toutes ces choses. Mais nous en avons assez dit pour aujourd'hui – peut-être trop, d'ailleurs. D'ici à demain, méditez les propos que nous venons d'échanger ! »

Surpris par la conclusion abrupte et soudaine de Nietzsche, Breuer consulta sa montre ; il lui restait encore dix minutes à tuer. Cependant, il ne souleva aucune objection et quitta la chambre de Nietzsche avec le même soulagement qu'éprouve un élève libéré de classe avant l'heure.

EXTRAIT DES NOTES DU DR BREUER SUR ECKART MÜLLER

7 décembre 1882

Patience, patience, patience. Pour la première fois, je saisis le sens et la valeur de ce mot. Je ne dois pas oublier mes objectifs à long terme. Tout mouvement prématuré ou inconsidéré est voué à l'échec. Pense au premier coup d'une partie d'échecs. Développe ton jeu lentement, méthodiquement. Établis un centre solide. Ne déplace pas une pièce plus d'une fois. Ne capture pas la reine trop tôt !

Et ça marche ! Aujourd'hui, la grande avancée aura été l'emploi de nos prénoms. Il a failli s'étrangler en entendant ma proposition ; j'avais du mal à garder mon sérieux. Aussi libre penseur qu'il soit, c'est un vrai Viennois dans l'âme, qui adore les titres presque autant que sa froideur ! Après que je lui ai donné plusieurs fois du Friedrich, il a fini par me rendre la politesse.

L'humeur de la séance s'en est ressentie. En quelques minutes, il a entrouvert la porte de son esprit. Il m'a dit avoir eu son lot de crises et s'être senti quadragénaire quand il avait vingt ans ! J'ai laissé passer… pour l'instant ! Je dois y revenir !

Peut-être vaut-il mieux, en attendant, que je cesse de vouloir l'aider et que je le laisse essayer de m'aider, moi. Plus je me montrerai sincère, moins j'essaierai de le manipuler, et mieux ce sera. Il est comme Sigmund – il a un regard d'aigle et voit toutes les manœuvres.

Nous avons eu une discussion stimulante, comme au bon vieux temps des cours de Brentano. Parfois, je me suis laissé déborder. Mais était-ce productif ? Je lui ai redit mes angoisses quant au vieillissement, à la mort et à l'absurdité de l'existence, bref toutes ces pensées morbides que je rumine. Il a paru curieusement intéressé par ma vieille rengaine sur le gamin infiniment prometteur. Je ne suis pas sûr de bien savoir encore où il veut en venir – si tant est qu'il veuille aller quelque part !

Aujourd'hui sa méthode m'apparaît plus clairement. Comme il croit que mon obsession de Bertha m'empêche de me concentrer sur ces problèmes métaphysiques, il entend me confronter à eux, les agiter devant moi, sans doute pour m'embarrasser un peu plus. C'est pour cette raison qu'il me titille sans ménagement et refuse de m'aider d'une quelconque manière. Naturellement, vu sa personnalité, cela ne présente pas de difficultés majeures pour lui.

Il semble croire qu'une méthode fondée sur le débat philosophique aura son influence sur moi. J'essaie de lui faire comprendre que cela ne me touche pas. Mais lui comme moi ne cessons d'expérimenter ni d'améliorer les méthodes au fur et à mesure que nous avançons. Son autre innovation méthodologique, aujourd'hui, a consisté à utiliser ma technique du « ramonage ». Il est curieux pour moi d'être le patient plutôt que le médecin – curieux, mais pas désagréable.

Ce qui l'est, en revanche, et profondément agaçant, c'est sa vanité, qui brille de mille feux. Il m'a dit, aujourd'hui, vouloir m'apprendre le sens et la valeur de l'existence. Pas tout de suite ! Je ne suis pas encore prêt à l'entendre !

EXTRAIT DES NOTES DE FRIEDRICH NIETZSCHE SUR LE DR BREUER

7 décembre 1882

Enfin ! Une discussion digne que je m'y intéresse, une discussion qui conforte bon nombre de mes idées. Voilà un homme tellement grave – sa culture, sa santé, sa famille – qu'il en a oublié sa propre volonté ; tellement pétri de conformisme qu'il paraît surpris de m'entendre parler de choix, comme si je m'exprimais en une langue inconnue. Peut-être que les Juifs sont plus soucieux de conformisme, les persécutions extérieures resserrant les liens de la communauté au point d'étouffer les individus.

Lorsque je lui rappelle qu'il a laissé sa vie n'être qu'un accident, il nie la possibilité d'un choix et me dit qu'aucun individu moulé dans une culture ne peut choisir. Quand je lui explique poliment que Jésus ordonna à ses disciples de rompre avec leurs parents, et avec leur culture, pour partir en quête de la perfection, il me répond que ma méthode est trop abstraite, et change de sujet.

Il est étonnant de voir comme, pourtant confronté au concept à un jeune âge, il n'a jamais su le voir. Il était le « gamin infiniment prometteur », comme nous tous, mais il n'a jamais compris ce qu'il pouvait promettre, jamais compris qu'il lui fallait parfaire la nature, oublier qui il était, sa culture, ses désirs, sa nature animale et brutale, pour devenir qui il était, ce qu'il était. Mais il n'a jamais grandi, il n'a jamais mué, ne voyant dans cette promesse que l'accomplissement de buts matériels et professionnels. Lorsqu'il a atteint ces objectifs sans pour autant faire taire la petite voix qui lui disait : « Deviens qui tu es », il a sombré dans le désespoir et s'est plaint du mauvais tour qu'on lui jouait. Il ne comprend toujours pas !

Y a-t-il un espoir pour lui ? Au moins, il pose les bonnes questions et n'écoute pas les mensonges de la religion. Mais il a trop peur. Comment lui apprendre la dureté ? Un jour il m'a expliqué que les bains froids étaient bons pour endurcir la peau. Existe-t-il un moyen d'endurcir la volonté ? Il en est arrivé au constat que nous ne sommes pas régis par les caprices de Dieu, mais par ceux du temps. Il se rend compte que la volonté ne peut rien face au « c'est ainsi ». Aurai-je la capacité de lui apprendre à transformer le « cela fut » en « c'est ce que j'ai voulu » ?

Il insiste pour m'appeler par mon prénom, quand bien même il sait que je n'aime pas beaucoup cela. C'est peu de chose ; je suis assez fort pour lui concéder cette petite victoire.

LETTRE DE FRIEDRICH NIETZSCHE À LOU SALOMÉ

Décembre 1882

Peu m'importe d'avoir beaucoup souffert, il s'agit seulement de savoir si vous allez vous retrouver vous-même, ma chère Lou, ou non – je n'ai encore jamais rencontré une personne aussi pauvre que vous l'êtes, riche dans l'exploitation des plus offrants

ignorante – mais perspicace

sans goût, mais naïve dans cette lacune

honnête et surtout dans le détail, généralement par défi ;

malhonnête dans l'ensemble, pour ce qui est de l'attitude générale de l'âme

sans la moindre délicatesse pour ce qui est de prendre et de donner

dénuée de cœur et incapable d'amour

l'émotion toujours maladive et proche de la folie

sans reconnaissance, sans pudeur à l'égard du bienfaiteur

incertaine

grossière dans les questions d'honneur

« un cerveau doué d'un rudiment d'âme »

le caractère d'un chat – d'une bête de proie qui joue les animaux domestiques

les sentiments nobles comme traces de la fréquentation de gens nobles

une volonté forte, mais sans un grand objet

sans zèle et sans pureté sans probité bourgeoise

une sensualité cruellement fermée

des enfants arriérés – conséquence d'un dépérissement et d'un retard de la sexualité capable d'enthousiasme sans amour pour les hommes, mais aimant Dieu

besoin d'expansion

rusée et très maîtresse d'elle-même en ce qui concerne la sensualité des hommes.

17

Les infirmières de la clinique Lauzon parlaient rarement de M. Müller, le patient de la chambre 13. Il n'y avait pas grand-chose à en dire, d'ailleurs. Pour un personnel infirmier sans cesse affairé et souvent débordé, M. Müller était en effet le patient idéal. Lors de la première semaine de son séjour, il n'avait subi aucune crise de migraine. Il ne demandait presque rien et n'exigeait pas une attention soutenue, hormis la vérification de ses symptômes vitaux – pouls, température, respiration et tension artérielle – six fois par jour. Les infirmières le considéraient, à l'instar de Mme Becker, l'infirmière du Dr Breuer, comme un vrai gentleman.

Malgré tout, la discrétion n'était pas un vain mot pour lui. Il n'engageait jamais la moindre conversation. Chaque fois qu'il était interpellé par le personnel ou par d'autres patients, il répondait aimablement, mais brièvement. Il préférait manger dans sa chambre et, après ses séances matinales avec le Dr Breuer (séances qui, de l'avis des infirmières, consistaient en une série de massages et de traitements électriques), passait le plus clair de sa journée seul, à écrire dans sa chambre, ou, si le temps le permettait, à griffonner des notes tout en faisant le tour du parc. Sur la nature de ses écrits, M. Müller décourageait poliment toutes les initiatives des curieux.

On savait seulement qu'il s'intéressait à Zarathoustra, le prophète de l'ancienne Perse.

Breuer fut impressionné par l'abîme qui existait entre les manières élégantes de Nietzsche à la clinique et le ton tranchant, souvent pugnace, de ses ouvrages. Lorsqu'il lui en fit part, Nietzsche sourit et répondit : « Il n'y a rien de bien mystérieux. Quand personne n'écoute, il ne reste plus qu'à crier ! »

Il semblait heureux de sa vie au sein de la clinique. À Breuer, il expliqua non seulement que ses journées étaient agréables, mais aussi que leurs conversations quotidiennes nourrissaient sa réflexion philosophique. Il avait toujours méprisé les Kant, les Hegel, dont, disait-il, le style académique ne s'adressait qu'à la communauté académique. Sa philosophie, au contraire, était une philosophie *de* la vie, *pour* la vie. Les plus grandes vérités, aimait-il à répéter, étaient sanglantes, comme arrachées à la vie même.

Avant de rencontrer Breuer, il n'avait jamais cherché à mettre ses idées philosophiques en pratique ; cette question, il l'avait balayée d'un désinvolte revers de la main, en affirmant qu'il ne valait pas la peine de perdre son temps avec ceux qui ne le comprenaient pas, tandis que les êtres supérieurs finiraient bien par trouver le chemin de sa sagesse – sinon aujourd'hui, du moins dans cent ans ! Mais ses rencontres quotidiennes avec Breuer l'obligèrent à considérer la question d'un œil plus attentif.

Et pourtant, ces journées aussi insouciantes que productives n'étaient pas, pour Nietzsche, aussi idylliques qu'il y paraissait. Son énergie était en effet sapée par des courants contraires souterrains. Presque tous les jours, il écrivait à Lou Salomé des lettres venimeuses, désespérées et mélancoliques, Lou dont l'image ne cessait de le hanter et de capter toutes ses forces au détriment de Breuer, de Zarathoustra et de cette joie simple qui consistait à profiter de journées sans douleur.

Qu'on l'observât en surface ou dans ses profondeurs les plus enfouies, la vie de Breuer fut, pendant la première semaine d'hospitalisation de Nietzsche, pour le moins tourmentée. Les heures qu'il passait à la clinique Lauzon ne faisaient qu'alourdir son emploi du temps déjà bien chargé. Une des règles immuables de la médecine viennoise voulait que la charge de travail du médecin augmentât à mesure que le climat empirait. Depuis plusieurs semaines, un hiver triste, plombé par un ciel gris persistant, balayé par un vent du nord glacé et chargé d'un air lourd et humide expédiait à son cabinet une cohorte ininterrompue de patients affaiblis.

Son emploi du temps était largement dominé par les maladies typiques d'un mois de décembre : bronchites, pneumonies, sinusites, amygdalites, pharyngites et emphysèmes. Par ailleurs, il recevait toujours des patients atteints de dysfonctionnements nerveux. En cette première semaine de décembre, deux nouveaux patients, jeunes et frappés de sclérose disséminée, franchirent le seuil de son cabinet. Or Breuer détestait tout particulièrement cette maladie : il n'avait pas le moindre remède à proposer et s'interrogeait sur l'opportunité d'annoncer aux patients le destin qui les attendait : une impotence grandissante, et des périodes de faiblesse, de paralysie ou de cécité capables de survenir à tout moment.

En outre, deux nouvelles patientes firent irruption, qui n'avaient aucune pathologie manifeste et qui, Breuer en était convaincu, souffraient d'hystérie. L'une, une femme d'âge mûr, était depuis deux ans prise de spasmes chaque fois qu'elle se retrouvait seule. L'autre, une jeune fille de dix-sept ans, était atteinte de convulsions spasmodiques de la jambe et ne pouvait marcher qu'en s'appuyant sur deux parapluies en guise de cannes. Elle perdait parfois conscience et se mettait à proférer des propos étranges tels que : « Laissez-moi ! Foutez le camp ! Je ne suis pas là ! Ce n'est pas moi ! »

Pour Breuer, la cure par la parole qu'il avait mise en pratique avec Anna O. pouvait s'imposer à ces deux femmes. Mais les dégâts occasionnés avaient été trop lourds – sur son temps, sur sa réputation professionnelle, sur son équilibre mental, et sur son couple. Bien que s'étant juré de ne jamais retenter l'aventure, il trouvait parfaitement idiot d'en revenir à la méthode thérapeutique traditionnelle, inefficace, à savoir des massages musculaires intenses et des stimulations électriques, selon les recommandations, précises mais invérifiées, que Wilhelm Erb avait exposées dans son célèbre *Traité d'électrothérapie*.

Si seulement il avait pu envoyer ces deux patientes à un autre médecin ! Mais qui ? Personne n'en aurait voulu. En décembre 1882, à part lui, personne à Vienne, ni en Europe, ne savait traiter l'hystérie.

Ce qui épuisait Breuer, pourtant, ce n'étaient pas les demandes répétées qu'on lui adressait, mais bien les tourments psychologiques qu'il s'infligeait tout seul. Avec Nietzsche, les quatrième, cinquième et sixième séances avaient suivi le programme qu'ils s'étaient fixé pendant la troisième : Nietzsche le poussait à affronter les grandes questions métaphysiques de sa vie, notamment ses angoisses quant à la vanité des choses, son conformisme, son manque de liberté, et sa peur de la mort. « Si Nietzsche entend vraiment me mettre toujours plus dans l'embarras, pensa-t-il, alors il doit être content de mes progrès. »

Car il se sentait profondément malheureux. Mathilde semblait s'éloigner toujours un peu plus. Il était écrasé par l'angoisse, incapable de s'arracher au poids qui lui comprimait la poitrine. C'était comme si un étau géant lui fracassait les côtes. Il avait le souffle court. Il se forçait sans cesse à respirer plus profondément mais, malgré tous ses efforts, il ne parvenait pas à expulser cette tension qui l'étranglait. Les chirurgiens savaient désormais comment insérer un tube dans le thorax pour drainer les épanchements pleuraux d'un patient ; de même, il s'imaginait souvent plonger des tubes dans son propre thorax, dans ses aisselles, pour en extraire toute l'angoisse. Chaque nuit ses rêves étaient plus terribles, ses insomnies plus lourdes. Au bout de quelques jours, il ingurgitait plus de chloral que ne le faisait Nietzsche. Cette vie valait-elle la peine d'être vécue ? Il lui arrivait d'envisager la surdose de véronal pour régler la question une bonne fois pour toutes. Plusieurs de ses patients souffraient la male mort pendant de longues années. Eh bien, tant pis pour eux ! Qu'ils s'accrochent à leur misérable et absurde existence ! À d'autres !

Nietzsche, pourtant censé l'aider, ne lui était pas d'un grand secours. Quand il lui décrivait ses tourments, Nietzsche les balayait d'un revers de main. « Bien sûr que vous souffrez, mais quoi ! C'est le prix de la sagesse. Bien sûr que vous avez peur, car vivre signifie être en danger. Endurcissez-vous ! Vous n'êtes pas une vache, et je ne suis pas un apôtre de la rumination. »

Dès le lundi soir, soit une semaine après qu'ils eurent scellé leur pacte, Breuer savait que le plan concocté par Nietzsche avait sérieusement déraillé. En effet, ce dernier était parti du principe que les fantasmes à propos de Bertha n'étaient qu'une ruse de l'esprit, un stratagème secret pour faire diversion et empêcher Breuer d'affronter les questions métaphysiques plus délicates. Aux yeux de Nietzsche, la simple confrontation à ces questions fondamentales devait permettre de jeter les obsessions aux oubliettes.

Or il n'en était rien ! Ses fantasmes redoublèrent même de férocité, exigeant encore davantage de lui : davantage d'attention, davantage de temps. Une fois de plus, Breuer rêva de changer de vie, de trouver un moyen de fuir cette prison, sa prison, culturelle, professionnelle, maritale, et de quitter Vienne en prenant Bertha sous le bras.

Parmi ces fantasmes, l'un en particulier gagnait du terrain. Il s'imaginait rentrer chez lui un soir et trouver voisins et pompiers rassemblés dans la rue. Sa maison est en flammes ! Il couvre sa tête de son manteau, force le barrage et se précipite dans les escaliers de la maison en feu pour sauver sa famille. Mais les flammes et la fumée rendent le sauvetage impossible. Après avoir perdu conscience, il est sauvé par les pompiers, qui lui apprennent que toute sa famille a péri dans l'incendie : Mathilde, Robert, Bertha, Dora, Margarethe et Johannes. Tout le monde loue sa tentative courageuse pour les sauver, tout le monde s'afflige de cette tragédie. Sa souffrance est infinie, sa douleur indicible. Mais il est libre ! Libre pour Bertha, libre de partir avec elle, peut-être en Italie, en Amérique qui sait, libre de tout recommencer à zéro.

Mais leur histoire tiendra-t-elle ? N'est-elle pas trop jeune pour lui ? Leurs intérêts sont-ils les mêmes ? L'amour durera-t-il ? Ces questions surgissaient à peine dans son esprit que le cycle infernal recommençait : il se retrouvait dans la rue une fois de plus, et contemplait sa maison réduite en cendres !

Le fantasme résistait bec et ongles à la moindre interruption : une fois enclenché, il devait à tout prix se poursuivre jusqu'à son terme. Parfois, même, Breuer se retrouvait devant sa maison en flammes alors qu'il attendait un de ses patients. Si Mme Becker entrait à ce moment-là dans son cabinet, il faisait semblant d'écrire quelques lignes dans le dossier du patient et lui faisait signe de le laisser tranquille quelques instants.

Chez lui, il ne pouvait pas voir Mathilde sans se sentir atrocement coupable de l'avoir installée dans sa maison en flammes. Alors il la regardait moins, passait moins de temps dans son laboratoire à faire des expériences avec ses pigeons, se rendait plus souvent au café, jouait au tarot avec ses amis deux fois par semaine, acceptait plus de patients, et revenait à la maison fatigué, très fatigué.

Et son projet concernant Nietzsche, dans tout ça ? Il n'avait plus vraiment envie de l'aider, préférant se réfugier derrière une nouvelle idée : *la meilleure façon d'aider Nietzsche serait peut-être de le laisser l'aider, lui* ! Nietzsche paraissait en bonne forme. Il n'abusait pas des médicaments, dormait du sommeil du juste après un simple demi-gramme de chloral, il avait bon appétit, ne souffrait pas de douleurs gastriques, et ses migraines n'avaient pas réapparu.

Désormais, Breuer admettait pleinement l'étendue de son désespoir, ainsi que son besoin d'être aidé. Il cessa de se mentir, de feindre de croire qu'il discutait avec Nietzsche pour le bien *de celui-ci*, que leurs séances étaient un stratagème brillant pour inciter le philosophe à parler de *son* désespoir. Breuer s'étonna de la force d'attraction qu'exerçait la cure par la parole. Elle le happait ; feindre de suivre une cure signifiait déjà être en cure. Il était bon de se décharger de son fardeau, de partager ses secrets les plus inavouables, de capter l'attention exclusive d'un être qui le comprenait, l'acceptait et paraissait même lui pardonner. Bien qu'il sortît de certaines séances dans un état lamentable, curieusement, il attendait toujours la suivante avec hâte. Sa confiance dans les capacités et la sagesse de Nietzsche ne faisait que croître ; il ne doutait plus un seul instant que Nietzsche eût le pouvoir de le guérir – si seulement lui, Breuer, pouvait trouver le chemin de ce pouvoir !

Et l'individu Nietzsche ? « Notre relation, se demanda Breuer, est-elle toujours uniquement professionnelle ? Il me connaît mieux, ou du moins en sait plus sur moi, que n'importe qui au monde. Est-ce que je l'apprécie ? Est-ce qu'il m'apprécie ? Sommes-nous amis ? » Breuer ne savait pas vraiment comment répondre à toutes ces questions, pas plus qu'à celle de savoir s'il pouvait apprécier quelqu'un d'aussi distant. « Puis-je me montrer loyal ? Ou bien devrai-je un jour, moi aussi, le trahir ? »

C'est alors qu'une chose inattendue se produisit. Après avoir pris congé de Nietzsche un matin, Breuer arriva à son cabinet pour y être, comme d'habitude, salué par Mme Becker. Elle lui tendit alors une liste de douze patients, avec une marque rouge à côté des noms de ceux qui étaient déjà arrivés, ainsi qu'une impeccable enveloppe bleue sur laquelle il reconnut l'écriture de Lou Salomé. Il l'ouvrit et en sortit une carte bordée d'argent :

11 décembre 1882

Docteur Breuer,

J'espère vous voir cet après-midi.

Lou

« Lou ! pensa Breuer. Avec elle, au moins, aucune gêne à employer le prénom ! » Puis il réalisa que Mme Becker lui parlait.

« La dame russe est passée il y a une heure, expliqua-t-elle, son front lisse légèrement froncé. Elle cherchait à vous voir. J'ai pris la liberté de lui dire que vous aviez une matinée chargée, ce à quoi elle a répondu qu'elle repasserait à cinq heures. Je lui ai fait savoir que votre après-midi serait tout aussi chargée. Elle m'a alors demandé l'adresse viennoise du professeur Nietzsche, je lui ai répondu que je ne la connaissais pas et qu'il valait mieux qu'elle vous en parle directement. Ai-je bien fait ?

– Naturellement, madame Becker… comme toujours. Mais vous avez l'air troublée ? » Breuer savait non seulement qu'elle n'avait pas du tout apprécié Lou Salomé lors de sa première visite, mais qu'elle lui imputait entièrement la pénible aventure avec Nietzsche. Les visites quotidiennes de Breuer à la clinique Lauzon entraînaient un tel surmenage au cabinet qu'il n'avait plus beaucoup l'occasion de se soucier de son infirmière.

« Pour être très honnête, docteur Breuer, j'ai été choquée par le fait qu'elle soit entrée dans votre cabinet alors que de nombreux patients attendaient déjà, et qu'elle se soit attendue à vous être présentée sur-le-champ, avant tout le monde. Et pour couronner le tout elle me demande l'adresse du professeur ! Il y a quelque chose de louche à agir ainsi dans votre dos. Et dans celui du professeur !

– C'est bien pour ça que j'estime que vous avez parfaitement agi, répondit Breuer sur un ton conciliant.

Vous avez su rester discrète, vous m'avez parlé d'elle et vous avez protégé la confidentialité de mon patient. On n'aurait pas pu mieux faire. Maintenant faites entrer M. Wittner. »

Il devait être cinq heures et quart lorsque Mme Becker lui annonça l'arrivée de Mlle Salomé et, par la même occasion, lui rappela que cinq patients attendaient toujours leur consultation.

« Qui dois-je envoyer ensuite ? Mme Mayer attend depuis au moins deux heures. »

Breuer se sentait coincé. Il savait que Lou Salomé s'attendait à être reçue immédiatement.

« Envoyez-moi Mme Mayer. Je verrai Mlle Salomé après elle. »

Vingt minutes plus tard, alors que Breuer était en train de rédiger sa note sur Mme Mayer, son infirmière accompagna Lou Salomé jusqu'au cabinet. Breuer se leva d'un bond et baisa la main que la jeune femme lui tendait. Depuis leur dernière entrevue, l'image qu'il avait d'elle s'était quelque peu brouillée. Il fut de nouveau frappé par sa beauté, qui illuminait le cabinet comme par magie.

« Ah, chère mademoiselle, quel plaisir ! J'avais oublié !

– Vous m'aviez oubliée ? Déjà, docteur ?

– Pas vous, certes non, mais le plaisir de vous voir…

– Dans ce cas regardez-moi bien. Tenez, je vous donne mon profil droit… » dit-elle en tournant d'un air mutin son visage vers la droite, puis vers la gauche, « … et mon profil gauche, dont on dit que c'est mon meilleur. Qu'en dites-vous ? Dites-moi : j'ai besoin de savoir si vous avez lu mon petit billet ? Vous n'en avez pas pris ombrage, j'espère ?

– Ombrage ? Non, assurément pas… Plutôt désolé d'avoir si peu de temps à vous consacrer, peut-être un simple quart d'heure. » Il lui désigna un fauteuil et, une fois qu'elle s'y fut assise – avec grâce et lenteur, comme si elle avait toute la journée devant elle –, il approcha d'elle son fauteuil. « Vous avez vu ma salle d'attente... Malheureusement je n'ai aucun moment de libre aujourd'hui. »

Lou Salomé était imperturbable. Tout en hochant la tête d'un air compréhensif, elle donnait l'impression de n'avoir aucun rapport, de près ou de loin, avec la salle d'attente de Breuer.

« Je dois, ajouta celui-ci, encore rendre visite à quelques malades, et assister ce soir à une réunion de la société médicale.

– Ah, la rançon de la gloire, cher docteur ! »

Breuer n'avait pas l'intention de lâcher prise. « Mais dites-moi, chère mademoiselle, pourquoi vivre si dangereusement ? Pourquoi ne pas me prévenir à l'avance, afin que je trouve un moment pour vous ? Certains jours je n'ai pas un seul instant à moi, et d'autres me voient hors les murs, pour des consultations. Vous avez bien failli venir à Vienne sans me voir du tout. Pourquoi prendre le risque d'un tel voyage en pure perte ?

– Toute ma vie on m'aura mise en garde contre ce genre de choses. Pourtant je n'ai encore jamais été déçue... Pas une seule fois. Regardez, aujourd'hui même ! Me voilà, et je discute avec vous, dans votre cabinet. Peut-être resterai-je à Vienne cette nuit et nous reverrons-nous demain... Dans ces conditions, docteur, pourquoi devrais-je changer une habitude qui ne m'a jamais trahie ? Et puis je suis trop impulsive ! Souvent je ne préviens pas à l'avance pour la simple et bonne raison que je ne sais pas à l'avance. Je prends mes décisions rapidement, et je les exécute rapidement.

« Toutefois, mon cher docteur Breuer, continuat-elle sereinement, ce n'est pas pour cela que je vous ai demandé si vous aviez pris ombrage de mon billet. Non, peut-être avez-vous été choqué par ma désinvolture, parce que je vous ai appelé par votre prénom ? La plupart des Viennois se sentent menacés, ou désemparés, sans tous ces titres ronflants, mais je déteste la distance quand elle est inutile. J'aimerais que vous m'appeliez Lou. »

Breuer se dit, une fois de plus, que cette femme était décidément redoutable – et provocante. Malgré sa gêne, il ne voyait pas comment protester sans se ranger du côté des Viennois guindés. Soudain, il put apprécier la position désagréable dans laquelle il avait placé Nietzsche quelques jours auparavant. Malgré tout, Nietzsche et lui avaient à peu près le même âge. Lou Salomé, elle, était une toute jeune femme.

« Mais bien sûr, avec plaisir. Je plaiderai toujours pour qu'il n'y ait pas de barrières entre nous.

– Alors va pour Lou ! Bien, en ce qui concerne vos patients, soyez assuré que je voue à votre profession le plus grand respect. Pour tout vous dire, mon ami Paul Rée et moi parlons souvent de nous inscrire à la faculté de médecine ; par conséquent je trouve normal que vous respectiez vos patients, et je m'empresserai d'aller droit au but. Vous aurez sans doute compris que je suis venue vous voir avec des questions et des renseignements importants concernant notre patient – si, naturellement, vous continuez de le voir. J'ai appris, par la bouche du professeur Overbeck, que Nietzsche avait quitté Bâle pour vous consulter. Je n'en sais pas plus.

– Oui, nous nous sommes rencontrés, en effet. Mais dites-moi, mademoiselle, quels sont ces renseignements que vous m'apportez ?

– Des lettres de Nietzsche… Elles sont si furieuses, si haineuses, si confuses qu'on croirait parfois qu'il a perdu la raison. Les voici, dit-elle avant de lui tendre une liasse de lettres. Pendant que j'attendais tout à l'heure, j'en ai recopié quelques passages pour vous. »

Breuer regarda la première page, noircie de la belle écriture de Lou Salomé :

Ah, cette mélancolie ! […] Où y a-t-il encore une mer dans laquelle on puisse vraiment se noyer ! […]

J'ai perdu le peu de choses que je possédais encore, ma bonne réputation, la confiance de certaines personnes, je perds beaucoup. Encore un ami : Rée – j'ai perdu toute l'année à cause de tortures affreuses auxquelles je suis encore exposé aujourd'hui. […]

Il est beaucoup plus difficile de pardonner à ses amis qu'à ses ennemis.

Même si la lettre était beaucoup plus longue, Breuer s'arrêta net. Pour captivante que fût la langue de Nietzsche, il savait que lire ces lignes revenait, purement et simplement, à trahir son patient.

« Eh bien, docteur Breuer, qu'en pensez-vous ?

– Pourquoi avez-vous estimé important que je voie ces lettres ?

– Je les ai reçues toutes d'un coup, en même temps. Paul me les avait cachées, puis il s'est dit qu'il n'avait pas le droit de me faire ça.

– Mais pourquoi faut-il que je les voie tout de suite ?

– Lisez plutôt ! Regardez ce que dit Nietzsche ! J'ai pensé qu'un médecin devait absolument voir cela. Il parle même de suicide. Par ailleurs, nombre de ses lettres sont confuses, comme si ses facultés de raisonnement se dégradaient. Enfin toutes ces attaques contre moi, amères et blessantes, je ne puis les oublier… Pour être franche avec vous, j'ai besoin de votre aide !

– En quoi puis-je vous aider ?

– Je respecte vos opinions, car vous êtes un observateur aguerri. Portez-vous le même regard sur moi ? » Sur ce, elle feuilleta parmi les pages. « Écoutez plutôt : "Une femme dépourvue de sensibilité… d'esprit… incapable d'aimer… grossière dans les questions d'honneur." Ou bien : "Une bête de proie qui joue les animaux domestiques", et encore : "Vous êtes un petit gibier de potence ! Et dire qu'autrefois je vous ai prise pour la vertu et l'honnêteté incarnées." »

Breuer secoua la tête. « Non, non, naturellement je ne partage aucun de ces jugements. Mais après nos rares entretiens, qui étaient aussi brefs que professionnels, quelle valeur peut bien revêtir mon opinion ? Est-ce vraiment là l'aide que vous recherchez ?

– J'ai conscience que Nietzsche écrit souvent sous le coup de la colère, comme pour me punir. Vous lui avez parlé ; et vous avez certainement parlé de moi. J'ai besoin de savoir ce qu'il pense *vraiment* de moi. Voilà ce que je vous demande. Que dit-il sur mon compte ? Est-ce qu'il me déteste ? Me considère-t-il vraiment comme ce monstre qu'il décrit ? »

Breuer demeura silencieux quelques instants, méditant sur toutes les conséquences de ces questions.

« Mais, reprit Lou Salomé, je vous pose de nouvelles questions, et vous n'avez pas encore répondu aux premières : avez-vous pu le persuader de vous parler ? Le voyez-vous toujours ? Faites-vous des progrès ? Avez-vous appris à être un médecin du désespoir ? »

Puis elle s'arrêta et plongea son regard dans celui de

Breuer, dans l'attente d'une réponse. Il sentit la pression s'accroître, de tous côtés, d'elle, de Nietzsche, de Mathilde, des malades qui attendaient dans la pièce à côté, de Mme Becker. Il aurait voulu hurler.

Il réussit malgré tout à prendre une grande bouffée d'air et à répondre : « Chère mademoiselle, vous m'en voyez fort marri mais je ne peux rien vous répondre.

– Rien me répondre ! s'exclama-t-elle, surprise. Je ne comprends pas.

– Mettez-vous un instant à ma place. Bien que vos questions soient parfaitement fondées, je ne peux y répondre sans violer le secret médical de mon patient.

– J'en déduis donc que Nietzsche est votre patient et que vous continuez de le voir.

– Hélas, je ne peux pas vous répondre !

– Mais ma situation est différente, dit-elle d'un ton de plus en plus indigné. Je ne suis ni une parfaite inconnue ni un agent de recouvrement.

– Peu importent vos motifs. Ce qui compte, c'est le droit du patient au secret médical.

– Mais ce traitement n'a rien d'ordinaire ! C'était mon idée ! C'est moi qui vous ai envoyé Nietzsche pour l'empêcher de se suicider. J'ai donc le droit de connaître le résultat de mes efforts.

– Oui, c'est un peu comme imaginer une expérience et vouloir en connaître le résultat.

– Exactement. Vous ne pouvez pas me priver de cela, n'est-ce pas ?

– Mais si ce que je vous disais mettait en péril le bon déroulement de l'expérience ?

– Comment cela ?

– Faites-moi confiance sur ce point. Je vous rappelle que vous êtes venue me voir parce que vous pensiez que j'étais un spécialiste. Aussi vous demanderai-je de me traiter comme tel.

– Mais je ne suis pas une simple spectatrice, ni un badaud qui observerait avec une curiosité morbide les victimes d'un accident. Nietzsche comptait, et compte toujours dans ma vie. Et, comme je vous l'ai dit, je suis en partie responsable de ses malheurs. » Sa voix devint un peu stridente. « Moi aussi, je suis malheureuse. J'ai le *droit* de savoir.

– J'entends bien. Mais en tant que médecin, je dois d'abord me soucier du sort des malades et me plier à leurs exigences. Un jour, peut-être, si vous devenez médecin, vous saurez apprécier ma position à sa juste valeur.

– Et mon malheur ? Il ne compte pour rien ?

– Votre malheur me rend très malheureux moi-même, mais je ne peux rien y faire. Je ne peux que vous conseiller de trouver de l'aide ailleurs.

– Pouvez-vous simplement m'indiquer l'adresse de Nietzsche ? Je ne peux entrer en contact avec lui que par l'intermédiaire d'Overbeck, qui ne lui passe peut-être pas mes lettres ! »

Breuer finit par s'irriter de l'insistance de Lou Salomé. Il comprit quelle attitude adopter. « Vous soulevez des questions difficiles sur les devoirs d'un médecin vis-à-vis de ses patients. Vous m'obligez à adopter une position que je n'ai pas eu le temps d'examiner en détail. Pourtant je reste convaincu que je ne peux rien vous dire : ni où il réside, ni comment il se porte, ni même s'il est mon patient. À propos de patient, mademoiselle Salomé, dit-il en se levant de son fauteuil, je dois maintenant recevoir ceux qui attendent dans la pièce d'à côté. »

Lou Salomé, elle aussi, se leva ; Breuer en profita pour lui redonner les lettres qu'elle avait apportées. « Je dois vous les rendre. Je comprends que vous ayez souhaité me les montrer mais, comme vous le dites si bien, votre nom est vénéneux dans sa bouche, et je ne peux rien faire de ces lettres. Je crois même avoir commis une erreur en y jetant simplement un coup d'œil. »

Elle s'empara prestement des lettres, fit volte-face et quitta le cabinet en trombe.

Le sourcil froncé, Breuer se rassit. Était-ce la dernière fois qu'il voyait Lou Salomé ? Rien n'était moins sûr. Lorsque Mme Becker fit irruption pour lui demander si elle pouvait faire entrer M. Pfefferman, qu'on entendait tousser violemment dans la salle d'attente, Breuer la pria d'attendre encore quelques minutes.

« Comme vous voudrez, docteur Breuer. Vous n'avez qu'à me prévenir. Une tasse de thé bien chaud, peut-être ? » Mais il agita la tête ; une fois que son infirmière eut quitté la pièce, il ferma les yeux et voulut se reposer. L'image de Bertha revint le hanter.

18

Plus il repensait à la visite de Lou Salomé, plus il enrageait. Non pas contre elle – puisque c'était principalement de la peur qu'il ressentait à son égard –, mais contre Nietzsche. Pendant tout ce temps où ce dernier lui avait reproché d'être obsédé par Bertha, de « se nourrir dans l'auge du désir » et de « fouiller dans les détritus de son esprit », de son côté il se goinfrait et fouinait !

Non, il n'aurait jamais dû lire la moindre ligne de ces lettres. Mais il n'avait pas réagi assez vite. Que pouvait-il bien faire de ce qu'il avait entrevu ? Rien ! Il ne pouvait absolument rien aborder avec Nietzsche : ni ses lettres, ni la visite de Lou Salomé.

Curieusement, Nietzsche et lui partageaient le même mensonge, l'un et l'autre se cachant mutuellement l'existence de Lou Salomé. Cette dissimulation affectait-elle Nietzsche de la même manière qu'elle affectait Breuer ? Nietzsche se sentait-il en faute ? Coupable ? Y avait-il un moyen de retourner cette culpabilité à l'avantage de Nietzsche ?

« Tout doux », se dit Breuer tandis que, le samedi matin, il gravissait les marches du grand escalier en marbre qui menait à la chambre 13. « Ne fais aucun geste brusque ! Il se passe quelque chose d'important. Regarde le chemin parcouru en une semaine ! »

Après avoir achevé son examen clinique de Nietzsche, Breuer lui dit sans attendre : « Friedrich, j'ai fait un drôle de rêve cette nuit. J'étais dans la cuisine d'un restaurant. Des cuisiniers négligents avaient renversé de l'huile par terre. Je glissais dessus et faisais tomber un rasoir qui se logeait dans une fissure. Alors vous êtes entré, mais sous une apparence particulière. Vous portiez un uniforme de général, pourtant je savais que c'était vous. Vous vouliez m'aider à retrouver mon rasoir. Je vous disais de ne pas le faire, parce que vous risquiez de l'enfoncer encore plus. Mais vous insistiez et, en effet, vous l'enfonciez encore plus dans le sol. Chaque fois que je tentais de l'extraire, je me coupais. » Il s'arrêta un instant et observa Nietzsche dans l'attente d'une réaction de sa part. « Comment interprétez-vous ce rêve ?

– Et *vous*, Josef, comment l'interprétez-vous ?

– Comme dans la plupart de mes rêves, il n'y a pas grand-chose qui fasse sens. Malgré tout, le fait que vous y figuriez doit bien vouloir dire quelque chose.

– Ce rêve, l'avez-vous encore clairement en tête ? »

Breuer fit oui de la tête.

« Dans ce cas, continuez de le regarder et procédez au ramonage de la cheminée. »

Breuer hésita, visiblement désarçonné, puis chercha à se concentrer. « Voyons voir, je fais tomber quelque chose, en l'occurrence mon rasoir, et sur ce, vous surgissez…

– En uniforme de général.

– Oui, vous êtes habillé en général et vous essayez de m'aider… mais tout en ne m'aidant pas.

– Je dirais même que je ne fais qu'aggraver les choses, puisque j'enfonce la lame un peu plus dans le sol.

– Eh bien, tout cela confirme ce que je disais. La situation ne fait qu'empirer – mon obsession de Bertha, le fantasme de la maison qui brûle, les insomnies. Nous devons procéder autrement !

– Et je suis habillé en général ?

– Cet aspect-là est facile à comprendre. L'uniforme doit avoir un lien avec vos manières distantes, votre langage poétique, vos proclamations solennelles. » Enhardi par les tout derniers renseignements qu'il avait glanés auprès de Lou Salomé, Breuer continua sur sa lancée : « Comme un symbole de votre refus du prosaïque. Tenez, mon problème avec Bertha par exemple. Je sais, d'après mon travail avec les patients, combien les problèmes avec le sexe opposé sont monnaie courante, au point que presque personne n'échappe aux affres de l'amour. Goethe le savait bien, et c'est pour cette raison que *Les Souffrances du jeune Werther* est un si beau texte : son amour malheureux touche le cœur de chaque homme. Vous avez dû connaître cela aussi. »

N'obtenant aucune réponse de Nietzsche, Breuer insista. « Je suis prêt à parier que vous avez vécu une expérience similaire. Aussi pourquoi ne pas m'en faire part afin que nous en parlions honnêtement, d'égal à égal ?

– Et plus comme entre un général et un simple soldat ! Entre celui qui détient le pouvoir et celui qui n'en a pas ! Ah, Josef, je vous demande pardon… J'avais accepté de ne plus parler de pouvoir, même quand les questions du pouvoir deviennent si évidentes qu'elles nous accablent ! Quant à l'amour, je ne nie pas ce que vous venez de dire, je ne nie pas que chacun de nous, y compris moi, en goûte l'amertume.

« Vous parliez de Werther, poursuivit Nietzsche, mais je me permets de vous rappeler ces mots de Goethe :

“Sois un homme et ne me suis pas – c’est toi-même qu’il faut suivre ! Toi-même !” Saviez-vous qu’il inscrivit cette phrase dans la seconde édition du texte parce que tant de jeunes hommes avaient suivi l’exemple de Werther et s’étaient donné la mort ? Non, Josef, l’important n’est pas que je vous explique ma méthode, mais que je vous aide plutôt à trouver *votre* méthode pour secouer votre désespoir. Revenons sur ce rasoir, dans votre rêve : que signifie-t-il ? »

Breuer hésita un instant. Car enfin, Nietzsche venait de lui révéler qu’il avait également connu la douleur de l’amour ! Fallait-il donc poursuivre sur cette piste et le presser de questions ? Non, se dit-il, mieux valait attendre ; il laissa son attention revenir sur son propre cas.

« Je ne comprends pas la présence de ce rasoir dans mon rêve.

– Rappelez-vous la règle du jeu, Josef : n’essayez pas de tout comprendre et contentez-vous de ramoner. Dites tout ce qui vous passe par la tête. Sans tricher. » Nietzsche recula et ferma les yeux en attendant la réponse de Breuer.

« Un rasoir, un rasoir… Hier soir j’ai vu un ami, un ophtalmologue du nom de Carl Koller, qui a le visage entièrement glabre. Puis j’ai songé, ce matin même, à me raser la barbe – mais il m’arrive souvent d’y penser.

– Continuez le ramonage !

– Rasoir… les poignets… Un de mes patients, un jeune homme qui craint d’être homosexuel, s’est tailladé les poignets avec une lame de rasoir il y a deux jours. Je dois d’ailleurs le voir tout à l’heure. Soit dit en passant, il s’appelle Josef. Bien que je ne compte pas me tailler les veines, il m’arrive souvent de penser, comme je vous l’ai dit, au suicide. C'est de la lâcheté… Je ne m'imagine pas du tout en train de me donner la mort, acte sans doute aussi improbable que la perspective de brûler toute ma famille ou d'emmener Bertha en Amérique. Et pourtant je songe de plus en plus au suicide.

– Tous les penseurs sérieux y songent, fit remarquer Nietzsche. C'est une lueur qui nous permet d'avancer dans la nuit. » Il ouvrit les yeux et se tourna vers Breuer. « Vous dites que nous devons procéder autrement pour vous venir en aide. Par exemple ?

– Attaquer mon obsession de front ! Elle est en train de me miner, de me consumer à petit feu. Je ne vis pas dans le présent… Je vis dans le passé, ou dans un avenir qui ne sera jamais.

– Mais tôt ou tard vous finirez par venir à bout de cette obsession, Josef. Ma méthode est parfaitement juste. Car il est patent que derrière cette obsession se cachent vos angoisses métaphysiques les plus profondes. De même, plus nous abordons de façon explicite ces angoisses, plus votre obsession se renforce. Ne voyez-vous pas qu'elle détourne votre attention de ces vérités fondamentales ? Qu'elle constitue le seul remède à vos angoisses ?

– Nous sommes parfaitement d'accord. Je commence à être convaincu par votre point de vue et je crois que votre méthode est la bonne. Mais s'attaquer de front à mon obsession n'a rien de contradictoire. Vous l'avez décrite, l'autre jour, comme un champignon ou une mauvaise herbe. C'est vrai, de même que si j'avais cultivé mon esprit d'une autre manière, cette obsession n'y aurait jamais pris racine. Mais maintenant qu'elle est là, je dois l'éradiquer au plus vite. Votre méthode est trop lente pour moi. »

Nietzsche s'agita sur son fauteuil, manifestement gêné par le scepticisme de Breuer. « Avez-vous des conseils particuliers à me donner ?

– Je suis prisonnier de cette obsession : elle ne me dira jamais comment m'échapper d'elle. C'est pourquoi je vous interroge sur *votre* expérience en la matière, et sur les méthodes que vous avez employées pour vous échapper.

– Mais c'est exactement ce que j'ai essayé de faire la semaine dernière, quand je vous ai demandé de prendre de la hauteur, rétorqua Nietzsche. Une perspective cosmique permet toujours d'atténuer la souffrance et le drame de la vie. Pour peu que vous vous éleviez suffisamment, vous atteindrez des sommets du haut desquels la tragédie cessera d'être tragique.

– Oui, oui, oui… » Breuer était de plus en plus agacé. « Intellectuellement, je sais tout cela. Mais un traitement par l'altitude ne m'apporte aucun soulagement. Pardonnez mon impatience, mais de la connaissance intellectuelle à la connaissance sensible, il y a un abîme, un immense abîme. Souvent, lorsque la nuit je suis dans mon lit, éveillé, effrayé par la mort, je me récite la maxime d'Épicure : "Quand nous sommes, la mort n'est pas là, et quand la mort est là, c'est nous qui ne sommes pas." C'est une vérité éminemment rationnelle, irréfutable. Mais lorsque la peur est plus forte que moi, rien n'y fait, et cette phrase ne m'apporte aucun repos. Dans ce cas la philosophie ne suffit plus. Enseigner la philosophie et la pratiquer sont deux choses fort différentes.

– Le problème, Josef, c'est que chaque fois que nous délaissons la philosophie au profit d'instruments plus médiocres pour influencer les hommes, on se retrouve avec des hommes médiocres. Quand vous dites souhaiter une méthode efficace, vous voulez parler d'une méthode qui puisse influer sur les émotions. Eh bien, oui, je connais des spécialistes en la matière ! De qui s'agit-il ? Des prêtres bien sûr ! Ils connaissent on ne peut mieux les secrets de l'influence ! Ils vous manipulent avec leur douce musique, ils font de vous des nains avec leurs grandes flèches de cathédrales et leurs hautes nefs, ils excitent le désir de soumission, vous offrent le surnaturel pour seul guide, la protection contre la mort, et même l'immortalité. Mais à quel prix ! La servitude religieuse, le culte de la faiblesse, l'immobilisme, la haine du corps, de la joie, du monde ! Non, nous ne pouvons pas employer ces méthodes confortables et anti-humaines ! Il nous faut trouver d'autres moyens pour affûter les pouvoirs de la raison.

– Le metteur en scène de mon esprit, répliqua Breuer, celui qui décide de m'envoyer des images de Bertha ou de ma maison en flammes, ne me paraît pas influencé par la raison.

– Mais vous *devez* comprendre, dit Nietzsche en serrant les poings, que vos préoccupations ne reposent sur aucun élément de réalité ! Votre vision de Bertha, ce halo d'attirance et d'amour dont vous l'auréolez, tout cela n'existe pas, ce ne sont que de pauvres fantasmes qui n'appartiennent pas à la réalité nouménale. Tout ce que nous voyons est relatif ; tout ce que nous savons également. Cette expérience, nous l'inventons nous-mêmes. Or tout ce que nous inventons, nous pouvons le détruire. »

Breuer ouvrit la bouche pour dire que c'était précisément ce genre de tirades qui lui paraissait inefficace ; mais Nietzsche ne pouvait plus s'arrêter.

« Laissez-moi vous expliquer, Josef. J'ai un ami, ou

plutôt j'avais un ami : le philosophe Paul Rée. Nous croyons tous deux que Dieu est mort. Lui en conclut qu'une vie sans Dieu n'a plus aucun sens, et son désespoir est tellement grand qu'il songe sans cesse au suicide : ainsi porte-t-il toujours autour du cou une petite fiole de poison. Pour moi, au contraire, l'absence de Dieu est une source de réjouissance, et ma liberté un bonheur sans fin. Je ne cesse de me dire : "Que resterait-il à créer si les dieux existaient ?" Vous comprenez ? La même situation, les mêmes données sensibles, mais deux réalités différentes ! »

Breuer s'enfonça dans son fauteuil, d'un air dépité, abattu au point de ne même pas se réjouir de l'évocation de Paul Rée par Nietzsche. « Je vous répète que ces arguments ne me *touchent* pas ! gémit-il. Quel intérêt ? Même si nous inventons la réalité, notre esprit est construit de telle sorte qu'il nous dissimule cette vérité.

– Mais regardez *votre* réalité ! protesta Nietzsche. Regardez-la une bonne fois pour toutes et vous comprendrez à quel point elle est factice et bancale ! Regardez encore l'objet de votre amour, cette infirme qu'est Bertha : quel homme doué de raison pourrait l'aimer ? Vous me dites qu'il lui arrive souvent de ne plus rien entendre, de loucher, de se tordre les bras et les poignets jusqu'à la douleur, de parler un jour en anglais, un autre en français. Comment doit-on lui parler ? Elle devrait porter sur elle une pancarte, comme dans les restaurants, pour indiquer la *langue du jour*[1]. » Nietzsche se fendit d'un grand sourire – il était très content de son bon mot.

Breuer, lui, ne souriait pas du tout. Au contraire, il se rembrunit. « Pourquoi êtes-vous aussi insultant à

1. En français dans le texte.

son égard ? Vous ne parlez jamais d'elle sans ajouter : "l'infirme" !

– Je ne fais que répéter ce que vous m'avez dit.

– C'est vrai qu'elle est malade. Mais elle n'est pas que cela. C'est aussi une très belle femme. Marchez à ses côtés dans la rue, et toutes les têtes se tourneront vers vous. Elle est intelligente, douée, inspirée… Elle écrit bien, elle porte un regard très juste sur l'art, elle est douce, sensible et, je crois, aimante.

– Pas si aimante et sensible que cela, me semble-t-il. Regardez un peu sa manière de vous aimer ! Elle essaie de vous attirer vers l'adultère.

– Non, dit Breuer en secouant la tête, ce n'est pas…

– Oh que si ! l'interrompit Nietzsche. Oh que si ! Vous ne pouvez pas le nier. Oui, "attirer" est le terme qui s'impose… Elle se tient contre vous sous prétexte qu'elle ne peut pas marcher, elle pose la tête sur vos genoux et sa bouche contre vos parties intimes. Elle essaie de briser votre couple, elle vous humilie en public en prétendant attendre un enfant de vous ! Est-ce de l'amour ? Si oui, alors épargnez-moi ce genre d'amour !

– Je ne juge pas mes patients, je ne m'en prends pas à eux ni ne me moque de leur maladie, Friedrich. Je vous assure que vous ne connaissez pas cette femme.

– Dieu merci, non ! Mais j'ai connu des femmes comme elle. *Croyez-moi, Josef, cette femme ne vous aime pas et cherche à vous détruire !* conclut Nietzsche avec vigueur, ponctuant chaque mot d'un coup sur son carnet.

– Vous la jugez d'après les autres femmes que vous avez connues. Mais vous vous trompez… Tous ceux qui l'ont rencontrée sont du même avis que moi. Pourquoi la ridiculisez-vous ainsi ?

– Comme souvent, vous êtes empêtré dans vos beaux sentiments. Vous aussi, vous devez apprendre à ridiculiser ! C'est un gage de bonne santé.

– Dès qu'il s'agit des femmes, Friedrich, vous êtes intraitable. Trop.

– Et vous, Josef, trop indulgent. Pourquoi vous échinez-vous à la défendre coûte que coûte ? »

Trop agité pour pouvoir tenir en place sur son siège, Breuer se leva et marcha jusqu'à la fenêtre. Il contempla le parc, où un homme aux yeux couverts de bandages avançait en traînant des pieds, un bras accroché à celui d'une infirmière et l'autre tenant une canne à l'aide de laquelle il tapotait le sol devant lui.

« Libérez vos émotions, Josef. Cessez de vous retenir. »

Les yeux toujours rivés sur le parc, Breuer projeta sa voix par-dessus ses épaules. « Vous avez beau jeu de vous en prendre à elle. Si vous la voyiez, je puis vous assurer que vous changeriez d'avis. Vous seriez à genoux devant elle. C'est une femme stupéfiante, une Hélène de Troie, la quintessence même de la féminité. Je vous ai déjà raconté que le médecin qui m'a succédé est également tombé amoureux d'elle...

– La victime qui vous a succédé, voulez-vous dire ?

– Friedrich, s'exclama Breuer en se retournant vers lui, que vous arrive-t-il ? Je ne vous ai jamais vu dans cet état ! Pourquoi tant d'agressivité ?

– Je fais exactement ce que vous m'avez demandé de faire, c'est-à-dire trouver un autre moyen d'aborder votre obsession. Je crois qu'une partie de vos malheurs est due à une rancune enfouie. Il y a en vous quelque chose, une peur, une timidité, qui vous empêche d'exprimer votre colère, au lieu de quoi vous vous vantez de votre gentillesse. Vous faites de nécessité vertu en enfouissant vos sentiments profondément puis, parce que vous ne connaissez pas la rancune, en vous prenant pour un saint. Vous ne jouez plus le rôle du médecin compréhensif ; vous êtes *devenu* ce rôle, vous vous croyez trop intelligent pour connaître la colère. Entre nous, Josef, une petite vengeance peut avoir du bon, et il n'est rien de pire qu'une rancune ravalée ! »

Breuer secoua la tête. « Non, Friedrich, car comprendre c'est pardonner. J'ai sondé les racines profondes de tous les symptômes de Bertha. Il n'y a rien de mauvais en elle. Au contraire, même, c'est une jeune femme généreuse qui, à force de sacrifices, est tombée malade après la mort de son père.

– Tous les pères finissent par mourir : le mien, le vôtre, tout le monde ! Cela n'explique en rien la maladie. J'aime les actes, pas les excuses, et je considère que le temps des excuses – pour Bertha comme pour vous – est passé. » Sur ce, il referma son carnet. La discussion était terminée.

L'entretien suivant débuta de manière tout aussi orageuse. Breuer avait réclamé que l'on attaque son obsession de front. « Très bien, dit Nietzsche, qui avait toujours voulu être un guerrier. Vous voulez la guerre, eh bien, vous l'aurez ! » Au cours des trois jours qui suivirent, il déploya une puissante machine de guerre psychologique qui s'avérerait l'une des plus originales, et l'une des plus étranges, dans toute l'histoire médicale viennoise.

Il commença par arracher à Breuer la promesse que toutes ses directives seraient acceptées sans hésitation ni murmure. Puis il lui demanda de dresser une liste de dix insultes et de les proférer à l'encontre de Bertha. Ensuite,

Nietzsche l'obligea à imaginer sa vie avec Bertha, ainsi qu'une série de scènes : assis à la table du petit déjeuner avec elle et la regardant pendant qu'elle était prise de spasmes, qu'elle louchait, qu'elle était muette, qu'elle avait le cou déformé, qu'elle avait des hallucinations, qu'elle bégayait. Il évoqua des situations encore plus déplaisantes : Bertha en train de vomir, assise dans les toilettes, Bertha prise dans les douleurs de sa fausse grossesse. Mais aucune de ces expériences ne put ternir l'image fantasmée que Breuer se faisait de la jeune femme.

Nietzsche passa donc, la fois suivante, à des approches plus frontales. « Chaque fois que vous êtes tout seul et que vous commencez à penser à Bertha, criez aussi fort que possible : "Non !" ou : "Ça suffit !" Si vous n'êtes pas seul, pincez-vous très fort dès que son image vous vient à l'esprit. »

Pendant deux jours, l'appartement de Breuer résonna de « Non ! » et de « Ça suffit ! » tonitruants, et son avant-bras devint douloureux à force d'être pincé. Une fois installé dans son fiacre, il hurlait « Ça suffit ! » tellement fort que Fischmann se sentait toujours obligé d'arrêter les chevaux en attendant de nouvelles instructions. Une autre fois, Mme Becker déboula en trombe dans son cabinet après avoir entendu un de ses cris. Mais ces artifices ne résistèrent pas bien longtemps face aux désirs les plus profonds de son cerveau. Bertha ne cessait de le harceler !

Un autre jour, Nietzsche exigea de Breuer qu'il surveille son activité cérébrale et qu'il note dans son carnet, toutes les demi-heures, la fréquence et la durée de ses pensées pour Bertha. Breuer fut frappé d'apprendre qu'il ne se passait pas une heure sans qu'il ruminât son obsession pour elle. Nietzsche calcula qu'il y consacrait environ cent minutes par jour, soit plus de cinq cents heures par an, soit encore, dans les vingt prochaines années, six cents précieux jours occupés par les mêmes fantasmes répétitifs et ennuyeux. Cette perspective fit grogner Breuer. Mais elle ne l'empêcha pas de ressasser.

Nietzsche tenta alors une autre stratégie : il demanda à Breuer de consacrer des moments bien déterminés à Bertha, qu'il le veuille ou non.

« Vous persistez dans votre obsession pour Bertha ? Alors je vous ordonne de poursuivre ! Pensez à elle pendant quinze minutes, à raison de six fois par jour. Voyons ensemble votre emploi du temps et étalons ces six moments sur chacune de vos journées. Dites à votre infirmière que vous avez besoin de travailler sur vos dossiers sans être interrompu. Si vous voulez penser à Bertha à d'autres moments, ce n'est pas grave – vous êtes seul maître. Mais au cours de ces six moments quotidiens, vous *devez* penser à Bertha. Plus tard, une fois que vous vous serez habitué à cet exercice, nous réduirons progressivement la durée de ces méditations forcées. » Breuer suivit l'emploi du temps concocté par Nietzsche, mais rien n'y fit : ses obsessions obéissaient à celui de Bertha.

Enfin, Nietzsche suggéra à Breuer de mettre cinq kreuzers dans un porte-monnaie chaque fois qu'il pensait à Bertha ; il remettrait la somme ainsi amassée à quelque institution caritative. Breuer accepta, non sans savoir que l'opération était vouée à l'échec car il était heureux d'aider une telle institution. Nietzsche lui proposa alors de remettre l'argent au parti antisémite de Georg von Schönerer, l'Association nationale allemande. Cela ne fonctionna même pas.

Rien ne fonctionnait.

EXTRAIT DES NOTES DU DR BREUER SUR ECKART MÜLLER

9-14 décembre 1882

Pourquoi me leurrer encore ? Des deux patients qui se rencontrent tous les jours à la clinique, je suis le cas le plus urgent. C'est étrange : plus j'admets cette vérité, plus Nietzsche et moi travaillons en harmonie. Peut-être les renseignements que m'a transmis Lou Salomé ont-ils aussi modifié notre méthode de travail.

Naturellement, je n'en ai rien dit à Nietzsche. Pas plus que je ne lui dis que je suis devenu à mon tour un patient en bonne et due forme. Et pourtant, je crois qu'il sent ces choses-là. Involontairement, sans passer par le langage, je dois sans doute les lui transmettre. Qui sait ? Peut-être est-ce dans ma voix, ou dans mes gestes. C'est très mystérieux. Sigmund s'intéresse beaucoup à ces petits détails ; je devrais lui en parler.

Plus j'oublie de vouloir l'aider, plus il s'ouvre à moi. Ne serait-ce qu'aujourd'hui ! Il m'a dit que Paul Rée avait été un de ses amis. Que lui, Nietzsche, avait connu les affres de l'amour. Qu'il avait déjà connu une femme similaire à Bertha. Peut-être qu'il vaudrait mieux, pour lui comme pour moi, que je me concentre uniquement sur mon cas et que je cesse de vouloir le contraindre à s'ouvrir !

Il commence à mentionner aussi les méthodes qu'il emploie pour lui-même – par exemple, son approche dite du « changement de perspective » dans laquelle il prend de la distance et adopte une perspective cosmique. Il a rai-

son : si nous contemplons notre petite situation du point de vue plus vaste de nos vies entières, de l'humanité dans son ensemble et de l'évolution de la conscience, alors évidemment cette situation perd toute son importance.

Mais comment changer de perspective ? Ses instructions et ses objurgations n'ont aucune prise sur moi. Je ne parviens pas à m'arracher au centre de la scène. Je n'arrive pas à m'en éloigner suffisamment. Et à en juger par les lettres qu'il a écrites à Lou Salomé, je n'ai pas le sentiment qu'il y parvienne non plus !

… Il met également l'accent sur l'épanchement de la colère. Aujourd'hui, il m'a demandé d'insulter Bertha de dix manières différentes. Au moins je peux comprendre cette méthode ! D'un point de vue physiologique, l'expression de la colère a tout son sens : une surcharge d'excitation corticale doit être régulièrement purgée. Au dire de Lou Salomé, c'est là la méthode préférée de Nietzsche. Je crois qu'il possède en lui une grande réserve de colère. Je me demande pourquoi. À cause de sa maladie ? De son manque de reconnaissance ? Ou parce qu'il n'a jamais senti la chaleur d'une femme ?

Il est doué pour les insultes ; j'aimerais pouvoir me rappeler les plus belles de son répertoire. J'ai beaucoup apprécié qu'il traite Lou Salomé de « bête de proie qui joue les animaux domestiques ».

L'insulte lui vient facilement – contrairement à moi. Lorsqu'il déplore mon inaptitude à la colère, il dit vrai : elle coule dans le sang de ma famille, de mon père, de mes oncles. Pour les Juifs, la répression de la colère est un moyen de survivre. Je suis même incapable de la localiser. Pour Nietzsche, je la destine à Bertha ; mais je suis persuadé qu'il la confond avec sa propre colère contre Lou Salomé.

Quel malheur pour lui de s'être acoquiné avec elle ! J'aimerais pouvoir lui offrir toute ma compassion. Voilà un homme qui n'a pratiquement aucune expérience des femmes. Et sur qui jette-t-il son dévolu ? Sans doute sur la femme la plus impressionnante qu'il m'ait été donné de connaître. Et elle n'a que vingt et un ans ! Que Dieu nous vienne en aide quand elle sera dans la fleur de l'âge ! Et l'autre femme de sa vie, sa sœur Elisabeth, j'espère bien ne jamais la rencontrer. Elle a l'air aussi puissante que Lou Salomé, et certainement plus méchante !

... Aujourd'hui il m'a demandé d'imaginer Bertha en bébé qui aurait fait dans ses couches, puis moi lui disant comme elle est belle alors qu'elle me regarde en louchant et en se tordant le cou.

... Aujourd'hui il m'a recommandé de mettre un kreuzer dans mon soulier chaque fois que je pense à Bertha, et de marcher toute la journée avec. Mais où trouve-t-il donc toutes ces idées ? Il semble en avoir des milliers !

... hurler « Non ! » et me pincer, recenser tous mes fantasmes dans un carnet, marcher avec des pièces de monnaie dans mes chaussures, donner de l'argent à Schönerer... me punir pour m'être laissé ronger par le tourment. Pure folie !

J'ai entendu que l'on apprenait aux ours à danser et à se tenir debout sur deux pattes en chauffant les pavés du sol sous eux. Y a-t-il une grande différence entre cette méthode et la sienne ? Il essaie de modeler mon esprit à coups de petites punitions intelligentes.

Mais je ne suis pas un ours, et mon esprit est trop fin pour se plier à des techniques de dompteur. Tous ces efforts sont vains – et dégradants !

Pourtant je ne peux pas lui en vouloir. C'est moi qui lui ai demandé d'aborder mes symptômes de front. Il veut me faire plaisir ; mais son cœur n'y est pas. Il n'a eu de cesse de rappeler que l'accomplissement était plus important que la consolation.

Il doit bien y avoir une autre voie.

EXTRAIT DES NOTES DE FRIEDRICH NIETZSCHE SUR LE DR BREUER

9-14 décembre 1882

La puissance des « systèmes » ! J'en ai subi la loi aujourd'hui ! Je croyais que toutes les difficultés de Josef étaient liées au fait qu'il a toujours réprimé sa colère, et je me suis épuisé, en vain, à vouloir l'en libérer. Peut-être qu'à la longue lutter contre ses propres passions ne fait que les altérer et les dévitaliser.

… Il se présente comme un être bon – il ne fait de mal à personne sinon à lui-même et à la nature ! Je dois l'empêcher de devenir un de ces êtres qui se prétendent bons parce qu'ils n'ont pas de griffes.

Avant que je puisse croire en sa générosité, il doit apprendre à maudire. Il n'éprouve aucune colère ! Est-ce par crainte de souffrir ? Est-ce pour cela qu'il n'ose pas être lui-même ? Pourquoi ne recherche-t-il que de petits bonheurs ? Et il appelle cela vertu. Non, cela s'appelle lâcheté !

C'est un homme civilisé, poli, un homme de bonnes manières. Il a dompté sa part sauvage et transformé en épagneul le loup qui est en lui. Et il appelle cela modération. Non, cela s'appelle médiocrité !

… Désormais il me fait confiance et croit en moi. Je lui ai donné ma parole que je ferai tout pour le guérir. Mais le médecin, comme le sage, doit d'abord se guérir lui-même. Ce n'est qu'une fois ceci fait que son patient pourra regarder de ses propres yeux un homme qui se guérit lui-

même. Or je ne me suis pas encore guéri moi-même. Pire, je souffre des mêmes maux qui tourmentent Josef. Suis-je en train de faire par mon silence ce que je m'étais juré de ne jamais faire, trahir un ami ?

Dois-je lui parler de ma souffrance ? Il n'aura plus confiance en moi. N'en souffrira-t-il pas lui-même ? Ne dira-t-il pas que, ne m'étant pas guéri moi-même, je ne puis le guérir ? Ou se souciera-t-il tellement de ma souffrance qu'il en oubliera la sienne ? Lui suis-je d'un plus grand secours en me taisant ? Ou en admettant que nous partageons tous deux la même souffrance, et devons, par conséquent, œuvrer ensemble à une solution ?

... Aujourd'hui j'ai pu constater à quel point il a changé... moins tortueux... et il a cessé de me cajoler, de chercher à se grandir en voulant faire la preuve de ma faiblesse.

... Cette attaque frontale contre ses symptômes, à laquelle il m'a demandé de me livrer, constitue la pire navigation en eaux stagnantes que j'aie jamais pratiquée. Car enfin je devrais l'élever, non l'abaisser ! Le traiter comme un enfant dont il faudrait gifler l'esprit chaque fois qu'il commet une bêtise, c'est nous abaisser tous les deux ! SI LA GUÉRISON ABAISSE LE GUÉRISSEUR, COMMENT PEUT-ELLE GRANDIR LE PATIENT ?

Il doit bien y avoir une voie plus noble.

LETTRE DE FRIEDRICH NIETZSCHE À LOU SALOMÉ

Décembre 1882

Ma chère ne m'écrivez pas de telles lettres ! Qu'ai-je à

faire de ces misères ! Notez ceci : je souhaite que vous vous éleviez devant moi pour que je ne doive pas vous mépriser.

Mais L., quelles sortes de lettres écrivez-vous ! Ce sont les petites écolières rancunières qui écrivent ainsi. Qu'ai-je à faire de ces mesquineries ! Comprenez donc : je veux que vous vous éleviez *devant moi, non que vous vous rabaissiez encore. Comment puis-je donc vous pardonner, si je ne redécouvre pas en vous la personne au nom de laquelle on peut seulement vous pardonner ! [...]*

Non ma chère L., nous sommes encore loin du « pardon ». Je ne peux pas sortir le pardon de ma manche après que la blessure a eu le temps, pendant quatre mois, de s'insinuer en moi.

Adieu ma chère L., je ne vous reverrai pas. Préservez votre âme d'actions semblables et réparez sur d'autres, et notamment mon ami Rée, ce que vous ne pouvez plus réparer sur moi.

Je n'ai pas créé le monde ni L. : j'aimerais l'avoir fait – car alors je pourrais porter toute la responsabilité de ce qui s'est passé entre nous.

Adieu chère L., je n'ai pas encore lu votre lettre jusqu'au bout mais j'en ai déjà trop lu.

F. N.

19

« Nous faisons fausse route, Friedrich. Ma situation ne fait qu'empirer. »

Nietzsche, qui écrivait à son bureau, n'avait pas entendu Breuer entrer. Il se tourna d'un seul coup, ouvrit la bouche mais ne dit rien.

« Je vous dérange, Friedrich ? Je sais, ce doit être un peu troublant de voir son médecin débouler dans votre chambre pour vous dire que sa situation empire. Surtout quand il est impeccablement habillé et porte sa trousse noire avec une belle assurance professionnelle !

« Mais croyez-moi, mon apparence est parfaitement trompeuse : mes vêtements sont trempés et ma chemise colle à ma peau. Cette obsession pour Bertha est un véritable tourbillon sans fin qui aspire jusqu'à la dernière de mes pensées !

« Comprenez-moi bien : je ne vous fais aucun reproche ! dit Breuer en s'asseyant près du bureau. Cette absence de progrès est entièrement de ma faute. Car c'est moi qui vous ai demandé instamment de vous attaquer de front à mon obsession. Vous aviez raison : nous n'allons pas assez loin, nous ne faisons qu'émonder les branches au lieu d'arracher les mauvaises herbes.

– Oui, nous n'éradiquons absolument rien ! répondit Nietzsche. Il nous faut repenser notre méthode. Nos dernières séances avaient quelque chose de superficiel et d'inauthentique. Voyez ce que nous avons voulu faire : mettre de l'ordre dans vos pensées et contrôler votre comportement ! Proprement inhumain... Nous ne sommes tout de même pas des dompteurs de bêtes !

– Oui, oui ! Après notre dernière séance, j'avais l'impression d'être un ours qu'on entraîne à se mettre debout et à danser devant la galerie.

– Justement ! Un professeur doit élever les hommes. Au lieu de quoi nous n'avons fait que nous rabaisser, vous et moi. Nous ne pouvons pas aborder les problèmes humains avec des méthodes animales. »

Nietzsche se leva et indiqua d'un geste la cheminée et les fauteuils. « Qu'en dites-vous ? » Lorsqu'il s'assit, Breuer se fit la réflexion que, même si à l'avenir les « médecins du désespoir » devaient abandonner les outils traditionnels de la médecine – stéthoscopes, otoscopes, ophtalmoscopes –, ils seraient bien obligés de trouver leurs propres instruments de travail, à commencer par deux fauteuils confortables près d'une cheminée.

« Donc... commença Breuer. Revenons-en au point où nous étions avant que nous nous lancions dans cette malheureuse attaque frontale contre mon obsession. Vous me suggériez que Bertha n'était qu'une diversion, et non une cause, et que le cœur profond de mon angoisse était ma peur de la mort conjuguée à mon athéisme. Soit ! Vous avez peut-être raison ! Car il est vrai que mon obsession de Bertha me maintient à la surface des choses et m'interdit de formuler des réflexions plus profondes, ou plus sombres.

« Néanmoins, Friedrich, je ne suis pas entièrement convaincu par cette explication. Tout d'abord, il reste toujours cette énigme : pourquoi Bertha ? Parmi toutes les manières possibles et imaginables de me protéger contre l'angoisse, pourquoi jeter mon dévolu en particulier sur cette obsession idiote ? Pourquoi pas une autre méthode, un autre fantasme ?

« Ensuite, vous dites que Bertha n'est qu'une diversion destinée à me détourner de mes angoisses profondes. Mais le mot "diversion" est faible, il ne suffit pas à expliquer toute la force de cette obsession... Lorsque je pense à Bertha, je me sens aimanté par une puissance extraordinaire, qui doit certainement receler un sens caché, un sens très fort.

– Un *sens* ! s'exclama Nietzsche en martelant sèchement sa main sur l'accoudoir du fauteuil. Exactement ! Depuis votre départ hier, je me suis fait la même réflexion. Toute la clé du problème est probablement dans le dernier mot que vous venez de prononcer : le *sens*. Peut-être que l'erreur que nous avons commise dès le début aura été de négliger *le* sens de votre obsession. Vous m'avez expliqué avoir guéri tous les symptômes hystériques de Bertha en en retraçant les causes premières, mais que ce travail sur les causes ne pouvait pas s'appliquer à vous parce que vous connaissiez déjà l'origine de votre obsession pour Bertha – qui a commencé après votre rencontre et qui s'est intensifiée une fois que vous avez cessé de la voir.

« Néanmoins, continua Nietzsche, il se peut que vous n'employiez pas le terme approprié, et que le problème ne soit pas *la cause*, c'est-à-dire la première occurrence des symptômes, mais bien *le sens* de ces symptômes ! Vous vous êtes peut-être trompé : vous avez guéri Bertha en découvrant non pas la cause, mais le sens de ses symptômes ! Peut-être... » Nietzsche murmurait presque, comme s'il révélait un secret d'État. « Peut-être les symptômes sont-ils porteurs d'un sens et disparaissent-ils uniquement une fois que leur message a été entendu. Si tel était le cas, notre prochaine étape coule de source : pour vaincre les symptômes, il nous faut déterminer ce que votre obsession de Bertha signifie pour vous ! »

« Et ensuite ? se demanda Breuer. Comment s'y prend-on pour découvrir le sens d'une obsession ? » L'enthousiasme de Nietzsche le gagna à son tour ; il attendait ses instructions. Or Nietzsche s'était renfoncé dans son fauteuil, avait ressorti son peigne et lissait sa moustache. Breuer devint nerveux.

« Eh bien, Friedrich ? J'attends ! » Il se frotta la poitrine en respirant profondément. « Cette tension dans le thorax, je la sens qui grandit à chaque instant. Elle va bientôt exploser, et je ne peux rien y faire. Dites-moi par où commencer ! Comment puis-je trouver un sens que je me suis toujours caché ?

– N'essayez surtout pas de découvrir ou de résoudre quoi que ce soit ! lui répondit Nietzsche, toujours occupé à peigner sa moustache. C'est mon travail. Le vôtre consiste simplement à ramoner la cheminée. Dites-moi ce que Bertha signifie pour vous.

– Est-ce que je n'ai pas déjà trop parlé d'elle ? Dois-je encore ressasser sur son compte ? Je vous ai tout raconté : nos attouchements, mes caresses, ma maison qui brûle, la mort de mes proches, la fuite en Amérique. Vous voulez vraiment tout entendre une fois de plus ? » Sur ces entrefaites, Breuer se releva d'un coup et commença à faire les cent pas derrière le fauteuil de Nietzsche.

Ce dernier garda un ton mesuré et calme. « C'est la *persistance* de votre obsession qui m'intéresse. Comme une bernique accrochée à son rocher. Ne pouvons-nous pas, Josef, pendant quelques instants, la mettre de côté et regarder ce qu'il y a en dessous ? Faites le ramonage pour moi, vous dis-je ! Pensez à cette question : que serait la vie, votre vie, sans Bertha ? Contentez-vous de parler, sans vouloir trouver un sens, sans même faire de phrases. Dites tout ce qui vous passe par la tête.

– Je ne peux pas. Je suis à bout de forces... comme un ressort détendu.

– Arrêtez de faire les cent pas. Fermez les yeux et essayez de me décrire ce que vous voyez derrière vos paupières. Laissez vos pensées circuler librement, sans contrôle. »

Breuer s'arrêta de marcher et posa les mains sur le dossier du fauteuil de Nietzsche. Il ferma les yeux, oscilla le buste d'avant en arrière, comme le faisait son père quand il priait, et se mit, lentement, à penser tout haut :

« Vivre sans Bertha... une vie noire, sans la moindre couleur... Un compas... une balance... des stèles funéraires... Tout est décidé, pour toujours... Je serais ici, vous me trouveriez ici... toujours ! Ici même, à cet endroit précis, avec ma trousse de médecin, dans ces habits, avec ce visage qui jour après jour deviendra plus sombre et sinistre. »

Breuer inspira profondément. Il se sentait déjà moins agité ; il se rassit. « La vie sans Bertha ?... Quoi d'autre ?... Je suis un savant, mais la science est incolore. On devrait travailler pour la science, sans vouloir vivre dans la science... J'ai besoin du merveilleux... et de la passion... On ne peut pas vivre sans le merveilleux. Voilà ce que Bertha signifie : la passion et le merveilleux. La vie sans passion... qui peut vivre ainsi ? » Il ouvrit soudain les yeux. « Le pourriez-vous ? Quelqu'un le pourrait-il ?

– Je vous en prie, ramonez la cheminée de votre passion et de votre vie, insista Nietzsche.

– Une de mes patientes est sage-femme. C'est une vieille dame à la peau toute parcheminée et au cœur fragile ; mais elle aime toujours la vie. Un jour je lui ai demandé la raison de cette passion. Elle m'a répondu que cela se produisait entre le moment où l'on brandit l'enfant qui vient de naître et celui où il reçoit sa tape salutaire. Elle se sentait revigorée, disait-elle, par cette immersion dans le mystère, par cet instant où l'on oscille entre l'existence et l'oubli.

– Mais vous, Josef ?

– Je suis comme cette sage-femme ! Je veux approcher du mystère. Ma passion pour Bertha n'a rien de naturel, elle tient même du surnaturel, je le sais bien... Mais que voulez-vous, j'ai besoin de cette part de merveilleux. Je ne peux pas vivre dans un monde en noir et blanc.

– Nous avons tous besoin de passion, Josef. La passion dionysiaque *est* la vie même. Mais faut-il que la passion soit merveilleuse et avilissante ? Ne peut-on pas être maître de ses propres passions ?

« Il se trouve que j'ai rencontré, l'année dernière en Engadine, un moine bouddhiste. Cet homme mène une existence frugale. Il consacre la moitié de son temps à la méditation, et passe des semaines entières sans parler à personne. Son régime est austère, il consiste en un seul repas par jour, tout ce que l'on veut bien lui donner, parfois une simple pomme. Mais il méditera sur cette pomme jusqu'à ce qu'elle devienne d'un rouge éclatant, succulente et croquante. Aussi, lorsque vient le soir, attend-il son repas avec passion. Voyez-vous, Josef, le but n'est pas de se défaire de la passion ; *il vous faut simplement modifier les conditions de cette passion.* »

Breuer acquiesça.

« Continuez, insista Nietzsche. Continuez le ramonage au sujet de Bertha et de ce qu'elle signifie pour vous. »

Breuer referma les yeux. « Je me vois en train de courir avec elle. Loin. Bertha, cela veut dire la fuite – une fuite dangereuse !

– Comment cela ?

– Bertha est synonyme de danger. Avant de la rencontrer, j'obéissais à des règles de vie. Aujourd'hui je flirte avec les limites… C'était peut-être cela dont parlait la sage-femme. Je songe à mettre ma vie sens dessus dessous, à sacrifier ma carrière, à commettre l'adultère, à perdre ma famille, à émigrer, à refaire ma vie avec Bertha. » Breuer se donna quelques petits coups sur la tête. « C'est absurde ! Absurde ! Jamais je ne le ferai !

– Mais y a-t-il quelque chose qui vous attire dans ce danger ?

– Je ne sais pas. Je ne peux vous répondre. Je n'aime pas le danger… Si quelque chose m'attire, ce n'est pas le danger. Non, plutôt la fuite, non pas devant le danger mais devant le confort. Peut-être ai-je trop longtemps vécu dans le confort !

– Peut-être est-ce dangereux, Josef. Dangereux et mortel.

– Oui, le confort est en effet dangereux. » Breuer se répéta plusieurs fois cette phrase. « Le confort est dangereux. Le confort est dangereux. C'est une belle idée, Friedrich. Serait-ce donc que Bertha signifie pour moi échapper à une vie dangereuse et mortelle ? Serait-elle mon envie de liberté, ma fuite devant le piège du temps ?

– Le piège de votre temps, peut-être. De votre vie. Mais ne commettez pas l'erreur, Josef, de croire que

Bertha saura vous mener hors du temps ! Car rien ne peut arrêter le temps, et c'est bien notre plus grand malheur. Il nous faut apprendre à vivre *malgré tout.* »

Pour une fois, Breuer ne protesta pas contre le ton de philosophe que Nietzsche venait de reprendre. Il y avait un changement : s'il ne savait toujours pas quoi faire des paroles de Nietzsche, en revanche il savait qu'il en était ému, touché.

« Comprenez-moi bien : je n'ai aucun rêve d'immortalité. La vie que je souhaite fuir, c'est celle de la bourgeoisie médicale viennoise en 1882. D'autres, j'en ai bien conscience, me l'envient ; moi je la déteste, je déteste sa monotonie, sa prévisibilité, à tel point que je vois souvent cette vie comme une condamnation à mort. Vous comprenez ce que je veux dire, Friedrich ? »

Nietzsche fit oui de la tête. « Vous rappelez-vous, Josef, m'avoir demandé un jour, peut-être la première fois où nous avons discuté, s'il y avait quelque avantage à souffrir de migraines ? C'était une bonne question, car elle m'a aidé à considérer ma vie d'un œil différent. Vous souvenez-vous de la réponse que je vous avais faite ? Que mes migraines m'avaient contraint de démissionner de mon poste de professeur à l'université ? Tout le monde, famille, amis, confrères même, avait plaint mes déboires, et l'Histoire retiendra, j'en suis sûr, que la maladie de Nietzsche mit tragiquement fin à sa carrière. Eh bien, non ! C'est tout le contraire ! Mon poste de professeur à l'université de Bâle, c'était cela, ma condamnation à mort, puisqu'il me vouait à une carrière académique terne et à une existence consistant uniquement à entretenir ma mère et ma sœur jusqu'à la fin de mes jours. J'étais piégé.

– Et c'est alors que la migraine, telle une délivrance,

s'est manifestée en vous !

– Un peu comme cette obsession qui s'est abattue sur vous, n'est-ce pas ? Peut-être sommes-nous plus proches l'un de l'autre que nous le croyons… »

Breuer ferma les yeux. Il était heureux de se sentir enfin proche de Nietzsche. Les larmes lui montèrent ; il feignit de tousser pour pouvoir détourner son visage.

« Poursuivons, embraya Nietzsche sans sourciller. Nous avançons à grands pas. Visiblement, Bertha représente la passion, le mystère et la fuite périlleuse. Quoi d'autre, Josef ? Quels autres sens lui donnez-vous ?

– La beauté ! La beauté de Bertha est un élément important de son mystère. Tenez, je vous ai apporté quelque chose… »

Il ouvrit sa trousse et en sortit une photographie. Après avoir chaussé ses bésicles, Nietzsche s'avança vers la fenêtre pour l'examiner à la lumière du jour. Bertha, vêtue de noir des pieds à la tête, portait une tenue d'équitation. Elle était sanglée dans une jaquette : une double rangée de petits boutons, s'étirant de son menton jusqu'à sa taille mince, avait du mal à contenir son ample poitrine. De sa main gauche, elle tenait délicatement sa jupe ainsi qu'une longue cravache. De l'autre pendait une paire de gants. Le nez était fort, les cheveux courts coiffés sévèrement et surmontés d'un chapeau nonchalamment porté. Elle avait de grands yeux sombres. Elle ne prenait pas la peine de fixer l'objectif, mais portait son regard au loin.

« Une femme qui a de l'allure, Josef », commenta Nietzsche en lui rendant la photographie avant de se rasseoir. « Oui, d'une grande beauté… Mais je n'aime pas les femmes qui tiennent des fouets.

– La beauté, dit Breuer, est une composante essentielle chez Bertha. Je me laisse facilement subjuguer par ce genre de beauté. Plus que d'autres hommes, j'imagine. La beauté est un mystère. J'aurai du mal à vous le décrire, mais les femmes chez qui complexion, poitrine, oreilles, grands yeux noirs, nez, lèvres, oui, surtout les lèvres, se combinent selon un certain agencement me captivent toujours. Cela vous paraîtra peut-être idiot, mais j'en viens presque à croire que ces femmes-là sont dotées de pouvoirs surhumains !

– Qui leur permettent de faire quoi ?

– C'est trop bête ! s'exclama Breuer en se cachant la figure dans ses mains.

– Le ramonage, Josef. Mettez entre parenthèses votre jugement et exprimez-vous ! Vous avez ma parole que je ne vous jugerai pas.

– Je suis incapable d'exprimer cela par des mots.

– Essayez de terminer cette phrase : "Devant la beauté de Bertha, j'ai le sentiment..."

– Devant la beauté de Bertha, j'ai le sentiment... j'ai le sentiment... de quoi, d'ailleurs ? J'ai le sentiment de me trouver dans les entrailles de la terre, au cœur même de l'existence. D'être exactement à ma place, celle où l'on ne s'interroge pas sur la vie ou sur le sens de l'existence. Au centre, à l'abri. Sa beauté offre un abri illimité. » Il releva la tête. « Vous voyez bien, tout cela n'a rigoureusement aucun sens !

– Continuez, se contenta de répondre Nietzsche, toujours impassible.

– Pour me subjuguer, la femme doit porter sur moi un regard particulier, un regard d'adoration – je m'en rends compte maintenant –, avec des yeux grands ouverts, brillants, et les lèvres closes en un demi-sourire tendre. Elle a l'air de dire... Oh et puis je n'en sais rien...

– N'arrêtez pas, Josef, je vous en prie ! Continuez

d'imaginer ce sourire ! »

Breuer ferma les yeux.

« Que vous dit-il, ce sourire ? demanda Nietzsche.

– Il me dit : "Tu es adorable. Tout ce que tu fais est juste. Oh, mon chéri, tu t'égares, mais c'est normal à ton âge." Puis Bertha se tourne vers les femmes qui l'entourent et leur dit : "Il n'est pas extraordinaire ? Il n'est pas mignon ? Je vais le prendre dans mes bras et lui faire un câlin."

– Pouvez-vous m'en dire un peu plus sur ce sourire ?

– Oui, il me fait comprendre que je peux jouer, que je peux faire tout ce que je veux. Il peut m'arriver des bricoles mais, quoi qu'il en soit, Bertha sera toujours enchantée et me trouvera toujours adorable.

– Est-ce que ce sourire compte dans votre vie, Josef ?

– C'est-à-dire ?

– Cherchez bien. Avez-vous gardé le souvenir d'un tel sourire ? »

Breuer secoua la tête : « Non, aucun souvenir.

– Vous répondez trop vite ! Vous avez secoué la tête avant même que j'aie terminé de poser ma question. Cherchez bien ! Gardez ce sourire à l'esprit et voyez ce qui se passe. »

Breuer ferma les yeux et regarda se dérouler le parchemin de sa mémoire. « Ce sourire, j'ai vu Mathilde l'adresser à notre fils Johannes. Et quand j'avais dix ou onze ans, j'étais amoureux d'une petite fille qui s'appelait Marie Gomperz… Elle me souriait comme ça, aussi ! Exactement comme ça ! J'ai été désespéré quand sa famille a déménagé. Cela fait trente ans que je ne l'ai pas revue ; et pourtant je rêve encore d'elle.

– Qui d'autre encore ? Avez-vous gardé en mémoire le sourire de votre mère ?

– Ne vous ai-je pas dit que ma mère est morte quand

j'avais trois ans ? Elle en avait seulement vingt-huit, elle a succombé en accouchant de mon frère cadet. On m'a toujours dit qu'elle était splendide, mais je n'ai aucun souvenir d'elle, aucun.

– Et votre femme ? Mathilde possède-t-elle ce sourire merveilleux ?

– Non. Cela, j'en suis absolument certain. Mathilde est d'une immense beauté, mais son sourire n'a aucun effet sur moi. Je sais qu'il est idiot de croire que Marie, à l'âge de dix ans, me faisait de l'effet et que Mathilde, non. Mais que voulez-vous, c'est ainsi que je ressens les choses. Dans notre couple, c'est moi qui exerce un pouvoir sur elle, et c'est elle qui recherche ma protection… Non, Mathilde n'a rien de merveilleux, et je ne sais pas pourquoi.

– Le merveilleux exige du mystère et des ténèbres, répondit Nietzsche. Or il se peut que son mystère se soit émoussé après quatorze ans de mariage. Peut-être la connaissez-vous trop bien et ne supportez-vous plus la vérité d'une relation avec une très belle femme.

– Je commence à penser que le mot “beauté” ne suffit pas. Mathilde possède en elle tous les éléments de la beauté, l'esthétique, mais pas le pouvoir. Vous avez sans doute raison : elle m'est devenue trop familière. Il m'arrive trop souvent de voir sous son enveloppe charnelle sa chair et son sang. À cela s'ajoute le fait qu'il n'y a pas de compétition, puisque Mathilde n'a eu aucun autre homme dans sa vie que moi. C'était un mariage arrangé.

– Je m'étonne de vous entendre regretter cette absence de compétition, Josef. Il y a encore quelques jours, vous me disiez détester cela.

– Oui, je la souhaite et la crains tout à la fois. Je vous rappelle que mes propos ne sont pas censés être cohérents, c'est vous-même qui me l'avez demandé. Je ne fais que dire ce qui me traverse l'esprit. Voyons voir… Oui, une belle femme a d'autant plus de pouvoir qu'elle est convoitée par d'autres hommes. Mais dans ce cas elle devient trop dangereuse et risque de me brûler les ailes. Alors Bertha est peut-être le compromis parfait – elle n'est pas encore entièrement modelée ! C'est une beauté en gestation, inachevée.

– Ainsi, demanda Nietzsche, elle est plus rassurante parce qu'elle n'est pas convoitée par d'autres hommes ?

– Pas exactement. Elle est rassurante parce que j'ai les clés de son fonctionnement intérieur. Tous les hommes pourraient la désirer, mais je les écarterais sans difficulté. Elle est, ou plutôt elle était totalement dépendante de moi. Il lui est arrivé de ne plus se nourrir pendant des semaines tant que je ne la faisais pas manger, en personne, à chaque repas.

« Naturellement, le médecin que je suis ne pouvait que déplorer cette régression. Je m'en ouvrais auprès de sa famille mais, dans mon for intérieur – et notez que vous êtes le premier à qui je l'avoue –, j'étais ravi. Lorsqu'un jour elle m'a dit avoir rêvé de moi, j'étais fou de joie. Quelle victoire ! Pénétrer enfin dans le saint des saints, dans son univers le plus intime, auquel jamais aucun homme n'avait eu accès ! Et comme les images des rêves ne meurent pas, ma place était définitivement gagnée !

– Vous avez donc remporté la course sans même la courir !

– Oui, et c'est d'ailleurs un autre aspect de Bertha qui m'importe : la compétition sans risque, la victoire assurée. Mais une belle femme sans cette assurance, c'est une autre paire de manches. » Il se tut.

« Continuez, Josef. À quoi pensez-vous ?

– J'étais en train de penser à une femme dangereuse,

justement, une beauté absolue, du même âge que Bertha, qui s'est présentée à mon cabinet il y a environ deux semaines, une femme à laquelle beaucoup d'hommes ont rendu hommage. J'ai été charmé par elle… et terrorisé ! J'étais tellement incapable de la contredire que je l'ai fait passer avant tous mes autres patients qui attendaient pourtant depuis des heures. La seule fois où j'ai su lui tenir tête, c'est lorsqu'elle m'a demandé un service médical parfaitement déplacé.

– Ah, je connais bien ce dilemme, dit Nietzsche. Les femmes les plus désirables sont aussi les plus terrifiantes. Non pas, bien sûr, à cause de ce qu'elles sont, mais à cause de ce que nous en faisons. Quel drame !

– Un drame ?

– Oui, drame pour ces femmes qu'on ne connaîtra jamais, et drame pour les hommes, également. Je connais bien cela.

– Vous avez aussi rencontré une Bertha ?

– Non, mais j'ai connu une femme qui ressemble à cette patiente que vous venez de me décrire, celle à qui rien ne résiste. »

Breuer pensa tout de suite à Lou Salomé. « Lou Salomé, évidemment ! Enfin, il parle d'elle ! » Bien que rechignant à ne plus parler de lui, Breuer décida d'approfondir son investigation.

« Et qu'est-il advenu de cette femme à laquelle vous n'osiez pas tenir tête ? »

Nietzsche hésita un instant, puis sortit sa montre. « Nous sommes tombés sur un bon filon aujourd'hui… Qui sait, peut-être un bon filon pour nous deux. Mais le temps nous est compté, et je suis sûr que vous avez beaucoup à me dire. Je vous en prie, expliquez-moi ce que Bertha signifie encore pour vous. »

Breuer savait que Nietzsche était, comme jamais, sur

le point d'exposer ses propres problèmes. Peut-être qu'une simple petite série de questions, en douceur, aurait suffi. Mais quand il entendit Nietzsche insister : « Ne vous arrêtez pas en si bon chemin, les idées vous viennent facilement », il fut ravi de pouvoir continuer.

« Je me plains sans cesse des difficultés d'une double vie, d'une vie secrète. Et néanmoins je m'en réjouis. Le vernis de la vie bourgeoise est infect, trop visible, trop prévisible. On en voit clairement tous les ressorts. Je sais que cela peut paraître dément, mais la double vie *est* une vie supplémentaire, qui promet une longévité redoublée. »

Nietzsche hocha la tête. « Vous avez le sentiment que le temps engloutit les possibilités de la vie officielle ? Que la vie secrète est inépuisable ?

– Oui, en d'autres termes, c'est ce que je voulais dire. Mais la chose la plus importante peut-être, c'est ce sentiment indicible que j'éprouve lorsque je suis avec Bertha ou que je pense à elle, comme c'est le cas maintenant. *Béatitude* : c'est le mot qui le définit sans doute le mieux.

– J'ai toujours pensé, Josef, que l'on aime plus le désir que l'être désiré !

– Donnez-moi un bout de papier. J'aimerais m'en souvenir », dit-il en répétant la phrase à voix basse.

Nietzsche arracha une feuille de son carnet et attendit que Breuer eût terminé d'écrire, de replier la feuille et de la ranger dans la poche de sa veste.

« Autre chose encore, poursuivit Breuer. Bertha trompe ma solitude. Du plus loin qu'il m'en souvienne, j'ai toujours été effrayé par les espaces vides qui sont en moi. Et ce sentiment de solitude n'a rien à voir avec la présence ou l'absence de gens autour de moi. Comprenez-vous ?

– Qui mieux que moi pourrait le comprendre ? Je me dis parfois que je suis l'homme le plus seul au monde. Et, comme chez vous, cela n'a rien à voir avec la présence des autres. Pour tout vous dire, je hais ceux qui me privent de ma solitude sans pour autant me tenir compagnie.

– Comment ça, Friedrich ? En quoi ne vous tiennent-ils pas compagnie ?

– En n'aimant pas les choses que j'aime ! Parfois je porte mon regard tellement loin *dans* la vie qu'en me retournant soudain, je me rends compte que personne ne m'a suivi, que le temps est mon seul compagnon.

– Je ne crois pas que nos solitudes soient identiques. Je n'ai sans doute jamais osé pénétrer dans ma solitude aussi loin que vous l'avez fait.

– Il se peut que Bertha vous en empêche.

– Je ne pense pas en avoir envie. Pour tout vous dire, je sais gré à Bertha de m'arracher à ma solitude. Voilà encore une chose qu'elle signifie à mes yeux. Au cours des deux dernières années, je ne me suis jamais senti seul : Bertha était toujours là, chez elle, ou à l'hôpital, à m'attendre. Aujourd'hui elle est toujours là, en moi, à m'attendre.

– Vous lui attribuez un mérite qui vous revient.

– Qu'entendez-vous par là ?

– Que vous êtes toujours aussi seul, seul comme toute personne vouée à le rester. Vous vous êtes fabriqué votre propre image sainte, et vous vous sentez rassuré par sa présence. Vous êtes peut-être plus religieux que vous ne le croyez !

– Mais en un sens Bertha est toujours présente, ou du moins *était* présente pendant un an et demi. Malgré tout, ç'a été la période la plus belle et la plus importante de ma vie. Je la voyais chaque jour, je pensais sans cesse à elle, je rêvais d'elle toutes les nuits.

– Vous m'avez parlé d'une fois où elle n'était pas là, Josef… dans ce rêve qui revient toujours. Comment cela se passe-t-il, déjà ? Vous la cherchez…

– Cela commence par une catastrophe. La terre commence à se liquéfier sous mes pieds, et je me lance à la recherche de Bertha mais ne la trouve pas…

– Oui, je suis convaincu qu'il y a dans ce rêve un élément essentiel, une clé. Quelle est cette catastrophe ? La terre qui se liquéfie, c'est bien cela ? »

Breuer acquiesça.

« Mais pourquoi recherchez-vous Bertha à ce moment précis ? demanda Nietzsche. Pour la protéger ? Ou au contraire pour qu'elle vous protège ? »

Il y eut un long silence. Par deux fois, Breuer pencha brusquement la tête en arrière, comme pour rassembler toutes ses forces mentales. « Je ne peux pas aller plus loin. Aussi surprenant que cela puisse paraître, mon cerveau n'y parvient pas. Je ne me suis jamais senti aussi épuisé ; la journée a à peine commencé, pourtant j'ai l'impression d'avoir travaillé sans relâche pendant des journées entières.

– Oui, je comprends. Nous avons beaucoup travaillé, aujourd'hui.

– Et *bien* travaillé, me semble-t-il. Je dois m'en aller. À demain, Friedrich. »

EXTRAIT DES NOTES DU DR BREUER
SUR ECKART MÜLLER

15 décembre 1882

Se peut-il que j'aie demandé à Nietzsche de se dévoiler

il y a quelques jours encore ? Aujourd'hui, enfin, il était prêt, et même volontaire. Il voulait me dire qu'il se sentait piégé par sa carrière universitaire, qu'il n'aimait pas l'idée d'entretenir sa sœur et sa mère, qu'il était seul et qu'il souffrait à cause d'une belle femme.

Oui, il a finalement accepté de se livrer. Et pourtant je ne l'y ai pas encouragé ! Non pas que je n'aie pas eu envie de l'écouter... Non, bien pire ! Je n'ai pas apprécié qu'il parle ! Je n'ai pas apprécié qu'il prenne de mon temps !

Et dire qu'il y a deux semaines encore, j'essayais de le pousser par tous les moyens à me révéler ne fût-ce qu'une partie de lui-même, je me plaignais de sa discrétion auprès de Max et de Mme Becker, je tendais l'oreille vers lui pour l'entendre dire : « Aidez-moi, aidez-moi », et je lui répondais : « Comptez sur moi » !

Alors pourquoi l'ai-je à ce point négligé aujourd'hui ? Serais-je devenu pingre ? Plus notre procédé fonctionne, moins je le comprends. Néanmoins, les choses avancent. Je repense de plus en plus à mes discussions avec Nietzsche, au point d'interrompre, parfois, mes rêveries à propos de Bertha. Oui, ces séances sont bel et bien devenues l'événement central de mes journées. Je me sens avare de mon temps, et bien souvent j'ai hâte qu'arrive la prochaine séance. Est-ce pour cette raison que Nietzsche m'a tellement agacé aujourd'hui ?

À l'avenir – qui sait quand, peut-être d'ici quinze ans ? – cette cure par la parole pourrait bien entrer dans les mœurs, et les « médecins de l'angoisse » devenir des spécialistes comme les autres, formés dans les facultés de médecine ou les départements de philosophie.

Que devra-t-on trouver dans leur apprentissage ? Dès à présent j'ai une certitude : devra y figurer un enseignement sur les rapports humains ! Et c'est là que les choses se compliquent. De même qu'un chirurgien doit d'abord connaître l'anatomie, le futur « médecin de l'angoisse » devra au préalable comprendre le lien qui se tisse entre celui qui conseille et celui qui est conseillé. Si je veux apporter ma contribution à cette nouvelle science du conseil, je dois pouvoir observer cette relation aussi objectivement que j'observe la cervelle d'un pigeon.

Certes, observer une relation n'est pas chose aisée quand on en est soi-même partie prenante. Il n'empêche : je distingue certaines tendances lourdes.

J'étais très critique à l'égard de Nietzsche ; je ne le suis plus. Au contraire, je bénis chacune de ses paroles et, jour après jour, je suis de plus en plus convaincu que cet homme peut m'aider.

J'étais en compétition avec lui, je cherchais à lui tendre des pièges. Plus maintenant ! Il est doué d'une perspicacité remarquable et d'une intelligence supérieure. Je le regarde comme une poule regarde un rapace. Est-ce que je l'admire trop ? Est-ce que je veux le voir planer au-dessus de moi ? Voilà peut-être pourquoi je ne veux pas l'entendre parler et ne rien connaître de sa souffrance, de ses faiblesses.

J'ai passé mon temps à trouver un moyen de l'« attraper ». Au diable ! Je suis souvent pris de grands élans d'affection pour lui. Voilà qui est nouveau. Je comparais un jour notre situation à la fois où Robert avait voulu apprivoiser son chaton : « Éloigne-toi, laisse-le boire son lait. Il finira par te laisser le caresser. » Aujourd'hui, au milieu de la conversation, une autre image m'est venue : deux chatons tigrés, tête contre tête, en train de laper le lait dans un même bol.

Autre chose étonnante : pourquoi diable lui ai-je dit qu'une « beauté absolue » était récemment passée à mon cabinet ? Est-ce que je souhaite qu'il apprenne mes liens avec Lou Salomé ? Une manière de jouer avec le feu ? De le taquiner discrètement ? D'établir une division entre nous ?

Et pourquoi Nietzsche m'a-t-il dit ne pas aimer les femmes munies d'un fouet ? Il devait sans doute faire référence à cette photographie de Lou Salomé dont il ne sait pas que je l'ai vue. Il doit bien sentir que ses sentiments pour elle ne sont pas très éloignés de ceux que j'éprouve à l'égard de Bertha. Dans ce cas, était-ce aussi une manière pour lui de me taquiner discrètement ? Une petite blague ? Voilà deux hommes qui essaient d'être honnêtes l'un avec l'autre, et pourtant tous deux tentés par le démon de la duplicité…

Une nouvelle fulgurance ! Ce que Nietzsche est pour moi, je l'étais pour Bertha. Elle exagérait ma sagesse, buvait chacune de mes paroles, adorait nos séances et attendait avec hâte la suivante – et m'a même persuadé de nous voir deux fois par jour !

Et plus elle m'idéalisait sans restriction, plus je lui reconnaissais un réel pouvoir sur moi. Elle était le remède à toutes mes angoisses ; un simple regard de sa part dissipait ma solitude. Elle donnait à ma vie un sens et une direction ; son sourire faisait de moi un être désirable et m'absolvait de toutes mes pulsions bestiales. Quel étrange amour : chacun se dorait au soleil de la magie de l'autre !

Pourtant mon espoir grandit. Mon dialogue avec Nietzsche est fructueux, et je suis sûr qu'il ne s'agit pas là d'une illusion.

Comme il est curieux que, au bout de quelques heures seulement, j'aie déjà oublié la plus grande partie de notre conversation. Rien à voir avec l'évaporation d'une banale discussion de café. Se pourrait-il qu'il existe un oubli actif, que l'on oublie une chose non parce qu'elle est futile, mais au contraire parce qu'elle est cruciale ?

J'ai consigné une phrase terrible : « Nous aimons plus le désir que l'être désiré. »

Et celle-ci : « Vivre dans le confort est dangereux. » Nietzsche prétend que toute ma vie de bourgeois aura été dangereuse. Il veut dire par là, me semble-t-il, que je risque de perdre ma vraie personnalité ou de ne pas devenir qui je suis. Mais qui suis-je ?

NOTES DE FRIEDRICH NIETZSCHE SUR LE DR BREUER

15 décembre 1882

Enfin une sortie digne de nous. Eaux profondes, petits bains rapides. Eaux froides, eaux rafraîchissantes. J'aime qu'une philosophie soit vivante ! J'aime la philosophie taillée dans la pierre de l'expérience. Il est de plus en plus courageux ; sa volonté et sa souffrance mènent la marche. Mais n'est-il pas temps que je partage les risques avec lui ?

Le monde n'est pas encore assez mûr pour la philosophie appliquée. Combien de temps encore faudra-t-il attendre ? Cinquante ans, cent ans ? Un jour viendra où les hommes cesseront de craindre la connaissance et de travestir la faiblesse sous le masque de la « loi morale », et trouveront le courage de briser les chaînes du « Tu dois ! » Alors ils quémanderont pour entendre ma sagesse. Alors ils auront besoin de mes conseils pour mener une vie honnête, une vie de découverte et d'incrédulité. Une vie placée sous le signe du triomphe. Du triomphe sur le désir. Or quel plus grand désir que celui de se soumettre ?

J'ai d'autres chansons à faire entendre. Mon esprit est plein de mélodies, et Zarathoustra m'appelle d'une voix encore plus forte. Je ne suis pas un technicien, mais je dois tout de même mettre la main à la pâte, recenser toutes les impasses et toutes les voies dégagées.

Aujourd'hui notre travail a pris une tout autre tournure. La clé de ce changement ? L'idée de sens plutôt que celle de « cause » !

Il y a deux semaines, Josef m'expliquait qu'il avait soigné tous les symptômes de Bertha en en découvrant la cause originelle. Il s'est ainsi attaqué à sa phobie de l'eau en l'aidant à se rappeler qu'un jour elle avait vu sa femme de ménage faire boire son chien dans le même verre que le sien. D'emblée, je me suis montré sceptique ; je le suis encore plus aujourd'hui. La simple vue d'un chien lapant dans le même verre que le sien est-elle si désagréable ? Pour certains, oui ! Catastrophique ? Certainement pas ! Est-ce là la cause de l'hystérie ? Impossible !

Non, il ne s'agissait pas de la « cause » mais bien de la manifestation d'une angoisse plus profonde et plus tenace. Voilà pourquoi le traitement de Josef n'a pas résisté longtemps.

Nous devons nous concentrer sur le sens. Le symptôme n'est rien d'autre qu'un messager, chargé d'annoncer que l'angoisse est en train de monter depuis les tréfonds de l'âme ! Des interrogations profondes et tourmentées sur le caractère fini de l'Homme, sur la mort de Dieu, la solitude, les fins dernières de l'existence, la liberté, autant d'angoisses réprimées pendant toute une vie brisent enfin leurs chaînes et cognent à la porte et aux fenêtres de l'esprit en exigeant d'être entendues, d'être vécues !

Ce curieux livre russe sur l'homme dans son souterrain continue de me hanter. Dostoïevski écrit que certaines choses ne doivent pas être dites, sauf à des amis ; d'autres ne doivent même pas être dites à des amis ; d'autres, enfin, on ne doit même pas se les dire à soi ! C'est une évidence : ce sont précisément les choses que Josef ne s'est jamais dites qui remontent maintenant à la surface.

Qu'on songe à ce que Bertha signifie pour Josef : fuite, fuite périlleuse, fuite face aux dangers de la vie confortable. Et passion, aussi, et mystère, et merveilleux. Elle est la grande délivrance qui lui accorde un sursis à la condamnation à mort. Elle est dotée de pouvoirs surhumains, elle est le berceau de la vie, la mère qui pardonnera tout ce qu'il a en lui de sauvage et de bestial. Elle lui assure une victoire acquise d'avance sur les autres prétendants, un amour constant, une amitié éternelle et une survie garantie dans ses propres rêves. Elle est un bouclier contre les ravages du temps, un rempart contre son gouffre intérieur, un filet au-dessus de l'abîme.

Bertha est synonyme de mystère, de protection et de salut ! Josef Breuer appelle cela l'amour. Mais en vérité cela a pour nom prière.

Les pasteurs comme mon père ont toujours protégé leur troupeau des pièges de Satan. Ils enseignent que Satan est l'ennemi de la foi et que, pour détruire la foi, il peut prendre n'importe quelle forme, porter n'importe quel masque, dont le plus dangereux, le plus insidieux, est celui du scepticisme et du doute.

Mais qui nous protégera, nous les saints sceptiques ? Qui nous préviendra contre les coups portés à l'amour de la sagesse et à la haine de la servitude ? Est-ce là le cri que je dois lancer ? Nous autres, les sceptiques, avons nos propres ennemis, nos propres Satan qui sapent notre doute et sèment les graines de la foi dans les cachettes les plus reculées. Ainsi nous tuons les dieux, mais pour mieux adorer ceux qui les remplacent : les professeurs, les artistes, les belles femmes. Et Josef Breuer, grand savant réputé, est depuis quarante ans en extase devant le charmant sourire d'une petite fille nommée Marie.

Nous qui doutons devons nous montrer vigilants. Et forts. L'appel de la religion est puissant. Qu'il suffise de voir comment Breuer, un athée pourtant, meurt d'envie de laisser une trace, d'être regardé, adulé, protégé. Mon cri sera-t-il celui d'un prêtre du doute ? Dois-je consacrer ma vie entière à la détection et à la destruction des désirs religieux, quels qu'en soient les masques ? C'est un ennemi redoutable ; la flamme de la croyance est alimentée sans cesse par la peur de la mort, de l'oubli et de la vanité des choses.

Où nous emmènera cette question du sens ? Si je dévoile le sens de son obsession, que se passera-t-il ? Les symptômes de Josef disparaîtront-ils ? Et les miens ? Quand ? Est-ce qu'un rapide plongeon dans les eaux de la « compréhension » suffira ? Ou faudra-t-il se livrer à une immersion prolongée ?

Et quel sens ? Un même symptôme peut avoir plusieurs sens, et Josef est encore loin d'avoir fait le tour des nombreux sens que revêt son obsession pour Bertha.

Peut-être devons-nous éplucher ces sens l'un après l'autre, jusqu'à ce que Bertha ne signifie plus rien d'autre qu'elle-même. Une fois qu'elle aura été débarrassée de ses significations superflues, Josef verra en elle l'être effaré, nu et humain, trop humain, qu'elle est – que nous sommes tous.

20

Le lendemain matin, Nietzsche vit Breuer entrer dans sa chambre vêtu de son pardessus doublé de fourrure et tenant à la main un haut-de-forme noir. « Friedrich, regardez par la fenêtre ! Ce globe orange qui luit faiblement dans le ciel… vous le reconnaissez ? Notre beau soleil viennois daigne enfin nous montrer son visage. Voulez-vous fêter l'événement par une petite promenade ? Nous sommes tous deux d'accord pour dire que les idées viennent en marchant. »

Nietzsche bondit de son fauteuil de bureau comme s'il avait eu des ressorts aux pieds. C'était la première fois que Breuer le voyait se déplacer à une telle vitesse. « Rien n'aurait pu me faire plus plaisir, d'autant que les infirmières m'interdisent de mettre le pied dehors depuis trois jours. Où voulez-vous aller ? Avons-nous assez de temps pour nous promener au vert ?

– J'ai mon idée. Il se trouve que je me recueille sur la tombe de mes parents une fois par mois, le jour du shabbat. Venez avec moi aujourd'hui, le cimetière est à moins d'une heure d'ici en fiacre. Je m'y arrêterai quelques instants, le temps de déposer quelques fleurs, et de là nous marcherons une bonne heure jusqu'au Simmeringer Haide, parmi la forêt et les prés. Nous serons de retour pour le dîner. Le jour du shabbat, je ne prends aucun rendez-vous avant l'après-midi. »

Puis Breuer attendit que Nietzsche s'habille. Celui-ci disait souvent que, bien qu'il aimât le froid de l'hiver, le froid de l'hiver, lui, ne l'aimait pas. Par conséquent, et pour se prémunir contre une éventuelle migraine, il enfila deux chandails épais et s'enroula dans une longue écharpe en laine avant de se couvrir péniblement de son pardessus. Non sans avoir chaussé une visière verte pour se protéger de la lumière, il mit un chapeau de feutre bavarois, vert lui aussi.

Dans le fiacre, Nietzsche posa des questions sur les piles de dossiers cliniques, de textes médicaux et de revues qui remplissaient les vide-poches des portes et se répandaient sur les sièges vides. Breuer lui expliqua que le fiacre était son deuxième bureau.

« Certains jours, je passe plus de temps ici qu'à mon cabinet. Il y a quelque temps, un jeune étudiant en médecine, Sigmund Freud, qui voulait savoir à quoi ressemblait la vie quotidienne d'un médecin, m'a accompagné pendant toute une journée. Effaré par la quantité d'heures que je passais dans ce fiacre, il a décidé sur-le-champ de se lancer dans une carrière de savant plutôt que de clinicien. »

Leur véhicule contourna la partie sud de la ville par le Ring, franchit la Vienne sur le pont du Schwarzenberg, dépassa le palais d'été et, empruntant le Renweg et Simmering Hauptstrasse, rejoignit bientôt le grand cimetière de Vienne. Après avoir franchi le troisième portail, qui donnait sur le carré juif, Fischmann, qui depuis dix ans conduisait régulièrement Breuer jusqu'à la tombe de ses parents, traversa sans problème un dédale de petites allées, dont certaines étaient juste assez larges pour laisser passer le véhicule, et s'arrêta devant l'imposant mausolée de la famille Rothschild. Lorsque Nietzsche et

Breuer eurent mis pied à terre, le cocher tendit au premier un gros bouquet de fleurs qu'il avait gardé sous son siège.

Les deux hommes marchèrent, en silence, dans une allée poussiéreuse, entre les alignements de tombes. Les unes ne comportaient qu'un nom et une date de décès ; d'autres, une petite phrase en guise de souvenir ; d'autres encore, une étoile de David ou des mains sculptées, aux doigts tendus et séparés en deux, pour symboliser la mort de la tribu sacrée des Cohen.

Breuer montra les bouquets de fleurs fraîchement coupées qui reposaient sur de nombreuses tombes. « Dans ce royaume des morts, vous avez d'un côté les morts, et vous avez..., dit-il en indiquant une vieille section du cimetière, abandonnée et négligée, les vrais morts. Plus personne n'entretient leurs tombes car personne ne les a connus. *Eux* savent bien ce qu'être mort veut dire. »

Puis Breuer se posta devant un grand lopin de terre qu'entourait un mince muret de pierres sculptées. À l'intérieur de ce périmètre, deux stèles : l'une, petite et bien dressée, où il était écrit : « Adolf Breuer 1844-1874 » ; et l'autre, une grande dalle plate de marbre gris, où avaient été gravées deux épitaphes :

LEOPOLD BREUER 1791-1872
Notre bien-aimé professeur et père
Tes fils ne t'oublieront jamais

BERTHA BREUER 1818-1845
Notre chère mère et épouse
Partie dans la fleur de l'âge et de sa beauté

Breuer s'empara du petit vase en grès qui reposait sur la dalle, le vida de ses fleurs fanées d'un mois et les remplaça délicatement par celles qu'il avait apportées avec lui, non sans les agiter pour leur donner du volume. Après avoir placé un petit galet bien poli sur chacune des tombes, celle de ses parents et celle de son frère, il se tint debout, en silence, la tête baissée.

Voulant respecter le besoin de solitude de Breuer, Nietzsche emprunta une allée bordée de tombes en granit et en marbre. Quelques instants plus tard, il se trouvait dans la section des riches familles juives de Vienne – les Goldschmidt, les Gomperz, les Altmann et autres Wertheimer – qui, dans la vie comme dans la mort, avaient toujours voulu s'assimiler à la bonne société catholique viennoise. De grands mausolées hébergeant des familles entières, aux entrées protégées par d'épaisses grilles en fer forgé ornées de solides vignes en métal, étaient gardés par des statues funéraires élégantes. Plus loin dans l'allée, on trouvait des tombes plus massives, sur lesquelles veillaient des anges œcuméniques, dont les bras tendus, pensa Nietzsche, demandaient à la fois qu'on les regardât et qu'on se souvînt d'eux.

Dix minutes plus tard, Breuer le rattrapa. « Je n'ai pas eu de mal à vous trouver, Friedrich. Je vous ai entendu fredonner.

– Oui, je m'amuse à composer des vers de mirliton quand je marche. Écoutez plutôt, dit-il au moment où Breuer le rejoignait à ses côtés. Ma dernière œuvre :

Aucune pierre n'entend ni ne voit
Mais chacune pleure doucement : "Ne m'oubliez pas, ne
[m'oubliez pas." »

Sans même attendre la réaction de Breuer, il lui demanda : « Qui était cet Adolf qui reposait aux côtés de vos parents ?

– Adolf était mon unique frère. Il est mort il y a huit ans. On m'a toujours expliqué que ma mère était morte à sa naissance. Ma grand-mère s'est installée chez nous pour nous élever, mais cela fait maintenant longtemps qu'elle est morte. Aujourd'hui, dit-il doucement, ils ont tous disparu et je suis le prochain sur la liste.

– Et les petits galets ? Je les retrouve sur de nombreuses tombes.

– Une tradition juive très ancienne… pour honorer les morts et rappeler leur souvenir.

– Rappeler leur souvenir à qui ? Pardonnez-moi, Josef, si je m'occupe de ce qui ne me regarde pas… »

Breuer porta la main à son cou pour desserrer son col. « Non, n'ayez crainte. En fait, Friedrich, vous me posez exactement le même genre de questions iconoclastes que celles que j'ai l'habitude de poser moi-même. Comme c'est étrange pour moi de me crisper de la même manière que je crispe les autres ! Ces galets, je ne les dépose pour personne en particulier. Je ne le fais pas par quelque convention sociale, ni pour que les autres le remarquent – je suis la seule personne à me rendre sur cette tombe. Ni, non plus, par peur ou par superstition. Certainement pas par espoir d'une quelconque récompense dans l'au-delà : depuis tout petit, j'ai toujours pensé que la vie était une étincelle entre deux néants identiques, les ténèbres qui précèdent la naissance et celles qui suivent la mort.

– Une étincelle entre deux néants… Belle image, Josef. Et ne trouvez-vous pas étrange que nous nous préoccupions tant du second néant sans jamais nous soucier du premier ? »

Breuer acquiesça puis, au bout de quelques instants, reprit le fil de son propos. « Les galets... Vous m'avez demandé pourquoi je les déposais. Peut-être que ma main est irrésistiblement attirée par le pari pascalien. Après tout, qu'y a-t-il à perdre ? Ce n'est qu'un petit caillou, un petit effort minuscule.

– Et une petite question tout aussi minuscule, que je vous ai posée à seule fin de gagner un peu de temps et de réfléchir à une autre question, bien plus vaste celle-là !

– Laquelle ?

– Pourquoi ne m'avez-vous jamais dit que votre mère s'appelait Bertha ? »

Jamais Breuer ne s'était attendu à cette question. Il se retourna pour fixer Nietzsche dans les yeux. « J'aurais dû ? Je n'y ai jamais pensé, à vrai dire. Je ne vous ai jamais dit, non plus, que ma fille aînée s'appelait Bertha, elle aussi. Mais quelle importance ? Comme je vous l'ai déjà expliqué, ma mère est morte quand j'avais trois ans, et je ne garde aucun souvenir d'elle.

– Aucun souvenir *conscient*, corrigea Nietzsche. Mais la plupart de nos souvenirs survivent dans notre subconscient. Vous avez certainement entendu parler de *La Philosophie de l'inconscient* d'Hartmann ? On le trouve dans toutes les librairies. »

Breuer hocha la tête. « Oui, je connais bien ce texte, j'en ai longuement discuté avec mon groupe d'amis au café.

– Il y a un génie derrière ce livre, mais il s'agit de son éditeur, pas de son auteur. Hartmann est, au mieux, un philosophe honnête qui n'a fait que reprendre à son compte les idées de Goethe, de Schopenhauer et de Schelling. Mais à l'éditeur, Duncker, je dis : "*Cha-*

peau[1] !” » Nietzsche souleva alors son chapeau. « Voilà enfin un homme qui sait comment placer un livre sous le nez de chaque lecteur européen. On en est à la neuvième édition ! Overbeck m'a appris l'autre jour qu'il s'en est vendu plus de cent mille exemplaires ! Vous rendez-vous compte ? Et moi qui suis heureux quand je vends deux cents exemplaires de mes livres ! »

Sur ce, il poussa un soupir et remit son chapeau.

« Mais pour en revenir à Hartmann, reprit-il, il aborde une bonne vingtaine d'aspects de l'inconscient et montre très bien que la plupart de nos souvenirs et de nos activités mentales se situent hors de la sphère consciente. Je suis d'accord avec lui, mais il ne va pas assez loin : je crois qu'on ne mesure jamais assez à quel point notre vie, notre vraie vie, est vécue par l'inconscient. La conscience n'est qu'une peau translucide autour de l'existence : un œil exercé peut voir au travers et identifier les forces primitives, les instincts, le cœur même de la volonté de puissance.

« En réalité, Josef, vous avez fait allusion à l'inconscient hier en vous imaginant entrer dans les rêves de Bertha. Comment disiez-vous… Que vous aviez pénétré dans le saint des saints, dans ce sanctuaire où rien ne meurt jamais ? Si votre image est pour toujours gravée dans son esprit, où se loge-t-elle lorsque Bertha pense à autre chose ? Il doit nécessairement exister, quelque part, un grand réservoir de souvenirs inconscients… »

Les deux hommes croisèrent à cet instant un petit cortège funèbre, quelques personnes regroupées non loin d'un catafalque tendu au-dessus d'une tombe. Quatre solides fossoyeurs avaient, à l'aide de cordes, déposé le

1. En français dans le texte.

cercueil dans la fosse ; l'un après l'autre, y compris les vieillards et les infirmes, les gens s'avançaient pour jeter une petite pelletée de terre sur le cercueil. Breuer et Nietzsche marchèrent quelques minutes sans rien dire, se contentant de sentir l'odeur humide et douce-amère de la terre fraîchement remuée. Ils arrivèrent à une bifurcation. Breuer posa une main sur le bras de Nietzsche pour lui dire de prendre à droite.

« En ce qui concerne les souvenirs inconscients », reprit-il une fois que le bruit des graviers projetés sur le cercueil en bois eut disparu derrière eux, « je suis entièrement de votre avis. Mon travail sur l'hypnose avec Bertha a donné de multiples preuves de leur existence. Mais que sous-entendez-vous, Friedrich ? Certainement pas que j'aime Bertha parce qu'elle porte le même prénom que ma mère ?

– Vous ne trouvez pas étonnant, Josef, que malgré toutes nos heures à parler de votre patiente Bertha, il vous ait fallu attendre ce matin pour m'apprendre que votre mère portait le même prénom ?

– Je ne vous l'ai pas caché. Simplement, je n'ai jamais fait le rapprochement entre Bertha et ma mère. Même maintenant, tout cela me paraît artificiel et tiré par les cheveux. Pour moi, Bertha signifie Bertha Pappenheim, et en aucun cas ma mère. Aucune image d'elle ne me vient à l'esprit.

– Et pourtant, vous aurez fleuri sa tombe toute votre vie durant.

– La tombe de ma famille ! »

Breuer eut beau se rendre compte de son entêtement, il demeurait pourtant résolu à exprimer le fond de ses pensées avec la plus grande sincérité. Il éprouva une admiration sans bornes pour l'endurance de Nietzsche, qui persistait dans son investigation psychologique sans se plaindre ni reculer.

« Hier nous avons travaillé sur toutes les significations possibles et imaginables que pouvait avoir Bertha. Ce grand ramonage auquel vous vous êtes livré a réveillé en vous de nombreux souvenirs. Comment se fait-il que celui de votre mère ne soit pas une seule fois remonté à la surface ?

– Comment pourrais-je vous répondre ? Les souvenirs non conscients sont hors de portée de ma conscience. Je ne sais pas où ils se situent. Ils ont leur vie propre, et je ne peux parler que de ce que je connais, de ce qui est *vrai*. Et la chose la plus vraie dans ma vie, c'est Bertha en tant que Bertha.

– C'est bien tout le problème, Josef. Qu'avons-nous appris hier, sinon que votre relation avec Bertha est faussée, comme une illusion faite d'images et de désirs qui n'ont rien à voir avec la véritable Bertha ?

« Nous avons vu aussi que votre obsession pour elle vous protège de l'avenir, des horreurs du vieillissement, de la mort et de l'oubli. Aujourd'hui je me rends compte que votre vision de Bertha est également hantée par les fantômes du passé. Encore une fois, Josef : seul l'instant est vrai. Au bout du compte, nous ne vivons que dans l'instant présent. Or Bertha n'est pas vraie. Elle n'est qu'un fantôme surgi de l'avenir et du passé. »

Breuer n'avait jamais senti Nietzsche aussi sûr de lui, ferme dans chacun de ses propos. D'ailleurs, il poursuivit sur sa lancée : « Disons les choses autrement ! Vous croyez former avec Bertha un couple intime, un couple qui connaîtrait la relation la plus intime, la plus personnelle qui soit. Je ne me trompe pas ? »

Breuer hocha la tête.

« Néanmoins, dit Nietzsche sur un ton démonstratif, je reste convaincu qu'en aucune manière Bertha et vous n'entretenez une relation personnelle. Je crois que vous en aurez terminé avec votre obsession le jour où vous saurez répondre à cette question fondamentale : “Combien de personnes y a-t-il dans cette relation ?” »

Devant eux, le fiacre les attendait. Ils montèrent dedans, et Breuer demanda à Fischmann de les conduire au Sommeringer Haide.

Une fois installé, Breuer voulut reprendre le fil de leur conversation : « Je ne sais plus où nous en étions, Friedrich…

– Vous aurez constaté sans peine que Bertha et vous ne vous voyez jamais en tête à tête. Jamais. Votre obsession est toujours peuplée d'autres personnes : de très belles femmes douées de vertus protectrices et rédemptrices ; des hommes sans visage que vous écartez du chemin de Bertha ; Bertha Breuer, votre mère ; enfin, une petite fille de dix ans au sourire radieux. Si nous avons bien compris une chose, Josef, c'est que votre obsession de Bertha *ne porte pas sur Bertha* ! »

Breuer acquiesça et se perdit dans ses pensées. Nietzsche aussi se tut et passa tout le reste du trajet à regarder par la fenêtre. Lorsqu'ils descendirent enfin, Breuer demanda à Fischmann qu'il vienne les récupérer d'ici une heure.

Le soleil avait disparu derrière un monstrueux nuage gris ardoise, et les deux hommes durent lutter contre un vent glacé qui, la veille encore, balayait la steppe russe. Ils boutonnèrent leurs manteaux jusqu'au col et accélérèrent le pas. Nietzsche fut le premier à rompre le silence.

« C'est curieux, Josef, mais la vue d'un cimetière

m'apaise. Je vous ai dit que mon père était un pasteur luthérien ; mais vous ai-je raconté que, enfant, le cimetière de l'église était mon terrain de jeu ? Soit dit en passant, est-ce que vous connaissez l'essai de Montaigne sur la mort, dans lequel il recommande de vivre dans une chambre dont la fenêtre donne sur un cimetière ? Car pour lui, cela permet de bien garder en tête les priorités de la vie. Les cimetières vous inspirent-ils le même sentiment ? »

Breuer hocha la tête. « C'est exactement cela ! Il fut un temps où aller au cimetière me faisait le plus grand bien. Il y a quelques années, lorsque je me suis senti brisé par la fin de ma carrière universitaire, j'ai cherché le réconfort auprès des morts. Les tombes me rassérénaient, me permettaient de conjurer la banalité de ma vie. Et puis tout a changé !

– Comment cela ?

– Je ne sais pourquoi, mais soudain les vertus apaisantes et instructives du cimetière se sont dissipées. J'ai perdu tout respect pour les morts et me suis mis à considérer les anges et autres épitaphes sur le sommeil éternel dans les bras de Dieu comme des âneries, des âneries pathétiques, même. Il y a deux ans, un autre bouleversement s'est produit. J'ai commencé à avoir peur de tout ce que l'on trouve dans les cimetières : les stèles, les statues, les caveaux familiaux… Comme un enfant, j'avais le sentiment que le cimetière était peuplé de fantômes, et je me rendais sur la tombe de mes parents en me retournant sans cesse pour regarder derrière moi. Je remettais à plus tard mes visites et demandais à quelqu'un de m'accompagner. Aujourd'hui, je les écourte de plus en plus. Il m'arrive souvent de craindre la vue de la tombe de mes parents et, parfois, quand je me tiens devant eux, j'ai peur de m'enfoncer dans la terre et d'être englouti.

– Comme dans votre cauchemar où le sol se liquéfie sous vos pieds.

– C'est drôle que vous m'en parliez, Friedrich ! J'ai repensé à ce rêve il y a quelques instants.

– Peut-être s'agit-il d'un rêve de cimetière. Si je me souviens bien, vous vous enfonciez de quarante centimètres et tombiez sur une dalle... Une dalle, n'est-ce pas ?

– Une dalle *en marbre* ! Une stèle ! répondit Breuer. Une stèle qui portait une inscription que je n'arrivais pas à déchiffrer ! Et je crois qu'il y a une autre chose dont je ne vous ai pas entretenu. Ce jeune étudiant qui est aussi un ami, Sigmund Freud, dont je vous ai déjà parlé, celui qui m'accompagnait toute la journée lors de mes visites à domicile...

– Eh bien ?

– Les rêves sont sa grande passion. Il demande souvent à ses amis de les lui raconter. Il est fasciné par les chiffres ou les expressions qui reviennent de manière récurrente dans les rêves. Or lorsque je lui ai décrit mon cauchemar, il a avancé une nouvelle hypothèse à propos des quarante centimètres. Comme j'ai fait ce rêve pour la première fois à l'approche de mon quarantième anniversaire, pour lui les quarante centimètres correspondaient aux quarante années de ma vie !

– Ingénieux ! » commenta Nietzsche en ralentissant le pas et en frappant ses deux mains ensemble. « Le mystère commence enfin à s'éclaircir ! À l'approche de vos quarante ans, vous vous imaginez sombrer dans la terre et tomber sur une dalle en marbre. Mais cette dalle, est--ce la fin ? La mort ? Ou, au contraire, signifie-t-elle un coup d'arrêt à la chute, comme une délivrance ? »

Sans même attendre la réponse de Breuer, Nietzsche poursuivit : « Une autre question se pose : la Bertha que vous cherchiez lorsque le sol se liquéfiait, de qui s'agissait-il ? De la jeune Bertha, celle qui vous donne une illusion de protection ? Ou bien de votre mère, celle qui vous a naguère véritablement protégé, et dont le nom est inscrit sur la dalle ? Ou encore d'un amalgame des deux femmes ? Après tout, elles ont quelque chose en commun, puisque votre mère est morte à un âge pas beaucoup plus avancé que celui de Bertha aujourd'hui !

– Quelle question ! répondit Breuer en secouant la tête. Comment voulez-vous que je sache ? Et dire qu'il y a encore quelques mois je pensais que la cure par la parole pourrait finir par devenir une science exacte ! Comment vous répondre précisément ? Peut-être la pertinence d'une question devrait-elle se mesurer à l'aune de sa puissance : vos paroles résonnent puissamment à mes oreilles, elles me touchent, elles me paraissent justes. Doit-on pourtant faire confiance aux sentiments ? Partout dans le monde, les personnes qui ont la foi ressentent la présence divine. Dois-je considérer leurs sentiments comme moins fiables que les miens ?

– Je me demande si nos rêves ne sont pas plus proches de nous que ne le sont nos sentiments ou nos raisonnements.

– L'intérêt que vous portez aux rêves me surprend, Friedrich. Dans vos deux livres, vous n'en parlez pratiquement pas, si ce n'est pour avancer l'hypothèse que la vie mentale de l'homme primitif agit toujours dans les rêves.

– Je crois que le texte de nos rêves renferme l'ensemble de notre préhistoire. Mais les rêves me fascinent uniquement de loin, et, malheureusement, je ne me rappelle que très rarement les miens... Quoique, récemment, l'un d'eux m'ait particulièrement frappé. »

Les deux hommes marchèrent sans mot dire, faisant craquer sous leurs pieds les feuilles mortes et les brindilles. Nietzsche allait-il, oui ou non, raconter son rêve ? Breuer avait fini par comprendre, avec le temps, que moins il lui posait de questions, plus Nietzsche se dévoilait. Plus que jamais, le silence était d'or.

Quelques minutes plus tard, Nietzsche reprit la parole : « C'est un rêve très court qui, comme le vôtre, évoque les femmes et la mort. J'ai rêvé que je me trouvais dans un lit avec une femme, et qu'il y avait une sorte de combat, comme si nous tirions les draps chacun de notre côté. Quoi qu'il en soit, deux minutes après, je me retrouvais complètement empêtré dans les draps, au point de ne pouvoir ni bouger ni respirer. Je me suis réveillé en sueur, le souffle court, en hurlant : "Vis ! Vis !" »

Breuer poussa Nietzsche à se souvenir d'autres éléments du rêve, mais en vain. Pour Nietzsche, la seule chose que lui évoquait le fait d'être enroulé dans ses draps était une momie égyptienne. En somme, il était devenu une momie.

« Ce qui me frappe, commenta Breuer, c'est le fait que nos rêves sont diamétralement opposés. Quand je rêve d'une femme qui me sauve de la mort, chez vous la femme devient l'instrument même de la mort !

– Oui, et c'est bien ma conception des choses ! Aimer une femme, c'est détester la vie !

– Je crains de ne pas comprendre, Friedrich. Une fois de plus, vous faites le mystérieux...

– Je veux dire par là que l'on ne peut pas aimer une femme sans être aveugle à toute la laideur qui gît sous sa belle carapace : le sang, les veines, la graisse, le mucus, les excréments… toutes les horreurs du corps. Celui qui aime doit toujours se crever les yeux et oublier la vérité. Or pour moi, une vie sans vérité, c'est une mort permanente !

– Il n'y aurait donc dans votre vie aucune place faite à l'amour ? demanda Breuer avant de pousser un long soupir. Même si l'amour est en train de détruire ma vie, je suis triste pour vous, cher ami.

– Je rêve d'un amour qui ne se réduise pas à deux personnes essayant désespérément de se posséder l'une l'autre. Et cet amour, un jour, il n'y a pas si longtemps, j'ai cru l'avoir trouvé. Mais je me suis trompé.

– Que s'est-il passé ? »

Voyant que Nietzsche avait légèrement secoué la tête, Breuer ne voulut pas le presser de questions. Au bout de quelques instants, Nietzsche parla de nouveau : « Je rêve d'un amour où deux personnes partagent la même passion, la même quête d'une vérité supérieure. Je ne devrais peut-être pas parler d'amour, mais d'amitié. »

Comme leur discussion fut différente ce jour-là ! Breuer se sentait proche de Nietzsche, au point de vouloir marcher bras dessus, bras dessous avec lui. Mais dans le même temps il était déçu : il savait qu'il n'obtiendrait pas tout de suite l'aide dont il avait besoin. Il ne se dégageait pas encore de leur conversation assez d'intensité compacte, comprimée ; il était encore trop facile, dès qu'un moment de gêne survenait, de se murer dans le silence et de laisser son attention se porter sur la buée des haleines, sur le bruit des branches nues que le vent agitait.

Breuer s'éclipsa un instant derrière Nietzsche. Celui--ci, s'étant retourné pour le chercher des yeux, fut surpris de le voir, chapeau à la main, se pencher sur une petite plante à l'apparence parfaitement anodine.

« Une digitale, expliqua Breuer. J'ai au moins une quarantaine de patients atteints de maladies cardiaques dont la vie dépend du bon vouloir de cette plante vulgaire. »

Pour les deux hommes, cette visite du cimetière avait rouvert de vieilles blessures d'enfance dont, chemin faisant, ils se souvinrent peu à peu. Nietzsche, par exemple, raconta un rêve qu'il avait fait à l'âge de six ans, soit un an après la mort de son père.

« Il est gravé en moi comme s'il remontait à la nuit dernière. Une tombe s'ouvrait et mon père, vêtu d'un linceul, se levait, entrait dans une église et en revenait en portant un garçonnet dans les bras. Il repartait dans la tombe avec l'enfant. La terre les recouvrait, et la tombe se refermait.

« Le plus terrible, c'est que quelque temps après avoir fait ce rêve, mon frère cadet est tombé malade et a fini par mourir de convulsions.

– Mais c'est épouvantable ! s'exclama Breuer. Comment comprenez-vous ce rêve prémonitoire ?

– Je suis incapable de le comprendre. Pendant longtemps, le surnaturel m'a terrorisé et je faisais mes prières le plus sérieusement du monde. Néanmoins, depuis quelques années je me dis que ce rêve n'avait rien à voir avec mon frère, qu'au contraire mon père revenait pour *moi*, et que ce rêve ne faisait qu'exprimer ma peur de mourir. »

À l'aise l'un avec l'autre comme ils ne l'avaient jamais encore été, les deux hommes poursuivirent leur évocation du passé. Breuer raconta à son tour un rêve où il était question d'un accident dans la maison de son enfance : son père regardait le spectacle, impuissant, et se contentait de prier et d'agiter son buste d'avant en arrière, vêtu de son châle de prière. Nietzsche lui décrivit un cauchemar dans lequel il entrait dans sa chambre pour y découvrir, allongé sur son lit, un vieil homme agonisant de la gorge duquel émanait le râle de la mort.

« Vous et moi avons rencontré la mort très tôt, dit Breuer d'un air songeur, et vous comme moi avons souffert d'une disparition terrible très tôt également. En ce qui me concerne, je crois ne m'en être jamais vraiment remis. Mais vous ? Comment avez-vous supporté de ne pas avoir un père pour vous protéger ?

– Me protéger ou m'opprimer ? Était-ce vraiment une perte ? Rien n'est moins sûr. Si jamais ce fut une perte pour l'enfant, en tout cas ce ne le fut pas pour l'homme.

– C'est-à-dire ?

– C'est-à-dire que je n'ai jamais ployé sous le poids de mon père sur mes épaules, jamais été étouffé par le fardeau de son regard sur moi, jamais appris que le but de ma vie consistait à réussir là où il avait échoué. Sa mort aura peut-être aussi été une bénédiction, une délivrance. Ses caprices n'ont jamais été ma règle de vie ; j'ai dû trouver ma voie tout seul, une voie que personne n'avait défrichée avant moi. Pensez donc ! Comment aurais-je pu, moi l'antéchrist, exorciser les fausses croyances et chercher la vérité avec mon pasteur de père grimaçant de douleur à chacun de mes gestes, et qui aurait considéré mes assauts contre l'illusion comme autant d'attaques contre lui ?

– Mais si vous aviez bénéficié de sa protection au moment où vous en aviez eu besoin, auriez-vous *dû* être l'antéchrist ? »

Nietzsche préféra ne pas répondre, et Breuer

n'insista pas. Il apprenait à épouser le propre rythme de Nietzsche : toutes les interrogations sur la vérité étaient permises, bienvenues même, mais le moindre surcroît de force se voyait contrarié. Breuer sortit sa montre, celle que lui avait donnée son père. Il était temps, en effet, de regagner le fiacre de Fischmann. Dos au vent, la marche était plus aisée.

« Vous êtes peut-être plus honnête que moi, tenta Breuer. Le regard de mon père a sans doute dû m'écraser davantage que je ne l'ai cru. Mais il se trouve que cet homme me manque.

– Qu'est-ce qui vous manque chez lui ? »

Breuer repensa à son père. Les souvenirs lui revinrent : le vieil homme, kippa sur la tête, récitant une prière avant de manger ses pommes de terre bouillies et son hareng ; son sourire quand il prenait place à la synagogue et regardait son fils mêler ses doigts aux franges de son châle de prière ; son refus de laisser son fils rejouer un coup aux échecs en lui disant : « Josef, je ne peux pas me permettre de t'apprendre de mauvaises habitudes » ; sa voix profonde de baryton, qui résonnait dans toute la maison quand il chantait devant les jeunes adolescents en préparation de leur bar-mitsva.

« Ce qui me manque le plus, c'est son attention. Il était toujours mon premier public, y compris aux derniers jours de sa vie, alors qu'il perdait un peu la tête et ne se rappelait plus grand-chose. Je ne manquais jamais de lui raconter mes succès, mes diagnostics triomphaux, mes découvertes scientifiques, voire mes dons aux institutions de charité. Même après sa mort, il était toujours là pour m'écouter. Pendant des années, je me l'imaginais regarder au-dessus de mon épaule et approuver ce que je faisais. Plus son image se brouille, plus j'ai le sentiment que mes activités et mes réussites sont éphémères, qu'elles n'ont pas grand sens.

– Vous êtes donc en train de me dire que si vos succès pouvaient rester gravés dans l'esprit de votre père, ils acquerraient enfin un sens. C'est bien cela ?

– Je sais que c'est parfaitement irrationnel. Un peu comme la question du bruit que fait un arbre quand il tombe dans une forêt vide. Une action que personne ne voit a-t-elle un sens ?

– La différence étant, bien sûr, que les arbres n'ont pas d'oreilles, tandis que c'est vous, et vous seul, qui attribuez un sens aux choses.

– Friedrich, vous êtes plus autonome que je ne le suis, plus que quiconque d'ailleurs ! Je me rappelle, lors de notre première rencontre, avoir été fasciné par votre capacité à agir sans la moindre reconnaissance de vos pairs.

– Josef, j'ai compris il y a longtemps qu'il est plus facile de vivre avec une mauvaise réputation qu'avec une mauvaise conscience. Et puis je ne cours pas après le succès, je n'écris pas pour la multitude. Et je sais être patient. Peut-être mes disciples ne sont-ils pas encore nés. Je suis l'homme du surlendemain. D'autres philosophes sont bien nés après leur mort !

– Mais dans ce cas, si l'on part du principe de cette naissance posthume, est-ce très éloigné de ce désir qui est le mien de retenir l'attention de mon père ? Vous pouvez bien attendre jusqu'au surlendemain, mais vous aimeriez aussi avoir un public. »

Long silence. Nietzsche finit par hocher la tête, puis dit d'une petite voix : « Peut-être. Peut-être ai-je en moi quelques restes de vanité dont je dois encore me débarrasser. »

Breuer se fit la remarque que c'était la première fois

que Nietzsche approuvait l'une de ses observations. Était-ce un tournant dans leur relation ?

Non, pas encore ! Car au bout de quelques instants, Nietzsche ajouta : « Toutefois, il existe une différence entre rechercher l'approbation de son père et vouloir élever ses futurs disciples. »

Breuer décida de ne pas répondre, bien qu'il sût pertinemment que les motivations de Nietzsche ne relevaient pas uniquement de la pure transcendance ; lui aussi avait sa propre manière, moins noble, de courir après la gloire. Ce jour-là, Breuer eut le sentiment que tous les ressorts de l'âme humaine, les siens comme ceux de Nietzsche, émanaient d'une seule et même source, à savoir la volonté d'échapper au néant de la mort. Devenait-il un peu trop morbide ? Peut-être fallait-il mettre cela sur le compte du cimetière, et se dire qu'une visite mensuelle était déjà de trop.

Mais rien, pas même cette présence de la mort, ne pouvait altérer l'humeur de leur promenade. Breuer médita la définition de l'amitié que lui avait donnée Nietzsche : deux êtres qui se rejoignent dans la quête d'une vérité supérieure. N'était-ce pas, justement, ce qu'ils faisaient en ce moment ? Oui, ils étaient amis.

Pensée consolatrice, même si Breuer savait que leur amitié et leurs échanges de vues n'allégeaient en rien ses souffrances. Pour ménager l'amitié, il chercha à éloigner cette idée désagréable.

Et pourtant Nietzsche, tel le véritable ami, avait dû lire dans ses pensées : « J'apprécie cette promenade, Josef, mais n'oublions pas le pourquoi de nos entretiens : votre état psychologique. »

Alors qu'ils descendaient sur une petite colline, Breuer trébucha et s'accrocha à un arbuste pour ne pas tomber. « Attention, Friedrich, le sol est glissant. » Sur ce, Nietzsche lui donna la main, et ils poursuivirent leur descente.

« Je me disais, continua Nietzsche, que, malgré l'aspect un peu décousu de nos conversations, nous approchons tout de même d'une solution. S'il est vrai que notre assaut frontal contre votre obsession pour Bertha s'est révélé vain, en revanche ces deux derniers jours nous avons compris *pourquoi* : parce que votre obsession ne porte pas sur Bertha, tout du moins pas uniquement sur elle, mais sur une série d'éléments englobés dans Bertha. En convenez-vous ? »

Breuer se contenta de hocher la tête, comme pour dire poliment que ce n'était pas par ce genre de formules théoriques que viendrait son salut. Mais Nietzsche ne perdit pas de temps. « Il est évident que notre première erreur aura été de placer Bertha au centre de notre réflexion. Nous nous sommes trompés d'ennemi.

– Et quel est-il… ?

– *Vous* le savez très bien, Josef ! Pourquoi est-ce à *moi* de le dire ? Le véritable ennemi, c'est le sens sous-jacent de votre obsession. Repensez un instant à la discussion que nous avons eue aujourd'hui… Nous sommes sans cesse revenus vers votre peur du néant, de l'oubli et de la mort, qui est présente dans votre cauchemar, dans ce sol qui se liquéfie sous vos pieds, dans votre descente jusqu'à la dalle de marbre. Dans votre angoisse des cimetières, aussi, dans votre crainte de la vanité des choses, dans votre désir d'être regardé et de laisser une trace. Le paradoxe, votre paradoxe, c'est que vous vous consacriez à la recherche de la vérité tout en ne supportant pas la vue de ce que vous découvrez.

– Mais vous aussi, Friedrich, devez être effrayé par la mort et l'absence de Dieu. Depuis le début, je ne cesse de vous poser la question : “Comment le supportez-vous ? Comment vous accommodez-vous de telles horreurs ?”

– Il est peut-être temps que je vous réponde, dit Nietzsche sur un ton grave. J'ai pensé jusqu'ici que vous n'étiez pas encore prêt à m'entendre. »

Soudain rendu curieux par les propos de Nietzsche, Breuer décida pour une fois de ne faire aucun commentaire sur ses accents de prophète.

« Je n'apprends pas aux êtres, cher Josef, à “supporter” la mort, ou à “s'accommoder” d'elle : ce serait leur apprendre à trahir la vie ! Écoutez le conseil que je vous donne : mourez au bon moment ! »

La phrase fit bondir Breuer. La petite promenade ensoleillée devenait terriblement sérieuse. « Mourir au bon moment ? Qu'entendez-vous par là ? Je vous en conjure, Friedrich, j'en ai plus qu'assez d'entendre vos formules ésotériques chaque fois que vous voulez me dire une chose importante... Pourquoi faites-vous cela ?

– Vous me posez deux questions à la fois. À laquelle voulez-vous que je réponde en premier ?

– Parlez-moi du bon moment pour mourir. Cela me suffira pour aujourd'hui.

– Vivez pleinement la vie ! L'horreur de la mort disparaît dès lors que l'on meurt en ayant vécu jusqu'au bout ! Si vous ne vivez pas au bon moment, alors vous ne mourrez jamais au bon moment non plus.

– Que signifie... ? redemanda Breuer, toujours plus frustré.

– Posez-vous la question, Josef : avez-vous vécu jusqu'au bout ?

– Vous répondez à mes questions par d'autres questions, Friedrich.

– Mais vous me posez des questions dont vous connaissez la réponse, rétorqua Nietzsche.

– Si je connaissais la réponse, pourquoi poserais-je la question ?

– Pour éviter d'entendre votre propre réponse ! »

Breuer ne dit rien ; il savait que Nietzsche avait raison. Il cessa toute résistance et se tourna vers le fond de son âme. « Ai-je vécu jusqu'au bout ? J'ai fait beaucoup de choses, plus que quiconque s'y serait jamais attendu de ma part. Réussite matérielle, découvertes scientifiques, famille, enfants... Mais nous en avons déjà parlé.

– Malgré tout, Josef, vous fuyez ma question. Avez--vous vécu votre vie ? Ou bien est-ce votre vie qui vous a vécu ? L'avez-vous choisie ? Ou avez-vous été choisie par elle ? L'avez-vous aimée ? Ou la regrettez-vous ? Voilà ce que j'entends lorsque je vous demande si vous avez vécu jusqu'au bout. Rappelez-vous ce rêve dans lequel votre père priait, impuissant et désespéré, tandis que sa famille était frappée par une catastrophe. Eh bien, est-ce que vous ne lui ressemblez pas ? Est-ce que vous n'êtes pas en train de vous lamenter et de pleurer une vie que vous n'avez jamais vécue ? »

Breuer sentit la pression monter. Les questions de Nietzsche le transperçaient, et il n'avait aucune arme à leur opposer. Il eut du mal à respirer, sa poitrine semblait près d'éclater. Il s'arrêta de marcher quelques instants et prit une belle inspiration avant de répondre.

« Ces questions... Mais vous en connaissez la réponse ! Non, je n'ai pas choisi ! Non, je n'ai pas vécu la vie que j'ai voulue ! J'ai vécu celle que l'on m'a donnée. J'ai été, moi, le vrai moi... j'ai été enfermé dans ma propre vie.

– Et c'est là, Josef, j'en suis persuadé, la cause première de votre angoisse. Cette pression précordiale que vous ressentez est tout simplement due au fait que vous débordez d'une vie non vécue. Et votre cœur bat à l'unisson du temps qui passe, de ce temps qui ne cesse d'être vorace, qui engloutit, qui engloutit, mais ne rend jamais rien. Qu'il est terrible de vous entendre dire que vous avez vécu la vie qu'on vous a donnée ! De vous voir affronter la mort sans avoir jamais réclamé votre liberté, si dangereuse fût-elle ! »

Avec sa voix tonitruante de prophète, Nietzsche ressemblait à un prédicateur du haut de sa chaire. Breuer fut gagné par une profonde déception ; il savait que rien ne pouvait plus l'aider.

« Friedrich, dit-il, toutes ces belles phrases forcent mon admiration et éveillent mon âme. Mais Dieu qu'elles sont éloignées, très éloignées, de ma vie ! En quoi réclamer ma liberté pourrait-il changer le sort qui est le mien ? Comment puis-je être libre ? Je ne suis pas dans la même situation que la vôtre, vous, jeune homme ayant abandonné une carrière universitaire étouffante. Pour moi il est trop tard ! J'ai une famille, des employés, des patients, des étudiants. Il est beaucoup trop tard ! Nous pouvons bavarder des heures et des heures durant, certes, mais je ne peux pas changer ma vie, dont les fils sont trop intimement mêlés à ceux d'autres vies… »

Il y eut un long silence, que Breuer se chargea de rompre, une fois encore, d'une voix lasse. « Mais je ne dors plus et je ne supporte plus cette douleur dans ma poitrine. » Son pardessus transpercé par les pointes acérées du vent glacé, il frissonna et serra un peu plus son écharpe autour de son cou.

Nietzsche, en un geste peu banal de sa part, le prit par le bras. « Mon cher ami, susurra-t-il, je *ne peux pas* vous dire comment vivre autrement. Car si je vous le disais, vous suivriez quand même les desseins d'un autre. En revanche, il est une chose que je peux faire. Un cadeau…

Ma plus belle idée, mon idée suprême. Peut-être, d'ailleurs, la connaissez-vous puisque j'en ai esquissé les contours dans *Humain, trop humain*. Cette idée sera le fil conducteur de mon prochain ouvrage, voire de tous les livres qui suivront. »

Il avait baissé la voix et adopté un ton solennel, important, comme pour signifier qu'il venait d'atteindre le point culminant de tout son cheminement antérieur. Les deux hommes, à présent, marchaient bras dessus, bras dessous. Breuer regarda droit devant lui, dans l'attente de ce que Nietzsche allait lui révéler.

« Josef, essayez de faire table rase et imaginez un instant cette expérience mentale ! Que se passerait-il si quelque démon vous disait que vous alliez devoir revivre cette vie qui est la vôtre, non pas seulement une fois, mais des milliers de fois, qui plus est sans le moindre changement, avec les mêmes joies, les mêmes souffrances, dans les moindres détails, dans le même ordre, y compris ce vent et ces arbres et ce terrain glissant, et même le cimetière et votre angoisse, et ce moment agréable que nous passons vous et moi, bras dessus, bras dessous, et notre conversation à voix basse ? »

Face au silence de Breuer, Nietzsche embraya : « Imaginez donc l'éternel sablier de l'existence qu'on retournerait sans arrêt, en même temps qu'on nous retournerait, vous, moi, simples poussières que nous sommes. »

Breuer fit un effort pour le comprendre. « Mais en quoi est-ce que… ce… cette vision… ?

– C'est plus qu'une simple vision, trancha Nietzsche, plus qu'une simple expérience mentale. Contentez-vous de m'écouter ! Ne pensez à rien d'autre qu'à l'infini. Regardez derrière vous et imaginez-vous scruter au plus profond de votre passé. Le temps s'étend à l'infini dans le passé ; et si tel est le cas, tout ce qui *peut* arriver n'est-il pas *déjà* arrivé ? Tout ce qui se déroule maintenant a bien dû se dérouler auparavant ? Et si tout s'est déjà passé dans l'infini du temps, alors que dites-vous, Josef, de ce moment, de notre discussion à voix basse, sous cette frondaison d'arbres ? Est-ce que cela n'a pas déjà existé ? Et puisque le temps s'étend à l'infini dans le passé, ne doit-il pas s'étendre aussi à l'infini dans l'avenir ? Ne sommes-nous pas, à chaque instant, dans l'éternel retour ? »

Nietzsche s'interrompit pour laisser le temps à Breuer de digérer son message. Il était midi, mais le ciel s'était obscurci. Une fine neige se mit à tomber. Le fiacre et Fischmann apparurent au loin.

Sur le chemin du retour vers la clinique, les deux hommes reprirent leur discussion. Pour Nietzsche, son postulat de l'éternel retour pouvait être démontré scientifiquement, bien qu'il en ait parlé comme d'une simple expérience mentale. Breuer eut des doutes à ce sujet, puisque la démonstration de Nietzsche reposait sur deux principes métaphysiques : d'une part que le temps était infini, et d'autre part que la force (la matière première de l'Univers) était finie. Soit, affirma Nietzsche, un nombre fini d'états potentiels du monde et une quantité infinie de temps écoulé, il s'ensuit que tous les états possibles et imaginables se sont déjà manifestés, et que l'état présent ne peut être qu'une répétition, tout comme l'état dont il est issu et celui qui lui succédera, et ainsi de suite, dans le passé comme dans l'avenir.

Breuer fut de plus en plus perplexe. « Vous voulez dire que par le simple jeu des événements liés au hasard, ce moment précis se serait déjà produit auparavant ?

– Pensez au temps qui a toujours été, au temps qui

remonte à jamais dans le passé. Avec un temps aussi infini, les combinaisons des événements qui constituent le monde ne se sont-elles pas reproduites un nombre de fois indéfini ?

– Comme un grand jeu de dés ?

– Exactement ! Le grand jeu de dés de la vie ! »

Breuer continua de mettre en doute la démonstration cosmologique de l'éternel retour exposée par Nietzsche. Même s'il répondait à chaque question, ce dernier finit par perdre patience et par s'exclamer, en levant les mains : « Vous n'avez pas cessé de me demander, Josef, un soutien concret. Combien de fois m'avez-vous enjoint de vous offrir quelque chose qui fût en mesure d'influer sur vous ? Maintenant que je vous donne une réponse, vous la balayez d'un revers de main en vous arrêtant sur des détails… Cher ami, écoutez-moi, écoutez-moi attentivement, ce que je vais vous dire est la chose la plus importante que je vous dirai jamais : *laissez-vous gagner par cette idée, et je vous promets que vous en serez bouleversé pour le restant de vos jours !*

Cela n'ébranla en rien Breuer. « Mais comment voulez-vous que je croie sans preuves ? Je ne peux pas, d'un simple coup de baguette magique, décider de croire ! Aurais-je abandonné une foi pour mieux en embrasser une autre ?

– Fournir une telle preuve est une tâche extrêmement complexe. Elle est encore inachevée, et elle me demandera encore des années de travail. Mais à présent, conséquence de notre discussion, je ne suis pas sûr de devoir même passer une seule minute à trouver cette preuve cosmologique ; peut-être que d'autres y verront également une source d'amusement, et, comme vous, piocheront dans les détails aux dépens de l'essentiel, c'est-à-dire les *conséquences* psychologiques de l'éternel retour. »

Breuer ne dit rien. Il regarda par la vitre du fiacre et secoua légèrement la tête.

« Je vais vous le dire d'une autre manière, reprit Nietzsche. Ne convenez-vous pas que cet éternel retour est probable ? Non, attendez… je n'ai rien dit ! Disons simplement qu'il est *possible*, tout simplement possible. Cela me suffira. En tout cas, plus possible et plus démontrable que cette fumisterie de la damnation éternelle ! Qu'avez-vous à perdre à envisager cette possibilité ? Ne pourriez-vous pas la considérer comme, disons… le pari nietzschéen ? »

Breuer hocha la tête.

« Dans ces conditions, je vous demande de songer aux implications de l'éternel retour pour votre vie, non pas abstraitement, mais au moment même où je vous parle, *aujourd'hui*, dans sa dimension la plus prosaïque !

– Vous affirmez donc, répondit Breuer, que chacun de mes actes, chaque souffrance que j'endure, je les revivrai dans l'éternité ?

– Oui, l'éternel retour signifie que vous devez décider d'accomplir pour l'éternité chacun de vos actes. Et il en va de même pour chaque acte qui n'est pas commis, chaque pensée mort-née, chaque choix contourné. Toute vie non vécue restera en vous, en gestation, pour l'éternité, et la voix non entendue de votre conscience ne cessera de monter à vos oreilles. »

Breuer avait le tournis, tant les propos de Nietzsche lui étaient difficiles à entendre. Il essaya de se concentrer sur l'énorme moustache du philosophe, qui vibrait à chaque mot qu'il prononçait. Comme sa bouche et ses lèvres étaient entièrement masquées, il était impossible de prévoir quelles paroles allaient en surgir. S'il parvenait de temps en temps à accrocher son regard, celui-ci était trop acéré ; aussi Breuer posait-il les yeux sur le nez de Nietzsche, charnu mais puissant, ou bien sur ses sourcils broussailleux qui semblaient des moustaches autour de ses yeux.

Il put tout de même poser une question : « Si je comprends bien, l'éternel retour nous promet une forme d'immortalité ?

– Non ! s'exclama Nietzsche avec véhémence. J'affirme qu'il ne faut jamais contrarier ou réprimer la vie au nom d'une prétendue vie qui existerait dans l'au-delà. Ce qui est immortel, c'est la vie, c'est cet instant. Il n'y a pas d'au-delà, ni de but vers lequel tendrait la vie, ni de Jugement dernier, ni d'Apocalypse ! L'instant présent existe pour toujours, et vous êtes votre seul et unique public. »

Ces propos firent frissonner Breuer. Les conséquences terribles de l'hypothèse posée par Nietzsche se dessinèrent plus clairement dans son esprit ; il abandonna toute résistance pour se concentrer avec une force étonnante.

« Une fois de plus, Josef, je vous demande de laisser cette idée vous imprégner, prendre possession de votre esprit. À mon tour, maintenant, de vous poser une question : cette idée vous séduit-elle, ou la rejetez-vous ?

– Je la trouve épouvantable ! hurla presque Breuer. Vivre éternellement avec le sentiment de n'avoir pas vécu, de n'avoir pas goûté à la liberté… Mais c'est une idée qui m'emplit d'une sainte horreur !

– Alors, l'exhorta Nietzsche, *vivez de telle sorte que cette idée vous plaise !*

– Friedrich, ce qui me plaît à présent, c'est l'idée

d'avoir accompli mon devoir à l'égard des autres.

– Votre devoir ? Mais comment le devoir pourrait-il primer sur l'amour que l'on se porte, ou que l'on porte à sa propre quête d'une liberté sans conditions ? Si vous ne vous êtes pas trouvé vous-même, alors le "devoir" n'est qu'un doux euphémisme pour signifier l'utilisation des autres à seule fin de mieux grandir soi-même. »

Breuer trouva assez de force en lui pour une dernière réfutation. « Le devoir à l'égard des autres existe, et je m'y suis toujours tenu. Dans ce cas précis, au moins, j'ai le courage de mes idées.

– Mieux vaut, Josef, et de loin, avoir le courage de *changer* ses convictions. Le devoir et la fidélité sont des mensonges, des masques derrière lesquels on se cache. La délivrance exige d'opposer un "non" sacré, y compris au devoir envers les autres. »

Breuer, inquiet, fixa Nietzsche droit dans les yeux.

Ce dernier s'empressa de continuer. « Vous souhaitez devenir vous-même. Combien de fois vous ai-je entendu dire cela ? Combien de fois vous ai-je entendu vous plaindre de n'avoir jamais connu la liberté, votre liberté ? Votre bonté, votre devoir, votre fidélité, voilà les barreaux de votre prison ! Ces petites vertus finiront par vous tuer ! Aussi devez-vous apprendre à connaître vos vices et votre méchanceté. Vous ne pouvez pas être à moitié libre : vos instincts, eux aussi, ont soif de liberté, comme des chiens sauvages… Tendez l'oreille : vous ne les entendez pas qui hurlent pour leur liberté ?

– Mais je ne peux pas être libre, implora Breuer. En me mariant, j'ai prononcé des vœux sacrés. J'ai des devoirs qui m'obligent auprès de mes enfants, de mes étudiants, de mes patients.

– Pour élever vos enfants, vous devez d'abord vous élever vous-même. Sans quoi vous ne verrez en eux qu'un moyen de combler vos lacunes et votre solitude, comme mû par vos seuls instincts animaux. Comme père, votre tâche revient à produire non pas un autre Josef, une pâle copie de vous-même, mais quelque chose de beaucoup plus noble : un créateur.

« Et votre épouse ? poursuivit Nietzsche, implacable. N'est-elle pas prisonnière de ce mariage autant que vous l'êtes ? Car le mariage ne devrait pas être une prison, mais bien un jardin dans lequel on cultive quelque chose de meilleur. *Peut-être la seule manière de sauver votre mariage serait-elle d'y renoncer.*

– J'ai prononcé les vœux sacrés du mariage.

– Mais le mariage est une chose ambitieuse, comme il est ambitieux d'être toujours deux et d'entretenir le feu de l'amour. Oui, le mariage est sacré. Et pourtant… » La voix de Nietzsche flancha.

« Et pourtant ?

– Le mariage est sacré, oui. Pourtant…, ajouta Nietzsche d'un ton âpre, *mieux vaut briser un mariage qu'être brisé par lui* ! »

Breuer ferma les yeux et se plongea dans une intense réflexion. Ni lui ni Nietzsche ne prononcèrent plus un mot de la journée.

NOTES DE FRIEDRICH NIETZSCHE SUR LE DR BREUER

16 décembre 1882

La promenade avait commencé au soleil; elle s'est achevée sur une note sombre. Peut-être nous sommes-nous trop avancés au cœur du cimetière. Aurions-nous dû nous arrêter plus tôt? Lui ai-je livré une pensée trop puissante? L'éternel retour est un lourd marteau, qui brisera tous ceux qui ne seront pas prêts à l'entendre.

Non! Un psychologue, un déchiffreur d'âmes, se doit d'être plus dur que quiconque, sans quoi il enflera de pitié. Et son disciple se noiera dans une eau peu profonde.

Malgré tout, à la fin de notre promenade, Josef m'a paru singulièrement atteint, à peine en mesure de converser. Certains êtres sont nés fragiles. Le véritable psychologue doit, tel l'artiste, aimer sa palette. J'aurais pu me montrer plus doux, plus patient. Est-ce que je me déshabille avant d'apprendre à tisser de nouveaux habits? Lui ai-je enseigné la délivrance sans lui apprendre la liberté?

Non, un guide doit être un garde-fou le long du torrent, mais en aucun cas il ne doit être une béquille; mettre au jour les traces qui se présentent devant le disciple, mais ne pas choisir le chemin à sa place.

« Soyez mon professeur, me dit-il. Aidez-moi à surmonter mon désespoir. » Vais-je le priver de ma sagesse? Et la responsabilité du disciple? Il devra s'endurcir au froid et ses doigts s'agripper au garde-fou; il devra se tromper de chemin plusieurs fois avant de trouver le bon.

Seul dans les montagnes, j'emprunte le chemin le plus court – de sommet en sommet. Mais les disciples se perdent dès que je suis trop loin devant eux. Je dois apprendre à marcher moins vite. Aujourd'hui, il se peut que nous ayons marché trop vite. J'ai démêlé un rêve, séparé une Bertha de l'autre Bertha, réenterré les morts et lui ai appris à mourir au bon moment. Et tout cela n'était qu'un pré-

lude à l'éternel retour…

L'ai-je trop accablé ? Il a paru bien souvent bouleversé par mes propos. Mais à quoi me suis-je opposé ? Qu'ai-je détruit ? Des valeurs creuses et des croyances vacillantes ? Ce qui vacille mérite d'être renversé !

Aujourd'hui, j'ai compris que le meilleur maître est celui qui apprend de son disciple. Peut-être a-t-il raison à propos de mon père. Combien ma vie serait autre si je ne l'avais pas perdu ! Se pourrait-il que mes coups soient d'autant plus violents que je lui en veux d'être mort ? Et d'autant moins sourds que je veux encore être entendu ?

Son silence final m'inquiète. Il avait les yeux ouverts, mais il semblait ne rien voir. Il avait peine à respirer.

Pourtant je sais que c'est lorsque le silence de la nuit est le plus épais que la rosée tombe le plus dru.

21

Libérer les pigeons s'avéra presque aussi pénible que faire ses adieux à sa famille. Breuer était en larmes quand il ouvrit les petites grilles et hissa les cages à hauteur de sa fenêtre grande ouverte. D'abord les pigeons semblèrent ne pas comprendre. Ils abandonnèrent les graines dorées de leur mangeoire et observèrent avec étonnement Breuer, qui agita les bras pour les inciter à prendre leur envol et à retrouver l'air libre.

Il dut secouer les cages et donner des coups dessus pour que les pigeons se décident enfin à quitter leur prison métallique et, sans un regard pour leur geôlier, rejoignent le ciel matinal zébré de traits rouges. Breuer contempla leur envol avec tristesse : chaque battement d'aile marquait un peu plus la fin de sa carrière scientifique.

Même après que le ciel fut redevenu vide, il continua de regarder par la fenêtre. Ç'avait été la pire journée de sa vie. Il était encore sous le coup de sa terrible confrontation avec Mathilde, qui avait eu lieu plus tôt dans la matinée. Il n'arrêtait pas de revivre la scène dans sa tête et essayait d'imaginer la façon dont il aurait pu lui annoncer son départ de manière plus élégante et moins pénible.

« Mathilde, lui avait-il dit, je ne vais pas y aller par quatre chemins : je dois reprendre ma liberté. Je me sens pris au piège, non par toi, mais par le destin. Par un destin que je n'ai pas choisi. »

Surprise autant qu'effarée, Mathilde l'avait simplement regardé droit dans les yeux.

Il n'avait pas flanché. « Je me fais vieux. J'ai le sentiment d'être un vieillard dont le tombeau serait la vie même – sa profession, sa carrière, sa famille, sa culture. Je n'ai rien choisi, tout m'a été assigné. Or je dois me laisser une dernière chance ! Je dois pouvoir me trouver moi-même.

– Une dernière chance ? répondit Mathilde. Te trouver toi-même ? Qu'est-ce que tu racontes, Josef ? Je ne comprends rien. Que veux-tu au juste ?

– Je ne te demande rien, Mathilde ! C'est à moi que je demande quelque chose. Je dois changer de vie ! Sans quoi j'affronterai la mort sans avoir le sentiment d'avoir vécu.

– Mais c'est de la pure folie, Josef ! s'écria Mathilde, dont les yeux étaient écarquillés par la peur. Que se passe-t-il ? Depuis quand y a-t-il *ta* vie et *ma* vie ? Nous avons une vie en commun, nous avons scellé un pacte pour réunir nos deux vies.

– Mais comment pourrais-je donner quelque chose dont je ne dispose pas ?

– Je ne te comprends plus. "Liberté", "se trouver soi-même", "n'avoir jamais vécu"... Tout cela n'a aucun sens pour moi. Qu'est-ce qu'il t'arrive, Josef ? Qu'est-ce qu'il nous arrive ? » Mathilde ne pouvait plus poursuivre. Elle amena ses deux poings à sa bouche, fit demi-tour et se mit à sangloter.

S'étant aperçu que Mathilde était agitée de petites secousses, Josef s'approcha d'elle. Elle avait le souffle court, la tête posée contre l'accoudoir du divan, ses seins s'agitaient sous les hoquets, et ses larmes tombaient sur ses genoux. Pour la consoler, il posa une main sur son épaule – elle eut un mouvement de recul. C'est à cet instant précis qu'il atteignit un point crucial de sa vie, comme un chemin qui se séparait en deux. Il avait enfin quitté la grande route et s'était détourné de la multitude. Les épaules, le dos, les seins de Mathilde n'étaient plus également les siens ; il avait abandonné son droit de la toucher, et il lui faudrait désormais affronter le vaste monde sans pouvoir se reposer sur elle.

« Je ferais mieux de m'en aller maintenant, Mathilde. Je ne sais pas où je vais, et mieux vaut que je ne le sache pas non plus. Je laisserai mes instructions à Max pour tout ce qui touche au cabinet. Je te laisse tout et ne prendrai rien avec moi, sinon les vêtements que je porte aujourd'hui, une petite valise et assez d'argent pour me nourrir. »

Mathilde pleurait de plus belle. Elle semblait incapable de réagir. Avait-elle même entendu les derniers mots de Breuer ?

« Quand je saurai où habiter, je te préviendrai. »

Toujours aucune réaction.

« Je dois partir, passer à autre chose et prendre le contrôle de ma vie. Je crois que lorsque je serai en mesure de choisir mon destin, nous nous en porterons mieux, toi et moi ; peut-être choisirai-je la même vie, mais au moins je l'aurai choisie. »

Mathilde ne dit, ni ne fit rien, sinon pleurer. Breuer avait quitté les lieux d'un air hagard.

Tandis qu'il refermait à présent les cages des pigeons et les rangeait dans l'armoire de son laboratoire, il se dit que toute cette discussion avait été une erreur, une erreur cruelle. Il restait dans une des cages quatre pigeons incapables de voler parce que les expériences chirurgicales avaient endommagé leur sens de l'équilibre. Tout en sachant qu'il fallait les achever avant qu'il s'en aille, il refusa d'assumer la moindre responsabilité à l'égard de quiconque ou de quoi que ce soit. Il décida donc de remplir leur gamelle d'eau et de graines et les abandonna à leur triste sort.

« Non, se dit-il, je n'aurais jamais dû lui parler de liberté, de choix, de piège qui se referme, de destin... Comment pourrait-elle comprendre ? J'ai déjà beaucoup de mal à me comprendre moi-même. La première fois que Friedrich m'en a parlé, je n'ai rien compris... J'aurais dû employer d'autres termes, peut-être "petite année sabbatique", "épuisement professionnel", ou "séjour prolongé dans une station thermale en Afrique du Nord". Des mots qu'elle aurait pu comprendre, en somme, des raisons qu'elle aurait pu donner à la famille, à la communauté.

« Mon Dieu, que va-t-elle raconter aux gens ? Dans quelle situation se retrouve-t-elle ? Et puis non ! C'est sa responsabilité, après tout, pas la mienne ! Annexer la responsabilité des autres : voilà où se trouve le piège, pour moi *comme* pour eux. »

Il fut interrompu dans ses réflexions par des bruits de pas dans l'escalier. Mathilde ouvrit la porte d'un coup, la faisant claquer contre le mur. Elle avait l'air ravagée ; son visage était livide, ses cheveux dépeignés, ses yeux enflammés.

« Je ne pleure plus, Josef. À mon tour de te répondre, maintenant. Dans les propos que tu viens de me tenir, il y a quelque chose qui ne va pas, quelque chose de *mauvais*. Et de simplet, également. La liberté ! La liberté ! Tu parles de liberté, mais quelle plaisanterie cruelle pour moi ! J'aurais bien aimé jouir de ta liberté, celle qu'a un homme de recevoir une éducation et de choisir un métier. Je n'ai jamais autant désiré avoir reçu une éducation que maintenant, et trouver les mots, le raisonnement, pour te démontrer à quel point tu parles comme un âne ! »

Elle s'interrompit et tira une chaise du bureau. Refusant l'aide de Breuer, elle s'assit sans dire un mot et prit une grande inspiration.

« Tu veux partir ? Tu veux faire de nouveaux choix de vie ? As-tu oublié les choix que tu as déjà faits ? De m'épouser, par exemple. Et est-ce que tu ne comprends vraiment pas que tu as choisi de t'engager auprès de moi, de nous ? Que signifie un choix si on ne peut pas l'honorer ? Je ne sais pas de quoi il s'agit… Peut-être un coup de tête ou un caprice, mais certainement pas un choix ! »

Mathilde faisait peur à voir. Mais Breuer savait qu'il devait tenir bon. « J'aurais dû devenir un "je" avant d'être un "nous". J'ai fait des choix avant même d'avoir appris à en faire.

– Dans ce cas c'était également un choix, réagit Mathilde. Qui est ce "je" qui n'est jamais devenu ce qu'il devait être ? Dans un an, tu diras que le "je" d'aujourd'hui n'était pas encore formé, et que les choix que tu fais ne comptaient pas. Tout ça n'est qu'une illusion, une façon de fuir la responsabilité de tes choix. Quand nous nous sommes mariés, quand nous avons dit "oui" au rabbin, nous avons dit "non" au reste. J'aurais pu épouser d'autres hommes. Facilement ! Ils étaient nombreux à me courtiser. Ce n'est pas toi qui disais que j'étais la plus belle femme de Vienne ?

– Je te le redis. »

Mathilde hésita un instant. Puis, ignorant la réponse

de Josef, elle reprit. « Tu ne comprends donc pas que tu n'as pas le droit de sceller un pacte avec moi et de me dire, du jour au lendemain : “Non, finalement je me dédis, car je n'en suis plus très sûr” ? C'est profondément immoral. C'est horrible. »

Breuer ne dit rien. Il retint son souffle ; il aurait voulu aplatir ses oreilles, comme le chaton de son fils Robert. Il savait que Mathilde avait raison. Et qu'elle avait tort.

« Tu veux pouvoir à la fois choisir et laisser tous les choix ouverts. Tu m'as demandé de renoncer à ma liberté, du moins le peu dont je disposais, celle de me choisir un mari. Mais tu veux garder la tienne bien au chaud, tout cela afin de satisfaire tes appétits pour une patiente de vingt et un ans. »

Il rougit. « C'est donc ce que tu crois ? Eh bien non, cela n'a rien à voir avec Bertha, ou avec une autre femme.

– Tes mots disent une chose, et ton visage une autre. Je n'ai aucune éducation, Josef, mais je ne suis pas une idiote !

– Mathilde, je te demande de ne pas sous-estimer ma situation : je me bats pour trouver le sens de ma vie, de ma vie tout entière. Chaque homme a des devoirs envers les autres, mais encore plus envers lui-même. Il…

– Et la femme ? Que fais-tu de sa liberté, de ce qu'elle signifie ?

– Je te parle de l'être humain, hommes et femmes ! Chacun de nous doit choisir.

– Je ne suis pas comme toi. Je ne peux pas choisir la liberté si ce choix enchaîne d'autres êtres. As-tu songé un instant à ce que ta liberté pouvait signifier pour moi ? Quel genre de choix reste-t-il à une veuve ou à une femme abandonnée ?

– Tu es libre, comme moi. Tu es jeune, riche, séduisante, vigoureuse.

– Libre ? Mais tu as perdu la tête, Josef ? Réfléchis un instant ! Où est la liberté d'une femme ? Je n'ai pas eu le droit à une éducation, et je suis directement passée de la maison de mon père à la tienne. J'ai dû sans cesse affronter ma mère et ma grand-mère, ne fût-ce que pour pouvoir choisir mes meubles et mes tapis.

– Mathilde, ce n'est pas de la réalité que tu es prisonnière, mais de ton rapport à ta culture ! Il y a deux semaines, une jeune femme russe est venue me voir pour une consultation. Les femmes russes ne sont pas plus indépendantes que les Viennoises, mais celle-là a su prendre sa liberté : elle s'oppose à sa propre famille, elle exige de recevoir une éducation et elle exerce son droit de choisir la vie qu'elle entend mener. Toi aussi tu en es capable ! Tu es libre de faire ce que bon te semble. Tu es riche ! Tu peux changer de nom et t'installer en Italie !

– Des mots, des mots, toujours des mots ! Une Juive de trente-six ans qui se promène toute seule… Non mais, Josef, tu as perdu la raison ! Réveille-toi ! Reviens sur terre ! Et les enfants ? Est-ce qu'eux aussi devront changer de nom ?

– Rappelle-toi, Mathilde : c'est toi qui as voulu à tout prix avoir des enfants dès que nous nous sommes mariés. Des enfants, encore des enfants. Je t'avais demandé d'attendre. »

Elle ravala sa colère et détourna son visage de lui.

« Je ne peux pas te dire comment devenir libre, Mathilde. Je ne peux pas tracer un chemin pour toi, parce que ce ne serait plus *ton* chemin. Mais si tu en as le courage, je sais que tu peux le trouver toi-même. »

Elle se leva et se dirigea vers la porte. Se retournant

vers lui, elle eut ces paroles mesurées : « Écoute-moi bien, Josef ! Tu veux trouver ta liberté et faire des choix ? Alors sache que tu es précisément confronté à un choix. À cet instant précis. Tu me dis que tu as besoin de choisir ta vie et qu'en fin de compte tu choisiras peut-être de reprendre cette vie-là.

« Bien. Mais *moi aussi, je choisis ma vie.* Et je choisis de te dire qu'il n'y aura aucun retour en arrière. Tu ne pourras jamais recommencer ta vie avec moi pour épouse, car sitôt que tu auras quitté cette maison, je ne serai plus ta femme. Et cette maison ne sera plus la tienne ! »

Josef ferma les yeux et baissa la tête. Il entendit simplement la porte claquer et les pas de Mathilde dans l'escalier. Bien qu'étourdi par les coups qu'il avait reçus, il se sentait, curieusement, léger. Les mots de Mathilde avaient été terribles. Mais elle avait eu raison ! Cette décision devait être irrévocable.

« C'est fait, se dit-il. Enfin il m'arrive quelque chose, quelque chose de *vrai*, et pas simplement des idées. J'ai songé mille fois à cette scène ; à présent je la ressens, je la vis ! Je sais maintenant ce que signifie prendre les rênes de son destin. C'est à la fois terrible et merveilleux. »

Il acheva de ranger ses affaires, puis donna un baiser à chacun de ses enfants qui dormaient, et leur dit au revoir sans vouloir les réveiller. Seul Robert s'agita et bredouilla : « Où vas-tu, père ? » Mais il se rendormit aussitôt. Breuer fut frappé de constater le peu d'émotion que cela soulevait en lui, et à quel point il avait réussi à enfermer ses sentiments pour se protéger. Il s'empara de sa valise et descendit les marches jusqu'à son cabinet, où il passa le reste de la matinée à rédiger de longues instructions à l'intention de Mme Becker et des trois médecins auxquels il renvoyait ses patients.

Devait-il écrire des lettres d'explication à ses amis ? Il hésita. N'était-il pas temps de rompre toutes les amarres avec son ancienne vie ? Nietzsche lui avait expliqué que sa nouvelle personnalité devait se construire sur les cendres de son ancienne existence. Mais il se rappela au même moment que Nietzsche correspondait toujours avec quelques vieux amis. Si Nietzsche lui-même ne pouvait supporter l'isolement le plus complet, pourquoi devait-il, lui, s'infliger pire encore ?

Il rédigea donc des lettres d'adieu à ses plus proches amis : Freud, Ernst Fleischl et Franz Brentano. À chacun, il exposa les raisons de son départ, non sans reconnaître que celles-ci, résumées en quelques lignes, pouvaient sembler insuffisantes ou incompréhensibles. « Croyez--moi, écrivit-il aux trois, mon geste n'a rien d'un coup de tête. J'ai de sérieuses raisons de le faire, dont je vous dirai tout ultérieurement. » Breuer se sentait plus coupable à l'égard de Fleischl, son ami pathologiste qui avait contracté une infection particulièrement coriace pendant qu'il disséquait un cadavre ; après lui avoir, pendant des années, accordé son soutien médical et psychologique, voilà qu'il se dérobait. Vis-à-vis de Freud aussi, il était quelque peu gêné, Freud qui comptait non seulement sur son amitié ou sur ses conseils professionnels, mais encore sur son appui financier. Malgré toute l'affection que Sigmund portait à Mathilde, Breuer espérait qu'avec le temps il comprendrait et pardonnerait sa décision. Il adjoignit d'ailleurs à sa lettre pour Freud un billet séparé, stipulant officiellement que toutes les dettes que ce dernier avait contractées auprès de la famille Breuer étaient épongées.

Il pleura en descendant pour la dernière fois les marches du 7, Bäcker Strasse. En attendant que l'homme de service du quartier aille chercher Fischmann, il médita sur la plaque en cuivre qui ornait la porte d'entrée : « DOCTEUR JOSEF BREUER, MÉDECIN CONSULTANT – SECOND ÉTAGE ». La prochaine fois qu'il reviendrait à Vienne, la plaque aurait disparu – tout comme son cabinet. Oh certes, le granit, les briques et le second étage seraient bel et bien là, mais ce ne seraient plus les siens, et son cabinet perdrait bien vite l'odeur de sa présence. Ce sentiment de désagrégation, il l'avait déjà éprouvé à maintes reprises, chaque fois qu'il était retourné à la maison de son enfance, dont il se dégageait une grande familiarité en même temps que la plus complète indifférence ; elle hébergeait désormais une autre famille, et peut-être un autre garçon prometteur qui deviendrait, qui sait, à son tour médecin.

Mais lui, Josef Breuer, n'était plus nécessaire : il serait oublié, sa maison ensevelie par le temps et l'existence d'autres êtres humains. Il mourrait d'ici dix ou vingt ans. Et il mourrait seul : aussi entouré que l'on soit, se dit-il, on meurt toujours seul.

Il trouva quelque réconfort en remarquant que si un homme est seul, et la nécessité une illusion, alors cet homme est libre ! Ce qui ne l'empêcha pas, au moment de prendre place dans le fiacre, de sentir soudain un poids sur ses épaules. Il observa les autres façades de la rue. Était-il épié ? Ses voisins l'observaient-ils depuis leurs fenêtres ? Ils devaient certainement être au courant de l'événement majeur qui se déroulait en ce moment ! Ou l'apprendraient-ils le lendemain ? Est-ce que Mathilde, aidée de ses sœurs et de sa mère, jetterait toutes les affaires de Josef sur le trottoir ? Il avait déjà entendu parler de ce genre de péripéties.

Il s'arrêta d'abord chez Max. Celui-ci l'attendait car, la veille, immédiatement après sa discussion avec

Nietzsche au cimetière, il lui avait fait part de sa décision de quitter Vienne et lui avait demandé de s'occuper des finances de Mathilde.

Max, une fois de plus, tenta désespérément de le dissuader. En vain : Breuer était déterminé. Finalement, Max s'épuisa et se résigna à la décision de son beau-frère. Pendant une heure, les deux hommes se penchèrent sur les comptes de la famille. Lorsque Breuer s'apprêta à quitter les lieux, Max se leva d'un bond et bloqua de sa grande carcasse l'accès du couloir. L'espace d'un instant, surtout quand Max écarta grand les bras, Breuer craignit une menace physique. Or Max voulait simplement lui donner l'accolade. Sa voix flancha au moment où il dit : « Pas de partie d'échecs ce soir, donc ? Ma vie ne sera plus jamais la même, Josef. Tu vas beaucoup me manquer. Tu es le seul véritable ami que j'aie jamais eu. »

Trop ému pour pouvoir répondre, Breuer prit Max dans ses bras et s'en alla rapidement. Une fois installé dans le fiacre, il demanda à Fischmann de le conduire jusqu'à la gare ; juste avant qu'ils y arrivent, il lui annonça qu'il partait pour un très long voyage. Il lui donna deux mois de salaire et promit de le rappeler une fois qu'il serait de retour à Vienne.

Pendant qu'il attendait son train, Breuer s'en voulut de n'avoir pas dit à Fischmann qu'il ne reviendrait jamais : « Comment peux-tu le traiter avec autant de désinvolture ? Après dix ans de bons et loyaux services ? » se reprocha-t-il, avant de se dédire. La journée avait été déjà assez difficile pour ne pas s'infliger de nouveaux tourments.

Il était en route pour la petite ville de Kreuzlingen, en Suisse. Au sanatorium de Bellevue, plus exactement, où Bertha était hospitalisée depuis plusieurs mois. Breuer était encore tout étourdi par le tournant que prenait sa vie. Quand, et comment, avait-il pris la décision de rendre visite à Bertha ?

Lorsque le train s'ébranla, Breuer se cala au fond de son siège, ferma les yeux et médita sur les événements de la journée.

« Friedrich avait raison, se dit-il. Tout au long de ces années, ma liberté était là, qui ne demandait qu'à être prise ! J'aurais pu saisir ma vie il y a des années… Et Vienne est toujours là ; la vie continuera sans moi. Ma disparition aurait bien fini par se produire, d'ici dix ou vingt ans. D'un point de vue cosmique, quelle différence cela fait-il ? J'ai aujourd'hui quarante ans : mon frère cadet est mort il y a huit ans, mon père dix, et ma mère trente-six. Il est temps, pendant que je puis encore voir et marcher, que je m'empare d'une partie de ma vie et que je la fasse mienne… Est-ce trop exiger ? Je suis fatigué de rendre service, de m'occuper des autres. Oui, Friedrich avait raison. Devrai-je éternellement rester pieds et poings liés au sens du devoir ? Suis-je voué à mener une vie confite dans les regrets, et pour l'éternité ? »

Il voulut dormir mais, chaque fois qu'il s'assoupissait, l'image de ses enfants le taraudait. Il eut une grimace de douleur en les imaginant privés de leur père. « Friedrich a raison, pensa-t-il, lorsqu'il dit : "Ne pas faire d'enfants avant d'être prêt à *être* un créateur et à *engendrer* des créateurs." C'est une erreur que de faire des enfants par nécessité, d'utiliser l'enfant comme un rempart à sa propre solitude, d'assigner un but à sa vie en reproduisant une simple copie de soi-même. Erreur, également, de chercher l'immortalité en crachant sa semence vers l'avenir, comme si elle contenait notre conscience !

« Mais les enfants ? Ils ont été une erreur, on m'a forcé à les faire avant que je prenne conscience de mes choix. Et pourtant ils sont là, ils existent ! Nietzsche ne dit rien sur la question. Et Mathilde m'a prévenu que je ne les reverrais peut-être jamais. »

Il se laissa gagner par le désespoir, mais se ressaisit aussitôt. « Non ! Au diable ! Friedrich a raison : devoir, propriété, fidélité, altruisme, gentillesse… Ce ne sont là que des somnifères qui nous plongent dans un doux et profond sommeil, si profond qu'on ne se réveille qu'à la fin de sa vie – pour peu que l'on se réveille jamais –, qui plus est pour se rendre compte qu'on n'a jamais vraiment vécu.

« Je n'ai qu'une vie, une vie qui peut se répéter à l'infini. Je ne veux pas regretter éternellement de m'être égaré en voulant assumer mes responsabilités à l'égard de mes enfants.

« J'ai enfin la possibilité de me construire une nouvelle vie sur les cendres de l'ancienne ! Une fois que j'aurai accompli cela, je retrouverai le chemin de mes enfants. Mais je ne serai plus victime des conceptions tyranniques de Mathilde sur les convenances sociales ! Qui peut empêcher un père de voir ses enfants ? Je deviendrai comme une hache et me fraierai un chemin vers eux, quitte à frapper en tous sens ! En attendant, que Dieu leur vienne en aide. Je ne peux rien faire. Je me noie et dois d'abord me sauver.

« Et Mathilde ? Friedrich estime que la seule manière de sauver notre mariage est de l'abandonner, qu'il vaut mieux briser le mariage que d'être brisé par lui. Mathilde a peut-être été brisée par ce mariage, elle aussi. Prisonnière, comme moi. Ce serait l'avis de Lou

Salomé. Comment disait-elle, déjà… Qu'elle ne se laisserait jamais tyranniser par les faiblesses des autres ? Il se peut fort bien que mon absence délivre Mathilde de ses chaînes ! »

Le train atteignit Constance tard dans la soirée. Breuer descendit et passa la nuit dans un modeste hôtel de gare ; il était grand temps, pensait-il, de s'habituer aux résidences de seconde ou troisième catégorie. Le matin, il se fit emmener à Kreuzlingen et au sanatorium de Bellevue. Une fois parvenu là, il informa le directeur de l'établissement, Robert Binswanger, qu'une consultation inopinée l'ayant envoyé à Genève, soit à quelques encablures de Bellevue, il avait décidé de rendre visite à son ancienne patiente, Mlle Pappenheim.

La demande n'avait rien d'incongru : Breuer était bien connu de l'établissement puisqu'il avait longtemps été l'ami de l'ancien directeur, Ludwig Binswanger, qui venait de mourir. Le Dr Binswanger fils se proposa de lui envoyer immédiatement Mlle Pappenheim. « Elle est en train de faire une promenade et d'évoquer son état de santé avec son nouveau médecin, le Dr Durkin. » Binswanger se leva et avança vers la fenêtre de son bureau : « Tenez, là, dans le parc. Vous pouvez les voir.

– Non, non, docteur, ne les interrompez surtout pas. J'estime que rien ne doit entraver les moments privilégiés que partagent le médecin et le patient. Par ailleurs, il fait un soleil radieux aujourd'hui, et vous savez qu'à Vienne je n'ai pas eu beaucoup l'occasion de le voir… Aussi, si vous me le permettez, je l'attendrai dans votre parc, ce qui me permettra également d'observer la condition de Mlle Pappenheim, et notamment sa démarche, sans la gêner. »

Après avoir atteint une terrasse installée en contrebas de l'immense parc de Bellevue, Breuer vit donc Bertha et son médecin déambuler le long d'un chemin bordé de buis élevés, méticuleusement entretenus. Il choisit son poste d'observation avec soin : un banc de bois blanc, juché sur la terrasse supérieure et presque entièrement caché par les branches nues d'un énorme lilas. De là, il pourrait dominer la situation et observer Bertha sans difficulté, voire, qui sait, saisir au vol quelques-unes de ses paroles au moment où elle approcherait.

Bertha et Durkin venaient juste de passer sous son banc ; à présent ils s'éloignaient. Le parfum de lavande qu'elle portait remonta aux narines de Breuer. Il le huma avec plaisir et sentit la douleur de l'absence parcourir son corps tout entier. Comme elle paraissait frêle ! Tout à coup elle s'arrêta de marcher. Une crampe venait de lui paralyser la jambe droite ; Breuer se souvint que la chose s'était souvent produite quand il se promenait à ses côtés. Elle s'agrippa à Durkin pour ne pas perdre l'équilibre, avec la même force qu'elle avait mise, jadis, à s'accrocher à Breuer. Ses deux bras serraient celui de Durkin, et elle pressait son corps tout entier contre le sien ! Oh, comme il aimait sentir sa poitrine ! Telle la princesse de la fable qui pouvait sentir le pois à travers ses vingt matelas, Breuer pouvait sentir les seins souples et veloutés de Bertha, malgré tous les obstacles – le collet d'astrakan dont elle s'était parée et le manteau doublé de fourrure qu'il portait n'opposant à son plaisir que des remparts en papier.

C'était maintenant au quadriceps de Bertha d'être pris de spasmes ! Elle porta sa main à sa cuisse. Breuer connaissait exactement la suite des événements. Durkin s'empressa de la soulever et de la transporter jusqu'au banc le plus proche. Le massage allait-il suivre ? Oui : Durkin ôta ses gants, glissa délicatement ses mains sous le manteau de Bertha et commença à lui masser la cuisse. Allait-elle gémir de douleur ? Oui, tout doucement ! Breuer pouvait l'entendre ! N'allait-elle pas fermer les yeux, comme prise de transe, étendre les bras au-dessus de sa tête, cambrer le dos et bomber sa poitrine ? Mais oui, oui, c'est exactement ce qu'elle fit ! Puis, comme de bien entendu, elle ouvrit son manteau – Breuer vit sa main glisser jusqu'au bouton et le défaire. Il savait qu'elle allait remonter sa robe, comme à chaque fois. Eh bien oui... Elle plia même les genoux – ça, jamais Breuer ne l'avait vu chez elle – et fit remonter sa robe, presque jusqu'à la taille. Durkin se tenait raide comme un piquet, lorgnant les sous-vêtements roses de la jeune femme et l'ombre légère d'un triangle noir.

Depuis son lointain poste d'observation, Breuer, lui aussi pétrifié, voulut voir par-dessus l'épaule du médecin. « Couvre-la, fou ! » se dit-il. Durkin essaie de baisser la robe de Bertha et de reboutonner son manteau ; elle l'en empêche de ses mains ; ses yeux sont clos. Est--elle en transe ? Durkin semble agité – on le comprend, pense Breuer – et regarde nerveusement autour de lui. Personne, Dieu merci ! La crampe est passée. Il relève Bertha ; elle essaie de marcher.

Breuer est tout étourdi, comme s'il n'appartenait plus à son propre corps. Il y a quelque chose d'irréel dans la scène qui vient de se dérouler sous ses yeux ; il a l'impression d'avoir assisté à un spectacle depuis la dernière rangée d'un immense théâtre. Que ressent-il ? Peut-être une certaine jalousie à l'égard du Dr Durkin ? L'homme est jeune, fringant et célibataire, et Bertha s'accroche à son cou comme jamais elle ne l'avait fait avec lui. Mais non !

Il n'est ni jaloux, ni agacé… Pas le moins du monde. Au contraire, même, il se sent proche de Durkin. Bertha ne les sépare pas, elle les unit dans un égarement partagé et fraternel.

Le jeune couple poursuivit sa promenade. Breuer ne put s'empêcher de sourire en constatant que c'était le médecin, et non sa patiente, qui avançait maintenant d'une démarche malaisée, traînante. Il éprouva une immense compassion pour son successeur : combien de fois avait-il dû, lui aussi, marcher aux côtés de Bertha tout en devant réprimer une puissante érection ! « Heureusement que nous sommes en hiver, docteur Durkin ! se dit-il. C'est beaucoup plus embêtant en été, quand on n'a aucun manteau derrière lequel se dissimuler. »

Après avoir atteint le bout de l'allée, Bertha et le Dr Durkin revinrent vers Breuer. La jeune femme porta une main à sa joue. Breuer s'aperçut que ses muscles orbitaux étaient eux aussi pris de spasmes, et qu'elle souffrait terriblement; sa douleur faciale, *son tic douloureux*[1], survenait tous les jours, tellement pénible que seule une dose de morphine pouvait la soulager. Elle s'arrêta de marcher. Breuer savait exactement ce qui allait suivre. C'était invraisemblable. Une fois encore, il eut l'impression d'assister à une pièce de théâtre dans laquelle lui, directeur ou souffleur, donnait les consignes aux acteurs : « Porte la main à son visage… Tes paumes sur ses joues… Tes pouces doivent toucher l'arête de son nez ! Très bien… Maintenant appuie doucement et caresse ses sourcils, sans t'arrêter. Parfait ! » Il vit le visage de Bertha se détendre. Elle se releva, saisit les poignets de Durkin et porta ses deux mains à ses lèvres. À

---

1. En français dans le texte.

ce moment précis, Breuer sentit comme un coup de poignard. Une seule fois Bertha avait baisé ses mains de la sorte, et ç'avait d'ailleurs été leur moment le plus intime. Elle s'approcha. Breuer put entendre ce qu'elle disait : « Mon petit papa, mon cher petit papa. » Le coup fut rude ; c'était ainsi qu'elle avait coutume de l'appeler.

Il n'entendit rien de plus. C'était bien assez. Il se leva et, sans dire un mot au personnel infirmier surpris, quitta le sanatorium de Bellevue pour remonter dans le fiacre qui l'attendait. Encore abasourdi, il retourna à Constance, où il trouva le moyen de remonter dans le train. Le sifflement de la locomotive secoua sa torpeur. Le cœur battant, il reposa sa tête contre le dossier de son siège et repensa à tout ce qu'il venait de voir.

« Cette plaque en cuivre, mon cabinet à Vienne, la maison de mon enfance, et désormais Bertha... Tout ça continue sans moi, rien ni personne n'a besoin de moi pour exister. Je suis accessoire, interchangeable. Ma présence dans le drame de Bertha n'est pas nécessaire ; personne ne l'est d'ailleurs, pas même les premiers rôles masculins – ni moi, ni Durkin, ni ceux qui suivront. »

Il était bouleversé. Peut-être lui faudrait-il encore un peu de temps pour digérer tout cela. Il était fatigué, aussi. Il s'enfonça dans son siège, ferma les yeux et voulut trouver refuge dans une douce rêverie autour de Bertha. Mais rien ne se produisit ! Pourtant il avait suivi le processus habituel : il s'était concentré sur le décor, il avait déclenché la première scène de son fantasme, ouvert à l'imprévu – c'était toujours Bertha qui décidait, pas lui –, et avait pris un peu de recul pour voir le spectacle commencer. Or il n'y eut pas de spectacle. Rien. La scène était comme une nature morte, en attendant les consignes du maître.

Breuer se rendit compte qu'il pouvait désormais faire surgir l'image de Bertha ou la faire disparaître à sa guise. Dès qu'il l'invoquait, elle apparaissait sur-le-champ, sous toutes les formes qu'il désirait ; mais elle n'avait plus aucune autonomie, et son image restait pétrifiée tant qu'il ne lui commandait pas de bouger. Leur relation avait tout simplement déraillé, et leurs liens s'étaient distendus.

Il n'en revenait pas. Jamais il n'avait pensé à Bertha avec une telle indifférence, ou plutôt une telle sérénité, un tel sang-froid. Ni passion débordante ni désir, ni rancœur non plus. Pour la première fois, il comprit que Bertha et lui étaient compagnons de souffrance ; elle était aussi piégée qu'il l'avait été. Elle non plus n'était pas devenue qui elle était. Elle non plus n'avait pas choisi sa vie et ne faisait qu'assister impuissante aux mêmes scènes qui se répétaient indéfiniment.

Il vit quelle tragédie constituait la vie de Bertha. Peut-être elle-même ne s'en rendait-elle pas compte et avait-elle renoncé non seulement à la possibilité de choisir, mais aussi à sa lucidité. Elle était souvent « absente », en transe, très loin de *vivre* sa vie. Breuer savait que Nietzsche s'était trompé de ce point de vue-là ! Il n'était pas victime de Bertha ! Ils étaient tous deux des victimes.

Quelle leçon ! Si seulement il pouvait reprendre à zéro et redevenir son médecin comme si rien ne s'était passé. La journée à Bellevue lui ayant montré à quel point les effets de son traitement étaient fugaces, il en vint à regretter d'avoir passé des mois à lutter contre des symptômes – en des escarmouches aussi vaines que superficielles – aux dépens de la vraie bataille, à savoir le combat mortel qui se livrait dans les profondeurs de l'esprit.

Le train sortit d'un long tunnel en rugissant. La

lumière du jour rappela soudain Breuer à la réalité. Il était en route pour Vienne, où il devait retrouver Eva Berger, son ancienne infirmière. Il regarda tout autour de lui, dans le compartiment, d'un air hébété. « Ça me reprend, se dit-il. Me revoilà dans le train, prêt à retrouver Eva… Mais je me demande encore quand et comment j'ai décidé de la revoir. »

Une fois arrivé à Vienne, il prit un fiacre jusqu'au domicile d'Eva et approcha de la porte d'entrée.

Il était quatre heures de l'après-midi. Il faillit rebrousser chemin, persuadé – et espérant – qu'Eva serait encore à son travail. Or elle était bien chez elle. Elle parut choquée de le voir et resta quelques instants à le regarder sans dire un mot. Lorsqu'il lui demanda s'il pouvait entrer, elle accepta, non sans avoir jeté des coups d'œil prudents vers les maisons voisines. Il se sentit immédiatement rassuré par sa présence. Six mois avaient passé depuis leur dernière entrevue, mais il lui était toujours aussi facile de lui parler. Il lui raconta tout ce qui s'était passé depuis qu'il l'avait renvoyée : sa rencontre avec Nietzsche, sa transformation progressive, sa décision de prendre sa liberté et de quitter Mathilde et les enfants, enfin sa récente et muette rencontre avec Bertha.

« Me voilà libre, Eva. Pour la première fois de ma vie, je peux faire ce que bon me semble, aller où j'ai envie d'aller. Bientôt, sans doute juste après notre petite causerie, je vais me rendre à la gare et choisir une destination. Je ne sais toujours pas où j'irai… Peut-être vers le sud, vers le soleil. L'Italie ? »

Eva, qui était pourtant une femme volubile et qui, jadis, répondait très longuement à chaque phrase de Breuer, se montrait soudain étrangement silencieuse.

« Naturellement, poursuivit Breuer, je serai seul. Vous me connaissez suffisamment bien ! Mais je serai libre de rencontrer qui je voudrai. »

Toujours aucune réponse d'Eva.

« Ou d'inviter une vieille amie à partir avec moi en Italie. »

Breuer n'en croyait pas sa propre bouche. Il imagina tout à coup ses pigeons revenir comme un seul homme dans son laboratoire et se réinstaller dans leurs cages.

À son grand désarroi, mais aussi à son soulagement, Eva ne réagit pas à ses sous-entendus. Au contraire, elle se mit à l'interroger.

« De quelle liberté parlez-vous ? Et qu'entendez-vous donc par "vie non vécue" ? demanda-t-elle en secouant la tête d'un air incrédule. Josef, je dois vous dire que tout cela ne veut pas dire grand-chose pour moi. J'ai toujours rêvé de disposer de *votre* liberté. Car quelle aura été la mienne ? Quand vous devez vous soucier du loyer et de la note chez le boucher, la liberté passe au second plan. Vous souhaitez vous libérer de votre profession ? Mais contemplez un instant la mienne ! Lorsque vous m'avez renvoyée, j'ai dû accepter le premier emploi qui se présentait, et aujourd'hui la seule liberté dont je rêve est celle de ne pas être de garde la nuit à l'hôpital général de Vienne. »

La garde de nuit ! Breuer comprit pourquoi Eva se trouvait chez elle à cette heure de la journée.

« Je vous avais proposé mon aide pour trouver un autre travail. Vous n'avez répondu à aucun de mes messages.

– J'étais bouleversée, Josef. Ce jour-là, j'ai appris une chose : qu'il ne faut compter que sur soi-même. » Pour la première fois, elle leva les yeux et fixa son regard sur Breuer.

Tout honteux de ne l'avoir pas protégée, il voulut

implorer son pardon; mais Eva changea aussitôt de sujet : son nouveau travail, le mariage de sa sœur, la santé de sa mère, puis ses rapports avec Gerhardt, le jeune avocat qu'elle avait rencontré à l'hôpital, elle infirmière, lui malade.

Breuer comprit alors que sa petite visite risquait de compromettre Eva. Aussi se leva-t-il pour quitter les lieux. Alors qu'il approchait de la porte, il saisit maladroitement la main d'Eva et s'apprêta à lui poser une question avant de se raviser soudain – avait-il encore le droit de lui tenir des propos sur un ton familier ? Il tenta sa chance, malgré tout. Bien que le lien intime qui les avait unis fût désormais brisé, quinze ans d'amitié ne pouvaient tout de même pas s'effacer aussi facilement.

« Je m'en vais, Eva. Mais permettez-moi de vous poser une dernière question.

– Je vous écoute, Josef.

– Je ne peux pas oublier l'époque où nous étions proches. Vous rappelez-vous lorsque, un soir, tard, nous nous sommes assis dans mon cabinet et avons discuté une heure durant ? Je vous disais à quel point j'étais attiré par Bertha, vous m'avez répondu que vous aviez peur pour moi, que vous étiez mon amie et que vous ne vouliez pas me voir me détruire tout seul. Alors vous avez pris ma main, comme je prends la vôtre maintenant, et vous m'avez dit que vous feriez *tout*, tout ce que je voulais, si cela pouvait me sauver. Eva, je ne saurais vous dire le nombre de fois où j'ai repensé à cette conversation, à quel point elle a compté pour moi, et combien j'ai souvent regretté d'avoir été absorbé par Bertha au point de ne pas vous avoir répondu. Ainsi ma question est la suivante : étiez-vous sincère ? Aurais-je dû vous répondre ? »

Eva dégagea sa main de celle de Breuer, la posa doucement sur son épaule et dit sur un ton hésitant : « Je ne sais pas quoi vous dire, Josef. Pour être très honnête… pardonnez-moi de vous le dire, mais au nom de notre vieille amitié, je me dois d'être honnête avec vous… figurez-vous que je ne me souviens absolument pas de cette conversation ! »

Deux heures plus tard, Breuer était avachi dans un compartiment de seconde classe, à bord d'un train pour l'Italie.

Il venait de comprendre à quel point il avait, depuis un an, érigé Eva en une sorte de garantie. Il avait compté sur elle et s'était toujours dit qu'elle serait là quand il en aurait besoin. Comment avait-elle pu oublier ?

« Mais à quoi t'attendais-tu ? se demanda-t-il. À ce qu'elle reste enfermée dans un placard en attendant que tu viennes ouvrir la porte et que tu la réanimes ? Tu as quarante ans… Il serait temps que tu comprennes que les femmes qui t'entourent peuvent se passer de toi : elles ont chacune leur propre vie, elles avancent, elles mènent leur barque, tissent de nouveaux liens. Il n'y a que les morts qui ne changent jamais. Il n'y a que ta mère, Bertha, qui reste en suspens dans le temps, à t'attendre. »

Soudain, l'idée terrible lui apparut que non seulement Bertha et Eva continueraient de vivre sans lui, mais aussi Mathilde – qu'un jour viendrait où elle tournerait ses yeux vers un autre homme. Mathilde, sa Mathilde, avec un autre que lui… c'était insupportable. Il pleura. Il leva les yeux pour regarder sa valise dans le porte-bagages ; elle était là, à portée de main, avec sa poignée en cuivre qui ne demandait qu'à être saisie. Il savait exactement ce qu'il devait faire : s'emparer de la valise, la sortir du porte-bagages, descendre au prochain arrêt, quel qu'il fût, prendre le premier train pour Vienne et se jeter aux pieds de Mathilde en implorant son pardon. Il n'était pas encore trop tard ; elle lui ouvrirait certainement sa porte.

Mais il pensa aussitôt à Nietzsche et imagina la discussion qui s'ensuivrait avec lui.

« Friedrich, comment ai-je pu tout abandonner ? Quel idiot j'ai été de suivre vos conseils !

– Vous aviez déjà tout abandonné avant de me rencontrer, Josef. Voilà pourquoi vous étiez si désespéré. Souvenez-vous : le garçon infiniment prometteur...

– Aujourd'hui je n'ai plus rien !

– Mais rien, c'est tout ! Pour être plus fort, vous devez d'abord plonger vos racines au plus profond du néant et apprendre à regarder la solitude en face.

– Ma femme, mes enfants ! Je les aime tant... Comment ai-je pu les quitter ? Je descends au prochain arrêt.

– Vous ne faites que vous fuir vous-même. Rappelez-vous bien que chaque instant est voué à l'éternel retour. Pensez-y : vous fuyez votre liberté pour toujours !

– J'ai des devoirs envers...

– Votre seul devoir, c'est de devenir qui vous êtes. Soyez fort, sans quoi vous ne vous développerez que sur le dos des autres.

– Mais Mathilde... Mes engagements ! Mon devoir envers...

– Le devoir ! Le devoir ! Ces petites vertus finiront par vous tuer. Apprenez à être méchant, bâtissez une nouvelle vie sur les cendres de l'ancienne. »

Tout au long du trajet, les mots de Nietzsche le taraudèrent.

« L'éternel retour. »

« L'éternel sablier de l'existence qu'on retournerait sans arrêt. »

« Laissez-vous gagner par cette idée, et je vous promets que vous en serez bouleversé pour le restant de vos jours ! »

« Cette idée vous séduit-elle, ou la rejetez-vous ? »

« Vivez de telle sorte que cette idée vous plaise. »

« Le pari nietzschéen. »

« Mourez au bon moment. »

« Le courage de changer ses convictions ! »

« Cette vie est votre vie éternelle. »

Tout avait commencé à Venise, deux mois plus tôt. C'était encore vers elle, une fois de plus, vers la ville des gondoles, que Breuer se dirigeait. Lorsque le train franchit la frontière italo-helvétique et que des conversations en italien parvinrent à ses oreilles, il passa de l'éternel retour à la réalité du lendemain.

Où irait-il une fois descendu à la gare de Venise ? Où passerait-il sa première nuit ? Et le lendemain, que faire ? Et le surlendemain ? Que ferait-il de tout son temps ? Que ferait Nietzsche à sa place ? Quand il n'était pas malade, il marchait, il pensait, il écrivait. Mais c'était *sa* façon de faire. Comment…

Il lui fallait d'abord gagner quelques sous. Le peu d'argent qu'il avait sur lui ne lui permettrait de tenir que quelques semaines, après quoi la banque, sur instruction de Max, lui enverrait une modeste traite mensuelle. Certes, il pouvait poursuivre son activité de médecin. Au moins trois de ses anciens étudiants exerçaient à Venise et, qui plus est, le problème de la langue n'en était pas un : il avait une bonne oreille et pouvait se débrouiller en anglais, en français et en espagnol, voire en italien après quelques semaines d'apprentissage. Mais avait-il tant sacrifié pour simplement déplacer sa vie viennoise à Venise ? Non, cette vie-là était bel et bien derrière lui.

Pourquoi pas travailler dans un restaurant ? À cause de la mort prématurée de sa mère et de l'impotence de sa grand-mère, Breuer avait appris à cuisiner et participait souvent à la préparation des repas de famille. Même si Mathilde le taquinait et lui interdisait l'entrée de la cuisine, il profitait de ses absences pour observer et conseiller la cuisinière. Oui, plus il y pensait, plus il envisageait le restaurant comme une bonne solution. Mais pas uniquement pour le diriger ou être derrière la caisse : il voulait toucher la nourriture, la préparer, la servir.

Il arriva à Venise tard dans la soirée ; une fois de plus, il passa la nuit à l'hôtel de la gare. Le lendemain matin, il prit une gondole jusqu'au centre de la ville et marcha des heures durant, perdu dans ses pensées. Les Vénitiens se retournaient souvent pour le regarder, et il ne comprit la raison de cette curiosité qu'en voyant son reflet dans la vitrine d'une boutique : sa grande barbe, son chapeau, son manteau, sa veste, sa cravate, tout était chez lui d'un noir fort peu engageant. Il avait l'air d'un étranger, plus exactement d'un vieux et riche médecin juif de Vienne ! La veille au soir, à la gare, il avait remarqué un groupe de prostituées italiennes qui racolaient. Aucune, pourtant, ne l'avait accosté, et on pouvait les comprendre ! Il eût fallu pour cela qu'il se débarrassât de sa barbe et de sa tenue d'enterrement.

Peu à peu, la suite des opérations lui apparut plus clairement. En premier lieu, un tour chez le barbier et chez un petit tailleur bon marché. Puis des cours intensifs d'italien. Au bout de deux ou trois semaines, il pourrait ainsi commencer à sonder le milieu de la restauration : il manquait peut-être à Venise un bon restaurant autrichien, voire judéo-autrichien – n'avait-il pas vu plusieurs synagogues sur le chemin ?

Il dut se plier au rasoir émoussé du barbier au moment où celui-ci attaquait sa barbe vieille de vingt et un ans. Si de temps en temps la lame parvenait à tailler soigneusement le poil, elle avait néanmoins tendance à arracher sans ménagement des touffes entières de sa barbe châtain-roux. Le barbier était à la fois ronchon et impatient. « On le serait à moins, pensa Breuer. Soixante lires n'est pas cher payé pour une barbe de cette taille-là. » Après lui avoir, d'un geste, demandé de s'arrêter un instant, il fouilla dans sa poche et lui offrit deux cents lires supplémentaires en échange d'un coup de ciseau moins brutal.

Vingt minutes plus tard, alors qu'il se mirait dans la glace fêlée du barbier, Breuer fut pris d'une immense compassion à la vue de son propre visage. Avec les années, il avait oublié, sous la noirceur de sa barbe, quel combat ce visage à présent épuisé, cabossé, avait dû livrer contre les injures du temps. Seuls son front et ses sourcils avaient résisté, qui supportaient désormais tout le poids de sa chair flaccide et défaite. Une énorme crevasse partait de chaque narine pour séparer les joues des lèvres. Des rides plus petites rayonnaient à partir de ses yeux ; de sa mâchoire pendaient des replis de chair dignes d'un dindon. Et le menton... Il avait oublié que sa barbe masquait son menton minuscule, lequel se cachait timidement, du mieux qu'il pouvait, sous une lèvre inférieure humide et molle.

En allant chez le tailleur, Breuer observa la tenue des passants et décida d'acheter un gros manteau bleu marine, des chaussures solides, ainsi qu'un épais chandail à rayures. Mais tous les hommes qu'il croisait étaient plus jeunes que lui : que portaient donc les hommes plus âgés ? Et où étaient-ils, d'ailleurs ? La foule avait l'air tellement jeune… Comment se ferait-il des amis ? Où rencontrerait-il des femmes ? Peut-être quelque serveuse dans un restaurant, ou bien une professeur d'italien. « Mais je ne veux pas d'une autre femme ! se dit-il. Jamais je ne rencontrerai une deuxième Mathilde. J'aime cette femme, et tout cela n'a aucun sens ! Pourquoi diable l'ai-je quittée ? Je suis beaucoup trop vieux pour refaire ma vie, je suis même la personne la plus âgée dans cette foule de passants, à l'exception peut-être de cette vieille femme qui s'appuie sur une canne ou de ce vieillard voûté qui vend ses légumes. » Il fut soudain pris de vertiges. Il tenait à peine debout. C'est alors qu'il entendit une voix dans son dos : « Josef ! Josef ! »

Qui était-ce ? Il connaissait cette voix !

« Docteur Breuer ! Josef Breuer ! Josef, écoutez-moi bien, je vais compter jusqu'à dix. À cinq, vous ouvrirez les yeux. À dix, vous serez complètement réveillé. Un, deux, trois… »

Cette voix… Mais bien sûr !

« Quatre, cinq, six… »

Ses yeux s'ouvrirent. Il avait devant lui le visage souriant de Freud.

« Sept ! Huit ! Neuf ! Dix ! Vous êtes bien réveillé ! Maintenant ! »

Breuer prit peur : « Que s'est-il passé ? Où suis-je, Sigmund ?

– Tout va bien, Josef. Réveillez-vous ! répondit Freud d'un ton ferme mais rassurant.

– Que s'est-il passé ?

– Attendez deux petites minutes, Josef. Tout va vous revenir en tête. »

Il constata qu'il était allongé sur le divan de sa bibliothèque. Il se redressa et demanda une fois de plus : « Mais que s'est-il passé ?

– C'est à vous de me le dire, Josef. Je n'ai fait que suivre vos instructions. »

Devant l'air manifestement ahuri de Breuer, Freud jugea bon de s'expliquer : « Vous ne vous rappelez donc pas ? Vous êtes passé hier soir en me demandant d'être ici à onze heures du matin pour vous assister dans une expérience psychologique. Lorsque je suis arrivé, vous m'avez demandé de vous hypnotiser à l'aide de votre pendule. »

Breuer mit la main à la poche de son gilet.

« Elle est là, Josef, sur la table basse... Souvenez-vous, ensuite, et toujours sur vos instructions, je vous ai demandé de dormir d'un sommeil profond et de visualiser une série d'expériences. Vous m'avez expliqué que la première partie de l'expérience serait consacrée aux adieux – à vos proches, à vos amis, et même à vos patients. S'il le fallait, je devais vous aiguiller par des phrases comme "Dites au revoir" ou "Vous ne pouvez plus retourner chez vous". La seconde partie devait voir le départ d'une nouvelle vie, et j'étais censé vous aider en disant "Continuez" ou "Que souhaitez-vous faire maintenant ?"

– Oui, oui, Sigmund... Je commence à me réveiller. Je me souviens. Quelle heure est-il ?

– Une heure de l'après-midi. Vous êtes parti pendant deux heures, comme prévu. Les gens vont bientôt arriver pour le déjeuner.

– Dites-moi exactement ce qui s'est passé. Qu'avez-vous vu ?

– Vous êtes très rapidement entré en transe, Josef, et vous êtes resté la plupart du temps sous hypnose. Je pourrais vous dire que des drames complexes se sont joués, mais en silence, dans votre propre théâtre intérieur. À deux ou trois reprises, vous avez semblé sortir de votre état de transe, mais je vous y ai maintenu en vous parlant de voyages et en vous faisant ressentir le mouvement berçant d'un train dans lequel vous vous installiez tranquillement avant de vous endormir. Chaque fois, cette méthode a fonctionné. Je ne peux pas vous en dire plus. Vous paraissiez très malheureux, au point de pleurer à deux reprises et d'avoir l'air apeuré une ou deux fois. Je vous ai demandé si vous vouliez que nous nous arrêtions, mais vous avez secoué la tête. Aussi vous ai-je pressé de continuer.

– Est-ce que j'ai parlé à voix haute ? demanda Breuer en se frottant les yeux pour se réveiller complètement.

– Rarement. Comme vos lèvres bougeaient beaucoup, j'ai pensé que vous imaginiez des conversations. Je n'ai pu comprendre que quelques mots. Vous avez plusieurs fois invoqué Mathilde, et parfois prononcé le nom de Bertha. C'est bien de votre fille qu'il s'agit, n'est-ce pas ? »

Breuer hésita. Comment répondre ? Il aurait bien voulu tout raconter à Sigmund, mais quelque chose le lui déconseillait fortement. Après tout, Sigmund n'avait que vingt-six ans et voyait en lui un père ou un grand frère. Les deux hommes étaient habitués à cette relation, et Breuer n'avait pas l'intention, ni l'envie, de la mettre en péril par une révélation aussi brutale.

Par ailleurs, Breuer savait à quel point son jeune ami pouvait se montrer naïf et borné dès qu'il s'agissait de l'amour ou de la chair. Il se souvenait ainsi de l'avoir récemment surpris, et plongé dans l'embarras, en lui annonçant que toutes les névroses commençaient dans le lit conjugal ! Quelques années plus tôt, Sigmund avait même condamné avec force et indignation les frasques sexuelles du jeune Schnitzler. Par conséquent comment pourrait-il comprendre qu'un mari quadragénaire s'amourache d'une patiente de vingt et un ans ? D'autant plus que Sigmund adorait Mathilde… Non, se confier à lui eût été une erreur ; mieux valait en parler à Max ou à Friedrich.

« Ma fille, dites-vous ? Je n'en suis pas sûr, Sigmund. Je ne me rappelle plus. Mais savez-vous que Bertha était aussi le prénom de ma mère ?

– Mais oui, j'oubliais ! Cependant, elle est morte quand vous étiez très jeune, Josef. Pourquoi lui feriez-vous vos adieux aujourd'hui ?

– Peut-être parce que je ne l'avais jamais vraiment laissée partir. Je crois que certaines figures d'adultes entrent dans l'esprit d'un enfant et refusent d'en ressortir. Il faudrait peut-être les en expulser, de gré ou de force, avant de vouloir être maître de ses propres pensées !

– Mmm… intéressant. Voyons… Qu'avez-vous dit encore ? Oui, j'ai entendu : “Fini la médecine” et, juste avant que je vous réveille, quelque chose comme : “Trop vieux pour refaire ma vie !” Expliquez-moi, Josef, je brûle de savoir ce que tout cela signifie ! »

Breuer choisit ses mots avec précaution. « Voilà ce que je puis vous dire, Sigmund. Tout est lié à ce professeur Müller… Il m'a poussé à méditer sur ma propre vie, et je me suis rendu compte que j'étais arrivé à un point où la plupart de mes choix sont derrière moi. Mais je me suis demandé, tout de même, comment les choses se seraient passées si j'avais fait d'autres choix et vécu une autre vie, sans la médecine, sans ma famille, sans la culture viennoise. C'est pour cela que j'ai tenté une expérience mentale : afin de me libérer de ces abstractions et d'affronter le chaos sans forme, voire d'adopter un mode de vie marginal.

– Et qu'avez-vous appris ?

– Je n'en reviens toujours pas, et je vais avoir besoin de temps pour tout analyser. Je sais d'ores et déjà qu'il ne faut pas laisser la vie vous soumettre à ses désirs, sans quoi vous franchissez le cap de la quarantaine avec le sentiment désagréable de n'avoir pas vécu. Qu'ai-je appris ? Eh bien, peut-être à vivre dans l'instant présent afin qu'à cinquante ans je ne contemple pas mes quarante ans avec des remords. Il en va de même pour vous, aussi. Tous ceux qui vous connaissent bien, Sigmund, savent que vous avez des dons exceptionnels. Mais cela a un prix : plus riche le sol, plus impardonnable celui qui n'en tire rien.

– Vous avez changé, Josef. Peut-être est-ce l'effet de la transe. Jamais vous ne m'avez encore parlé en ces termes… Je vous en remercie, votre ferveur m'encourage – et m'écrase, aussi.

– J'ai également appris, poursuivit Breuer – ou bien est-ce la même chose –, que nous devons vivre comme si nous étions libres. Bien que l'on ne puisse échapper à son destin, il faut toujours foncer dedans tête baissée et faire en sorte qu'il s'accomplisse. Il faut l'aimer, ce destin. Comme si… »

On frappa à la porte.

« Vous êtes toujours là ? demanda Mathilde. Je peux ? »

Breuer alla ouvrir la porte, et Mathilde fit son entrée

avec un plateau couvert de petites saucisses encore fumantes, chacune enroulée d'une fine pâte croquante. « Ton plat favori, Josef. Je me suis rendu compte ce matin que je ne t'en avais pas préparé depuis des siècles. En tout cas, le déjeuner est prêt. Max et Rachel sont là, et les autres sont sur le chemin. Sigmund, tu restes avec nous, bien entendu. Je t'ai préparé un couvert. Tes patients attendront une heure de plus. »

Obéissant au signe de tête que venait de lui adresser Breuer, Freud quitta la pièce. Breuer enlaça Mathilde. « Tu sais, ma chérie, c'est curieux que tu nous aies demandé si nous étions encore dans la pièce. Je t'en reparlerai plus tard, mais j'ai l'impression d'avoir fait un long voyage, comme si j'étais parti très longtemps… Et me voilà de retour.

– Je suis contente que tu sois revenu, répondit-elle en posant sa main sur la joue de Breuer et en caressant sa barbe tendrement. Tu m'as manqué. »

Comparé aux repas habituels de la famille Breuer, le déjeuner fut, ce jour-là, intime, puisqu'il n'y avait que neuf personnes à table : les parents de Mathilde ; Ruth, une des sœurs de Mathilde, et son mari, Meyer ; Rachel et Max ; et Freud. Les huit enfants mangeaient à une table séparée, dans le vestibule.

« Pourquoi me regardes-tu comme ça ? » glissa Mathilde à l'oreille de Breuer au moment où elle apportait une grande soupière remplie de potage aux carottes et aux pommes de terre. « Tu me gênes, Josef », murmura-t-elle quelques instants plus tard, cette fois-ci comme elle posait sur la table la langue de veau braisée aux raisins secs. « Cesse, Josef ! Cesse de me regarder ! » répéta-t-elle une dernière fois en débarrassant la table avant le dessert.

Or Josef ne cessa pas. Comme si c'était la première

fois, il épluchait sa femme du regard. Il réalisa, non sans douleur, qu'elle aussi participait au grand combat contre le temps. Nulle crevasse sur ses joues – elle avait toujours refusé de se laisser infliger cela – mais enfin elle n'avait pas pu se battre sur tous les fronts, et de jolies rides partaient des commissures de ses lèvres, de ses yeux. Tirés en arrière et vers le dessus et réunis en un magnifique chignon, ses cheveux avaient été infiltrés par des mèches grises. Quand cela s'était-il produit ? En était-il en partie responsable ? Peut-être qu'unis dans la bataille elle comme lui auraient subi des pertes moins élevées.

« Pourquoi devrais-je cesser de te regarder ? » demanda Josef en la prenant doucement par la taille alors qu'elle se baissait pour ramasser son assiette. Il la suivit ensuite dans la cuisine. « En quel honneur est-ce que je... Mais Mathilde, tu pleures !

– Oui, mais ce sont des larmes de joie, Josef... et de chagrin, aussi, quand je pense à tout le temps perdu. C'est une journée très étrange... De quoi avez-vous parlé avec Sigmund, d'ailleurs ? Tu sais ce qu'il m'a dit tout à l'heure ? Qu'il appellerait sa première fille Mathilde ! Pour avoir deux Mathilde dans sa vie, dit-il.

– Tout le monde pensait que Sigmund était intelligent, maintenant nous en avons la preuve. C'est en effet une journée étrange. Mais une journée importante, puisque... j'ai décidé de t'épouser. »

Mathilde reposa son plateau couvert de tasses à café, plaqua ses deux mains sur le front de Breuer et l'attira contre elle, non sans lui embrasser le front. « Tu as bu du schnaps, Josef ? Tu dis n'importe quoi. » Sur ce, elle reprit son plateau. « Mais ça me plaît. » Et, juste avant de pousser la porte à bascule qui donnait sur la salle à manger, elle se retourna et dit : « Je croyais que tu avais décidé de m'épouser il y a quatorze ans.

– L'important, c'est que je décide de le faire aujourd'hui, Mathilde. Et tous les jours. »

Une fois le café et le *Linzertorte* de Mathilde avalés, Freud fila en vitesse vers l'hôpital. Breuer et Max se servirent un verre de slivovitz chacun et s'enfermèrent dans la bibliothèque pour jouer aux échecs. Après une partie heureusement courte – Max ayant écrasé rapidement une défense française grâce à une attaque foudroyante sur l'aile dame –, Breuer retint Max par la main au moment où ce dernier s'apprêtait à entamer une nouvelle partie. « J'ai besoin de te parler », dit-il à son beau-frère. Max surmonta aussitôt sa déception, écarta l'échiquier, alluma un cigare, recracha un épais nuage de fumée et attendit.

Depuis leur dernier entretien deux semaines auparavant, quand Breuer avait pour la première fois mentionné Nietzsche devant Max, les deux hommes s'étaient rapprochés. Max était devenu un confident à la fois patient et compatissant, et il avait suivi avec un intérêt soutenu les comptes rendus que Breuer lui faisait de ses entretiens avec Eckart Müller. Ce jour-là, il parut littéralement pétrifié par sa description minutieuse de la conversation au cimetière, la veille, et de l'extraordinaire transe du matin.

« Tu me voyais donc en train de bloquer le passage pour t'empêcher de sortir ? C'est sans doute ce que j'aurais fait, oui. Qui resterait-il pour perdre contre moi aux échecs ? Sérieusement, Josef, tu as l'air transformé. Penses-tu sérieusement avoir chassé Bertha de ton esprit ?

– C'est étonnant, Max. J'arrive maintenant à la voir comme n'importe quelle autre personne. Comme si on m'avait opéré pour décoller l'image de Bertha de toutes les émotions qui s'y rattachaient ! Et je suis persuadé que cette opération s'est déroulée au moment précis où je l'observais dans le parc du sanatorium avec son nouveau médecin !

– Je ne comprends pas, répondit Max en secouant la tête. Peut-être vaut-il mieux, d'ailleurs, que je ne comprenne pas, non ?

– Essayons tout de même. Il est peut-être faux de dire que ma passion pour Bertha s'est évaporée à partir du moment où je l'ai vue avec le Dr Durkin – enfin, je veux dire ma vision fantasmée d'elle avec le Dr Durkin, qui reste tellement gravée dans mon esprit que je la considère presque comme un événement réel. Je suis sûr que la passion qui était la mienne avait déjà perdu quelques plumes sous les assauts de Müller, en particulier lorsqu'il m'a démontré à quel point j'accordais à Bertha un pouvoir démesuré. Aussi cette vision de Bertha avec son nouveau médecin est-elle arrivée à point nommé : dès que je l'ai vue répéter exactement les mêmes gestes devant lui, comme si elle les avait appris par cœur, elle a perdu tout pouvoir à mes yeux. Elle est incapable de maîtriser ses propres faits et gestes et, pour tout dire, elle est aussi impuissante et compulsive que je l'étais moi-même. Nous n'étions que des comédiens appelés pour un remplacement de dernière minute, chacun dans le drame obsessionnel de l'autre.

« Mais tu sais, Max, poursuivit-il avec un grand sourire, il m'arrive en ce moment quelque chose d'encore plus important... Je veux parler de mes sentiments pour Mathilde. J'ai bien senti un changement au cours de ma transe, mais à présent les choses sont en train de se fixer plus solidement ; pendant tout le déjeuner, je n'ai pas cessé de la regarder, et j'ai été pris d'un fol élan de tendresse pour elle.

– Oui, j'ai vu que tu ne la quittais pas des yeux. C'était drôle, d'ailleurs, de voir Mathilde toute gênée… Un peu comme au bon vieux temps, quand vous faisiez votre petit manège entre vous. Je crois que c'est très simple : tu te sens soudain plus proche d'elle parce que tu as vu de près ce qu'il t'en coûterait de la perdre.

– Oui, il y a de cela, naturellement. Mais je crois que ça n'explique pas tout. Tu sais, pendant des années, je me suis rebiffé contre ce que je croyais être le mors placé par Mathilde dans ma bouche. Je me sentais prisonnier d'elle, j'avais soif de liberté : connaître d'autres femmes et mener une autre vie.

« Toutefois, une fois que j'ai suivi les instructions de Müller et que je me suis emparé de ma liberté, j'ai été pris de panique. Pendant ma transe, j'ai voulu me défaire de cette liberté, en tendant ce même mors à Bertha, puis à Eva. J'ouvrais la bouche pour dire : "Je vous en supplie, mettez-moi la bride. Je ne veux pas être libre." En réalité, la liberté me terrorisait. »

Max acquiesça d'un air grave.

« Te rappelles-tu, reprit Breuer, ce que je t'ai dit de mon voyage imaginaire à Venise ? Le barbier chez qui je découvrais mon visage vieillissant ? La rue pleine de boutiques où je me rendais compte que j'étais le plus âgé dans la foule ? Il me revient soudain une phrase de Müller : "Choisis le bon ennemi." Je crois que tout est là ! Pendant toutes ces années je me suis battu contre le mauvais ennemi. Mon véritable ennemi, dès le début, n'était pas Mathilde, mais le destin, le temps qui passe, la mort, et ma propre peur de la liberté ! Ce que je reprochais à Mathilde, c'était de ne pas me laisser affronter ce que je n'avais aucune envie d'affronter ! Je me demande combien de maris procèdent de même avec leur femme…

– J'imagine que je compte parmi cette catégorie d'hommes, répondit Max. Tu sais, je songe souvent à notre enfance et à nos années à l'université. Et je me dis toujours : "Ah, c'était le bon vieux temps. Comment ai-je pu laisser ces années partir en fumée ?" Alors j'accable Rachel, comme si c'était par *sa* faute que l'enfance un jour s'achevait, par *sa* faute que je vieillissais !

– Oui, Müller dit que le véritable ennemi, ce sont "les mâchoires carnassières du temps". Mais figure-toi que je me sens moins démuni face à ces mâchoires. Aujourd'hui, peut-être pour la première fois, j'ai le sentiment de vouloir ma vie, de l'accepter telle que je l'ai choisie. Si c'était à refaire, Max, je referais exactement la même chose.

– Si intelligent que soit ton professeur, Josef, il me semble qu'en inventant cette petite expérience de transe, tu as été plus malin que lui. Tu as tout de même trouvé le moyen de vivre une décision irréversible sans devoir la prendre. Malgré tout, il y a une chose que je ne comprends pas. Pendant cette transe, où était donc la part de toi-même qui a imaginé cette expérience ? Car pendant ce temps-là il devait bien y avoir, n'est-ce pas, une part de toi-même qui était consciente de ce qui se passait vraiment ?

– C'est vrai… Où était le témoin, le "je" qui jouait un tour au reste du "moi" ? Le simple fait d'y penser me plonge dans un abîme de perplexité. Un jour, quelqu'un de beaucoup plus intelligent que moi élucidera cette énigme. En revanche, Max, je ne crois pas du tout avoir été plus malin que Müller. Détrompe-toi ! J'ai plutôt le sentiment de l'avoir abandonné, puisque j'ai refusé de suivre ses conseils. Ou bien peut-être ai-je simplement reconnu mes limites. Il dit souvent que "chaque personne doit déterminer quelle dose de vérité elle est capable de supporter". Je crois savoir maintenant... Mais je l'ai également délaissé en tant que médecin, puisque je ne lui ai rien donné. En fait, je ne songe même plus à l'aider.

– Ne t'en tiens pas rigueur, Josef. Tu es toujours trop exigeant. Vous êtes simplement différents, toi et lui... Tu te rappelles ce cours que nous suivions sur les grands penseurs religieux ? C'était le professeur Jodl, non ? Il les appelait toujours des "visionnaires". Eh bien ton Müller en est un ! Cela fait longtemps que je ne sais plus qui, de vous deux, est le médecin et qui est le patient, mais si tu étais son médecin, et même si tu étais en mesure d'influer sur lui – ce qui n'est pas le cas –, souhaiterais-tu le voir changer ? Est-ce que tu as déjà rencontré un prophète marié ? Domestiqué ? Non, non... Il en mourrait. Je crois que son destin est d'être un solitaire.

« Tu veux connaître le fond de ma pensée ? demanda-t-il alors en ouvrant la boîte qui contenait les pièces du jeu d'échecs. Je crois que le traitement a assez duré, qu'il est peut-être même terminé. Si vous continuez ne serait-ce qu'un peu, le patient comme le médecin risquent de ne pas s'en remettre ! »

22

Max avait raison. Il était temps, en effet, d'arrêter le traitement. Malgré tout, Josef fut tout étonné d'annoncer, en pénétrant dans la chambre numéro 13 le lundi matin, qu'il était parfaitement rétabli.

Assis sur son lit et occupé à se peigner la moustache, Nietzsche parut encore plus étonné.

« Rétabli ? s'écria-t-il en posant son peigne en écaille sur le lit. Vraiment ? Comment est-ce possible ? Vous me paraissiez dans un piteux état lorsque nous nous sommes quittés samedi dernier. Je me suis même inquiété... M'étais-je montré trop dur ? Trop provocant ? Je me suis demandé si vous souhaitiez tout simplement poursuivre le traitement avec moi. Bref, je me suis posé plein de questions, mais je ne m'attendais certainement pas à vous entendre m'annoncer votre complet rétablissement !

– Oui, Friedrich, et j'en suis le premier surpris. La chose est arrivée sans crier gare, comme une conséquence immédiate et directe de notre séance d'hier.

– D'hier ? Mais nous étions dimanche, hier ! Nous ne nous sommes pas vus.

– Si, nous avons eu une séance, Friedrich. Sauf que vous n'étiez pas là ! C'est une longue histoire.

– Racontez-moi, dit Nietzsche en quittant son lit. Je veux connaître les moindres détails ! Je veux connaître les secrets de ce rétablissement.

– Tenez, asseyez-vous... répondit Breuer en prenant sa place habituelle. Il y a tant de choses à dire... », commença-t-il, cependant que Nietzsche, assis à ses côtés, se penchait vers l'avant, tout ouïe, débordant presque sur le bord de son fauteuil.

« Commençons par samedi après-midi, proposa Nietzsche. Après notre promenade au Simmeringer Haide.

– Ah oui, notre balade au milieu des vents ! Un moment merveilleux... et terrible ! C'est vrai, lorsque nous avons retrouvé le fiacre, j'étais plongé dans un profond désarroi. J'avais l'impression d'être une enclume, sur laquelle vos mots tombaient comme autant de coups de marteau. Pendant longtemps, ils ont résonné en moi, en particulier une phrase.

– Laquelle ?

– Celle selon laquelle la seule manière de sauver mon couple était de l'abandonner. Plus j'y pensais, plus je me sentais démuni !

– Dans ce cas j'aurais dû me faire mieux comprendre, Josef. Je voulais simplement dire que la relation de couple idéale n'existe que lorsqu'elle n'est pas *nécessaire* à la survie des deux personnes liées. »

Ne décelant aucun signe de meilleure compréhension sur le visage de Breuer, Nietzsche ajouta : « Pour établir une relation entière avec autrui, il faut d'abord établir une relation avec soi-même. Si nous sommes incapables d'affronter notre propre solitude, nous ne faisons qu'utiliser les autres comme des boucliers. L'homme doit vivre comme un aigle – sans personne pour l'entendre – pour pouvoir se tourner vers les autres avec amour et se soucier de leur épanouissement. *D'où il s'ensuit que s'il est incapable d'abandonner son couple, alors celui-ci est condamné.*

– Vous estimez donc que le seul moyen de sauver mon couple est *d'être capable* de l'abandonner ? Je comprends mieux. » Breuer réfléchit un instant avant de reprendre : « Ce principe est merveilleusement instructif pour un célibataire, mais il pose une immense difficulté à l'homme marié. En quoi peut-il m'être utile ? Cela revient à reconstruire un bateau en pleine mer... Samedi dernier, j'ai été longuement ébranlé par ce paradoxe, jusqu'à ce que, soudain, l'inspiration me vienne. »

Nietzsche, éveillé par la curiosité, ôta ses lunettes et se pencha encore plus dangereusement, au point que Breuer craignit de le voir tomber de son siège. « Que savez-vous de l'hypnose ? demanda-t-il.

– Du magnétisme animal ? Du mesmérisme ? Très peu de choses. Je sais que Mesmer était lui-même un charlatan, mais j'ai lu il y a peu que plusieurs médecins français utilisaient le mesmérisme pour guérir diverses maladies. Et vous y avez eu recours, bien entendu, dans votre traitement de Bertha. J'ai cru comprendre qu'il s'agissait d'un état de sommeil au cours duquel le sujet se montre très sensible aux suggestions de l'extérieur.

– Beaucoup plus que cela, Friedrich. Il s'agit bien d'un état dans lequel le patient peut connaître des phénomènes hallucinatoires extrêmement prégnants. J'avais l'intuition que, grâce à la transe hypnotique, il me serait possible d'*expérimenter* l'abandon de mon couple tout en ne le menaçant pas dans la réalité. »

Il lui raconta tout ce qui lui était arrivé. Presque tout. En effet, au moment où il s'apprêtait à lui décrire sa vision de Bertha et du Dr Durkin dans le parc de Bellevue, il décida tout à coup de garder cet épisode secret, y substituant le simple récit de son séjour au sanatorium et de son départ précipité.

Nietzsche écoutait en hochant la tête de plus en plus vite, les yeux écarquillés. Mais lorsque Breuer eut achevé son récit, il se rassit sans dire un mot, comme s'il était déçu.

« Vous ne dites rien, Friedrich ? C'est bien la première fois. Je suis tout aussi troublé que vous, mais je me sens épanoui aujourd'hui. Vivant. Comme jamais depuis des années ! Je me sens *présent*, ici avec vous, plutôt que faisant semblant et pensant secrètement à Bertha. »

Nietzsche écoutait attentivement, mais ne disait toujours rien.

Breuer continua : « J'éprouve une certaine tristesse, aussi. Savoir que nos discussions vont s'achever ne me plaît pas. Vous en savez plus sur moi que quiconque, et j'apprécie le lien qui nous unit. Et puis je ressens aussi une certaine… une certaine honte ! Oui, malgré mon rétablissement, j'ai honte. J'ai le sentiment d'avoir rusé avec vous en ayant recours à l'hypnose, puisque j'ai pris un risque qui n'en est pas un ! Je crains de vous avoir déçu. »

Nietzsche secoua vigoureusement la tête. « Non, pas le moins du monde.

– Je connais votre exigence, se récria Breuer. Vous devez penser que j'ai été faible ! Plus d'une fois je vous ai entendu demander : "Quelle dose de vérité êtes-vous prêt à supporter ?" Je sais que c'est à cette aune que vous mesurez la valeur d'une personne. Et je crains de devoir vous répondre : "Pas grand-chose !" Même au cours de ma transe, j'ai été médiocre. J'ai envisagé de vous suivre en Italie, d'aller aussi loin que vous, aussi loin que vous l'auriez souhaité pour moi… mais j'ai perdu courage. »

Nietzsche, qui continuait de secouer la tête, se pencha

un peu plus et posa une main sur l'accoudoir du fauteuil de Breuer. « Non, Josef, vous êtes allé loin, plus loin que les autres.

– Peut-être aussi loin que mes facultés me le permettaient. Vous m'avez toujours dit de trouver mon propre chemin, de ne pas emprunter le vôtre, ni encore LE chemin. Il se peut que le travail, la communauté, la famille soient à mes yeux les fondements d'une vie digne de ce nom. Malgré tout, je persiste à croire que j'ai échoué, que je me suis rabattu sur mon petit confort et que je suis incapable de regarder le soleil en face, comme vous le faites.

– Vous savez, j'aimerais parfois trouver un peu d'ombre. »

Il y avait dans la voix de Nietzsche une vraie tristesse, un désenchantement. Les profonds soupirs qu'il poussait rappelèrent à Breuer que si leur pacte avait lié deux patients, seul l'un des deux avait été guéri. Il refusa pourtant de croire qu'il était trop tard.

« Bien que je me proclame guéri, Friedrich, je n'ai pas l'intention d'interrompre nos séances. »

Nietzsche secoua la tête d'un air résigné, lentement. « Non. C'est terminé. Il est temps de nous arrêter.

– Ce serait faire preuve d'égoïsme, répondit Breuer. J'ai tant reçu et si peu donné en retour. Mais je sais aussi que j'ai eu bien peu d'occasions de vous venir en aide – vous n'avez même pas eu la gentillesse d'avoir une migraine.

– Le mieux serait que vous m'aidiez à comprendre votre guérison.

– Je crois que le facteur le plus déterminant aura été l'identification de mon véritable ennemi. Une fois que j'ai compris que je devais combattre *cet* ennemi –

le temps, la mort, le vieillissement –, j'en ai déduit que Mathilde n'était ni ma perte ni mon salut, mais un simple compagnon de route qui affrontait comme moi le cycle de la vie. Cette découverte a délivré de ses entraves tout l'amour que je lui portais. Aujourd'hui, Friedrich, l'idée de répéter ma vie éternellement me séduit. Je pense pouvoir dire enfin : "Oui, j'ai choisi ma vie, et je l'ai bien choisie."

– Oui, oui, dit Nietzsche pour presser Breuer. J'entends bien que vous avez changé. Mais je veux savoir par quel mécanisme… Comment cela s'est-il produit ?

– Ce que je puis vous dire, c'est que depuis deux ans j'avais peur de vieillir, de ce que vous nommez "l'appétit du temps". J'ai lutté – mais comme un aveugle. Je m'en suis pris à mon épouse plutôt qu'au véritable ennemi. Et, en désespoir de cause, j'ai fini par m'en remettre à quelqu'un qui n'avait nulle intention de me sauver. »

Breuer s'arrêta un instant et se gratta la tête. « Je ne sais que vous dire d'autre, sinon que, grâce à vous, je sais maintenant que le secret d'une vie heureuse est *d'abord de vouloir ce qui est nécessaire, et ensuite d'aimer ce que l'on a voulu.* »

Surmontant son trouble, Nietzsche fut stupéfait par les paroles de Breuer.

« *Amor fati*… Aimer son destin. Dieu que nos esprits se ressemblent, Josef ! J'avais prévu de faire de ce thème la prochaine et dernière partie de mon enseignement auprès de vous. Je comptais vous apprendre à surmonter votre désespoir en transformant le "il en est ainsi" en "je le veux ainsi". Mais vous m'avez devancé. Vous êtes plus fort, peut-être plus mûr, mais… » Il s'interrompit, soudain agité. « Mais cette Bertha qui s'était emparée de votre esprit et vous torturait, vous ne m'avez pas dit comment vous vous en êtes débarrassé.

– Peu importe, Friedrich. Ce qui compte, en revanche, c'est que je cesse de pleurer le passé et que…

– Vous vouliez me donner quelque chose en retour, n'est-ce pas ? gémit Nietzsche d'une voix désespérée qui inquiéta Breuer. Dans ce cas donnez-moi quelque chose de concret. *Dites-moi comment vous l'avez chassée de votre esprit !* Je veux connaître tous les détails. »

Breuer se rappela que, deux semaines plus tôt, c'était lui qui réclamait à cor et à cri des outils simples, des étapes à franchir, et Nietzsche, au contraire, qui insistait pour dire qu'il n'existait pas de chemin tout tracé et que chacun devait trouver sa propre vérité. Nietzsche devait donc souffrir la male mort pour en arriver à ce point de contradiction flagrante avec son propre enseignement, en espérant trouver le salut dans les pas d'un autre. Il résolut néanmoins de ne rien lui dévoiler.

« Je ne souhaite rien tant, dit-il, que de vous donner quelque chose. Mais ce doit être un don substantiel. J'entends dans votre voix un appel au secours, mais je sais que vous dissimulez vos désirs les plus profonds. Faites-moi confiance cette fois ! Dites-moi exactement ce que vous souhaitez. Si je puis vous le donner, je vous le donnerai. »

Bondissant de son fauteuil, Nietzsche fit les cent pas pendant quelques minutes, puis se dirigea vers la fenêtre et regarda au-dehors, le dos tourné.

« Un être profond a besoin d'amis, commença-t-il, comme s'il s'adressait plus à lui-même qu'à Breuer. Quand tout s'écroule autour de lui, il lui reste encore ses dieux. Or je n'ai ni dieux ni amis. Comme vous j'ai des désirs, et ce que je désire le plus, c'est l'amitié parfaite, l'amitié *inter pares*, entre égaux. Quels mots entêtants :

inter pares… chargés de tant d'espoir, de réconfort pour un homme comme moi, un homme qui toujours fut seul, et qui aura toujours cherché, sans jamais le rencontrer, un être qui pût lui correspondre exactement.

« Il m'est arrivé de m'épancher en écrivant des lettres, à ma sœur, à mes amis. Mais lorsque je me trouve en face des autres, j'ai honte et je m'éloigne.

– Comme en ce moment même ? interrompit Breuer.

– Oui.

– Avez-vous quelque chose à me dire, Friedrich ? »

Nietzsche, sans détacher ses yeux de la fenêtre, secoua la tête. « Les rares fois où, submergé par la solitude, je me suis laissé aller à afficher mon malheur en public, j'ai très vite été rouge de honte, je me suis maudit, je me suis méprisé, me donnant l'impression d'être étranger à moi-même.

« Et je n'ai jamais permis aux autres d'épancher leur malheur devant moi – je ne voulais contracter aucune dette envers eux. J'ai toujours évité cela, jusqu'au jour où, bien sûr… » Il se tourna vers Breuer. « … où je vous ai serré la main et où j'ai accepté notre étrange pacte. Vous êtes la première personne avec laquelle j'essaie d'entretenir un lien durable. Et même par vous, je m'attendais à être trahi.

– Et ensuite ?

– Au début, je me suis senti gêné par ce que vous disiez – jamais je n'avais encore entendu des propos aussi naïfs. Ensuite je me suis montré impatient, puis critique, et péremptoire. Mais j'ai fini par admirer votre courage et votre honnêteté, jusqu'à être touché par la confiance que vous m'accordiez. Aujourd'hui, l'idée de vous quitter me plonge dans un profond désarroi. J'ai même rêvé de vous cette nuit… Un rêve bien triste.

– Comment cela, Friedrich ? »

Nietzsche s'éloigna de la fenêtre et revint s'asseoir en face de Breuer. « Dans mon rêve, je me réveillais dans une clinique. Il faisait sombre et froid. Il n'y avait plus personne. Je vous cherchais. J'allumais une lampe et regardais, en vain, dans toutes les chambres vides. Puis je descendais les escaliers, vers la salle commune ; là se déroulait un étrange spectacle : un feu – non pas dans la cheminée, mais un beau feu au milieu de la pièce – et, tout autour, huit grandes pierres assises comme pour se réchauffer. Soudain je ressentais une immense tristesse, et je me mettais à pleurer. C'est à ce moment-là que je me suis réveillé.

– Curieux, commenta Breuer. Qu'en pensez-vous ?

– Je ne vois que cette tristesse, cette profonde mélancolie. Jamais je n'avais pleuré pendant un rêve... Pouvez-vous m'aider ? »

Breuer se répéta mentalement cette phrase, toute simple, de Nietzsche : « Pouvez-vous m'aider ? » Tout était là, tout ce qu'il avait attendu, désiré, pendant si longtemps. Trois semaines auparavant, aurait-il pu imaginer une seule seconde ces propos dans la bouche de Nietzsche ? Cette fois, il ne pouvait pas laisser passer sa chance.

« Huit pierres qui se réchauffent auprès d'un feu ? répondit-il. C'est une image étonnante. Je vais vous dire ce qu'elle m'inspire. Vous vous souvenez, naturellement, de cette terrible migraine que vous avez eue à la pension de M. Schlegel ? »

Nietzsche fit oui de la tête. « Oui, même si à certains moments je n'étais pas présent !

– Il y a une chose que je ne vous ai pas dite. Pendant votre coma, vous avez prononcé quelques phrases bien tristes. Dont celle-ci : “Pas de place, pas de place.”

– Pas de place ? répéta Nietzsche, déconcerté. Que voulais-je dire ?

– Je crois que vous entendiez par là que vous n’aviez votre place dans aucune amitié, dans aucune communauté. À mon avis, Friedrich, vous désirez trouver un foyer mais craignez votre désir !

« Cette période de l’année, poursuivit-il d’une voix plus douce, doit être difficile pour vous. Déjà la plupart des patients qui séjournent ici sont partis rejoindre leur famille pour les vacances de Noël. Peut-être est-ce pour cela que les chambres étaient désertes dans votre rêve. En me cherchant, vous tombiez sur un feu et huit pierres tout autour. Je crois comprendre le sens de cette image : mon foyer est composé de sept personnes – mes cinq enfants, mon épouse et moi-même. Ne seriez-vous pas la huitième pierre ? Votre rêve exprimait donc, peut-être, un désir de m’avoir pour ami et d’appartenir à mon foyer. Si c’est le cas, soyez le bienvenu. »

Sur ce, il se pencha vers Nietzsche et lui prit le bras. « Venez chez moi, Friedrich. Bien que ma détresse se soit dissipée, rien ne nous oblige à nous séparer. Faites-moi plaisir, soyez mon hôte pendant les vacances… Mieux : restez chez moi jusqu’à la fin de l’hiver. Cela me ferait un immense plaisir. »

Nietzsche posa sa main sur celle de Breuer et l’y laissa un instant, un bref instant. Puis il se releva et marcha de nouveau vers la fenêtre. La vitre subissait les assauts incessants de la pluie poussée par le vent du nord-est. Il se retourna subitement.

« Merci, cher ami, pour cette invitation. Mais je ne peux accepter.

– Pourquoi donc ? Je suis convaincu qu’un tel séjour

vous ferait le plus grand bien, autant qu'à moi, d'ailleurs. Je dispose d'une chambre inoccupée qui est à peu près aussi grande que celle-ci. Ainsi que d'une bibliothèque où vous pourrez travailler. »

Nietzsche secoua la tête, gentiment, mais avec fermeté. « Lorsque vous m'avez dit, tout à l'heure, que vous aviez atteint les limites de vos facultés, vous faisiez référence à la solitude. Eh bien, moi aussi je bute contre un mur, le mur de ma vie sociale. Ici, avec vous, y compris alors que nous parlons l'un en face de l'autre, d'homme à homme, j'atteins cette limite.

– Mais les limites, comme les murs, peuvent être franchies. Essayons, au moins ! »

Nietzsche ne cessait d'aller et venir. « À l'instant où je déclare ne plus pouvoir supporter la solitude, je m'effondre dans mon estime, car j'ai déserté ce qu'il y avait de plus élevé en moi. Le chemin que je me suis tracé m'oblige à repousser les périls qui menacent de m'en détourner.

– Mais enfin, Friedrich, partager ce chemin avec autrui ne revient pas à vous trahir ! Vous m'avez dit un jour pouvoir apprendre beaucoup de moi à propos des rapports humains. Si c'est le cas, laissez-moi vous guider ! S'il est parfois bon de se montrer méfiant et vigilant, il faut également savoir baisser la garde et se laisser approcher. Allons, Friedrich, dit-il en tendant le bras vers lui, asseyez-vous… »

Nietzsche regagna son fauteuil, ferma les yeux et prit le temps de bien respirer. Puis, après avoir rouvert les yeux, il se lança : « Le problème, Josef, n'est pas que vous puissiez un jour me trahir, *mais que je vous ai trahi.* Je n'ai pas été honnête avec vous. À présent que vous m'invitez chez vous et que nous nous rapprochons l'un de l'autre, ce mensonge me mine. Il est temps d'en finir ! Laissez-moi me délivrer de ce poids, et écoutez, cher ami, ma confession. »

Sur ces entrefaites, il détourna la tête et regarda fixement un petit ornement floral qui se trouvait sur le tapis persan. D'une voix tremblante, il raconta : « Il y a quelques mois, j'ai noué une relation très forte avec une jeune Russe remarquable, une certaine Lou Salomé. Avant cela, je ne m'étais jamais permis d'aimer, peut-être parce que j'ai été couvert de femmes dans mon enfance. Après la mort de mon père, j'ai en effet été entouré de personnes dures, distantes – ma mère, ma sœur, ma grand-mère et mes tantes. J'ai sans doute pris de mauvaises habitudes pendant cette période puisque, depuis lors, j'ai toujours considéré avec dégoût la simple idée d'une liaison avec l'une d'elles. L'appel des sens et de la chair constitue à mes yeux la pire des folies, comme un rempart contre la mission dont je suis investi. Mais Lou Salomé était différente – du moins je l'ai cru. Non seulement elle était belle, mais j'ai trouvé en elle une véritable âme sœur, un esprit jumeau. Elle me comprenait, m'indiquait de nouvelles directions, me montrait des sommets vertigineux que je n'avais encore jamais eu le courage d'explorer. Je pensais faire d'elle ma disciple, ma protégée…

« Et patatras ! Le désir m'a subjugué, et elle s'en est servie pour me monter contre mon ami Paul Rée, qui nous avait présentés. Elle m'a fait croire que j'étais l'homme qu'elle attendait, mais lorsque je me suis offert à elle, elle m'a tout bonnement éconduit. Tout le monde m'a trahi : Lou Salomé, Rée et ma sœur, qui a tenté de détruire notre amitié. Aujourd'hui tout n'est qu'un champ de ruines, et j'ai perdu tout ce à quoi je tenais.

– Lorsque nous avons discuté pour la première fois, intervint Breuer, vous m'aviez parlé de *trois* trahisons.

– La première, la plus ancienne, fut celle de Richard Wagner. Elle s'est estompée avec le temps. Les deux autres ont été celles de Lou Salomé et de Paul Rée. C'est vrai, j'y avais fait allusion devant vous. Mais je feignais de les avoir surmontées. Et ce fut là mon mensonge. Pour dire la vérité, je ne m'en suis jamais remis, pas même aujourd'hui, à l'heure même où je vous parle. Cette femme, cette Lou Salomé, est entrée dans mon esprit pour ne plus jamais en ressortir. Je n'arrive pas à l'en déloger. Il ne se passe pas un jour, pas une heure, sans que je pense à elle, le plus souvent pour la maudire, la punir, l'humilier en public. Je veux la voir ramper, me supplier à genoux pour que je retourne auprès d'elle ! Et parfois c'est tout le contraire, je la réclame à cor et à cri, je veux prendre sa main, je veux voguer avec elle sur le lac d'Orta et voir à ses côtés le soleil se lever sur l'Adriatique…

– En somme, elle est votre Bertha !

– Oui, exactement. Chaque fois que vous me décriviez votre obsession, que vous tentiez de l'éradiquer de votre esprit ou d'en déchiffrer le sens profond, vous parliez en mon nom ! Vous travailliez pour deux personnes – vous et moi. Je me cachais, comme une femme, et dès que vous n'étiez plus là je sortais de mon antre pour vous emboîter le pas et emprunter le même chemin que le vôtre. Lâche que j'étais, je rampais derrière vous en vous laissant affronter seul les dangers et les humiliations de ce périple. »

Des larmes se mirent à couler sur ses joues ; il les essuya à l'aide d'un mouchoir.

Puis il redressa la tête et regarda Breuer bien en face.

« Voilà, telle est ma confession, telle est ma honte. Vous comprenez maintenant pourquoi je m'intéresse autant à votre délivrance. La vôtre peut être aussi la mienne. Et vous comprendrez également en quoi il est important pour moi de savoir précisément comment vous avez chassé Bertha de votre esprit. Voulez-vous *enfin* me le dire ? »

Mais Breuer fit non de la tête. « Je commence à oublier ma transe. Même si je m'en souvenais encore dans ses détails, en quoi cela pourrait-il vous être utile, Friedrich ? Vous-même m'avez dit qu'il n'existait pas de chemin tout tracé, que la seule vérité est celle que nous découvrons nous-mêmes.

– Oui, vous avez raison », murmura Nietzsche en baissant la tête.

Breuer s'éclaircit la voix et inspira longuement. « Je ne peux pas vous dire ce que vous avez envie d'entendre, Friedrich. Mais… » Il s'interrompit un instant. Son cœur battait plus fort. « Mais en revanche il y a une chose que je dois vous dire. Car moi non plus je n'ai pas été honnête avec vous, et je crois qu'il est grand temps pour moi de me confesser à mon tour. »

Il eut soudain l'horrible pressentiment que, quoi qu'il dise, quoi qu'il fasse, Nietzsche y verrait inéluctablement la quatrième grande trahison de sa vie. Pourtant il était trop tard pour reculer.

« J'ai bien peur, Friedrich, que cette confession puisse me coûter votre amitié. Je prie pour que ce ne soit pas le cas. Et croyez bien que je me livre à cet exercice par dévouement, car je ne peux supporter l'idée que vous appreniez ce que je vais vous dire par quelqu'un d'autre, et que vous ayez le sentiment d'avoir été, une fois de plus, trahi. »

Le visage de Nietzsche se figea en une sorte de masque de mort. Il prit une grande bouffée d'air au moment où Breuer se lançait : « En octobre, quelques semaines avant notre première rencontre, j'ai passé quelques jours avec Mathilde à Venise, où m'attendait, à l'hôtel, un étrange billet. »

Fouillant dans la poche de sa veste, Breuer sortit le billet de Lou Salomé et le tendit à Nietzsche. Celui-ci se mit à lire, les yeux écarquillés, incrédules.

21 octobre 1882

Docteur Breuer,

Je dois absolument vous voir pour une affaire urgente. L'avenir de la philosophie allemande est en jeu. Voyons--nous demain matin, à neuf heures, au Café Sorrento.

Lou Salomé

Tenant le bout de papier entre ses mains tremblantes, Nietzsche bredouilla : « Je… Je ne comprends pas. De quoi… De quoi…

– C'est une longue histoire, Friedrich, et je me dois de la reprendre depuis le début. »

Pendant vingt minutes, il lui raconta tout : les rencontres avec Lou Salomé, comment elle avait eu vent de son traitement auprès d'Anna O., grâce à son frère Jénia, la requête qu'elle lui avait faite au nom de Nietzsche, et comment il avait accédé à sa demande.

« Vous devez sans doute vous demander, Friedrich, si un médecin a déjà accepté un pacte aussi fou. Il est vrai qu'aujourd'hui j'ai du mal à y croire moi-même ! Imaginez donc ! Elle me demandait d'inventer un traitement pour une maladie non médicale et de l'administrer à un patient réticent sans qu'il le sache… Mais elle a su me convaincre. Pour tout dire, elle se considérait comme une complice à part entière dans cette aventure et, lors de notre dernière entrevue, m'a demandé un rapport précis sur les progrès effectués par "notre" patient.

– Comment ! s'exclama Nietzsche. Vous l'avez vue récemment ?

– Elle a surgi dans mon cabinet, sans prévenir, il y a quelques jours de cela, en exigeant que je lui fournisse des renseignements sur l'état d'avancement du traitement. Naturellement je ne lui ai rien donné, et elle est repartie furieuse de mon cabinet. »

Breuer poursuivit son récit en révélant tout ce qu'il avait ressenti et perçu au cours de ces quelques semaines : ses vains efforts pour venir en aide à Nietzsche et le fait qu'il était conscient que ce dernier cachait son désespoir amoureux. Il fit même part de son plan diabolique – faire semblant de vouloir guérir son propre désespoir pour empêcher Nietzsche de quitter Vienne.

En entendant cela, ce dernier fit un bond. « Donc tout cela n'était qu'une comédie ?

– Au départ oui, reconnut Breuer. J'avais l'intention de vous retenir, de jouer les patients coopératifs tout en renversant peu à peu les rôles et en vous faisant glisser tranquillement dans la peau du patient. Mais, ô ironie du sort, je me suis pris au jeu et suis devenu vraiment le patient que je feignais d'être ! »

Qu'y avait-il d'autre à expliquer ? Breuer eut beau chercher, il ne trouva rien. Il avait tout dit.

Les yeux clos, Nietzsche inclina la tête et la prit entre ses mains.

« Tout va bien, Friedrich ? demanda Breuer, inquiet.

– Ma tête... Je vois des éclairs... Mes deux yeux ! Le

halo… »

Breuer retrouva aussitôt son rôle de médecin. « C'est une migraine qui est en train de se manifester. Il n'est pas trop tard pour l'arrêter… Le meilleur remède reste la caféine et l'ergotamine. Ne bougez pas ! Je reviens tout de suite. »

Breuer quitta la chambre en trombe, dévala l'escalier jusqu'à l'infirmerie centrale et se rendit directement dans la cuisine. Il en revint quelques minutes plus tard avec un plateau sur lequel reposaient une tasse, du café fort, de l'eau et quelques comprimés. « Prenez d'abord ces pilules… De l'ergot de seigle et quelques sels de magnésium pour protéger votre estomac des effets du café. Vous boirez ensuite tout le café contenu dans ce pot. »

Après que Nietzsche eut avalé les pilules, Breuer lui demanda : « Souhaitez-vous vous allonger ?

– Non, non, nous devons terminer notre conversation !

– Calez-vous bien au fond de votre fauteuil. Je vais baisser la lumière. Moins vous aurez de stimuli visuels, mieux vous vous porterez. » Breuer abaissa donc les stores de trois fenêtres et prépara une compresse froide dont il couvrit les yeux de Nietzsche. Pendant plusieurs minutes, les deux hommes restèrent ainsi, dans l'obscurité, sans rien dire. Ce fut Nietzsche qui rompit ce silence d'une voix étouffée.

« Tout est retors, Josef… entre nous, tout… tellement retors, tellement malhonnête, doublement malhonnête !

– Comment aurais-je pu m'y prendre autrement ? demanda Breuer, doucement et lentement, pour ne pas aviver la migraine de Nietzsche. Dès le départ je n'aurais peut-être pas dû accepter. Aurais-je dû vous le dire plus tôt ? Vous auriez tourné les talons sur-le-champ et disparu à jamais ! »

Aucune réponse.

« Pas vrai ? insista-t-il.

– En effet j'aurais pris le premier train au départ de Vienne. Mais vous m'avez menti. Vous m'avez fait des promesses...

– Que j'ai toutes honorées, Friedrich. Je vous ai promis de ne pas révéler votre identité : j'ai tenu parole. Et quand Lou Salomé m'a interrogé sur votre condition, ou plus exactement a exigé de moi des renseignements sur votre compte, j'ai refusé de lui céder, et même de lui dire si nous nous voyions. Autre promesse tenue : souvenez-vous, je vous ai expliqué que pendant votre coma vous aviez prononcé certaines phrases. »

Nietzsche hocha la tête.

« Eh bien, l'une d'elles était : "Aidez-moi !" Vous l'avez répétée plusieurs fois.

– "Aidez-moi !" J'ai dit cela ?

– Vous l'avez dit et redit ! Continuez de boire, Friedrich. »

Nietzsche ayant vidé sa tasse, Breuer s'empressa de la remplir de son épais café noir.

« Je ne me souviens de rien... Ni de cette phrase ni de l'autre... "Pas de place." Ce n'était pas moi qui parlais.

– Pourtant c'était bien votre voix, Friedrich ! Une part de vous m'a parlé, et à ce "vous" j'ai donné ma parole de l'aider. *Et cette promesse, je ne l'ai jamais trahie.* Reprenez donc un peu de café. Quatre tasses bien remplies. »

Comme Nietzsche s'exécutait, Breuer en profita pour remettre en place la compresse sur son visage. « Comment vous sentez-vous ? Toujours des éclairs ? Voulez-vous que nous arrêtions de parler pendant quelque temps pour que vous vous reposiez ?

– Ça va mieux, beaucoup mieux, répondit-il d'une voix faible. Non, je ne veux pas me reposer. Je préfère que nous poursuivions notre conversation. J'ai l'habitude de travailler dans ces conditions. Mais laissez-moi simplement détendre les muscles de mon crâne… » Pendant trois ou quatre minutes, il s'efforça de respirer lentement, profondément, en comptant chaque inspiration. Puis il reprit la parole : « Voilà, ça va déjà beaucoup mieux. En comptant de la sorte, je sens mes muscles se détendre naturellement. Parfois je me concentre uniquement sur mon souffle. Avez-vous déjà remarqué que l'air que vous inspirez est toujours plus froid que celui que vous expirez ? »

Breuer était dans l'expectative. « Dieu bénisse cette migraine ! » se dit-il. Elle forçait en effet Nietzsche à rester en place, ne fût-ce qu'un bref instant. Sous la compresse froide, seule sa bouche était visible. Sa moustache trembla, comme s'il allait dire quelque chose ; mais il se ravisa au dernier moment.

Il finit par sourire. « Vous pensiez me manipuler et pendant ce temps je pensais aussi vous manipuler à mon tour.

– Oui… Mais toutes ces manipulations ont fini par se transformer en un échange honnête.

– Et derrière tout cela se tenait Lou Salomé dans son rôle favori, tenant les rênes, la cravache à la main, et nous contrôlant tous les deux. Vous m'avez expliqué beaucoup de choses, Josef, mais vous en avez omis une. »

Breuer leva les deux mains, comme en un geste défensif. « Je n'ai plus rien à cacher.

– Vos raisons ! Toutes ces intrigues, tous ces détours, ce temps perdu, cette énergie déployée… Vous qui êtes un médecin fort occupé, pourquoi avoir fait tout cela ?

Pourquoi avoir accepté cette aventure ?

– Je me le suis longuement demandé. Je crois que j'ai agi ainsi pour faire plaisir à Lou Salomé. J'ai été envoûté par son charme, et je n'ai rien pu lui refuser.

– Pourtant vous l'avez éconduite lors de sa dernière visite.

– Oui, mais entre-temps j'avais fait votre connaissance et je vous avais fait des promesses. Croyez-moi, Friedrich, elle était furieuse.

– Je vous félicite de lui avoir tenu tête ; je n'y suis jamais parvenu. Mais comment vous a-t-elle envoûté la toute première fois, à Venise ?

– Je ne suis pas sûr de pouvoir vous répondre... Je sais seulement qu'au bout d'une demi-heure passée avec elle, je ne pouvais plus rien lui refuser.

– J'ai subi le même sort...

– Vous auriez dû voir avec quelle audace elle est venue à ma table, dans ce café.

– Je connais bien cette démarche, dit Nietzsche. Sa démarche d'impératrice romaine. Elle méprise tous les obstacles, comme si rien ne pouvait l'arrêter sur son chemin.

– Et quelle assurance sans faille ! Et cette liberté qui émane d'elle... Dans sa mise, dans sa coiffure, dans ses vêtements, elle est absolument détachée de toutes les conventions ! »

Nietzsche confirma d'un signe de tête. « Oui, sa liberté est étonnante – et admirable ! De ce point de vue-là, nous pouvons tous apprendre d'elle. » Lentement, il tourna la tête. Il semblait soulagé de ne plus souffrir. « J'ai souvent considéré Lou Salomé comme une exception, surtout quand on sait qu'elle a éclos au beau milieu d'une épaisse broussaille bourgeoise. Vous savez, son père était un général de l'armée russe. » Puis, lançant un regard pénétrant à Breuer : « J'imagine qu'elle s'est vite montrée très proche de vous ? Qu'elle vous a demandé de l'appeler par son prénom ?

– Exactement. Et pendant que nous parlions, elle me fixait droit dans les yeux et me touchait les mains.

– Oh, je connais bien cela… La première fois que je l'ai vue, elle m'a complètement désarmé en me retenant par le bras au moment où je m'en allais et en me proposant de me raccompagner jusqu'à mon hôtel.

– Elle n'a pas procédé autrement avec moi ! »

Nietzsche se raidit un peu, mais poursuivit : « Elle m'a dit qu'elle ne voulait pas me quitter aussi vite et que nous devions absolument passer un peu plus de temps ensemble.

– Elle m'a tenu exactement les mêmes propos, Friedrich. Elle s'est braquée lorsque je lui ai expliqué que ma femme serait troublée si elle me voyait au bras d'une jeune demoiselle. »

Nietzsche pouffa de rire. « J'imagine bien qu'elle n'a pas apprécié la remarque. Elle ne tient pas le mariage traditionnel en haute estime, elle y voit même une forme de servitude féminine. Elle fait fi de toutes les conventions, à l'exception d'une seule : dès qu'il s'agit de la chair, elle est aussi chaste qu'une carmélite ! »

Breuer acquiesça. « Certes, mais je pense que nous interprétons mal les signaux qu'elle nous envoie. C'est encore une jeune fille, une enfant, inconsciente de l'effet que sa beauté produit sur les hommes.

– Je ne suis pas d'accord, Josef. Elle est parfaitement consciente de sa beauté ; elle en use pour dominer, pour plumer les hommes et passer de l'un à l'autre sans attendre. »

Breuer insista : « Autre chose encore… Elle bafoue toutes les conventions avec un tel charme qu'on ne peut s'empêcher d'être son complice. Je me suis surpris moi-même à lire une lettre que Wagner vous avait écrite, alors même que j'estimais tout à fait anormal qu'elle possède une telle lettre !

– Quoi ? Une lettre de Wagner ? Je n'avais jamais remarqué qu'il m'en manquait une. Elle a dû la prendre pendant son séjour à Tautenberg. Décidément rien ne peut l'arrêter !

– Elle m'a même montré certaines de *vos* lettres, Friedrich… Je me suis laissé immédiatement attirer par son assurance. » En disant cela, Breuer sentit bien qu'il prenait sans doute son plus gros risque.

Nietzsche se redressa d'un bond, faisant tomber au passage sa compresse. « Elle vous a montré mes lettres ? Quelle renarde !

– Je vous en prie, Friedrich, vous allez réveiller votre migraine. Tenez, avalez une dernière tasse, allongez-vous et laissez-moi vous remettre la compresse…

– Très bien, docteur, sur ces questions je vous obéis au doigt et à l'œil. Mais je crois que le danger est passé – les éclairs de lumière ont disparu. Le médicament doit être en train d'agir. »

Nietzsche but d'une traite ce qu'il restait du liquide tiède. « Voilà… Terminé. J'ai bu autant de café aujourd'hui qu'en six mois ! » Après s'être lentement étiré la nuque en tous sens, il redonna la compresse à Breuer. « Je n'en ai plus besoin. Je crois que la crise est passée. C'est incroyable ! Sans vous, j'aurais souffert des journées entières. Dommage que je ne puisse pas vous emmener avec moi ! » dit-il en lui jetant un bref coup d'œil.

Breuer hocha la tête.

« Enfin, Josef, comment a-t-elle osé vous montrer mes lettres ? Et pourquoi les avez-vous lues ? »

Breuer ouvrit la bouche pour répondre, mais Nietzsche lui intima le silence d'un geste de la main. « Ne dites rien. Je comprends votre position, et votre joie d'avoir été dans sa confidence. J'ai ressenti la même chose le jour où elle m'a montré les lettres d'amour que lui avaient écrites Rée et Gillot, un de ses professeurs en Russie qui était également tombé amoureux d'elle.

– Malgré tout, ce doit être pénible pour vous. Je serais absolument effondré si j'apprenais que Bertha partageait nos secrets les plus intimes avec un autre homme.

– Pénible est le mot, en effet. Mais c'est un remède efficace. Racontez-moi tout de votre rencontre avec Lou, sans m'épargner le moindre détail. »

Breuer comprit enfin pourquoi il n'avait pas décrit à Nietzsche la vision qu'il avait eue pendant sa transe, dans laquelle Bertha marchait côte à côte avec le Dr Durkin. Cette expérience puissante l'avait délivré d'elle. Or c'était exactement ce dont Nietzsche avait besoin : non pas qu'on lui décrive l'expérience d'une autre personne, ni qu'il en ait une compréhension purement intellectuelle, mais bien qu'il vive une expérience personnelle assez forte pour balayer les illusions qu'il s'était faites à propos de la jeune femme russe de vingt et un ans.

Et quelle expérience plus forte pour Nietzsche que d'apprendre au débotté que Lou Salomé avait envoûté un autre homme avec les mêmes artifices que ceux dont elle avait usé auprès de lui ? Aussi Breuer chercha-t-il dans les tréfonds de sa mémoire les moindres détails de sa rencontre avec Lou. Il commença par rapporter ce qu'elle lui avait dit : son désir de devenir à la fois l'étudiante et la protégée de Nietzsche, ses flatteries et sa volonté d'ajouter Breuer à sa collection de grands esprits. Il décrivit ses gestes, ses manières, son sourire, son port de tête légèrement penché, ses grands yeux admiratifs, sa façon de tourner la tête d'un côté puis de l'autre, de passer sa langue sur ses lèvres, sa main posée sur la sienne.

Avec sa grosse tête penchée en arrière et ses yeux fermés, Nietzsche avait l'air submergé par l'émotion.

« Friedrich, qu'avez-vous ressenti pendant que je vous parlais ?

– Tant de choses, Josef.

– Décrivez-les-moi.

– Il y en a trop pour que cela fasse le moindre sens.

– N'essayez pas, justement. Contentez-vous de ramoner la cheminée. »

Nietzsche ouvrit les yeux et regarda Breuer comme pour s'assurer qu'il n'y aurait plus entre eux le moindre faux-semblant.

« Allez-y, insista Breuer. Prenez-le comme une injonction de médecin. Je connais quelqu'un qui souffrait de la même chose et qui me disait récemment que cela l'avait beaucoup aidé. »

Nietzsche se lança, non sans une certaine hésitation : « Pendant que vous me parliez de Lou, j'ai repensé aux moments passés avec elle, à mes sentiments à son égard – en tous points identiques aux vôtres, mystérieusement identiques. Elle s'est comportée exactement de la même façon avec vous et avec moi, et je me sens dépossédé de tous ces instants bouleversants, de tous ces souvenirs bénis.

« Il est difficile, dit-il en ouvrant les yeux, de laisser ses pensées parler… C'est très embarrassant.

– Faites-moi confiance : je suis la preuve vivante que

le ridicule ne tue que rarement ! Allez-y ! Soyez dur en vous montrant tendre !

– Mais je vous fais confiance, je sais que vous parlez d'autorité. Je ressens... » Nietzsche s'interrompit. Il rougissait.

Breuer le pressa : « Fermez de nouveau les yeux. Il vous sera peut-être plus facile de parler si vous ne me voyez pas. Ou bien allongez-vous sur le lit.

– Non, je préfère rester ici. Ce que je veux dire, c'est que je suis heureux que vous ayez rencontré Lou. Désormais vous savez qui je suis. Et je me sens proche de vous. Mais en même temps je suis fou de rage. » Il ouvrit les yeux, comme pour s'assurer qu'il n'avait pas blessé Breuer, puis reprit d'une voix plus douce : « Je suis outré par la profanation à laquelle vous vous êtes livré. Vous avez piétiné mon amour jusqu'à ce qu'il devienne poussière. Cela me blesse terriblement, ici, fit-il en cognant le poignet contre son cœur.

– Je connais cette douleur, Friedrich. Moi aussi je l'ai ressentie. Vous rappelez-vous à quel point j'étais bouleversé chaque fois que vous parliez de Bertha comme d'une infirme ?

– Aujourd'hui je suis une enclume, coupa Nietzsche, et ce sont vos paroles qui font office de coups de marteau, qui fracassent mon amour...

– Poursuivez, Friedrich.

– Ce sont là mes sentiments actuels... Et de la tristesse. Et un sentiment de perte, d'immense perte.

– Qu'avez-vous perdu ?

– Tous ces doux moments que j'ai passés aux côtés de Lou... envolés ! Cet amour qui était le nôtre, où est-il à présent ? Disparu ! Tout s'est effondré, et j'ai perdu cette femme à jamais.

– Mais pour qu'il y ait perte, il faut qu'il y ait eu possession.

– Un jour, près du lac d'Orta, répondit Nietzsche sur un ton plus feutré, comme pour empêcher ses mots de brusquer ses pensées fragiles, nous avons grimpé, elle et moi, jusqu'au sommet du Sacro Monte pour admirer un superbe coucher de soleil. Deux lumineux nuages couleur de corail, qui ressemblaient à deux visages enlacés, passèrent au-dessus de nos têtes. Nous nous sommes touchés, doucement. Nous nous sommes embrassés. Ce fut un instant merveilleux, le seul que j'aie jamais connu.

– Avez-vous reparlé de cet épisode avec Lou ?

– Elle s'en souvenait ! Je lui ai souvent écrit des cartes où je faisais référence aux couchers de soleil d'Orta, aux brises d'Orta, aux nuages d'Orta.

– Mais *elle*, insista Breuer, vous a-t-elle jamais reparlé d'Orta ? Cet instant a-t-il été également merveilleux pour elle ?

– Elle savait très bien de quoi il s'agissait !

– Lou Salomé estimait que je devais tout savoir de ses rapports avec vous. C'est pourquoi elle a pris la peine de me raconter par le menu toutes vos rencontres, en me jurant ses grands dieux qu'elle n'oubliait rien. Elle m'a parlé en long et en large de Lucerne, de Leipzig, de Rome, de Tautenberg, que sais-je encore ? Mais je puis vous assurer qu'elle n'a mentionné Orta qu'en passant. Visiblement, elle n'en avait pas un souvenir particulièrement émouvant. Et puis une autre chose, Friedrich. Elle avait beau chercher dans sa mémoire, elle ne savait plus si elle vous avait déjà embrassé ! »

Nietzsche ne dit rien. Tête baissée, il pleurait à chaudes larmes.

Breuer savait qu'il faisait montre d'une certaine

cruauté. Mais il savait tout autant que ne pas être cruel eût été encore plus cruel. L'occasion était trop belle ; elle ne se représenterait jamais à lui.

« Pardonnez-moi, Friedrich, mais je ne fais que suivre les conseils d'un grand maître : "Si ton ami est malade, offre asile à sa souffrance, mais sois pour lui une couche dure, un lit de camp."

– Je vois que vous avez bien appris la leçon. Et la couche, en effet, est dure. Laissez-moi vous dire à quel point... Pouvez-vous mesurer tout ce que j'ai perdu ? Pendant quinze ans, vous avez partagé votre lit avec Mathilde. Vous êtes la personne qui compte le plus dans sa vie. Elle prend soin de vous, elle vous touche, elle sait ce que vous aimez manger, elle s'inquiète quand vous êtes en retard. Si je chasse Lou Salomé de ma tête, et je me rends compte que c'est ce qui est en train de se produire, savez-vous ce qu'il me reste ? »

Nietzsche dirigeait son regard moins vers Breuer que vers lui-même, comme s'il lisait un texte intérieur.

« Savez-vous qu'aucune autre femme ne m'a jamais touché ? N'avoir jamais été aimé, touché ? Jamais ? Savez-vous ce que l'on ressent lorsque l'on mène une vie totalement inaperçue ? Il m'arrive parfois de passer des journées entières sans adresser la parole à quiconque, à l'exception peut-être d'un "bonjour" ou d'un "bonsoir" au directeur de ma pension. Oui, Josef, votre interprétation de mon "Pas de place" était juste : ma place n'est nulle part. Je n'ai ni maison, ni cercle d'amis avec qui converser tous les jours, ni armoire remplie d'objets, ni famille. Je n'ai même pas de patrie, puisque j'ai renoncé à la nationalité allemande et ne demeure jamais assez longtemps au même endroit pour obtenir la nationalité suisse. »

Sur ce, il lança à Breuer un regard perçant, comme s'il voulait être interrompu. Mais le médecin ne dit rien.

« Oh, j'ai toujours mes bonnes raisons, Josef, mes façons secrètes de supporter la solitude, voire de la glorifier. Je prétends devoir rester à l'écart des autres pour nourrir ma propre réflexion. Que les grands esprits du passé sont mes compagnons, qu'ils quittent en rampant leur tanière pour se réchauffer à *mon* soleil. Je me gausse de la peur de la solitude. J'affirme que les grands hommes doivent souffrir, que je suis trop en avance sur mon temps, et que personne n'est capable de me suivre dans mon périple. Si l'on se méprend sur mon compte, si l'on a peur de moi, si l'on me rejette, je pousse des cris de joie : cela veut dire que je vois juste ! Je déclare que ce courage qui est le mien, celui d'affronter la solitude loin de la foule, sans avoir recours à une illusoire manne divine, est la preuve même de mon génie.

« Et pourtant… Je ne cesse d'être habité par la peur, par une peur… » Il hésita un instant, puis décida de se jeter à l'eau. « Malgré mes belles paroles, malgré ma posture de philosophe posthume, malgré la certitude que mon heure viendra, malgré enfin ma théorie de l'éternel retour, j'ai une peur terrible de mourir seul. Savez-vous ce que c'est de savoir qu'une fois mort, on ne découvrira pas votre corps avant des jours, des semaines peut-être, jusqu'à ce que l'odeur intrigue enfin quelque étranger de passage ? J'essaie de me rassurer. Souvent, au plus fort de mon isolement, je me mets à parler tout seul. Pas trop fort, cependant, car j'ai peur de mon propre écho caverneux. La seule personne qui ait jamais comblé ce vide fut Lou Salomé. »

Breuer, qui n'avait pas de mots pour exprimer et sa compassion, et sa joie d'entendre enfin Nietzsche lui confier ses plus grands secrets, se contenta de l'écouter sans mot dire. Au plus profond de lui grandissait l'espoir qu'il pût parvenir à être enfin le médecin du désespoir de Nietzsche.

« Et maintenant, grâce à vous, reprit ce dernier, je sais que Lou n'était qu'une simple illusion. » Il secoua la tête et regarda par la fenêtre. « La pilule est amère, docteur.

– Mais pour trouver la vérité, Friedrich, nous autres, les savants, ne devons-nous pas renoncer aux illusions ?

– La VÉRITÉ, en majuscules ! s'exclama Nietzsche. J'oublie toujours que les savants doivent encore apprendre que la vérité, elle aussi, est une illusion. Mais une illusion sans laquelle nous ne pouvons survivre. Aussi vais-je renoncer à Lou Salomé pour m'élancer vers une autre illusion, celle-là encore inconnue. J'ai du mal à admettre qu'elle ne soit plus là, qu'il ne reste plus rien.

– Plus rien d'elle ?

– Plus rien de bon, dit Nietzsche avec une grimace de dégoût.

– Pensez à elle, insista Breuer. Laissez les images surgir. Que voyez-vous ?

– Un oiseau de proie... un aigle aux serres couvertes de sang. Une meute de louves, emmenée par Lou, par ma sœur et par ma mère.

– Des serres couvertes de sang ? Pourtant elle a cherché à vous aider. Tous ces efforts, Friedrich... Un voyage à Venise, un autre à Vienne ?

– Mais ce n'était pas pour moi ! Peut-être a-t-elle fait tout cela pour elle, pour expier, pour racheter ses fautes.

– Je n'ai jamais eu le sentiment qu'elle ait été rongée par le remords.

– Alors peut-être pour l'art… Elle apprécie l'art, comme elle appréciait mon œuvre, passée et à venir. Elle a l'œil, je dois le lui reconnaître.

« C'est étrange, poursuivit-il. Je l'ai rencontrée en avril, il y a exactement neuf mois, et je sens aujourd'hui qu'une grande œuvre est en train de germer en moi. L'enfant que je porte, Zarathoustra, a hâte de voir le jour. Après tout, c'est peut-être Lou qui, il y a neuf mois, a semé la graine de Zarathoustra dans les sillons de mon esprit. Peut-être est-ce *cela*, son destin : faire naître de grands textes chez les esprits fertiles.

– Alors, tenta Breuer, en faisant appel à moi, et de votre part, Lou Salomé n'est peut-être pas la véritable ennemie.

– Non ! cria Nietzsche en tapant du poing sur l'accoudoir de son fauteuil. C'est vous qui le dites. Et vous avez tort ! Je n'accepterai jamais d'entendre qu'elle s'est véritablement inquiétée de mon sort. Si elle a fait appel à vous, c'était de son propre chef, pour accomplir son destin. Elle ne m'a jamais connu, *moi*. Elle m'a toujours utilisé, et ce que vous venez de me dire ne fait que le confirmer.

– En quoi ? demanda Breuer tout en sachant pertinemment quelle était la réponse.

– En quoi ? Mais c'est évident ! Vous l'avez dit vous-même : Lou ressemble à votre Bertha, c'est une automate qui joue son rôle, le même rôle avec moi, avec vous, avec tous les hommes qu'elle croise sur sa route. Elle nous a séduits, vous et moi, de la même manière, avec cette même fourberie toute féminine, la même ruse, les mêmes gestes, les mêmes promesses !

– Pourtant cette belle automate vous met sous sa coupe. Elle prend possession de votre esprit : vous

vous souciez de son regard, vous vous languissez de ses caresses.

– Non. C'est fini. Tout ce que je ressens maintenant, c'est de la colère.

– À l'égard de Lou Salomé ?

– Non ! Elle ne la mérite pas... Je voue mépris et colère à ce désir qui m'a poussé à chercher sans relâche la compagnie de cette femme. »

Breuer se demanda si cette amertume était préférable à l'état obsessionnel ou à la solitude dans lesquels Nietzsche était auparavant plongé. Chasser Lou Salomé de son esprit n'était à ses yeux qu'une étape. Il lui fallait également cautériser la plaie vive que la jeune femme avait laissée en partant.

« Pourquoi une telle colère contre vous-même ? demanda-t-il. Vous m'avez dit, un jour, que chacun de nous a des chiens féroces qui aboient dans sa propre cave. Comme j'aimerais vous voir plus indulgent, plus généreux avec votre propre humanité !

– Rappelez-vous ma première phrase gravée dans le marbre. Je vous l'ai maintes fois citée, Josef : "Deviens qui tu es." Cela signifie non seulement devenir toujours plus parfait, mais aussi ne pas être à la merci des desseins qu'un autre aurait conçus pour vous. Or je préfère encore mourir sur le champ de bataille face à cet autre que tomber sous la coupe d'une femme-automate qui ne me voit même pas ! C'est impardonnable !

– Et vous, Friedrich, avez-vous jamais vraiment *vu* Lou Salomé ? »

Nietzsche agita la tête.

« Que voulez-vous dire ?

– Elle a peut-être joué son rôle. Mais vous, quel rôle avez-vous donc joué ? Vous et moi, étions-nous si différents d'elle ? Est-ce que vous la voyiez vraiment ? N'était-elle qu'une proie, une disciple, une terre de labour pour votre esprit, une femme destinée à vous succéder ? Ou bien, comme moi, vous n'avez vu en elle que beauté, jeunesse, une femme pareille à un oreiller de satin, à un réceptacle de votre désir. N'était-elle pas aussi un trophée de chasse que vous pouviez brandir à la face de Paul Rée ? Était-ce vraiment elle, ou Paul Rée, que vous voyiez lorsque, après votre première rencontre, vous avez demandé à ce dernier de lui transmettre votre demande en mariage ? Je crois que ce n'était pas Lou Salomé que vous désiriez, mais bien quelqu'un *comme elle.* »

Devant le silence de Nietzsche, Breuer insista : « Je n'oublierai jamais notre promenade au Simmeringer Haide ; elle a bouleversé ma vie par bien des aspects. De toutes les choses que j'ai apprises ce jour-là, celle qui m'a le plus marqué, je crois, c'est d'apprendre que je ne courais pas après Bertha mais après un ensemble de significations qui n'avaient rien à voir avec elle, et dont je l'avais entourée. Vous m'avez fait comprendre que je ne l'avais jamais vue telle qu'elle était, et vice versa. Est-ce qu'il ne s'agit pas de la même chose dans votre cas, Friedrich ? Peut-être qu'aucun de vous deux n'est dans son tort, que Lou Salomé s'est fait manipuler autant que vous. Peut-être que nous sommes tous des compagnons de souffrance incapables de voir la vérité de l'autre.

– Je n'ai aucune intention de comprendre les désirs des femmes, répondit Nietzsche sur un ton cassant. Ce que je désire, en revanche, c'est les éviter. Les femmes vous corrompent et vous spolient. Qu'il suffise de constater que je ne suis pas fait pour elles, et n'en parlons plus… Avec le temps, ce sera ma perte. Un homme a parfois besoin d'une femme, comme d'un bon plat mitonné. »

La réponse retorse et implacable de Nietzsche plongea Breuer dans une intense méditation. Il repensa au plaisir qu'il tirait de Mathilde et de sa famille, et même à la joie que lui procurait sa nouvelle perception de Bertha. Comme il était triste de se dire que son ami ne connaîtrait jamais de telles expériences ! Pourtant il ne voyait pas comment convaincre Nietzsche d'abandonner sa vision pour le moins déformée de la femme. Peut-être était-ce trop lui demander, peut-être avait-il raison d'expliquer que son attitude à l'égard des femmes plongeait ses racines dans sa prime enfance, tellement ancrées en lui qu'aucune cure par la parole ne pourrait jamais les atteindre. Il se rendit compte qu'il était à court d'idées. Qui plus est, le temps filait. Nietzsche allait vite se montrer de nouveau inapprochable.

Tout à coup, celui-ci ôta ses lunettes, plongea son visage dans un mouchoir et éclata en sanglots.

Breuer n'en revenait pas ; il devait absolument intervenir.

« Moi aussi j'ai pleuré le jour où j'ai dû renoncer à Bertha. C'était tellement pénible d'abandonner cette magie, cette vision… Vous pleurez pour Lou Salomé ? »

Le visage toujours dans son mouchoir, Nietzsche se moucha et secoua la tête vigoureusement.

« Pour votre solitude ? »

Même réaction de Nietzsche.

« Savez-vous pourquoi vous pleurez, Friedrich ?

– Je n'en suis pas sûr », répondit ce dernier d'une voix étouffée.

Breuer eut alors une idée originale : « Tentons une expérience, si vous le voulez bien. Pouvez-vous donner une voix à vos larmes ? »

Nietzsche ôta son mouchoir. Il avait les yeux rougis. Il semblait surpris.

« Essayons une minute ou deux, insista gentiment Breuer. Ces larmes qui sont les vôtres, que disent-elles ?

– J'ai trop honte…

– Moi aussi j'avais honte de me livrer à toutes ces expériences que vous m'avez conseillées. Faites-moi plaisir, Friedrich : essayez. »

Sans un regard pour lui, Nietzsche se lança : « Si mes larmes parlaient, elles diraient… » Il adopta une sorte de chuchotement qui confinait au sifflement : « "Enfin libres ! Enfermées toutes ces années ! Cet homme que voilà, dur et desséché, ne nous avait jamais permis de couler." C'est cela que vous souhaitiez entendre ?

– Oui, c'est très bien, Friedrich. Continuez donc. Quoi d'autre ?

– Quoi d'autre ? Elles diraient, ces larmes : "Qu'il est bon d'être libre ! Après quarante ans passés dans une eau stagnante. Enfin, enfin, le vieillard fait son ramonage ! Oh, comme nous aurions aimé sortir plus tôt ! Mais c'était impossible jusqu'à ce que ce médecin viennois vienne et ouvre la porte rouillée." » Il s'interrompit et se sécha les yeux à l'aide de son mouchoir.

« Merci, dit Breuer. Ouvrir des portes rouillées… J'apprécie le compliment. Mais dites-moi maintenant quelle tristesse se cache derrière ces larmes.

– Non, il ne s'agit pas de tristesse ! Au contraire, lorsque je vous ai fait part tout à l'heure de ma crainte de mourir seul, je me suis senti profondément soulagé. Non pas à cause de ce que je vous ai dit, mais *parce que* je vous l'ai dit. Enfin, enfin ! Je partageais mes sentiments avec quelqu'un d'autre !

– Dites-m'en plus.

– C'est un sentiment puissant. Bouleversant. Un instant merveilleux ! Voilà ce qui explique mes larmes. Ça ne m'était encore jamais arrivé. Regardez, je suis incapable de les arrêter…

– C'est une bonne chose, Friedrich. Les grosses larmes permettent toujours de purifier. »

Nietzsche acquiesça, le visage plongé dans ses mains. « C'est curieux. Au moment précis où, pour la première fois de ma vie, je dévoile toute l'étendue de ma solitude et de mon désespoir, cette solitude s'évanouit… Pendant que je vous disais que je n'avais jamais été touché, je me suis pour la première fois laissé toucher. C'est extraordinaire. Comme si un immense bloc de glace intérieur se fêlait enfin.

– Quel paradoxe ! s'exclama Breuer. La solitude n'existe que par la solitude. Une fois partagée, elle s'évapore aussitôt. »

Nietzsche leva la tête et essuya lentement les larmes de son visage. Il passa cinq ou six coups de peigne sur sa moustache, puis rechaussa ses épaisses lunettes. Au bout de quelques instants, il ajouta : « Et je dois vous avouer autre chose encore. Peut-être, dit-il en consultant sa montre, la toute dernière chose. Quand vous êtes entré dans ma chambre ce matin pour m'annoncer votre rétablissement, Josef, j'étais effondré ! J'étais si misérablement absorbé par ma propre souffrance, si déçu de perdre ma *raison d'être*[1] auprès de vous que je n'ai pas pu me réjouir de cette bonne nouvelle. Ce genre d'égoïsme est tout bonnement impardonnable.

– Je ne crois pas, répondit Breuer. Vous m'avez vous-

1. En français dans le texte.

même appris que nous sommes tous composés de parties différentes, dont chacune cherche à s'exprimer. Nous ne sommes responsables que du compromis final, mais non des élans capricieux de chaque partie. Ce que vous appelez votre égoïsme est *justement* pardonnable parce que vous vous souciez assez de moi pour m'en parler aujourd'hui. La meilleure chose que je vous souhaite, mon cher ami, est que le mot "impardonnable" disparaisse de votre vocabulaire. »

Une fois de plus, les yeux de Nietzsche se mouillèrent de larmes ; une fois de plus, il sortit son mouchoir.

« Et cette fois, pourquoi pleurez-vous, Friedrich ?

– La manière dont vous avez dit "mon cher ami". J'ai souvent employé le mot "ami", mais c'est la première fois que je le fais véritablement mien. J'ai toujours rêvé d'une amitié qui verrait deux êtres s'unir pour atteindre un idéal suprême. Eh bien, c'est arrivé ! Vous et moi nous sommes unis précisément dans ce but ! Nous avons contribué l'un et l'autre à notre victoire sur nous-mêmes. Je suis votre ami. Vous êtes le mien. Nous sommes amis. Nous… sommes… amis. » L'espace d'un instant, il parut presque joyeux. « J'aime la mélodie de cette phrase. Je veux la répéter sans cesse…

– Dans ce cas, Friedrich, acceptez mon invitation, restez avec moi. Rappelez-vous votre rêve : votre place se trouve auprès de mon foyer. »

Nietzsche fut comme paralysé. Avant de répondre, il demeura assis un long moment et se contenta de secouer la tête. « Ce rêve me plaît autant qu'il me tourmente. Je suis comme vous, je veux me chauffer près de l'âtre familial. Mais j'ai peur de m'abandonner au confort ; ce serait m'oublier moi-même, oublier ma mission. Ce serait comme une forme de mort. Ce qui expliquerait peut--

être, dans mon rêve, ces pierres inertes qui se chauffent près du feu. »

Ce disant, il se leva, fit quelques pas, puis s'arrêta derrière son fauteuil. « Non, cher ami, mon destin est de chercher la vérité au plus profond de la solitude. Zarathoustra, mon fils, sera mûr pour cette sagesse mais il aura pour unique compagnon un aigle. Il sera l'homme le plus seul au monde. »

Il regarda de nouveau sa montre. « Je commence à bien connaître votre emploi du temps, Josef. Je sais que d'autres patients vous attendent. Je ne vais pas vous retenir plus longtemps. Il est temps que chacun suive son propre chemin...

– Mais c'est injuste ! Vous avez tellement fait pour moi, sans presque rien recevoir en retour. Peut-être l'image de Lou a-t-elle perdu de sa force à vos yeux. Peut-être pas. Seul l'avenir le dira. Mais nous aurions pu faire, sans doute, beaucoup plus.

– Ne sous-estimez pas ce que vous m'avez donné, Josef. Ne sous-estimez pas la valeur de l'amitié, et cette découverte que je ne suis pas un monstre, que je suis capable de toucher et d'être touché. Jusqu'ici je n'adhérais qu'à moitié au concept d'*amor fati* : je m'étais entraîné, ou plutôt résigné, à aimer mon destin. Mais aujourd'hui, grâce à vous et à votre accueillant foyer, je me rends compte que j'ai le choix. Je resterai toujours seul, mais quelle différence, quelle différence extraordinaire, que celle de pouvoir *choisir* ! *Amor fati* – choisissons notre destin, aimons-le ! »

Breuer se leva. Il était maintenant face à Nietzsche, séparé de lui par le fauteuil. Il contourna celui-ci. Pendant un bref instant, Nietzsche eut l'air inquiet, cerné. Mais en voyant Breuer ouvrir grand ses bras, il fit de même.

Le 18 décembre 1882, à midi, Josef Breuer retourna à son cabinet, à Mme Becker et à ses patients qui attendaient. Il dîna le soir en compagnie de sa femme, de ses enfants, de ses beaux-parents, du jeune Freud et de la petite famille de Max. Après dîner, il s'endormit et rêva d'une partie d'échecs où un pion se faisait damer. Il poursuivit l'exercice confortable de la médecine pendant trente ans, mais sans plus jamais avoir recours à la cure par la parole.

Le même après-midi, le patient de la chambre numéro 13 de la clinique Lauzon, Eckart Müller, prenait un fiacre, se rendait à la gare et partait vers le sud, vers l'Italie, son soleil et son air sain, à la rencontre d'un prophète perse nommé Zarathoustra.

Postface

Il y a plusieurs années, dans un texte sur l'écriture d'*Et Nietzsche a pleuré*, je citais une phrase d'André Gide : « L'histoire est un roman qui a été ; le roman est de l'histoire qui aurait pu être. »

Une phrase bien tournée, me dis-je, et j'écrivis ces lignes :

> Le roman est de l'histoire qui aurait pu être. Parfait ! Voilà exactement ce que je voulais faire. Oui, *Les Larmes de Nietzsche* est de l'histoire qui aurait pu être. Considérant l'histoire très improbable de la psychothérapie, tous les événements décrits dans ce livre auraient pu exister si l'histoire avait pivoté, ne fût-ce que légèrement, sur son axe. (Extrait de *The Yalom Reader*, Basic Books, New York, 1998)

En février 2003, un événement se produisit qui conféra à cet extrait une dimension proprement prémonitoire. En effet, Renate Müller-Buck me fit parvenir une lettre étonnante qu'elle avait découverte en travaillant sur la correspondance de Nietzsche, dans le cadre de l'édition historique et critique de ses œuvres et de ses lettres établie par Montinari et Giorgio Colli. Dans les archives sur Nietzsche de Weimar, elle était ainsi tombée sur une lettre datée de 1878 dans laquelle Siegfried Lipiner cherche à convaincre Heinrich Köselitz d'envoyer le philosophe à Vienne afin qu'il y soit pris en charge par Breuer !

Poète et philosophe viennois, Siegfried Lipiner était également ami de Nietzsche, de Freud, de Mahler et de Breuer. Il fut un temps où tous ces hommes appartenaient au cercle de Pernerstorfer, un groupe d'étudiants et d'intellectuels qui s'intéressaient à la philosophie et à la littérature sociale-démocrate. Heinrich Köselitz (un musicien dont le pseudonyme était Peter Gast) était un très bon ami de Nietzsche, son disciple, son scribe.

En d'autres termes, l'événement fictif que j'avais imaginé et dont j'avais fait le socle de mon roman faillit bien trouver une confirmation historique. Manifestement, comme la lettre ci-dessous le montre, Siegfried Lipiner faisait tout son possible et poussait Köselitz à envoyer Nietzsche à Vienne afin qu'il y consulte son ami Josef Breuer. Il s'était débrouillé pour payer son long séjour à Vienne, s'était arrangé avec le Dr Breuer, avait discuté de son projet avec certains amis du philosophe et avait même songé au quartier dans lequel ce dernier s'installerait.

Or ce projet ne se réalisa jamais. Köselitz répondit qu'il trouvait l'idée intéressante, et songea même à enlever Nietzsche pour l'emmener de force à Vienne. Mais après s'en être ouvert auprès d'Elisabeth, la sœur de Nietzsche, et de son ami Franz Overbeck, il décida de ne pas donner suite. Nietzsche était en effet trop malade pour supporter les désagréments d'un tel changement. Par ailleurs, il était sur le point de se rendre à Baden-Baden, pour y effectuer une cure thermale. Enfin, les nombreux changements de médecin lui ayant causé du tort, on jugea qu'un énième changement n'était pas recommandé. Certaines lettres de Nietzsche rédigées avant cette proposition montrent qu'il goûtait de moins en moins la tendance qu'avait Lipiner à lui dire sans cesse quoi faire ; il est donc possible que ce soit Nietzsche lui-même qui ait décliné l'offre.

Voici la lettre de Lipiner et la réponse de Köselitz.

Praterstrasse, Vienne,
le 22 février 1878

Mon cher Köselitz !

Je dois vous remercier infiniment pour votre lettre, qui m'a empli de joie. Auriez-vous la gentillesse de transmettre mes amitiés à M. P. Widemann ? Je serais ravi de rendre compte de ses ouvrages. Où en êtes-vous de vos activités culturelles ? En quoi puis-je vous être utile ? N'hésitez pas à me solliciter : je demanderai à mes amis de faire tout ce qui est en leur possible pour vous aider.

Ce que vous me dites d'Overbeck confirme l'impression que je me suis faite de lui à la lecture de son article sur la discorde et l'accord. Connaissez-vous Paul de Lagarde ? Si ce n'est pas le cas, vous devriez le lire dès que possible : son article sur « L'état présent du Reich allemand » (Göttingen, Dieterich, 1876) est tout simplement brillant. Je l'aime et le révère au plus haut point. Mais venons-en à l'essentiel. Mlle von Meysenburg m'a donné des nouvelles inquiétantes de Nietzsche. Je me trouvais, comme vous le savez, à Salzbourg, invité par von Seydlitz, lorsqu'elle m'a envoyé son télégramme : il n'avait rien de rassurant. Une chose est sûre : il faut obliger Nietzsche, au cours des mois qui viennent, à se concentrer exclusivement sur sa guérison. J'ai donc conçu le plan suivant : il viendra à Vienne ; si nécessaire, j'irai le chercher. Nous ne voyagerons pas d'une seule traite, mais ferons quelques haltes. Il pourra ensuite consulter nos bons médecins viennois et, sous leur surveillance constante, entamer un traitement à la fois rigoureux et régulier. Un éminent spécialiste des nerfs, le Dr Breuer, qui se trouve également être un ami, s'occupera de lui avec le plus grand soin. Le professeur Bamberger se chargera du traitement général, aidé en cela par un jeune médecin très entraîné et efficace (spécialiste et assistant dans un hôpital général). J'ai reçu la somme nécessaire pour permettre à N. de vivre plusieurs mois sans autres inquiétudes que celles touchant à sa santé – en aucun cas les questions pécuniaires ne lui seront un problème. S'il le souhaite, N. n'habitera pas dans Vienne, mais non loin de là, sous nos cieux cléments, dans un endroit aéré et sain ; il pourra néanmoins profiter d'un pied-à-terre parfaitement calme dans la ville. Naturellement je me chargerai de tout cela. Il n'aura à s'occuper de rien, tout sera prêt à son arrivée. Il ne faudra prononcer aucun mot susceptible de le bouleverser ou de l'enflammer. Le traitement qu'il recevra sera on ne peut plus attentionné, doux et apaisant. Une fois convalescent, il jouira ici de la situation la plus agréable qui soit. En un mot : il me paraît assez clair que rien ne peut l'empêcher de venir ici. Le baron Seydlitz est enchanté de ce projet. Hans Richter, à qui je m'en suis ouvert, voit aussi la chose d'un œil très favorable.

Entre-temps j'ai demandé à recevoir des conseils médicaux sur la question, qui ne laisseront planer aucun doute. Je vous en prie, cher ami, faites-moi savoir très vite ce que vous en pensez, parlez-en à Mlle Nietzsche, essayez de dissiper les doutes et de faire naître un climat favorable à cette entreprise. Pour tout vous dire, aidez-moi à surmonter un obstacle : N. ne doit pas croire qu'il constitue un fardeau pour quiconque, il ne doit pas avoir mauvaise conscience. Au contraire, il doit savoir que tous les êtres qui l'aiment seraient heurtés d'apprendre qu'il refuse un tel plan pour ces raisons-là. La gratitude est aussi un principium individuationis.

Tout ce que je viens de dire doit être pris au mot. Autre chose : N. ne doit pas craindre d'être dérangé par ses admirateurs, car personne ne l'approchera tant qu'il n'aura pas recouvré la santé. Je saurai le soigner – vous pouvez me faire confiance. Je sais combien la tranquillité est essentielle à ses yeux. Si N. est à Lucerne, ayez la gentillesse de m'indiquer son adresse. Sinon, transmettez-lui toutes mes amitiés, lisez-lui cette lettre si le cœur vous en dit et, dans tous les cas, œuvrez pour mon projet, pour le bien de N. Veuillez aussi présenter mes hommages les plus respectueux à Mlle Nietzsche. J'écrirai à Nietzsche aussitôt que j'aurai reçu votre réponse.

De tout mon cœur,

Bien à vous,
Lipiner.

Cher monsieur !

Je n'ai pas pu répondre plus tôt à votre gentille lettre, occupé que j'étais à consulter de nombreux spécialistes. Malgré mes efforts pour hâter les choses, votre patience a été mise à rude épreuve.

Nous admirons tous profondément l'amitié dont vous faites montre en dévoilant votre merveilleux plan. En lisant votre lettre pour la première fois, je me suis dit que Nietzsche aurait bien du mal à décliner une telle proposition ; mais avant de pouvoir la lui montrer, j'avais besoin de demander conseil à nos amis. Or, bien que touchés par votre immense sollicitude, Overbeck et la sœur de Nietzsche ont estimé plus sage, au vu de l'état actuel de N[ietzsche], de ne rien lui dire de vos plans. En premier lieu, il en concevrait une grande agitation, ce que nous devons éviter à tout prix pour ne pas le voir retomber dans la maladie pendant tout un mois. En outre, votre proposition survient malheureusement un peu trop tard. Il y a quatre mois, N[ietzsche] aurait pu être convaincu ; mais à présent ses propres médecins sont là, tous excellents, même s'ils n'ont rien de viennois. Il est suivi par le professeur Immermann (le fils de Münchhausen-I[mmermann]) et par le professeur Massini, deux hommes extrêmement intelligents. L'arracher aujourd'hui aux soins de ces hommes serait courir un risque majeur. La maladie de N[ietzsche] est en partie liée aux trop fréquents changements de médecins, des hommes aguerris mais qui ignoraient, tous autant qu'ils étaient, quel mal le frappait. Voilà qu'aujourd'hui il est entre les mains de ces médecins exceptionnels qui, par leurs travaux et leur talent, ont acquis une vraie connaissance des causes de la maladie. Aussi sommes-nous convaincus que N[ietzsche] devrait rester auprès d'eux. Il est plus facile, bien sûr, de vous dire cela à distance, loin de cette Vienne qui peut s'enorgueillir de ses admirables médecins ; mais je doute que vous soyez satisfait, vous qui vous dévouez corps et âme au rétablissement de notre pauvre ami. Néanmoins, j'espère pouvoir vous rassurer en vous disant que nous tous qui sommes proches de N[ietzsche], nous nous soucions avant tout : de son rétablissement rapide ; de voir comment chacun peut l'aider, et de constater comment chacun est constamment surpris par le caractère terriblement impitoyable et mystérieux de l'organisme ; de la façon dont nous avons procédé, des suggestions et mesures que nous avons imaginées, au point même que nous avons songé à enlever N[ietzsche]. Pour terminer, j'espère pouvoir vous convaincre que malgré tout, et après mûre réflexion, le traitement actuel administré par les médecins, et surtout dans l'attente de ses résultats, nous paraît être le plus indiqué pour N[ietzsche]. Le voyage à Lucerne n'a finalement pas eu lieu. Mais lundi prochain (le 4 mars), N[ietzsche] se rendra à Baden-Baden pour une cure thermale. Je vous ferai connaître son adresse, que j'espère obtenir dès mardi…

NOTE DE L'AUTEUR

Friedrich Nietzsche et Josef Breuer ne se sont jamais rencontrés. Et, bien entendu, la psychothérapie n'est pas née de leur rencontre. Néanmoins, les personnages principaux du roman ont existé, et ses éléments essentiels (le désarroi moral de Breuer, le désespoir de Nietzsche, Anna O., Lou Salomé, la relation entre Breuer et Freud, l'embryon de la psychothérapie) étaient tous historiquement présents en 1882.

Friedrich Nietzsche a été présenté à la jeune Lou Salomé par Paul Rée au printemps 1882. Au fil des mois, il a eu avec elle une liaison amoureuse aussi brève et intense que chaste. Menant ensuite une brillante carrière de femme de lettres et de psychanalyste, elle s'est rendue célèbre par sa belle amitié avec Freud et par ses aventures amoureuses, notamment avec le poète allemand Rainer Maria Rilke.

La relation entre Nietzsche et Lou Salomé, compliquée par la présence de Paul Rée et sabotée par la sœur de Nietzsche, Elisabeth, se termina de manière terrible pour le philosophe. Pendant des années, il ne se remit pas de cet amour mort et demeura convaincu d'avoir été trahi. Au cours des derniers mois de 1882 – qui forment le cadre de ce livre –, Nietzsche était profondément abattu, songeait même au suicide. Les lettres désespérées qu'il adressa à Lou Salomé, et dont les extraits parsèment tout le roman, sont authentiques, bien qu'on ne sache pas exactement lesquelles étaient de simples brouillons et lesquelles ont été bel et bien envoyées. La lettre de Nietzsche à Wagner citée au premier chapitre est également authentique.

Le traitement médical administré par Josef Breuer à Bertha Pappenheim, connue sous le nom d'Anna O., occupa une bonne partie de son attention au cours de l'année 1882. En novembre de cette année, il commença à s'en ouvrir auprès de son jeune ami et protégé, Sigmund Freud, lequel, comme le montre le roman, se rendait fréquemment chez lui. Environ douze ans plus tard, Anna O. constitua le tout premier cas abordé par Freud et Breuer dans leurs *Études sur l'hystérie*, ouvrage qui scella le début de la révolution psychanalytique.

Comme Lou Salomé, Bertha Pappenheim était une femme remarquable. Bien après son traitement avec Breuer, elle fut une pionnière dans le domaine de l'assistance sociale, au point de se voir célébrer par l'Allemagne de l'Ouest en 1954, à titre posthume, sous la forme d'un timbre à son effigie. Ce n'est qu'en 1953 que l'on apprit, dans la biographie d'Ernest Jones intitulée *La Vie et l'œuvre de Sigmund Freud*, qu'elle et Anna O. n'étaient qu'une seule et même personne.

Le vrai Josef Breuer fut-il attiré sexuellement par Bertha Pappenheim ? On sait peu de choses sur la vie intime de Breuer, mais les spécialistes sérieux n'excluent pas cette hypothèse. Les comptes rendus historiques, pour contradictoires qu'ils soient, s'accordent néanmoins pour dire que le traitement de Bertha Pappenheim engendra des sentiments puissants et complexes chez elle comme chez Breuer. Ce dernier était tellement obsédé par sa jeune patiente et lui consacrait tant de temps que sa femme Mathilde en conçut amertume et jalousie. Freud évoqua explicitement devant son biographe Ernest Jones le surinvestissement affectif de Breuer à l'égard de Bertha et, dans une lettre à sa fiancée de l'époque, Martha Bernays, l'assurait que rien de tel ne lui arriverait jamais. Le psychanalyste George Pollock émit un jour l'hypothèse que le comportement de Breuer face à Bertha s'expliquait peut-être par la mort de sa mère, également appelée Bertha, alors qu'il était encore enfant.

Le récit de la grossesse fictive d'Anna O. et de la fin précipitée de la thérapie mise en place par Breuer a longtemps fait partie du folklore psychanalytique. Freud en parla d'abord dans une lettre à Stefan Zweig datant de 1932, et Ernest Jones rapporta l'incident dans sa biographie de Freud. Ce n'est que récemment que la véracité de l'épisode a été mise en doute ; en 1990, la biographie de Breuer par Albrecht Hirschmüller laissait à penser que toute cette affaire n'était qu'une invention de Freud. Breuer lui-même n'a jamais fourni d'explication claire et, dans sa description du cas parue en 1895, n'a fait qu'entretenir la confusion autour d'Anna O. en exagérant de façon aussi grossière qu'inexplicable l'efficacité de son traitement.

Au vu de l'immense influence exercée par Breuer sur le développement de la psychothérapie, il est frappant de voir que son intérêt pour la psychologie n'aura occupé qu'une brève partie de sa carrière. La médecine se souvient de lui non seulement pour ses recherches importantes sur la physiologie de la respiration et de l'équilibre, mais aussi parce qu'il a été un brillant diagnosticien et le médecin de nombreuses figures importantes de la Vienne *fin de siècle*[1].

Presque toute sa vie, Nietzsche a pâti d'une mauvaise santé. S'il fut terrassé par une attaque en 1889 et sombra inexorablement dans la démence et la parésie (une forme de syphilis tertiaire, qui a fini par l'emporter en 1900), il est généralement admis qu'il avait souffert dans sa jeunesse d'une autre maladie. Il est probable que Nietzsche (dont j'ai brossé le portrait clinique en m'inspirant de la belle esquisse biographique tracée par Zweig en 1939) ait souffert de migraines sévères. Pour y remédier, il avait consulté de nombreux médecins dans toute l'Europe, et aurait donc pu tout à fait souhaiter une consultation auprès de l'éminent Josef Breuer.

Il eût été incohérent de la part d'une Lou Salomé en détresse de s'adresser à Breuer pour qu'il aide Nietzsche. Selon ses biographes, elle n'était pas femme à se laisser ronger par la culpabilité, et l'on sait qu'elle mit fin à nombre de ses liaisons amoureuses sans exprimer beaucoup de remords. La plupart du temps, elle maintenait le secret sur sa vie privée et, autant que je puisse en être certain, n'a jamais évoqué ses rapports intimes avec Nietzsche. Les lettres qu'elle lui a écrites ont disparu, vraisemblablement détruites par Elisabeth, la sœur de Nietzsche, dont l'animosité à l'égard de Lou n'a jamais faibli. Lou avait bien un frère, Jénia, qui en 1882 faisait des études de médecine à Vienne. Il est néanmoins très improbable que Breuer ait présenté le cas d'Anna O. lors

---

1. En français dans le texte.

d'une conférence cette année-là. La lettre de Nietzsche (chapitre 12) à son ami Peter Gast, éditeur de son état, et celle d'Elisabeth Nietzsche à son frère sont fictives, tout comme la clinique Lauzon ainsi que les personnages de Fischmann et de Max, le beau-frère de Breuer (mais ce dernier était bel et bien passionné d'échecs). Tous les rêves que j'ai décrits sont également inventés, sauf deux d'entre eux faits par Nietzsche : celui où son père sort de sa tombe, et celui où le vieillard agonise.

En 1882, la psychothérapie n'était pas encore née et Nietzsche, naturellement, ne s'y est jamais intéressé de manière aussi affichée. Malgré tout, je trouve dans ses œuvres un intérêt profond pour la compréhension de soi et pour l'évolution personnelle. Afin de respecter la chronologie, je me suis contenté de citer ses textes antérieurs à 1882, notamment *Humain, trop humain*, les *Considérations inactuelles*, *Aurore* et *Le Gai Savoir.* Toutefois, je suis parti du principe que les grandes idées exposées dans *Ainsi parlait Zarathoustra*, dont il écrivit la plus grande partie après la période évoquée dans mon roman, étaient déjà en gestation dans l'esprit de Nietzsche.

REMERCIEMENTS

Je sais gré à Van Harvey, professeur d'études religieuses à l'université de Stanford, de m'avoir laissé assister à ses cours magnifiques sur Nietzsche, d'avoir bien voulu discuter des heures durant avec moi et de s'être livré à une lecture critique de mon manuscrit. Je remercie également ses collègues du département de philosophie, en particulier Eckart Förster et Dagfinn Føllesdal, qui m'ont permis d'assister à leurs cours sur la philosophie allemande et sur la phénoménologie. Nombreux sont ceux qui m'ont prodigué des conseils : Morton Rose, Herbert Kotz, David Spiegel, Gertrud et George Blau, Kurt Steiner, Isabel Davis, Ben Yalom, Joseph Frank, les membres du séminaire de biographie à Stanford, sous la houlette de Barbara Babcock et de Diane Middlebrook – qu'ils en soient tous remerciés. Betty Vadeboncoeur, la bibliothécaire du département de l'histoire de la médecine à Stanford, m'a fourni une aide inestimable dans mes recherches. Timothy K. Donahue-Bombosch a traduit les lettres de Nietzsche à Lou Salomé citées dans le livre. Beaucoup de personnes m'ont assisté et conseillé tout au long de l'écriture : Alan Rinzler, Sara Blackburn, Richard Ellman et Leslie Becker. L'équipe de Basic Books, notamment Jo Ann Miller, m'ont soutenu sans répit ; Phoebe Hoss, pour ce livre comme pour les précédents, a été une éditrice remarquable. Mon épouse, Marilyn, qui a toujours été ma première, ma plus sourcilleuse et ma plus impitoyable critique, s'est surpassée pour ce livre, non seulement en posant son regard critique du premier jusqu'au dernier manuscrit, mais également en me suggérant son titre.

SOURCES

Friedrich Nietzsche, *Le Gai Savoir*, Paris, Gallimard, trad. Pierre Klossowski, 1982.
Friedrich Nietzsche, *Humain, trop humain, I*, Paris, Gallimard, trad. Robert Rovini, 1988.
Friedrich Nietzsche, *Ainsi parlait Zarathoustra*, Paris, Gallimard, trad. Geneviève Bianquis, 1996.

P. 118 :
« Deviens qui tu es. », *APZ*, p. 295.

P. 132-133 :
« Les pensées sont les ombres de nos sentiments – toujours obscures, plus vides, plus simples que ceux-ci », *GS*, p. 169.
« Plus personne ne meurt aujourd'hui des vérités mortelles : il y a trop de contrepoisons », *HTH*, p. 298.
« Que nous vaut un livre qui n'a même pas la vertu de nous emporter par-delà tous les livres ? », *GS*, p. 181.

« Quel est le sceau de la liberté acquise ? – Ne plus avoir honte de soi-même. », *GS*, p. 185.

« De même que les os, les muscles et les viscères et les vaisseaux sanguins sont entourés d'une peau qui rend la vue de l'homme supportable, les émotions et les passions de l'âme sont de même enrobées dans la vanité : c'est la peau de l'âme. », *HTH*, p. 86.

P. 144-145 :

« C'est par pur défi qu'il s'en tient à une cause qui lui est devenue transparente – mais il nomme cela de la "fidélité". », *GS*, p. 178.

« "Il est si poli !" En effet, il a toujours soin d'avoir un morceau de sucre à donner au cerbère, et il est si craintif qu'il tient chacun pour le cerbère, et toi, et moi-même – c'est là sa "politesse". », *GS*, p. 179.

« Juger profondes toutes choses – c'est là une qualité incommode : elle veut que l'on force constamment sa vue, et que l'on finisse par trouver plus que l'on ne désirait. », *GS*, p. 158.

« Nous avons été un jour si proches l'un de l'autre dans la vie que rien ne semblait plus entraver notre amitié et notre fraternité, seul l'intervalle d'une passerelle nous séparait encore. Et voici que tu étais sur le point de la franchir, quand je t'ai demandé : "Veux-tu me rejoindre par cette passerelle ?" – mais déjà tu ne voulais plus ; et à ma prière réitérée tu ne répondis rien. Et depuis lors, des montagnes et des torrents impétueux, et tout ce qui sépare et rend étranger l'un à l'autre, se sont mis en travers, et quand même nous voudrions nous rejoindre, nous ne le pourrions plus ! Mais lorsque tu songes maintenant à cette petite passerelle, la parole te manque – et tu n'es plus qu'étonnement et sanglots. », *GS*, p. 66.

P. 179-180 :
« L'observation psychologique est un des moyens qui permettent d'alléger le fardeau de la vie. », *HTH*, p. 60.
« [...] l'on ne peut plus épargner à l'humanité la vue cruelle de la table de dissection. », *HTH*, p. 62.
« [...] l'édification d'une éthique fausse, pour l'amour de laquelle on recourt alors à l'aide de la religion et des chimères mythologiques. », *HTH*, p. 62.

P. 287 :
« Avec quelle gentillesse elle sait mendier un morceau d'esprit, cette chienne Sensualité, quand on lui refuse un morceau de chair. », *APZ*, p. 94.

P. 313 :
« [...] cela fut [...] c'est ce que j'ai voulu. », *APZ*, p. 186.

Le Livre de Poche s'engage pour l'environnement en réduisant l'empreinte carbone de ses livres. Celle de cet exemplaire est de :
650 g éq. CO_2
Rendez-vous sur www.livredepoche-durable.fr

Composition réalisée par Belle Page

Achevé d'imprimer en mars 2020 en Espagne par
Liberdúplex - 08791 St. Llorenç d Hortons
Dépôt légal 1re publication : avril 2010
Édition 19 : mars 2020
LIBRAIRIE GÉNÉRALE FRANÇAISE
21, rue du Montparnasse – 75298 Paris Cedex 06